OEUVRES

COMPLETES

DE

VOLTAIRE.

OEUVRES

COMPLETES

DE

VOLTAIRE.

TOME QUARANTIEME.

DE L'IMPRIMERIE DE LA SOCIÉTÉ LITTÉRAIRE-
TYPOGRAPHIQUE.

1 7 8 4.

DICTIONNAIRE

PHILOSOPHIQUE.

DICTIONNAIRE

PHILOSOPHIQUE.

E.

ENFER.

INFERUM, souterrain : les peuples qui enterraient les morts les mirent dans le souterrain ; leur ame y était donc avec eux. Telle est la première physique & la première métaphysique des Egyptiens & des Grecs.

Les Indiens, beaucoup plus anciens, qui avaient inventé le dogme ingénieux de la métempsycose, ne crurent jamais que les ames fussent dans le souterrain.

Les Japonais, les Corréens, les Chinois, les peuples de la vaste Tartarie orientale & occidentale, ne surent pas un mot de la philosophie du souterrain.

Les Grecs, avec le temps, firent du souterrain un vaste royaume, qu'ils donnèrent libéralement à *Pluton* & à *Proserpine* sa femme. Ils leur assignèrent trois conseillers d'Etat, trois femmes de charge, nommées les *furies*, trois parques pour filer, dévider, & couper le fil de la vie des hommes. Et comme dans l'antiquité chaque héros avait son chien pour garder sa porte, on donna à *Pluton* un gros chien qui avait trois têtes; car tout allait par trois. Des trois conseillers d'Etat, *Minos*, *Eaque*, & *Radamante*, l'un jugeait la Grèce, l'autre l'Asie mineure, (car les Grecs ne connaissaient pas alors la grande Afie) le troifième était pour l'Europe.

Les poëtes ayant inventé ces enfers s'en moquèrent les premiers. Tantôt *Virgile* parle férieufement des enfers dans l'Enéide, parce qu'alors le férieux convenit à fon fujet ; tantôt il en parle avec mépris dans fes Géorgiques.

Felix qui potuit rerum cognoscere causas,
Atque metus omnes & inexorabile fatum
Subjecit pedibus, strepitumque Acherontis avari !

Heureux qui peut fonder les lois de la nature,
Qui des vains préjugés foule aux pieds l'imposture
Qui regarde en pitié le Styx & l'Achéron,
Et le triple Cerbère, & la barque à Caron !

On déclamait fur le théâtre de Rome ces vers de la *Troade*, auxquels quarante mille mains applaudissaient.

Tænara & aspero
Regnum sub domino, limen & obsidens
Custos non facili Cerberus ostio.
Rumores vacui, verbaque inania,
Et par sollicito fabula somnio.

Le palais de Pluton, fon portier à trois têtes,
Les couleuvres d'enfers à mordre toujours prêtes,
Le Styx, le Phlégéton font des contes d'enfans,
Des fonges importuns, des mots vides de fens.

Lucrèce, Horace, s'expriment avec la même force : *Cicéron, Sèneque* en parlent de même en vingt endroits. Le grand empereur *Marc-Aurèle* raifonne encore plus philofophiquement qu'eux tous. (*a*) ,, Celui qui craint ,, la mort, craint ou d'être privé de tout fens, ou

(a) Liv. VIII , n°. 62.

d'éprouver d'autres senfations. Mais fi tu n'as plus
tes fens, tu ne feras plus fujet à aucune peine, à
aucune mifère. Si tu as des fens d'une autre efpèce,
tu feras une autre créature. ,,

Il n'y avait pas un mot à répondre à ce raifonnent dans la philofophie profane. Cependant, par la
itradiction attachée à l'efpèce humaine, & qui
ible faire la bafe de notre nature, dans le temps
ne que *Cicéron* difait publiquement : *Il n'y a point
de ieille femme qui croie ces inepties, Lucrèce* avouait que
ce idées fefaient une grande impreffion fur les efprits ;
il ent, dit-il, pour les détruire.

> *Si certum finem effe viderent*
> *Ærumnarum homines, aliquâ ratione valerent*
> *Relligionibus atque minis obfiftere vatum.*
> *Nunc ratio nulla eft reftandi, nulla facultas ;*
> *Æternas quoniam pœnas in morte timendum eft.*

l'on voyait du moins un terme à fon malheur,
foutiendrait fa peine, on combattrait l'erreur,
pourrait fupporter le fardeau de la vie ;
is d'un plus grand fupplice elle eft, dit-on, fuivie ;
rès de triftes jours on craint l'éternité.

était donc vrai que parmi les derniers du peuple,
les is riaient de l'enfer, les autres en tremblaient.
Les ns regardaient *Cerbère*, les Furies, & *Pluton*, comme
des bles ridicules ; les autres ne ceffaient de porter
des frandes aux Dieux infernaux. C'était tout comme
chez nous.

> *t quocumque tamen miferi venere, parentant*
> *t nigras mactant pecudes, & Manibus divis*

A 3

Inferias mittunt., multôque in rebus acerbis
Acriùs admittunt animos ad relligionem.

Ils conjurent ces Dieux qu'ont forgés nos caprices ;
Ils fatiguent Pluton de leurs vains sacrifices ;
Le sang d'un bélier noir coule sous leurs couteaux ;
Plus ils sont malheureux, & plus ils sont dévots.

Plusieurs philosophes qui ne croyaient pas aux fables des enfers, voulaient que la populace fût contenue par cette croyance. Tel fut *Timée* de Locres, tel fut le politique historien *Polybe.* L'*enfer*, dit-il, *est inutile aux sages, mais nécessaire à la populace insensée.*

Il est assez connu que la loi du Pentateuque n'annonça jamais un enfer. (*b*) Tous les hommes étaient plongés dans ce chaos de contradictions & d'incertitudes quand JESUS-CHRIST vint au monde. Il

(*b*) Dans le Dictionnaire encyclopédique, l'auteur de l'article théologique *Enfer*, semble se méprendre étrangement, en citant le Deutéronome, au chapitre XXXII, v. 22 & suivans ; il n'y est pas plus question d'enfer que de mariage & de danse. On fait parler DIEU ainsi :
» Ils m'ont provoqué dans celui qui n'était pas leur Dieu, & ils m'ont
» irrité dans leurs vanités ; & moi je les provoquerai dans celui qui n'est
» pas mon peuple, & je les irriterai dans une nation folle. — Un feu
» s'est allumé dans ma fureur, & il brûlera jusqu'au bord du souterrain,
» & il dévorera la terre avec ses germes, & il brûlera les racines des
» montagnes. — J'accumulerai les maux sur eux ; je viderai sur eux
» mes flèches ; je les ferai mourir de faim ; les oiseaux les dévoreront
» d'une morsure amère ; j'enverrai contre eux les dents des bêtes avec
» la fureur des reptiles & des serpens. Le glaive les dévastera au-dehors,
» & la frayeur au-dedans, eux & les garçons, & les filles, & les nains
» à la mamelle, avec les vieillards. »

Y a-t-il là, s'il vous plaît, rien qui désigne des châtimens après la mort ? des herbes sèches, des serpens qui mordent, des filles & des nains qu'on tue, ressemblent-ils à l'enfer ? N'est-il pas honteux de tronquer un passage pour y trouver ce qui n'y est pas ? Si l'auteur s'est trompé on lui pardonne ; s'il a voulu tromper il est inexcusable.

c● irma la doctrine ancienne de l'enfer ; non pas la
d● rine des poëtes païens, non pas celle des prêtres
é● tiens ; mais celle qu'adopta le chriftianifme, à
la● elle il faut que tout cède. Il annonça un royaume
q● allait venir, & un enfer qui n'aurait point de fin.

● l dit expreffément à Capharnaum en Galilée : (c)
● Quiconque appellera fon frère *Raca* fera condamné
● ar le fanhédrin ; mais celui qui l'appellera *fou*, fera
● ondamné au *gehenei hinnon*, gehenne du feu. ,,

● ela prouve deux chofes, premièrement que JESUS-
CH●IST ne voulait pas qu'on dît des injures ; car il
n● partenait qu'à lui, comme maître, d'appeler les
p● ●ricateurs pharifiens *race de vipère*.

● condement, que ceux qui difent des injures à
le● rochain méritent l'enfer ; car la gehenna du feu
éta● dans la vallée d'Hinnon, où l'on brûlait autrefois
d●s victimes à *Moloch* ; & cette gehenna figure le feu
d●enfer.

Il dit ailleurs : (d) ,, Si quelqu'un fert d'achoppe-
,, ment aux faibles qui croient en moi, il vaudrait
,, mieux qu'on lui mît au cou une meule ufinaire,
,, & qu'on le jetât dans la mer.

,, Et fi ta main te fait achoppement, coupe-la ;
,, il eft bon pour toi d'entrer manchot dans la vie,
,, plutôt que d'aller dans la gehenna du feu inextin-
,, guible, où le ver ne meurt point, & où le feu ne
,, s'éteint point.

,, Et fi ton pied te fait achoppement, coupe ton
,, pied ; il eft bon d'entrer boiteux dans la vie éternelle,

(c) *Matthieu*, chap. V, v. 2.
(d) *Marc*, chap. IX, v. 42 & fuiv.

A 4

» plutôt que d'être jeté avec tes deux pieds dans la
» gehenna inextinguible, où le ver ne meurt point,
» & où le feu ne s'éteint point.

» Et si ton œil te fait achoppement, arrache-on
» œil ; il vaut mieux entrer borgne dans le royaume
» de Dieu, que d'être jeté avec tes deux yeux dans
» la gehenna du feu, où le ver ne meurt point, &
» où le feu ne s'éteint point.

» Car chacun sera salé par le feu, & toute victime
» sera salée par le sel.

» Le sel est bon ; que si le sel s'affadit, avec quoi
» salerez-vous ?

» Vous avez dans vous le sel, conservez la paix
» parmi vous. »

Il dit ailleurs, sur le chemin de Jérusalem : (e)
» Quand le père de famille sera entré & aura fermé
» la porte, vous resterez dehors, & vous heurterez,
» disant : Maître, ouvrez-nous ; & en répondant, il
» vous dira : *Nescio vos*, d'où êtes-vous ? & alors
» vous commencerez à dire : Nous avons mangé &
» bu avec toi, & tu as enseigné dans nos carrefours ;
» & il vous répondra : *Nescio vos*, d'où êtes-vous ?
» ouvriers d'iniquités ! & il y aura pleurs & grince-
» mens de dents, quand vous verrez *Abraham*, *Isaac*,
» *Jacob*, & tous les prophètes, & que vous serez
» chassés dehors. »

Malgré les autres déclarations positives émanées du
Sauveur du genre-humain, qui assurent la damnation
éternelle de quiconque ne sera pas de notre Eglise,

(e) *Luc*, chap. XIII.

Origène & quelques autres n'ont pas cru l'éternité des peines.

Les fociniens les rejettent, mais ils font hors du giron. Les luthériens & les calviniftes, quoiqu'égarés hors du giron, admettent un enfer fans fin.

Dès que les hommes vécurent en fociété, ils durent s'apercevoir que plufieurs coupables échappaient à la févérité des lois ; ils puniffaient les crimes publics ; il fallut établir un frein pour les crimes fecrets ; la religion feule pouvait être ce frein. Les Perfans, les Chaldéens, les Egyptiens, les Grecs, imaginèrent des punitions après la vie ; & de tous les peuples anciens que nous connaiffons, les Juifs, comme nous l'avons déjà obfervé, furent les feuls qui n'admirent que des châtimens temporels. Il eft ridicule de croire ou de feindre de croire, fur quelques paffages très-obfcurs, que l'enfer était admis par les anciennes lois des Juifs, par leur Lévitique, par leur Décalogue, quand l'auteur de ces lois ne dit pas un feul mot qui puiffe avoir le moindre rapport avec les châtimens de la vie future. On ferait en droit de dire au rédacteur du Pentateuque : Vous êtes un homme inconféquent & fans probité, comme fans raifon, très-indigne du nom de légiflateur que vous vous arrogez. Quoi ! vous connaiffez un dogme auffi réprimant, auffi néceffaire au peuple que celui de l'enfer ; & vous ne l'annoncez pas expreffément ? & tandis qu'il eft admis chez toutes les nations qui vous environnent, vous vous contentez de laiffer deviner ce dogme par quelques commentateurs qui viendront quatre mille ans après vous, & qui donneront la torture à quelques-unes de vos paroles pour y trouver

ce que vous n'avez pas dit ? Ou vous êtes un ignorant,
qui ne favez pas que cette créance était univerfelle
en Egypte, en Chaldée, en Perfe; ou vous êtes un
homme très-mal avifé, fi étant inftruit de ce dogme
vous n'en avez pas fait la bafe de votre religion.

Les auteurs des lois juives pourraient tout au plus
répondre : Nous avouons que nous fommes exceffive-
ment ignorans ; que nous avons appris à écrire fort
tard; que notre peuple était une horde fauvage &
barbare, qui de notre aveu erra près d'un demi-fiècle
dans des déferts impraticables; qu'elle ufurpa enfin
un petit pays par les rapines les plus odieufes, & par
les cruautés les plus déteftables dont jamais l'hiftoire
ait fait mention. Nous n'avions aucun commerce avec
les nations policées; comment voulez-vous que nous
puffions (nous les plus terreftres des hommes) inventer
un fyftème tout fpirituel ?

Nous ne nous fervions du mot qui répond à *ame*,
que pour fignifier la *vie;* nous ne connûmes notre
D I E U & fes miniftres, fes anges, que comme des
êtres corporels : la diftinction de l'ame & du corps,
l'idée d'une vie après la mort, ne peuvent être que
le fruit d'une longue méditation, & d'une philofophie
très-fine. Demandez aux Hottentots & aux Nègres,
qui habitent un pays cent fois plus étendu que le
nôtre, s'ils connaiffent la vie à venir ? Nous avons
cru faire affez de perfuader à notre peuple, que D I E U
puniffait les malfaiteurs jufqu'à la quatrième génération, foit par la lèpre, foit par des morts fubites,
foit par la perte du peu de bien qu'on pouvait pofféder.

On répliquerait à cette apologie : Vous avez inventé
un fyftème dont le ridicule faute aux yeux ; car le

malfaiteur qui fe portait bien , & dont la famille prof-
pérait, devait néceffairement fe moquer de vous. -

L'apologifte de la loi judaïque répondrait alors :
Vous vous trompez; car pour un criminel qui raifonnait jufte, il y en avait cent qui ne raifonnaient point
du tout. Celui qui ayant commis un crime ne fe
fentait puni ni dans fon corps, ni dans celui de fon
fils, craignait pour fon petit-fils. De plus, s'il n'avait
pas aujourd'hui quelque ulcère puant, auquel nous
étions très-fujets, il en éprouvait dans le cours de
quelques années : il y a toujours des malheurs dans
une famille, & nous fefions aifément accroire que
ces malheurs étaient envoyés par une main divine,
vengereffe des fautes fecrètes.

Il ferait aifé de répliquer à cette réponfe, & de
dire : Votre excufe ne vaut rien, car il arrive tous les
jours que de très-honnêtes gens perdent la fanté &
leurs biens ; & s'il n'y a point de famille à laquelle
il ne foit arrivé des malheurs, fi ces malheurs font
des châtimens de DIEU, toutes vos familles étaient
donc des familles de fripons.

Le prêtre juif pourrait répliquer encore; il dirait
qu'il y a des malheurs attachés à la nature humaine,
& d'autres qui font envoyés expreffément de DIEU.
Mais on ferait voir à ce raifonneur combien il eft
ridicule de penfer que la fièvre & la grêle font tantôt
une punition divine, tantôt un effet naturel.

Enfin, les pharifiens & les efféniens, chez les Juifs,
admîrent la créance d'un enfer à leur mode : ce dogme
avait déjà paffé des Grecs aux Romains, & fut
adopté par les chrétiens.

Plufieurs pères de l'Eglife ne crurent point les
peines éternelles; il leur paraiffait abfurde de brûler
pendant toute l'éternité un pauvre homme pour avoir
volé une chèvre. *Virgile* a beau dire, dans fon fixième
chant de l'Enéide :

> . . . . *Sedet æternùmque fedebit*
> *Infelix Thefeus.*

Il prétend en vain que *Thefée* eft affis pour jamais
fur une chaife, & que cette pofture eft fon fupplice.
D'autres croyaient que *Thefée* eft un héros qui n'eft
point affis en enfer, & qu'il eft dans les champs
Élyfées.

Il n'y a pas long-temps qu'un théologien calvinifte
nommé *Petit-Pierre*, prêcha & écrivit que les damnés
auraient un jour leur grâce. Les autres miniftres lui
dirent qu'ils n'en voulaient point. La difpute s'échauffa;
on prétend que le roi leur fouverain leur manda que
puifqu'ils voulaient être damnés fans retour, il le
trouvait très-bon, & qu'il y donnait les mains. Les
damnés de l'églife de Neuchâtel dépoferent le pauvre
Petit-Pierre, qui avait pris l'enfer pour le purgatoire.
On a écrit que l'un d'eux lui dit : Mon ami, je ne
crois pas plus à l'enfer éternel que vous; mais fachez
qu'il eft bon que votre fervante, votre tailleur, &
furtout votre procureur y croient.

J'ajouterai, pour l'*illuftration* de ce paffage, une
petite exhortation aux philofophes qui nient tout à
plat l'enfer dans leurs écrits. Je leur dirai : Meffieurs,
nous ne paffons pas notre vie avec *Cicéron*, *Atticus*,
Caton, *Marc-Aurèle*, *Epiétète*, le chancelier de *l'Hofpital*,
la Mothe-le-Vayer, *Des-Iveteaux*, *René Defcartes*, *Newton*,

Locke, ni avec le refpectable *Bayle*, qui était fi au-deffus de la fortune ; ni avec le trop vertueux incrédule *Spinofa*, qui n'ayant rien, rendit aux enfans du grand penfionnaire de *With*, une penfion de trois cents florins que lui fefait le grand de *With*, dont les Hollandais mangèrent le cœur, quoiqu'il n'y eût rien à gagner en le mangeant. Tous ceux à qui nous avons à faire ne font pas des *Des-Barreaux*, qui payait à des plaideurs la valeur de leur procès qu'il avait oublié de rapporter. Toutes les femmes ne font pas des *Ninon l'Enclos*, qui gardait les dépôts fi religieufement, tandis que les plus graves perfonnages les violaient. En un mot, Meffieurs, tout le monde n'eft pas philofophe.

Nous avons à faire à force fripons qui ont peu réfléchi ; à une foule de petites gens, brutaux, ivrognes, voleurs. Prêchez-leur fi vous voulez qu'il n'y a point d'enfer, & que l'ame eft mortelle. Pour moi, je leur crierai dans les oreilles qu'ils feront damnés s'ils me volent : j'imiterai ce curé de campagne, qui ayant été outrageufement volé par fes ouailles, leur dit à fon prône : Je ne fais à quoi penfait Jesus-Christ de mourir pour des canailles comme vous.

C'eft un excellent livre pour les fots que le Pédagogue chrétien, compofé par le révérend père d'*Outreman*, de la compagnie de Jesus, & augmenté par révérend *Coulon*, curé de Ville-Juif-lès-Paris. Nous avons, dieu merci, cinquante & une éditions de ce livre, dans lequel il n'y a pas une page où l'on trouve une ombre de fens commun.

Frère *Outreman* affirme (page 157, édition in-4°.) qu'un miniftre d'Etat de la reine *Elifabeth*, nommé le *baron de Honfden*, qui n'a jamais exifté, prédit au fecrétaire d'Etat *Cécil* & à fix autres confeillers d'Etat qu'ils feraient damnés & lui auffi ; ce qui arriva , & qui arrive à tout hérétique. Il eft probable que *Cécil* & les autres confeillers n'en crurent point le baron de *Honfden* ; mais fi ce prétendu baron s'était adreffé à fix bourgeois, ils auraient pu le croire.

Aujourd'hui qu'aucun bourgeois de Londres ne croit à l'enfer, comment faut-il s'y prendre ? quel frein aurons-nous ? celui de l'honneur, celui des lois, celui même de la Divinité, qui veut fans doute que l'on foit jufte , foit qu'il y ait un enfer, foit qu'il n'y en ait point.

E N F E R S.

Notre confrère qui a fait l'article *Enfer* n'a pas parlé de la defcente de JESUS-CHRIST aux enfers; c'eft un article de foi très-important; il eft expreffément fpécifié dans le fymbole dont nous avons déjà parlé. On demande d'où cet article de foi eft tiré ; car il ne fe trouve dans aucun de nos quatre évangiles ; & le fymbole intitulé *des apôtres*, n'eft, comme nous l'avons obfervé, que du temps des favans prêtres *Jérôme* , *Auguftin* , & *Rufin*.

On eftime que cette defcente de notre Seigneur aux enfers , eft prife originairement de l'évangile de *Nicodème*, l'un des plus anciens.

Dans cet évangile, le prince du Tartare & *Sathan*, après une longue converfation avec *Adam* , *Enoch*, *Elie* le Thesbite, & *David*, *entendent une voix comme le tonnerre*, *& une voix comme une tempête. David dit au prince du Tartare : Maintenant très-vilain & très-falé* *prince de l'enfer, ouvre tes portes, & que le roi de gloire entre &c.; difant ces mots au prince, le Seigneur de majefté furvint en forme d'homme, & il éclaira les ténèbres éternelles, & il rompit les liens indiffolubles; & par une vertu invincible, il vifita ceux qui étaient affis dans les profondes ténèbres des crimes, & dans l'ombre de la mort des péchés.*

JESUS-CHRIST parut avec St *Michel*, il vainquit la mort; il prit *Adam* par la main; le bon larron le fuivait portant fa croix. Tout cela fe paffa en enfer en préfence de *Carinus* & de *Lenthius*, qui reffufcitèrent exprès pour en rendre témoignage aux pontifes *Anne* & *Caïphe*, & au docteur *Gamaliel*, alors maître de St *Paul*.

Cet évangile de *Nicodème* n'a depuis long-temps aucune autorité. Mais on trouve une confirmation de cette defcente aux enfers dans la première épître de St *Pierre*, à la fin du chapitre III. *Parce que le* CHRIST *eft mort une fois pour nos péchés, le jufte pour les injuftes, afin de nous offrir à* DIEU, *mort à la vérité en chair, mais reffufcité en efprit, par lequel il alla prêcher aux efprits qui étaient en prifon.*

Plufieurs pères ont eu des fentimens différens fur ce paffage; mais tous convinrent qu'au fond JESUS était defcendu aux enfers après fa mort. On fit fur cela une vaine difficulté. Il avait dit fur la croix au bon larron, vous ferez aujourd'hui avec moi en paradis. Il lui manqua donc de parole en allant en enfer. Cette objection eft aifément répondue en difant qu'il le mena d'abord en enfer, & enfuite en paradis.

Eufèbe de Céfarée dit (*a*) que „ JESUS quitta fon „ corps fans attendre que la mort le vînt prendre;

(*a*) Evangile, chap. II.

,, qu'au contraire, il prit la mort toute tremblante,
,, qui embraffait fes pieds & qui voulait s'enfuir ;
,, qu'il l'arrêta, qu'il brifa les portes des cachots où
,, étaient renfermées les ames des faints; qu'il les en
,, tira, les reffufcita, fe reffufcita lui-même, & les
,, mena en triomphe dans cette Jérufalem célefte,
,, *laquelle defcendait du ciel toutes les nuits*, & fut vue par
,, S*t* *Juflin.* ,,

On difputa beaucoup pour favoir fi tous ces reffuf-
cités moururent de nouveau avant de monter au ciel.
S*t Thomas* affure dans fa Somme (*b*) qu'ils remou-
rurent. C'eft le fentiment du fin & judicieux *Calmet.*
Nous foutenons, dit-il dans fa differtation fur cette
grande queftion, *que les faints qui reffufcitèrent après la*
mort du Sauveur, moururent de nouveau pour reffufciter
un jour.

D I E U avait permis auparavant que les profanes
gentils imitaffent par anticipation ces vérités facrées.
La fable avait imaginé que les Dieux reffufcitèrent
Pélops; qu'*Orphée* tira *Eurydice* des enfers, du moins
pour un moment ; qu'*Hercule* en délivra *Alcefte;*
qu'*Efculape* reffufcita *Hippolyte* &c. &c. Diftinguons
toujours la fable de la vérité, & foumettons notre
efprit dans tout ce qui l'étonne, comme dans ce qui
lui paraît conforme à fes faibles lumières.

(*b*) III. part. queft. LIII.

ENTERREMENT.

E N T E R R E M E N T.

EN lifant par un affez grand hafard les canons d'un concile de Brague, tenu en 563, je remarque que le quinzième canon défend d'enterrer perfonne dans les églifes. Des gens favans m'affurent que plufieurs autres conciles ont fait la même défenfe. De-là je conclus que dès ces premiers fiècles, quelques bourgeois avaient eu la vanité de changer les temples en charnier pour y pourrir d'une manière diftinguée : je puis me tromper ; mais je ne connais aucun peuple de l'antiquité qui ait choifi les lieux facrés, où l'on adorait la Divinité, pour en faire des cloaques de morts.

Si on aimait tendrement chez les Egyptiens fon père, fa mère, & fes vieux parens, qu'on fouffre avec bonté parmi nous, & pour lefquels on a rarement une paffion violente, il était fort agréable d'en faire des momies, & fort noble d'avoir une fuite d'aïeux en chair & en os dans fon cabinet. Il eft dit même qu'on mettait fouvent en gage chez l'ufurier, le corps de fon père & de fon grand-père. Il n'y a point à préfent de pays au monde où l'on trouvât un écu fur un pareil effet ; mais comment fe pouvait-il faire qu'on mît en gage la momie paternelle, & qu'on allât la faire enterrer au-delà du lac Mœris, en le tranfportant dans la barque à *Caron*, après que quarante juges, qui fe trouvaient à point nommé fur le rivage, avaient décidé que la momie avait vécu en perfonne honnête, & qu'elle était digne de paffer dans la barque, moyennant un fou qu'elle avait foin de porter dans fa bouche ? Un mort ne peut guère à la fois faire une promenade fur l'eau, & refter dans le cabinet de fon héritier ou chez un ufurier. Ce font-là de ces petites contradictions de l'antiquité que le refpect empêche d'examiner fcrupuleufement.

Quoi qu'il en foit, il eft certain qu'aucun temple du monde ne fut fouillé de cadavres; on n'enterrait pas même dans les villes. Très-peu de familles eurent dans Rome le privilége de faire élever des maufolées malgré la loi des douze tables qui en fefait une défenfe expreffe.

Aujourd'hui quelques papes ont leurs maufolées dans Saint-Pierre; mais ils n'empuantiffent pas l'églife, parce qu'ils font très-bien embaumés, enfermés dans de belles caiffes de plomb, & recouverts de gros tombeaux de marbre, à travers lefquels un mort ne peut guère tranfpirer.

Vous ne voyez ni à Rome, ni dans le refte de l'Italie, aucun de ces abominables cimetières entourer les églifes; l'infection ne s'y trouve pas à côté de la magnificence, & les vivans n'y marchent point fur des morts.

Cette horreur n'eft foufferte que dans des pays où l'afferviffement aux plus indignes ufages laiffe fubfifter un refte de barbarie qui fait honte à l'humanité.

Vous entrez dans la gothique cathédrale de Paris; vous y marchez fur de vilaines pierres mal jointes, qui ne font point au niveau; on les a levées mille fois pour jeter fous elles des caiffes de cadavres.

Paffez par le charnier qu'on appelle Saint-Innocent; c'eft un vafte enclos confacré à la pefte; les pauvres qui meurent très-fouvent de maladies contagieufes, y

font enterrés pêle-mêle ; les chiens y viennent quelquefois ronger les offemens ; une vapeur épaiffe,
cadavéreufe, infectée, s'en exhale ; elle eft peftilentielle
dans les chaleurs de l'été après les pluies. Et prefque
à côté de cette voierie eft l'opéra, le palais royal, le
louvre des rois.

On porte à une lieue de la ville les immondices
des privés, & on entaffe depuis douze cents ans dans
la même ville, les corps pourris dont ces immondices
étaient produites.

L'arrêt que le parlement de Paris a rendu en 1764,
l'édit du roi de 1775 contre ces abus, auffi dangereux
qu'infames, n'ont pu être exécutés ; tant l'habitude &
la fottife ont de force contre la raifon & contre les
lois. En vain l'exemple de tant de villes de l'Europe
fait rougir Paris ; il ne fe corrige point. Paris fera
encore long-temps un mélange bizarre de la magnificence la plus recherchée, & de la barbarie la plus
dégoûtante. (1)

Verfailles vient de donner un exemple qu'on devrait
fuivre par-tout ; un petit cimetière d'une paroiffe
très-nombreufe infectait l'églife & les maifons voifines.
Un fimple particulier a réclamé contre cette coutume
abominable ; il a excité fes concitoyens ; il a bravé les
cris de la barbarie ; on a préfenté requête au confeil.
Enfin le bien public l'a emporté fur l'ufage antique
& pernicieux ; le cimetière a été transféré à un mille
de diftance.

---

(1) Depuis la mort de M. de *Voltaire*, le cimetière des Innocens a été
fermé, mais il en fubfifte d'autres au milieu de Paris ; l'avarice des prêtres
s'y joue également, & des lois de l'Etat, & de la vie des citoyens.

ENTHOUSIASME.

CE mot grec fignifie *émotion d'entrailles*, *agitation intérieure ;* les Grecs inventèrent-ils ce mot pour exprimer les fecouffes qu'on éprouve dans les nerfs, la dilatation & le refferrement des inteftins, les violentes contractions du cœur, le cours précipité de ces efprits de feu qui montent des entrailles au cerveau, quand on eft vivement affecté?

Ou bien donna-t-on d'abord le nom d'*enthoufiafme*, de trouble des entrailles, aux contorfions de cette Pythie, qui fur le trépied de Delphes recevait l'efprit d'*Apollon*, par un endroit qui ne femble fait que pour recevoir des corps.

Qu'entendons-nous par enthoufiafme? que de nuances dans nos affections! approbation, fenfibilité, émotion, trouble, faififfement, paffion, emportement, démence, fureur, rage. Voilà tous les états par lefquels peut paffer cette pauvre ame humaine.

Un géomètre affifte à une tragédie touchante; il remarque feulement qu'elle eft bien conduite. Un jeune homme à côté de lui eft ému & ne remarque rien, une femme pleure, un autre jeune homme eft fi tranfporté, que pour fon malheur il va faire auffi une tragédie. Il a pris la maladie de l'enthoufiafme.

Le centurion ou le tribun militaire, qui ne regardait la guerre que comme un métier dans lequel il y avait une petite fortune à faire, allait au combat tranquillement, comme un couvreur monte fur un toit. *Céfar* pleurait en voyant la ftatue d'*Alexandre*.

Ovide ne parlait d'amour qu'avec efprit. *Sapho* exprimait l'enthoufiafme de cette paffion ; & s'il eft vrai qu'elle lui coûta la vie , c'eft que l'enthoufiafme chez elle devint démence.

L'efprit de parti difpofe merveilleufement à l'enthoufiafme , il n'eft point de faction qui n'ait fes énergumènes. Un homme paffionné qui parle avec action , a dans fes yeux, dans fa voix, dans fes geftes, un poifon fubtil qui eft lancé comme un trait dans les gens de fa faction. C'eft par cette raifon que la reine *Elifabeth* défendit qu'on prêchât de fix mois en Angleterre fans une permiffion fignée de fa main , pour conferver la paix dans fon royaume.

St Ignace ayant la tête un peu échauffée lit la vie des pères du défert , après avoir lu des romans. Le voilà faifi d'un double enthoufiafme ; il devient chevalier de la vierge *Marie* , il fait la veille des armes , il veut fe battre pour fa dame , il a des vifions ; la vierge lui apparaît & lui recommande fon fils ; elle lui dit que fa fociété ne doit porter d'autre nom que celui de J E S U S.

Ignace communique fon enthoufiafme à un autre efpagnol nommé *Xavier*. Celui - ci court aux Indes dont il n'entend point la langue ; de là au Japon, fans qu'il puiffe parler japonais ; n'importe, fon enthoufiafme paffe dans l'imagination de quelques jeunes jéfuites qui apprennent enfin la langue du Japon. Ceux-ci, après la mort de *Xavier* , ne doutent pas qu'il n'ait fait plus de miracles que les apôtres , & qu'il n'ait reffufcité fept ou huit morts pour le moins. Enfin , l'enthoufiafme devient fi épidémique , qu'ils forment au Japon ce qu'ils appellent une *chrétienté*. Cette chrétienté finit par une guerre civile & par cent mille hommes égorgés; l'enthoufiafme alors eft parvenu à fon dernier degré, qui eft le fanatifme; & ce fanatifme eft devenu rage.

Le jeune faquir qui voit le bout de fon nez en fefant fes prières, s'échauffe par degrés, jufqu'à croire que s'il fe charge de chaînes pefant cinquante livres, l'Etre fuprême lui aura beaucoup d'obligation. Il s'endort l'imagination toute pleine de *Brama*, & il ne manque pas de le voir en fonge. Quelquefois même dans cet état où l'on n'eft ni endormi ni éveillé, des étincelles fortent de fes yeux; il voit *Brama* refplendiffant de lumières, il a des extafes, & cette maladie devient fouvent incurable.

La chofe la plus rare eft de joindre la raifon avec l'enthoufiafme; la raifon confifte à voir toujours les chofes comme elles font. Celui qui dans l'ivreffe voit les objets doubles eft alors privé de la raifon.

L'enthoufiafme eft précifément comme le vin; il peut exciter tant de tumulte dans les vaiffeaux fanguins, & de fi violentes vibrations dans les nerfs, que la raifon en eft tout-à-fait détruite. Il peut ne caufer que de légères fecouffes, qui ne faffent que donner au cerveau un peu plus d'activité; c'eft ce qui arrive dans les grands mouvemens d'éloquence, & furtout dans la poëfie fublime. L'enthoufiafme raifonnable eft le partage des grands poëtes.

Cet enthoufiafme raifonnable eft la perfection de leur art; c'eft ce qui fit croire autrefois qu'ils étaient infpirés des Dieux, & c'eft ce qu'on n'a jamais dit des autres artiftes.

Comment le raifonnement peut-il gouverner l'enthoufiafme? c'eft qu'un poëte deffine d'abord l'ordonnance de fon tableau; la raifon alors tient le crayon.
Mais veut-il animer fes perfonnages & leur donner le
caractère des paffions? alors l'imagination s'échauffe,
l'enthoufiafme agit; c'eft un courfier qui s'emporte
dans fa carrière. Mais la carrière eft régulièrement
tracée.

L'enthoufiafme eft admis dans tous les genres de
poëfie où il entre du fentiment : quelquefois même
il fe fait place jufque dans l'églogue, témoin ces vers
de la dixième églogue de *Virgile.*

Jam mihi per rupes videor lucofque fonantes
Ire ; libet partho torquere cydonia cornu
Spicula : tanquam hæc fint noftri medicina furoris,
Aut Deus ille malis hominum mitefcere difcat.

Le ftyle des épîtres, des fatires, réprouve l'enthoufiafme; auffi n'en trouve-t-on point dans les ouvrages
de *Boileau* & de *Pope.*

Nos odes, dit-on, font de véritables champs d'enthoufiafme; mais comme elles ne fe chantent point
parmi nous, elles font fouvent moins des odes que
des ftances, ornées de réflexions ingénieufes. Jetez les
yeux fur la plupart des ftances de la belle ode à la
Fortune, de *Jean-Baptifte Rouffeau.*

Vous chez qui la guerrière audace
Tient lieu de toutes les vertus,
Concevez Socrate à la place
Du fier meurtrier de Clitus :
Vous verrez un roi refpectable,
Humain, généreux, équitable,

B 4

Un roi digne de vos autels ;
Mais-à la place de Socrate,
Le fameux vainqueur de l'Euphrate
Sera le dernier des mortels.

Ce couplet eſt une courte differtation ſur le mérite perſonnel d'*Alexandre* & de *Socrate ;* c'eſt un ſentiment particulier, un paradoxe. Il n'eſt point vrai qu'*Alexandre* ſera le dernier des mortels. Le héros qui vengea la Grèce, qui ſubjugua l'Aſie, qui pleura *Darius*, qui punit ſes meurtriers, qui reſpeƈta la famille du vaincu, qui donna un trône au vertueux *Abdolonime*, qui rétablit *Porus*, qui bâtit tant de villes en ſi peu de temps, ne ſera jamais le dernier des mortels.

Tel qu'on nous vante dans l'hiſtoire,
Doit peut-être toute ſa gloire
A la honte de ſon rival :
L'inexpérience indocile
Du compagnon de Paul-Emile
Fit tout le ſuccès d'Annibal.

Voilà encore une réflexion philoſophique ſans aucun enthouſiaſme. Et de plus, il eſt très-faux que les fautes de *Varron* aient fait tout le ſuccès d'*Annibal ;* la ruine de Sagonte, la priſe de Turin, la défaite de *Scipion* père de l'Africain, les avantages remportés ſur *Sempronius*, la viƈtoire de Trébie, la viƈtoire de Trazimène, & tant de ſavantes marches, n'ont rien de commun avec la bataille de Cannes, où *Varron* fut vaincu, dit-on, par ſa faute. Des faits ſi défigurés doivent-ils être plus approuvés dans une ode que dans une hiſtoire ?

De toutes les odes modernes, celle où il règne le plus grand enthoufiafme qui ne s'affaiblit jamais, & qui ne tombe ni dans le faux, ni dans l'ampoulé, eft le *Timothée*, ou la fête d'*Alexandre* par *Dryden* : elle eft encore regardée en Angleterre comme un chef-d'œuvre inimitable, dont *Pope* n'a pu approcher quand il a voulu s'exercer dans le même genre. Cette ode fut chantée ; & fi on avait eu un muficien digne du poëte, ce ferait le chef-d'œuvre de la poëfie lyrique.

Ce qui eft toujours fort à craindre dans l'enthou-fiafme, c'eft de fe livrer à l'ampoulé, au gigantefque, au galimatias. En voici un grand exemple, dans l'ode fur la naiffance d'un prince du fang royal.

> Où fuis-je ? quel nouveau miracle
> Tient encor mes fens enchantés ?
> Quel vafte, quel pompeux fpeûacle
> Frappe mes yeux épouvantés !
> Un nouveau monde vient d'éçlore :
> L'univeïs fe reforme encore
> Dans les abymes du chaos ;
> Et pour réparer fes ruines,
> Je vois des demeures divines
> Defcendre un peuple de héros.

Nous prendrons cette occafion pour dire qu'il y a peu d'enthoufiafme dans l'ode fur la prife de Namur.

Le hafard m'a fait tomber entre les mains une critique très-injufte du poëme des Saifons de M. de *Saint-Lambert*, & de la traduûion des Géorgiques de *Virgile* par M. *Delille*. L'auteur acharné a décrier tout ce qui eft louable dans les auteurs vivans, & à louer ce qui eſt condamnable dans les morts, veut faire admirer cette ſtrophe :

> Je vois monter nos cohortes
> La flamme & le fer en main,
> Et ſur les monceaux de piques,
> De corps morts, de rocs, de briques,
> S'ouvrir un large chemin.

Il ne s'aperçoit pas que les termes de *piques* & de *briques* font un effet très-déſagréable ; que ce n'eſt point un grand effort de monter ſur des *briques*, que l'image de *briques* eſt très-faible après celle des *morts ;* qu'on ne monte point ſur des monceaux de *piques*, & que jamais on n'a entaſſé de *piques* pour aller à l'aſſaut ; qu'on ne s'ouvre point un large chemin ſur des *rocs ;* qu'il fallait dire : *Je vois nos cohortes s'ouvrir un large chemin à travers les débris des rochers, au milieu des armes briſées, & ſur des morts entaſſés ;* alors il y aurait eu de la gradation, de la vérité, & une image terrible.

Le critique n'a été guidé que par ſon mauvais goût, & par la rage de l'envie qui dévore tant de petits auteurs ſubalternes. Il faut pour s'ériger en critique, être un *Quintilien*, un *Rollin ;* il ne faut pas avoir l'inſolence de dire cela eſt bon, ceci eſt mauvais, ſans en apporter des preuves convaincantes. Ce ne ſerait plus reſſembler à *Rollin* dans ſon Traité des études ; ce ſerait reſſembler à *Fréron*, & être par conſéquent très-mépriſable.

E N V I E.

ON connaît affez tout ce que l'antiquité a dit de
cette paffion honteufe, & ce que les modernes ont
répété. *Héfiode* eft le premier auteur claffique qui en
ait parlé.

,, Le potier porte envie au potier, l'artifan à l'ar-
,, tifan, le pauvre même au pauvre, le muficien au
,, muficien, (ou fi l'on veut donner un autre fens au
,, mot *Aoïdos*) le poëte au poëte. ,,

Long-temps avant *Héfiode*, *Job* avait dit : *l'envie
tue les petits.*

Je crois que *Mandeville*, auteur de la fable des abeilles,
eft le premier qui ait voulu prouver que l'envie eft une
fort bonne chofe, une paffion très-utile. Sa première
raifon eft que l'envie eft auffi naturelle à l'homme
que la faim & la foif; qu'on la découvre dans tous
les enfans, ainfi que dans les chevaux & dans les
chiens. Voulez-vous que vos enfans fe haïffent, careffez
l'un plus que l'autre; le fecret eft infaillible.

Il prétend que la première chofe que font deux
jeunes femmes qui fe rencontrent eft de fe chercher
des ridicules, & la feconde de fe dire des flatteries.

Il croit que fans l'envie les arts feraient médiocrement cultivés, & que *Raphaël* n'aurait pas été un
grand peintre, s'il n'avait pas été jaloux de *Michel-
Ange.*

Mandeville a peut-être pris l'émulation pour l'envie;
peut-être auffi l'émulation n'eft-elle qu'une envie qui fe
tient dans les bornes de la décence.

Michel-Ange pouvait dire à *Raphaël* : Votre envie
ne vous a porté qu'à travailler encore mieux que moi;
vous ne m'avez point décrié; vous n'avez point cabalé
contre moi auprès du pape, vous n'avez point tâché
de me faire excommunier pour avoir mis des borgnes
& des boiteux en paradis, & de fucculens cardinaux
avec de belles femmes nues comme la main en enfer,
dans mon tableau du jugement dernier. Allez, votre
envie eft très-louable; vous êtes un brave envieux,
foyons bons amis.

Mais fi l'envieux eft un miférable fans talens, jaloux
du mérite comme les gueux le font des riches; fi preffé
par l'indigence comme par la turpitude de fon caractère, il vous fait des Nouvelles du Parnaffe, des Lettres
de madame la comteffe, des Années littéraires, cet
animal étale une envie qui n'eft bonne à rien, & dont
Mandeville ne pourra jamais faire l'apologie.

On demande pourquoi les anciens croyaient que
l'œil de l'envieux enforcelait les gens qui le regardaient.
Ce font plutôt les envieux qui font enforcelés.

Defcartes dit : *Que l'envie pouffe la bile jaune qui vient*
de la partie inférieure du foie, & la bile noire qui vient de
la rate, laquelle fe répand du cœur par les artères &c. Mais
comme nulle efpèce de bile ne fe forme dans la rate,
Defcartes, en parlant ainfi, femblait ne pas trop mériter
qu'on portât envie à fa phyfique.

Un certain *Voet* ou *Voetius*, poliffon en théologie,
qui accufa *Defcartes* d'athéifme, était très-malade de la
bile noire; mais il favait encore moins que *Defcartes*,
comment fa déteftable bile fe répandait dans fon fang.

Madame *Pernelle* a raifon :

Les envieux mourront; mais non jamais l'envie.

Mais c'eſt un bon proverbe, qu'il vaut mieux faire envie que pitié. Feſons donc envie autant que nous pourrons.

EPIGRAMME.

CE mot veut dire proprement *inſcription*; ainſi une épigramme devait être courte. Celles de l'anthologie grecque ſont pour la plupart fines & gracieuſes; elles n'ont rien des images groſſières que *Catulle* & *Martial* ont prodiguées, & que *Marot* & d'autres ont imitées. En voici quelques-unes traduites avec une briéveté dont on a ſouvent reproché à la langue françaiſe d'être privée. L'auteur eſt inconnu.

Sur les ſacrifices à Hercule.

Un peu de miel, un peu de lait,
Rendent Mercure favorable;
Hercule eſt bien plus cher, il eſt bien moins traitable,
Sans deux agneaux par jour il n'eſt point ſatisfait.
On dit qu'à mes moutons ce Dieu ſera propice.
Qu'il ſoit béni! mais entre nous
C'eſt un peu trop en ſacrifice :
Qu'importe qui les mange ou d'Hercule ou des loups!

Sur Laïs qui remit ſon miroir dans le temple de Vénus.

Je le donne à Vénus puiſqu'elle eſt toujours belle,
Il redouble trop mes ennuis.
Je ne ſaurais me voir dans ce miroir fidelle
Ni telle que j'étais, ni telle que je ſuis.

Sur une statue de Vénus.

Oui, je me montrai toute nue
Au Dieu Mars, au bel Adonis,
A Vulcain même, & j'en rougis;
Mais Praxitèle, où m'a-t-il vue?

Sur une statue de Niobé.

Le fatal courroux des Dieux
Changea cette femme en pierre;
Le sculpteur a fait bien mieux,
Il a fait tout le contraire.

*Sur des fleurs à une fille grecque, qui passait pour
être fière.*

Je sais bien que ces fleurs nouvelles
Sont loin d'égaler vos appas;
Ne vous énorgueilliffez pas,
Le temps vous fannera comme elles.

*Sur Léandre qui nageait vers la tour d'Héro
pendant une tempête.*

Epigramme imitée depuis par Martial.

Léandre conduit par l'amour
En nageant, difait aux orages:
Laiffez-moi gagner les rivages,
Ne me noyez qu'à mon retour.

A travers la faibleffe de la traduction, il eft aifé
d'entrevoir la délicateffe & les grâces piquantes de ces

épigrammes. Qu'elles font différentes des groffières images, trop fouvent peintes dans *Catulle* & dans *Martial*!

At nunc pro cervo mentula fuppofita eft....
Uxor te cunnos nefcis habere duos.

Marot en a fait quelques-unes, où l'on retrouve toute l'aménité de la Grèce.

> Plus ne fuis ce que j'ai été
> Et ne le faurai jamais être;
> Mon beau printemps & mon été
> Ont fait le faut par la fenêtre.
> Amour, tu as été mon maître,
> Je t'ai fervi fur tous les Dieux.
> Oh! fi je pouvais deux fois naître,
> Comme je te fervirais mieux!

Sans le printemps & l'été qui font *le faut par la fenêtre*, cette épigramme ferait digne de *Callimaque*.

Je n'oferais en dire autant de ce rondeau, que tant de gens de lettres ont fi fouvent répété.

> Au bon vieux temps un train d'amour régnoit
> Qui fans grand art & dons fe demenoit,
> Si qu'un bouquet donné d'amour profonde
> C'étoit donner toute la terre ronde,
> Car feulement au cœur on fe prenoit;
> Et fi par cas à jouir on venoit,
> Savez-vous bien comme on s'entretenoit?
> Vingt ans, trente ans; cela duroit un monde
>   Au bon vieux temps.

Or eſt paſſé ce qu'amour ordonnoit, (*a*)
Rien que pleurs feints, rien que changes on voit.
Qui voudra donc qu'à aimer je me fonde,
Il faut premier que l'amour on refonde,
Et qu'on le mène ainſi qu'on le menoit
       Au bon vieux temps.

Je dirai d'abord que peut-être ces rondeaux, dont le mérite eſt de répéter à la fin de deux couplets les mots qui commencent ce petit poëme, font une invention gothique & puérile, & que les Grecs & les Romains n'ont jamais avili la dignité de leurs langues harmonieuſes par ces niaiſeries difficiles.

Enſuite je demanderais ce que c'eſt qu'*un train d'amour qui regne*, un *train qui ſe démène ſans dons*. Je pourrais demander ſi *venir à jouir par cas*, font des expreſſions délicates & agréables ; ſi *s'entretenir & ſe fonder à aimer* ne tiennent pas un peu de la barbarie du temps, que *Marot* adoucit dans quelques-unes de ſes petites poëſies ?

Je penſerais que *refondre l'amour* eſt une image bien peu convenable, que ſi on le refond on ne le mène pas ; & je dirais enfin que les femmes pouvaient répliquer à *Marot* : Que ne le refonds-tu toi-même ? quel gré te faura-t-on d'un amour tendre & conſtant, quand il n'y aura point d'autre amour ?

Le mérite de ce petit ouvrage ſemble conſiſter dans une facilité naïve. Mais que de naïvetés dégoûtantes

(*a*) Il eſt évident qu'alors on prononçait tous les *oi* rudement, *prenoit, demenoit, ordonnoit*, & non pas *ordonnait, demenait, prenait*, puiſque ces terminaiſons rimaient avec *voit*. Il eſt évident encore qu'on ſe permettait les *bâillemens*, les *hiatus*.

dans

dans prefque tous les ouvrages de la cour de *François I!*

> Ton vieux couteau, Pierre Martel, rouillé
> Semble ton *nez* ja retrait & mouillé,
> Et le fourreau tant laid où tu l'enguaines;
> C'eft que toujours as aimé vieilles guaines.
> Et la ficelle à quoi il eft lié
> C'eft qu'attaché feras & marié.
> Quant au manche de corne connaît-on
> Que tu feras cornu comme un mouton.
> Voilà le fens, voilà la prophétie
> De ton couteau dont je te remercie.

Eft-ce un courtifan qui eft l'auteur d'une telle épigramme? eft-ce un matelot ivre dans un cabaret? *Marot* malheureufement n'en a que trop fait dans ce genre.

Les épigrammes qui ne roulent que fur des débauches de moines, & fur des obfcénités, font méprifées des honnêtes gens. Elles ne font goûtées que par une jeuneffe effrénée, à qui le fujet plaît beaucoup plus que le ftyle. Changez d'objet, mettez d'autres acteurs à la place; alors ce qui vous amufait paraîtra dans toute fa laideur.

E P I P H A N I E.

La vifibilité, l'apparition, l'illuftration, le reluifant.

ON ne voit pas trop quel rapport ce mot peut avoir avec trois rois, ou trois mages qui vinrent d'Orient conduits par une étoile. C'eft apparemment

Dictionn. philofoph. Tome IV.　　　　C

34 E P I P H A N I E.

cette étoile brillante qui valut à ce jour le titre d'*Epiphanie*.

On demande d'où venaient ces trois rois? en quel endroit ils s'étaient donné rendez-vous? Il y en avait un, dit-on, qui arrivait d'Afrique. Celui-là n'était donc pas venu de l'Orient. On dit que c'étaient trois mages; mais le peuple a toujours préféré trois rois. On célébre par-tout la fête des rois, & nulle part celle des mages. On mange le gâteau des rois, & non pas le gâteau des mages. On crie, *le roi boit*, & non pas, *le mage boit*.

D'ailleurs, comme ils apportaient avec eux beaucoup d'or, d'encens, & de myrrhe, il fallait bien qu'ils fuffent de très-grands feigneurs. Les mages de ce temps-là n'étaient pas fort riches. Ce n'était pas comme du temps du faux *Smerdis*.

Tertullien eft le premier qui ait affuré que ces trois voyageurs étaient des rois. *St Ambroife* & *St Céfaire* d'Arles tiennent pour les rois. Et on cite en preuve ces paffages du pfeaume LXXI : *Les rois de Tarfis & des îles lui offriront des préfens. Les rois d'Arabie & de Saba lui apporteront des dons.* Les uns ont appelé ces trois rois *Magalat, Galgalat, Saraïm;* les autres *Athos, Satos, Paratoras.* Les catholiques les connaiffent fous le nom de *Gafpard, Melchior,* & *Balthazar.* L'évêque *Oforius* rapporte que ce fut un roi de Cranganor dans le royaume de Calicut, qui entreprit ce voyage avec deux mages; & que ce roi, de retour dans fon pays, bâtit une chapelle à la Sainte Vierge.

On demande combien ils donnèrent d'or à *Jofeph* & à *Marie?* Plufieurs commentateurs affurent qu'ils firent les plus riches préfens. Ils fe fondent fur l'Evangile de l'enfance, dans lequel il eſt dit que *Joſeph* & *Marie* furent volés en Egypte par *Titus* & *Dumachus*. Or, diſent-ils, on ne les aurait pas volés s'ils n'avaient pas eu beaucoup d'argent. Ces deux voleurs furent pendus depuis; l'un fut le bon larron, & l'autre le mauvais larron. Mais l'Evangile de *Nicodème* leur donne d'autres noms; il les appelle *Démas* & *Geſtas*.

Le même Evangile de l'enfance dit que ce furent des mages & non pas des rois qui vinrent à Bethléem; qu'ils avaient été à la vérité conduits par une étoile, mais que l'étoile ayant ceſſé de paraître quand ils furent dans l'étable, un ange leur apparut en forme d'étoile pour leur en tenir lieu. Cet évangile aſſure que cette viſite des trois mages avait été prédite par *Zoradaſt* qui eſt le même que nous appelons *Zoroaſtre*.

Suarez a recherché ce qu'était devenu l'or que préſentèrent les trois rois, ou les trois mages. Il prétend que la ſomme devait être très-forte, & que trois rois ne pouvaient faire un préſent médiocre. Il dit que tout cet argent fut donné depuis à *Judas*, qui ſervant de maître-d'hôtel devint un fripon, & vola tout le tréſor.

Toutes ces puérilités n'ont fait aucun tort à la fête de l'Epiphanie, qui fut d'abord inſtituée par l'Egliſe grecque, comme le nom le porte, & enſuite célébrée par l'Egliſe latine.

EPOPÉE.

Poëme épique.

Puisque *épos* fignifiait *difcours* chez les Grecs, un poëme épique était donc un difcours ; & il était en vers parce que ce n'était pas encore la coutume de raconter en profe. Cela paraît bizarre, & n'en eft pas moins vrai. Un *Phérécide* paffe pour le premier grec qui fe foit fervi tout uniment de la profe pour faire une hiftoire moitié vraie, (*a*) moitié fauffe, comme elles l'ont été prefque toutes dans l'antiquité.

Orphée , *Linus* , *Tamiris* , *Mufée* , prédécelleurs d'*Homère*, n'écrivirent qu'en vers. *Héfiode*, qui était certainement contemporain d'*Homère*, ne donne qu'en vers fa théogonie, & fon poëme des travaux & des jours. L'harmonie de la langue grecque invitait tellement les hommes à la poëfie, une maxime refferrée dans un vers fe gravait fi aifément dans la mémoire, que les lois , les oracles , la morale , la théologie, tout était en vers.

D'Héfiode.

Il fit ufage des fables qui depuis long-temps étaient reçues dans la Grèce. On voit clairement à la manière fuccincte dont il parle de *Prométhée* & d'*Epimethée* , qu'il fuppofe ces notions déjà familières à tous les Grecs. Il n'en parle que pour montrer qu'il faut travailler, &

(*a*) Moitié vraie, c'eft beaucoup.

qu'un lâche repos dans lequel d'autres mythologiftes ont fait confifter la félicité de l'homme, eft un attentat contre les ordres de l'Etre fuprême.

Tâchons de préfenter ici au lecteur une imitation de fa fable de *Pandore*, en changeant cependant quelque chofe aux premiers vers, & en nous conformant aux idées reçues depuis *Héfiode*; car aucune mythologie ne fut jamais uniforme.

Prométhée autrefois pénétra dans les cieux.
Il prit le feu facré, qui n'appartient qu'aux Dieux.
Il en fit part à l'homme; & la race mortelle,
De l'efprit qui meut tout, obtint quelque étincelle.
Perfide ! s'écria Jupiter irrité,
Ils feront tous punis de ta témérité;
Il appela Vulcain; Vulcain créa Pandore.
    De toutes les beautés qu'en Vénus on adore
Il orna mollement fes membres délicats;
Les amours, les défirs forment fes premiers pas.
Les trois Grâces & Flore arrangent fa coiffure,
Et mieux qu'elles encore elle entend la parure.
Minerve lui donna l'art de perfuader;
La fuperbe Junon celui de commander.
Du dangereux Mercure elle apprit à féduire,
A trahir fes amans, à cabaler, à nuire;
Et par fon écolière il fe vit furpaffé.
    Ce chef-d'œuvre fatal aux mortels fut laiffé;
De Dieu fur les humains tel fut l'arrêt fuprême:
Voilà votre fupplice, & j'ordonne qu'on l'aime. (b)
    Il envoie à Pandore un écrin précieux;
Sa forme & fon éclat éblouiffent les yeux;

(b) On a placé ici ces vers d'*Héfiode*, qui font dans le texte avant la création de *Pandore*.

Quels biens doit renfermer cette boîte fi belle !
De la bonté des Dieux c'eft un gage fidelle ;
C'eft là qu'eft renfermé le fort du genre-humain.
Nous ferons tous des dieux. . . . elle l'ouvre ; & foudain
Tous les fléaux enfemble inondent la nature.
Hélas ! avant ce temps dans une vie obfcure,
Les mortels moins inftruits étaient moins malheureux ;
Le vice & la douleur n'ofaient approcher d'eux ;
La pauvreté, les foins, la peur, la maladie ,
Ne précipitaient point le terme de leur vie.
Tous les cœurs étaient purs, & tous les jours fereins &c.

Si *Héfiode* avait toujours écrit ainfi , qu'il ferait
fupérieur à *Homère !*

Enfuite *Héfiode* décrit les quatre âges fameux, dont
il eft le premier qui ait parlé, (du moins parmi les
anciens auteurs qui nous reftent.) Le premier âge eft
celui qui précéda *Pandore*, temps auquel les hommes
vivaient avec les dieux. L'âge de fer eft celui du fiége
de Thèbes & de Troye. *Je fuis*, dit-il, *dans le cinquième, & je voudrais n'être pas né.* Que d'hommes
accablés par l'envie , par le fanatifme , & par la
tyrannie, en ont dit autant depuis *Héfiode !*

C'eft dans ce poëme des travaux & des jours, qu'on
trouve des proverbes qui fe font perpétués, comme,
le potier eft jaloux du potier ; & il ajoute : *le muficien du
muficien, & le pauvre même du pauvre.* C'eft là qu'eft
l'original de cette fable du roffignol tombé dans les
ferres du vautour. Le roffignol chanta en vain pour
le fléchir, le vautour le dévore. *Héfiode* ne conclut
pas *que ventre affamé n'a point d'oreilles ;* mais que les
tyrans ne font point fléchis par les talens.

On trouve dans ce poëme cent maximes dignes des *Xénophons* & des *Catons*.

Les hommes ignorent le prix de la fociété; ils ne favent pas que la moitié vaut mieux que le tout.

L'iniquité n'eft pernicieufe qu'aux petits.

L'équité feule fait fleurir les cités.

Souvent un homme injufte fuffit pour ruiner fa patrie.

Le méchant qui ourdit la perte d'un homme, prépare fouvent la fienne.

Le chemin du crime eft court & aifé. Celui de la vertu eft long & difficile; mais près du but il eft délicieux.

D I E U a pofé le travail pour fentinelle de la vertu.

Enfin fes préceptes fur l'agriculture ont mérité d'être imités par *Virgile*. Il y a auffi de très-beaux morceaux dans fa *Théogonie*. L'Amour qui débrouille le chaos; *Vénus* qui née fur la mer des parties génitales d'un Dieu, nourrie fur la terre, toujours fuivie de l'Amour, unit le ciel, la mer, & la terre enfemble, font des emblèmes admirables.

Pourquoi donc *Héfiode* eut-il moins de réputation qu'*Homère*? Il me femble qu'à mérite égal, *Homère* dût être préféré par les Grecs; il chantait leurs exploits & leurs victoires fur les Afiatiques leurs éternels ennemis. Il célébrait toutes les maifons qui régnaient de fon temps dans l'Achaïe & dans le Péloponèfe; il écrivait la guerre la plus mémorable du premier peuple de l'Europe, contre la plus floriffante nation qui fût encore connue dans l'Afie. Son poëme fut prefque le feul monument de cette grande époque. Point de ville, point de famille qui ne fe crût honorée

C 4

de trouver fon nom dans ces archives de la valeur. On affure même que long-temps après lui, quelques différends entre des villes grecques, au fujet des terrains limitrophes, furent décidés par des vers d'*Homère*. Il devint après fa mort le juge des villes dans lefquelles on prétend qu'il demandait l'aumône pendant fa vie. Et cela prouve encore que les Grecs avaient des poëtes long-temps avant d'avoir des géographes.

Il eft étonnant que les Grecs fe fefant tant d'honneur des poëmes épiques, qui avaient immortalifé les combats de leurs ancêtres, ne trouvaffent perfonne qui chantât les journées de Marathon, des Thermopiles, de Platée, de Salamine. Les héros de ce temps-là valaient bien *Agamemnon*, *Achille*, & les *Ajax*.

Tirtée, capitaine, poëte, & muficien, tel que nous avons vu de nos jours le roi de Pruffe, fit la guerre, & la chanta. Il anima les Spartiates contre les Mefféniens par fes vers, & remporta la victoire. Mais fes ouvrages font perdus. On ne dit point qu'il ait paru de poëme épique dans le fiècle de *Périclès* ; les grands talens fe tournèrent vers la tragédie : ainfi *Homère* refta feul, & fa gloire augmenta de jour en jour. Venons à fon *Iliade*.

De l'Iliade.

CE qui me confirme dans l'opinion qu'*Homère* était de la colonie grecque établie à Smyrne, c'eft cette foule de métaphores & de peintures dans le ftyle oriental. La terre qui retentit fous les pieds dans la marche de l'armée, comme les foudres de *Jupiter* fur les monts qui couvrent le géant *Tiphée ;* un vent plus noir que la nuit qui vole avec les tempêtes ; *Mars & Minerve,* suivis de la Terreur, de la Fuite, & de l'infatiable Difcorde, fœur & compagne de l'Homicide, dieu des combats, qui s'élève dès qu'elle paraît, & qui, en foulant la terre, porte dans le ciel fa tête orgueilleufe. Toute l'Iliade eft pleine de ces images ; & c'eft ce qui fefait dire au fculpteur *Bouchardon :* Lorfque j'ai lu *Homère,* j'ai cru avoir vingt pieds de haut.

Son poëme, qui n'eft point du tout intéreffant pour nous, était donc très-précieux pour tous les Grecs.

Ses dieux font ridicules aux yeux de la raifon, mais ils ne l'étaient pas à ceux du préjugé ; & c'était pour le préjugé qu'il écrivait.

Nous rions, nous levons les épaules en voyant des dieux qui fe difent des injures, qui fe battent entr'eux, qui fe battent contre des hommes, qui font bleffés, & dont le fang coule ; mais c'était-là l'ancienne théologie de la Grèce, & de prefque tous les peuples afiatiques. Chaque nation, chaque petite peuplade avait fa divinité particulière qui la conduifait aux combats.

Les habitans des nuées, & des étoiles qu'on fuppofait dans les nuées, s'étaient fait une guerre cruelle. La guerre des anges contre les anges était le fondement de la religion des brachmanes, de temps immémorial. La guerre des Titans, enfans du ciel & de la terre, contre les dieux maîtres de l'Olympe, était le premier myftère de la religion grecque. *Typhon,* chez les Egyptiens, avait combattu contre *Oshiret,* que nous nommons *Ofiris,* & l'avait taillé en pièces.

Madame *Dacier*, dans fa préface de l'Iliade, remarque très-fenfément, après *Euflache*, évêque de Theffalonique, & *Huet*, évêque d'Avranches, que chaque nation voifine des Hébreux avait fon dieu des armées. En effet, *Jephté* ne dit-il pas aux Ammonites: (*c*) *Vous poffédez juflement ce que votre dieu Chamos vous a donné, fouffrez donc que nous ayons ce que notre Dieu nous donne.*

Ne voit-on pas le D I E U de Juda vainqueur dans les montagnes, (*d*) mais repouffé dans les vallées?

Quant aux hommes qui luttent contre les immortels, c'eft encore une idée reçue; *Jacob* lutte une nuit entière contre un ange de D I E U. Si *Jupiter* envoie un fonge trompeur au chef des Grecs, le Seigneur envoie un efprit trompeur au roi *Achab*. Ces emblèmes étaient fréquens, & n'étonnaient perfonne. *Homère* a donc peint fon fiècle; il ne pouvait pas peindre les fiècles fuivans.

On doit répéter ici que ce fut une étrange entreprife dans *la Motte* de dégrader *Homère*, & de le traduire; mais il fut encore plus étrange de l'abréger pour le corriger. Au lieu d'échauffer fon génie en tâchant de copier les fublimes peintures d'*Homère*, il voulut lui donner de l'efprit: c'eft la manie de la plupart des Français; une efpèce de pointe qu'ils appellent un *trait*, une petite antithèfe, un léger contrafte de mots leur fuffit. C'eft un défaut dans lequel *Racine* & *Boileau* ne font prefque jamais tombés. Mais combien d'auteurs, combien d'hommes de génie même fe font laiffés féduire par ces puérilités qui deffèchent & qui énervent tout genre d'éloquence!

(*c*) Chap. II, v. 24.   (*d*) Juges, chap. I, v. 29.

En voici, autant que j'en puis juger, un exemple
bien frappant.

Phénix, au livre neuvième, pour apaifer la colère
d'*Achille*, lui parle à-peu-près ainfi :

LES Prières, mon fils, devant vous éplorées,
Du fouverain des Dieux font les filles facrées;
Humbles, le front baiffé, les yeux baignés de pleurs,
Leur voix trifte & plaintive exhale leurs douleurs.
On les voit d'une marche incertaine & tremblante
Suivre de loin l'Injure impie & menaçante,
L'Injure au front fuperbe, au regard fans pitié,
Qui parcourt à grands pas l'univers effrayé.
Elles demandent grâce.... & lorfqu'on les refufe,
C'eft au trône des Dieux que leur voix vous accufe;
On les entend crier en lui tendant les bras :
Puniffez le cruel qui ne pardonne pas;
Livrez ce cœur farouche aux affronts de l'injure;
Rendez-lui tous les maux qu'il aime qu'on endure;
Que le barbare apprenne à gémir comme nous.
Jupiter les exauce; & fon jufte courroux
S'appéfantit bientôt fur l'homme impitoyable.

Voilà une traduction faible, mais affez exacte; &
malgré la gène de la rime, & la féchereffe de la langue,
on aperçoit quelques traits de cette grande & touchante
image, fi fortement peinte dans l'original.

Que fait le correcteur d'*Homère?* il mutile en deux
vers d'antithèfes toute cette peinture.

On offenfe les Dieux; mais par des facrifices,
De ces Dieux irrités on fait des Dieux propices.

Ce n'eft plus qu'une fentence triviale & froide. Il
y a fans doute des longueurs dans le difcours de *Phénix;*

mais ce n'était pas la peinture des prières qu'il fallait retrancher.

Homère a de grands défauts, *Horace* l'avoue; tous les hommes de goût en conviennent; il n'y a qu'un commentateur qui puiffe être affez aveugle pour ne les pas voir. *Pope* lui-même , traducteur du poëte grec, dit que ,, c'eft une vafte campagne, mais brute, où ,, l'on rencontre des beautés naturelles de toute efpèce, ,, qui ne fe préfentent pas auffi régulièrement que ,, dans un jardin régulier; que c'eft une abondante ,, pépinière qui contient les femences de tous les ,, fruits, un grand arbre qui pouffe des branches ,, fuperflues qu'il faut couper. ,,

Madame *Dacier* prend le parti de la vafte campagne, de la pépinière, & de l'arbre; & veut qu'on ne coupe rien. C'était fans doute une femme au-deffus de fon fexe, & qui a rendu de grands fervices aux lettres, ainfi que fon mari; mais quand elle fe fit homme, elle fe fit commentateur; elle outra tant ce rôle, qu'elle donna envie de trouver *Homère* mauvais. Elle s'opiniâtra au point d'avoir tort avec M. de *la Motte* même. Elle écrivit contre lui en régent de collége; & *la Motte* répondit comme aurait fait une femme polie & de beaucoup d'efprit. Il traduifit très-mal l'Iliade; mais il l'attaqua fort bien.

Nous ne parlerons pas ici de l'Odyffée; nous en dirons quelque chofe quand nous ferons à l'Ariofte.

De Virgile.

IL me femble que le fecond livre de l'Enéide, le quatrième & le fixième, font autant au-deffus de tous les poëtes grecs, & de tous les latins fans exception, que les ftatues de *Girardon* font fupérieures à toutes celles qu'on fit en France avant lui.

On a fouvent dit que *Virgile* a emprunté beaucoup de traits d'*Homére*, & que même il lui eft inférieur dans fes imitations ; mais il ne l'a point imité dans ces trois chants dont je parle. C'eft là qu'il eft lui-même ; c'eft là qu'il eft touchant, & qu'il parle au cœur. Peut-être n'était-il point fait pour le détail terrible mais fatiguant des combats. *Horace* avait dit de lui, avant qu'il eût entrepris l'Enéide :

> *Molle atque facetum*
> *Virgilio annuerunt gaudentes rure camænæ.*

Facetum ne fignifie pas ici *facétieux*, mais agréable. Je ne fais fi on ne retrouve pas un peu de cette molleffe heureufe & attendriffante dans la paffion fatale de *Didon*. Je crois du moins y retrouver l'auteur de ces vers admirables qu'on rencontre dans fes églogues.

> *Ut vidi, ut perii, ut me malus abftulit error.*

Certainement le chant de la defcente aux enfers ne ferait pas déparé par ces vers de la quatrième églogue.

> *Ille Deûm vitam accipiet, divifque videbit*
> *Permiftos heroas, & ipfe videbitur illis....*
> *Pacatumque reget patriis virtutibus orbem.*

Je crois revoir beaucoup de ces traits fimples, élégans, attendriffans, dans les trois beaux chants de l'Enéide.

Tout le quatrième chant eft rempli de vers touchans, qui font verfer des larmes à ceux qui ont de l'oreille & du fentiment.

Dissimulare etiam sperasti, perfide, tantum
Posse nefas, tacitusque meâ discedere terrâ!
Nec te noster amor, nec te data dextera quondam,
Nec moritura tenet crudeli funere Dido....
Conscendit furibunda rogos, ensemque recludit
Dardanium, non hos quæsitum munus in usus.

Il faudrait transcrire presque tout ce chant, si on
voulait en faire remarquer les beautés.

Et dans le sombre tableau des enfers, que de vers
encore respirent cette mollesse touchante & noble à la
fois!

Ne, pueri, ne tanta animis assuescite bella : ...
Tuque prior, tu, parce, genus qui ducis Olympo;
Projice tela manu, sanguis meus.

Enfin, on sait combien de larmes fit verser à
l'empereur *Auguste*, à *Livie*, à tout le palais, ce seul
demi-vers.

Tu Marcellus eris.

Homère n'a jamais fait répandre de pleurs. Le vrai
poëte est, à ce qu'il me semble, celui qui remue l'ame
& qui l'attendrit; les autres sont de beaux parleurs.
Je suis loin de proposer cette opinion pour règle. *Je
donne mon avis*, dit Montagne, *non comme bon, mais comme
mien.*

De Lucain.

Si vous cherchez dans *Lucain* l'unité de lieu &
d'action, vous ne la trouverez pas; mais où la trou-
veriez-vous? Si vous espérez sentir quelque émotion,
quelque intérêt, vous n'en éprouverez pas dans les

longs détails d'une guerre dont le fond eſt rendu très-
ſec, & dont les expreſſions ſont ampoulées ; mais ſi
vous voulez des idées fortes, des diſcours d'un courage
philoſophique & ſublime, vous ne les verrez que dans
Lucain parmi les anciens. Il n'y a rien de plus grand
que le diſcours de *Labienus* à *Caton*, aux portes du
temple de Jupiter - Ammon, ſi ce n'eſt la réponſe de
Caton même.

    Hæremus cuncti ſuperis ; temploque tacente
    Nil facimus non ſponte Dei.
    . . . , . *Steriles nùm legit arenas*
    Ut caneret paucis ; merſit ne hoc pulvere verum ?
    Eſtne Dei ſedes niſi terra & pontus & aer,
    Et cœlum & virtus ? Superos quid quærimus ultra ?
    Jupiter eſt quodcumque vides, quocumque moveris.

Mettez enſemble tout ce que les anciens poëtes ont
dit des dieux, ce ſont des diſcours d'enfans en comparaiſon de ce morceau de *Lucain*. Mais dans un vaſte
tableau où l'on voit cent perſonnages, il ne ſuffit pas
qu'il y en ait un ou deux ſupérieurement deſſinés.

Du Taſſe.

BOILEAU a dénigré le clinquant du *Taſſe ;* mais
qu'il y ait une centaine de paillettes d'or faux dans
une étoffe d'or, on doit le pardonner. Il y a beaucoup
de pierres brutes dans le grand bâtiment de marbre
élevé par *Homère. Boileau* le ſavait, le ſentait, & il
n'en parle pas. Il faut être juſte.

On renvoie le lecteur à ce qu'on a dit du *Taſſe*,
dans l'*Eſſai ſur la poëſie épique.* (*) Mais il faut dire

(*) Volume de la *Henriade*.

ici qu'on fait par cœur fes vers en Italie. Si à Venife, dans une barque, quelqu'un récite une ftance de la Jérufalem délivrée, la barque voifine lui répond par la ftance fuivante.

Si *Boileau* eût entendu ces concerts, il n'aurait eu rien à répliquer.

On connaît affez le Taffe; je ne répéterai ici ni les éloges ni les critiques. Je parlerai un peu plus au long de l'Ariofte.

De l'Ariofte.

L'ODYSSÉE d'*Homère* femble avoir été le premier modèle du *Morgante*, de l'*Orlando amorofo*, & de l'*Orlando furiofo*; & ce qui n'arrive pas toujours, le dernier de ces poëmes a été fans contredit le meilleur.

Les compagnons d'*Ulyffe* changés en pourceaux; les vents enfermés dans une peau de chèvre, des muficiennes qui ont des queues de poiffon, & qui mangent ceux qui approchent d'elles; *Ulyffe* qui fuit tout nu le chariot d'une belle princeffe, qui venait de faire la grande leffive; *Ulyffe* déguifé en gueux qui demande l'aumône, & qui enfuite tue tous les amans de fa vieille femme, aidé feulement de fon fils & de deux valets, font des imaginations qui ont donné naiffance à tous les romans en vers qu'on a faits depuis dans ce goût.

Mais le roman de l'*Ariofte* eft fi plein & fi varié, fi fécond en beautés de tous les genres, qu'il m'eft arrivé plus d'une fois, après l'avoir lu tout entier, de n'avoir d'autre défir que d'en recommencer la lecture. Quel eft donc le charme de la poëfie naturelle! Je

n'ai

n'ai jamais pu lire un feul chant de ce poëme dans nos traductions en profe.

Ce qui m'a furtout charmé dans ce prodigieux ouvrage, c'eft que l'auteur toujours au-deffus de la matière, la traite en badinant. Il dit les chofes les plus fublimes fans effort; & il les finit fouvent par un trait de plaifanterie qui n'eft ni déplacé ni recherché. C'eft à la fois l'Iliade, l'Odyffée, & dom Quichotte; car fon principal chevalier errant devient fou comme le héros efpagnol, & eft infiniment plus plaifant. Il y a bien plus, on s'intéreffe à *Roland*, & perfonne ne s'intéreffe à dom *Quichotte*, qui n'eft repréfenté dans *Cervantes*, que comme un infenfé à qui on fait continuellement des malices.

Le fond du poëme qui raffemble tant de chofes, eft précifément celui de notre roman de *Caffandre*, qui eut tant de vogue autrefois parmi nous, & qui a perdu cette vogue abfolument, parce qu'ayant la longueur de l'*Orlando furiofo*, il n'a aucune de fes beautés; & quand il les aurait en profe françaife, cinq ou fix ftances de l'*Ariofte* les éclipferaient toutes. Ce fond du poëme eft, que la plupart des héros, & les princeffes qui n'ont pas péri pendant la guerre, fe retrouvent dans Paris après mille aventures, comme les perfonnages du roman de Caffandre fe retrouvent dans la maifon de *Polémon*.

Il y a dans l'*Orlando furiofo* un mérite inconnu à toute l'antiquité; c'eft celui de fes exordes. Chaque chant eft comme un palais enchanté, dont le veftibule eft toujours dans un goût différent, tantôt majeftueux, tantôt fimple, même grotefque. C'eft de la morale,

Dictionn. philofoph. Tome IV.   D

ou de la gaieté, ou de la galanterie, & toujours du naturel & de la vérité.

Voyez seulement cet exorde du quarante-quatrième chant de ce poëme, qui en contient quarante-six, & qui cependant n'est pas trop long ; de ce poëme qui est tout en stances rimées, & qui cependant n'a rien de gêné ; de ce poëme qui démontre la nécessité de la rime dans toutes les langues modernes ; de ce poëme charmant, qui démontre surtout la stérilité & la grossiéreté des poëmes épiques barbares, dans lesquels les auteurs se font affranchis du joug de la rime ; parce qu'ils n'avaient pas la force de le porter ; comme disait *Pope*, & comme l'a écrit *Louis-Racine*, qui a eu raison alors.

> *Spesso in poveri alberghi, e in picciol tetti,*
> *Nelle calamitadi, e nei disagi,*
> *Meglio s'aggiongon d'amicizia i petti,*
> *Che fra ricchezze invidiose, ed agi*
> *Delle piene d'insidie, e di sospetti*
> *Corti regali, e splendidi palagi,*
> *Dove la caritade è in tutto estinta ;*
> *Ne si vede amicizia se non finta.*

> *Quindi avien, che tra principi, e signori,*
> *Patti e convenzion' sono si frali.*
> *Fan' lega oggi re, papi, imperatori ;*
> *Doman' saran' nemici capitali ;*
> *Perchè, qual' l'apparenze esteriori,*
> *Non hanno i cor, non han gli animi tali,*
> *Chè non mirando al torto, più ch'al dritto*
> *Attendon solamente al lor profitto.*

On a imité ainfi plutôt que traduit cet exorde.

L'amitié fous le chaume habita quelquefois ;
On ne la trouve point dans les cours orageufes,
Sous les lambris dorés des prélats & des rois,
Séjour des faux fermens, des careffes trompeufes,
Des fourdes factions, des effrénés défirs ;
Séjour où tout eft faux, & même les plaifirs.

   Les papes, les céfars apaifant leur querelle,
Jurent fur l'évangile une paix fraternelle ;
Vous les voyez demain l'un de l'autre ennemis ;
C'était pour fe tromper qu'ils s'étaient réunis :
Nul ferment n'eft gardé, nul accord n'eft fincère ;
Quand la bouche a parlé, le cœur dit le contraire.
Du ciel qu'ils atteftaient ils bravaient le courroux ;
L'intérêt eft le dieu qui les gouverne tous.

Il n'y a perfonne d'affez barbare pour ignorer qu'*Aftolphe* alla dans le paradis reprendre le bon fens de *Roland*, que la paffion de ce héros pour *Angélique* lui avait fait perdre, & qu'il le lui rendit très-proprement renfermé dans une phiole.

Le prologue du trente-cinquième chant eft une allufion à cette aventure :

Chi falira per me, Madona, in cielo
A riportarne il mio perduto ingegno ?
Che poi ch'ufci da' be' voftri occhi il telo,
Che'l cor mi fiffe, og'nor perdendo vegno ;
Nè di tanta jattura mi querclo ;
Purchè non crefca, ma ftia a quefto fegno.
Ch'io dubito, fe più fi va fcemando,
Di venir tal, qual' ho defcritto Orlando.

D 2

Per riaver l'ingegno mio mè avifo ,
Che non bifogna che per l'aria io poggi
Nel cerchio della luna , o in paradifo ,
Che'l mio non credo che tant' alto alloggi.
Nè bei voftri occhi , e nel' fereno vifo ,
Nel' fen d'avorio , e alabaftrini poggi
Se ne vù errando ; ed io con quefta labbia
Lo corro ; fe vi par , ch'io l'o r'abbia.

Ceux qui n'entendent pas l'italien peuvent fe faire quelque idée de ces ftrophes par la verfion françaife.

Oh fi quelqu'un voulait monter pour moi
Au paradis! s'il y pouvait reprendre
Mon fens commun! s'il daignait me le rendre!...
Belle Aglaé, je l'ai perdu pour toi ;
Tu m'as rendu plus fou que Roland même ;
C'eft ton ouvrage : on eft fou quand on aime,
Pour retrouver mon efprit égaré
Il ne faut pas faire un fi long voyage.
Tes yeux l'ont pris, il en eft éclairé,
Il eft errant fur ton charmant vifage.
Sur ton beau fein ce trône des amours
Il m'abandonne. Un feul regard peut-être,
Un feul baifer peut le rendre à fon maître ;
Mais fous tes lois il reftera toujours.

Ce *molle & facetum* de l'*Ariofte*, cette urbanité, cet atticifme, cette bonne plaifanterie répandue dans tous fes chants, n'ont été ni rendues, ni même fenties par *Mirabaud* fon traducteur, qui ne s'eft pas douté que l'*Ariofte* raillait de toutes fes imaginations. Voyez feulement le prologue du vingt-quatrième chant.

Chi mette il pie fù l'amorofa pania
Cerchi ritrarlo e non v'invechi l'ale.
Che non è in fomma amor fe non infania ,
A giudicio dè favii , univerfale.
E fe ben , come Orlando , ogni un' fmania ,
Suo furor moftra a qualche altro fegnale ;
E quale è di pazzia fegno più efpreffo
Che per altri voler , perde fe fteffo ?

Vari gli effetti fon' ; ma la pazzia
E tutta una però che gli fa ufcire.
Gli è come una gran felva ove la via
Conviene a forza a chi va fallire ;
Chi fù , chi giù , qui quà , qui là travia.
Per concludere in fomma , io vi vo dire
A chi in amor s'invecchia , oltre ogni pena
Si convengon i ceppi , e la catena.

Ben me fi potria dir : Frate , tu vaï
L'altrui moftrando , e non vedi il tuo fallo.
Io vi refpondo che comprendo affaï ,
Or che di mente ho lucido intervallo ,
Ed ho gran' cura (e fpero farlo omaï)
Di ripofar mi , e d'ufcir fuor di ballo.
Ma tofto far come vorei , no'l poffo ;
Che'l male è penetrato infino all'offo.

Voici comme *Mirabeau* traduit férieufement cette
plaifanterie.

,, Que celui qui a mis le pied fur les gluaux de
,, l'amour tâche de l'en tirer promptement, & de n'y
,, pas laiffer engluer fes ailes ; car au jugement una-
,, nime des plus fages, l'amour eft une vraie folie.

D 3

,, Quoique tous ceux qui s'y abandonnent comme
,, *Roland* ne deviennent pas furieux, il n'y en a
,, cependant pas un feul qui ne faffe voir combien
,, fa raifon eft égarée.

,, Les effets de cette manie font différens, mais
,, une même caufe les produit; c'eft comme une épaiffe
,, forêt où l'un prend à droite, l'autre prend à gauche;
,, fans compter enfin toutes les autres peines que
,, l'amour fait fouffrir, il nous ôte encore la liberté
,, & nous charge de fers.

,, Quelqu'un me dira peut-être : Eh, mon ami,
,, prenez pour vous-mêmes les avis que vous donnez
,, aux autres. C'eft bien auffi mon deffein à préfent
,, que la raifon m'éclaire; je fonge à m'affranchir
,, d'un joug qui me pèfe, & j'efpère que j'y parvien-
,, drai. Il eft pourtant vrai que le mal étant fort
,, enraciné, il me faudra pour en guérir beaucoup
,, plus de temps que je ne voudrais. ,,.

Je crois reconnaître davantage l'efprit de l'*Ariofte*
dans cette imitation faite par un auteur inconnu.

Qui dans la glu du tendre amour s'empêtre
De s'en tirer n'eft pas long-temps le maître;
On s'y démène, on y perd fon bon fens,
Témoin Roland & d'autres perfonnages;
Tous gens de bien, mais fort extravagans ;
Ils font tous fous; ainfi l'ont dit les fages.

Cette folie a différens effets,
Ainfi qu'on voit dans de vaftes forêts,
A droite, à gauche, errer à l'aventure,
Des pélerins au gré de leur monture;
Leur grand plaifir eft de fe fourvoyer;
Et pour leur bien je voudrais les lier.

A ce propos quelqu'un me dira : Frère,
C'eſt bien prêché ; mais il fallait te taire.
Corrige-toi ſans ſermonner les gens.
Oui, mes amis, oui, je ſuis très-coupable,
Et j'en conviens quand j'ai de bons momens ;
Je prétends bien changer avec le temps,
Mais juſqu'ici le mal eſt incurable.

Quand je dis que l'*Arioſte* égale *Homère* dans la
deſcription des combats, je n'en veux pour preuve
que ces vers.

> *Suona l'un brando, e l'altro, or baſſo, or alto :*
> *Il martel di Vulcano era più tardo*
> *Nella ſpelunca affumicata, dove*
> *Battea all'incude i folgori di Giove.*
> . . . .
> . . . .
> *Aſpro concerto, orribile armonia*
> *D'alte querele, d'ululi e di ſtrida*
> *Della miſera gente, che peria*
> *Nel fondo, per cagion della ſua guida ;*
> *Iſtranamente concordar s'udia*
> *Col fiero ſuon della fiamma omicida.*
> . . . .
> . . . .
> *L'alto rumor delle ſonore trombe,*
> *Di timpani, e di barbari ſtromenti*
> *Giunte al continuo ſuon d'archi, di frombe*
> *Di machine, di ruote, e di tormenti,*
> *E quel, di che più per che'l ciel ribombe*
> *Gridi, tumulti, gemiti, e lamenti*
> *Rendono un' altro ſuon, ch'a quel s'accorda*
> *Con che i vicin, cadendo, il Nilo afforda.*

D 4

. . . .
. . . .

Alle squallide ripe dell'Acheronte
Sciolta del corpo, più freddo che ghiaccio,
Bestemmiando fuggi l'alma sdegnosa
Che fù sì altera al mondo, e sì orgogliosa.

Voici une faible traduction de ces beaux vers.

Entendez-vous leur armure guerrière
Qui retentit des coups de cimetère?
Moins violens, moins prompts sont les marteaux
Qui vont frappant les célestes carreaux,
Quand tout noirci de fumée & de poudre,
Au mont Etna Vulcain forge la foudre.

. . . .
. . . .

Concert horrible, exécrable harmonie,
De cris aigus & de longs hurlemens,
Du bruit des cors, des plaintes des mourans,
Et du fracas des maisons embrasées
Que sous leurs toits la flamme a renversées.
Des instrumens de ruine & de mort
Volans en foule & d'un commun effort,
Et la trompette organe du carnage,
De plus d'horreur emplissent ce rivage,
Que n'en ressent l'étonné voyageur
Alors qu'il voit tout le Nil en fureur,
Tombant des cieux qu'il touche & qu'il inonde,
Sur cent rochers précipiter son onde.

. . . .
. . . .

Alors, alors, cette ame si terrible,
Impitoyable, orgueilleuse, inflexible,

Fuit de fon corps & fort en blafphémant,
Superbe encore à fon dernier moment,
Et défiant les éternels abymes
Où s'engloutit la foule de fes crimes.

Il a été donné à l'*Ariofte* d'aller & de revenir de ces
defcriptions terribles aux peintures les plus volup-
tueufes, & de ces peintures à la morale la plus fage.
Ce qu'il y a de plus extraordinaire encore, c'eft d'intéreffer vivement pour les héros & les héroïnes dont
il parle, quoiqu'il y en ait un nombre prodigieux. Il
y a prefque autant d'événemens touchans dans fon
poëme que d'aventures grotefques; fon lecteur s'accoutume fi bien à cette bigarrure, qu'il paffe de l'un
à l'autre fans en être étonné.

Je ne fais quel plaifant a fait courir le premier ce
mot prétendu du cardinal d'Eft : *Meffer Lodovico , dove
avete pigliato tante coglionerie?* Le cardinal aurait dû
ajouter : *Dove avete pigliato tante cofe divine?* Auffi eft-il
appelé en Italie *il divino Ariofto.*

Il fut le maître du *Taffe.* L'Armide eft d'après
l'Alcine. Le voyage des deux chevaliers qui vont défen-
chanter *Renaud* , eft abfolument imité du voyage
d'*Aftolphe.* Et il faut avouer encore que les imaginations fantafques qu'on trouve fi fouvent dans le poëme
de Roland le furieux, font bien plus convenables à
un fujet mêlé de férieux & de plaifant , qu'au poëme
férieux du *Taffe* , dont le fujet femblait exiger des
mœurs plus févères.

Ne paffons pas fous filence un autre mérite qui n'eft
propre qu'à l'*Ariofte;* je veux parler des charmans
prologues de tous fes chants.

Je n'avais pas ofé autrefois le compter parmi les poëtes épiques ; je ne l'avais regardé que comme le premier des grotefques : mais en le relifant je l'ai trouvé auffi fublime que plaifant ; & je lui fais très-humblement réparation. Il eft très-vrai que le pape *Léon X* publia une bulle en faveur de l'*Orlando furiofo*, & déclara excommuniés ceux qui diraient du mal de ce poëme. Je ne veux pas encourir l'excommunication.

C'eft un grand avantage de la langue italienne, ou plutôt c'eft un rare mérite dans le Taffe & dans l'Ariofte, que des poëmes fi longs, non-feulement rimés, mais rimés en ftances, en rimes croifées, ne fatiguent point l'oreille, & que le poëte ne paraiffe prefque jamais gêné.

Le *Triffin*, au contraire, qui s'eft délivré du joug de la rime, femble n'en avoir que plus de contrainte, avec bien moins d'harmonie & d'élégance.

Spencer, en Angleterre, voulut rimer en ftances fon poëme de la Fée reine ; on l'eftima, & perfonne ne le put lire.

Je crois la rime néceffaire à tous les peuples qui n'ont pas dans leur langue une mélodie fenfible, marquée par les longues & par les brèves, & qui ne peuvent employer ces dactyles & ces fpondées qui font un effet fi merveilleux dans le latin.

Je me fouviendrai toujours que je demandai au célébre *Pope*, pourquoi *Milton* n'avait pas rimé fon Paradis perdu ? & qu'il me répondit : *Becaufe he could not*, parce qu'il ne le pouvait pas.

Je fuis perfuadé que la rime irritant, pour ainfi dire, à tout moment le génie, lui donne autant d'élancemens que d'entraves ; qu'en le forçant de tourner fa penfée en mille manières, elle l'oblige auffi de penfer avec plus de juſteſſe, & de s'exprimer avec plus de correction. Souvent l'artiſte en s'abandonnant à la facilité des vers blancs, & ſentant intérieurement le peu d'harmonie que ces vers produiſent, croit y ſuppléer par des images giganteſques qui ne ſont point dans la nature. Enfin, il lui manque le mérite de la difficulté ſurmontée.

Pour les poëmes en proſe, je ne ſais ce que c'eſt que ce monſtre. Je n'y vois que l'impuiſſance de faire des vers. J'aimerais autant qu'on me propoſât un concert ſans inſtrumens. Le Caſſandre de la *Calprenède* ſera, ſi l'on veut, un poëme en proſe, j'y conſens; mais dix vers du *Taſſe* valent mieux.

De Milton.

S I *Boileau*, qui n'entendit jamais parler de *Milton*, abſolument inconnu de ſon temps, avait pu lire le Paradis perdu; c'eſt alors qu'il aurait pu dire comme du *Taſſe* :

Eh quel objet enfin à préſenter aux yeux

Que le diable toujours hurlant contre les cieux !

Un épiſode du *Taſſe* eſt devenu le ſujet d'un poëme entier chez l'auteur anglais; celui-ci a étendu ce que l'autre avait jeté avec diſcrétion dans la fabrique de ſon poëme.

Je me livre au plaiſir de tranſcrire ce que dit le *Taſſe* au commencement du quatrième chant.

Quinci avendo pur tutto il penſier volto

A recar nè criſtiani ultima doglia ;

Che ſia comanda il popol ſuo racolto,

(Concilio orrendo) entro la regia ſoglia.

Come ſia pur leggiera impreſa (ahi ſtolto)

Il repugnare alla divina voglia :
Stolto, ch'al ciel s'agguaglia, e'n obblio pone,
Come di Dio la destra irata tuone.

Chiama gli abitator' dell'ombre eterne
Il rauco suon della tartarea tromba ;
Treman le spaziose atre'caverne,
E l'aer cieco a quel rumor rimbomba.
Nè stridendo così dalle superne
Regioni del cielo il folgor piomba,
Nè si scossa già mai trema la terra,
Quand i vapori in sen gravida serra.

Orrida maestà nel fero aspetto
Terrore accresce, e più superbo il rende.
Rosseggian gli occhi ; e di veneno infetto,
Come infausta cometa, il guardo splende.
Gli involve il mento, e su l'irsuto petto
Ispida, e folta la gran barba scende ;
Ed in guisa di voragine profonda,
S'apre la bocca d'atro sangue immonda.

Quali i fumi sulfurei, ed infiammati
Escon di mon Gibello, e'l puzzo, e'l tuono ;
Tal della fera bocca i negri fiati,
Tale il fetore, e le faville sono.
Mentre ei parlava, Cerbero i latrati
Riprese, e l'Idra si fe' muta al suono :
Resto Cocito, e ne tremar' gli abissi,
E in questi detti il gran rimbombo udissi.

Tartarei numi, di seder più degni
Là sovra il sole, ond'è l'origin vostra,
Che meco già da' più felici regni
Spinse il gran caso in questa oribil chiostra ;

Gli antichi altrui sospetti, e i fieri sdegni
Noti son troppo, e l'alta impresa nostra
Or colui regge a suo voler le stelle,
E noi siam giudicate alme rubelle.

   Ed in vece del dì sereno, e puro,
Dell'aureo sol, degli stellati giri,
N'hà qui rinchiusi in questo abisso oscuro;
Ne' vol, ch'al primo onor per noi s'aspiri.
E poscia (ahi quanto a ricordarlo è duro!
Questo è quel, che più inaspra i miei martiri.)
Nè bei seggi celesti hà l'uom chiamato,
L'uom' vile, & di vil fango in terra nato.

Tout le poëme de *Milton* semble fondé sur ces vers, qu'il a même entièrement traduits. Le *Tasse* ne s'appesantit point sur les ressorts de cette machine, la seule peut-être que l'austérité de sa religion & le sujet d'une croisade dussent lui fournir. Il quitte le diable le plutôt qu'il peut, pour présenter son *Armide* aux lecteurs; l'admirable *Armide*, digne de l'*Alcine* de l'*Arioste* dont elle est imitée. Il ne fait point tenir de longs discours à *Belial*, à *Mammon*, à *Belzébuth*, à *Satan*.

Il ne fait point bâtir une salle pour les diables; il n'en fait pas des géans pour les transformer en pygmées, afin qu'ils puissent tenir plus à l'aise dans la salle. Il ne déguise point enfin *Satan* en cormoran & en crapaud.

Qu'auraient dit les cours & les savans de l'ingénieuse Italie, si le *Tasse*, avant d'envoyer l'esprit de ténèbres exciter *Hidraot*, le père d'*Armide*, à la vengeance, se fût arrêté aux portes de l'enfer pour s'entretenir avec la Mort & le Péché; si le Péché lui avait appris qu'il était sa fille, qu'il avait accouché d'elle par la tête;

qu'enfuite il devint amoureux de fa fille ; qu'il en eut un enfant qu'on appela la Mort, que la mort (qui eft fuppofée mafçulin) coucha avec le Péché, (qui eft fuppofé féminin) & qu'elle lui fit une infinité de ferpens qui rentrent à toute heure dans fes entrailles, & qui en fortent.

De tels rendez-vous, de telles jouiffances font aux yeux des Italiens de finguliers épifodes d'un poëme épique. Le *Taffe* les a négligés, & il n'a pas eu la délicateffe de transformer *Satan* en crapaud, pour mieux inftruire *Armide*.

Que n'a-t-on point dit de la guerre des bons & des mauvais anges que *Milton* a imitée, de la gigantomachie de *Claudien*? *Gabriel* confume deux chants entiers à raconter les batailles données dans le ciel contre DIEU même ; & enfuite la création du monde. On s'eft plaint que ce poëme ne foit prefque rempli que d'épifodes ; & quels épifodes! c'eft *Gabriel* & *Satan* qui fe difent des injures ; ce font des anges qui fe font la guerre dans le ciel, & qui la font à DIEU. Il y a dans le ciel des dévots & des efpèces d'athées. *Abdiel*, *Ariel*, *Arioc*, *Rimiel*, combattent *Moloch*, *Belzébuth*, *Nifroch*; on fe donne de grands coups de fabre ; on fe jette des montagnes à la tête avec les arbres qu'elles portent, & les neiges qui couvrent leurs cimes, & les rivières qui coulent à leurs pieds. C'eft-là, comme on voit, la belle & fimple nature !

On fe bat dans le ciel à coups de canon ; encore cette imagination eft-elle prife de l'*Ariofte*; mais l'*Ariofte* femble garder quelque bienféance dans cette invention. Voilà ce qui a dégoûté bien des lecteurs italiens & français. Nous n'avons garde de porter notre jugement; nous laiſſons chacun ſentir du dégoût ou du plaiſir à ſa fantaiſie.

On peut remarquer ici que la fable de la guerre des géans contre les dieux, ſemble plus raiſonnable que celle des anges,, ſi le mot de *raiſonnable* peut convenir à de telles fictions. Les géans de la fable étaient ſuppoſés les enfans du ciel & de la terre, qui redemandaient une partie de leur héritage à des dieux, auxquels ils étaient égaux en force & en puiſſance. Ces dieux n'avaient point créé les Titans; ils étaient corporels comme eux. Mais il n'en eſt pas ainſi dans notre religion. DIEU eſt un être pur, infini, tout-puiſſant, créateur de toutes choſes, à qui ſes créatures n'ont pu faire la guerre ni lancer contre lui des montagnes, ni tirer du canon.

Auſſi cette imitation de la guerre des géans, cette fable des anges révoltés contre DIEU même, ne ſe trouve que dans les livres apocryphes attribués à *Enoch*, dans le premier ſiècle de notre ère vulgaire, livre digne de toute l'extravagance du rabiniſme.

Milton a donc décrit cette guerre. Il y a prodigué les peintures les plus hardies. Ici ce ſont des anges à cheval, & d'autres qu'un coup de ſabre coupe en deux, & qui ſe rejoignent ſur le champ; là c'eſt la mort qui *lève le nez pour renifler l'odeur des cadavres* qui n'exiſtent pas encore. Ailleurs elle frappe de *ſa maſſue pétrifique ſur le froid & ſur le ſec*. Plus loin, c'eſt le froid, le chaud, le ſec, & l'humide, qui ſe diſputent l'empire du monde, & qui *conduiſent en bataille rangée des embryons d'atomes*. Les queſtions les plus épineuſes de la plus rebutante ſcolaſtique, ſont traitées en plus de vingt endroits dans les termes même de l'école.

Des diables en enfer s'amufent à difputer fur la grâce, fur le libre arbitre, fur la prédeftination, tandis que d'autres jouent de la flûte.

Au milieu de ces inventions, il foumet fon imagination poëtique, & la reftreint à paraphrafer dans deux chants, les premiers chapitres de la Genèfe.

> *God faw the light was good.*
> *And light from darknefs divided;*
> *Light the day and darknefs night he nam'd.*
> *Again God faid: Let be the firmament . . .*
> *And faw that it was good . . .*

C'eft un refpect qu'il montre pour l'ancien teftament, ce fondement de notre religion.

Nous croyons avoir une traduction exacte de *Milton*, & nous n'en avons point. On a retranché, ou entièrement altéré plus de deux cents pages, qui prouveraient la vérité de ce que j'avance.

En voici un précis que je tire du cinquième chant.

Après qu'*Adam* & *Eve* ont récité le pfeaume CXLVIII, l'ange *Raphaël* defcend du ciel fur fes fix ailes, & vient leur rendre vifite; & *Eve* lui prépare à dîner. „ Elle écrafe des grappes de raifin, & en fait du vin „ doux qu'on appelle *mouft*; & de plufieurs graines, „ & des doux pignons preffés, elle tempéra de douces „ crêmes.... L'ange lui dit, bon jour, & fe fervit de „ la fainte falutation dont il ufa long-temps après „ envers *Marie* la feconde *Eve*: Bon jour, mère des „ hommes, dont le ventre fécond remplira le monde „ de plus d'enfans qu'il n'y a de différens fruits des „ arbres de D I E U entaffés fur ta table. La table était „ un gazon & des fiéges de mouffe tout autour, & fur

„ fon

,, fon ample quarré d'un bout à l'autre tout l'automne
,, était empilé, quoique le printemps & l'automne dan-
,, faffent dans ce lieu par la main. Ils firent quelque
,, temps converfation fans craindre que le dîner fe
,, refroidît. (d) Enfin, notre premier père commença
,, ainfi :

,, Envoyé célefte, qu'il vous plaife goûter des
,, préfens que notre nourricier, dont defcend tout
,, bien parfait & immenfe, a fait produire à lá terre
,, pour notre nourriture & pour notre plaifir; alimens
,, peut-être infipides pour des natures fpirituelles. Je
,, fais feulement qu'un père célefte les donne à tous.

,, A quoi l'ange répondit : Ce que celui dont les
,, louanges foient chantées, donne à l'homme, en
,, partie fpirituel, n'eft pas trouvé un mauvais mets
,, par les purs efprits; & ces purs efprits, ces fubftances
,, intelligentes, veulent auffi des alimens ainfi qu'il en
,, faut à votre fubftance raifonnable. Ces deux fubf-
,, tances contiennent en elles toutes les facultés baffes
,, des fens par lefquelles elles entendent, voient,
,, flairent, touchent, goûtent, digèrent ce qu'elles ont
,, goûté, en affimilent les parties, & changent les
,, chofes corporelles en incorporelles. Car, vois-tu,
,, tout ce qui a été créé doit être foutenu & nourri;
,, les élémens les plus groffiers alimentent les plus
,, purs; la terre donne à manger à la mer; la terre
,, & la mer à l'air; l'air donne de la pâture aux feux
,, éthérés, & d'abord à la lune, qui eft la plus proche
,, de nous; c'eft de-là qu'on voit fur fon vifage rond,
,, fes taches & fes vapeurs non encore purifiées, & non

(d) Mot pour mot : *Nor fcar'd left dinner cool'd.*

Diĉtionn. philofoph. Tome IV.   E

,, encore tournées en fa fubftance. La lune auffi
,, exhale de la nourriture de fon continent humide
,, aux globes plus élevés. Le foleil, qui départ fa
,, lumière à tous, reçoit auffi de tous en récompenfe
,, fon aliment en exaltations humides, & le foir il
,, foupe avec l'Océan.... Quoique dans le ciel les
,, arbres de vie portent un fruit d'ambrofie; quoique
,, nos vignes donnent du nectar; quoique tous les
,, matins nous broffions les branches d'arbres cou-
,, vertes d'une rofée de miel; quoique nous trouvions
,, le terrain couvert de graines perlées; cependant
,, DIEU a tellement varié ici fes préfens, & de nou-
,, velles délices, qu'on peut les comparer au ciel.
,, Soyez fûrs que je ne ferai pas affez délicat pour
,, n'en pas tâter avec vous.

,, Ainfi ils fe mirent à table, & tombèrent fur les
,, viandes; & l'ange n'en fit pas feulement femblant;
,, il ne mangea pas en myftère, felon la glofe com-
,, mune des théologiens; mais avec la vive dépêche
,, d'une faim très-réelle, avec une chaleur concoctive
,, & tranffubftantive; le fuperflu du dîner tranfpire
,, aifément dans les pores des efprits; il ne faut pas
,, s'en étonner, puifque l'empyrique alchimifte avec
,, fon feu de charbon & de fuie peut changer, ou
,, croit pouvoir changer l'écume du plus groffier
,, métal en or auffi parfait que celui de la mine.

,, Cependant *Eve* fervait à table toute nue, &
,, couronnait leurs coupes de liqueurs délicieufes.
,, O innocence! méritant paradis! c'était alors plus
,, que jamais que les enfans de DIEU auraient été
,, excufables d'être amoureux d'un tel objet; mais
,, dans leurs cœurs l'amour régnait fans débauche.

,, Ils ne connaiffaient pas la jaloufie, enfer des amans
,, outragés. ,,

Voilà ce que les traducteurs de *Milton* n'ont point
du tout rendu ; voilà ce dont ils ont fupprimé les trois
quarts, & atténué tout le refte. C'eft ainfi qu'on en a
ufé quand on a donné des traductions de quelques
tragédies de *Shakefpeare* ; elles font toutes mutilées &
entiérement méconnaiffables. Nous n'avons aucune
traduction fidelle de ce célébre auteur dramatique,
que celle des trois premiers actes de fon Jules-Céfar,
imprimée à la fuite de Cinna , dans l'édition de
Corneille avec des commentaires.

Virgile annonce les deftinées des defcendans d'*Enée*,
& les triomphes des Romains. *Milton* prédit le deftin
des enfans d'*Adam* ; c'eft un objet plus grand, plus
intéreffant pour l'humanité ; c'eft prendre pour fon
fujet l'hiftoire univerfelle. Il ne traite pourtant à fond
que celle du peuple juif, dans les onzième & douzième
chants ; & voici mot à mot ce qu'il dit du refte de la
terre.

,, L'ange *Michel* & *Adam* montèrent dans la *vifion*
,, *de Dieu;* c'était la plus haute montagne du paradis
,, terreftre, du haut de laquelle l'hémifphère de la
,, terre s'étendait dans l'afpect le plus ample & le plus
,, clair. Elle n'était pas plus haute , ni ne préfentait
,, un afpect plus grand que celle fur laquelle le diable
,, emporta le fecond *Adam* dans le défert , pour lui
,, montrer tous les royaumes de la terre & leur gloire.
,, Les yeux d'*Adam* pouvaient commander de là toutes
,, les villes d'ancienne & de moderne renommée ; fur
,, le fiége du plus puiffant empire, depuis les futures
,, murailles de Combalu , capitale du grand-kan du

,, Catai, & de Samarcande fur l'Oxus, trône de
,, *Tamerlan*, à Pékin des rois de la Chine, & de-là
,, à Agra, & de-là à Lahor du grand-mogol jufqu'à
,, la Cherfonèfe d'or, ou jufqu'au fiége du Perfan
,, dans Ecbatane, & depuis dans Ifpahan, ou juf-
,, qu'au czar ruffe dans Mofcou, ou au fultan venu
,, du Turkeftan dans Byfance. Ses yeux pouvaient
,, voir l'empire du Négus jufqu'à fon dernier port
,, Ercoco, & les royaumes maritimes Mombaza.
,, Quiloa, & Mélinde, & Sofala qu'on croit Ophir,
,, jufqu'au royaume de Congo & Angola plus au
,, fud. Ou bien de-là il voyait depuis le fleuve Niger
,, jufqu'au mont Atlas, les royaumes d'Almanzor,
,, de Fez, & de Maroc; Sus, Alger, Tremizen, &
,, de-là l'Europe, à l'endroit d'où Rome devait gou-
,, verner le monde. Peüt-être il vit en efprit le riche
,, Mexique fiége de *Montezume*, & Cufco dans le
,, Pérou, plus riche fiége d'*Atabalipa*; & la Guiane,
,, non encore dépouillée, dont la capitale eft appelée
,, *Eldorado* par les Efpagnols. ,,

　　Après avoir fait voir tant de royaumes aux yeux
d'*Adam*, on lui montre auffitôt un hôpital; & l'auteur
ne manque pas de dire que c'eft un effet de la gourmandife d'*Eve*.

　　,, Il vit un lazareth où gifait nombre de malades,
,, fpafmes hideux, empreintes douloureufes, maux de
,, cœur, d'agonie, toutes les fortes de fièvres, convul-
,, fions, épilepfies, terribles catarres, pierres & ulcères
,, dans les inteftins, douleurs de coliques, frénéfies
,, diaboliques, mélancolies foupirantes, folies luna-
,, tiques, atrophies, marafmes, pefte dévorante au
,, loin, hydropifies, afthmes, rhumes &c. ,,

Toute cette vifion femble une copie de l'*Ariofte;* car *Aftolphe*, monté fur l'hippogriffe, voit en volant tout ce qui fe paffe fur les frontières de l'Europe & fur toute l'Afrique. Peut-être, fi on l'ofe dire, la fiction de l'*Ariofte* eft plus vraifemblable que celle de fon imitateur; car en volant, il eft tout naturel qu'on voie plufieurs royaumes l'un après l'autre; mais on ne peut découvrir toute la terre du haut d'une montagne.

On a dit que *Milton* ne favait pas l'optique; mais cette critique eft injufte; il eft très-permis de feindre qu'un efprit célefte découvre au père des hommes les deftinées de fes defcendans. Il n'importe que ce foit du haut d'une montagne ou ailleurs. L'idée au moins eft grande & belle.

Voici comme finit ce poëme.

La Mort & le Péché conftruifent un large pont de pierre qui joint l'enfer à la terre pour leur commodité & pour celle de *Satan*, quand ils voudront faire leur voyage. Cependant *Satan* revole vers les diables par un autre chemin; il vient rendre compte à fes vaffaux du fuccès de fa commiffion; il harangue les diables, mais il n'eft reçu qu'avec des fifflets. DIEU le change en grand ferpent, & fes compagnons deviennent ferpens auffi.

Il eft aifé de reconnaître dans cet ouvrage, au milieu de fes beautés, je ne fais quel efprit de fanatifme & de férocité pédantefque qui dominaient en Angle-terre du temps de *Cromwell*, lorfque tous les Anglais avaient la bible & le piftolet à la main. Ces abfurdités théologiques, dont l'ingénieux *Butler* auteur d'Hudibras s'eft tant moqué, furent traitées férieufement par *Milton*. Auffi cet ouvrage fut regardé par toute la

cour de *Charles II*, avec autant d'horreur qu'on avait
de mépris pour l'auteur.

Milton avait été quelque temps secrétaire pour la
langue latine du parlement, appelé le *rump*, ou le
croupion. Cette place fut le prix d'un livre latin en
faveur des meurtriers du roi *Charles I ;* livre (il faut
l'avouer) aussi ridicule par le style, que détestable par
la matière ; livre où l'auteur raisonne à - peu - près
comme lorsque dans son Paradis perdu, il fait digérer
un ange, & fait passer les excrémens par insensible
transpiration ; lorsqu'il fait coucher ensemble le Péché
& la Mort ; lorsqu'il transforme son *Satan* en cormoran
& en crapaud ; lorsqu'il fait des diables géans, qu'il
change ensuite en pygmées, pour qu'ils puissent raisonner plus à l'aise, & parler de controverse &c.

Si on veut un échantillon de ce libelle scandaleux
qui le rendit si odieux, en voici quelques-uns. *Saumaise*
avait commencé son livre en faveur de la maison
Stuart, & contre les régicides, par ces mots.

*L'horrible nouvelle du parricide commis en Angleterre,
a blessé depuis peu nos oreilles & encore plus nos cœurs.*

Milton répond à Saumaise : *Il faut que cette horrible
nouvelle ait eu une épée plus longue que celle de St Pierre
qui coupa une oreille à Malchus, ou les oreilles hollandaises
doivent être bien longues pour que le coup ait porté de
Londres à la Haye ; car une telle nouvelle ne pouvait blesser
que des oreilles d'âne.*

Après ce singulier préambule, *Milton* traite de
pusillanimes & de *lâches*, les larmes que le crime de la
faction de *Cromwell* avait fait répandre à tous les
hommes justes & sensibles. *Ce sont*, dit-il, *des larmes
telles qu'il en coula des yeux de la nymphe Salmacis, qui*

produisirent la fontaine dont les eaux énervaient les hommes,
les dépouillaient de leur virilité, leur ôtaient le courage, &
en fesaient des hermaphrodites. Or *Saumaise* s'appelait
Salmasius en latin. *Milton* le fait descendre de la nymphe
Salmacis. Il l'appelle *eunuque* & *hermaphrodite*, quoiqu'hermaprodite soit le contraire d'eunuque. Il lui dit
que ses pleurs sont ceux de *Salmacis* sa mère, & qu'ils
l'ont rendu infame.

> *Infamis ne quem male fortibus undis*
> *Salmacis enervet.*

On peut juger si un tel pédant atrabilaire, défenseur
du plus énorme crime, put plaire à la cour polie &
délicate de *Charles II*, aux lords *Rochester*, *Roscommon*,
Buckingham, aux *Waller*, aux *Cowley*, aux *Congrèves*,
aux *Wicherley*. Ils eurent tous en horreur l'homme &
le poëme. A peine même fut-on que le Paradis perdu
existait. Il fut totalement ignoré en France aussi-bien
que le nom de l'auteur.

Qui aurait osé parler aux *Racines*, aux *Despréaux*,
aux *Molières*, aux *la Fontaine*, d'un poëme épique sur
Adam & *Eve*? Quand les Italiens l'ont connu, ils ont
peu estimé cet ouvrage, moitié théologique, & moitié
diabolique, où les anges & les diables parlent pendant
des chants entiers. Ceux qui savent par cœur l'*Arioste*
& le *Tasse*, n'ont pu écouter les sons durs de *Milton*.
Il y a trop de distance entre la langue italienne &
l'anglaise.

Nous n'avions jamais entendu parler de ce poëme
en France, avant que l'auteur de la *Henriade* nous
en eût donné une idée dans le neuvième chapitre de
son *Essai sur la poësie épique*. Il fut même le premier

(fi je ne me trompe) qui nous fit connaître les poëtes anglais, comme il fut le premier qui expliqua les découvertes de *Newton*, & les fentimens de *Locke*. Mais quand on lui demanda ce qu'il penfait du génie de *Milton*, il répondit : *Les Grecs recommandaient aux poëtes de facrifier aux grâces, Milton a facrifié au diable.*

On fongea alors à traduire ce poëme épique anglais dont M. de *Voltaire* avait parlé avec beaucoup d'éloges à certains égards. Il eft difficile de favoir précifément qui en fut le traducteur. On l'attribue à deux perfonnes qui travaillèrent enfemble ; mais on peut affurer qu'ils ne l'ont point du tout traduit fidellement. Nous l'avons déjà fait voir ; & il n'y a qu'à jeter les yeux fur le début du poëme pour en être convaincu.

,, Je chante la défobéiffance du premier homme, ,, & les funeftes effets du fruit défendu, la perte d'un ,, paradis, & le mal de la mort triomphant fur la ,, terre, jufqu'à ce qu'un Dieu-homme vienne juger ,, les nations, & nous rétabliffe dans le féjour bien- ,, heureux. ,,

Il n'y a pas un mot dans l'original qui réponde exactement à cette traduction. Il faut d'abord confidérer qu'on fe permet dans la langue anglaife des inverfions que nous fouffrons rarement dans la nôtre. Voici mot à mot le commencement de ce poëme de *Milton*.

,, La première défobéiffance de l'homme, & le ,, fruit de l'arbre défendu, dont le goût porta la ,, mort dans le monde, & toutes nos mifères avec ,, la perte d'Eden, jufqu'à ce qu'un plus grand- ,, homme nous rétablît, (e) & regagnât notre demeure

(e) Il y a dans plufieurs éditions, *Reftore us, and regain*. J'ai choifi cette leçon comme la plus naturelle. Il y a dans l'original : *La première*

,, heureuse ; Muse céleste , c'est - là ce qu'il faut
,, chanter. ,,

Il y a de très-beaux morceaux sans doute dans ce
poëme singulier ; & j'en reviens toujours à ma grande
preuve, c'est qu'ils sont retenus en Angleterre par
quiconque se pique d'un peu de littérature. Tel est
ce monologue de *Satan* , lorsque s'échappant du fond
des enfers, & voyant pour la première fois notre soleil
sortant des mains du Créateur, il s'écrie :

,, Toi, sur qui mon tyran prodigue ses bienfaits,
,, Soleil, astre de feu, jour heureux que je hais,
,, Jour qui fais mon supplice, & dont mes yeux s'étonnent,
,, Toi qui sembles le Dieu des cieux qui t'environnent,
,, Devant qui tout éclat disparaît & s'enfuit,
,, Qui fais pâlir le front des astres de la nuit;
,, Image du Très-haut qui régla ta carrière,
,, Hélas ! j'eusse autrefois éclipsé ta lumière.
,, Sur la voûte des cieux élevé plus que toi,
,, Le trône où tu t'assieds s'abaissait devant moi;
,, Je suis tombé; l'orgueil m'a plongé dans l'abyme.
,, Hélas! je fus ingrat, c'est-là mon plus grand crime.
,, J'osai me révolter contre mon créateur:
,, C'est peu de me créer, il fut mon bienfaiteur;
,, Il m'aimait : j'ai forcé sa justice éternelle
,, D'appesantir son bras sur ma tête rebelle;
,, Je l'ai rendu barbare en sa sévérité,
,, Il punit à jamais, & je l'ai mérité.
,, Mais si le repentir pouvait obtenir grace!....
,, Non, rien ne fléchira ma haine & mon audace;
,, Non, je déteste un maître; & sans doute il vaut mieux
,, Régner dans les enfers qu'obéir dans les cieux.

désobéissance de l'homme &c. *chantez* , *Muse céleste.* Mais cette inversion ne
peut être adoptée dans notre langue.

Les amours d'*Adam* & d'*Eve* font traités avec une molleſſe élégante & même attendriſſante, qu'on n'attendrait pas du génie un peu dur, & du ſtyle ſouvent raboteux de *Milton*.

Du reproche de plagiat fait à Milton.

QUELQUES-UNS l'ont accuſé d'avoir pris ſon poëme dans la tragédie du Banniſſement d'Adam de *Grotius*, & dans la Sarcotis du jéſuite *Mazénius*, imprimée à Cologne en 1654, & en 1661, long-temps avant que *Milton* donnât ſon Paradis perdu.

Pour *Grotius*, on ſavait aſſez en Angleterre que *Milton* avait tranſporté dans ſon poëme épique anglais quelques vers latins de la tragédie d'Adam. Ce n'eſt point du tout être plagiaire; c'eſt enrichir ſa langue des beautés d'une langue étrangère. On n'accuſa point *Euripide* de plagiat, pour avoir imité dans un chœur d'Iphigénie le ſecond livre de l'Iliade; au contraire, on lui ſut très-bon gré de cette imitation, qu'on regarda comme un hommage rendu à *Homère* ſur le théâtre d'Athènes.

Virgile n'eſſuya jamais de reproche pour avoir heureuſement imité, dans l'Enéide, une centaine de vers du premier des poëtes grecs.

On a pouſſé l'accuſation un peu plus loin contre *Milton*. Un Ecoſſais, nommé M. *Lauder*, très-attaché à la mémoire de *Charles I*, que *Milton* avait inſultée avec l'acharnement le plus groſſier, ſe crut en droit de flétrir la mémoire de l'accuſateur de ce monarque. On prétendait que *Milton* avait fait une infame fourberie, pour ravir à *Charles I* la triſte gloire d'être l'auteur de l'Eikon Bafilike ; livre long-temps cher aux royaliftes , & que *Charles I* avait, dit - on , compofé dans fa prifon pour fervir de confolation à fa déplorable infortune.

Lauder voulut donc, vers l'année 1 7 5 2 , commencer par prouver que *Milton* n'était qu'un plagiaire , avant de prouver qu'il avait agi en fauffaire contre la mémoire du plus malheureux des rois ; il fe procura des éditions du poëme de la Sarcotis. Il paraiffait évident que *Milton* en avait imité quelques morceaux , comme il avait imité *Grotius* & le *Taffe*.

Mais *Lauder* ne s'en tint pas là ; il déterra une mauvaife traduction en vers latins du Paradis perdu du poëte anglais ; & joignant plufieurs vers de cette traduction à ceux de *Mazénius*, il crut rendre par-là l'accufation plus grave , & la honte de *Milton* plus complète. Ce fut en quoi il fe trompa lourdement ; fa fraude fut découverte. Il voulait faire paffer *Milton* pour un fauffaire , & lui-même fut convaincu de l'être. On n'examina point le poëme de *Mazénius*, dont il n'y avait alors que très-peu d'exemplaires en Europe. Toute l'Angleterre convaincue du mauvais artifice de l'Ecoffais , n'en demanda pas davantage. L'accufateur confondu fut obligé de défavouer fa manœuvre , & d'en demander pardon.

Depuis ce temps on imprima une nouvelle édition de *Mazénius* en 1 7 5 7. Le public littéraire fut furpris du grand nombre de très-beaux vers dont la Sarcotis était parfemée. Ce n'eft à la vérité qu'une longue déclamation de collége fur la chute de l'homme : mais l'exorde, l'invocation, la defcription du jardin d'Eden , le portrait d'*Eve* , celui du diable , font précifément les mêmes que dans *Milton*. Il y a bien plus ; c'eft le même fujet, le même nœud, la même cataftrophe. Si le diable veut dans *Milton* fe venger fur l'homme du mal que DIEU lui a fait, il a précifément le même deffein chez le jéfuite *Mazénius;* & il le manifefte dans des vers dignes peut-être du fiècle d'*Augufte*.

    Semel excidimus crudelibus aſtris,
Et conjuratas involvit terra cohortes.
Fata manent, tenet & ſuperos oblivio noſtrî ;
Indecore premimur, vulgi tolluntur inertes
Ac viles animæ, cœloque fruuntur aperto.
Nos divûm ſoboles, patriâque in ſede locandi,
Pellimur exilio, mæſtoque Acheronte tenemur.
Heu ! dolor & ſuperûm decreta indigna ! fatiſcat
Orbis & antiquo turbentur cunĉta tumultu,
Ac redeat deforme cahos; Styx atra ruinam
Terrarum excipiat, fatoque impellat eodem
Et cœlum, & cœli cives ; ut inulta cadamus
Turba, nec umbrarum pariter caligine raptam
Sarcoteam, inviſum caput, involvamus ? ut aſtris
Regnantem, & nobis dominâ cervice minantem
Ignavi patiamur ? adhuc tamen, improba, vivit !
Vivit adhuc, fruiturque Dei ſecura favore !
Cernimus ! & quicquam furiarum abſconditur orco ?
Vah ! pudor, æternumque probrum ſtygis, occidat, amens
Occidat, & noſtræ ſubeat conſortia culpæ.
Hæc mihi ſecluſo cœlis ſolatia tantùm
Excidii reſtant; juvat hac conſorte malorum
Poſſe frui, juvat ad noſtram ſeducere pœnam
Fruſtra exultantem, patriâque ex ſorte ſuperbam.
Ærumnas exempla levant; minor illa ruina eſt,
Quæ caput adverſi labens oppreſſerit hoſtis.

On trouve dans *Mazénius* & dans *Milton* de petits épisodes, de légères excursions absolument semblables; l'un & l'autre parlent de *Xerxès* qui couvrit la mer de ses vaisseaux.

Quantus erat Xerxes, medium qui contrahit orbem
Urbis in excidium.

Tous deux parlent sur le même ton de la tour de Babel ; tous deux font la même description du luxe, de l'orgueil, de l'avarice, de la gourmandise.

Ce qui a le plus persuadé le commun des lecteurs du plagiat de *Milton*, c'est la parfaite ressemblance du commencement des deux poëmes. Plusieurs lecteurs étrangers, après avoir lu l'exorde, n'ont pas douté que tout le reste du poëme de *Milton* ne fût pris de *Mazénius*. C'est une erreur bien grande, & aisée à reconnaître.

Je ne crois pas que le poëte anglais ait imité en tout plus de deux cents vers du jésuite de Cologne; & j'ose dire qu'il n'a imité que ce qui méritait de l'être. Ces deux cents vers font fort beaux; ceux de *Milton* le font aussi; & le total du poëme de *Mazénius*, malgré ces deux cents beaux vers, ne vaut rien du tout.

Molière prit deux scènes entières dans la ridicule comédie du Pédant joué, de *Cyrano de Bergerac*. Ces deux scènes font bonnes, disait-il en plaisantant avec ses amis, elles m'appartiennent de droit, je reprends mon bien. On aurait été après cela très - mal reçu à traiter de plagiaire l'auteur du Tartuffe & du Misanthrope.

Il est certain qu'en général *Milton*, dans son Paradis, a volé de ses propres ailes en imitant ; & il faut convenir que s'il a emprunté tant de traits de *Grotius*, & du jéfuite de Cologne, ils font confondus dans la foule des chofes originales qui font à lui ; il eft toujours regardé en Angleterre comme un très-grand poëte.

Il eft vrai qu'il aurait dû avouer qu'il avait traduit deux cents vers d'un jéfuite ; mais de fon temps, dans la cour de *Charles II*, on ne fe fouciait ni des jéfuites, ni de *Milton*, ni du Paradis perdu, ni du Paradis retrouvé. Tout cela était ou bafoué ou inconnu.

EPREUVE.

TOUTES les abfurdités qui aviliffent la nature humaine, nous font donc venues d'Afie, avec toutes les fciences & tous les arts ! C'eft en Afie, c'eft en Egypte qu'on ôfa faire dépendre la vie & la mort d'un accufé, ou d'un coup de dez, ou de quelque chofe d'équivalent ; ou de l'eau froide, ou de l'eau chaude, ou d'un fer rouge, ou d'un morceau de pain d'orge. Une fuperftition à-peu-près femblable exifte encore, à ce qu'on prétend, dans les Indes, fur les côtes de Malabar, & au Japon.

Elle paffa d'Egypte en Grèce. Il y eut à Trezène un temple fort célèbre, dans lequel tout homme qui fe parjurait mourait fur le champ d'apoplexie. *Hippolyte*, dans la tragédie de Phèdre, parle ainfi à fa maîtreffe *Aricie* :

Aux portes de Trezène, & parmi ces tombeaux,
Des princes de ma race antiques fépultures,

Eft un temple facré, formidable aux parjures.

C'eft là que les mortels n'ofent jurer en vain;

Le perfide y reçoit un châtiment foudain;

Et craignant d'y trouver la mort inévitable,

Le menfonge n'a point de frein plus redoutable.

Le favant commentateur du grand *Racine* fait cette remarque fur les épreuves de Trezène.

,, M. de *la Motte* a dit qu'*Hippolyte* devait propofer ,, à fon père de venir entendre fa juftification dans ,, ce temple où l'on n'ofait jurer en vain. Il eft vrai ,, que *Théfée* n'aurait pu douter alors de l'innocence ,, de ce jeune prince; mais il eût eu une preuve trop ,, convaincante contre *la vertu* de *Phèdre*, & c'eft ce ,, qu'*Hippolyte* ne voulait pas faire. M. de *la Motte* ,, aurait dû fe défier un peu de fon goût, en foup- ,, çonnant celui de *Racine*, qui femble avoir prévu ,, fon objeétion. En effet, *Racine* fuppofe que *Théfée* ,, eft fi prévenu contre *Hippolyte*, qu'il ne veut pas ,, même l'admettre à fe juftifier par ferment. ,,

Je dois dire que la critique de *la Motte* eft de feu M. le marquis de *Laffai*. Il la fit à table chez M. de *la Faye*, où j'étais avec feu M. de *la Motte*, qui promit qu'il en ferait ufage; & en effet, dans fes dif- cours fur la tragédie, (*a*) il fait honneur de cette critique à M. le marquis de *Laffai*. Cette réflexion me parut très-judicieufe, ainfi qu'à M. de *la Faye*, & à tous les convives qui étaient, excepté moi, les meilleurs connaiffeurs de Paris. Mais nous convînmes tous que c'était *Aricie* qui devait demander à *Théfée* l'épreuve du temple de Trezène, d'autant plus que

(*a*) *La Motte*, tome IV, pag. 308.

Théfée, immédiatement après, parle affez long-temps à cette princeffe, laquelle oublie la feule chofe qui pouvait éclairer le père & juftifier le fils. Cet oubli me paraît inexcufable. Ni M. de *Laffai*, ni M. de *la Motte* ne devaient fe défier de leur goût en cette occafion. C'eft en vain que le commentateur objecte que *Théfée* a déclaré à fon fils qu'il n'en croira point fes fermens.

Toujours les fcélérats ont recours au parjure.

Il y a une prodigieufe différence entre un ferment fait dans une chambre, & un ferment fait dans un temple où les parjures font punis d'une mort fubite. Si *Aricie* avait dit un mot, *Théfée* n'avait aucune excufe de ne pas conduire *Hippolyte* dans ce temple; mais alors il n'y avait plus de cataftrophe.

Hippolyte ne devait donc point parler de la vertu du temple de Trezène à fon *Aricie;* il n'avait pas befoin de lui faire ferment de l'aimer; elle en était affez perfuadée. C'eft une légère faute qui a échappé au tragique le plus fage, le plus élégant, & le plus paffionné que nous ayons eu.

Après cette petite digreffion, je reviens à la barbare folie des épreuves. Elle ne fut point reçue dans la république romaine. On ne peut regarder comme une des épreuves dont nous parlons, l'ufage de faire dépendre les grandes entreprifes de la manière dont les poulets facrés mangeaient des vefces. Il ne s'agit ici que des épreuves faites fur les hommes. On ne propofa jamais aux *Manlius*, aux *Camilles*, aux *Scipions*, de fe juftifier, en mettant la main dans de l'eau bouillante fans s'échauder.

Ces

Ces inepties barbares ne furent point admifes fous les empereurs. Mais nos Tartares qui vinrent détruire l'empire, (car la plupart de ces déprédateurs étaient originaires de Tartarie) remplirent notre Europe de cette jurifprudence qu'ils tenaient des Perfes. Elle ne fut point connue dans l'empire d'Orient jufqu'à *Juftinien*, malgré la déteftable fuperftition qui régnait alors. Mais depuis ce temps, les épreuves dont nous parlons y furent reçues. Cette manière de juger les hommes eft fi ancienne, qu'on la trouve établie chez les Juifs dans tous les temps.

Coré, *Dathan*, & *Abiron*, difputent le pontificat au grand-prêtre *Aaron* dans le défert; *Moïfe* leur ordonne d'apporter deux cents cinquante encenfoirs, & leur dit : Que D I E U choifira entre leurs encenfoirs & celui d'*Aaron*. A peine les révoltés eurent paru pour foutenir cette épreuve, qu'ils furent engloutis dans la terre, & que le feu du ciel frappa deux cents cinquante de leurs principaux adhérens; (*b*) après quoi le Seigneur fit encore mourir quatorze mille fept cents hommes du parti. La querelle n'en continua pas moins entre les chefs d'Ifraël & *Aaron* pour le facerdoce. On fe fervit alors de l'épreuve des verges, chacun préfenta fa verge; & celle d'*Aaron* fut la feule qui fleurit.

Quand le peuple de D I E U eut fait tomber les murs de Jéricho au fon des trompettes, il fut vaincu par les habitans du village de Haï. Cette défaite ne parut pas naturelle à *Jofué*; il confulta le Seigneur, qui lui répondit qu'Ifraël avait péché; que quelqu'un s'était approprié une part de ce qui était dévoué à l'anathème

_____

(*b*) Nombres, chap. XVI.

Dictionn. philofoph. Tome IV.   F

dans Jéricho. En effet, tout le butin avait dû être brûlé avec les hommes, les femmes, les enfans, & les bêtes; & quiconque avait fauvé ou emporté quelque chofe devait être exterminé. (*c*) *Jofué*, pour découvrir le coupable, foumit toutes les tribus à l'épreuve du fort. Il tomba d'abord fur la tribu de *Juda*, enfuite fur la famille de *Zaré*, puis fur la maifon où demeurait *Zabdi*, & enfin fur le petit-fils de *Zabdi*, nommé *Acan*.

L'Ecriture n'explique pas comment ces tribus errantes avaient alors des maifons. Elle ne dit pas non plus de quel fort on fe fervait; mais il eft certain, par le texte, qu'*Acan* étant convaincu de s'être approprié une petite lame d'or, un manteau d'écarlate, & deux cents ficles d'argent, fut brûlé avec fes fils, fes brebis, fes bœufs, fés ânes, & fa tente même, dans la vallée d'Achor.

La terre promife fut partagée au fort; (*d*) on tirait au fort les deux boucs d'expiation pour favoir lequel des deux ferait offert en facrifice, (*e*) tandis qu'on enverrait l'autre au défert.

Quand il fallut élire *Saül* pour roi; (*f*) on confulta le fort qui défigna d'abord la tribu de *Benjamin*, la famille de *Métri* dans cette tribu, & enfuite *Saül* fils de *Cis* dans la famille de *Métri*.

Le fort tomba fur *Janathas*, pour le punir d'avoir mangé un peu de miel au bout d'une verge. (*g*)

Les matelots de Joppé jetèrent le fort pour apprendre de DIEU quelle était la caufe de la tempête. (*h*) Le fort leur apprit que c'était *Jonas*, & ils le jetèrent dans la mer.

(*c*) *Jofué*, chap. VII.
(*d*) *Jofué*, chap. XIV.
(*e*) Lévit. chap. XVI.

(*f*) Liv. I des Rois, ch. X.
(*g*) L. I des Rois, c. XIV, v. 42.
(*h*) *Jonas*, chap. I.

Toutes ces épreuves par le fort, qui n'étaient que des superstitions profanes chez les autres nations, étaient la voix de DIEU même chez le peuple chéri, & tellement la voix de DIEU, que les apôtres tirèrent au sort la place de l'apôtre *Judas*. (*i*) Les deux concurrens étaient S*t* *Mathias*, & *Barsabas*. La Providence se déclara pour S*t* *Mathias*.

Le pape *Honorius*, troisième du nom, défendit par une décrétale, que l'on se servît dorénavant de cette voie pour élire des évêques. Elle était assez commune : c'est ce que les païens appelaient *sortilegium*, sortilége. *Caton* dit dans la Pharsale :

Sortilegis egeant dubii.

Il y avait d'autres épreuves au nom du Seigneur chez les Juifs, comme les eaux de jalousie. (*k*) Une femme soupçonnée d'adultère devait boire de cette eau mêlée avec de la cendre, & consacrée par le grand-prêtre. Si elle était coupable, elle enflait sur le champ, & mourait. C'est sur cette loi que tout l'Occident chrétien établit les épreuves dans les accusations juri-diques, ne sachant pas que ce qui était ordonné par DIEU même dans l'ancien Testament, n'était qu'une superstition absurde dans le nouveau.

Le duel fut une de ces épreuves, & elle a duré jusqu'au seizième siècle. Celui qui tuait son adversaire avait toujours raison.

La plus terrible de toutes, était de porter, dans l'espace de neuf pas, une barre de fer ardent sans se brûler. Aussi l'histoire du moyen âge, quelque fabuleuse

_____

(*i*) Actes des Apôtres, ch. I.   (*k*) Nombres, ch. V, v. 17.

F 2

qu'elle foit, ne rapporte aucun exemple de cette épreuve, ni de celle qui confiftait à marcher fur neuf coutres de charrue enflammés. On peut douter de toutes les autres, ou expliquer les tours de charlatans dont on fe fervait pour tromper les juges. Par exemple, il était très-aifé de faire l'épreuve de l'eau bouillante impunément; on pouvait préfenter un cuvier à moitié plein d'eau fraîche, & y verfer juridiquement de la chaude, moyennant quoi l'accufé plongeait fa main dans de l'eau tiède jufqu'au coude, & prenait au fond l'anneau béni qu'on y jetait.

On pouvait faire bouillir de l'huile avec de l'eau; l'huile commence à s'élever, à jaillir, à paraître bouillonner quand l'eau commence à frémir; & cette huile n'a encore acquis que très-peu de chaleur. On femble alors mettre fa main dans l'eau bouillante; & on l'humecte d'une huile qui la préferve.

Un champion peut très-facilement s'être endurci jufqu'à tenir quelques fecondes un anneau jeté dans le feu, fans qu'il refte de grandes marques de brûlure.

Paffer entre deux feux fans fe brûler, n'eft pas un grand tour d'adreffe quand on paffe fort vîte, & qu'on s'eft bien pommadé le vifage & les mains. C'eft ainfi qu'en ufa ce terrible *Pierre Aldobrandin*, *Petrus Igneus*, (fuppofé que ce conte foit vrai) quand il paffa entre deux bûchers à Florence, pour démontrer, avec l'aide de D I E U, que fon archevêque était un fripon & un débauché. Charlatans! charlatans! difparaiffez de l'hiftoire.

C'était une plaifante épreuve que celle d'avaler un morceau de pain d'orge, qui devait étouffer fon homme s'il était coupable. J'aime bien mieux *Arlequin*, que le

juge interroge fur un vol dont le docteur *Balouard*
l'accufe. Le juge était à table, & buvait d'excellent
vin quand *Arlequin* comparut; il prend la bouteille
& le verre du juge; il vide la bouteille, & lui dit :
Monfieur, je veux que ce vin là me ferve de poifon,
fi j'ai fait ce dont on m'accufe.

EQUIVOQUE.

Faute de définir les termes, & furtout faute de
nettété dans l'efprit, prefque toutes les lois qui
devraient être claires comme l'arithmétique & la
géométrie, font obfcures comme des logogryphes.
La trifte preuve en eft que prefque tous les procès
font fondés fur le fens des lois, entendues prefque
toujours différemment par les plaideurs, les avocats,
& les juges.

Tout le droit public de notre Europe eut pour
origine des équivoques, à commencer par la loi falique.
Fille n'héritera point en terre falique. Mais qu'eft-ce que
terre falique? & fille n'héritera-t-elle point d'un argent
comptant, d'un collier à elle légué qui vaudra mieux
que la terre?

Les citoyens de Rome faluent *Karl*, fils de *Pepin le
bref* l'auftrafien, du nom d'*imperator*. Entendaient-ils
par-là, nous vous conférons tous les droits d'*Oĉtave*,
de *Tibére*, de *Caligula*, de *Claude*? nous vous donnons
tout le pays qu'ils poffédaient? Mais ils ne pouvaient
le donner, puifque loin d'en être les maîtres, ils l'étaient
à peine de leur ville. Jamais il n'y eut d'expreffion plus
équivoque; & elle l'était tellement qu'elle l'eft encore.

L'évêque de Rome *Léon III*, qui, dit-on, déclara *Charlemagne* empereur, comprenait-il la force des termes qu'il prononçait ? Les Allemands prétendent qu'il entendait que *Charles* ferait son maître ; la Daterie a prétendu qu'il voulait dire qu'il ferait maître de *Charlemagne*.

Les chofes les plus refpectables, les plus facrées, les plus divines, n'ont-elles pas été obfcurcies par les équivoques des langues ?

On demande à deux chrétiens de quelle religion ils font ; l'un & l'autre répond : Je fuis catholique. On les croit tous deux de la même communion ; cependant l'un eft de la grecque, l'autre de la latine, & tous deux irréconciliables. Si on veut s'éclaircir davantage, il fe trouve que chacun d'eux entend par catholique *univerfel*, & qu'en ce cas univerfel a fignifié *partie*.

L'ame de *St François* eft au ciel, eft en paradis. Un de ces mots fignifie l'*air*, l'autre veut dire *jardin*.

On fe fert du mot *efprit* pour exprimer vent, extrait, penfée, brandevin rectifié, apparition d'un corps mort.

L'équivoque a été tellement un vice néceffaire de toutes les langues formées par ce qu'on appelle le *hafard* & par l'habitude, que l'auteur même de toute clarté, & de toute vérité, daigna condefcendre à la manière de parler de fon peuple, c'eft ce qui fait qu'*heloim* fignifie, en quelques endroits, des *juges* ; d'autres fois, des *dieux* ; & d'autres fois, des *anges*.

Tu es Pierre, & fur cette pierre je bâtirai mon affemblée, ferait une équivoque dans une langue & dans un fujet profane ; mais ces paroles reçoivent un fens divin de la bouche qui les prononce, & du fujet auquel elles font appliquées.

Je fuis le Dieu d'Abraham, d'Ifaac, & de Jacob; or DIEU *n'eft pas le Dieu des morts, mais des vivans.* Dans le fens ordinaire, ces paroles pouvaient fignifier : Je fuis le même Dieu qu'ont adoré *Abraham* & *Jacob,* comme la terre qui a porté *Abraham, Ifaac,* & *Jacob,* porte auffi leurs defcendans; le foleil qui luit aujourd'hui eft le foleil qui éclairait *Abraham, Ifaac,* & *Jacob;* la loi de leurs enfans eft leur loi. Et cela ne fignifie pas qu'*Abraham, Ifaac,* & *Jacob,* foient encore vivans. Mais quand c'eft le Meffie qui parle, il n'y a plus d'équivoque; le fens eft auffi clair que divin. Il eft évident qu'*Abraham, Ifaac,* & *Jacob,* ne font point au rang des morts, mais qu'ils vivent dans la gloire, puifque cet oracle eft prononcé par le Meffie; mais il fallait que ce fût lui qui le dît.

Les difcours des prophètes juifs pouvaient être équivoques aux yeux des hommes groffiers qui n'en pénétraient pas le fens; mais ils ne le furent pas pour les efprits éclairés des lumières de la foi.

Tous les oracles de l'antiquité étaient équivoques; l'un prédit à *Créfus* qu'un puiffant empire fuccombera; mais fera-ce le fien? fera-ce celui de *Cirus*? L'autre dit à *Pyrrhus* que les Romains peuvent le vaincre, & qu'il peut vaincre les Romains. Il eft impoffible que cet oracle mente.

Lorfque *Septime Sévère, Pefcennius Niger,* & *Clodius Albinus,* difputaient l'empire, l'oracle de Delphes (confulté malgré le jéfuite *Baltus,* qui prétend que les oracles avaient ceffé) répondit : *Le brun eft fort bon, le blanc ne vaut rien, l'africain eft paffable.* On voit qu'il y avait plus d'une manière d'expliquer un tel oracle.

Quand *Aurélien* confulta le Dieu de Palmyre, (& toujours malgré *Baltus*) le Dieu dit que les *colombes craignent le faucon*. Quelque chofe qui arrivât, le Dieu fe tirait d'affaire. Le faucon était le vainqueur ; les colombes étaient les vaincus.

Quelquefois des fouverains ont employé l'équivoque auffi-bien que les Dieux. Je ne fais quel tyran ayant juré à un captif de ne le pas tuer. ordonna qu'on ne lui donnât point à manger, difant qu'il lui avait promis de ne le pas faire mourir, mais non de contribuer à le faire vivre. (*)

E S C L A V E S.

SECTION PREMIERE.

POURQUOI appelons-nous *efclaves* ceux que les Romains appelaient *fervi*, & les Grecs *douloi*. L'étymologie eft ici fort en défaut, & les *Bochart* ne pourront faire venir ce mot de l'hébreu.

Le plus ancien monument que nous ayons de ce nom d'*efclave*, eft le teftament d'un *Ermangaut* archevêque de Narbonne, qui légue à l'évêque *Frédelon* fon efclave *Anaph*, *Anaphum Slavonium*. Cet *Anaph* était bien heureux d'appartenir à deux évêques de fuite.

Il n'eft pas hors de vraifemblance, que les Slavons étant venus du fond du Nord, avec tant de peuples

(*) Voyez *abus des mots*.

indigens & conquérans, piller ce que l'empire romain avait ravi aux nations, & furtout la Dalmatie & l'Illyrie, les Italiens aient appelé *fchiavitu* le malheur de tomber entre leurs mains, & *fchiavi* ceux qui étaient en captivité dans leurs nouveaux repaires.

Tout ce qu'on peut recueillir du fatras de l'hiftoire du moyen âge; c'eft que du temps des Romains, notre univers connu fe divifait en hommes libres, & en efclaves. Quand les Slavons, Alains, Huns, Hérules, Lombards, Oftrogoths, Vifigoths, Vandales, Bourguignons, Francs, Normands, vinrent partager les dépouilles du monde, il n'y a pas d'apparence que la multitude des efclaves diminuât; d'anciens maîtres fe virent réduits à la fervitude; le très-petit nombre enchaîna le grand, comme on le voit dans les colonies où l'on emploie les negres, & comme il fe pratique en plus d'un genre.

Nous n'avons rien dans les anciens auteurs concernant les efclaves des Affyriens & des Egyptiens.

Le livre où il eft le plus parlé d'efclaves, eft l'Iliade. D'abord la belle *Brifeis* eft efclave chez *Achille.* Toutes les Troyennes, & furtout les princeffes, craignent d'être efclaves des Grecs, & d'aller filer pour leurs femmes.

L'efclavage eft auffi ancien que la guerre, & la guerre auffi ancienne que la nature humaine.

On était fi accoutumé à cette dégradation de l'efpèce, qu'*Epictète,* qui affurément valait mieux que fon maître, n'eft jamais étonné d'être efclave.

Aucun légiflateur de l'antiquité n'a tenté d'abroger la fervitude; au contraire, les peuples les plus enthoufiaftes de la liberté, les Athéniens, les Lacédémoniens, les Romains, les Carthaginois, furent ceux qui portèrent les loïs les plus dures contre les serfs. Le droit de vie & de mort fur eux était un des principes de la société. Il faut avouer que de toutes les guerres, celle de *Spartacus* est la plus juste, & peut-être la seule juste.

Qui croirait que les Juifs, formés, à ce qu'il semblait, pour servir toutes les nations tour à tour, eussent pourtant quelques esclaves aussi. Il est prononcé dans leurs lois (*a*) qu'ils pourront acheter leurs frères pour six ans, & les étrangers pour toujours. Il était dit que les enfans d'*Esaü* devaient être les serfs des enfans de *Jacob*. Mais depuis, sous une autre économie, les Arabes qui se difaient enfans d'*Esaü*, réduisirent les enfans de *Jacob* à l'esclavage.

Les évangiles ne mettent pas dans la bouche de JESUS-CHRIST une seule parole qui rappelle le genre-humain à sa liberté primitive, pour laquelle il semble né. Il n'est rien dit dans le nouveau testament de cet état d'opprobre & de peine auquel la moitié du genre-humain était condamnée; pas un mot dans les écrits des apôtres & des pères de l'Eglise, pour changer des bêtes de somme en citoyens, comme on commença à le faire parmi nous vers le treizième siècle. S'il est parlé de l'esclavage, c'est de l'esclavage du péché.

Il est difficile de bien comprendre comment dans St *Jean* (*b*) les Juifs peuvent dire à JESUS : *Nous n'avons jamais servi sous personne* ; eux qui étaient alors fujets des Romains ; eux qui avaient été vendus au

(*a*) Exode, chap. XXI. Lévitiq. chap. XXV, &c. Genèse, chap. XXVII, XXXII.
(*b*) Chap. VIII.

marché après la prife de Jérufalem; eux dont dix tribus emmenées efclaves par *Salmanaʒar*, avaient difparu de la face de la terre, & dont deux autres tribus furent dans les fers des Babyloniens foixante & dix 'ans; eux fept fois réduits en fervitude dans leur terre promife de leur propre aveu; eux qui dans tous leurs écrits parlaient de leur fervitude en Egypte, dans cette Egypte qu'ils abhorraient, & où ils coururent en foule pour gagner quelque argent, dès que *Alexandre* daigna leur permettre de s'y établir. Le révérend père dom *Calmet* dit qu'il faut entendre ici une *fervitude intrinfèque*, ce qui n'eft pas moins difficile à comprendre.

L'Italie, les Gaules, l'Efpagne, une partie de l'Allemagne, étaient habitées par des étrangers devenus maîtres, & par des natifs devenus ferfs. Quand l'évêque de Séville *Opas*, & le comte *Julien*, appelèrent les Maures mahométans, contre les rois chrétiens vifigoths qui régnaient de-là les Pyrénées; les mahométans, felon leur coutume, propoferent aux peuples de fe faire circoncire, ou de fe battre, ou de payer en tribut de l'argent & des filles. Le roi *Roderic* fut vaincu, il n'y eut d'efclaves que ceux qui furent pris à la guerre.

Les colons gardèrent leurs biens & leur religion en payant. C'eft ainfi que les Turcs en ufèrent depuis en Grèce. Mais ils impoferent aux Grecs un tribut de leurs enfans, les mâles pour être circoncis, & pour fervir d'icoglans & de janiffaires, les filles pour être élevées dans les férails. Ce tribut fut depuis racheté à prix d'argent. Les Turcs n'ont plus guère d'efclaves pour le fervice intérieur des maifons, que ceux qu'ils

achètent des Circaffiens, des Mingréliens, & des petits
Tartares.

Entre les Africains mufulmans, & les Européens
chrétiens, la coutume de piller, de faire efclave tout
ce qu'on rencontre fur mer a toujours fubfifté. Ce font
des oifeaux de proie qui fondent les uns fur les autres;
Algériens, Maroquins, Tunifiens, vivent de piraterie.
Les religieux de Malthe, fucceffeurs des religieux de
Rhodes, jurent de piller & d'enchaîner tout ce qu'ils
trouveront de mufulmans. Les galères du pape vont
prendre des Algériens, ou font prifes fur les côtes
méridionales d'Afrique. Ceux qui fe difent blancs
vont acheter des nègres à bon marché, pour les revendre
cher en Amérique. Les Penfilvaniens feuls ont renoncé
depuis peu, folemnellement, à ce trafic qui leur a
paru mal-honnête.

SECTION II.

J'AI lu depuis peu au mont Krapac, où l'on fait
que je demeure, un livre fait à Paris, plein d'efprit,
de paradoxes, de vues, & de courage, tel à quelques
égards que ceux de *Montefquieu*, & écrit contre
Montefquieu. (*) Dans ce livre on préfère hautement
l'efclavage à la domefticité, & furtout à l'état libre
de manœuvre. On y plaint le fort de ces malheureux
hommes libres qui peuvent gagner leur vie où ils
veulent, par le travail pour lequel l'homme eft né, &
qui eft le gardien de l'innocence comme le confolateur
de la vie. Perfonne, dit l'auteur, n'eft chargé de les

(*) Théories des lois civiles, par M. *Linguet.*

nourrir, de les fecourir, au lieu que les efclaves étaient nourris & foignés par leurs maîtres ainfi que leurs chevaux. Cela eft vrai; mais l'efpèce humaine aime mieux fe pourvoir que dépendre; & les chevaux nés dans les forêts les préfèrent aux écuries.

Il remarque, avec raifon, que les ouvriers perdent beaucoup de journées, dans lefquelles il leur eft défendu de gagner leur vie; mais ce n'eft point parce qu'ils font libres, c'eft parce que nous avons quelques lois ridicules, & beaucoup trop de fêtes.

Il dit très-juftement que ce n'eft pas la charité chrétienne qui a brifé les chaînes de la fervitude, puifque cette charité les a refferrées pendant plus de douze fiècles; (c) & il pouvait encore ajouter que, chez les chrétiens, les moines mêmes, tout charitables qu'ils font, poffédent encore des efclaves réduits à un état affreux, fous le nom de *mortaillables*, de *main-mortables*, de *ferfs de glèbe*.

Il affirme, ce qui eft très-vrai, que les princes chrétiens n'affranchirent les ferfs que par avarice. C'eft en effet, pour avoir l'argent amaffé par ces malheureux, qu'ils leur fignèrent des patentes de manumiffion. Ils ne leur donnèrent pas la liberté, ils la vendirent. L'empereur *Henri V* commença; il affranchit les ferfs de Spire, & de Worms, au douzième fiècle. Les rois de France l'imitèrent. Cela prouve de quel prix eft la liberté, puifque ces hommes groffiers l'achetèrent très-chérement.

Enfin, c'eft aux hommes fur l'état defquels on difpute, à décider quel eft l'état qu'ils préfèrent. Interrogez le plus vil manœuvre couvert de haillons,

(c) Voyez la fect. III.

nourri de pain noir, dormant fur la paille dans une hutte entr'ouverte ; demandez-lui s'il voudrait être efclave, mieux nourri, mieux vêtu, mieux couché ; non-feulement il répondra en reculant d'horreur, mais il en eft à qui vous n'oferiez en faire la propofition.

Demandez enfuite à un efclave s'il défirerait d'être affranchi, & vous verrez ce qu'il vous répondra. Par cela feul la queftion eft décidée. (1)

Confidérez encore que le manœuvre peut devenir fermier, & de fermier propriétaire. Il peut même en France parvenir à être confeiller du roi, s'il a gagné du bien. Il peut être en Angleterre franc-tenancier, nommer un député au parlement ; en Suède devenir lui-même un membre des Etats de la nation. Ces perfpectives valent bien celle de mourir abandonné dans le coin d'une étable de fon maître.

S E C T I O N I I I.

*P*UFFENDORF dit (*d*) que l'efclavage a été établi *par un libre confentement des parties, & par un contrat de faire afin qu'on nous donne.*

Je ne croirai *Puffendorf* que quand il m'aura montré le premier contrat.

Grotius demande fi un homme fait captif à la guerre a le droit de s'enfuir ? (& remarquez qu'il ne parle pas

---

(1) Il eft très-poffible qu'un homme préfère l'efclavage à la mifère ; mais cette alternative n'eft pas une condition néceffaire de la vie humaine. D'ailleurs, on eft fouvent à la fois efclave & miférable.

(*d*) Liv. VI, chap. III.

d'un prifonnier fur fa parole d'honneur) Il décide
qu'il n'a pas ce droit. Què ne dit-il qu'àyant été bleffé
il n'a pas le droit de fe faire panfer! la nature décide
contre *Grotius*.

Voici ce qu'avance l'auteur de l'Efprit des lois, (*e*)
après avoir peint l'efclavage des nègres avec le pinceau
de *Molière*.

,, M. *Perri* dit que les Mofcovites fe vendent
,, aifément; j'en fais bien la raifon; c'eft que leur
,, liberté ne vaut rien. ,,

Le capitaine *Jean Perri*, anglais, qui écrivait en
1714 l'Etat préfent de la Ruffie, ne dit pas un mot
de ce que l'Efprit des lois lui fait dire. Il n'y a dans
Perri que quelques lignes touchant l'efclavage des
Ruffes; les voici : ,, Le czar a ordonné que dans tous
,, fes Etats perfonne à l'avenir ne fe dirait fon golup
,, ou efclave, mais feulement raab, qui fignifie *fujet*.
,, Il eft vrai que ce peuple n'en a tiré aucun avantage
,, réel; car il eft encore aujourd'hui effectivement
,, efclave. ,, (*f*)

L'auteur de l'Efprit des lois ajoute, que fuivant le
récit de *Guillaume Dampier*, *tout le monde cherche à fe
vendre dans le royaume d'Achem*. Ce ferait là un étrange
commerce. Je n'ai rien vu dans le Voyage de *Dampier*
qui approche d'une pareille idée. C'eft dommage
qu'un homme qui avait tant d'efprit, ait hafardé tant
de chofes, & cité faux tant de fois. (*)

(*e*) Liv. XV, chap. VI.
(*f*) Pag. 228, édition d'Amfterdam, 1717.
(*) Voyez à l'article *Lois* les grands changemens faits depuis en Ruffie.
Voyez auffi quelques méprifes de *Montefquieu*.

SECTION IV.

Serfs de corps, serfs de glèbe, main-morte &c.

ON dit communément qu'il n'y a plus d'esclaves en France, que c'est le royaume des Francs; qu'esclave & franc sont contradictoires. Qu'on y est si franc, que plusieurs financiers y sont morts en dernier lieu avec plus de trente millions de francs acquis aux dépens des descendans des anciens Francs, s'il y en a. Heureuse la nation française d'être si franche! Cependant, comment accorder tant de liberté avec tant d'espèces de servitudes, comme, par exemple, celle de la main-morte?

Plus d'une belle dame à Paris, brillante dans une loge de l'opéra, ignore qu'elle descend d'une famille de Bourgogne, ou du Bourbonnais, ou de la Franche-Comté, ou de la Marche, ou de l'Auvergne, & que sa famille est encore esclave mortaillable, main-mortable.

De ces esclaves, les uns sont obligés de travailler trois jours de la semaine pour leur seigneur; les autres deux. S'ils meurent sans enfans, leur bien appartient à ce seigneur; s'ils laissent des enfans, le seigneur prend seulement les plus beaux bestiaux, les meilleurs meubles à son choix, dans plus d'une coutume. Dans d'autres coutumes, si le fils de l'esclave main-mortable n'est pas dans la maison de l'esclavage paternel depuis un an & un jour à la mort du père, il perd tout son bien, & il demeure encore esclave; c'est-à-dire que s'il

gagne

gagne quelque bien par fon induftrie, ce pécule à fa mort appartiendra au feigneur.

Voici bien mieux : Un bon parifien va voir fes parens en Bourgogne ou en Franche-Comté, il demeure un an & un jour dans une maifon main-mortable, & s'en retourne à Paris; tous fes biens, en quelque endroit qu'ils foient fitués, appartiendront au feigneur foncier, en cas que cet homme meure fans laiffer de lignée.

On demande à ce propos, comment la Comté de Bourgogne eut le fobriquet de *franche* avec une telle fervitude ? C'eft, fans doute, comme les Grecs donnèrent aux furies le nom d'Euménides, *bons cœurs*.

Mais le plus curieux, le plus confolant de toute cette jurifprudence; c'eft que les moines font feigneurs de la moitié des terres main-mortables.

Si par hafard un prince du fang, où un miniftre d'Etat, ou un chancelier, ou quelqu'un de leurs fecrétaires jetait les yeux fur cet article, il ferait bon que dans l'occafion il fe reffouvînt que le roi de France déclare à la nation, dans fon ordonnance du 18 mai 1731, *que les moines & les bénéficiers poffédent plus de la moitié des biens de la Franche-Comté.*

Le marquis d'*Argenfon*, dans le Droit public eccléfiaftique, auquel il eut la meilleure part, dit qu'en Artois, de dix-huit charrues, les moines en ont treize.

On appelle les moines eux-mêmes *gens de main-morte*, & ils ont des efclaves. Renvoyons cette poffeffion monacale au chapitre des contradiéions.

Quand nous avons fait quelques remontrances modeftes fur cette étrange tyrannie de gens qui ont juré à D I E U d'être pauvres & humbles, on nous

Diétionn. philofoph. Tome IV.   G

a répondu : Il y a fix cents ans qu'ils jouiffent de ce droit ; comment les en dépouiller ? Nous avons répliqué humblement : Il y a trente ou quarante mille ans , plus ou moins , que les fouines font en poffeffion de manger nos poulets ; mais on nous accorde la permiffion de les détruire quand nous les rencontrons.

N. B. C'eft un péché mortel dans un chartreux de manger une demi once de mouton , mais il peut en fureté de confcience manger la fubftance de toute une famille. J'ai vu les chartreux de mon voifinage hériter cent mille écus d'un de leurs efclaves main-mortables, lequel avait fait cette fortune à Francfort par fon commerce. Il eft vrai que la famille dépouillée a eu la permiffion de venir demander l'aumône à la porte du couvent, car il faut tout dire.

Difons donc que les moines ont encore cinquante ou foixante mille efclaves main - mortables dans le royaume des Francs. On n'a pas penfé jufqu'à préfent, à réformer cette jurifprudence chrétienne qu'on vient d'abolir dans les Etats du roi de Sardaigne ; mais on y penfera. Attendons feulement quelques fiècles, quand les dettes de l'Etat feront payées.

E S P A C E.

QU'EST-CE que l'efpace ? *Il n'y a point d'efpace, point de vide*, difait *Leibnitz*, après avoir admis le vide ; mais quand il l'admettait, il n'était pas encore brouillé avec *Newton*. Il ne lui difputait pas encore le calcul des fluxions, dont *Newton* était l'inventeur. Quand leur difpute eut éclaté, il n'y eut plus de vide , plus d'efpace pour *Leibnitz*.

Heureufement, quelque chofe que difent les philofophes fur ces queftions infolubles, que l'on foit
pour *Epicure*, pour *Gaffendi*, pour *Newton*, ou pour
Defcartes & *Rohaut*, les règles du mouvement feront
toujours les mêmes. Tous les arts mécaniques feront
exercés, foit dans l'efpace pur, foit dans l'efpace
matériel.

Que Rohaut vainement fèche pour concevoir
Comment tout étant plein, tout a pu fe mouvoir.

Cela n'empêchera pas que nos vaiffeaux n'aillent
aux Indes, & que tous les mouvemens ne s'exécutent
avec régularité, tandis que *Rohaut* féchera. L'efpace,
pur, dites-vous, ne peut-être ni matière ni efprit. Or
il n'y a dans le monde que matière & efprit, donc il
n'y a point d'efpace.

Eh ! meffieurs, qui nous a dit qu'il n'y a que
matière & efprit, à nous qui connaiffons fi imparfai-
tement l'un & l'autre ? Voilà une plaifante décifion :
*Il ne peut être dans la nature que deux chofes, lefquelles
nous ne connaiffons pas.* Du moins *Montezume* raifonnait
plus jufte dans la tragédie anglaife de *Dryden : Que
venez-vous me dire au nom de l'empereur Charles-Quint ?
il n'y a que deux empereurs dans le monde, celui du Pérou
& moi. Montezume* parlait de deux chofes qu'il connaiffait ; mais nous autres nous parlons de deux chofes
dont nous n'avons aucune idée nette.

Nous fommes de plaifans atômes. Nous fefons
D I E U un efprit à la mode du nôtre. Et parce que
nous appelons *efprit* la faculté que l'Etre fuprême,
univerfel, éternel, tout-puiffant, nous a donnée de
combiner quelques idées dans notre petit cerveau,

large de fix doigts tout au plus, nous nous imaginons que DIEU eft un efprit de cette même forte. (Toujours DIEU à notre image, bonnes gens!)

Mais s'il y avait des millions d'êtres qui fuffent tout autre chofe que notre matière, dont nous ne connaiffons que les apparences, & tout autre chofe que notre efprit, notre fouffle idéal, dont nous ne favons précifément rien du tout? & qui pourra m'affurer que ces millions d'êtres n'exiftent pas? & qui pourra foupçonner que DIEU, démontré exiftant par fes effets, n'eft pas infiniment différent de tous ces êtres-là, & que l'efpace n'eft pas un de ces êtres?

Nous fommes bien loin de dire avec *Lucrèce :*

Ergo præter inane & corpora tertia per fe
Nulla poteft rerum in numero natura referri.

Hors le corps & le vide il n'eft rien dans le monde.

Mais oferons-nous croire avec lui que l'efpace infini exifte?

A-t-on jamais pu répondre à fon argument? *Lancez une flèche des bornes du monde, tombera-t-elle dans le rien, dans le néant?*

Clarke, qui parlait au nom de *Newton,* prétend que *l'efpace a des propriétés, qu'il eft étendu, qu'il eft mefurable, donc il exifte.* Mais fi on lui répond qu'on met quelque chofe là où il n'y avait rien, que répliqueront *Newton & Clarke?*

Newton regarde l'efpace comme le *fenforium* de DIEU. J'ai cru entendre ce grand mot autrefois, car j'étais jeune; à préfent je ne l'entends pas plus que fes explications de l'Apocalypfe. L'efpace *fenforium* de DIEU, l'organe intérieur de DIEU; je m'y perds, & lui auffi.

Il crut, au rapport de *Locke*, (*a*) qu'on pouvait
expliquer la création, en fuppofant que D I E U, par
un acte de fa volonté & de fon pouvoir, avait rendu
l'efpace impénétrable. Il eft trifte qu'un génie tel que
Newton ait dit des chofes fi inintelligibles.

E S P R I T.

SECTION PREMIERE.

O N confultait un homme, qui avait quelque connaiffance du cœur humain, fur une tragédie qu'on
devait repréfenter : il répondit qu'il y avait tant d'efprit dans cette pièce qu'il doutait de fon fuccès.
Quoi! dira-t-on, eft-ce là un défaut, dans un temps
où tout le monde veut avoir de l'efprit, où l'on n'écrit
que pour montrer qu'on en a, où le public applaudit
même aux penfées les plus fauffes, quand elles font
brillantes? Oui, fans doute, on applaudira le premier
jour, & on s'ennuiera le fecond.

Ce qu'on appelle efprit, eft tantôt une comparaifon
nouvelle, tantôt une allufion fine : ici l'abus d'un mot
qu'on préfente dans un fens, & qu'on laiffe entendre
dans un autre; là un rapport délicat entre deux idées
peu communes : c'eft une métaphore fingulière ; c'eft
une recherche de ce qu'un objet ne préfente pas
d'abord, mais de ce qui eft en effet dans lui ; c'eft
l'art, ou de réunir deux chofes éloignées, ou de
divifer deux chofes qui paraiffent fe joindre, ou de

(*a*) Cette anecdote eft rapportée par le traducteur de l'Effai fur
l'entendement humain, tome IV, pag. 175.

les oppofer l'une à l'autre; c'eft celui de ne dire qu'à moitié fa penfée pour la laiffer deviner. Enfin, je vous parlerais de toutes les différentes façons de montrer de l'efprit, fi j'en avais davantage; mais tous ces brillans (& je ne parle pas des faux brillans) ne conviennent point, ou conviennent fort rarement à un ouvrage férieux & qui doit intéreffer. La raifon en eft, qu'alors c'eft l'auteur qui paraît, & que le public ne veut voir que le héros. Or ce héros eft toujours, ou dans la paffion, ou en danger. Le danger & les paffions ne cherchent point l'efprit. *Priam* & *Hécube* ne font point d'épigrammes, quand leurs enfans font égorgés dans Troye embrafée: *Didon* ne foupire point en madrigaux, en volant au bûcher fur lequel elle va s'immoler: *Démofthènes* n'a point de jolies penfées, quand il anime les Athéniens à la guerre; s'il en avait, il ferait un rhéteur, & il eft un homme d'Etat.

L'art de l'admirable *Racine* eft bien au-deffus de ce qu'on appelle *efprit;* mais fi *Pyrrhus* s'exprimait toujours dans ce ftyle:

> Vaincu, chargé de fers, de regrets confumé,
> Brûlé de plus de feux que je n'en allumai,
> Hélas! fus-je jamais fi cruel que vous l'êtes?

fi *Orefte* continuait toujours à dire, *que les Scythes font moins cruels qu'Hermione;* ces deux perfonnages ne toucheraient point du tout: on s'apercevrait que la vraie paffion s'occupe rarement de pareilles compa-raifons, & qu'il y a peu de proportion entre les feux réels dont Troye fut confumée, & les feux de l'amour de *Pyrrhus;* entre les Scythes qui immolent des

hommes, & *Hermione* qui n'aima point *Oreſte. Cinna*
dit en parlant de *Pompée* :

> Le ciel choiſit ſa mort pour ſervir dignement
> D'une marque éternelle à ce grand changement;
> Et devait cet honneur aux manes d'un tel homme,
> D'emporter avec eux la liberté de Rome.

Cette penſée a un très-grand éclat : il y a là beaucoup d'eſprit, & même un air de grandeur qui impoſe.
Je ſuis ſûr que ces vers, prononcés avec l'enthouſiaſme & l'art d'un bon acteur, ſeront applaudis;
mais je ſuis ſûr que la pièce de *Cinna*, écrite toute
dans ce goût, n'aurait jamais été jouée long-temps.
En effet, pourquoi le ciel devait-il faire l'honneur à
Pompée de rendre les Romains eſclaves après ſa mort?
Le contraire ſerait plus vrai : les manes de *Pompée*
devraient plutôt obtenir du ciel le maintien éternel de
cette liberté, pour laquelle on ſuppoſe qu'il combattit
& qu'il mourut.

Que ſerait-ce donc qu'un ouvrage rempli de penſées
recherchées, & problématiques? Combien ſont ſupé-
rieurs à toutes ces idées brillantes, ces vers ſimples,
& naturels?

> Cinna, tu t'en ſouviens, & veux m'aſſaſſiner!
> Soyons amis, Cinna, c'eſt moi qui t'en convie.

Ce n'eſt pas ce qu'on appelle *eſprit;* c'eſt le ſublime
& le ſimple qui ſont la vraie beauté.

Que dans Rodogune, *Antiochus* diſe de ſa maîtreſſe
qui le quitte, après lui avoir indignement propoſé de
tuer ſa mère :

> Elle fuit, mais en Parthe, en nous perçant le cœur.

Antiochus a de l'esprit ; c'est faire une épigramme contre *Rodogune :* c'est comparer ingénieusement les dernières paroles qu'elle dit en s'en allant, aux flèches que les Parthes lançaient en fuyant. Mais ce n'est point parce que sa maîtresse s'en va, que la proposition de tuer sa mère est révoltante : qu'elle sorte, ou qu'elle demeure, *Antiochus* a également le cœur percé. L'épigramme est donc fausse ; & si *Rodogune* ne sortait pas, cette mauvaise épigramme ne pouvait plus trouver place.

Je choisis exprès ces exemples dans les meilleurs auteurs, afin qu'ils soient plus frappans. Je ne relève pas dans eux les pointes & les jeux de mots dont on sent le faux aisément : il n'y a personne qui ne rie, quand dans la tragédie de la Toison d'or *Hipsipile* dit à *Médée*, en fesant allusion à ses sortiléges :

Je n'ai que des attraits, & vous avez des charmes.

Corneille trouva le théâtre & tous les genres de littérature infectés de ces puérilités, qu'il se permit rarement. Je ne veux parler ici que de ces traits d'esprit qui feraient admis ailleurs, & que le genre sérieux réprouve. On pourrait appliquer à leurs auteurs ce mot de *Plutarque,* traduit avec cette heureuse naïveté d'*Amiot : Tu tiens sans propos beaucoup de bons propos.*

Il me revient dans la mémoire un des traits brillans que j'ai vu citer, comme un modèle, dans beaucoup d'ouvrages de goût, & même dans le Traité des études de feu M. *Rollin.* Ce morceau est tiré de la belle oraison funèbre du grand *Turenne,* composée par *Fléchier.* Il est vrai que dans cette oraison, *Fléchier* égala presque le sublime *Bossuet,* que j'ai appelé, & que j'appelle encore *le seul homme éloquent* parmi tant d'écrivains élégans ; mais il me femble que le trait dont je parle n'eût pas été employé par l'évêque de Méaux. Le voici.

,, Puiffances ennemies de la France, vous vivez,
,, & l'efprit de la charité chrétienne m'interdit de faire
,, aucun fouhait pour vetre mort &c. mais vous vivez,
,, & je plains dans cette chaire un vertueux capitaine,
,, dont les intentions étaient pures &c. ,,

Une apoftrophe dans ce goût eût été convenable à Rome dans la guerre civile, après l'affaffinat de *Pompée*, ou dans Londres après le meurtre de *Charles I*, parce qu'en effet il s'agiffait des intérêts de *Pompée* & de *Charles I*. Mais eft-il décent de fouhaiter adroitement en chaire la mort de l'empereur, du roi d'Efpagne, & des électeurs, & de mettre en balance avec eux le général d'armée d'un roi leur ennemi ? Les intentions d'un capitaine, qui ne peuvent être que de fervir fon prince, doivent-elles être comparées avec les intérêts politiques des têtes couronnées contre lefquelles il fervait ? Que dirait-on d'un allemand qui eût fouhaité la mort au roi de France, à propos de la perte du général *Merci* dont les intentions étaient pures ? (*a*) Pourquoi donc ce paffage a-t-il toujours été loué par tous les rhéteurs ? C'eft que la figure eft en elle-même belle & pathétique ; mais ils n'examinaient point le fond & la convenance de la penfée. *Plutarque* eût dit à *Fléchier* : *Tu as tenu fans propos un très-beau propos.*

Je reviens à mon paradoxe, que tous ces brillans, auxquels on donne le nom d'efprit, ne doivent point

(*a*) *Fléchier* avait tiré mot pour mot, la moitié de cette oraifon funèbre du maréchal de *Turenne*, de celle que l'évêque de Grenoble *Lingende* avait fait d'un duc de Savoie. Or ce morceau, qui était convenable pour un fouverain, ne l'eft pas pour un fujet.

trouver place dans les grands ouvrages, faits pour
inftruire ou pour toucher. Je dirai même qu'ils doivent
être bannis de l'opéra. La mufique exprime les paffions,
les fentimens, les images; mais où font les accords
qui peuvent rendre une épigramme? *Quinault* était
quelquefois négligé, mais il était toujours naturel.

De tous nos opéra, celui qui eft le plus orné, ou
plutôt accablé de cet efprit épigrammatique, eft le
Ballet du triomphe des arts, compofé par un homme
aimable, (*) qui penfa toujours finement, & qui
s'exprima de même; mais qui, par l'abus de ce talent,
contribua un peu à la décadence des lettres, après
les beaux jours de *Louis XIV*. Dans ce ballet où
Pygmalion anime fa ftatue, il lui dit:

　　Vos premiers mouvemens ont été de m'aimer.

Je me fouviens d'avoir entendu admirer ce vers
dans ma jeuneffe par quelques perfonnes. Qui ne voit
que les mouvemens du corps de la ftatue font ici
confondus avec les mouvemens du cœur, & que dans
aucun fens la phrafe n'eft françaife; que c'eft en effet
une pointe, une plaifanterie? Comment fe pouvait-il
faire qu'un homme qui avait tant d'efprit, n'en eût
pas affez pour retrancher ces fautes éblouiffantes? Ce
même homme qui méprifait *Homère*, & qui le traduifit,
qui en le traduifant crut le corriger, & en l'abrégeant
crut le faire lire, s'avife de donner de l'efprit à *Homère*.
C'eft lui qui, en fefant reparaître *Achille* réconcilié avec
les Grecs, prêts à le venger, fait crier à tout le camp:

　　Que ne vaincra-t-il point, il s'eft vaincu lui-même.

(*) *La Motte.*

Il faut être bien amoureux du bel efprit, pour faire dire une pointe à cinquante mille hommes.

Ces jeux de l'imagination , ces fineffes , ces tours, ces traits faillans, ces gaietés , ces petites fentences coupées , ces familiarités ingénieufes qu'on prodigue aujourd'hui , ne conviennent qu'aux petits ouvrages de pur agrément. La façade du louvre de *Perrault* eft fimple & majeftueufe. Un cabinet peut recevoir avec grâce de petits ornemens. Ayez autant d'efprit que vous voudrez, ou que vous pourrez , dans un madrigal , dans des vers légers ; dans une fcène de comédie, qui ne fera ni paffionnée, ni naïve ; dans un compliment, dans un petit roman , dans une lettre , où vous vous égayerez pour égayer vos amis.

Loin que j'aie reproché à *Voiture* d'avoir mis de l'efprit dans fes lettres , j'ai trouvé , au contraire, qu'il n'en avait pas affez , quoiqu'il le cherchât toujours. On dit que les maîtres à danfer font mal la révérence, parce qu'ils la veulent trop bien faire. J'ai cru que *Voiture* était fouvent dans ce cas : fes meilleures lettres font étudiées ; on fent qu'il fe fatigue pour trouver ce qui fe préfente fi naturellement au comte *Antoine Hamilton*, à madame de *Sévigné*, & à tant d'autres dames qui écrivent fans efforts ces bagatelles , mieux que *Voiture* ne les écrivait avec peine. *Defpréaux*, qui avait ofé comparer *Voiture* à *Horace*, dans fes premières fatires , changea d'avis quand fon goût fut mûri par l'âge. Je fais qu'il importe très - peu aux affaires de ce monde , que *Voiture* foit ou ne foit pas un grand génie , qu'il ait fait feulement quelques jolies lettres , ou que toutes fes plaifanteries foient des modèles. Mais pour nous autres , qui cultivons les arts & qui les aimons, nous portons une vue attentive sur ce qui est assez indifférent au reste du monde. Le bon goût est pour nous en littérature ce qu'il est pour les femmes en ajustemens; & pourvu qu'on ne fasse pas de son opinion une affaire de parti, il me semble qu'on peut dire hardiment qu'il y a dans *Voiture* peu de choses excellentes, & que *Marot* serait aisément réduit à peu de pages.

Ce n'est pas qu'on veuille leur ôter leur réputation; c'est au contraire qu'on veut savoir bien au juste ce qui leur a valu cette réputation qu'on respecte, & quelles sont les vraies beautés qui ont fait passer leurs défauts. Il faut savoir ce qu'on doit suivre, & ce qu'on doit éviter; c'est-là le véritable fruit d'une étude approfondie des belles-lettres; c'est ce que fesait *Horace*, quand il examinait *Lucilius* en critique. *Horace* se fit par-là des ennemis; mais il éclaira ses ennemis mêmes.

Cette envie de briller & de dire d'une manière nouvelle ce que les autres ont dit, est la source des expressions nouvelles, comme des pensées recherchées. Qui ne peut briller par une pensée, veut se faire remarquer par un mot. Voilà pourquoi on a voulu en dernier lieu substituer *amabilités* au mot d'*agrémens*, *négligemment* à *négligence*, *badiner les amours* à *badiner avec les amours*? On a cent autres affectations de cette espèce. Si on continuait ainsi, la langue des *Bossuet*, des *Racine*, des *Pascal*, des *Corneille*, des *Boileau*, des *Fénélon*, deviendrait bientôt surannée. Pourquoi éviter une expression qui est d'usage, pour en introduire une qui dit précisément la même chose? Un mot nouveau n'est pardonnable que quand il est absolument nécessaire, intelligible, & sonore; on est obligé

d'en créer en phyfique : une nouvelle découverte ,
une nouvelle machine, exigent un nouveau mot.
Mais fait-on de nouvelles découvertes dans le cœur
humain ? Y a-t-il' une autre grandeur que celle de
Corneille & de *Boffuet* ? Y a-t-il d'autres paffions que
celles qui ont été maniées par *Racine*, effleurées par
Quinault? Y a-t-il une autre morale évangélique que
celle du père *Bourdaloue*?

Ceux qui accufent notre langue de n'être pas affez
féconde , doivent en effet trouver de la ftérilité , mais
c'eft dans eux-mêmes : *Rem verba fequuntur*. Quand on
eft bien pénétré d'une idée, quand un efprit jufte &
plein de chaleur poffède bien fa penfée, elle fort de
fon cerveau, toute ornée des expreffions convenables,
comme *Minerve* fortit toute armée du cerveau de
Jupiter. Enfin la conclufion de tout ceci, eft qu'il ne
faut rechercher ni les penfées , ni les tours , ni les
expreffions; & que l'art, dans tous les grands ouvrages,
eft de bien raifonner, fans trop faire d'argumens; de
bien peindre, fans vouloir tout peindre; d'émouvoir,
fans vouloir toujours exciter les paffions. Je donne ici
de beaux confeils, fans doute. Les ai-je pris pour
moi-même? Hélas non !

> *Pauci , quos æquus amavit*
> *Jupiter, aut ardens evexit ad æthera virtus ,*
> *Diis geniti potuere.*

SECTION II.

LE mot *esprit*, quand il signifie *une qualité de l'ame*, est un de ces termes vagues, auxquels tous ceux qui les prononcent attachent presque toujours des sens différens : il exprime autre chose que jugement, génie, goût, talent, pénétration, étendue, grâce, finesse; & il doit tenir de tous ces mérites : on pourrait le définir, *raison ingénieuse*.

C'est un mot générique qui a toujours besoin d'un autre mot qui le détermine; & quand on dit : *Voilà un ouvrage plein d'esprit, un homme qui a de l'esprit*, on a grande raison de demander du quel. L'esprit sublime de *Corneille* n'est ni l'esprit exact de *Boileau*, ni l'esprit naïf de *la Fontaine;* & l'esprit de *la Bruyère*, qui est l'art de peindre singulièrement, n'est point celui de *Mallebranche*, qui est de l'imagination avec de la profondeur.

Quand on dit qu'un homme a un *esprit judicieux*, on entend moins qu'il a ce qu'on appelle de l'esprit, qu'une raison épurée. Un esprit ferme, mâle, courageux, grand, petit, faible, léger, doux, emporté &c. signifie *le caractère & la trempe de l'ame*, & n'a point de rapport à ce qu'on entend dans la société par cette expression, *avoir de l'esprit*.

L'esprit, dans l'acception ordinaire de ce mot, tient beaucoup du bel esprit, & cependant ne signifie pas précisément la même chose : car jamais ce terme *homme d'esprit* ne peut être pris en mauvaise part, & *bel esprit* est quelquefois prononcé ironiquement.

D'où vient cette différence ? C'eft qu'*homme d'efprit* ne fignifie pas *efprit fupérieur*, *talent marqué*, & que *bel efprit* le fignifie. Ce mot *homme d'efprit* n'annonce point de prétention, & le *bel efprit* eft une affiche : c'eft un art qui demande de la culture ; c'eft une efpèce de profeffion, & qui par-là expofe à l'envie & au ridicule.

C'eft en ce fens que le père *Bouhours* aurait eu raifon de faire entendre, d'après le cardinal *Duperron*, que les Allemands ne prétendaient pas à l'efprit, parce qu'alors leurs favans ne s'occupaient guère que d'ouvrages laborieux & de pénibles recherches, qui ne permettaient pas qu'on y répandît des fleurs, qu'on s'efforçât de briller, & que le bel efprit fe mêlât au favant.

Ceux qui méprifent le génie d'*Arifote*, au lieu de s'en tenir à condamner fa phyfique, qui ne pouvait être bonne étant privée d'expériences, feraient bien étonnés de voir qu'*Arifote* a enfeigné parfaitement, dans fa rhétorique, la manière de dire les chofes avec efprit : il dit que cet art confifte à ne fe pas fervir fimplement du mot propre, qui ne dit rien de nouveau ; mais qu'il faut employer une métaphore, une figure, dont le fens foit clair, & l'expreffion énergique ; il en apporte plufieurs exemples, & entre autres ce que dit *Périclès* d'une bataille où la plus floriffante jeuneffe d'Athènes avait péri, *l'année a été dépouillée de fon printemps.*

Arifote a bien raifon de dire qu'il faut du nouveau. Le premier qui, pour exprimer que les plaifirs font mêlés d'amertume, les regarda comme des rofes accompagnées d'épines, eut de l'efprit ; ceux qui le répétèrent n'en eurent point.

Ce n'eft pas toujours par une métaphore qu'on s'exprime fpirituellement : c'eft par un tour nouveau ; c'eft en laiffant deviner fans peine une partie de fa penfée : c'eft ce qu'on appelle *fineffe*, *délicateffe* ; & cette manière eft d'autant plus agréable qu'elle exerce & qu'elle fait valoir l'efprit des autres.

Les allufions, les allégories, les comparaifons font un champ vafte de penfées ingénieufes ; les effets de la nature, la fable, l'hiftoire préfentés à la mémoire, fourniffent à une imagination heureufe des traits qu'elle emploie à propos.

Il ne fera pas inutile de donner des exemples de ces différens genres. Voici un madrigal de M. de *la Sablière*, qui a toujours été eftimé des gens de goût :

> Eglé tremble que dans ce jour,
> L'hymen, plus puiffant que l'amour,
> N'enlève fes tréfors fans qu'elle ofe s'en plaindre.
> Elle a négligé mes avis ;
> Si la belle les eût fuivis,
> Elle n'aurait plus rien à craindre.

L'auteur ne pouvait, ce femble, ni mieux cacher, ni mieux faire entendre ce qu'il penfait, & ce qu'il craignait d'exprimer.

Le madrigal fuivant paraît plus brillant & plus agréable : c'eft une allufion à la fable :

> Vous êtes belle, & votre fœur eft belle ;
> Entre vous deux, tout choix ferait bien doux :
> L'amour était blond comme vous ;
> Mais il aimait une brune comme elle.

En

En voici encore un autre fort ancien. Il est de *Bertaud*, évêque de Séez, & paraît au-dessus des deux autres, parce qu'il réunit l'esprit & le sentiment.

> Quand je revis ce que j'ai tant aimé,
> Peu s'en fallut que mon feu rallumé
> N'en fît le charme en mon ame renaître;
> Et que mon cœur, autrefois son captif,
> Ne ressemblât l'esclave fugitif,
> A qui le sort fit rencontrer son maître.

De pareils traits plaisent à tout le monde, & caractérisent l'*esprit* délicat d'une nation ingénieuse.

Le grand point est de savoir jusqu'où cet esprit doit être admis. Il est clair que dans les grands ouvrages, on doit l'employer avec sobriété, par cela même qu'il est un ornement. Le grand art est dans l'à-propos.

Une pensée fine, ingénieuse, une comparaison juste & fleurie, est un défaut, quand la raison seule ou la passion doivent parler, ou bien quand on doit traiter de grands intérêts : ce n'est pas alors du faux bel esprit, mais c'est de l'esprit déplacé; & toute beauté hors de sa place cesse d'être beauté.

C'est un défaut dans lequel *Virgile* n'est jamais tombé, & qu'on peut quelquefois reprocher au *Tasse*, tout admirable qu'il est d'ailleurs : ce défaut vient de ce que l'auteur, trop plein de ses idées, veut se montrer lui-même, lorsqu'il ne doit montrer que ses personnages.

La meilleure manière de connaître l'usage qu'on doit faire de l'esprit, est de lire le petit nombre de bons ouvrages de génie qu'on a dans les langues savantes, & dans la nôtre.

Dictionn. philosoph. Tome IV.   H

Le *faux esprit* est autre chose que de l'*esprit déplacé* : ce n'est pas seulement une pensée fausse, car elle pourrait être fausse sans être ingénieuse ; c'est une pensée fausse & recherchée.

Il a été remarqué ailleurs qu'un homme de beaucoup d'esprit, qui traduisit, ou plutôt qui abrégea *Homère* en vers français, crut embellir ce poëte, dont la simplicité fait le caractère, en lui prêtant des ornemens. Il dit au sujet de la réconciliation d'*Achille* :

Tout le camp s'écria, dans une joie extrême :
Que ne vaincra-t-il point ? il s'est vaincu lui-même.

Premièrement, de ce qu'on a dompté sa colère, il ne s'enfuit pas du tout qu'on ne sera point battu : secondement, toute une armée peut-elle s'accorder, par une inspiration soudaine, à dire une pointe ?

Si ce défaut choque les juges d'un goût sévère, combien doivent révolter tous ces traits forcés, toutes ces pensées alambiquées que l'on trouve en foule dans des écrits d'ailleurs estimables ? Comment supporter que dans un livre de mathématique, on dise que, *si Saturne venait à manquer, ce serait le dernier satellite qui prendrait sa place, parce que les grands seigneurs éloignent toujours d'eux leurs successeurs* ? Comment souffrir qu'on dise qu'*Hercule* savait la physique, & qu'on *ne pouvait résister à un philosophe de cette force* ? L'envie de briller, & de surprendre par des choses neuves, conduit à ces excès.

Cette petite vanité a produit des jeux de mots dans toutes les langues, ce qui est la pire espèce du faux bel esprit.

Le faux goût eſt différent du faux bel eſprit, parce que celui-ci eſt toujours une affeétation, un effort de faire mal; au lieu que l'autre eſt ſouvent une habitude de faire mal ſans effort, & de ſuivre par inſtinét un mauvais exemple établi.

L'intempérance & l'incohérence des imaginations orientales, eſt un faux goût; mais c'eſt plutôt un manque d'eſprit qu'un abus d'eſprit.

Des étoiles qui tombent, des montagnes qui ſe fendent, des fleuves qui reculent, le ſoleil & la lune qui ſe diſſolvent, des comparaiſons fauſſes & gigan-teſques, la nature toujours outrée, font le caraétère de ces écrivains, parce que dans ces pays où l'on n'a jamais parlé en public, la vraie éloquence n'a pu être cultivée, & qu'il eſt bien plus aiſé d'être ampoulé que d'être juſte, fin, & délicat.

Le faux eſprit eſt préciſément le contraire de ces idées triviales & ampoulées; c'eſt une recherche fatigante de traits déliés; une affeétation de dire en énigme ce que d'autres ont déjà dit naturellement; de rapprocher des idées qui paraiſſent incompatibles; de diviſer ce qui doit être réuni; de ſaiſir de faux rapports; de mêler, contre les bienſéances, le badinage avec le ſérieux, & le petit avec le grand.

Ce ſerait ici une peine ſuperflue d'entaſſer des citations dans leſquelles le mot d'*eſprit* ſe trouve. On ſe contentera d'en examiner une de *Boileau*, qui eſt rapportée dans le grand Diétionnaire de Trévoux: *C'eſt le propre des grands eſprits, quand ils commencent à vieillir & à décliner, de ſe plaire aux contes & aux fables.* Cette réflexion n'eſt pas vraie. Un grand eſprit peut tomber dans cette faibleſſe; mais ce n'eſt pas le propre

H 2

des grands efprits. Rien n'eft plus capable d'égarer la jeuneffe, que de citer les fautes des bons écrivains comme des exemples.

Il ne faut pas oublier de dire ici en combien de fens différens le mot d'*efprit* s'emploie ; ce n'eft point un défaut de la langue ; c'eft au contraire un avantage d'avoir ainfi des racines qui fe ramifient en plufieurs branches.

Efprit d'un corps, *d'une fociété*, pour exprimer les ufages, la manière de parler, de fe conduire, les préjugés d'un corps.

Efprit de parti, qui eft à l'efprit d'un corps ce que font les paffions aux fentimens ordinaires.

Efprit d'une loi, pour en diftinguer l'intention ; c'eft en ce fens qu'on a dit, *la lettre tue & l'efprit vivifie*.

Efprit d'un ouvrage, pour en faire concevoir le caractère & le but.

Efprit de vengeance, pour fignifier *défir & intention* de fe venger.

Efprit de difcorde, *efprit de révolte* &c.

On a cité dans un dictionnaire, *efprit de politeffe* ; mais c'eft d'après un auteur nommé *Bellegarde*, qui n'a nulle autorité. On doit choifir avec un foin fcrupuleux fes auteurs & fes exemples. On ne dit point *efprit de politeffe*, comme on dit *efprit de vengeance*, *de diffention*, *de faction* ; parce que la politeffe n'eft point une paffion animée par un motif puiffant qui la conduife, lequel on appelle *efprit* métaphoriquement.

Efprit familier fe dit dans un autre fens, & fignifie ces êtres mitoyens, ces génies, ces démons admis dans l'antiquité, comme l'*efprit de Socrate* &c.

Esprit signifie quelquefois la plus subtile partie de la matière : on dit, *esprits animaux*, *esprits vitaux*, pour signifier ce qu'on n'a jamais vu, & ce qui donne le mouvement & la vie. Ces esprits qu'on croit couler rapidement dans les nerfs, sont probablement un feu subtil. Le docteur *Méad* est le premier qui semble en avoir donné des preuves dans la préface du Traité sur les poisons.

Esprit en chimie, est encore un terme qui reçoit plusieurs acceptions différentes, mais qui signifie toujours la partie subtile de la matière.

Il y a loin de l'*esprit* en ce sens, au *bon esprit*, au *bel esprit*. Le même mot, dans toutes les langues, peut donner des idées différentes, parce que tout est métaphore, sans que le vulgaire s'en aperçoive.

SECTION III.

C E mot n'est-il pas une grande preuve de l'imperfection des langues, du chaos où elles sont encore, & du hasard qui a dirigé presque toutes nos conceptions ?

Il plut aux Grecs, ainsi qu'à d'autres nations, d'appeler vent, souffle, *pneuma*, ce qu'ils entendaient vaguement par respiration, vie, ame. Ainsi ame & vent étaient en un sens la même chose dans l'antiquité. Et si nous disions que l'homme est une machine pneumatique, nous ne ferions que traduire les Grecs. Les Latins les imitèrent, & se servirent du mot *spiritus*, esprit, souffle. *Anima*, *spiritus*, furent la même chose.

Le *rouhak* des Phéniciens, & à ce qu'on prétend, des Chaldéens, signifiait de même *souffle* & *vent*.

H 3

Quand on traduifit la Bible en latin, on employa toujours indifféremment le mot fouffle, efprit, vent, ame. *Spiritus* DEI *ferebatur fuper aquas*, le vent de DIEU, l'efprit de DIEU était porté fur les eaux.

Spiritus vitæ, le fouffle de la vie, l'ame de la vie.

Infpiravit in faciem ejus fpiraculum, ou *fpiritum vitæ*, & il fouffla fur fa face un fouffle de vie. Et, felon l'hébreu, il fouffla dans fes narines un fouffle, un efprit de vie.

Hæc quum dixiffet , infufflavit , & dixit eis : Accipite fpiritum fanctum. Ayant dit cela, il fouffla fur eux, & leur dit : Recevez le fouffle faint, l'efprit faint.

Spiritus ubi vult fpirat , & vocem ejus audis, fed nefcis unde veniat : l'efprit, le vent fouffle où il veut, & vous entendez fa voix (fon bruit); mais vous ne favez d'où il vient.

Il y a loin de là à nos brochures du quai des Auguftins & du Pont-neuf, intitulées Efprit de *Marivaux*, Efprit de *Desfontaines* &c.

Ce que nous entendons communément en français par efprit, bel efprit, trait d'efprit &c. fignifie des penfées ingénieufes. Aucune autre nation n'a fait un tel ufage du mot *fpiritus*. Les Latins difaient *ingenium ;* les Grecs *euphuia*, ou bien ils employaient des adjectifs. Les Efpagnols difent, *agudo, agudezza*.

Les Italiens emploient communément le terme *ingegno*.

Les Anglais fe fervent du mot *wit, witty*, dont l'étymologie eft belle, car ce mot autrefois fignifiait *fage.*

Les Allemands difent *verftändig ;* & quand ils veulent exprimer des penfées ingénieufes, vives,

agréables , ils difent riche en fenfations , *finn-reich.*
C'eft de là que les Anglais , qui ont retenu beaucoup
d'expreffions de l'ancienne langue germanique &
françaife , difent *fenfible man.*

Ainfi prefque tous les mots qui expriment des idées
de l'entendement , font des métaphores.

L'*ingegno* , l'*ingenium* , eft tiré de ce qui engendre ;
l'*agudezza* de ce qui eft pointu , le *finn-reich* des fenfations , l'efprit du vent , & le *wit* de la fageffe.

En toute langue , ce qui répond à efprit en général
eft de plufieurs fortes ; & quand vous dites : Cet
homme a de l'efprit , on eft en droit de vous demander
duquel ?

Girard , dans fon livre utile des définitions , intitulé :
Synonymes français , conclut ainfi :

*Il faut , dans le commerce des dames , de l'efprit , ou du
jargon qui en ait l'apparence.* (Ce n'eft pas leur faire
honneur , elles méritent mieux.) *L'entendement eft de
mife avec les politiques & les courtifans.*

Il me femble que l'entendement eft néceffaire par-
tout , & qu'il eft bien extraordinaire de voir un entendement *de mife.*

Le génie eft propre avec les gens à projets & à dépenfe.

Ou je me trompe , ou le génie de *Corneille* était
fait pour tous les fpectateurs ; le génie de *Boffuet* pour
tous les auditeurs , encore plus que propre avec les
gens à dépenfe.

Le mot qui répond à *fpiritus* , efprit , vent , fouffle ,
donnant néceffairement à toutes les nations l'idée de
l'air , elles fuppoferent toutes que notre faculté de
penfer , d'agir , ce qui nous anime , eft de l'air ; &
de-là notre ame fut de l'air fubtil.

H 4

De-là les manes, les efprits, les revenans, les ombres, furent compofés d'air. (*)

De-là nous difions, il n'y a pas long-temps : *Un efprit lui eft apparu, il a un efprit familier ; il revient des efprits dans ce château;* & la populace le dit encore.

Il n'y a guère que les traductions des livres hébreux en mauvais latin, qui aient employé le mot de *fpiritus* en ce fens.

Manes, umbræ, fimulacra, font les expreffions de *Cicéron* & de *Virgile.* Les Allemands difent *geift*, les Anglais *ghoft*, les Efpagnols, *duende, trafgo;* les Italiens femblent n'avoir point de terme qui fignifie *revenant.* Les Français feuls fe font fervis du mot *efprit.* Le mot propre pour toutes les nations doit être *fantôme, imagination, rêverie, fottife, friponnerie.*

S E C T I O N I V.

Bel efprit, efprit.

QUAND une nation commence à fortir de la barbarie, elle cherche à montrer ce que nous appelons *de l'efprit.*

Ainfi aux premières tentatives qu'on fit fous *François I,* vous voyez dans *Marot* des pointes, des jeux de mots, qui feraient aujourd'hui intolérables.

> Romorentin fa perte rememore,
> Cognac s'en cogne en fa poitrine blême,
> Anjou fait joug, Angoulème eft de même.

(*) Voyez *Ame.*

Ces belles idées ne se présentent pas d'abord pour marquer la douleur des peuples. Il en a coûté à l'imagination pour parvenir à cet excès de ridicule.

On pourrait apporter plusieurs exemples d'un goût si dépravé; mais tenons-nous-en à celui-ci qui est le plus fort de tous.

Dans la seconde époque de l'esprit humain en France, au temps de *Balzac*, de *Mairet*, de *Rotrou*, de *Corneille*, on applaudissait à toute pensée qui surprenait par des images nouvelles qu'on appelait *esprit*. On reçut très-bien ces vers de la tragédie de **Pyrame**.

> Ah! voici le poignard qui du sang de son maître
> S'est souillé lâchement; il en rougit, le traître.

On trouvait un grand art à donner du sentiment à ce poignard, à le faire rougir de honte d'être teint du sang de *Pyrame* autant que du sang dont il était coloré.

Personne ne se récria contre *Corneille*, quand, dans sa tragédie d'Andromède, *Phinée* dit au soleil :

> Tu luis, Soleil, & ta lumière
> Semble se plaire à m'affliger.
> Ah! mon amour te va bien obliger
> A quitter soudain ta carrière.
> Viens, Soleil, viens voir la beauté
> Dont le divin éclat me dompte,
>> Et tu fuiras de honte
>> D'avoir moins de clarté.

Le soleil qui fuit parce qu'il est moins clair que le visage d'*Andromède*, vaut bien le poignard qui rougit.

Si de tels efforts d'ineptie trouvaient grâce devant un public dont le goût s'eſt formé ſi difficilement, il ne faut pas être ſurpris que des traits d'eſprit qui avaient quelque lueur de beauté aient long-temps ſéduit.

Non-ſeulement on admirait cette traduction de l'eſpagnol:

Ce ſang qui tout verſé fume encor de courroux
De ſe voir répandu pour d'autres que pour vous.

non-ſeulement on trouvait une fineſſe très-ſpirituelle dans ce vers d'*Hipſipile* à *Médée* dans la Toiſon d'or:

Je n'ai que des attraits & vous avez des charmes.

mais on ne s'apercevait pas, & peu de connaiſ-ſeurs s'aperçoivent encore, que dans le rôle impoſant de *Cornélie*, l'auteur met preſque toujours de l'eſprit où il fallait ſeulement de la douleur. Cette femme dont on vient d'aſſaſſiner le mari, commence ſon diſcours étudié à *Céſar*, par un *car :*

Céſar, car le deſtin que dans tes fers je brave
M'a fait ta priſonnière & non pas ton eſclave;
Et tu ne prétends pas qu'il m'abaiſſe le cœur
Juſqu'à te rendre hommage & te nommer ſeigneur.

Elle s'interrompt ainſi dès le premier mot, pour dire une choſe recherchée & fauſſe. Jamais une citoyenne romaine ne fut eſclave d'un citoyen romain; jamais un romain ne fut appelé *ſeigneur;* & ce mot *ſeigneur* n'eſt parmi nous qu'un terme d'honneur & de rempliſſage uſité au théâtre.

Fille de Scipion, & pour dire encor plus,
Romaine, mon courage eſt encore au-deſſus.

Outre le défaut ſi commun à tous les héros de
Corneille, de s'annoncer ainſi eux-mêmes, de dire : Je
ſuis grand, j'ai du courage, admirez-moi, il y a ici
une affeɑtion bien condamnable de parler de ſa
naiſſance, quand la tête de *Pompée* vient d'être préſentée
à *Céſar*. Ce n'eſt point ainſi qu'une affliɑion véritable
s'exprime. La douleur ne cherche point à dire *encor
plus*. Et ce qu'il y a de pis, c'eſt qu'en voulant dire
encore plus, elle dit beaucoup moins. Etre romaine
eſt ſans doute moins que d'être fille de *Scipion*, &
femme de *Pompée*. L'infame *Septime*, aſſaſſin de *Pompée*,
était romain comme elle. Mille romains étaient des
hommes très-médiocres; mais être femme & fille des
plus grands des Romains, c'était-là une vraie ſupériorité. Il y a donc dans ce diſcours de l'eſprit faux &
déplacé, ainſi qu'une grandeur fauſſe & déplacée.

Enſuite elle dit, d'après *Lucain*, qu'elle doit rougir
d'être en vie.

Je dois rougir *pourtant*, après un tel malheur,
De n'avoir pu mourir d'un excès de douleur.

Lucain, après le beau ſiècle d'*Auguſle*, cherchait de
l'eſprit, parce que la décadence commençait ; & dans
le ſiècle de *Louis XIV* on commença par vouloir étaler
de l'eſprit, parce que le bon goût n'était pas encore
entièrement formé comme il le fut depuis.

Céſar, de ta viɑoire écoute moins le bruit,
Elle n'eſt que l'effet du malheur qui me ſuit.

Quel mauvais artifice, quelle idée fauſſe autant qu'imprudente! *Céſar* ne doit point, felon elle, écouter *le bruit* de ſa victoire. Il n'a vaincu à Pharſale que parce que *Pompée* a épouſé *Cornélie!* Que de peine pour dire ce qui n'eſt ni vrai, ni vraiſemblable, ni convenable, ni touchant!

> Deux fois du monde entier j'ai cauſé la diſgrace.

C'eſt le *bis nocui mundo* de *Lucain*. Ce vers préſente une très-grande idée. Elle doit ſurprendre, il n'y manque que la vérité. Mais il faut remarquer que ſi ce vers avait ſeulement une faible lueur de vraiſemblance, & s'il était échappé aux emportemens de la douleur, il ſerait admirable; il aurait alors toute la vérité, toute la beauté de la convenance théâtrale.

> Heureuſe en mes malheurs ſi ce triſte hyménée
> Pour le bonheur du monde à Rome m'eût donnée,
> Et ſi j'euſſe avec moi porté dans ta maiſon
> D'un aſtre envenimé l'invincible poiſon:
> Car enfin n'attends pas que j'abaiſſe ma haine;
> Je te l'ai déjà dit, Céſar, je ſuis romaine;
> Et quoique ta captive, un cœur tel que le mien,
> De peur de s'oublier, ne te demande rien.

C'eſt encore de *Lucain;* elle ſouhaite dans la Pharſale d'avoir épouſé *Céſar*, & de n'avoir eu à ſe louer d'aucun de ſes maris.

> *Atque utinam in thalamis inviſi Cæſaris eſſem*
> *Infelix conjux, & nulli læta marito.*

Ce ſentiment n'eſt point dans la nature; il eſt à la fois giganteſque & puéril; mais du moins ce n'eſt pas à *Céſar* que *Cornélie* parle ainſi dans Lucain.

Corneille, au contraire, fait parler *Cornélie* à *Céfar*
même ; il lui fait dire qu'elle fouhaite d'être fa femme,
pour porter dans fa maifon le *poifon invincible d'un*
aftre envenimé : car, ajoute-t-elle, ma haine ne peut
s'abaiffer, & je t'ai déjà dit que je fuis romaine, &
je ne te demande rien. Voilà un fingulier raifonnement : je voudrais t'avoir époufé pour te faire mourir;
car je ne te demande rien.

Ajoutons encore que cette veuve accable *Céfar*
d'injures dans le moment où *Céfar* vient de pleurer
la mort de *Pompée*, & qu'il a promis de la venger.

Il eft certain que fi l'auteur n'avait pas voulu
donner de l'efprit à *Cornélie*, il ne ferait pas tombé
dans ces défauts qui fe font fentir aujourd'hui après
avoir été applaudis fi long-temps. Les actrices ne
peuvent plus guère les pallier par une fierté étudiée &
des éclats de voix féducteurs.

Pour mieux connaître combien l'efprit feul eft
au-deffous des fentimens naturels, comparez *Cornélie*
avec elle-même, quand elle dit des chofes toutes
contraires dans la même tirade :

Encore ai-je fujet de rendre grâce aux dieux
De ce qu'en arrivant je te trouve en ces lieux,
Que Céfar y commande & non pas Ptolomée.
Hélas ! & fous quel aftre, ô ciel ! m'as-tu formée !
Si je leur dois des vœux de ce qu'ils ont permis
Que je rencontre ici mes plus grands ennemis,
Et tombe entre leurs mains plutôt qu'aux mains d'un prince,
Qui doit à mon époux fon trône & fa province.

Paffons fur la petite faute de ftyle, & confidérons
combien ce difcours eft décent & douloureux ; il va

au cœur ; tout le reste éblouit l'esprit un moment, & ensuite le révolte.

Ces vers naturels charment tous les spectateurs :

O vous ! à ma douleur objet terrible & tendre,
Eternel entretien de haine & de pitié,
Restes du grand Pompée, écoutez sa moitié &c.

C'est par ces comparaisons qu'on se forme le goût, & qu'on s'accoutume à ne rien aimer que le vrai mis à sa place. (*)

Cléopâtre, dans la même tragédie, s'exprime ainsi à sa confidente *Charmion* :

Apprends qu'une princesse aimant sa renommée,
Quand elle dit qu'elle aime est sure d'être aimée ;
Et que les plus beaux feux dont son cœur soit épris,
N'oseraient l'exposer aux hontes d'un mépris.

Charmion pouvait lui répondre : Madame, je n'entends pas ce que c'est que les beaux feux d'une princesse qui n'oseraient l'exposer à des hontes. Et à l'égard des princesses qui ne disent qu'elles aiment que quand elles sont sures d'être aimées, je fais toujours le rôle de confidente à la comédie, & vingt princesses m'ont avoué leurs beaux feux sans être sures de rien, & principalement l'infante du *Cid*.

Allons plus loin. *César*, *César* lui-même, ne parle à *Cléopâtre* que pour montrer de l'esprit alambiqué :

Mais, ô Dieux ! ce moment que je vous ai quittée,
D'un trouble bien plus grand a mon ame agitée ;
Et ces soins importans qui m'arrachaient à vous,
Contre ma grandeur même allumaient mon courroux :

(*) Voyez *Goût*.

Je lui voulais du mal de m'être si contraire ;
Mais je lui pardonnais au simple souvenir
Du bonheur qu'à ma flamme elle fait obtenir ;
C'est elle dont je tiens cette haute espérance
Qui flatte mes désirs d'une illustre apparence.
C'était pour acquérir un droit si précieux
Que combattait par-tout mon bras ambitieux ;
Et dans Pharsale même il a tiré l'épée
Plus pour le conserver que pour vaincre Pompée.

Voilà donc *César* qui veut du mal à sa grandeur
de l'avoir éloigné un moment de *Cléopâtre*, mais qui
pardonne à sa grandeur en se souvenant que cette
grandeur lui a fait obtenir le bonheur de sa flamme.
Il tient la haute espérance d'une illustre apparence ; &
ce n'est que pour acquérir le droit précieux de cette
illustre apparence, que son bras ambitieux a donné la
bataille de Pharsale.

On dit que cette sorte d'esprit, qui n'est, il faut le
dire, que du galimatias, était alors l'esprit du temps.
C'est cet abus intolérable que *Molière* proscrivit dans
ses Précieuses ridicules.

Ce font ces défauts trop fréquens dans *Corneille*
que *la Bruyère* désigna en disant : (a) *J'ai cru dans ma
première jeunesse que ces endroits étaient clairs, intelligibles
pour les acteurs, pour le parterre & l'amphithéâtre, que
leurs auteurs s'entendaient eux-mêmes, & que j'avais tort de
n'y rien comprendre. Je suis détrompé.* Nous avons relevé
ailleurs l'affectation singulière où est tombé *la Motte*

(a) Caractères de *la Bruyère*, chap. *des ouvrages de l'esprit.*

dans fon abrégé de l'Iliade, en fefant parler avec efprit toute l'armée des Grecs à la fois :

> Tout le camp s'écria, dans une joie extrême :
> Que ne vaincra-t-il point ? il s'eft vaincu lui-même.

C'eft-là un trait d'efprit, une efpèce de pointe & de jeu de mots. Car s'enfuit-il de ce qu'un homme a dompté fa colère qu'il fera vainqueur dans le combat? Et comment cent mille hommes peuvent-ils dans un même inftant s'accorder à dire un rebus, ou fi l'on veut, un bon mot?

SECTION V.

EN Angleterre, pour exprimer qu'un homme a beaucoup d'efprit, on dit qu'il a de grandes parties, *great parts*. D'où cette manière de parler, qui étonne aujourd'hui les Français, peut-elle venir ? d'eux-mêmes. Autrefois nous nous fervions de ce mot *parties* très-communément dans ce fens-là. *Clélie*, *Caffandre*, nos autres anciens romans ne parlent que des parties de leurs héros & de leurs héroïnes, & ces parties font leur efprit. On ne pouvait mieux s'exprimer. En effet, qui peut avoir tout ? Chacun de nous n'a que fa petite portion d'intelligence, de mémoire, de fagacité, de profondeur d'idées, d'étendue, de vivacité, de fineffe. Le mot de *parties* eft le plus convenable pour des êtres auffi faibles que l'homme. Les Français ont laiffé échapper de leurs dictionnaires une expreffion dont les Anglais fe font faifis. Les Anglais fe font enrichis plus d'une fois à nos dépens.

Plufieurs

Plufieurs écrivains philofophes fe font étonnés de ce que tout le monde prétendant à l'efprit, perfonne n'ofe fe vanter d'en avoir.

L'envie, a-t-on dit, *permet à chacun d'être le panégy- rifte de fa probité & non de fon efprit.* L'envie permet qu'on faffe l'apologie de fa probité, non de fon efprit; pourquoi? c'eft qu'il eft très-néceffaire de paffer pour homme de bien, & point du tout d'avoir la réputation d'homme d'efprit.

On a ému la queftion, fi tous les hommes font nés avec le même efprit, les mêmes difpofitions pour les fciences, & fi tout dépend de leur éducation & des circonftances où ils fe trouvent. Un philofophe, qui avait droit de fe croire né avec quelque fupériorité, prétendit que les efprits font égaux; cependant on a toujours vu le contraire. De quatre cents enfans élevés enfemble fous les mêmes maîtres, dans la même difcipline, à peine y en a-t-il cinq ou fix qui faffent des progrès bien marqués. Le grand nombre eft toujours des médiocres, & parmi ces médiocres il y a des nuances; en un mot, les efprits diffèrent plus que les vifages.

S E C T I O N V I.

Efprit faux.

NOUS avons des aveugles, des borgnes, des bigles, des louches, des vues longues, des vues courtes, ou diftinctes, ou confufes, ou faibles, ou infatigables. Tout cela eft une image affez fidelle de notre enten- dement. Mais on ne connaît guère de vue fauffe. Il n'y a guère d'hommes qui prenne toujours un coq pour un cheval, ni un pot de chambre pour une maifon. Pourquoi rencontre-t-on fouvent des efprits affez juftes d'ailleurs, qui font abfolument faux fur des chofes importantes? Pourquoi ce même Siamois, qui ne fe laiffera jamais tromper quand il fera queftion de lui compter trois roupies, croit-il fermement aux métamorphofes de *Sammonocodom*? Par quelle étrange bizarrerie, des hommes fenfés reffemblent-ils à dom *Quichotte*, qui croyait voir des géans où les autres hommes ne voyaient que des moulins à vent? Encore dom *Quichotte* était plus excufable que le Siamois qui croit que *Sammonocodom* eft venu plufieurs fois fur la terre, & que le Turc qui eft perfuadé que *Mahomet* a mis la moitié de la lune dans fa manche. Car dom *Quichotte*, frappé de l'idée qu'il doit combattre des géans, peut fe figurer qu'un géant doit avoir le corps auffi gros qu'un moulin, & les bras auffi longs que les ailes du moulin; mais de quelle fuppofition peut partir un homme fenfé pour fe perfuader que la moitié de la lune eft entrée dans une manche, & qu'un *Sammonocodom* eft defcendu du ciel pour venir jouer au cerf-volant à Siam, couper une forêt, & faire des tours de paffe-paffe?

Les plus grands génies peuvent avoir l'efprit faux fur un principe qu'ils ont reçu fans examen. *Newton* avait l'efprit très-faux quand il commentait l'Apocalypfe.

Tout ce que certains tyrans des ames défirent, c'eft que les hommes qu'ils enfeignent aient l'efprit faux. Un faquir élève un enfant qui promet beaucoup; il emploie cinq ou fix années à lui enfoncer dans la tête que le dieu *Fo* apparut aux hommes en éléphant

blanc, & il perfuade l'enfant qu'il fera fouetté après
fa mort pendant cinq cents mille années, s'il ne croit
pas ces métamorphofes. Il ajoute qu'à la fin du monde
l'ennemi du dieu *Fo* viendra combattre contre cette
divinité.

L'enfant étudie & devient un prodige; il argumente
fur les leçons de fon maître; il trouve que *Fo* n'a pu
fe changer qu'en éléphant blanc, parce que c'eft le plus
beau des animaux. Les rois de Siam & du Pégu, dit-il,
fe font fait la guerre pour un éléphant blanc; certainement fi *Fo* n'avait pas été caché dans cet éléphant,
ces rois n'auraient pas été fi infenfés que de combattre
pour la poffeffion d'un fimple animal.

L'ennemi de *Fo* viendra le défier à la fin du monde;
certainement cet ennemi fera un rhinocéros., car le
rhinocéros combat l'éléphant. C'eft ainfi que raifonne
dans un âge mûr l'élève favant du faquir, & il devient
une des lumières des Indes; plus il a l'efprit fubtil,
plus il l'a faux, & il forme enfuite des efprits faux
comme lui.

On montre à tous ces énergumènes un peu de
géométrie, & ils l'apprennent affez facilement; mais,
chofe étrange! leur efprit n'eft pas redreffé pour cela;
ils aperçoivent les vérités de la géométrie, mais elle
ne leur apprend point à pefer les probabilités; ils ont
pris leur pli ; ils raifonneront de travers toute leur
vie, & j'en fuis fâché pour eux.

Il y a malheureufement bien des manières d'avoir
l'efprit faux. 1°. De ne pas examiner fi le principe
eft vrai, lors même qu'on en déduit des conféquences
juftes, & cette manière eft commune. (*)

(*) Voyez *Conféquence*.

2°. De tirer des conféquences fauffes d'un principe reconnu pour vrai. Par exemple, un domeſtique eſt interrogé ſi ſon maître eſt dans ſa chambre, par des gens qu'il ſoupçonne d'en vouloir à ſa vie : s'il était aſſez ſot pour leur dire la vérité, ſous prétexte qu'il ne faut pas mentir, il eſt clair qu'il aurait tiré une conféquence abſurde d'un principe très-vrai.

Un juge qui condamnerait un homme qui a tué ſon aſſaſſin, parce que l'homicide eſt défendu, ſerait auſſi inique que mauvais raiſonneur.

De pareils cas ſe ſubdiviſent en mille nuances différentes. Le bon eſprit, l'eſprit juſte, eſt celui qui les démêle ; de-là vient qu'on a vu tant de jugemens iniques ; non que le cœur des juges fût méchant, mais parce qu'ils n'étaient pas aſſez éclairés.

E S S E N I E N S.

PLUS une nation eſt ſuperſtitieuſe & barbare, obſtinée à la guerre malgré ſes défaites, partagée en factions flottantes entre la royauté & le ſacerdoce, enivrée de fanatiſme, plus il ſe trouve chez un tel peuple un nombre de citoyens qui s'uniſſent pour vivre en paix.

Il arrive qu'en temps de peſte, un petit canton s'interdit la communication avec les grandes villes. Il ſe préſerve de la contagion qui règne ; mais il reſte en proie aux autres maladies.

Tels on a vu les gymnoſophiſtes aux Indes, telles furent quelques ſectes de philoſophes chez les Grecs ; tels les pythagoriciens en Italie & en Grèce, & les thérapeutes en Egypte ; tels ſont aujourd'hui les primitifs nommés *quakers*, & les *dunkards* en Penſilvanie,

& tels furent à-peu-près les premiers chrétiens qui vécurent enfemble loin des villes.

Aucune de ces fociétés ne connut cette effrayante coutume de fe lier par ferment au genre de vie qu'elles embraffaient; de fe donner des chaînes perpétuelles; de fe dépouiller religieufement de la nature humaine dont le premier caractère eft la liberté; de faire enfin ce que nous appelons des *vœux*. Ce fut *St Bafile* qui le premier imagina ces vœux, ce ferment de l'efclavage. Il introduifit un nouveau fléau fur la terre, & il tourna en poifon ce qui avait été inventé comme remède.

Il y avait en Syrie des fociétés toutes femblables à celles des efféniens. C'eft le juif *Philon* qui nous le dit dans le Traité de la liberté des gens de bien. La Syrie fut toujours fuperftitieufe & factieufe, toujours opprimée par des tyrans. Les fucceffeurs d'*Alexandre* en firent un théâtre d'horreurs. Il n'eft pas étonnant que parmi tant d'infortunés, quelques-uns plus humains & plus fages que les autres, fe foient éloignés du commerce des grandes villes, pour vivre en commun dans une honnête pauvreté, loin des yeux de la tyrannie.

On fe réfugia dans de femblables afiles en Egypte, pendant les guerres civiles des derniers *Ptolomées*; & lorfque les armées romaines fubjuguèrent l'Egypte, les thérapeutes s'établirent dans un défert auprès du lac Mœris.

Il paraît très-probable qu'il y eut des thérapeutes grecs, égyptiens, & juifs. *Philon*, (*a*) après avoir loué *Anaxagore*, *Démocrite*, & les autres philofophes qui embraffèrent ce genre de vie, s'exprime ainfi :

(*a*) *Philon*, de la vie contemplative.

I 3

,, On trouve de pareilles fociétés en plufieurs pays ;
,, la Grèce & d'autres contrées jouiffent de cette
,, confolation : elle eft très-commune en Egypte dans
,, chaque nôme , & furtout dans celui d'Alexandrie.
,, Les plus gens de bien , les plus auftères fe font
,, retirés au-deffus du lac Mœris dans un lieu défert,
,, mais commode, qui forme une pente douce. L'air
,, y eft très-fain , les bourgades affez nombreufes dans
,, le voifinage du défert &c. ,,

Voilà donc par-tout des fociétés qui ont tâché
d'échapper aux troubles, aux factions , à l'infolence,
à la rapacité des oppreffeurs. Toutes , fans exception,
eurent la guerre en horreur ; ils la regardèrent précifément du même œil que nous voyons le vol &
l'affaffinat fur les grands chemins.

Tels furent à-peu-près les gens de lettres qui
s'affemblèrent en France , & qui fondèrent l'académie.
Ils échappaient aux factions & aux cruautés qui défo-
laient le règne de *Louis XIII.* Tels furent ceux qui
fondèrent la fociété royale de Londres , pendant que
les fous barbares , nommés *puritains* & *épifcopaux* ,
s'égorgeaient pour quelques paffages de trois ou quatre
vieux livres inintelligibles.

Quelques favans ont cru que JESUS-CHRIST,
qui daigna paraître quelque temps dans le petit pays
de Capharnaüm , dans Nazareth, & dans quelques
autres bourgades de la Paleftine , était un de ces
effèniens qui fuyaient le tumulte des affaires , & qui
cultivaient en paix la vertu. Mais ni dans les quatre
évangiles reçus , ni dans les apocryphes , ni dans les
Actes des apôtres , ni dans leurs lettres , on ne lit le
nom d'*effènien.*

Quoique le nom ne s'y trouve pas, la reſſemblance s'y trouve en pluſieurs points ; confraternité, biens. en commun, vie auſtère, travail des mains, détachement des richeſſes & des honneurs, & ſurtout horreur pour le guerre. Cet éloignement eſt ſi grand, que J E S U S- C H R I S T commande de tendre l'autre joüe quand on vous donne un ſoufflet, & de donner votre tunique quand on vous vole votre manteau. C'eſt ſur ce principe que les chrétiens ſe conduiſirent pendant près de deux ſiècles, ſans autels, ſans temples, ſans magiſtratures, tous exerçant des métiers, tous menant une vie cachée & paiſible.

Leurs premiers écrits atteſtent qu'il ne leur était pas permis de porter les armes. Ils reſſemblaient en cela parfaitement à nos penſilvains, à nos anabaptiſtes, à nos memnoniſtes d'aujourd'hui, qui ſe piquent de ſuivre l'évangile à la lettre. Car quoiqu'il y ait dans l'évangile pluſieurs paſſages qui étant mal entendus, peuvent inſpirer la violence, comme les marchands chaſſés à coups de fouet hors des parvis du temple, le *contrains-les d'entrer*, les cachots dans leſquels on précipite ceux qui n'ont pas fait profiter l'argent du maître à cinq pour un, ceux qui viennent au feſtin ſans avoir la robe nuptiale ; quoique, dis-je, toutes ces maximes y ſemblent contraires à l'eſprit pacifique ; cependant, il y en a tant d'autres qui ordonnent de ſouffrir au lieu de combattre, qu'il n'eſt pas étonnant que les chrétiens aient eu la guerre en exécration pendant environ deux cents ans.

Voilà ſur quoi ſe fonde la nombreuſe & reſpeƈable ſociété des penſilvains, ainſi que les petites ſeƈes qui l'imitent. Quand je les appelle *reſpeƈables*, ce n'eſt

point par leur averſion pour la ſplendeur de l'Egliſe
catholique. Je plains ſans doute, comme je le dois,
leurs erreurs. C'eſt leur vertu, c'eſt leur modeſtie,
c'eſt leur eſprit de paix, que je reſpecte.

Le grand philoſophe *Bayle* n'a-t-il donc pas eu
raiſon de dire qu'un chrétien des premiers temps ſerait
un très-mauvais ſoldat, ou qu'un ſoldat ſerait un très-
mauvais chrétien?

Ce dilemme paraît ſans réplique; & c'eſt, ce me
ſemble, la différence entre l'ancien chriſtianiſme &
l'ancien judaïſme.

La loi des premiers Juifs dit expreſſément : Dès
que vous ſerez entrés dans le pays dont vous devez vous
emparer, mettez tout à feu & à ſang; égorgez ſans pitié
vieillards, femmes, enfans à la mamelle; tuez juſqu'aux
animaux, ſaccagez tout, brûlez tout, c'eſt votre DIEU
qui vous l'ordonne. Ce catéchiſme n'eſt pas annoncé
une fois, mais vingt; & il eſt toujours ſuivi.

Mahomet perſécuté par les Mecquois ſe défend en
brave homme. Il contraint ſes perſécuteurs vaincus à
ſe mettre à ſes pieds, à devenir ſes proſélytes; il
établit ſa religion par la parole & par l'épée.

JESUS, placé entre les temps de *Moïſe* & de *Mahomet*
dans un coin de la Galilée, prêche le pardon des
injures, la patience, la douceur, la ſouffrance, meurt
du dernier ſupplice, & veut que ſes premiers diſciples
meurent ainſi.

Je demande en bonne foi ſi *St Barthelemi*, *St André*,
St Matthieu, *St Barnabé*, auraient été reçus parmi les
cuiraſſiers de l'empereur, ou dans les trabans de
Charles XII? *St Pierre* même, quoiqu'il ait coupé
l'oreille à *Malchus*, aurait-il été propre à faire un bon

chef de file? Peut-être St *Paul* accoutumé d'abord
au carnage, & ayant eu le malheur d'être un perfé-
cuteur fanguinaire, eft le feul qui aurait pu devenir
guerrier. L'impétuofité de fon tempérament & la
chaleur de fon imagination en auraient pu faire un
capitaine redoutable. Mais malgré ces qualités il ne
chercha point à fe venger de *Gamaliel* par les armes.
Il ne fit point comme les *Judas*, les *Theudas*, les
Barcochebas, qui levèrent des troupes; il fuivit les préceptes de JESUS, il fouffrit; & même il eut, à ce
qu'on prétend, la tête tranchée.

Faire une armée de chrétiens était donc, dans les
premiers temps, une contradiction dans les termes.

Il eft clair que les chrétiens n'entrèrent dans les
troupes de l'empire, que quand l'efprit qui les animait
fut changé. Ils avaient dans les deux premiers fiècles
de l'horreur pour les temples, les autels, les cierges,
l'encens, l'eau luftrale; *Porphyre* les comparait aux
renards qui difent, *ils font trop verds*. Si vous pouviez
avoir, difait-il, de beaux temples brillans d'or, avec
de groffes rentes pour les deffervans, vous aimeriez les
temples paffionnément. Ils fe donnèrent enfuite tout
ce qu'ils avaient abhorré. C'eft ainfi qu'ayant détefté
le métier des armes, ils allèrent enfin à la guerre. Les
chrétiens, dès le temps de *Dioclétien*, furent auffi
différens des chrétiens du temps des apôtres, que nous
fommes différens des chrétiens du troifième fiècle.

Je ne conçois pas comment un efprit auffi éclairé
& auffi hardi que celui de *Montefquieu*, a pu condamner
févèrement un autre génie bien plus méthodique que
le fien, & combattre cette vérité annoncée par *Bayle*, (b)

(b) *Continuation des penfées diverfes*, article CXXIV.

qu'une société de vrais chrétiens pourrait vivre heureusement
ensemble , mais qu'elle se défendrait mal contre les attaques
d'un ennemi.

    ,, Ce feraient, dit *Montesquieu*, des citoyens infini-
,, ment éclairés fur leurs devoirs, & qui auraient un
,, très-grand zèle pour les remplir. Ils fentiraient très-
,, bien les droits de la défenfe naturelle. Plus ils
,, croîraient devoir à la religion, plus ils penferaient
,, devoir à la patrie. Les principes du chriftianifme,
,, bien gravés dans le cœur , feraient infiniment plus
,, forts que ce faux honneur des monarchies , ces
,, vertus humaines des républiques, & cette crainte
,, fervile des Etats defpotiques. ,,

    Affurément l'auteur de l'Efprit des lois ne fongeait
pas aux paroles de l'évangile quand il dit, que les
vrais chrétiens fentiraient très - bien les droits de la
défenfe naturelle. Il ne fe fouvenait pas de l'ordre de
donner fa tunique quand on vous vole le manteau,
& de tendre l'autre joue quand on a reçu un foufflet.
Voilà les principes de la défenfe naturelle très-claire-
ment anéantis. Ceux que nous appelons *quakers* ont
toujours refufé de combattre ; mais ils auraient été
écrafés dans la guerre de 1756 , s'ils n'avaient pas
été fecourus & forcés à fe laiffer fecourir par les autres
Anglais. (*)

    N'eft-il pas indubitable que ceux qui penferaient
en tout comme des martyrs, fe battraient fort mal
contre des grenadiers ? Toutes les paroles de ce
chapitre de l'Efprit des lois me paraiffent fauffes. *Les*
principes du chriftianifme ; bien gravés dans le cœur , feraient
infiniment plus forts &c. Oui , plus forts pour les

    (*) Voyez *Eglife primitive.*

empêcher de manier l'épée, pour les faire trembler de répandre le fang de leur prochain, pour leur faire regarder la vie comme un fardeau, dont le fouverain bonheur eft d'être déchargé.

On les enverrait, dit Bayle, *comme des brebis au milieu des loups, fi on les fefait aller repouffer de vieux corps d'infanterie, ou charger des régimens de cuiraffiers.*

Bayle avait très-grande raifon. *Montefquieu* ne s'eft pas aperçu qu'en le réfutant, il ne voyait que les chrétiens mercenaires & fanguinaires d'aujourd'hui, & non pas les premiers chrétiens. Il femble qu'il ait voulu prévenir les injuftes accufations qu'il a effuyées des fanatiques, en leur facrifiant *Bayle;* & il n'y a rien gagné. Ce font deux grands-hommes qui paraiffent d'avis différent, & qui auraient eu toujours le même s'ils avaient été également libres.

Le faux honneur des monarchies, les vertus humaines des républiques, la crainte fervile des Etats defpotiques. Rien de tout cela ne fait les foldats, comme le prétend l'Efprit des lois. Quand nous levons un régiment, dont le quart déferte au bout de quinze jours, il n'y a pas un feul des enrôlés qui penfe à l'honneur de la monar-chie; ils ne favent ce que c'eft. Les troupes mercenaires de la république de Venife connaiffent leur paye, & non la vertu républicaine, de laquelle on ne parle jamais dans la place Saint-Marc. Je ne crois pas en un mot qu'il y ait un feul homme fur la terre qui s'enrôle dans un régiment par vertu.

Ce n'eft point non plus par une crainte fervile que les Turcs & les Ruffes fe battent avec un acharnement & une fureur de lions & de tigres; on n'a point ainfi de courage par crainte. Ce n'eft pas non plus par dévotion que les Russes ont battu les armées de *Mouftapha*. Il ferait à défirer, ce me femble, qu'un homme si ingénieux eût plus cherché à faire connaître le vrai qu'à montrer fon efprit. Il faut s'oublier entièrement quand on veut inftruire les hommes, & n'avoir en vue que la vérité.

ETATS, GOUVERNEMENS.

Quel eft le meilleur ?

JE n'ai jufqu'à préfent connu perfonne qui n'ait gouverné quelque Etat. Je ne parle pas de MM. les miniftres, qui gouvernent en effet, les uns deux ou trois ans, les autres fix mois, les autres fix femaines; je parle de tous les autres hommes qui, à fouper ou dans leur cabinet, étalent leur fyftème de gouvernement, réforment les armées, l'Eglife, la robe, & la finance.

L'abbé de *Bourzeis* fe mit à gouverner la France vers l'an 1645, fous le nom du cardinal de *Richelieu*, & fit ce teftament politique, dans lequel il veut enrôler la nobleffe dans la cavalerie pour trois ans, faire payer la taille aux chambres des comptes & aux parlemens, priver le roi du produit de la gabelle; il affure furtout que pour entrer en campagne avec cinquante mille hommes, il faut par économie en lever cent mille. Il affirme que *la Provence feule a beaucoup plus de beaux ports de mer, que l'Efpagne & l'Italie enfemble.*

L'abbé de *Bourzeis* n'avait pas voyagé. Au refte, fon ouvrage fourmille d'anachronifmes & d'erreurs; il fait figner le cardinal de *Richelieu* d'une manière dont il ne figna jamais, ainfi qu'il le fait parler comme il n'a jamais parlé. Au furplus, il emploie un chapitre entier à dire que *la raifon doit être la règle d'un Etat*, & à tâcher de prouver cette découverte ; cet ouvrage de ténèbres, ce bâtard de l'abbé de *Bourzeis* a paffé long-temps pour le fils légitime du cardinal de *Richelieu ;* & tous les académiciens, dans leurs difcours de réception, ne manquaient pas de louer démefurément ce chef-d'œuvre de politique.

Le fieur *Gatien de Courtilz* voyant le fuccès du teftament politique de *Richelieu*, fit imprimer à la Haye le teftament de *Colbert*, avec une belle lettre de M. *Colbert* au roi. Il eft clair que fi ce miniftre avait fait un pareil teftament, il eût fallu l'interdire ; cepen-dant ce livre a été cité par quelques auteurs.

Un autre gredin, dont on ignore le nom, ne manqua pas de donner le teftament de *Louvois*, plus mauvais encore, s'il fe peut, que celui de *Colbert ;* un abbé de *Chévremont* fit tefter auffi *Charles* duc de Lorraine. Nous avons eu les teftamens politiques du cardinal *Albéroni*, du maréchal de *Belle-Ifle*, & enfin, celui de *Mandrin*.

M. de *Boifguilbert*, auteur du détail de la France, imprimé en 1695, donna le projet inexécutable de la dixme royale, fous le nom du maréchal de *Vauban*.

Un fou nommé *la Jonchère*, qui n'avait pas de pain, fit en 1720 un projet de finance en quatre volumes ; & quelques fots ont cité cette produ&ion comme un ouvrage de *la Jonchère* le tréforier général, s'imaginant qu'un tréforier ne peut faire un mauvais livre de finances.

Mais il faut convenir que des hommes très-fages, très-dignes peut-être de gouverner, ont écrit fur l'adminiftration des Etats, foit en France, foit en Efpagne, foit en Angleterre. Leurs livres ont fait beaucoup de bien; ce n'eft pas qu'ils aient corrigé les miniftres qui étaient en place quand ces livres parurent, car un miniftre ne fe corrige point & ne peut fe corriger; il a pris fa croiffance; plus d'inftrućtions, plus de confeils, il n'a pas le temps de les écouter, le courant des affaires l'emporte : mais ces bons livres forment les jeunes gens deftinés aux places; ils forment les princes, & la feconde génération eft inftruite.

Le fort & le faible de tous les gouvernemens a été examiné de près dans les derniers temps. Dites-moi donc, vous qui avez voyagé, qui avez lu & vu, dans quel Etat, dans quelle forte de gouvernement voudriez-vous être né? Je conçois qu'un grand feigneur terrien en France ne ferait pas fâché d'être né en Allemagne; il ferait fouverain, au lieu d'être fujet. Un pair de France ferait fort aife d'avoir les priviléges de la pairie anglaife, il ferait légiflateur.

L'homme de robe & le financier fe trouveraient mieux en France qu'ailleurs.

Mais quelle patrie choifirait un homme fage, libre, un homme d'une fortune médiocre, & fans préjugés?

Un membre du confeil de Pondichéri, affez favant, revenait en Europe par terre avec un brame, plus inftruit que les brames ordinaires. Comment trouvez-vous le gouvernement du grand-mogol? dit le confeiller. Abominable, répondit le brame : comment voulez-vous qu'un Etat foit heureufement gouverné par des Tartares? Nos raïas, nos omras, nos nababs,

font fort contens, mais les citoyens ne le font guère;
& des millions de citoyens font quelque chofe.

Le confeiller & le brame traverfèrent en raifonnant
toute la haute Afie. Je fais une réflexion, dit le brame,
c'eft qu'il n'y a pas une république dans toute cette
vafte partie du monde. Il y a eu autrefois celle de Tyr,
dit le confeiller, mais elle n'a pas duré long-temps;
il y en avait encore une autre vers l'Arabie pétrée,
dans un petit coin nommé la Paleftine, fi on peut
honorer du nom de république une horde de voleurs
& d'ufuriers, tantôt gouvernés par des juges, tantôt
par des efpéces de rois, tantôt par des grands-pontifes,
devenue efclave fept ou huit fois, & enfin chaffée du
pays qu'elle avait ufurpé.

Je conçois, dit le brame, qu'on ne doit trouver
fur la terre que très-peu de républiques. Les hommes
font rarement dignes de fe gouverner eux-mêmes. Ce
bonheur ne doit appartenir qu'à des petits peuples,
qui fe cachent dans les îles, ou entre des montagnes,
comme des lapins qui fe dérobent aux animaux
carnaffiers; mais à la longue ils font découverts &
dévorés.

Quand les deux voyageurs furent arrivés dans l'Afie
mineure, le confeiller dit au brame : Croiriez-vous
bien qu'il y a eu une république formée dans un coin
de l'Italie, qui a duré plus de cinq cents ans, & qui
a poffédé cette Afie mineure, l'Afie, l'Afrique, la
Grèce, les Gaules, l'Efpagne, & l'Italie entière ? Elle
fe tourna donc bien vîte en monarchie, dit le brame ?
Vous l'avez deviné, dit l'autre : mais cette monarchie
eft tombée, & nous fefons tous les jours de belles
differtations pour trouver les caufes de fa décadence

& de fa chute. Vous prenez bien de la peine, dit l'Indien ; cet empire eft tombé parce qu'il exiftait. Il faut bien que tout tombe ; j'efpère bien qu'il en arrivera tout autant à l'empire du grand-mogol.

A propos, dit l'Européen, croyez-vous qu'il faille plus d'honneur dans un Etat defpotique, & plus de vertu dans une république ? L'Indien s'étant fait expliquer ce qu'on entend par honneur, répondit que l'honneur était plus néceffaire dans une république, & qu'on avait bien plus befoin de vertu dans un Etat monarchique. Car, dit-il, un homme qui prétend être élu par le peuple, ne le fera pas s'il eft déshonoré ; au lieu qu'à la cour il pourra aifément obtenir une charge, felon la maxime d'un grand prince, qu'un courtifan pour réuffir doit n'avoir ni honneur ni humeur. A l'égard de la vertu, il en faut prodigieufement dans une cour pour ofer dire la vérité. L'homme vertueux eft bien plus à fon aife dans une république, il n'a perfonne à flatter.

Croyez-vous, dit l'homme d'Europe, que les lois & les religions foient faites pour les climats, de même qu'il faut des fourrures à Mofcou, & des étoffes de gaze à Déhli ? Oui, fans doute, dit le brame ; toutes les lois qui concernent la phyfique, font calculées pour le méridien qu'on habite ; il ne faut qu'une femme à un Allemand, & il en faut trois ou quatre à un Perfan.

Les rites de la religion font de même nature. Comment voudriez-vous, fi j'étais chrétien, que je diffe la meffe dans ma province, où il n'y a ni pain ni vin ? A l'égard des dogmes, c'eft autre chofe ; le climat n'y fait rien. Votre religion n'a-t-elle pas

commencé

commencé en Afie, d'où elle a été chaffée; n'exifte t-elle pas vers la mer Baltique, où elle était inconnue?

Dans quel Etat, fous quelle domination aimeriez-vous mieux vivre? dit le confeiller. Par-tout ailleurs que chez moi, dit fon compagnon; & j'ai trouvé beaucoup de Siamois, de Tunquinois, de Perfans, & de Turcs, qui en difaient autant. Mais, encore une fois, dit l'Européen, quel Etat choifiriez-vous. Le brame répondit: Celui où l'on n'obéit qu'aux lois. C'eft une vieille réponfe, dit le confeiller. Elle n'en eft pas plus mauvaife, dit le brame. Où eft ce pays-là? dit le confeiller. Le brame dit: Il faut le chercher. Voyez l'article *Genève*, dans l'Encyclopédie. (1)

ETATS-GENERAUX.

IL y en a toujours eu dans l'Europe, & probable-ment dans toute la terre, tant il eft naturel d'affembler la famille, pour connaître fes intérêts & pourvoir à fes befoins. Les Tartares avaient leur *Cour-ilté*. Les Germains, felon *Tacite*, s'affemblaient pour délibérer. Les Saxons & les peuples du nord eurent leur *Witte-nagemot*. Tout fut états-généraux dans les républiques grecques & romaines.

Nous n'en voyons point chez les Egyptiens, chez les Perfes, chez les Chinois, parce que nous n'avons que des fragmens fort imparfaits de leurs hiftoires; nous ne les connaiffons guère que depuis le temps où leurs rois furent abfolus, ou du moins depuis le temps où ils n'avaient que les prêtres pour contrepoids de leur autorité.

(1) Cet article a été écrit vers 1757.

Quand les comices furent abolis à Rome, les gardes prétoriennes prirent leur place; des soldats insolens, avides, barbares, & lâches, furent la république. *Septime Sévère* les vainquit & les caffa.

Les états - généraux de l'empire ottoman font les janiffaires & les fpahis; dans Alger & dans Tunis c'est la milice.

Le plus grand & le plus fingulier exemple de ces états-généraux eft la diète de Ratisbonne qui dure depuis cent ans, où fiégent continuellement les repréfentans de l'empire, les miniftres des électeurs, des princes, des comtes, des prélats, & des villes impériales, lefquels font au nombre de trente-fept.

Les feconds états-généraux de l'Europe font ceux de la Grande-Bretagne. Ils ne font pas toujours affemblés comme la diète de Ratisbonne, mais ils font devenus fi néceffaires que le roi les convoque tous les ans.

La chambre des communes répond précifément aux députés des villes reçus dans la diète de l'empire; mais elle eft en beaucoup plus grand nombre, & jouit d'un pouvoir bien fupérieur. C'eft proprement la nation. Les pairs & les évêques ne font en parlement que pour eux, & la chambre des communes y eft pour tout le pays. Ce parlement d'Angleterre n'eft autre chofe qu'une imitation perfectionnée de quelques états-généraux de France.

En 1355, fous le roi *Jean*, les trois états furent affemblés à Paris pour fecourir le roi *Jean* contre les Anglais. Ils lui accordèrent une fomme confidérable, à cinq livres cinq fous le marc, de peur que le roi n'en changeât la valeur numéraire. Ils réglèrent l'impôt néceffaire pour recueillir cet argent; & ils établirent neuf commissaires pour présider à la recette. Le roi promit pour lui & pour ses successeurs, de ne faire dans l'avenir aucun changement dans la monnaie.

Qu'est-ce que promettre pour soi & pour ses héritiers? ou c'est ne rien promettre, ou c'est dire : Ni moi, ni mes héritiers n'avons le droit d'altérer la monnaie, nous sommes dans l'impuissance de faire le mal.

Avec cet argent, qui fut bientôt levé, on forma aisément une armée, qui n'empêcha pas le roi *Jean* d'être fait prisonnier à la bataille de Poitiers.

On devait rendre compte aux états au bout de l'année de l'emploi de la somme accordée. C'est ainsi qu'on en use aujourd'hui en Angleterre avec la chambre des communes. La nation anglaise a conservé tout ce que la nation française a perdu.

Les états-généraux de Suède ont une coutume plus honorable encore à l'humanité, & qui ne se trouve chez aucun peuple. Ils admettent dans leurs assemblées deux cents paysans qui font un corps séparé des trois autres, & qui soutiennent la liberté de ceux qui travaillent à nourrir les hommes.

Les états-généraux de Danemarck prirent une résolution toute contraire en 1660 ; ils se dépouillèrent de tous leurs droits en faveur du roi. Ils lui donnèrent un pouvoir absolu & illimité. Mais ce qui est plus étrange, c'est qu'ils ne s'en sont point repentis jusqu'à présent.

Les états-généraux en France n'ont point été assemblés depuis 1613, & les *cortez* d'Espagne ont duré cent ans après. On les assembla encore en 1712 pour confirmer la renonciation de *Philippe V* à la couronne de France. Ces états-généraux n'ont point été convoqués depuis ce temps.

E T E R N I T É.

J'ADMIRAIS dans ma jeuneſſe tous les raiſonnemens de *Samuel Clarke*; j'aimais ſa perſonne quoiqu'il fût un arien déterminé ainſi que *Newton*, & j'aime encore ſa mémoire, parce qu'il était bon-homme; mais le cachet de ſes idées, qu'il avait mis ſur ma cervelle encore molle, s'effaça quand cette cervelle ſe fut un peu fortifiée. Je trouvai, par exemple, qu'il avait auſſi mal combattu l'éternité du monde, qu'il avait mal établi la réalité de l'eſpace infini.

J'ai tant de reſpect pour la Genèſe & pour l'Egliſe qui l'adopte, que je la regarde comme la ſeule preuve de la création du monde depuis cinq mille ſept cents dix-huit ans, ſelon le comput des Latins, & depuis ſept mille deux cents ſoixante & dix-huit ans, ſelon les Grecs.

Toute l'antiquité crut au moins la matière éternelle; & les plus grands philoſophes attribuèrent auſſi l'éternité à l'ordre de l'univers.

Ils ſe ſont tous trompés, comme on ſait; mais on peut croire ſans blaſphème que l'Eternel, formateur de toutes choſes, fit d'autres mondes que le nôtre.

Voici ce que dit ſur ces mondes & ſur cette éternité un auteur inconnu, dans une petite feuille, qui peut aiſément ſe perdre, & qu'il eſt peut-être bon de conſerver.

Foliis tantum ne carmina manda.

S'il y a dans cet écrit quelques propofitions témé-raires, la petite fociété qui travaille à la rédaction du récueil, les défavoue de tout fon cœur. (*)

E V A N G I L E.

C'EST une grande queftion de favoir quels font les premiers évangiles. C'eft une vérité conftante, quoi qu'en dife *Abadie*, qu'aucun des premiers pères de l'Eglife inclufivement jufqu'à *Irénée*, ne cite aucun paffage des quatre évangiles que nous connaiffons. Au contraire, les alloges, les théodofiens, rejetèrent conftamment l'évangile de St *Jean*, & ils en parlaient toujours avec mépris, comme l'avance St *Epiphane* dans fa trente-quatrième homélie. Nos ennemis remarquent encore que non-feulement les plus anciens pères ne citent jamais rien de nos évangiles, mais qu'ils rapportent plufieurs paffages qui ne fe trouvent que dans les évangiles apocryphes rejetés du canon.

Saint Clément, par exemple, rapporte que notre Seigneur ayant été interrogé fur le temps où fon royaume aviendrait, répondit : *Ce fera quand deux ne feront qu'un, quand le dehors reffemblera au dedans, & quand il n'y aura ni mâle ni femelle.* Or il faut avouer que ce paffage ne fe trouve dans aucun de nos évangiles. Il y a cent exemples qui prouvent cette vérité; on les peut recueillir dans l'examen critique de M. *Fréret*, fecrétaire perpétuel de l'académie des belles-lettres de Paris.

(*) Voyez le dialogue intitulé *les adorateurs* &c.

Le favant *Fabricius* s'eft donné la peine de raffembler les anciens évangiles que le temps a confervés ; celui de *Jacques* paraît le premier. Il eft certain qu'il a encore beaucoup d'autorité dans quelques églifes d'Orient. Il eft appelé *premier évangile*. Il nous refte la paffion & la réfurrection, qu'on prétend écrites par *Nicodème*. Cet évangile de *Nicodème* eft cité par St *Juftin* & par *Tertullien* ; c'eft-là qu'on trouve les noms des accufateurs de notre Sauveur, *Annas*, *Caïphas*, *Soumas*, *Dathan*, *Gamaliel*, *Judas*, *Lévi*, *Nephtali* ; l'attention de rapporter ces noms donne une apparence de candeur à l'ouvrage. Nos adverfaires ont conclu que puifqu'on fuppofa tant de faux évangiles, reconnus d'abord pour vrais, on peut auffi avoir fuppofé ceux qui font aujourd'hui l'objet de notre croyance. Ils infiftent beaucoup fur la foi des premiers hérétiques qui moururent pour ces évangiles apocryphes. Il y eut donc, difent-ils, des fauffaires, des féducteurs, & des gens féduits, qui moururent pour l'erreur ; ce n'eft donc pas une preuve de la vérité de notre religion, que des martyrs foient morts pour elle.

Ils ajoutent de plus, qu'on ne demanda jamais aux martyrs : Croyez-vous à l'évangile de *Jean*, ou à l'évangile de *Jacques* ? Les païens ne pouvaient fonder des interrogatoires fur des livres qu'ils ne connaiffaient pas : les magiftrats punirent quelques chrétiens très-injuftement, comme perturbateurs du repos public ; mais il ne les interrogèrent jamais fur nos quatre évangiles. Ces livres ne furent un peu connus des Romains que fous *Dioclétien* ; & ils eurent à peine quelque publicité dans les dernières années de *Dioclétien*. C'était un crime abominable, irrémiffible à un chrétien

de faire voir un évangile à un gentil. Cela eft fi vrai,
que vous ne rencontrez le mot d'*évangile* dans aucun
auteur profane.

Les fociniens rigides ne regardent donc nos quatre
divins évangiles, que comme des ouvrages clandeftins,
fabriqués environ un fiècle après JESUS-CHRIST, &
cachés foigneufement aux gentils pendant un autre
fiècle; ouvrages, difent-ils, groffièrement écrits par des
hommes groffiers, qui ne s'adreffèrent long-temps qu'à
la populace de leur parti. Nous ne voulons pas répéter
ici leurs autres blafphèmes. Cette fecte, quoiqu'affez
répandue, eft aujourd'hui auffi cachée que l'étaient
les premiers évangiles. Il eft d'autant plus difficile de
les convertir, qu'ils ne croient que leur raifon. Les
autres chrétiens ne combattent contre eux que par la
voix fainte de l'Ecriture : ainfi il eft impoffible que les
uns & les autres étant toujours ennemis, puiffent
jamais fe rencontrer.

Pour nous, reftons toujours inviolablement attachés
à nos quatre évangiles avec l'Eglife infaillible ; réprou-
vons les cinquante évangiles qu'elle a réprouvés ;
n'examinons point pourquoi notre Seigneur JESUS-
CHRIST permit qu'on fît cinquante évangiles faux,
cinquante hiftoires fauffes de fa vie, & foumettons-
nous à nos pafteurs, qui font les feuls fur la terre
éclairés du St Efprit.

Qu'*Abadie* foit tombé dans une erreur groffière,
en regardant comme authentiques les lettres, fi ridi-
culement fuppofées, de *Pilate* à *Tibére*, & la prétendue
propofition de *Tibére* au fénat, de mettre JESUS-
CHRIST au rang des Dieux. Si *Abadie* eft un mauvais
critique & un très-mauvais raifonneur, l'Eglife eft-elle

K 4

moins éclairée ? devons-nous moins la croire ? devons-
nous lui être moins foumis ?

E U C H A R I S T I E.

D ANS cette queftion délicate , nous ne parlerons
point en théologiens. Soumis de cœur & d'efprit à la
religion dans laquelle nous fommes nés , aux lois fous
lefquelles nous vivons , nous n'agiterons point la
controverfe ; elle eft trop ennemie de toutes les religions qu'elle fe vante de foutenir, de toutes les lois
qu'elle feint d'expliquer, & furtout de la concorde
qu'elle a bannie de la terre dans tous les temps.

Une moitié de l'Europe anathématife l'autre au
fujet de l'euchariftie , & le fang a coulé des rivages de
la mer Baltique aux pieds des Pyrénées , pendant près
de deux cents ans, pour un mot qui fignifie *douce
charité.*

Vingt nations dans cette partie du monde , ont en
horreur le fyftème de la tranffubftantiation catholique.
Elles crient que ce dogme eft le dernier effort de la
folie humaine. Elles atteftent ce fameux paffage de
Cicéron, qui dit (*a*) que les hommes ayant épuifé
toutes les épouvantables démences dont ils font capables, ne fe font point encore avifés de manger le Dieu
qu'ils adorent. Elles difent que prefque toutes les
opinions populaires étant fondées fur des équivoques,
fur l'abus des mots, les catholiques romains n'ont fondé
leur fyftème de l'euchariftie & de la tranffubftantiation
que fur une équivoque ; qu'ils ont pris au propre ce

(*a*) Voyez la Divination de *Cicéron*.

qui n'a pu être dit qu'au figuré , & que la terre , depuis
feize cents ans, a été enfanglantée pour des logomachies,
pour des mal-entendus.

Leurs prédicateurs dans les chaires , leurs favans
dans leurs livres , les peuples dans leurs difcours ,
répètent fans ceffe que J e s u s - C h r i s t ne prit point
fon corps avec fes deux mains pour le faire manger
à fes apôtres ; qu'un corps ne peut être en cent mille
endroits à la fois, dans du pain & dans un calice ;
que du pain qu'on rend en excrémens , & du vin qu'on
rend en urine, ne peuvent être le Dieu formateur
de l'univers ; que ce dogme peut expofer la religion
chrétienne à la dérifion des plus fimples , au mépris
& à l'exécration du refte du genre-humain.

C'eft-là ce que difent les *Tillotfon* , les *Smaldrige* ,
les *Turretin* , les *Claude* , les *Daillé* , les *Amyraut* , les
Meftrezat , les *Dumoulin* , les *Blondel* , & la foule innom-
brable des réformateurs du feizième fiècle ; tandis que
le mahométan paifible , maître de l'Afrique , de la plus
belle partie de l'Europe & de l'Afie , rit avec dédain
de nos difputes , & que le refte de la terre les ignore.

Encore une fois , je ne controverfe point ; je crois
d'une foi vive tout ce que la religion catholique-apof-
tolique enfeigne fur l'euchariftie , fans y comprendre
un feul mot.

Voici mon feul objet. Il s'agit de mettre aux crimes
le plus grand frein poffible. Les ftoïciens difaient qu'ils
portaient D i e u dans leur cœur ; ce font les expreffions
de *Marc-Aurèle* & d'*Epiétète* , les plus vertueux de tous
les hommes , & qui étaient , fi on ofe le dire , des
dieux fur la terre. Ils entendaient par ces mots *je porte*

DIEU *dans moi*, la partie de l'ame divine, univerfelle, qui anime toutes les intelligences.

La religion catholique va plus loin; elle dit aux hommes : Vous aurez phyfiquement dans vous ce que les ftoïciens avaient métaphyfiquement. Ne vous.informez pas de ce que je vous donne à manger & à boire, ou à manger fimplement. Croyez feulement que c'eft DIEU que je vous donne; il eft dans votre eftomac. Votre cœur le fouillera-t-il par des injuftices, par des turpitudes? Voilà donc des hommes qui reçoivent DIEU dans eux, au milieu d'une cérémonie augufte, à la lueur de cent cierges, après une mufique qui a enchanté leurs fens, au pied d'un autel brillant d'or. L'imagination eft fubjuguée, l'ame eft faifie & attendrie. On refpire à peine, on eft détaché de tout lien terreftre, on eft uni avec DIEU, il eft dans notre chair & dans notre fang. Qui ofera, qui pourra commettre après cela une feule faute, en recevoir feulement la penfée? Il était impoffible, fans doute, d'imaginer un myftère qui retînt plus fortement les hommes dans la vertu.

Cependant *Louis XI*, en recevant DIEU dans lui, empoifonne fon frère; l'archevêque de Florence en fefant DIEU, & les *Pazzi* en recevant DIEU, affaffinent les *Médicis* dans la cathédrale. Le pape *Alexandre VI*, au fortir du lit de fa fille bâtarde, donne DIEU à fon bâtard *Céfar Borgia;* & tous deux font périr par la corde, par le poifon, par le fer, quiconque poffède deux arpens de terre à leur bienféance.

Jules II fait & mange DIEU; mais la cuiraffe fur le dos & le cafque en tête, il fe fouille de fang & de carnage. *Léon X* tient DIEU dans fon eftomac, fes maîtreffes dans fes bras, & l'argent extorqué par les indulgences, dans fes coffres & dans ceux de fa fœur.

Troll, archevêque d'Upfal, fait égorger fous fes yeux les fénateurs de Suède, une bulle du pape à la main. *Vangalen*, évêque de Munfter, fait la guerre à tous fes voifins, & devient fameux par fes rapines.

L'abbé *N*..... eft plein de D I E U, ne parle que de D I E U, donne à D I E U toutes les femmes, ou imbécilles, ou folles qu'il peut diriger, & vole l'argent des pénitens.

Que conclure de ces contradictions? que tous ces gens-là n'ont pas cru véritablement en D I E U; qu'ils ont encore moins cru qu'ils euffent mangé le corps de D I E U & bu fon fang; qu'ils n'ont jamais imaginé avoir D I E U dans leur eftomac; que s'ils l'avaient cru fermement, ils n'auraient jamais commis aucun de ces crimes réfléchis; qu'en un mot, le remède le plus fort contre les atrocités des hommes, a été le plus inefficace. Plus l'idée en était fublime, plus elle a été rejetée en fecret par la malice humaine.

Non-feulement tous nos grands criminels qui ont gouverné, mais ceux qui ont voulu extorquer une petite part au gouvernement en fous-ordre, n'ont pas cru qu'ils recevaient D I E U dans leurs entrailles, mais ils n'ont pas cru réellement en D I E U; du moins ils en ont entièrement effacé l'idée de leur tête. Leur mépris pour le facrement qu'ils fefaient & qu'ils conféraient, a été porté jufqu'au mépris de D I E U même. Quelle eft donc la reffource qui nous refte contre la déprédation, l'infolence, la violence, la calomnie, la perfécution? De bien perfuader l'exiftence de D I E U

au puiſſant qui opprime le faible. Il ne rira pas du moins
de cette opinion ; & s'il n'a pas cru que D I E U fût dans
ſon eſtomac, il pourra croire que D I E U eſt dans toute
la nature. Un myſtère incompréhenſible l'a rebuté.
Pourra-t-il dire que l'exiſtence d'un D I E U rémunérateur & vengeur eſt un myſtère incompréhenſible?
Enfin, s'il n'eſt pas ſoumis à la voix d'un évêque
catholique qui lui a dit : Voilà D I E U qu'un homme,
conſacré par moi, a mis dans ta bouche, réſiſtera-t-il
a la voix de tous les aſtres, & de tous les êtres animés
qui lui crient : C'eſt D I E U qui nous a formés?

E V E Q U E.

S AM UE L *Ornik*, natif de Bâle, était, comme on ſait,
un jeune homme très-aimable, qui d'ailleurs ſavait
par cœur ſon nouveau Teſtament en grec & en allemand. Ses parens le firent voyager à l'âge de vingt
ans. On le chargea de porter des livres au coadjuteur
de Paris, du temps de la fronde. Il arrive à la porte
de l'archevêché; le ſuiſſe lui dit que monſeigneur ne
voit perſonne. Camarade, lui dit *Ornik*, vous êtes
rude à vos compatriotes; les apôtres laiſſèrent approcher tout le monde, & J E S U S-C H R I S T voulait qu'on
laiſſât venir à lui tous les petits enfans. Je n'ai rien à
demander à votre maître, au contraire je viens lui
apporter. Entrez donc, dit le ſuiſſe.

Il attend une heure dans une première anti-chambre.
Comme il était fort naïf, il attaque de converſation
un domeſtique, qui aimait fort à dire tout ce qu'il
ſavait de ſon maître. Il faut qu'il ſoit puiſſamment

riche, dit *Ornik*, pour avoir cette foule de pages & d'eſtafiers que je vois courir dans la maiſon. Je ne ſais pas ce qu'il a de revenu, répond l'autre ; mais j'entends dire à *Joli* & à l'abbé *Charier*, qu'il a déjà deux millions de dettes. Il faudra, dit *Ornik*, qu'il envoie fouiller dans la gueule d'un poiſſon pour payer ſon corban. Mais quelle eſt cette dame qui ſort d'un cabinet, & qui paſſe ? C'eſt madame de *Pomereu* l'une de ſes maîtreſſes.—Elle eſt vraiment fort jolie. Mais je n'ai point lu que les apôtres euſſent une telle compagnie dans leur chambre à coucher, les matins.—Ah ! voilà, je crois, monſieur qui va donner audience.— Dites ſa grandeur, monſeigneur. — Hélas ! très-volontiers. *Ornik* ſalue ſa grandeur, lui préſente ſes livres, & en eſt reçu avec un ſourire très-gracieux. On lui dit quatre mots, & on monte en carroſſe eſcorté de cinquante cavaliers. En montant, monſeigneur laiſſe tomber une gaîne. *Ornik* eſt tout étonné que monſeigneur porte une ſi grande écritoire dans ſa poche. — Ne voyez-vous pas que c'eſt ſon poignard, lui dit le cauſeur. Tout le monde porte régulièrement ſon poignard quand on va au parlement. Voilà une plaiſante manière d'officier, dit *Ornik*, & il s'en va fort étonné.

Il parcourt la France & s'édifie de ville en ville ; de-là il paſſe en Italie. Quand il eſt ſur les terres du pape, il rencontre un de ces évêques à mille écus de rente, qui allait à pied. *Ornik* était très-honnête ; il lui offre une place dans ſa cambiature. Vous allez, ſans doute, monſeigneur, conſoler quelque malade ? — Monſieur, j'allais chez mon maître. — Votre maître ! c'eſt JESUS-CHRIST ſans doute ?—Monſieur, c'eſt le cardinal *Azolin*, je ſuis ſon aumônier. Il me donne des gages bien médiocres; mais il m'a promis de me placer auprès de *Dona Olimpia*, la belle-ſœur favorite *di noſtro ſignore*. — Quoi! vous êtes aux gages d'un cardinal! mais ne ſavez-vous pas qu'il n'y avait point de cardinaux du temps de J E S U S - C H R I S T & de *St Jean*? — Eſt-il poſſible? s'écria le prélat italien. — Rien n'eſt plus vrai; vous l'avez lu dans l'Evangile. — Je ne l'ai jamais lu, répliqua l'évêque, je ne ſais que l'office de Notre-Dame. — Il n'y avait, vous dis-je, ni cardinaux ni évêques; & quand il y eut des évêques, les prêtres furent preſque leurs égaux, à ce que *Jérôme* aſſure en pluſieurs endroits. — Sainte Vierge, dit l'Italien, je n'en ſavais rien. Et des papes? — Il n'y en avait pas plus que de cardinaux. — Le bon évêque ſe ſigna; il crut être avec l'eſprit malin, & ſauta en bas de la cambiature.

E U P H E M I E.

O N trouve ces mots au grand Dictionnaire encyclopédique à propos du mot Euphémie : *Les perſonnes peu inſtruites croient que les Latins n'avaient pas la délicateſſe d'éviter les paroles obſcènes. C'eſt une erreur.*

C'eſt une vérité aſſez honteuſe pour ces reſpectables Romains. Il eſt bien vrai que ni dans le ſénat, ni ſur les théâtres on ne prononçait les termes conſacrés à la débauche; mais l'auteur de cet article avait oublié l'épigramme infame d'*Auguſte* contre *Fulvie*, & les lettres d'*Antoine*, & les turpitudes affreuſes d'*Horace*, de *Catulle*, de *Martial*. Ce qu'il y a de plus étrange, c'eſt que ces groſſièretés dont nous n'avons jamais approché, ſe trouvent mêlées dans *Horace* à des leçons de morale. C'eſt dans la même page l'école de *Platon* avec les figures de l'*Aretin*. Cette Euphémie, cet adouciſſement était bien cynique.

E X A G E R A T I O N.

C'est le propre de l'eſprit humain d'exagérer. Les premiers écrivains agrandirent la taille des premiers hommes, leur donnèrent une vie dix fois plus longue que la nôtre, ſuppoſèrent que les corneilles vivaient trois cents ans, les cerfs neuf cents, & les nymphes trois mille années. Si *Xerxès* paſſe en Grèce, il traîne quatre millions d'hommes à ſa ſuite. Si une nation gagne une bataille, elle a preſque toujours perdu peu de guerriers, & tué une quantité prodigieuſe d'ennemis. C'eſt peut-être en ce ſens qu'il eſt dit dans les pſeaumes, *Omnis homo mendax.*

Quiconque fait un récit a beſoin d'être le plus ſcrupuleux de tous les hommes, s'il n'exagère pas un peu pour ſe faire écouter. C'eſt-là ce qui a tant décrédité les voyageurs; on ſe défie toujours d'eux. Si l'un a vu un chou grand comme une maiſon, l'autre a vu la marmite faite pour ce chou. Ce n'eſt qu'une longue unanimité de témoignages valides qui met à la fin le ſceau de la probabilité aux récits extraordinaires.

La poëſie eſt ſurtout le champ de l'exagération. Tous les poëtes ont voulu attirer l'attention des hommes par des images frappantes. Si un Dieu marche dans l'Iliade, il eſt au bout du monde à la troiſième enjambée. Ce n'était pas la peine de parler des montagnes pour les laiffer à leur place ; il fallait les faire fauter comme des chèvres, ou les fondre comme de la cire.

L'ode dans tous les temps a été confacrée à l'exagération. Auffi plus une nation devient philofophe, plus les odes à enthoufiafme, & qui n'apprennent rien aux hommes, perdent de leur prix.

De tous les genres de poëfie, celui qui charme le plus les efprits inftruits & cultivés, c'eft la tragédie. Quand la nation n'a pas encore le goût formé, quand elle eft dans ce paffage de la barbarie à la culture de l'efprit, alors prefque tout dans la tragédie eft gigantefque & hors de la nature.

Rotrou qui, avec du génie, travailla précifément dans le temps de ce paffage, & qui donna dans l'année 1656 fon Hercule mourant, commence par faire parler ainfi fon héros :

Père de la clarté, grand aftre, ame du monde,
Quels termes n'a franchis ma courfe vagabonde?
Sur quels bords a-t-on vu tes rayons étalés
Où ces bras triomphans ne fe foient fignalés?
J'ai porté la terreur plus loin que ta carrière,
Plus loin qu'où tes rayons ont porté ta lumière ;
J'ai forcé des pays que le jour ne voit pas,
Et j'ai vu la nature au-delà de mes pas.
Neptune & fes Tritons ont vu d'un œil timide,
Promener mes vaiffeaux fur leur campagne humide.
L'air tremble comme l'onde au feul bruit de mon nom,
Et n'ofe plus fervir la haine de Junon.
Mais qu'en vain j'ai purgé le féjour où nous fommes !
Je donne aux immortels la peur que j'ôte aux hommes.

On

On voit par ces vers combien l'exagéré, l'ampoulé, le forcé, étaient encore à la mode ; & c'est ce qui doit faire pardonner à *Pierre Corneille*.

Il n'y avait que trois ans que *Mairet* avait commencé à se rapprocher de la vraisemblance & du naturel dans sa *Sophonisbe*. Il fut le premier en France qui non-seulement fit une pièce régulière, dans laquelle les trois unités sont exactement observées, mais qui connut le langage des passions, & qui mit de la vérité dans le dialogue. Il n'y a rien d'exagéré, rien d'ampoulé, dans cette pièce. L'auteur tomba dans un vice tout contraire : c'est la naïveté & la familiarité qui ne sont convenables qu'à la comédie. Cette naïveté plut alors beaucoup.

La première entrevue de *Sophonisbe* & de *Massinisse* charma toute la cour. La coquetterie de cette reine captive, qui veut plaire à son vainqueur, eut un prodigieux succès. On trouva même très-bon que de deux suivantes qui accompagnaient *Sophonisbe* dans cette scène, l'une dit à l'autre, en voyant *Massinisse* attendri : *Ma compagne, il se prend*. Ce trait comique était dans la nature, & les discours ampoulés n'y sont pas ; aussi cette pièce resta plus de quarante années au théâtre.

L'exagération espagnole reprit bientôt sa place dans l'imitation du Cid que donna *Pierre Corneille*, d'après *Guillain de Castro* & *Baptista Diamante*, deux auteurs qui avaient traité ce sujet avec succès à Madrid. *Corneille* ne craignit point de traduire ces vers de *Diamante :*

> *Su sangre sennor que en humo*
> *Su sentimiento esplicava,*

Dictionn. philosoph. Tome IV.   L

Por la boca que la vierté
De verfe alli derramada
Por otro, que por fu rey.

Son fang fur la pouffière écrivait mon devoir.
. . . .
Ce fang qui tout forti fume encor de courroux
De fe voir répandu pour d'autres que pour vous.

Le comte de *Germas* ne prodigue pas des exagérations moins fortes quand il dit :

Mon nom fert de rempart à toute la Caftille,
Grenade & l'Aragon tremblent quand ce fer brille.
. . . .
Le prince, pour effai de générofité,
Gagnerait des combats marchant à mon côté.

Non - feulement ces rodomontades étaient intolérables, mais elles étaient exprimées dans un ftyle qui
fefait un énorme contrafte avec les fentimens fi naturels
& fi vrais de *Chimène* & de *Rodrigue*.

Toutes ces images bourfoufflées ne commencèrent
à déplaire aux efprits bien faits, que lorfqu'enfin la
politeffe de la cour de *Louis XIV* apprit aux Français
que la modeftie doit être la compagne de la valeur;
qu'il faut laiffer aux autres le foin de nous louer; que
ni les guerriers, ni les miniftres, ni les rois ne parlent
avec emphafe, & que le ftyle bourfoufflé eft le contraire
du fublime.

On n'aime point aujourd'hui qu'*Augufte* parle de
l'empire abfolu qu'il a fur tout le monde, & de fon pouvoir
fouverain fur la terre & fur l'onde ; on n'entend plus
qu'en fouriant *Emilie* dire à *Cinna* :

Pour être plus qu'un roi tu te crois quelque chofe.

Jamais il n'y eut en effet d'exagération plus outrée. Il n'y avait pas long-temps que des chevaliers romains des plus anciennes familles, un *Septime*, un *Achillas*, avaient été aux gages de *Ptolomée* roi d'Egypte. Le fénat de Rome pouvait fo croire au-deffus des rois; mais chaque bourgeois de Kome ne pouvait avoir cette prétention ridicule. On haïffait le nom de roi à Rome, comme celui de maître, *dominus*, mais on ne le méprifait pas. On le méprifait fi peu que *Céfar* l'ambitionna, & ne fut tué que pour l'avoir recherché. *Octave* lui-même, dans cette tragédie, dit à *Cinna* :

> Aujourd'hui même encor je te donne Emilie,
> Ce digne objet des vœux de toute l'Italie,
> Et qu'ont mife fi haut mon amour & mes foins,
> Qu'en te couronnant roi, je t'aurais donné moins.

Le difcours d'*Emilie* eft donc non-feulement exagéré, mais entièrement faux.

Le jeune *Ptolomée* exagère bien davantage, lorfqu'en parlant d'une bataille qu'il n'a point vue, & qui s'eft donnée à foixante lieues d'Alexandrie, il décrit des *fleuves teints de fang rendus plus rapides par le débordement des parricides; des montagnes de morts privés d'honneurs fuprêmes, que la nature force à fe venger eux-mêmes, & dont les troncs pourris exhalent de quoi faire la guerre au refte des vivans; & la déroute orgueilleufe de Pompée qui croit que l'Egypte, en dépit de la guerre, ayant fauvé le ciel, pourra fauver la terre, & pourra prêter l'épaule au monde chancelant.*

Ce n'eft point ainfi que *Racine* fait parler *Mithridate* d'une bataille dont il fort.

Je fuis vaincu : Pompée a faifi l'avantage
D'une nuit qui laiffait peu de place au courage.
Mes foldats prefque nus dans l'ombre intimidés,
Les rangs de toutes parts mal pris & mal gardés,
Le défordre par-tout redoublant les alarmes,
Nous-mêmes contre nous tournant nos propres armes
Les cris que les rochers renvoyaient plus affreux,
Enfin toute l'horreur d'un combat ténébreux.
Que pouvait la valeur dans ce trouble funefte ?
Les uns font morts, la fuite a fauvé tout le refte ;
Et je ne dois la vie, en ce commun effroi,
Qu'au bruit de mon trépas que je laiffe après moi.

C'eft-là parler en homme. Le roi *Ptolomée* n'a parlé qu'en poëte ampoulé & ridicule.

L'exagération s'eft réfugiée dans les oraifons funèbres, on s'attend toujours à l'y trouver : on ne regarde jamais ces pièces d'éloquence que comme des déclamations ; c'eft donc un grand mérite dans *Boffuet*, d'avoir fu attendrir & émouvoir dans un genre qui femble fait pour ennuyer.

EXPIATION.

DIEU fit du repentir la vertu des mortels.

C'EST peut-être la plus belle inftitution de l'antiquité, que cette cérémonie folemnelle, qui réprimait les crimes, en avertiffant qu'ils doivent être punis ; & qui calmait le défefpoir des coupables, en leur fefant racheter leurs tranfgreffions par des efpèces de pénitences. Il faut néceffairement que les remords aient prévenu les expiations ; car les maladies font plus

anciennes que la médecine, & tous les befoins ont
exifté avant les fecours.

Il fut donc, avant tous les cultes, une religion
naturelle qui troubla le cœur de l'homme, quand il
eut dans fon ignorance, ou dans fon emportement,
commis une action inhumaine. Un ami dans une
querelle a tué fon ami, un frère a tué fon frère, un
amant jaloux & frénétique a même donné la mort à
celle fans laquelle il ne pouvait vivre. Un chef d'une
nation a condamné un homme vertueux, un citoyen
utile. Voilà des hommes défefpérés, s'ils font fenfibles.
Leur confcience les pourfuit ; rien n'eft plus vrai ; &
c'eft le comble du malheur. Il ne refte plus que deux
partis, ou la réparation, ou l'affermiffement dans le
crime. Toutes les ames fenfibles cherchent le premier
parti, les monftres prennent le fecond.

Dès qu'il y eut des religions établies, il y eut des
expiations ; les cérémonies en furent ridicules : car
quel rapport entre l'eau du Gange & un meurtre ?
comment un homme réparait-il un homicide en fe
baignant ? Nous avons déjà remarqué cet excès de
démence & d'abfurdité, d'avoir imaginé que ce qui
lave le corps lave l'ame, & enlève les taches des mauvaifes actions.

L'eau du Nil eut enfuite la même vertu que l'eau
du Gange : on ajoutait à ces purifications d'autres
cérémonies : j'avoue qu'elles furent encore plus impertinentes. Les Egyptiens prenaient deux boucs, &
tiraient au fort lequel des deux on jetterait en-bas,
chargé des péchés des coupables. On donnait à ce
bouc le nom d'*Hazazel*, l'expiateur. Quel rapport, je
vous prie, entre un bouc & le crime d'un homme ?

L 3

Il eſt vrai que depuis, DIEU permit que cette cérémonie fût ſanctifiée chez les Juifs nos pères, qui prirent tant de rites égyptiatiques ; mais ſans doute, c'était le repentir & non le bouc qui purifiait les ames juives.

Jaſon ayant tué *Abſyrthe* ſon beau-frère, vient, dit-on, avec *Médée*, plus coupable que lui, ſe faire abſoudre par *Circé* reine & prêtreſſe d'Æa, laquelle paſſa depuis pour une grande magicienne. *Circé* les abſout avec un cochon de lait & des gâteaux au ſel. Cela peut faire un aſſez bon plat ; mais cela ne peut guère ni payer le ſang d'*Abſyrthe*, ni rendre *Jaſon* & *Médée* plus honnêtes gens, à moins qu'ils ne témoignent un repentir ſincère en mangeant leur cochon de lait.

L'expiation d'*Oreſte*, qui avait vengé ſon père par le meurtre de ſa mère, fut d'aller voler une ſtatue chez les Tartares de Crimée. La ſtatue devait être bien mal faite ; & il n'y avait rien à gagner ſur un pareil effet. On fit mieux depuis, on inventa les myſtères : les coupables pouvaient y recevoir leur abſolution en ſubiſſant des épreuves pénibles, & en jurant qu'ils mèneraient une nouvelle vie. C'eſt de ce ſerment que les récipiendaires furent appelés chez toutes les nations d'un nom qui répond à inities, *qui ineunt vitam novam,* qui commencent une nouvelle carrière, qui entrent dans le chemin de la vertu.

Nous avons vu à l'article *Baptême*, que les catéchumènes chrétiens n'étaient appelés *inities* que lorſqu'ils étaient baptiſés.

Il eſt indubitable qu'on n'était lavé de ſes fautes dans ces myſtères, que par le ſerment d'être vertueux :

cela eſt ſi vrai, que l'hiérophante, dans tous les myſtères de la Grèce, en congédiant l'aſſemblée, prononçait ces deux mots égyptiens : *Koth*, *ompheth*, veillez, ſoyez purs ; ce qui eſt à la fois une preuve que les myſtères viennent originairement d'Egypte, & qu'ils n'étaient inventés que pour rendre les hommes meilleurs.

Les ſages, dans tous les temps, firent donc ce qu'ils purent pour inſpirer la vertu, & pour ne point réduire la faibleſſe humaine au déſeſpoir ; mais auſſi il y a des crimes ſi horribles, qu'aucun myſtère n'en accorda l'expiation. *Néron*, tout empereur qu'il était, ne put ſe faire initier aux myſtères de *Cérès*. *Conſtantin*, au rapport de *Zozime*, ne put obtenir le pardon de ſes crimes : il était ſouillé du ſang de ſa femme, de ſon fils, & de tous ſes proches. C'était l'intérêt du genre-humain, que de ſi grands forfaits demeuraſſent ſans expiation, afin que l'abſolution n'invitât pas à les commettre, & que l'horreur univerſelle pût arrêter quelquefois les ſcélérats.

Les catholiques romains ont des expiations qu'on appelle *pénitences*. Nous avons vu à l'article *Auſtérités*, quel fut l'abus d'une inſtitution ſi ſalutaire.

Par les lois des barbares qui détruiſirent l'empire romain, on expiait les crimes avec de l'argent ; cela s'appelait compoſer, *componat cum decem, viginti, triginta ſolidis*. Il en coûtait deux cents ſous de ce temps-là pour tuer un prêtre, & quatre cents pour tuer un évêque : de ſorte qu'un évêque valait préciſément deux prêtres.

Après avoir ainſi compoſé avec les hommes, on compoſa enſuite avec D i e u, lorſque la confeſſion fut

L 4

généralement établie. Enfin le pape *Jean XXII*, qui fefait argent de tout, rédigea le tarif des péchés.

L'abfolution d'un incefte, quatre tournois pour un laïque; *ab inceftu pro laïco in foro confcientiæ turonenfes quatuor*. Pour l'homme & la femme qui ont commis l'incefte, dix-huit tournois, quatre ducats, & neuf carlins. Cela n'eft pas jufte; fi un feul ne paye que quatre tournois, les deux ne devaient que huit tournois.

La fodomie & la beftialité font mifes au même taux; avec la caufe inhibitoire au titre XLIII, cela monte à quatre-vingt-dix tournois, douze ducats & fix carlins : *cum inhibitione turonenfes* 90, *ducatos* 12, *carlinos* 6, &c.

Il eft bien difficile de croire que *Léon X* ait eu l'imprudence de faire imprimer cette taxe en 1514, comme on l'affure; mais il faut confidérer que nulle étincelle ne paraiffait alors de l'embrafement qu'excitèrent depuis les réformateurs, que la cour de Rome s'endormait fur la crédulité des peuples, & négligeait de couvrir fes exactions du moindre voile. La vente publique des indulgences, qui fuivit bientôt après, fait voir que cette cour ne prenait aucune précaution pour cacher des turpitudes auxquelles tant de nations étaient accoutumées. Dès que les plaintes contre les abus de l'Eglife romaine éclatèrent, elle fit ce qu'elle put pour fupprimer le livre; mais elle ne put y parvenir.

Si j'ofe dire mon avis fur cette taxe, je crois que les éditions ne font pas fidelles; les prix ne font du tout point proportionnés : ces prix ne s'accordent pas avec ceux qui font allégués par d'*Aubigné* grand-père, de madame de *Maintenon*, dans la Confeffion de *Sanci* : il évalue un pucelage à fix gros, & l'incefte avec fa mère & fa fœur à cinq gros ; ce compte eft ridicule. Je penfe qu'il y avait en effet une taxe établie dans la chambre de la daterie, pour ceux qui venaient fe faire abfoudre à Rome, ou marchander des difpenfes ; mais que les ennemis de Rome y ajoutèrent beaucoup pour la rendre plus odieufe. Confultez *Bayle* aux articles *Bank*, *Pinet*, *Drelincourt*.

Ce qui eft très-certain, c'eft que jamais ces taxes ne furent autorifées par aucun concile ; que c'était un abus énorme inventé par l'avarice, & refpecté par ceux qui avaient intérêt à ne le pas abolir. Les vendeurs & les acheteurs y trouvaient également leur compte : ainfi prefque perfonne ne réclama jufqu'aux troubles de la réformation. Il faut avouer qu'une connaiffance bien exacte de toutes ces taxes, fervirait beaucoup à l'hiftoire de l'efprit humain.

E X T R E M E.

Nous effayerons ici de tirer de ce mot *extrême* une notion qui pourra être utile.

On difpute tous les jours fi à la guerre la fortune ou la conduite fait les fuccès.

Si dans les maladies la nature agit plus que la médecine pour guérir ou pour tuer.

Si dans la jurifprudence il n'eft pas très-avantageux de s'accommoder quand on a raifon, & de plaider quand on a tort.

Si les belles-lettres contribuent à la gloire d'une nation ou à fa décadence.

S'il faut ou s'il ne faut pas rendre le peuple fuperf-titieux.

S'il y a quelque chofe de vrai en métaphyfique, en hiftoire, en morale.

Si le goût eft arbitraire, & s'il eft en effet un bon & un mauvais goût, &c. &c.

Pour décider tout d'un coup toutes ces queftions, prenez un exemple de ce qu'il y a de plus extrême dans chacune; comparez les deux extrémités oppofées, & vous trouverez d'abord le vrai.

Vous voulez favoir fi la conduite peut décider infailliblement du fuccès à la guerre; voyez le cas le plus extrême, les fituations les plus oppofées où la conduite feule triomphera infailliblement. L'armée ennemie eft obligée de paffer dans une gorge profonde de montagnes; votre général le fait; il fait une marche forcée, il s'empare des hauteurs, il tient les ennemis enfermés dans un défilé; il faut qu'ils périffent ou qu'ils fe rendent. Dans ce cas extrême, la fortune ne peut avoir nulle part à la victoire. Il eft donc démontré que l'habileté peut décider du fuccès d'une campagne; de cela feul il eft prouvé que la guerre eft un art.

Enfuite imaginez une pofition avantageufe, mais moins décifive; le fuccès n'eft pas fi certain, mais il eft toujours très-probable. Vous arrivez ainfi de proche en proche jufqu'à une parfaite égalité entre les deux armées; qui décidera alors? la fortune, c'eft-à-dire, un événement imprévu : un officier-général tué lorfqu'il va exécuter un ordre important, un corps qui s'ébranle fur un faux bruit, une terreur panique, & mille autres cas auxquels la prudence ne peut remédier; mais il refte toujours certain qu'il y a un art, une tactique.

Il en faut dire autant de la médecine, de cet art
d'opérer de la tête & de la main, pour rendre à la
vie un homme qui va la perdre.

Le premier qui faigna & purgea à propos un homme
tombé en apoplexie; le premier qui imagina de plonger
un biftouri dans la veffie pour en tirer un caillou, &
de refermer la plaie; le premier qui fut prévenir la
gangrène dans une partie du corps; étaient fans doute
des hommes prefque divins, & ne reffemblaient pas
aux médecins de *Moliére*.

Defcendez de cet exemple palpable à des expériences
moins frappantes & plus équivoques; vous voyez des
fièvres, des maux de toute efpèce qui fe guériffent,
fans qu'il foit bien prouvé fi c'eft la nature ou le
médecin qui les a guéries; vous voyez des maladies
dont l'iffue ne peut fe deviner; vingt médecins s'y
trompent; celui qui a le plus d'efprit, le coup d'œil
plus jufte, devine le caractère de la maladie. Il y a
donc un art; & l'homme fupérieur en connaît les
fineffes. Ainfi *la Peyronie* devina qu'un homme de la
cour devait avoir avalé un os pointu qui lui avait
caufé un ulcère, & le mettait en danger de mort; ainfi
Boerhaave devina la caufe de la maladie auffi inconnue
que cruelle d'un comte de *Vaffenaar*. Il y a donc réellement un art de la médecine; mais dans tout art il y
a des *Virgiles* & des *Mævius*.

Dans la jurifprudence, prenez une caufe nette,
dans laquelle la loi parle clairement; une lettre de
change bien faite, bien acceptée; il faudra par tout
pays que l'accepteur foit condamné à la payer. Il y
a donc une jurifprudence utile, quoique dans mille
cas, les jugemens foient arbitraires, pour le malheur

du genre-humain, parce que les lois font mal faites.

Voulez-vous favoir fi les belles-lettres font du bien à une nation ; comparez les deux extrêmes : *Cicéron* & un ignorant groffier. Voyez fi c'eft *Pline* ou *Attila* qui fit la décadence de Rome.

On demande fi l'on doit encourager la fuperftition dans le peuple ; voyez fur tout ce qu'il y a de plus extrême dans cette funefte matière, la St Barthelemi, les maffacres d'Irlande, les croifades ; la queftion eft bientôt réfolue.

Y a-t-il du vrai en métaphyfique ? Saififfez d'abord les points les plus étonnans & les plus vrais ; quelque chofe exifte, donc quelque chofe exifte de toute éternité. Un Etre éternel exifte par lui-même ; cet Etre peut n'être ni méchant ni inconféquent. Il faut fe rendre à ces vérités ; prefque tout le refte eft abandonné à la difpute, & l'efprit le plus jufte démêle la vérité lorfque les autres cherchent dans les ténébres.

Y a-t-il un bon & un mauvais goût ? Comparez les extrêmes ; voyez ces vers de *Corneille* dans *Cinna.*

> Octave ofe accufer le deftin d'injuftice,
> Quand tu vois que les tiens s'arment pour ton fupplice,
> Et que par ton exemple à ta perte guidés,
> Ils violent des droits que tu n'a pas gardés.

Comparez-les à ceux-ci dans *Othon.*

> Dis-moi donc, lorfqu'Othon s'eft offert à Camille,
> A-t-il été content, a-t-elle été facile ?
> Son hommage auprès d'elle a-t-il eu plein effet ?
> Comment l'a-t-elle pris, & comment l'a-t-il fait ?

Par cette comparaifon des deux extrêmes, il eft bientôt décidé qu'il exifte un bon & un mauvais goût.

Il en eft en toutes chofes comme des couleurs ; les plus mauvais yeux diftinguent le blanc & le noir, les yeux meilleurs, plus exercés, difcernent les nuances qui fe rapprochent.

Ufque adeo quod tangit idem eft ; tamen ultima diflant.

E Z E C H I E L.

De quelques paffages finguliers de ce prophéte, & de quelques ufages anciens.

ON fait affez aujourd'hui qu'il ne faut pas juger des ufages anciens par les modernes : qui voudrait réformer la cour d'*Alcinoüs* dans l'Odyffée, fur celle du grand-turc, ou de *Louis XIV*, ne ferait pas bien reçu des favans : qui reprendrait *Virgile* d'avoir repréfenté le roi *Evandre* couvert d'une peau d'ours, & accompagné de deux chiens, pour recevoir des ambaffadeurs, ferait un mauvais critique.

Les mœurs des anciens Egyptiens & Juifs font encore plus différentes des nôtres, que celles du roi *Alcinoüs*, de *Naufica* fa fille, & du bon-homme *Evandre*. *Ezéchiel*, efclave chez les Chaldéens, eut une vifion près de la petite rivière de Chobar qui fe perd dans l'Euphrate.

On ne doit point être étonné qu'il ait vu des animaux à quatre faces & à quatre ailes, avec des pieds de veau, ni des roues qui marchaient toutes

feules , & qui avaient l'efprit de vie ; ces fymboles
plaifent même à l'imagination ; mais plufieurs critiques
fe font révoltés contre l'ordre que le Seigneur lui
donna de manger pendant trois cents quatre-vingt-dix
jours , du pain d'orge , de froment , & de millet , couvert
d'excrémens humains.

Le prophète s'écria, pouah ! pouah ! pouah ! mon
ame n'a point été jufqu'ici pollue ; & le Seigneur lui
répondit : Hé bien , je vous donne de la fiente de
bœuf au lieu d'excrément d'homme , & vous pétrirez
votre pain avec cette fiente.

Comme il n'eft point d'ufage de manger de telles
confitures fur fon pain , la plupart des hommes trouvent
ces commandemens indignes de la majefté divine.
Cependant il faut avouer que de la bouze de vache &
tous les diamans du grand-mogol font parfaitement
égaux , non-feulement aux yeux d'un être divin , mais
à ceux d'un vrai philofophe ; & à l'égard des raifons
que D I E U pouvait avoir d'ordonner un tel déjeûner
au prophète , ce n'eft pas à nous de les demander.

Il fuffit de faire voir que ces commandemens qui
nous paraiffent étranges , ne le parurent pas aux Juifs.

Il eft vrai que la fynagogue ne permettait pas , du
temps de St Jérôme , la lecture d'Ezéchiel avant l'âge de
trente ans ; mais c'était parce que dans le chapitre XVIII,
il dit que le fils ne portera plus l'iniquité de fon père,
& qu'on ne dira plus , les pères ont mangé des raifins
verts , & les dents des enfans en font agacées.

En cela il fe trouvait expreffément en contradiction
avec Moïfe qui , au chapitre XXVIII des Nombres,
affure que les enfans portent l'iniquité des pères , jufqu'à la troifième & quatrième génération.

Ezéchiel, au chapitre XX, fait dire encore au Seigneur, qu'il a donné aux Juifs des *préceptes qui ne font pas bons*. Voilà pourquoi la fynagogue interdifait aux jeunes gens une lecture qui pouvait faire douter de l'irréfragabilité des lois de *Moïfe*.

Les cenfeurs de nos jours font encore plus étonnés du chapitre XVI d'*Ezéchiel* : voici comme le prophète s'y prend pour faire connaître les crimes de Jérufalem. Il introduit le Seigneur parlant à une fille, & le Seigneur dit à la fille : Lorfque vous naquîtes, on ne vous avait point encore coupé le boyau du nombril, on ne vous avait point falée, vous étiez toute nue, j'eus pitié de vous ; vous êtes devenue grande, votre fein s'eft formé, votre poil a paru ; j'ai paffé, je vous ai vue, j'ai connu que c'était le temps des amans ; j'ai couvert votre ignominie ; je me fuis étendu fur vous avec mon manteau ; vous avez été à moi ; je vous ai lavée, parfumée, bien habillée, bien chauffée ; je vous ai donné une écharpe de coton, des bracelets, un collier ; je vous ai mis une pierrerie au nez, des pendans d'oreille, & une couronne fur la tête &c.

Alors, ayant confiance à votre beauté, vous avez forniqué pour votre compte avec tous les paffans..... Et vous avez bâti un mauvais lieu..... & vous vous êtes proftituée jufque dans les places publiques, & vous avez ouvert vos jambes à tous les paffans.... & vous avez couché avec des Egyptiens.... & enfin, vous avez payé des amans, & vous leur avez fait des préfens afin qu'ils couchaffent avec vous.... & en payant au lieu d'être payée, vous avez fait le contraire des autres filles.... Le proverbe eft, telle mère, telle fille, & c'eft ce qu'on dit de vous &c.

On s'élève encore davantage contre le chap. XXIII.
Une mère avait deux filles qui ont perdu leur virginité
de bonne heure ; la plus grande s'appelait *Oolla*, & la
petite *Oliba*.... *Oolla a été folle des jeunes seigneurs,*
magiftrats, cavaliers ; elle a couché avec des Egyptiens dès
fa première jeuneffe.... Oliba fa fœur a bien plus forniqué
encore avec des officiers, des magiftrats & des cavaliers bien
faits ; elle a découvert fa turpitude ; elle a multiplié fes forni-
cations ; elle a recherché avec emportement les embraffemens
de ceux qui ont leur membre comme un âne, & qui répandent
leur femence comme des chevaux....

Ces defcriptions qui effarouchent tant d'efprits
faibles, ne fignifient pourtant que les iniquités de
Jérufalem & de Samarie ; les expreffions qui nous
paraiffent libres ne l'étaient point alors. La même
naïveté fe montre fans crainte dans plus d'un endroit
de l'Ecriture. Il y eft fouvent parlé d'ouvrir la vulve.
Les termes dont elle fe fert pour exprimer l'accou-
plement de *Booz* avec *Ruth*, de *Juda* avec fa belle-fille,
ne font point déshonnêtes en hébreu, & le feraient en
notre langue.

On ne fe couvre point d'un voile quand on n'a pas
honte de fa nudité ; comment dans ces temps-là
aurait-on rougi de nommer les génitoires, puifqu'on
touchait les génitoires de ceux à qui l'on fefait quelque
promeffe ? c'était une marque de refpect, un fymbole
de fidélité, comme autrefois parmi nous les feigneurs
châtelains mettaient leurs mains entre celles de leurs
feigneurs paramonts.

Nous avons traduit les génitoires par cuiffe. *Eliézer*
met la main fous la cuiffe d'*Abraham* : *Jofeph* met la
main fous la cuiffe de *Jacob*. Cette coutume était fort

ancienne

ancienne en Egypte. Les Egyptiens étaient fi éloignés d'attacher de la turpitude à ce que nous n'ofons ni découvrir, ni nommer, qu'ils portaient en proceffion une grande figure du membre viril nommé phallum, pour remercier les dieux de faire fervir ce membre à la propagation du genre-humain.

Tout cela prouve affez que nos bienféances ne font pas les bienféances des autres peuples. Dans quel temps y a-t-il eu chez les Romains plus de politeffe que du temps du fiècle d'*Augufle*? cependant *Horace* ne fait nulle difficulté de dire dans une pièce morale :

Nec metuo ne dum futuo vir rure recurrat.

Augufle fe fert de la même expreffion dans une épi-gramme contre *Fulvie*.

Un homme qui prononcerait parmi nous le mot qui répond à *futuo*, ferait regardé comme un crocheteur ivre ; ce mot, & plufieurs autres dont fe fervent *Horace* & d'autres auteurs, nous paraît encore plus indécent que les expreffions d'*Ezéchiel*. Défefons-nous de tous nos préjugés quand nous lifons d'anciens auteurs, ou que nous voyageons chez des nations éloignées. La nature eft la même par-tout, & les ufages par-tout différens.

Je rencontrai un jour dans Amfterdam un rabbin tout plein de ce chapitre. Ah! mon ami, dit-il, que nous vous avons obligation ! Vous avez fait connaître toute la fublimité de la loi mofaïque, le déjeûner d'*Ezéchiel*, fes belles attitudes fur le côté gauche ; *Oolla* & *Oliba* font des chofes admirables ; ce font des types, mon frère, des types, qui figurent qu'un jour le peuple juif fera maître de toute la terre ; mais pourquoi en avez-vous omis tant d'autres qui font à-peu-près de cette force ? pourquoi n'avez-vous pas repréfenté le Seigneur difant au fage *Ofée*, dès le fecond verfet du premier chapitre : *Ofée, prends une fille de joie, & fais-lui des fils de fille de joie*. Ce font fes propres paroles. *Ofée* prit la demoifelle, il en eut un garçon, & puis une fille, & puis encore un garçon, & c'était un type, & ce type dura trois années. Ce n'eft pas tout, dit le Seigneur, au troifième chapitre : Va-t-en prendre une femme qui foit non-feulement débauchée, mais adultère ; *Ofée* obéit, mais il lui en coûta quinze écus, & un feptier & demi d'orge ; car vous favez que dans la terre promife il y avait très-peu de froment. Mais favez-vous ce que tout cela fignifie ? Non, lui dis-je ; ni moi non plus, dit le rabbin.

Un grave favant s'approcha, & nous dit que c'était des fictions ingénieufes & toutes remplies d'agrément. Ah, monfieur, lui répondit un jeune homme fort inftruit, fi vous voulez des fictions, croyez-moi, préférez celles d'*Homère*, de *Virgile*, & d'*Ovide ;* quiconque aime les prophéties d'*Ezéchiel* mérite de déjeûner avec lui.

EZOURVEDAM.

Qu'EST-CE donc que cet Ezourvédam qui eft à la bibliothèque du roi de France ? C'eft un ancien commentaire, qu'un ancien brame compofa autrefois avant l'époque d'*Alexandre* fur l'ancien *Védam*, qui était lui-même bien moins ancien que le livre du Shafta.

Refpectons, vous dis-je, tous ces anciens Indiens. Ils inventèrent le jeu des échecs, & les Grecs allaient apprendre chez eux la géométrie.

Cet Ezourvédam fut en dernier lieu traduit par un brame, correfpondant de la malheureufe compagnie françaife des Indes. Il me fut apporté au mont Krapac, où j'obferve les neiges depuis long-temps ; & je l'envoyai à la grande bibliothèque royale de Paris, où il eft mieux placé que chez moi.

Ceux qui voudront le confulter, verront qu'après plufieurs révolutions produites par l'Eternel, il plut à l'Eternel de former un homme qui s'appelait *Adimo*, & une femme dont le nom répondait à celui de la vie.

Cette anecdote indienne eft-elle prife des livres juifs ? les Juifs l'ont-ils copiée des Indiens ? où peut-on dire que les uns & les autres l'ont écrite d'original, & que les beaux efprits fe rencontrent ?

Il n'était pas permis aux Juifs de penfer que leurs écrivains euffent rien puifé chez les brachmanes dont ils n'avaient pas entendu parler. Il ne nous eft pas permis de penfer fur *Adam* autrement que les Juifs. Par conféquent je me tais, & je ne penfe point.

F.

F A B L E.

IL eſt vraiſemblable que les fables dans le goût de celles qu'on attribue à *Eſope*, & qui ſont plus anciennes que lui, furent inventées en Aſie par les premiers peuples ſubjugués : des hommes libres n'auraient pas eu toujours beſoin de déguiſer la vérité ; on ne peut guère parler à un tyran qu'en paraboles, encore ce détour même eſt-il dangereux.

Il ſe peut très-bien auſſi que les hommes aimant naturellement les images & les contes, les gens d'eſprit ſe ſoient amuſés à leur en faire ſans aucune autre vue. Quoi qu'il en ſoit, telle eſt la nature de l'homme, que la fable eſt plus ancienne que l'hiſtoire.

Chez les Juifs, qui ſont une peuplade toute nou-velle (*a*) en comparaiſon de la Chaldée & de Tyr ſes voiſines, mais fort ancienne par rapport à nous, on voit des fables toutes ſemblables à celles d'*Eſope* dès le temps des juges ; c'eſt-à-dire, mille deux cents trente-trois ans avant notre ère, ſi on peut compter ſur de telles ſupputations.

Il eſt donc dit dans les Juges, que *Gédéon* avait ſoixante & dix fils, qui étaient *ſortis de lui parce qu'il*

(*a*) Il eſt prouvé que la peuplade hébraïque n'arriva en Paleſtine que dans un temps où le Canaan avait déjà d'aſſez puiſſantes villes ; Tyr, Sidon, Berith, floriſſaient. Il eſt dit que *Joſué* détruiſit *Jéricho* & la ville des lettres, des archives, des écoles, appelée *Cariat Sepher* ; donc les Juifs n'étaient alors que des étrangers qui portaient le ravage chez des peuples policés.

avait plusieurs femmes, & qu'il eut d'une servante un autre fils nommé *Abimélec.*

Or cet *Abimélec* écrasa sur une même pierre soixante & neuf de ses frères, selon la coutume; & les Juifs pleins de respect & d'admiration pour *Abimélec*, allèrent le couronner roi sous un chêne auprès de la ville de Mélo, qui d'ailleurs est peu connue dans l'histoire.

Joatham, le plus jeune des frères, échappé seul au carnage, (comme il arrive toujours dans les anciennes histoires) harangua les Juifs; il leur dit que les arbres allèrent un jour se choisir un roi. On ne voit pas trop comment des arbres marchent; mais s'ils parlaient, ils pouvaient bien marcher. Ils s'adressèrent d'abord à l'olivier, & lui dirent : Règne. L'olivier répondit : Je ne quitterai pas le soin de mon huile pour régner sur vous. Le figuier dit qu'il aimait mieux ses figues que l'embarras du pouvoir suprême. La vigne donna la préférence à ses raisins. Enfin les arbres s'adressèrent au buisson; le buisson répondit : *Je régnerai sur vous, je vous offre mon ombre; & si vous n'en voulez pas, le feu sortira du buisson & vous dévorera.*

Il est vrai que la fable pèche par le fond; parce que le feu ne sort point d'un buisson : mais elle montre l'antiquité de l'usage des fables.

Celle de l'estomac & des membres, qui servit à calmer une sédition dans Rome, il y a environ deux mille trois cents ans, est ingénieuse & sans défaut. Plus les fables sont anciennes, plus elles sont allégoriques.

L'ancienne fable de *Vénus*, telle qu'elle est rapportée dans *Hésiode*, n'est-elle pas une allégorie de la nature entière? Les parties de la génération sont tombées

de l'Ether fur le rivage de la mer : *Vénus* naît de cette
écume précieufe ; fon premier nom eft celui d'*Amante*
de l'organe de la génération , *Philometes* : y a-t-il une
image plus fenfible ?

Cette *Vénus* eft la déeffe de la beauté ; la beauté
ceffe d'être aimable, fi elle marche fans les grâces ;
la beauté fait naître l'amour ; l'amour a des traits qui
percent les cœurs ; il porte un bandeau qui cache les
défauts de ce qu'on aime ; il a des ailes , il vient vîte
& fuit de même.

La fageffe eft conçue dans le cerveau du maître des
Dieux fous le nom de *Minerve ;* l'ame de l'homme eft
un feu divin que *Minerve* montre à *Prométhée* , qui fe
fert de ce feu divin pour animer l'homme.

Il eft impoffible de ne pas reconnaître dans ces
fables une peinture vivante de la nature entière. La
plupart des autres fables font, ou la corruption des
hiftoires anciennes, ou le caprice de l'imagination.
Il en eft des anciennes fables comme de nos contes
modernes : il y en a de moraux qui font charmans ;
il en eft qui font infipides.

Les fables des anciens peuples ingénieux ont été
groffièrement imitées par des peuples groffiers ; témoin
celles de *Bacchus*, d'*Hercule* , de *Prométhée* , de *Pandore*,
& tant d'autres ; elles étaient l'amufement de l'ancien
monde. Les barbares qui en entendirent parler confufément , les firent entrer dans leur mythologie fauvage ;
& enfuite ils ofèrent dire, c'eft nous qui les avons
inventées. Hélas ! pauvres peuples ignorés & ignorans,
qui n'avez connu aucun art ni agréable ni utile, chez
qui même le nom de géométrie ne parvint jamais,
pouvez-vous dire que vous avez inventé quelque

chofe? Vous n'avez fu ni trouver des vérités, ni mentir habilement.

La plus belle fable des Grecs eft celle de *Pfyché*. La plus plaifante fut celle de la matrone d'*Ephèfe*.

La plus jolie parmi les modernes fut celle de la folie, qui ayant crevé les yeux à l'amour, eft condamnée à lui fervir de guide.

Les fables attribuées à *Efope* font toutes des emblèmes, des inftruftions aux faibles, pour fe garantir des forts autant qu'ils le peuvent. Toutes les nations un peu favantes les ont adoptées. *La Fontaine* eft celui qui les a traitées avec le plus d'agrément : il y en a environ quatre-vingts qui font des chefs-d'œuvre de naïveté, de grâces, de fineffe, quelquefois même de poëfie ; c'eft encore un des avantages du fiècle de *Louis XIV* d'avoir produit un *la Fontaine*. Il a trouvé fi bien le fecret de fe faire lire, fans prefque le chercher, qu'il a eu en France plus de réputation que l'inventeur même.

Boileau ne l'a jamais compté parmi ceux qui fefaient honneur à ce grand fiècle; fa raifon ou fon prétéxte était qu'il n'avait jamais rien inventé. Ce qui pouvait encore excufer *Boileau*, c'était le grand nombre de fautes contre la langue & contre la correftion du ftyle: fautes que *la Fontaine* aurait pu éviter, & que ce févère critique ne pouvait pardonner. C'était la cigale, qui *ayant chanté tout l'été, s'en alla crier famine chez la fourmi fa voifine*, qui lui dit, *qu'elle la payera avant l'ouft, foi d'animal, intérêt & principal;* & à qui la fourmi répond : *Vous chantiez, j'en fuis fort aife; hé bien danfez maintenant.*

M 4

C'était le loup qui voyant la marque du collier du chien, lui dit : *Je ne voudrais pas même à ce prix un tréfor*. Comme fi les tréfors étaient à l'ufage des loups.

C'était la *race efcarbote, qui eft en quartier d'hiver comme la marmote.*

C'était l'aftrologue qui fe laiffa cheoir, & à qui on dit : *Pauvre bête, penfes-tu lire au-deffus de ta tête ?* En effet, *Copernic*, *Galilée*, *Caffini*, *Halley*, ont très-bien lu au-deffus de leur tête ; & le meilleur des aftronomes peut fe laiffer tomber fans être une pauvre bête.

L'aftrologie judiciaire eft à la vérité une charlatanerie très-ridicule ; mais ce ridicule ne confiftait pas à regarder le ciel, il confiftait à croire ou à vouloir faire croire qu'on y lit ce qu'on n'y lit point. Plufieurs de ces fables ou mal choifies, ou mal écrites, pouvaient mériter en effet la cenfure de *Boileau*.

Rien n'eft plus infipide que la femme noyée, dont on dit qu'il faut chercher le corps en remontant le cours de la rivière, parce que cette femme avait été contredifante.

Le tribut des animaux envoyé au roi *Alexandre* eft une fable, qui, pour être ancienne, n'en eft pas meilleure. Les animaux n'envoient point d'argent à un roi ; & un lion ne s'avife pas de voler de l'argent.

Un fatyre qui reçoit chez lui un paffant, ne doit point le renvoyer fur ce qu'il fouffle d'abord dans fes doigts, parce qu'il a trop froid ; & qu'enfuite en prenant l'*écuelle aux dents* il fouffle fur fon potage qui eft trop chaud. L'homme avait très-grande raifon, & le fatyre était un fot. D'ailleurs on ne prend point l'écuelle avec les dents.

Mère écrevisse qui reproche à sa fille de ne pas aller droit, & la fille qui lui répond que sa mère va tortu, n'a point paru une fable agréable.

Le buisson & le canard en société avec une chauve-souris pour des marchandises, *ayant des comptoirs, des facteurs, des agens, payant le principal & les intérêts, & ayant des sergens à leur porte*, n'a ni vérité, ni naturel, ni agrément.

Un buisson qui sort de son pays avec une chauve-souris pour aller trafiquer, est une de ces imaginations froides & hors de la nature, que *la Fontaine* ne devait pas adopter.

Un logis plein de chiens & de chats, *vivant entre eux comme cousins, & se brouillant pour un pot de potage*, semble bien indigne d'un homme de goût.

La *pie-margot-caquet-bon-bec* est encore pire ; l'aigle lui dit qu'elle n'a que faire de sa compagnie, parce qu'elle parle trop. Sur quoi *la Fontaine* remarque qu'il faut à la cour *porter habit de deux paroisses*.

Que signifie un milan présenté par un oiseleur à un roi, auquel il prend le bout du nez avec ses griffes ?

Un singe qui avait épousé une fille parisienne & qui la battait, est un très-mauvais conte qu'on avait fait à *la Fontaine*, & qu'il eut le malheur de mettre en vers.

De telles fables & quelques autres pourraient sans doute justifier *Boileau* : il se pouvait même que *la Fontaine* ne fût pas distinguer ses mauvaises fables des bonnes.

Madame de *la Sablière* appelait *la Fontaine un fablier*, qui portait naturellement des fables, comme un prunier des prunes. Il est vrai qu'il n'avait qu'un

ftyle , & qu'il écrivait un opéra de ce même ftyle
dont il parlait de *Janot Lapin* & de *Rominagrobis*. Il
dit dans l'opéra de Daphné ;

> J'ai vu le temps qu'une jeune fillette
> Pouvait fans peur aller au bois feulette :
> Maintenant , maintenant les bergers font loups.
> Je vous dis, je vous dis, filles , gardez-vous.
>
> > Jupiter vous vaut bien ;
> Je ris auffi quand l'amour veut qu'il pleure :
> > Vous autres Dieux n'attaquez rien ,
> Qui fans vous étonner s'ofe défendre une heure.
>
> > > Que vous êtes reprenante,
> > > Gouvernante !

Malgré tout cela , *Boileau* devait rendre juftice au
mérite fingulier du bon - homme ; (c'eft ainfi qu'il
l'appelait) & être enchanté avec tout le public du
ftyle de fes bonnes fables.

La Fontaine n'était pas né inventeur ; ce n'était pas
un écrivain fublime , un homme d'un goût toujours
fûr , un des premiers génies du grand fiècle ; & c'eft
encore un défaut très-remarquable dans lui de ne pas
parler correctement fa langue. Il eft dans cette partie
très-inférieur à *Phèdre* ; mais c'eft un homme unique
dans les excellens morceaux qu'il nous a laiffés : ils
font en grand nombre ; ils font dans la bouche de
tous ceux qui ont été élevés honnêtement ; ils contribuent même à leur éducation ; ils iront à la dernière
poftérité ; ils conviennent à tous les hommes , à tous
les âges ; & ceux de *Boileau* ne conviennent guère
qu'aux gens de lettres.

F A B L E.   187

De quelques fanatiques qui ont voulu profcrire les anciennes fables.

I L y eut parmi ceux qu'on nomme *janſéniſtes*, une petite feéte de cerveaux durs & creux, qui voulurent profcrire les belles fables de l'antiquité, fubſtituer *St Proſper* à *Ovide*, & *Santeuil* à *Horace*. Si on les avait crus, les peintres n'auraient plus repréſenté *Iris* fur l'arc-en-ciel, ni *Minerve* avec fon égide; mais *Nicole* & *Arnauld* combattant contre des jéſuites & contre des proteſtans; mademoiſelle *Perrier* guérie d'un mal aux yeux par une épine de la couronne de JESUS-CHRIST, arrivée de Jéruſalem à Port-royal; le conſeiller *Carré de Montgeron*, préſentant à *Louis XV* le recueil des convulſions de *St Médard*, & *St Ovide* reſſuſcitant des petits garçons.

Aux yeux de ces fages auſtères, *Fénélon* n'était qu'un idolâtre qui introduiſait l'enfant *Cupidon* chez la nymphe *Eucharis*, à l'exemple du poëme impie de l'Enéide.

Pluche, à la fin de fa fable du ciel, intitulée Hiſtoire, fait une longue diſſertation pour prouver qu'il eſt honteux d'avoir dans fes tapiſſeries des figures priſes des métamorphoſes d'*Ovide*; & que *Zéphire* & *Flore*, *Vertumne* & *Pomone*, devraient être bannis des jardins de Verſailles. (*b*) Il exhorte l'académie des belles-lettres à s'oppoſer à ce mauvais goût; & il dit qu'elle feule eſt capable de rétablir les belles-lettres. (*c*)

(*b*) *Hiſt. du ciel*, tome II, page 398.
(*c*) Voyez dans les *Poëſies mêlées l'apologie de la fable* que nous indiquons à notre cher leéteur, pour le prémunir contre la mauvaiſe humeur de ces ennemis des beaux arts.

D'autres rigoriftes, plus févères que fages, ont voulu profcrire depuis peu l'ancienne mythologie, comme un recueil de contes puérils indignes de la gravité reconnue de nos mœurs. Il ferait trifte pourtant de brûler *Ovide*, *Homère*, *Héfiode*, & toutes nos belles tapifferies, & nos tableaux, & nos opéra : beaucoup de fables après tout, font plus philofophiques que ces meffieurs ne font philofophes. S'ils font grâce aux contes familiers d'*Efope*, pourquoi faire mainbaffe fur ces fables fublimes qui ont été refpectées du genre-humain, dont elles ont fait l'inftruction ? Elles font mêlées de beaucoup d'infipidités, car quelle chofe eft fans mélange ? Mais tous les fiècles adopteront la boîte de *Pandore*, au fond de laquelle fe trouve la confolation du genre-humain ; les deux tonneaux de *Jupiter*, qui verfent fans ceffe le bien & le mal ; la nue embraffée par *Ixion*, emblème & châtiment d'un ambitieux ; & la mort de *Narciffe*, qui eft la punition de l'amour-propre. Y a-t-il rien de plus fublime que *Minerve*, la divinité de la fageffe, formée dans la tête du maître des dieux ? Y a-t-il rien de plus vrai & de plus agréable que la déeffe de la beauté, obligée de n'être jamais fans les grâces ? Les déeffes des arts, toutes filles de *Mémoire*, ne nous avertiffent-elles pas, auffi-bien que *Locke*, que nous ne pouvons fans mémoire avoir le moindre jugement, la moindre étincelle d'efprit ? Les flèches de l'*Amour*, fon bandeau, fon enfance, *Flore* careffée par *Zéphyre* &c., ne font-ils pas les emblèmes fenfibles de la nature entière ? Ces fables ont furvécu aux religions qui les confacraient ; les temples des dieux d'Egypte, de la Grèce, de Rome, ne font plus, & *Ovide* fubfifte. On peut détruire les objets de la crédulité, mais non ceux du plaisir; nous aimerons à jamais ces images vraies & riantes. *Lucrèce* ne croyait pas à ces dieux de la fable; mais il célébrait la nature sous le nom de *Vénus*.

Alma Venus cæli subter labentia signa
Quæ mare navigerum, quæ terras frugiferentes
Concelebras, per te quoniam genus omne animantum
Concipitur, visitque exortum lumina solis &c.

Tendre Vénus, ame de l'univers,
Par qui tout naît, tout respire, & tout aime;
Toi dont les feux brûlent au fond des mers,
Toi qui régis la terre & le ciel même &c.

Si l'antiquité dans ses ténébres s'était bornée à reconnaître la Divinité dans ses images, aurait-on beaucoup de reproches à lui faire? L'ame productrice du monde était adorée par les sages; elle gouvernait les mers sous le nom de *Neptune*, les airs sous l'emblème de *Junon*, les campagnes sous celui de *Pan*. Elle était la divinité des armées sous le nom de *Mars*; on animait tous ces attributs: *Jupiter* était le seul dieu. La chaîne d'or, avec laquelle il enlevait les dieux inférieurs & les hommes, était une image frappante de l'unité d'un être souverain. Le peuple s'y trompait; mais que nous importe le peuple?

On demande tous les jours pourquoi les magistrats grecs & romains permettaient qu'on tournât en ridicule sur le théâtre ces mêmes divinités, qu'on adorait dans les temples? On fait là une supposition fausse: on ne se moquait point des dieux sur le théâtre, mais des sottises attribuées à ces dieux par ceux qui avaient

corrompu l'ancienne mythologie. Les confuls & les
préteurs trouvaient bon qu'on traitât gaiement fur la
fcène l'aventure des deux *Sofies ;* mais ils n'auraient
pas fouffert qu'on eût attaqué devant le peuple le culte
de *Jupiter* & de *Mercure.* C'eft ainfi que mille chofes,
qui paraiffent contradictoires, ne le font point. J'ai vu
fur le théâtre d'une nation favante & fpirituelle, des
aventures tirées de la Légende dorèe ; dira-t-on pour
cela que cette nation permet qu'on infulte aux objets
de la religion ? Il n'eft pas à craindre qu'on devienne
païen pour avoir entendu à Paris l'opéra de *Proferpine*,
ou pour avoir vu à Rome les noces de *Pfyché*, peintes
dans un palais du pape par *Raphaël.* La fable forme
le goût, & ne rend perfonne idolâtre.

Les belles fables de l'antiquité ont encore ce grand
avantage fur l'hiftoire, qu'elles préfentent une morale
fenfible : ce font des leçons de vertu, & prefque toute
l'hiftoire eft le fuccès des crimes. *Jupiter*, dans la fable,
defcend fur la terre pour punir *Tantale* & *Lycaon ;* mais
dans l'hiftoire, nos *Tantales* & nos *Lycaons* font les
dieux de la terre. *Baucis* & *Philémon* obtiennent que
leur cabanne foit changée en un temple : nos *Baucis*
& nos *Philémons* voient vendre par le collecteur des
tailles leurs marmites, que les dieux changent en vafes
d'or dans *Ovide.*

Je fais combien l'hiftoire peut nous inftruire, je fais
combien elle eft néceffaire ; mais en vérité il faut lui
aider beaucoup pour en tirer des règles de conduite.
Que ceux qui ne connaiffent la politique que dans les
livres, fe fouviennent toujours de ces vers de *Corneille:*

Les exemples récens fuffiraient pour m'inftruire,
Si par l'exemple feul on devait fe conduire ;

Mais fouvent l'un fe perd où l'autre s'eft fauvé,
Et par où l'un périt, un autre eft confervé,

Henri VIII, tyran de fes parlemens, de fes miniftres,
de fes femmes, des confciences, & des bourfes, vit &
meurt paifible. Le bon, le brave *Charles I* périt fur
un échafaud. Notre admirable héroïne *Marguerite
d'Anjou* donne en vain douze batailles en perfonne
contre les Anglais, fujets de fon mari. *Guillaume III*
chaffe *Jacques II* d'Angleterre fans donner bataille.
Nous avons vu de nos jours la famille impériale de
Perfe égorgée, & des étrangers fur fon trône. Pour
qui ne regarde qu'aux événemens, l'hiftoire femble
accufer la Providence, & les belles fables morales la
juftifient. Il eft clair qu'on trouve dans elles l'utile &
l'agréable. Ceux qui dans ce monde ne font ni l'un
ni l'autre, crient contre elles. Laiffons-les dire, & lifons
Homère & *Ovide*, auffi-bien que *Tite-Live* & *Rapin-
Thoiras*. Le goût donne des préférences; le fanatifme
donne les exclufions.

Tous les arts font amis, ainfi qu'ils font divins :
Qui veut les féparer eft loin de les connaître.
L'hiftoire nous apprend ce que font les humains,
     La fable ce qu'ils doivent être.

FACILE. (GRAMMAIRE.)

F A C I L E ne fignifie pas feulement une chofe aifément
faite, mais encore qui paraît l'être. Le pinceau du
Corrège eft facile. Le ftyle de *Quinault* eft beaucoup
plus facile que celui de *Defpréaux*, comme le ftyle
d'*Ovide* l'emporte en facilité fur celui de *Perfe*.

Cette facilité en peinture, en mufique, en éloquence, en poëfie, confifte dans un naturel heureux, qui n'admet aucun tour de recherche; & qui peut fe paffer de force & de profondeur. Ainfi les tableaux de *Paul Véronèfe* ont un air plus facile & moins fini que ceux de *Michel-Ange*. Les fymphonies de *Rameau* font fupérieures à celles de *Lulli*, & femblent moins faciles. *Boffuet* eft plus véritablement éloquent & plus facile que *Fléchier*. *Rouffeau*, dans fes épîtres, n'a pas à beaucoup près la facilité & la vérité de *Defpréaux*.

Le commentateur de *Defpréaux* dit que ce poëte exact & laborieux avait appris à l'illuftre *Racine* à faire difficilement des vers; & que ceux qui paraiffent faciles, font ceux qui ont été faits avec le plus de difficulté.

Il eft très-vrai qu'il en coûte fouvent pour s'exprimer avec clarté : il eft vrai qu'on peut arriver au naturel par des efforts; mais il eft vrai auffi qu'un heureux génie produit fouvent des beautés faciles fans aucune peine, & que l'enthoufiafme va plus loin que l'art.

La plupart des morceaux paffionnés de nos bons poëtes font fortis achevés de leur plume, & paraiffent d'autant plus faciles, qu'ils ont en effet été compofés fans travail : l'imagination alors conçoit & enfante aifément. Il n'en eft pas ainfi dans les ouvrages didactiques; c'eft là qu'on a befoin d'art pour paraître facile. Il y a, par exemple, beaucoup moins de facilité que de profondeur, dans l'admirable Effai fur l'homme de *Pope*.

On peut faire facilement de très-mauvais ouvrages qui n'auront rien de gêné, qui paraîtront faciles; &

c'eft

c'eſt le partage de ceux qui ont, ſans génie, la malheureuſe habitude de compoſer. C'eſt en ce ſens qu'un perſonnage de l'ancienne comédie, qu'on nomme italienne, dit à un autre :

Tu fais de méchans vers admirablement bien.

Le terme de *facile* eſt une injure pour une femme, & eſt quelquefois dans la ſociété une louange pour un homme; c'eſt ſouvent un défaut dans un homme d'Etat.

Les mœurs d'*Atticus* étaient faciles; c'était le plus aimable des Romains. La facile *Cléopâtre* ſe donna à *Antoine* auſſi aiſément qu'à *Céſar*. Le facile *Claude* ſe laiſſait gouverner par *Agrippine. Facile* n'eſt là par rapport à *Claude* qu'un adouciſſement; le mot propre eſt *faible.*

Un homme facile eſt en général un eſprit qui ſe rend aiſément à la raiſon, aux remontrances, un cœur qui ſe laiſſe fléchir aux prières : & *faible* eſt celui qui laiſſe prendre ſur lui trop d'autorité.

F A C T I O N.

De ce qu'on entend par ce mot.

Le mot *faction* venant du latin *facere*, on l'emploie pour ſignifier l'état d'un ſoldat à ſon poſte, en faction; les quadrilles ou les troupes des combattans dans le cirque ; les factions vertes, bleues, rouges, & blanches.

La principale acception de ce terme fignifie *un parti féditieux dans un Etat*. Le terme de *parti* par lui-même n'a rien d'odieux, celui de *faction* l'eft toujours.

Un grand-homme & un médiocre peuvent avoir aifément un parti à la cour, dans l'armée, à la ville, dans la littérature.

On peut avoir un parti par fon mérite, par la chaleur & le nombre de fes amis, fans être chef de parti.

Le maréchal de *Catinat*, peu confidéré à la cour, s'était fait un grand parti dans l'armée fans y prétendre.

Un chef de parti eft toujours un chef de faction : tels ont été le cardinal de *Retz*, *Henri* duc de *Guife*, & tant d'autres.

Un parti féditieux, quand il eft encore faible, quand il ne partage pas tout l'Etat, n'eft qu'une faction.

La faction de *Céfar* devint bientôt un parti dominant qui engloutit la république.

Quand l'empereur *Charles VI* difputait l'Efpagne à *Philippe V*, il avait un parti dans ce royaume, & enfin il n'y eut plus qu'une faction. Cependant on peut dire toujours *le parti de Charles VI*.

Il n'en eft pas ainfi des hommes privés. *Defcartes* eut long-temps un parti en France ; on ne peut dire qu'il eut une faction.

C'eft ainfi qu'il y a des mots fynonymes en plufieurs cas, qui ceffent de l'être dans d'autres.

F A C U L T É.

To U T E S les puiffances du corps & de l'entendement ne font-elles pas des facultés, & qui pis eft des facultés très-ignorées, de franches qualités occultes, à commencer par le mouvement dont perfonne n'a découvert l'origine?

Quand le préfident de la faculté de médecine, dans le Malade imaginaire, demande à *Thomas Diafoirus quare opium facit dormire? Thomas* répond très-pertinemment, *quia eft in eo virtus dormitiva quæ facit fopire*, parce qu'il y a dans l'opium une faculté foporative qui fait dormir. Les plus grands phyficiens ne peuvent guère mieux dire.

Le fincère chevalier de *Jaucour* avoue, à l'article *Sommeil*, qu'on ne peut former fur la caufe du fommeil que de fimples conjectures. Un autre *Thomas*, plus révéré que *Diafoirus*, n'a pas répondu autrement que ce bachelier de comédie, à toutes les queftions qu'il propofe dans fes volumes immenfes.

Il eft dit à l'article *Faculté* du grand Dictionnaire encyclopédique, *que la faculté vitale une fois établie dans le principe intelligent qui nous anime, on conçoit aifément que cette faculté excitée par les impreffions que le fenforium vital tranfmet à la partie du fenforium commun, détermine l'influx alternatif du fuc nerveux dans les fibres motrices des organes vitaux, pour faire contracter alternativement ces organes.*

Cela revient précifément à la réponfe du jeune médecin *Thomas*, *quia eft in eo virtus alternativa quæ facit alternare.* Et ce *Thomas Diafoirus* a du moins le mérite d'être plus court.

La faculté de remuer le pied quand on le veut, celle de se ressouvenir du passé, celle d'user de ses cinq sens, toutes nos facultés, en un mot, ne sont-elles pas à la *Diafoirus* ?

Mais la pensée ! nous disent les gens qui savent le secret ; la pensée, qui distingue l'homme du reste des animaux !

Sanctius his animal, mentisque capacius altæ.

Cet animal si saint, plein d'un esprit sublime.

Si saint qu'il vous plaira ; c'est ici que *Diafoirus* triomphe plus que jamais. Tout le monde au fond répond, *quia est in eo virtus pensativa quæ facit pensare.* Personne ne saura jamais par quel mystère il pense.

Cette question s'étend donc à tout dans la nature entière. Je ne sais s'il n'y aurait pas dans cet abyme même une preuve de l'existence de l'Etre suprême. Il y a un secret dans tous les premiers ressorts de tous les êtres, à commencer par un galet des bords de la mer, & à finir par l'anneau de saturne & par la voie lactée. Or comment ce secret sans que personne le sût ? il faut bien qu'il y ait un être qui soit au fait.

Des savans, pour éclairer notre ignorance, nous disent qu'il faut faire des systèmes, qu'à la fin nous trouverons le secret. Mais nous avons tant cherché sans rien trouver, qu'à la fin on se dégoûte. C'est la philosophie paresseuse, nous crient-ils ; non, c'est le repos raisonnable de gens qui ont couru en vain. Et après tout, philosophie paresseuse vaut mieux que théologie turbulente & chimères métaphysiques,

FAIBLE.

*F*OIBLE, qu'on prononcee *faible*, & que plufieurs écrivent ainfi, eft le contraire de *fort*, & non de *dur* & de *folide*. Il peut fe dire de prefque tous les êtres. Il reçoit fouvent l'article *de* : le *fort* & le *faible* d'une épée ; *faible* de reins ; armée *faible* de cavalerie ; ouvrage philofophique *faible* de raifonnement, &c.

Le faible du cœur n'eft point le faible de l'efprit ; le faible de l'ame n'eft point celui du cœur. Une ame faible eft fans reffort & fans action ; elle fe laiffe aller à ceux qui la gouvernent.

Un cœur faible s'amollit aifément, change facilement d'inclinations, ne réfifte point à la féduction, à l'afcendant qu'on veut prendre fur lui, & peut fubfifter avec un efprit fort ; car on peut penfer fortement, & agir faiblement. L'efprit faible reçoit les impreffions fans les combattre, embraffe les opinions fans examen, s'effraie fans caufe, tombe naturellement dans la fuperftition.

Un ouvrage peut être faible par les penfées ou par le ftyle : par les penfées, quand elles font trop communes, ou, lorfqu'étant juftes, elles ne font pas affez approfondies ; par le ftyle, quand il eft dépourvu d'images, de tours, de figures, qui réveillent l'attention. Les oraifons funèbres de *Mafcaron* font faibles, & fon ftyle n'a point de vie, en comparaifon de *Boffuet*.

Toute harangue eft faible, quand elle n'eft pas relevée par des tours ingénieux, & par des expreffions énergiques ; mais un plaidoyer eft faible, quand, avec tout le fecours de l'éloquence, & toute la véhémence de l'action, il manque de raifon. Nul ouvrage philofophique n'eft faible, malgré la faibleffe d'un ftyle lâche, quand le raifonnement eft jufte & profond. Une tragédie eft faible, quoique le ftyle en foit fort, quand l'intérêt n'eft pas foutenu. La comédie la mieux écrite eft faible, fi elle manque de ce que les Latins appelaient *vis comica*, la force comique : c'eft ce que *Céfar* reproche à *Térence* :

Lenibus atque utinam fcriptis adjuncta foret vis.

C'eft furtout en quoi a péché fouvent la comédie nommée *larmoyante*. Les vers faibles ne font pas ceux qui péchent contre les règles, mais contre le génie; qui dans leur mécanique font fans variété, fans choix de termes, fans heureufes inverfions, & qui, dans leur poëfie, confervent trop la fimplicité de la profe. On ne peut mieux fentir cette différence, qu'en comparant les endroits que *Racine*, & *Campiftron* fon imitateur, ont traités.

FANATISME.

SECTION PREMIERE.

C'EST l'effet d'une fauffe confcience, qui affervit la religion aux caprices de l'imagination & aux déréglemens des paffions.

En général, il vient de ce que les légiflateurs ont eu des vues trop étroites, ou de ce qu'on a paffé les bornes qu'ils fe prefcrivaient. Leurs lois n'étaient faites que pour une fociété choifie. Etendues par le zèle à tout un peuple, & tranſportées par l'ambition d'un climat à l'autre, elles devaient changer & s'accommoder aux circonſtances des lieux & des perſonnes. Mais qu'eſt-il arrivé ? c'eſt que certains eſprits d'un caractère plus proportionné à celui du petit troupeau pour lequel elles avaient été faites, les ont reçues avec la même chaleur, en ſont devenus les apôtres & même les martyrs, plutôt que de démordre d'un ſeul *iota*. Les autres, au contraire, moins ardens, ou plus attachés à leurs préjugés d'éducation, ont lutté contre le nouveau joug, & n'ont conſenti à l'embraſſer qu'avec des adouciſſemens ; & de-là le ſchiſme entre les rigoriſtes & les mitigés, qui les rend tous furieux, les uns pour la ſervitude , & les autres pour la liberté.

Imaginons une immenſe rotonde, un panthéon à mille autels , & placés au milieu du dôme ; figurons-nous un dévot de chaque ſecte, éteinte ou ſubſiſtante, aux pieds de la divinité qu'il honore à ſa façon, ſous toutes les formes bizarres que l'imagination a pu créer. A droite, c'eſt un contemplatif étendu ſur une natte, qui attend, le nombril en l'air, que la lumière céleſte vienne inveſtir ſon ame. A gauche, c'eſt un énergumène proſterné qui frappe du front contre la terre, pour en faire ſortir l'abondance. Là c'eſt un ſaltimbanque qui danſe ſur la tombe de celui qu'il invoque. Ici c'eſt un pénitent immobile & muet comme la ſtatue devant laquelle il s'humilie. L'un étale ce que la pudeur cache, parce que DIEU ne rougit pas de ſa reſſemblance ; l'autre voile juſqu'à ſon viſage, comme ſi l'ouvrier avait horreur de ſon ouvrage. Un autre tourne le

dos au Midi, parce que c'eft-là le vent du démon ;
un autre tend les bras vers l'Orient, où DIEU
montre fa face rayonnante. De jeunes filles en pleurs
meurtriffent leur chair encore innocente, pour apaifer
le démon de la concupifcence par des moyens capables
de l'irriter ; d'autres, dans une pofture toute oppofée,
follicitent les approches de la Divinité. Un jeune
homme, pour amortir l'inftrument de la virilité,
y attache des anneaux de fer d'un poids proportionné à fes forces ; un autre arrête la tentation
dès fa fource, par une amputation tout-à-fait inhumaine, & fufpend à l'autel les dépouilles de fon
facrifice.

Voyons-les tous fortir du temple, & pleins du
Dieu qui les agite, répandre la frayeur & l'illufion
fur la face de la terre. Ils fe partagent le monde, &
bientôt le feu s'allume aux quatre extrémités ; les
peuples écoutent, & les rois tremblent. Cet empire
que l'enthoufiafme d'un feul exerce fur la multitude
qui le voit ou l'entend, la chaleur que les efprits
raffemblés fe communiquent, tous ces mouvemens
tumultueux, augmentés par le trouble de chaque
particulier, rendent en peu de temps le vertige
général. C'eft affez d'un feul peuple enchanté à la
fuite de quelques impofteurs, la féduction multi-
pliera les prodiges, & voilà tout le monde à jamais
égaré. L'efprit humain une fois forti des routes lumineufes de la nature, n'y rentre plus ; il erre autour
de la vérité, fans en rencontrer autre chofe que des
lueurs, qui, fe mêlant aux fauffes clartés dont la
fuperftition l'environne, achèvent de l'enfoncer dans
les ténèbres.

Il eſt affreux de voir comment l'opinion d'apaiſer le ciel par le maſſacre, une fois introduite, s'eſt univerſellement répandue dans preſque toutes les religions; & combien on a multiplié les raiſons de ce ſacrifice, afin que perſonne ne pût échapper au couteau. Tantôt ce ſont des ennemis qu'il faut immoler à *Mars* exterminateur; les Scythes égorgent à ſes autels le centième de leurs priſonniers; & par cet uſage de la victoire, on peut juger de la juſtice de la guerre : auſſi chez d'autres peuples ne la feſait-on que pour avoir de quoi fournir aux ſacrifices; de ſorte qu'ayant d'abord été inſtitués, ce ſemble, pour en expier les horreurs, ils ſervirent enfin à les juſtifier.

Tantôt ce ſont des hommes juſtes qu'un Dieu barbare demande pour victimes : les Gètes ſe diſputent l'honneur d'aller porter à *Zamolxis* les vœux de la patrie. Celui qu'un heureux ſort deſtine au ſacrifice eſt lancé à force de bras ſur des javelots dreſſés : s'il reçoit un coup mortel en tombant ſur les piques, c'eſt de bon augure pour le ſuccès de la négociation & pour le mérite du député; mais s'il ſurvit à ſa bleſſure, c'eſt un méchant dont le Dieu n'a point affaire.

Tantôt ce ſont des enfans à qui les dieux redemandent une vie qu'ils viennent de leur donner; juſtice affamée du ſang de l'innocence, dit *Montagne*. Tantôt c'eſt le ſang le plus cher : les Carthaginois immolent leurs propres fils à *Saturne*, comme ſi le temps ne les dévorait pas aſſez tôt. Tantôt c'eſt le ſang le plus beau : cette même *Ameſtris* qui avait fait fait enfouir douze hommes vivans dans la terre, pour obtenir de *Pluton*, par cette offrande, une plus longue

vie ; cette *Ameſtris* ſacrifie encore à cette inſatiable
divinité quatorze jeunes enfans des premières maiſons
de la Perſe, parce que les ſacrificateurs ont toujours
fait entendre aux hommes qu'ils devaient offrir à
l'autel ce qu'ils avaient de plus précieux. C'eſt ſur
ce principe, que chez quelques nations on immolait
les premiers nés, & que chez d'autres on les rachetait
par des offrandes plus utiles aux miniſtres du ſacrifice.
C'eſt ce qui autoriſa ſans doute en Europe la pratique
de quelques ſiècles, de vouer les enfans au célibat
dès l'âge de cinq ans, & d'empriſonner dans le cloître
les frères du prince héritier, comme on les égorge en
Aſie.

Tantôt c'eſt le ſang le plus pur : n'y a-t-il pas des
Indiens qui exercent l'hoſpitalité envers tous les
hommes, & qui ſe font un mérite de tuer tout étranger
vertueux & ſavant qui paſſera chez eux, afin que ſes
vertus & ſes talens leur demeurent ? Tantôt c'eſt le
ſang le plus ſacré : chez la plupart des idolâtres, ce
ſont les prêtres qui font la fonction des bourreaux à
l'autel ; & chez les Sibériens on tue les prêtres, pour
les envoyer prier dans l'autre monde à l'intention du
peuple.

Mais voici d'autres fureurs & d'autres ſpectacles.
Toute l'Europe paſſe en Aſie par un chemin inondé
du ſang des Juifs, qui s'égorgent de leurs propres
mains pour ne pas tomber ſous le fer de leurs ennemis. Cette épidémie dépeuple la moitié du monde
habité ; rois, pontifes, femmes, enfans, & vieillards,
tout cède au vertige ſacré, qui fait égorger pendant
deux ſiècles des nations innombrables ſur le tombeau
d'un Dieu de paix. C'eſt alors qu'on vit des oracles

menteurs , des ermites guerriers ; les monarques dans
les chaires & les prélats dans les camps ; tous les états
fe perdre dans une populace infenfée ; les montagnes
& les mers franchies ; de légitimes poffeffions aban-
données pour voler à des conquêtes qui n'étaient plus
la terre promife ; les mœurs fe corrompre fous un
ciel étranger ; des princes, après avoir dépouillé leurs
royaumes pour racheter un pays qui ne leur avait
jamais appartenu, achever de les ruiner pour leur
rançon perfonnelle ; des milliers de foldats égarés fous
plufieurs chefs , n'en reconnaître aucun, hâter leur
défaite par la défeéction , & cette maladie ne finir
que pour faire place à une contagion encore plus
horrible.

Le même efprit de fanatifme entretenait la fureur
des conquêtes éloignées : à peine l'Europe avait réparé
fes pertes, que la découverte d'un nouveau monde
hâta la ruine du nôtre. A ce terrible mot : Allez &
forcez, l'Amérique fut défolée & fes habitans exterminés ; l'Afrique & l'Europe s'épuifèrent en vain pour
la repeupler ; le poifon de l'or & du plaifir ayant
énervé l'efpèce, le monde fe trouva défert , & fut
menacé de le devenir tous les jours davantage par les
guerres continuelles qu'alluma fur notre continent
l'ambition de s'étendre dans ces îles étrangères.

Comptons maintenant les milliers d'efclaves que
le fanatifme a faits , foit en Afie, où l'incirconcifion
était une tache d'infamie ; foit en Afrique, où le
nom de chrétien était un crime ; foit en Amérique,
où le prétexte du baptême étouffa l'humanité. Comptons les milliers d'hommes que l'on a vu périr ou
fur les échafauds dans les fiècles de perfécution , ou

dans les guerres civiles par la main de leurs concitoyens, ou de leurs propres mains par des macéra-
tions exceſſives. Parcourons la ſurface de la terre, &
après avoir vu d'un coup d'œil tant d'étendards
déployés au nom de la religion, en Eſpagne contre
les Maures, en France contre les Turcs, en Hongrie
contre les Tartares; tant d'ordres militaires fondés
pour convertir les infidelles à coups d'épées, s'entr'égorger aux pieds de l'autel qu'ils devaient défendre;
détournons nos regards de ce tribunal affreux élevé
ſur le corps des innocens & des malheureux, pour
juger les vivans comme D I E U jugera les morts, mais
avec une balance bien différente.

En un mot, toutes les horreurs de quinze ſiècles
renouvelées pluſieurs fois dans un ſeul, des peuples
ſans défenſe égorgés aux pieds des autels, des rois
poignardés ou empoiſonnés, un vaſte Etat réduit à
ſa moitié par ſes propres citoyens, la nation la plus
belliqueuſe & la plus pacifique diviſée d'avec elle-
même, le glaive tiré entre le fils & le père, des
uſurpateurs, des tyrans, des bourreaux, des parricides,
& des ſacriléges, violant toutes les conventions divines
& humaines par eſprit de religion ; voilà l'hiſtoire du
fanatiſme & ſes exploits. (1)

(1) Cet article eſt tiré mot pour mot de l'article *Fanatiſme* de l'Encyclopédie, par M. *Delegre* ; M. de *Voltaire* n'a fait ici que l'abréger & le mettre
dans un autre ordre.

S E C T I O N   I I.

S I cette expreſſion tient encore à ſon origine, ce n'eſt que par un filet bien mince.

Fanaticus était un titre honorable ; il ſignifiait *deſſervant* ou *bienfaiteur d'un temple*. Les antiquaires, comme le dit le dictionnaire de Trévoux, ont retrouvé des inſcriptions, dans leſquelles des romains conſidérables prenaient ce titre de *fanaticus*.

Dans la harangue de Cicéron *pro domo ſua*, il y a un paſſage où le mot *fanaticus* me paraît difficile à expliquer. Le ſéditieux & débauché *Clodius*, qui avait fait exiler *Cicéron* pour avoir ſauvé la république, non-ſeulement avait pillé & démoli les maiſons de ce grand-homme ; mais afin que *Cicéron* ne pût jamais rentrer dans ſa maiſon de Rome, il en avait conſacré le terrain, & les prêtres y avaient bâti un temple à la Liberté, ou plutôt à l'Eſclavage, dans lequel *Céſar*, *Pompée*, *Craſſus*, & *Clodius*, tenaient alors la république : tant la religion dans tous les temps a ſervi à perſécuter les grands-hommes.

Lorſqu'enfin, dans un temps plus heureux, *Cicéron* fut rappelé, il plaida devant le peuple pour obtenir que le terrain de ſa maiſon lui fût rendu, & qu'on la rebâtît aux frais du peuple romain. Voici comme il s'exprime dans ſon plaidoyer contre *Clodius*.

Aſpicite, pontifices, aſpicite hominem religioſum, monete eum modum eſſe religionis nimium, eſſe ſuperſtitioſum, non oportere ; quid tibi neceſſe fuit anili ſuperſtitione, homo fanatice, ſacrificium quod alienæ domi fieret inviſere ?

Le mot *fanaticus* fignifie-t-il en cette place, infenfé fanatique, impitoyable fanatique, abominable fanatique, comme on l'entend aujourd'hui ? ou bien fignifie-t-il pieux, confécrateur, homme religieux, dévot zélateur des temples ? ce mot eft-il ici une injure ou une louange ironique ? je n'en fais pas affez pour décider, mais je vais traduire.

,, Regardez, pontifes, regardez cet homme reli-
,, gieux, avertiffez-le que la religion même a fes
,, bornes, qu'il ne faut pas être fi fcrupuleux. Quel
,, befoin, vous confécrateur, vous fanatique, quel
,, befoin avez-vous de recourir à des fuperftitions
,, de vieille, pour affifter à un facrifice qui fe fefait
,, dans une maifon étrangère ? ,,

Cicéron fait ici allufion aux myftères de la bonne déeffe, que *Clodius* avait profanés en fe gliffant déguifé en femme avec une vieille, pour entrer dans la maifon de *Céfar*, & pour y coucher avec fa femme : c'eft donc ici évidemment une ironie.

Cicéron appelle *Clodius* homme religieux ; l'ironie doit donc être foutenue dans tout ce paffage. Il fe fert de termes honorables pour mieux faire fentir la honte de *Clodius*. Il me paraît donc qu'il emploie le mot *fanatique* comme un mot honorable, comme un mot qui emporte avec lui l'idée de confécrateur, de pieux, de zélé deffervant d'un temple.

On put depuis donner ce nom à ceux qui fe crurent infpirés par les Dieux.

> Les Dieux à leur interprète
> Ont fait un étrange don ;
> Ne peut-on être prophète
> Sans qu'on perde la raifon ?

Le même dictionnaire de Trévoux dit que les anciennes chroniques de France appellent *Clovis fanatique & païen*. Le lecteur désirerait qu'on nous eût désigné ces chroniques. Je n'ai point trouvé cette épithète de *Clovis*, dans le peu de livres que j'ai vers le mont Krapak où je demeure.

On entend aujourd'hui par fanatisme une folie religieuse, sombre, & cruelle. C'est une maladie de l'esprit qui se gagne comme la petite vérole. Les livres la communiquent beaucoup moins que les assemblées & les discours. On s'échauffe rarement en lisant; car alors on peut avoir le sens rassis. Mais quand un homme ardent & d'une imagination forte parle à des imaginations faibles, ses yeux sont en feu, & ce feu se communique; ses tons, ses gestes, ébranlent tous les nerfs des auditeurs. Il crie : DIEU vous regarde, sacrifiez ce qui n'est qu'humain ; combattez les combats du Seigneur : & on va combattre.

Le fanatisme est à la superstition ce que le transport est à la fièvre, ce que la rage est à la colère.

Celui qui a des extases, des visions, qui prend des songes pour des réalités, & ses imaginations pour des prophéties, est un fanatique novice qui donne de grandes espérances ; il pourra bientôt tuer pour l'amour de DIEU.

Barthelemi Diaz fut un fanatique profès. Il avait à Nuremberg un frère *Jean Diaz*, qui n'était encore qu'enthousiaste luthérien, vivement convaincu que le pape est l'antechrist, ayant le signe de la bête. *Barthelemi* encore plus vivement persuadé que le pape est Dieu en terre , part de Rome pour aller convertir ou tuer fon frère; il l'affaffine; voilà du parfait : & nous avons ailleurs rendu juftice à ce *Diaz*.

Polyeucte qui va au temple, dans un jour de folemnité, renverfer & caffer les ftatues & les ornemens, eft un fanatique moins horrible que *Diaz*, mais non moins fot. Les affaffins du duc *François de Guife*, de *Guillaume* prince d'Orange, du roi *Henri III*, du roi *Henri IV*, & de tant d'autres, étaient des énergumènes malades de la même rage que *Diaz*.

Le plus grand exemple de fanatifme eft celui des bourgeois de Paris qui coururent affaffiner, égorger, jeter par les fenêtres, mettre en pièces, la nuit de la St Barthelemi, leurs concitoyens qui n'allaient point à la meffe. *Guyon*, *Patouillet*, *Chaudon*, *Nonotte*, l'ex-jéfuite *Paulian* ne font que des fanatiques du coin de la rue, des miférables à qui on ne prend pas garde. Mais un jour de St Barthelemi ils feraient de grandes chofes.

Il y a des fanatiques de fang-froid; ce font les juges qui condamnent à la mort ceux qui n'ont d'autre crime que de ne pas penfer comme eux, & ces juges-là font d'autant plus coupables, d'autant plus dignes de l'exécration du genre-humain, que n'étant pas dans un excès de fureur comme les *Cléments*, les *Châtels*, les *Ravaillacs*, les *Damiens*, il femble qu'ils pourraient écouter la raifon.

Il n'eft d'autre remède à cette maladie épidémique que l'efprit philofophique qui, répandu de proche en proche, adoucit enfin les mœurs des hommes, & qui prévient les accès du mal; car dès que ce mal fait des progrès, il faut fuir & attendre que l'air foit purifié. Les lois & la religion ne fuffifent pas contre

la

la pefte des ames ; la religion, loin d'être pour elles
un aliment falutaire, fe tourne en poifon dans les
cerveaux infeétés. Ces miférables ont fans ceffe préfent
à l'efprit l'exemple d'*Aod* qui affaffine le roi *Eglon ;*
de *Judith* qui coupe la tête d'*Holopherne*, en couchant
avec lui ; de *Samuël* qui hâche en morceaux le roi
Agag ; du prêtre *Joad* qui affaffine fa reine à la porte-
aux-chevaux &c. &c. &c. Ils ne voient pas que ces
exemples, qui font refpeétables dans l'antiquité, font
abominables dans le temps préfent : ils puifent leurs
fureurs dans la religion même qui les condamne.

Les lois font encore très-impuiffantes contre ces
accès de rage ; c'eft comme fi vous lifiez un arrêt du
confeil à un frénétique. Ces gens-là font perfuadés
que l'efprit faint qui les pénètre eft au-deffus des lois,
que leur enthoufiafme eft la feule loi qu'ils doivent
entendre.

Que répondre à un homme qui vous dit qu'il aime
mieux obéir à D I E U qu'aux hommes, & qui en conféquence eft fûr de mériter le ciel en vous égorgeant ?

Lorfqu'une fois le fanatifme a gangrené un cerveau, la maladie eft prefqu'incurable. J'ai vu des
convulfionnaires qui, en parlant des miracles de *faint
Pâris*, s'échauffaient par degrés parmi eux ; leurs yeux
s'enflammaient, tout leur corps tremblait, la fureur
défigurait leur vifage, & ils auraient tué quiconque
les eût contredit.

Oui, je les ai vus ces convulfionnaires, je les ai
vus tordre leurs membres & écumer. Ils criaient : *Il
faut du fang*. Ils font parvenus à faire affaffiner leur
roi par un laquais, & ils ont fini par ne crier que
contre les philofophes.

Dictionn. philofoph. Tome IV.   O

Ce font prefque toujours les fripons qui conduifent les fanatiques, & qui mettent le poignard entre leurs mains; ils reffemblent à ce Vieux de la montagne qui fefait, dit-on, goûter les joies du paradis à des imbécilles, & qui leur promettait une éternité de ces plaifirs dont il leur avait donné un avant-goût, à condition qu'ils iraient affaffiner tous ceux qu'il leur nommerait. Il n'y a eu qu'une feule religion dans le monde qui n'ait pas été fouillée par le fanatifme, c'eft celle des lettrés de la Chine. Les fectes des philofophes étaient non-feulement exemptes de cette pefte, mais elles en étaient le remède Car l'effet de la philofophie eft de rendre l'ame tranquille; & le fanatifme eft incompatible avec la tranquillité. Si notre fainte religion a été fi fouvent corrompue par cette fureur infernale, c'eft à la folie des hommes qu'il faut s'en prendre.

> Ainfi du plumage qu'il eut
> Icare pervertit l'ufage;
> Il le reçut pour fon falut,
> Il s'en fervit pour fon dommage.
>
> BERTAUD, *évêque de Sées.*

SECTION III.

LES fanatiques ne combattent pas toujours les combats du Seigneur; ils n'affaffinent pas toujours des rois & des princes. Il y a parmi eux des tigres, mais on y voit encore plus de renards.

Quel tiffu de fourberies, de calomnies, de larcins, tiffu par les fanatiques de la cour de Rome contre

les fanatiques de la cour de *Calvin ;* des jéfuites contre
les janféniftes *& viciſſim !* & ſi vous remontez plus haut,
l'hiftoire eccléfiaftique, qui eft l'école des vertus, eft
auſſi celle des fcélérateſſes employées par toutes les
fectes les unes centre les autres. Elles ont toutes le
même bandeau ſur les yeux, ſoit quand il faut incen-
dier les villes & les bourgs de leurs adverſaires, égorger
les habitans, les condamner aux ſupplices, ſoit quand
il faut ſimplement tromper, s'enrichir, & dominer. Le
même fanatifme les aveugle ; elles croient bien faire :
tout fanatique eft fripon en confcience, comme il eft
meurtrier de bonne foi pour la bonne cauſe.

Lifez, ſi vous pouvez, les cinq ou ſix mille volumes
de reproches que les janféniftes & les moliniftes ſe
ſont faits pendant cent ans ſur leurs friponneries ; &
voyez ſi *Scapin* & *Trivelin* en approchent.

Une des bonnes friponneries théologiques qu'on
ait faites, eft, à mon gré, celle d'un petit evêque ;
(on nous aſſure dans la relation que c'était un évêque
bifcayen ; nous trouverons bien un jour ſon nom &
ſon évêché) ſon diocèfe était partie en Bifcaye, & partie
en France.

Il y avait dans la partie de France une paroiſſe qui
fut habitée autrefois par quelques maures de Maroc.
Le ſeigneur de la paroiſſe n'eft point mahométan ;
il éft très-bon catholique comme tout l'univers doit
l'être, attendu que le mot *catholique* veut dire univerfel.

M. l'évêque foupçonna ce pauvre ſeigneur, qui
n'était occupé qu'à faire du bien, d'avoir eu de
mauvaiſes penſées, de mauvais ſentimens dans le fond
de ſon cœur, je ne ſais quoi qui ſentait l'héréfie. Il

l'accufa même d'avoir dit en plaifantant qu'il y avait
d'honnêtes gens à Maroc comme en Bifcaye , & qu'un
honnête marocain pouvait à toute force n'être pas le
mortel ennemi de l'Etre fuprême , qui eft le père de
tous les hommes.

Notre fanatique écrivit une grande lettre au roi de
France , feigneur fuzerain de ce pauvre petit feigneur
de paroiffe. Il pria dans fa lettre le feigneur fuzerain
de transférer le manoir de cette ouaille infidelle en
baffe-Bretagne ou en baffe-Normandie , felon le bon
plaifir de fa majefté , afin qu'il n'infectât plus les
Bafques de fes mauvaifes plaifanteries.

Le roi de France & fon confeil fe moquèrent ,
comme de raifon , de cet extravagant.

Notre pafteur bifcayen ayant appris quelque temps
après que fa brebis françaife était malade , défendit
aux portes-Dieu du canton de la communier , à moins
qu'elle ne donnât un billet de confeffion par lequel
il devait apparaître que le mourant n'était point circoncis ; qu'il condamnait de tout fon cœur l'héréfie
de *Mahomet* , & toute autre héréfie dans ce goût ,
comme le calvinifme & le janfénifme , & qu'il penfait
en tout comme lui évêque bifcayen.

Les billets de confeffion étaient alors fort à la mode.
Le mourant fit venir chez lui fon curé qui était un
ivrogne imbécille , & le menaça de le faire pendre
par le parlement de Bordeaux , s'il ne lui donnait pas
tout-à-l'heure le viatique dont lui mourant fe fentait
un extrême befoin. Le curé eut peur , il adminiftra
mon homme , lequel , après la cérémonie , déclara
hautement devant témoins , que le pafteur bifcayen
l'avait fauffement accufé auprès du roi d'avoir du

goût pour la religion mufulmane ; qu'il était bon chrétien, & que le bifcayen était un calomniateur. Il figna cet écrit pardevant notaire ; tout fut en règle ; il s'en porta mieux, & le repos de la bonne confcience le guérit bientôt entièrement.

Le petit bifcayen outré qu'un vieux moribond fe fût moqué de lui, réfolut de s'en venger ; & voici comme il s'y prit.

Il fit fabriquer en fon patois, au bout de quinze jours, une prétendue profeffion de foi que le curé prétendit avoir entendue. On la fit figner par le curé, & par trois ou quatre payfans qui n'avaient point affifté à la cérémonie. Enfuite on fit contrôler cet acte de fauffaire, comme fi ce contrôle l'avait rendu authentique.

Un acte non figné par la partie feule intéreffée, un acte figné par des inconnus, quinze jours après l'événement, un acte défavoué par les témoins véritables, était vifiblement un crime de faux ; & comme il s'agiffait de matière de foi, ce crime menait vifiblement le curé avec fes faux témoins aux galères dans ce monde, & en enfer dans l'autre.

Le petit feigneur châtelain, qui était goguenard & point méchant, eut pitié de l'ame & du corps de ces miférables ; il ne voulut point les traduire devant la juftice humaine, & fe contenta de les traduire en ridicule. Mais il a déclaré que dès qu'il ferait mort, il fe donnerait le plaifir de faire imprimer toute cette manœuvre de fon bifcayen avec les preuves, pour amufer le petit nombre de lecteurs qui aiment ces anecdotes, & point du tout pour inftruire l'univers. Car il y a tant d'auteurs qui parlent à l'univers, qui s'imaginent rendre l'univers attentif, qui croient l'univers occupé d'eux, que celui-ci ne croit pas être lu d'une douzaine de perfonnes dans l'univers entier. Revenons au fanatifme.

C'eft cette rage de profélytifme, cette fureur d'amener les autres à boire de fon vin, qui amena le jéfuite *Caftel* & le jéfuite *Routh* auprès du célébre *Montefquieu* lorfqu'il fe mourait. Ces deux énergumènes voulaient fe vanter de lui avoir perfuadé les mérites de l'attrition & de la grâce fuffifante. Nous l'avons converti, difaient-ils ; c'était dans le fond une bonne ame ; il aimait fort la compagnie de J E S U S. Nous avons eu un peu de peine à le faire convenir de certaines vérités fondamentales ; mais comme dans ces momens-là on a toujours l'efprit plus net, nous l'avons bientôt convaincu.

Ce fanatifme de convertiffeur eft fi fort, que le moine le plus débauché quitterait fa maîtreffe pour aller convertir une ame à l'autre bout de la ville.

Nous avons vu le père *Poiffon* cordelier à Paris, qui ruina fon couvent pour payer fes filles de joie, & qui fut enfermé pour fes mœurs dépravées : c'était un des prédicateurs de Paris les plus courus, & un des convertiffeurs les plus acharnés.

Tel était le célébre curé de Verfailles *Fantin*. Cette lifte pourrait être longue, mais il ne faut pas révéler les fredaines de certaines perfonnes conftituées en certaines places. Vous favez ce qui arriva à *Cham* pour avoir révélé la turpitude de fon père ; il devint noir comme du charbon.

Prions D I E U feulement en nous levant & en nous couchant, qu'il nous délivre des fanatiques, comme les pélerins de la Mecque prient D I E U de ne point rencontrer *de vifages trifles* fur leur chemin.

*L*UDLOW, enthoufiafte de la liberté plutôt que fanatique de religion, ce brave homme qui avait plus de haïne pour *Cromwell* que pour *Charles I*, rapporte que les milices du parlement étaient toujours battues par les troupes du roi, dans le commencement de la guerre civile; comme le régiment des portes-cochères ne tenait pas du temps de la fronde contre le grand *Condé*. *Cromwell* dit au général *Fairfax* : Comment voulez-vous que des portes-faix de Londres, & des garçons de boutique indifciplinés, réfiftent à une nobleffe animée par le fantôme de l'honneur ? préfentons-leur un plus grand fantôme, le fanatifme. Nos ennemis ne combattent que pour le roi, perfuadons à nos gens qu'il font la guerre pour D I E U.

Donnez-moi une patente, je vais lever un régiment de frères meurtriers, & je vous réponds que j'en ferai des fanatiques invincibles.

Il n'y manqua pas, il compofa fon régiment des frères rouges, de fous mélancoliques; il en fit des tigres obéiffans. *Mahomet* n'avait pas été mieux fervi par fes foldats.

Mais pour infpirer ce fanatifme, il faut que l'efprit du temps vous feconde. Un parlement de France effayerait en vain aujourd'hui de lever un régiment de portes-cochères; il n'ameuterait pas feulement dix femmes de la halle.

Il n'appartient qu'aux habiles de faire des fanatiques & de les conduire ; mais ce n'eſt pas aſſez d'être
fourbe & hardi , nous avons déjà vu que tout dépend
de venir au monde à propos.

SECTION V.

LA géométrie ne rend donc pas toujours l'eſprit
juſte. Dans quel précipice ne tombe-t-on pas encore
avec ces liſières de la raiſon ? Un fameux proteſtant , (*)
que l'on comptait entre les premiers mathématiciens
de nos jours , & qui marchait ſur les traces des *Newton* ,
des *Leibnitz* , des *Bernouilli* , s'aviſa , au commencement
de ce ſiècle , de tirer des corollaires aſſez ſinguliers. Il
eſt dit qu'avec un grain de foi on tranſportera des
montagnes ; & lui , par une analyſe toute géométrique ,
ſe dit à lui-même : J'ai beaucoup de grains de foi ,
donc je ferai plus que tranſporter des montagnes.
Ce fut lui qu'on vit à Londres , en l'année 1707 ,
accompagné de quelques ſavans , & même de ſavans
qui avaient de l'eſprit , annoncer publiquement qu'ils
reſſuſciteraient un mort dans tel cimetière que l'on
voudrait. Leurs raiſonnemens étaient toujours conduits par la ſynthèſe. Ils diſaient : Les vrais diſciples
doivent faire des miracles ; nous ſommes les vrais
diſciples , nous ferons donc tout ce qu'il nous plaira.
De ſimples ſaints de l'Egliſe romaine , qui n'étaient
point géomètres , ont reſſuſcité beaucoup d'honnêtes
gens ; donc à plus forte raiſon , nous qui avons
réformé les réformés , nous reſſuſciterons qui nous
voudrons.

(*) *Fatio Duillier.*

Il n'y a rien à répliquer à ces argumens; ils font dans la meilleure forme du monde. Voilà ce qui a inondé l'antiquité de prodiges; voilà pourquoi les temples d'*Efculape* à Epidaure, & dans d'autres villes, étaient pleins d'*ex voto*; les voûtes étaient ornées de cuiffes redreffées, de bras remis, de petits enfans d'argent; tout était miracle.

Enfin le fameux proteftant géomètre dont je parle était de fi bonne foi, il affura fi pofitivement qu'il reffufciterait les morts, & cette propofition plaufible fit tant d'impreffion fur le peuple, que la reine *Anne* fut obligée de lui donner un jour, une heure & un cimetière à fon choix, pour faire fon miracle loyalement & en préfence de la juftice. Le faint géomètre choifit l'églife cathédrale de St Paul pour faire fa démonftration : le peuple fe rangea en haie, des foldats furent placés pour contenir les vivans & les morts dans le refpeɛt; les magiftrats prirent leurs places; le greffier écrivit tout fur les régiftres publics; on ne peut trop conftater les nouveaux miracles. On déterra un corps au choix du faint; il pria, il fe jeta à genoux, il fit de très-pieufes contorfions; fes compagnons l'imitèrent; le mort ne donna aucun figne de vie; on le reporta dans fon trou, & on punit légérement le reffufciteur & fes adhérens. J'ai vu depuis un de ces pauvres gens; il m'a avoué qu'un d'eux était en péché véniel, & que le mort en pâtit, fans quoi la réfurreɛtion était infaillible.

S'il était permis de révéler la turpitude de gens à qui l'on doit le plus fincère refpeɛt, je dirais ici que *Newton*, le grand *Newton*, a trouvé dans l'Apocalypfe, que le pape eft l'antechrift, & bien d'autres chofes de cette nature ; je dirais qu'il était arien très-férieufe-ment. Je fais que cet écart de *Newton* eft à celui de mon autre géomètre, comme l'unité eft à l'infini : il n'y a point de comparaifon à faire. Mais quelle pauvre efpèce que le genre-humain, fi le grand *Newton* a cru trouver dans l'Apocalypfe l'hiftoire préfente de l'Europe !

Il femble que la fuperftition foit une maladie épidémique, dont les ames les plus fortes ne font pas toujours exemptes. Il y a en Turquie des gens de très-bon fens, qui fe feraient empaler pour certains fentimens d'*Abubeker*. Ces principes une fois admis, ils raifonnent très-conféquemment : les Navariciens, les Radariftes, les Jabariftes, fe damnent chez eux réciproquement avec des argumens très-fubtils ; ils tirent tous des conféquences plaufibles ; mais ils n'ofent jamais examiner les principes.

Quelqu'un répand dans le monde qu'il y a un géant haut de foixante & dix pieds ; bientôt après tous les docteurs examinent de quelle couleur doivent être fes cheveux, de quelle grandeur eft fon pouce, quelles dimenfions ont fes ongles : on crie, on cabale, on fe bat ; ceux qui foutiennent que le petit doigt du géant n'a que quinze lignes de diamètre, font brûler ceux qui affirment que le petit doigt a un pied d'épaiffeur. Mais, Meffieurs, votre géant exifte-t-il ? dit modefte-ment un paffant. Quel doute horrible ! s'écrient tous ces difputans ; quel blafphème ! quelle abfurdité ! Alors il font tous une petite trève pour lapider le paffant, & après l'avoir affaffiné en cérémonie, de la manière la plus édifiante, ils fe battent entr'eux comme de coutume, au fujet du petit doigt & des ongles.

F A N T A I S I E.

*F*ANTAISIE signifiait autrefois l'*imagination*, & on ne se servait guère de ce mot, que pour exprimer cette faculté de l'ame qui reçoit les objets sensibles.

Descartes, *Gassendi*, & tous les philosophes de leur temps, disent que *les espèces*, *les images des choses se peignent en la fantaisie*; & c'est de-là que vient le mot *fantôme*. Mais la plupart des termes abstraits sont reçus à la longue dans un sens différent de leur origine, comme des instrumens que l'industrie emploie à des usages nouveaux.

Fantaisie veut dire aujourd'hui *un désir singulier*, *un goût passager* : il a eu la fantaisie d'aller à la Chine; la fantaisie du jeu, du bal, lui a passé.

Un peintre fait un portrait de fantaisie, qui n'est d'après aucun modèle. Avoir des fantaisies, c'est avoir des goûts extraordinaires qui ne sont pas de durée. Fantaisie en ce sens est moins que *bizarrerie* & que *caprice*.

Le caprice peut signifier un *dégoût subit & déraisonnable*. Il a eu la fantaisie de la musique, & il s'en est dégoûté par caprice.

La bizarrerie donne une idée d'inconséquence & de mauvais goût, que la fantaisie n'exprime pas; il a eu la fantaisie de bâtir, mais il a construit sa maison dans un goût bizarre.

Il y a encore des nuances entre avoir des fantaisies & être fantasque : le fantasque approche beaucoup plus du bizarre.

Ce mot défigne un caractère inégal & brufque. L'idée d'agrément eſt exclue du mot fantafque, au lieu qu'il y a des fantaiſies agréables.

On dit quelquefois en converſation familière, *des fantaiſies muſquées;* mais jamais on n'a entendu par ce mot, *des bizarreries d'hommes d'un rang ſupérieur, qu'on n'oſe condamner,* comme le dit le dictionnaire de Trévoux : au contraire, c'eſt en les condamnant qu'on s'exprime ainſi; & *muſquée* en cette occaſion, eſt une *explétive* qui ajoute à la force du mot, comme on dit *ſottiſe pommée, folie fieffée,* pour dire, ſottiſe & folie complète.

F A S T E.

Des différentes ſignifications de ce mot.

$F_{AST E}$ vient originairement du latin *faſti*, jours de fête; c'eſt en ce ſens qu'*Ovide* l'entend dans ſon poëme intitulé *les Faſtes.*

Godeau a fait ſur ce modèle les Faſtes de l'Egliſe, mais avec moins de ſuccès : la religion des Romains païens était plus propre à la poëſie que celle des chrétiens; à quoi on peut ajouter qu'*Ovide* était un meilleur poëte que *Godeau.*

Les faſtes conſulaires n'étaient que la liſte des conſuls.

Les faſtes des magiſtrats étaient les jours où il était permis de plaider ; & ceux auxquels on ne plaidait pas s'appelaient *nefaſtes, nefaſti,* parce qu'alors on ne pouvait parler, *fari,* en juſtice.

Ce mot *nefaſtus*, en ce ſens, ne ſignifiait pas malheureux; au contraire, *nefaſtus* & *nefandus* furent l'attribut des jours infortunés en un autre ſens, qui ſignifiait, jours dont on ne doit point parler, jours dignes de l'oubli; *ille nefaſto te poſuit die.*

Il y avait chez les Romains d'autres faſtes encore, *faſti urbis*, *faſti ruſtici*; c'était un calendrier de l'uſage de la ville & de la campagne.

On a toujours cherché dans ces jours de ſolemnité à étaler quelque appareil dans ſes vêtemens, dans ſa ſuite, dans ſes feſtins. Cet appareil étalé dans d'autres jours, s'eſt appelé *faſte*. Il n'exprime que la magnificence dans ceux qui, par leur état, doivent repréſenter; il exprime la vanité dans les autres.

Quoique le mot de *faſte* ne ſoit pas toujours injurieux, *faſtueux* l'eſt toujours. Un religieux qui fait parade de ſa vertu, met du faſte juſque dans l'humilité même.

FAVEUR.

De ce qu'on entend par ce mot.

FAVEUR, du mot latin *favor*, ſuppoſe plutôt un bienfait qu'une récompenſe.

On brigue ſourdement la faveur; on mérite & on demande hautement des récompenſes.

Le dieu *Faveur*, chez les mythologiſtes romains, était fils de la Beauté & de la Fortune.

Toute faveur porte l'idée de quelque choſe de gratuit; il m'a fait la faveur de m'introduire, de me préfenter, de recommander mon ami, de corriger mon ouvrage.

La faveur des princes eft l'effet de leur goût & de la complaifance affidue ; la faveur du peuple fuppofe quelquefois du mérite, & plus fouvent un hafard heureux.

Faveur diffère beaucoup de *grâce*. Cet homme eft en faveur auprès du roi, & cependant il n'en a point encore obtenu de grâces.

On dit, *il a été reçu en grâce ;* on ne dit point *il a été reçu en faveur*, quoiqu'on dife *être en faveur :* c'eft que la faveur fuppofe un goût habituel ; & que *faire grâce, recevoir en grâce*, c'eft pardonner, c'eft moins que donner fa faveur.

Obtenir grâce eft l'effet d'un moment ; obtenir la faveur eft l'effet du temps. Cependant on dit égale-ment, *faites-moi la grâce, faites-moi la faveur*, de recom-mander mon ami.

Des lettres de recommandation s'appelaient autre-fois *des lettres de faveur. Sévère* dit dans la tragédie de Polyeucte :

Je mourrais mille fois plutôt que d'abufer
Des lettres de faveur que j'ai pour l'époufer.

On a la faveur, la bienveillance, non la grâce du prince & du public. On obtient la faveur de fon auditoire par la modeftie : mais il ne vous fait pas grâce, fi vous êtes trop long.

Les mois des *gradués*, avril & octobre, dans lefquels un collateur peut donner un bénéfice fimple au gradué le moins ancien, font des mois de faveur & de grâce.

Cette expreſſion *faveur*, ſignifiant une bienveillance gratuite qu'on cherche à obtenir du prince ou du public, la galanterie l'a étendue à la complaiſance des femmes ; & quoiqu'on ne diſe point, il a eu des faveurs du roi, on dit, il a eu les faveurs d'une dame.

L'équivalent de cette expreſſion n'eſt point connu en Aſie, où les femmes ſont moins reines.

On appelait autrefois *faveurs*, des rubans, des gants, des boucles, des nœuds d'épée, donnés par une dame.

Le comte d'*Eſſex* portait à ſon chapeau un gant de la reine *Eliſabeth*, qu'il appelait faveur de la reine.

Enfin l'ironie ſe ſervit de ce mot pour ſignifier les ſuites facheuſes d'un commerce haſardé : faveurs de *Vénus*, faveurs cuiſantes.

FAVORI ET FAVORITE.

De ce qu'on entend par ces mots.

Cᴇs mots ont un ſens, tantôt plus reſſerré, tantôt plus étendu. Quelquefois *favori* emporte l'idée de puiſſance, quelquefois ſeulement il ſignifie un homme qui plaît à ſon maître.

Henri III eut des favoris qui n'étaient que des mignons ; il en eut qui gouvernèrent l'Etat, comme les ducs de *Joyeuſe* & d'*Epernon*. On peut comparer un favori à une pièce d'or, qui vaut ce que veut le prince.

Un ancien a dit : *Qui doit être le favori d'un roi ? c'eſt le peuple*. On appelle les bons poëtes *les favoris des mufes*, comme les gens heureux, *les favoris de la fortune*, parce qu'on fuppofe que les uns & les autres ont reçu ces dons fans travail. C'eft ainfi qu'on appelle un terrain fertile & bien fitué, *le favori de la nature*.

La femme qui plaît le plus au fultan s'appelle parmi nous la fultane favorite : on a fait l'hiftoire des *favorites*, c'eft-à-dire, des maîtreffes des plus grands princes.

Plufieurs princes en Allemagne ont des maifons de campagne qu'on appelle la *favorite*.

Favori d'une dame ne fe trouve plus que dans les romans & les hiftoriettes du fiècle paffé.

F A U S S E T É.

FAUSSETÉ eft le contraire de la vérité. Ce n'eft pas proprement le menfonge dans lequel il entre toujours du deffein.

On dit qu'il y a eu cent mille hommes écrafés dans le tremblement de terre de Lisbonne, ce n'eft pas un menfonge, c'eft une fauffeté.

La fauffeté eft prefque toujours encore plus qu'erreur. La fauffeté tombe plus fur les faits, l'erreur fur les opinions.

C'eft une erreur de croire que le foleil tourne autour de la terre; c'eft une fauffeté d'avancer que *Louis XIV* dicta le teftament de *Charles II*.

La fauffeté d'un acte eft un crime plus grand que le fimple menfonge; elle défigne une impofture juridique, un larcin fait avec la plume.

Un

Un homme a de la fauſſeté dans l'eſprit, quand il prend preſque toujours à gauche ; quand ne conſidérant pas l'objet entier, il attribue à un côté de l'objet ce qui appartient à l'autre, & que ce vice de jugement eſt tourné chez lui en habitude.

Il y a de la fauſſeté dans le cœur, quand on s'eſt accoutumé à flatter & à ſe parer de ſentimens qu'on n'a pas ; cette fauſſeté eſt pire que la diſſimulation, & c'eſt ce que les Latins appelaient *ſimulatio*.

Il y a beaucoup de fauſſetés dans les hiſtoriens, des erreurs chez les philoſophes, des menſonges dans preſque tous les écrits polémiques, & encore plus dans les ſatiriques.

Les eſprits faux ſont inſupportables, & les cœurs faux ſont en horreur.

Fauſſeté des vertus humaines.

QUAND le duc de *la Rochefoucauld* eut écrit ſes penſées ſur l'amour-propre, & qu'il eut mis à découvert ce reſſort de l'homme, un monſieur *Eſprit*, de l'oratoire, écrivit un livre captieux, intitulé : *De la fauſſeté des vertus humaines.* Cet *Eſprit* dit qu'il n'y a point de vertu ; mais par grâce il termine chaque chapitre en renvoyant à la charité chrétienne. Auſſi, ſelon le ſieur *Eſprit*, ni *Caton*, ni *Ariſtide*, ni *Marc-Aurèle*, ni *Epictète*, n'étaient des gens de bien : mais on n'en peut trouver que chez les chrétiens. Parmi les chrétiens il n'y a de vertu que chez les catholiques ; parmi les catholiques, il fallait encore en excepter les jéſuites, ennemis des oratoriens ; partant la vertu ne se trouvait guère que chez les ennemis des jésuites.

Ce M. *Esprit* commence par dire que la prudence n'est pas une vertu ; & sa raison est qu'elle est souvent trompée. C'est comme si on disait que *César* n'était pas un grand capitaine, parce qu'il fut battu à Dirrachium.

Si M. *Esprit* avait été philosophe, il n'aurait pas examiné la prudence comme une vertu, mais comme un talent, comme une qualité utile, heureuse ; car un scélérat peut être très-prudent, & j'en ai connu de cette espèce. O la rage de prétendre que

    Nul n'aura de vertu que nous & nos amis !

Qu'est-ce que la vertu, mon ami ? c'est de faire du bien : fais-nous-en, & cela suffit. Alors nous te ferons grâce du motif. Quoi ! selon toi, il n'y aura nulle différence entre le président de *Thou* & *Ravaillac*? entre *Cicéron* & ce *Popilius* auquel il avait sauvé la vie, & qui lui coupa la tête pour de l'argent ? & tu déclareras *Épictète* & *Porphyre* des coquins, pour n'avoir pas suivi nos dogmes ? Une telle insolence révolte. Je n'en dirai pas davantage, car je me mettrais en colère.

F E C O N D.

F E C O N D est le synonyme de *fertile*, quand il s'agit de la culture des terres. On peut dire également *un terrain fécond* & *fertile*, *fertiliser* & *féconder un champ.*

La maxime, qu'il n'y a point de synonymes, veut dire seulement qu'on ne peut se servir dans toutes les occafions des mêmes mots : ainfi une femelle, de quelque efpèce qu'elle foit, n'eft point fertile, elle eft féconde.

On féconde des œufs, on ne les fertilife pas ; la nature n'eft pas fertile, elle eft féconde. Ces deux expreffions font quelquefois également employées au figuré & au propre : un efprit eft fertile ou fécond en grandes idées.

Cependant les nuances font fi délicates, qu'on dit un orateur fécond & non pas un orateur fertile ; fécondité & non fertilité de paroles ; cette méthode, ce principe, ce fujet eft d'une grande fécondité & non pas d'une grande fertilité ; la raifon en eft qu'un principe, un fujet, une méthode, produifent des idées qui naiffent les unes des autres, comme des êtres fucceffivement enfantés ; ce qui a rapport à la génération.

Bienheureux Scudéri dont la fertile plume.

Le mot fertile eft là bien placé, parce que cette plume s'exerçait, fe répandait fur toutes fortes de fujets.

Le mot fécond convient plus au génie qu'à la plume.

Il y a des temps féconds en crimes, & non pas fertiles en crimes.

L'ufage enfeigne toutes ces petites différences.

FELICITÉ.

Des différens usages de ce terme.

FELICITÉ est l'état permanent, du moins pour quelque temps, d'une ame contente; & cet état est bien rare.

Le bonheur vient du dehors; c'est originairement une *bonne heure* : un bonheur vient, on a un bonheur; mais on ne peut dire, *il m'est venu une félicité, j'ai eu une félicité*; & quand on dit, cet homme jouit d'une félicité parfaite, *une* alors n'est pas pris numérique- ment, & signifie seulement qu'on croit que sa félicité est parfaite.

On peut avoir un bonheur sans être heureux : un homme a eu le bonheur d'échapper à un piége, & n'en est quelquefois que plus malheureux; on ne peut pas dire de lui qu'il a éprouvé la félicité.

Il y a encore de la différence entre *un* bonheur & *le* bonheur, différence que le mot *félicité* n'admet point.

Un bonheur est un événement heureux : le bon- heur pris indécisivement, signifie une suite de ces événemens.

Le plaisir est un sentiment agréable & passager : le bonheur, considéré comme sentiment, est une suite de plaisirs; la prospérité, une suite d'heureux événemens; la félicité, une jouissance intime de sa prospérité.

L'auteur des Synonymes dit que *le bonheur est pour les riches, la félicité pour les sages, la béatitude pour les pauvres d'efprit;* mais le bonheur paraît plutôt le partage des riches qu'il ne l'eft en effet, & la félicité eft un état dont on parle plus qu'on ne l'éprouve.

Ce mot ne fe dit guère en profe au pluriel, par la raifon que c'eft un état de l'ame, comme tranquillité, fageffe, repos ; cependant la poëfie, qui s'élève au-deffus de la profe, permet qu'on dife dans Polyeucte :

Où leurs félicités doivent être infinies.
Que vos félicités, s'il fe peut, foient parfaites.

Les mots, en paffant du fubftantif au verbe, ont rarement la même fignification. *Féliciter*, qu'on emploie au lieu de *congratuler*, ne veut pas dire *rendre heureux;* il ne dit pas même fe réjouir avec quelqu'un de fa *félicité :* il veut dire fimplement *faire compliment* fur un fuccès, fur un événement agréable; il a pris la place de *congratuler*, parce qu'il eft d'une prononciation plus douce & plus fonore.

F E M M E.

Phyfique & morale.

EN général elle eft bien moins forte que l'homme, moins grande, moins capable de longs travaux; fon fang eft plus aqueux, fa chair moins compacte, fes cheveux plus longs, fes membres plus arrondis, les bras moins mufculeux, la bouche plus petite, les feffes plus relevées, les hanches plus écartées, le ventre plus large. Ces caractères diftinguent les femmes dans toute la terre, chez toutes les efpèces, depuis la Laponie jufqu'à la côte de Guinée, en Amérique comme à la Chine.

Plutarque, dans fon troifième livre des *propos de table*, prétend que le vin ne les enivre pas auffi aifé-ment que les hommes; & voici la raifon qu'il apporte de ce qui n'eft pas vrai. Je me fers de la traduction d'*Amyot*.

„ Le tempérament des femmes eft fort humide;
„ ce qui leur rend la charnure ainfi molle, liffée, &
„ luifante, avec leurs purgations menftruelles. Quand
„ donc le vin vient à tomber en une fi grande humi-
„ dité, alors fe trouvant vaincu, il perd fa couleur
„ & fa force, & devient décoloré & éveux; & en
„ peut-on tirer quelque chofe des paroles mêmes
„ d'*Ariflote*: car il dit que ceux qui boivent à grands
„ traits fans reprendre haleine, que les anciens
„ appelaient *amufizein*, ne s'enivrènt pas fi facilement,
„ parce que le vin ne leur demeure guère dedans le
„ corps; ains étant preffé & pouffé à force, il paffe
„ tout outre à travers. Or le plus communément
„ nous voyons que les femmes boivent ainfi, & fi
„ eft vraifemblable que leurs corps, à caufe de la
„ continuelle attraction des humeurs qui fe fait par
„ contre-bas pour leurs purgations menftruelles, eft
„ plein de plufieurs conduits, & percé de plufieurs
„ tuyaux & échevaux efquels le vin venant à tomber
„ en fort vîtement & facilement fans fe pouvoir
„ attacher aux parties nobles & principales, lefquelles
„ étant troublées, l'ivreffe s'en enfuit. „

Cette phyfique eft tout-à-fait digne des anciens.

Les femmes vivent un peu plus que les hommes, c'est-à-dire qu'en une génération on trouve plus de vieilles que de vieillards. C'est ce qu'ont pu observer en Europe tous ceux qui ont fait des relevés exacts des naiſſances & des morts. Il eſt à croire qu'il en eſt ainſi dans l'Aſie & chez les négreſſes, les rouges, les cendrées, comme chez les blanches. *Natura eſt ſemper ſibi conſona.*

Nous avons rapporté ailleurs un extrait d'un journal de la Chine, qui porte qu'en l'année 1 7 2 5 la femme de l'empereur *Yontchin* ayant fait des libéralités aux pauvres femmes de la Chine qui paſſaient ſoixante & dix ans, (a) on compta dans la ſeule province de Kanton, parmi celles qui reçurent ces préſens, 9 8 2 2 0 femmes de ſoixante & dix ans paſſés, 4 8 8 9 3 âgées de plus de quatre-vingts ans, & 3 4 5 3 d'environ cent années. Ceux qui aiment les cauſes finales diſent que la nature leur accorde une plus longue vie qu'aux hommes, pour les récompenſer de la peine qu'elles prennent de porter neuf mois des enfans, de les mettre au monde, & de les nourrir. Il n'eſt pas à croire que la nature donne des récompenſes; mais il eſt probable que le ſang des femmes étant plus doux, leurs fibres s'endurciſſent moins vîte.

Aucun anatomiſte, aucun phyſicien n'a jamais pu connaître la manière dont elles conçoivent. *Sanchez* a eu beau aſſurer, *Mariam & Spiritum ſanctum emiſiſſe ſemen in copulatione, & ex ſemine amborum natum eſſe Jeſum,* cette abominable impertinence de *Sanchez,* d'ailleurs

(a) Lettre très-inſtructive du jéſuite *Conſtantin* au jéſuite *Souciet,* dix-neuvième recueil.

P 4

très - favant , n'eft adoptée aujourd'hui par aucun naturalifte.

Les émiffions périodiques de fang qui affaibliffent toujours les femmes pendant cette époque, les maladies qui naiffent de la fuppreffion, les temps de groffeffe, la néceffité d'alaiter les enfans & de veiller continuellement fur eux , la délicateffe de leurs membres, les rendent peu propres aux fatigues de la guerre & à la fureur des combats. Il eft vrai, comme nous l'avons dit , qu'on a vu dans tous les temps & prefque dans tous les pays, des femmes à qui la nature donna un courage & des forces extraordinaires, qui combattirent avec les hommes, qui foutinrent de prodigieux travaux ; mais après tout, ces exemples font rares. Nous renvoyons à l'article *Amazones*.

Le phyfique gouverne toujours le moral. Les femmes étant plus faibles de corps que nous, ayant plus d'adreffe dans leurs doigts beaucoup plus fouples que les nôtres; ne pouvant guère travailler aux ouvrages pénibles de la maçonnerie, de la charpente, de la métallurgie, de la charrue; étant néceffairement chargées des petits travaux plus légers de l'intérieur de la maifon, & furtout du foin des enfans; menant une vie plus fédentaire; elles doivent avoir plus de douceur dans le caractère que la race mafculine; elles doivent moins connaître les grands crimes. Et cela eft fi vrai, que dans tous les pays policés il y a toujours cinquante hommes au moins d'exécutés à mort contre une feule femme.

Montefquieu, dans fon Efprit des lois, (*b*) en promettant de parler de la condition des femmes dans

(*b*) Liv. VII & X. Voyez l'article *Amour* dans lequel on a déjà indiqué cette bévue.

les divers gouvernemens, avance que *chez les Grecs les femmes n'étaient pas regardées comme dignes d'avoir part au véritable amour, & que l'amour n'avait chez eux qu'une forme qu'on n'ose dire.* Il cite *Plutarque* pour son garant.

C'est une méprise qui n'est guère pardonnable qu'à un esprit tel que *Montesquieu*, toujours entraîné par la rapidité de ses idées, souvent incohérentes.

Plutarque, dans son chapitre de l'*amour*, introduit plusieurs interlocuteurs. Et lui-même, sous le nom de *Daphneus*, réfute avec la plus grande force les discours que tient *Protagène* en faveur de la débauche des garçons.

C'est dans ce même dialogue qu'il va jusqu'à dire qu'il y a dans l'amour des femmes quelque chose de divin. Il compare cet amour au soleil qui anime la nature. Il met le plus grand bonheur dans l'amour conjugal. Enfin il finit par le magnifique éloge de la vertu d'*Epponine*. Cette mémorable aventure s'était passée sous les yeux mêmes de *Plutarque*, qui vécut quelque temps dans la maison de *Vespasien*. Cette héroïne, apprenant que son mari *Sabinus*, vaincu par les troupes de l'empereur, s'était caché dans une profonde caverne entre la Franche-Comté & la Champagne, s'y enferma seule avec lui, le servit, le nourrit pendant plusieurs années, en eut des enfans. Enfin, étant prise avec son mari & présentée à *Vespasien* étonné de la grandeur de son courage, elle lui dit : *J'ai vécu plus heureuse sous la terre dans les ténèbres, que toi à la lumière du soleil au faîte de la puissance.* *Plutarque* affirme donc précisément le contraire de ce que *Montesquieu* lui fait dire ; il s'énonce même en faveur des femmes avec un enthousiasme très-touchant.

Il n'eſt pas étonnant qu'en tout pays l'homme ſe ſoit rendu le maître de la femme, tout étant fondé ſur la force. Il a d'ordinaire beaucoup de ſupériorité par celle du corps & même de l'eſprit.

On a vu des femmes très-ſavantes comme il en fut de guerrières; mais il n'y en a jamais eu d'inventrices.

L'eſprit de ſociété & d'agrément eſt communément leur partage. Il ſemble généralement parlant qu'elles ſoient faites pour adoucir les mœurs des hommes.

Dans aucune république elles n'eurent jamais la moindre part au gouvernement; elles n'ont jamais régné dans les empires purement électifs; mais elles règnent dans preſque tous les royaumes héréditaires de l'Europe, en Eſpagne, à Naples, en Angleterre, dans pluſieurs Etats du Nord, dans pluſieurs grands fiefs qu'on nomme *féminins.*

La coutume qu'on appelle *loi ſalique*, les a exclues du royaume de France; & ce n'eſt pas, comme le dit *Mézerai*, qu'elles fuſſent incapables de gouverner, puiſqu'on leur a preſque toujours accordé la régence.

On prétend que le cardinal *Mazarin* avouait que pluſieurs femmes étaient dignes de régir un royaume, & qu'il ajoutait qu'il était toujours à craindre qu'elles ne ſe laiſſaſſent ſubjuguer *par des amans incapables de gouverner douze poules.* Cependant *Iſabelle* en Caſtille, *Eliſabeth* en Angleterre, *Marie-Thérèſe* en Hongrie, ont bien démenti ce prétendu bon mot attribué au cardinal *Mazarin*. Et aujourd'hui nous voyons dans le Nord une légiſlatrice auſſi reſpectée que le ſouverain de la Grèce, de l'Aſie mineure, de la Syrie, & de l'Egypte, eſt peu eſtimé.

L'ignorance a prétendu long-temps que les fémmes font efclaves pendant leur vie chez les mahométans, & qu'après leur mort elles n'entrent point dans le paradis. Ce font deux grandes erreurs, telles qu'on en a débité toujours fur le mahométifme. Les époufes ne font point du tout efclaves. Le fura ou chapitre IV du Koran leur affigne un douaire. Une fille doit avoir la moitié du bien dont hérite fon frère. S'il n'y a que des filles, elles partagent entre elles les deux tiers de la fucceffion, & le refte appartient aux parens du mort; chacune des deux lignes en aura la fixième partie; & la mère du mort a auffi un droit dans la fucceffion. Les époufes font fi peu efclaves qu'elles ont permiffion de demander le divorce, qui leur eft accordé quand leurs plaintes font jugées légitimes.

Il n'eft pas permis aux mufulmans d'époufer leur belle-fœur, leur nièce, leur fœur de lait, leur belle-fille élevée fous la garde de leur femme. Il n'eft pas permis d'époufer les deux fœurs. En cela ils font bien plus févères que les chrétiens, qui tous les jours achètent à Rome le droit de contracter de tels mariages qu'ils pourraient faire *gratis*.

Polygamie.

Mahomet a réduit le nombre illimité des époufes à quatre. Mais comme il faut être extrêmement riche pour entretenir quatre femmes felon leur condition, il n'y a que les plus grands feigneurs qui puiffent ufer d'un tel privilége. Ainfi la pluralité des femmes ne fait point aux Etats mufulmans le tort que nous leur reprochons fi fouvent, & ne les dépeuple pas comme on le répète tous les jours dans tant de livres écrits au hafard.

Les Juifs, par un ancien ufage établi felon leurs livres depuis *Lamech*, ont toujours eu la liberté d'avoir à la fois plufieurs femmes. *David* en eut dix-huit ; & c'eft depuis ce temps que les rabbins déterminèrent à ce nombre la polygamie des rois, quoiqu'il foit dit que *Salomon* en eut jufqu'à fept cents.

Les mahométans n'accordent pas publiquement aujourd'hui aux juifs la pluralité des femmes ; ils ne les croient pas dignes de cet avantage ; mais l'argent toujours plus fort que la loi, donne quelquefois en Orient & en Afrique aux juifs qui font riches, la permiffion que la loi leur refufe.

On a rapporté férieufement que *Lélius Cinna* tribun du peuple, publia après la mort de *Céfar*, que ce dictateur avait voulu promulguer une loi qui donnait aux femmes le droit de prendre autant de maris qu'elles voudraient. Quel homme fenfé ne voit que c'eft-là un conte populaire & ridicule, inventé pour rendre *Céfar* odieux ? Il reffemble à cet autre conte qu'un fénateur romain avait propofé en plein fenat, de donner per-miffion à *Céfar* de coucher avec toutes les femmes qu'il voudrait : de pareilles inepties déshonorent l'hiftoire, & font tort à l'efprit de ceux qui les croient. Il eft trifte que *Montefquieu* ait ajouté foi à cette fable.

Il n'en eft pas de même de l'empereur *Valentinien I* qui, fe difant chrétien, époufa *Juftine* du vivant de *Severa* fa première femme, mère de l'empereur *Gratien*. Il était affez riche pour entretenir plufieurs femmes.

Dans la première race des rois francs, *Gontran*, *Cherebert*, *Sigibert*, *Chilperic*, eurent plufieurs femmes à la fois. *Gontran* eut dans fon palais *Venerande*, *Mercatrude*, & *Oftregile*, reconnues pour femmes légitimes. *Cherebert* eut *Meroflède*, *Marcovèfe*, & *Théodogile*.

Il eft difficile de concevoir comment l'ex-jéfuite *Nonotte* a-pu, dans fon ignorance, pouffer la hardieffe jufqu'à nier ces faits, jufqu'à dire que les rois de cette première race n'ufèrent point de la polygamie, & jufqu'à défigurer dans un libelle en deux volumes plus de cent vérités hiftoriques, avec la confiance d'un régent qui diête des leçons dans un collége ? Des livres dans ce goût ne laiffent pas de fe vendre quelque temps dans les provinces où les jéfuites ont encore un parti; ils féduifent quelques perfonnes peu inftruites.

Le père *Daniel*, plus favant, plus judicieux, avoue la polygamie des rois francs fans aucune difficulté; il ne nie pas les trois femmes de *Dagobert I*; il dit expreffément que *Théodebert* époufa *Deuterie*, quoiqu'il eût une autre femme nommée *Vifigalde*, & quoique *Deuterie* eût un mari. Il ajoute qu'en cela il imita fon oncle *Clotaire*, lequel époufa la veuve de *Clodomir* fon frère, quoiqu'il eût déjà trois femmes.

Tous les hiftoriens font les mêmes aveux. Comment après tous ces témoignages, fouffrir l'impudence d'un ignorant qui parle en maître, & qui ofe dire, en débitant de fi énormes fottifes, que c'eft pour la défenfe de la religion, comme s'il s'agiffait, dans un point d'hiftoire, de notre religion vénérable & facrée, que des calomniateurs méprifables font fervir à leurs ineptes impoftures !

De la polygamie permife par quelques papes & par
quelques réformateurs.

L'ABBÉ de *Fleuri*, auteur de l'Hiftoire eccléfiaftique,
rend plus de juftice à la vérité dans tout ce qui
concerne les lois & les ufages de l'Eglife. Il avoue
que *Boniface* apôtre de la baffe Allemagne, ayant
confulté l'an 7 2 6 le pape *Grégoire II*, pour favoir en
quels cas un mari peut avoir deux femmes ; *Grégoire II*
lui répondit, le 2 2 novembre de la même année, ces
propres mots : *Si une femme eft attaquée d'une maladie*
qui la rende peu propre au devoir conjugal, le mari peut
fe marier à une autre : mais il doit donner à la femme
malade les fecours néceffaires. Cette décifion paraît
conforme à la raifon & à la politique ; elle favorife la
population qui eft l'objet du mariage.

Mais ce qui ne paraît ni felon la raifon, ni felon la
politique, ni felon la nature ; c'eft la loi qui porte
qu'une femme féparée de corps & de bien de fon
mari ne peut avoir un autre époux, ni le mari prendre
une autre femme. Il eft évident que voilà une race
perdue pour la peuplade, & que fi cet époux & cette
époufe féparés ont tous deux un tempérament indomptable, ils font néceffairement expofés & forcés à des
péchés continuels dont les légiflateurs doivent être
refponfables devant DIEU, fi. . . . .

Les décrétales des papes n'ont pas toujours eu pour
objet ce qui eft convenable au bien des Etats & à
celui des particuliers. Cette même décrétale du pape
Grégoire II, qui permet en certains cas la bigamie,
prive à jamais de la fociété conjugale les garçons &

les filles que leurs parens auront voués à l'Eglise dans leur plus tendre enfance. Cette loi semble aussi barbare qu'injuste ; c'est anéantir à la fois des familles ; c'est forcer la volonté des hommes avant qu'ils aient une volonté ; c'est rendre à jamais les enfans esclaves d'un vœu qu'ils n'ont point fait ; c'est détruire la liberté naturelle ; c'est offenser DIEU & le genre-humain.

La polygamie de *Philippe* landgrave de Hesse, dans la communion luthérienne en 1539, est assez publique. J'ai connu un des souverains dans l'empire d'Allemagne, dont le père ayant épousé une luthérienne, eut permission du pape de se marier à une catholique, & qui garda ses deux femmes.

Il est public en Angleterre, & on voudrait le nier en vain, que le chancelier *Cowper* épousa deux femmes qui vécurent ensemble dans sa maison avec une concorde singulière qui fit honneur à tous trois. Plusieurs curieux ont encore le petit livre que ce chancelier composa en faveur de la polygamie.

Il faut se défier des auteurs qui rapportent que dans quelques pays les lois permettent aux femmes d'avoir plusieurs maris. Les hommes qui par-tout ont fait les lois, sont nés avec trop d'amour-propre, sont trop jaloux de leur autorité, ont communément un tempérament trop ardent en comparaison de celui des femmes, pour avoir imaginé une telle jurisprudence. Ce qui n'est pas conforme au train ordinaire de la nature est rarement vrai. Mais ce qui est fort ordinaire, surtout dans les anciens voyageurs, c'est d'avoir pris un abus pour une loi.

L'auteur de l'Efprit des lois prétend (*c*) que fur la côte de Malabar, dans la cafte des Naïres, les hommes ne peuvent avoir qu'une femme, & qu'une femme au contraire peut avoir plufieurs maris ; il cite des auteurs fufpects, & furtout *Pirard*. On ne devrait parler de ces coutumes étranges qu'en cas qu'on eût été long-temps témoin oculaire. Si on en fait mention, ce doit être en doutant ; mais quel eft l'efprit vif qui fache douter ?

La lubricité des femmes, dit-il, (d) eft fi grande à Patane, que les hommes font contraints de fe faire certaines garnitures pour fe mettre à l'abri de leurs entreprifes.

Le préfident de *Montefquieu* n'alla jamais à Patane. M. *Linguet* ne remarque-t-il pas très-judicieufement que ceux qui imprimèrent ce conte étaient des voyageurs qui fe trompaient, ou qui voulaient fe moquer de leurs lecteurs ? Soyons juftes, aimons le vrai, ne nous laiffons pas féduire, jugeons par les chofes & non par les noms.

Suite des réflexions fur la polygamie.

I L femble que le pouvoir & non la convention ait fait toutes les lois, furtout en Orient. C'eft-là qu'on voit les premiers efclaves, les premiers eunuques, le tréfor du prince compofé de ce qu'on a pris au peuple.

Qui peut vêtir, nourrir, & amufer, plufieurs femmes, les a dans fa ménagerie, & leur commande defpotiquement.

(*c*) Liv. XVI, chap. V.   (*d*) Liv. XVI, chap. X.

Ben-Aboul-Kiba

Ben-Aboul-Kiba dans fon Miroir des fidelles, rapporte qu'un des vifirs du grand *Soliman* tint ce difcours à un agent du grand *Charles-Quint* :

,, Chien de chrétien, pour qui j'ai d'ailleurs une eftime toute particulière, peux-tu bien me reprocher d'avoir quatre femmes felon nos faintes lois, tandis que tu vides douze quarteaux par an, & que je ne bois pas un verre de vin ? Quel bien fais-tu au monde en paffant plus d'heures à table que je n'en paffe au lit ? Je peux donner quatre enfans chaque année pour le fervice de mon augufte maître ; à peine en peux-tu fournir un. Et qu'eft-ce que l'enfant d'un ivrogne ? Sa cervelle fera offufquée des vapeurs du vin qu'aura bu fon père. Que veux-tu d'ailleurs que je devienne, quand deux de mes femmes font en couche ? ne faut-il pas que j'en ferve deux autres, ainfi que ma loi me le commande ? Que deviens-tu, quel rôle joues-tu dans les derniers mois de la groffeffe de ton unique femme, & pendant fes couches, & pendant fes maladies ? Il faut que tu reftes dans une oifiveté honteufe, ou que tu cherches une autre femme. Te voilà néceffairement entre deux péchés mortels, qui te feront tomber tout roide, après ta mort, du pont aigu au fond de l'enfer.

,, Je fuppofe que dans nos guerres contre les chiens de chrétiens, nous perdions cent mille foldats ; voilà près de cent mille filles à pourvoir. N'eft-ce pas aux riches à prendre foin d'elles ? Malheur à tout mufulman affez tiède pour ne pas donner retraite chez lui à quatre jolies filles, en qualité de fes légitimes époufes, & pour ne pas les traiter felon leurs mérites !

,, Comment donc font faits dans ton pays la trompette du jour, que tu appelles *coq*; l'honnête bélier,

Dictionn. philofoph. Tome IV.   Q

prince des troupeaux ; le taureau, fouverain des vaches ?
chacun d'eux n'a-t-il pas fon férail ? Il te fied bien
vraiment de me reprocher mes quatre femmes, tandis
que notre grand prophète en a eu dix-huit, *David*
le juif autant, & *Salomon* le juif fept cents de compte
fait, avec trois cents concubines ! tu vois combien je
fuis modefte. Ceffe de reprocher la gourmandife à un
fage qui fait de fi médiocres repas. Je te permets de
boire ; permets-moi d'aimer. Tu changes de vins ,
fouffre que je change de femmes. Que chacun laiffe
vivre les autres à la mode de leur pays. Ton chapeau
n'eft point fait pour donner des lois à mon turban.
Ta fraife & ton petit manteau ne doivent point commander à mon doliman. Achève de prendre ton café
avec moi, & va-t-en careffer ton allemande, puifque
tu es réduit à elle feule. ,,

Réponfe de l'allemand.

,, C H I E N de mufulman, pour qui je conferve une
vénération profonde , avant d'achever mon café , je
veux confondre tes propos. Qui poffède quatre femmes
poffède quatre harpies, toujours prêtes à fe calomnier,
à fe nuire, à fe battre. Le logis eft l'antre de la difcorde, aucune d'elles ne peut t'aimer. Chacune n'a
qu'un quart de ta perfonne, & ne pourrait tout au
plus te donner que le quart de fon cœur. Aucune ne
peut te rendre la vie agréable, ce font des prifonnières
qui n'ayant jamais rien vu, n'ont rien à te dire ; elles
ne connaiffent que toi, par conféquent tu les ennuies.
Tu es leur maître abfolu, donc elles te haïffent. Tu es
obligé de les faire garder par un eunuque qui leur

donne le fouet quand elles ont fait trop de bruit. Tu ofes te comparer à un coq! mais jamais un coq n'a fait fouetter fes poules par un chapon. Prends tes exemples chez les animaux, reffemble-leur tant que tu voudras. Moi je veux aimer en homme ; je veux donner tout mon cœur, & qu'on me donne le fien. Je rendrai compte de cet entretien ce foir à ma femme, & j'efpère qu'elle en fera contente. A l'égard du vin que tu me reproches, apprends que s'il eft mal d'en boire en Arabie, c'eft une habitude très-louable en Allemagne. Adieu. „

FERMETÉ.

FERMETÉ, vient de *ferme*, & fignifie autre chofe que *folidité* & *dureté* ; une toile ferrée, un fable battu, ont de la fermeté fans être durs ni folides.

Il faut toujours fe fouvenir que les modifications de l'ame ne peuvent s'exprimer que par des images phyfiques : on dit *la fermeté de l'ame*, *de l'efprit* ; ce qui ne fignifie pas plus *folidité* ou *dureté* qu'au propre.

La fermeté eft l'exercice du courage de l'efprit ; elle fuppofe une réfolution éclairée : l'opiniâtreté au contraire fuppofe de l'aveuglement.

Ceux qui ont loué la fermeté du ftyle de *Tacite*, n'ont pas tant de tort que le prétend le P. *Bouhours* : c'eft un terme hafardé, mais placé, qui exprime l'énergie & la force des penfées & du ftyle.

On peut dire que *la Bruyère* a un ftyle ferme, & que d'autres écrivains ont un ftyle dur.

Q 2

FERRARE.

CE que nous avons à dire ici de Ferrare n'a aucun rapport à la littérature, principal objet de nos quef-tions ; mais il en a un très-grand avec la juftice qui eft plus néceffaire que les belles-lettres, & bien moins cultivée, furtout en Italie.

Ferrare était conftamment un fief de l'empire ainfi que Parme & Plaifance. Le pape *Clément VIII* en dépouilla *Céfar d'Eft* à main armée, en 1597. Le prétexte de cette tyrannie était bien fingulier pour un homme qui fe dit l'humble vicaire de JESUS-CHRIST.

Le duc *Alphonfe d'Eft* premier du nom, fouverain de Ferrare, de Modène, d'Eft, de Carpi, de Rovigno, avait époufé une fimple citoyenne de Ferrare nommée *Laura Euftochia*, dont il avait eu trois enfans avant fon mariage, reconnus par lui folemnellement en face d'églife. Il ne manqua à cette reconnaiffance aucune des formalités prefcrites par les lois. Son fucceffeur *Alphonfe d'Eft* fut reconnu duc de Ferrare. Il époufa *Julie d'Urbin* fille de *François* duc d'Urbin, dont il eut cet infortuné *Céfar d'Eft*, héritier inconteftable de tous les biens de la maifon, & déclaré héritier par le dernier duc, mort le 27 octobre 1597. Le pape *Clément VIII* du nom d'*Aldobrandin*, originaire d'une famille de négocians de Florence, ofa prétexter que la grand'mère de *Céfar d'Eft* n'était pas affez noble, & que les enfans qu'elle avait mis au monde devaient être regardés comme des bâtards. La première raifon eft ridicule & fcandaleufe dans un évêque ; la feconde eft infoutenable dans tous les tribunaux de

l'Europe. Car fi le duc n'était pas légitime, il devait
perdre Modène & fes autres Etats ; & s'il n'y avait
point de vice dans fa naiffance, il devait garder Ferrare comme Modène.

L'acquifition de Ferrare était trop belle, pour que
le pape ne fît pas valoir toutes les décrétales & toutes
les décifions des braves théologiens, qui affurent que
le pape *peut rendre jufte ce qui eft injufte*. En conféquence
il excommunia d'abord *Céfar d'Eft* ; & comme l'excommunication prive néceffairement un homme de
tous fes biens, le père commun des fidelles leva des
troupes contre l'excommunié pour lui ravir fon héritage
au nom de l'Eglife. Ces troupes furent battues ; mais
le duc de Modène & de Ferrare vit bientôt fes finances
épuifées & fes amis refroidis.

Ce qu'il y eut de plus déplorable, c'eft que le roi
de France *Henri IV* fe crut obligé de prendre le parti
du pape, pour balancer le crédit de *Philippe II* à la
cour de Rome. C'eft ainfi que le bon roi *Louis XII*,
moins excufable, s'était deshonoré en s'uniffant avec
le monftre *Alexandre VI* & fon exécrable bâtard le
duc *Borgia*. Il fallut céder ; alors le pape fit envahir
Ferrare par le cardinal *Aldobrandin*, qui entra dans
cette floriffante ville avec mille chevaux & cinq mille
fantaffins.

Il eft bien trifte qu'un homme tel que *Henri IV* ait
defcendu à cette indignité qu'on appelle *politique*. Les
Catons, les *Metellus*, les *Scipions*, les *Fabricius*, n'auraient point ainfi trahi la juftice pour plaire à un prêtre.
Et à quel prêtre !

Depuis ce temps, Ferrare devint déferte, fon terroir
inculte fe couvrit de marais croupiffans. Ce pays avait

été fous la maifon d'*Eft* un des plus beaux de l'Italie ; le peuple regretta toujours fes anciens maîtres. Il eft vrai que le duc fut dédommagé ; on lui donna la nomination à un évêché & à une cure ; & on lui fournit même quelques minots de fel des magafins de Cervia. Mais il n'eft pas moins vrai que la maifon de Modène a des droits inconteftables & imprefcriptibles fur ce duché de Ferrare, dont elle eft fi indignement dépouillée.

Maintenant, mon cher lecteur, fuppofons que cette fcène fe fût paffée du temps où JESUS-CHRIST reffufcité apparaiffait à fes apôtres, & que *Simon Barjone*, furnommé *Pierre*, eût voulu s'emparer des Etats de ce pauvre duc de Ferrare. Imaginons que le duc va demander juftice en Béthanie au Seigneur JESUS ; n'entendez-vous pas notre Seigneur qui envoie chercher fur le champ *Simon*, & qui lui dit : *Simon* fils de *Jone*, je t'ai donné les clefs du royaume des cieux ; on fait comme ces clefs font faites, mais je ne t'ai pas donné celles de la terre. Si on t'a dit que le ciel entoure le globe & que le contenu eft dans le contenant, t'es-tu imaginé que les royaumes d'ici-bas t'appartiennent, & que tu n'as qu'à t'emparer de tout ce qui te convient ? Je t'ai déjà défendu de dégaîner. Tu me parais un compofé fort bizarre ; tantôt tu coupes, à ce qu'on dit, une oreille à *Malchus*, tantôt tu me renies ; fois plus doux & plus honnête, ne prends ni le bien ni les oreilles de perfonne, de peur qu'on ne te donne fur les tiennes.

FERTILISATION.

SECTION PREMIERE.

1°. JE propofe des vues générales fur la fertilifation.
Il ne s'agit pas ici de favoir en quel temps il faut
femer des navets vers les Pyrénées & vers Dunkerque;
il n'y a point de payfan qui ne connaiffe ces détails
mieux que tous les maîtres & tous les livres. Je n'examine point les vingt & une manières de parvenir à la
multiplication du blé, parmi lefquelles il n'y en a pas
une de vraie; car la multiplication des germes dépend
de la préparation des terres, & non de celle des
grains. Il en eft du blé comme de tous les autres
fruits. Vous aurez beau mettre un noyau de pêche
dans de la faumure ou de la leffive, vous n'aurez de
bonnes pêches qu'avec des abris & un fol convenable.

2°. Il y a dans toute la zone tempérée de bons,
de médiocres, & de mauvais terroirs. Le feul moyen,
peut-être, de rendre les bons encore meilleurs, de
fertilifer les médiocres, & de tirer parti des mauvais,
eft que les feigneurs les habitent.

Les médiocres terrains, & furtout les mauvais, ne
pourront jamais être amendés par des fermiers; ils
n'en ont ni la faculté ni la volonté; ils afferment à
vil prix, font très-peu de profit, & laiffent la terre en
plus mauvais état qu'ils ne l'ont prife.

3°. Il faut de grandes avances pour améliorer de
vaftes champs. Celui qui écrit ces réflexions, a trouvé

Q 4

dans un très-mauvais pays un vaſte terrain inculte, qui appartenait à des colons. Il leur a dit : Je pourrais le cultiver à mon profit par le droit de déshérence, je vais le défricher pour vous & pour moi à mes dépens. Quand j'aurai changé ces bruyères en pâturages, nous y engraiſſerons des beſtiaux ; ce petit canton ſera plus riche & plus peuplé.

Il en eſt de même des marais, qui étendent ſur tant de contrées la ſtérilité & la mortalité. Il n'y a que les ſeigneurs qui puiſſent détruire ces ennemis du genre-humain. Et ſi ces marais ſont trop vaſtes, le gouvernement ſeul eſt aſſez puiſſant pour faire de telles entrepriſes ; il y a plus à gagner que dans une guerre.

4°. Les ſeigneurs ſeuls feront long-temps en état d'employer le ſemoir. Cet inſtrument eſt coûteux ; il faut ſouvent le rétablir ; nul ouvrier de campagne n'eſt en état de le conſtruire ; aucun colon ne s'en chargera ; & ſi vous lui en donnez un, il épargnera trop la ſemence, & fera de médiocres récoltes.

Cependant, cet inſtrument employé à propos doit épargner environ le tiers de la ſemence, & par conſé-quent enrichir le pays d'un tiers ; voilà la vraie mul-tiplication. Il eſt donc très-important de le rendre d'uſage, & de long-temps il n'y aura que les riches qui pourront s'en ſervir.

5°. Les ſeigneurs peuvent faire la dépenſe du van-cribleur, qui, quand il eſt bien conditionné, épargne beaucoup de bras & de temps. En un mot, il eſt clair que ſi la terre ne rend pas ce qu'elle peut donner, c'eſt que les ſimples cultivateurs ne ſont pas en état de faire les avances. La culture de la terre eſt une vraie

manufacture : il faut pour que la manufacture fleurisse
que l'entrepreneur soit riche.

6°. La prétendue égalité des hommes, que quelques
sophistes mettent à la mode, est une chimère perni-
cieuse. S'il n'y avait pas trente manœuvres pour un
maître, la terre ne serait pas cultivée. Quiconque
possède une charrue, a besoin de deux valets & de
plusieurs hommes de journée. Plus il y aura d'hommes
qui n'auront que leurs bras pour toute fortune, plus
les terres seront en valeur. Mais pour employer utile-
ment ces bras, il faut que les seigneurs soient sur les
lieux. (1)

7°. Il ne faut pas qu'un seigneur s'attende, en
fesant cultiver sa terre sous ses yeux, à faire la fortune
d'un entrepreneur des hôpitaux ou des fourrages de
l'armée, mais il vivra dans la plus honorable abondance. (*)

8°. S'il fait la dépense d'un étalon, il aura en
quatre ans de beaux chevaux qui ne lui coûteront
rien; il y gagnera, & l'Etat aussi.

Si le fermier est malheureusement obligé de vendre
tous les veaux & toutes les genisses pour être en état
de payer le roi & son maître, le même seigneur fait

(1) La question de savoir si un grand terrain cultivé par un seul
propriétaire, donne un produit brut ou un produit net plus grand ou
moindre que le même terrain partagé en petites propriétés, cultivées
chacune par le possesseur, n'a point encore été complétement résolue.
Il est vrai qu'en général, dans toute manufacture, plus on divise le
travail entre des ouvriers occupés chacun d'une même chose, plus on
obtient de perfection & d'économie.

Mais jusqu'à quel point ce principe se peut-il appliquer à l'agriculture,
ou plus généralement à un art dont les procédés successifs sont assujettis
à certaines périodes, à l'ordre des saisons ?

(*) Voyez *Agriculture*.

élever ces geniffes & quelques veaux. Il a au bout de
trois ans des troupeaux confidérables fans frais. Tous
ces détails produifent l'agréable & l'utile. Le goût de
ces occupations augmente chaque jour ; le temps
affaiblit prefque toutes les autres.

9°. S'il y a de mauvaifes récoltes, des dommages,
des pertes, le feigneur eft en état de les réparer. Le
fermier & le métayer ne peuvent même les fupporter.
Il eft donc effentiel à l'Etat que les poffeffeurs habitent
fouvent leurs domaines.

10°. Les évêques qui réfident font du bien aux
villes. Si les abbés commendataires réfidaient, ils
feraient du bien aux campagnes ; leur abfence eft
préjudiciable.

11°. Il eft d'autant plus néceffaire de fonger aux
richeffes de la terre, que les autres peuvent aifément
nous échapper ; la balance du commerce peut ne nous
être plus favorable ; nos efpèces peuvent paffer chez
l'étranger, les biens fictifs peuvent fe perdre, la terre
refte.

12°. Nos nouveaux befoins nous impofent la
néceffité d'avoir de nouvelles reffources. Les Français
& les autres peuples n'avaient point imaginé du temps
de *Henri IV*, d'infecter leurs nez d'une poudre noire &
puante, & de porter dans leurs poches des linges
remplis d'ordure, qui auraient infpiré autrefois l'horreur & le dégoût. Cet article feul coûte au moins à
la France fix millions par an. Le déjeûner de leurs
pères n'était pas préparé par les quatre parties du
monde ; ils fe paffaient de l'herbe & de la terre de
la Chine, des rofeaux qui croiffent en Amérique &
des fèves de l'Arabie. Ces nouvelles denrées, &

beaucoup d'autres que nous payons argent comptant, peuvent nous épuifer. Une compagnie de négocians qui n'a jamais pu en quarante années donner un fou de dividende à fes actionnaires fur le produit de fon commerce, & qui ne les paye que d'une partie du revenu du roi, peut être à charge à la longue. L'agriculture eft donc la reffource indifpenfable.

13°. Plufieurs branches de cette reffource font négligées. Il y a, par exemple, trop peu de ruches, tandis qu'on fait une prodigieufe confommation de bougies. Il n'y a point de maifon un peu forte où l'on n'en brûle pour deux ou trois écus par jour. Cette feule dépenfe entretiendrait une famille économe. Nous confommons cinq ou fix fois plus de bois de chauffage que nos pères; nous devons donc avoir plus d'attention à planter & à entretenir nos plants; c'eft ce que le fermier n'eft pas même en droit de faire; c'eft ce que le feigneur ne fera que lorfqu'il gouvernera lui-même fes poffeffions.

14°. Lorfque les poffeffeurs des terres fur les frontières y réfident, les manœuvres, les ouvriers étrangers viennent s'y établir; le pays fe peuple infenfiblement, il fe forme des races d'hommes vigoureux. La plupart des manufactures corrompent la taille des ouvriers; leur race s'affaiblit. Ceux qui travaillent aux métaux abrègent leurs jours. Les travaux de la campagne, au contraire, fortifient, & produifent des générations robuftes, pourvu que la débauche des jours de fêtes n'altère pas le bien que font le travail & la fobriété.

15°. On fait affez quelles font les funeftes fuites de l'oifive intempérance attachée à ces jours qu'on croit confacrés à la religion, & qui ne le font qu'aux cabarets. On fait quelle fupériorité le retranchement de ces jours dangereux a donnée aux proteftans fur nous. Notre raifon commence enfin à fe développer au point de nous faire fentir confufément que l'oifiveté & la débauche ne font pas fi précieufes devant D I E U qu'on le croyait. Plus d'un évêque a rendu à la terre pendant quarante jours de l'année ou environ, des hommes qu'elle demandait pour la cultiver. Mais fur les frontières, où beaucoup de nos domaines fe trouvent dans l'évêché d'un étranger, il arrive trop fouvent, foit par contradiction, foit par une infame politique, que ces étrangers fe plaifent à nous accabler d'un fardeau que les plus fages de nos prélats ont ôté à nos cultivateurs, à l'exemple du pape. Le gouvernement peut aifément nous délivrer de ce très-grand mal que ces étrangers nous font. Ils font en droit d'obliger nos colons à entendre une meffe le jour de Saint-Roch; mais au fond, ils ne font pas en droit d'empêcher les fujets du roi de cultiver après la meffe une terre qui appartient au roi, & dont il partage les fruits. Et ils doivent favoir qu'on ne peut mieux s'acquitter de fon devoir envers D I E U qu'en le priant le matin, & en obéiffant le refte du jour à la loi qu'il nous a impofée de travailler.

16°. Plufieurs perfonnes ont établi des écoles dans leurs terres, j'en ai établi moi-même; mais je les crains. Je crois convenable que quelques enfans apprennent à lire, à écrire, à chiffrer; mais que le grand nombre, furtout les enfans des manœuvres, ne fachent que cultiver, parce qu'on n'a befoin que d'une plume pour deux ou trois cents bras. La culture de la terre ne demande qu'une intelligence très-commune;

la nature a rendu faciles tous les travaux auxquels elle a deftiné l'homme : il faut donc employer le plus d'hommes qu'on peut à ces travaux faciles, & les leur rendre néceffaires. (2)

17°. Le feul encouragement des cultivateurs eft le commerce des denrées. Empêcher les blés de fortir du royaume, c'eft dire aux étrangers que nous en manquons, & que nous fommes de mauvais économes. Il y a quelquefois cherté en France, mais rarement difette. Nous fourniffons les cours de l'Europe de danfeurs & de perruquiers ; il vaudrait mieux les fournir de froment. Mais c'eft à la prudence du gouvernement d'étendre ou de refferrer ce grand objet de commerce. Il n'appartient pas à un particulier qui ne voit que fon canton, de propofer des vues à ceux qui voient & qui embraffent le bien général du royaume.

18°. La réparation & l'entretien des chemins de traverfe, eft un objet important. Le gouvernement s'eft fignalé par la confection des voies publiques, qui font à la fois l'avantage & l'ornement de la France. Il a auffi donné des ordres très-utiles pour les chemins de traverfe ; mais ces ordres ne font pas

(2) Le temps de l'enfance, celui qui précède l'âge où un enfant peut être affujetti à un travail régulier, eft plus que fuffifant pour apprendre à lire, à écrire, à compter, pour acquérir même des notions élémentaires d'arpentage, de phyfique, & d'hiftoire naturelle. Il ne faut pas craindre que ces connaiffances dégoûtent des travaux champêtres. C'eft précifément parce que prefqu'aucun homme du peuple ne fait bien écrire, que cet art devient un moyen de fe procurer avec moins de peine une fubfiftance plus abondante que par un travail mécanique. Ce n'eft que par l'inftruction qu'on peut efpérer d'affaiblir dans le peuple les préjugés, fes tyrans éternels, auxquels prefque par-tout les grands obéiffent même en les méprifant.

fi bien exécutés que ceux qui regardent les grands chemins. Le même colon qui voiturerait fes denrées de fon village au marché voifin en une heure de temps avec un cheval , y parvient à peine avec deux chevaux en trois heures, parce qu'il ne prend pas le foin de donner un écoulement aux eaux , de combler une ornière, de porter un peu de gravier ; & ce peu de peine qu'il s'eft épargnée, lui caufe à la fin de très-grandes peines & de grands dommages.

19°. Le nombre des mendians eft prodigieux, &, malgré les lois, on laiffe cette vermine fe multiplier. Je demanderais qu'il fût permis à tous les feigneurs de retenir & faire travailler à un prix raifonnable , tous les mendians robuftes, hommes & femmes, qùi mendieront fur leurs terres.

20o. S'il m'était permis d'entrer dans des vues plus générales, je répéterais ici combien le célibat eft pernicieux. Je ne fais s'il ne ferait point à propos d'augmenter d'un tiers la taille & la capitation de quiconque ne ferait pas marié à vingt-cinq ans. (3) Je ne fais s'il ne ferait pas utile d'exempter d'impôts quiconque aurait fept enfans mâles, tant que le père & les fept enfans vivraient enfemble. M. *Colbert* exempta tous ceux qui auraient douze enfans ; mais ce cas arrive fi rarement que la loi était inutile.

21°. On a fait des volumes fur tous les avantages qu'on peut retirer de la campagne , fur les

____

(3) Cette loi ne ferait ni jufte ni utile ; le célibat , dans aucun fyftème raifonnable de morale , ne peut être regardé comme un délit , & une furcharge d'impôt ferait une véritable amende. D'ailleurs, fi cette punition eft affez forte pour l'emporter fur les raifons qui éloignent du mariage , elle en fera faire de mauvais ; & la population qui réfultera de ces mariages , ne fera ni fort nombreufe ni fort utile.

améliorations, fur les blés, les légumes, les pâturages,
les animaux domeſtiques, & fur mille fecrets prefque
tous chimériques. (4) Le meilleur fecret eſt de veiller
foi-même à fon domaine.

S E C T I O N   I I.

Pourquoi certaines terres ſont mal cultivées.

J E paſſai un jour par de belles campagnes, bordées
d'un côté d'une forêt adoſſée à des montagnes, & de
l'autre par une vaſte étendue d'eau faine & claire qui
nourrit d'excellens poiſſons. C'eſt le plus bel afpeɕt de
la nature ; il termine les frontières de pluſieurs Etats ;
la terre y eſt couverte de bétail, & elle le ferait de
fleurs & de fruits toute l'année, fans les vents & les
grêles qui défolent fouvent cette contrée délicieufe &
qui la changent en Sibérie.

Je vis à l'entrée de cette petite province une maiſon
bien bâtie, où demeuraient fept ou huit hommes
bien faits & vigoureux. Je leur dis : Vous cultivez
fans doute un héritage fertile dans ce beau féjour ?
Nous, Monſieur, nous avilir à rendre féconde la
terre qui doit nourrir l'homme ! nous ne fommes pas
faits pour cet indigne métier. Nous pourſuivons les
cultivateurs qui portent le fruit de leurs travaux
d'un pays dans un autre ; nous les chargeons de fers :
notre emploi eſt celui des héros. Sachez que dans ce

---

(4) La fcience de l'agriculture a fait peu de progrès jufqu'ici ; & c'eſt
le fort commun à toutes les parties des fciences qui emploient l'obfervation
plutôt que l'expérience ; elles dépendent du temps & des événemens, plus
que du génie des hommes. Telle eſt la médecine, telle eſt encore la
météréologie.

pays de deux lieues fur fix, nous avons quatorze maifons auffi refpectables que celle-ci, confacrées à cet ufage. La dignité dont nous fommes revêtus nous diftingue des autres citoyens; & nous ne payons aucune contribution, parce que nous ne travaillons à rien qu'à faire trembler ceux qui travaillent.

Je m'avançai tout confus vers une autre maifon; je vis dans un jardin bien tenu, un homme entouré d'une nombreufe famille; je croyais qu'il daignait *cultiver fon jardin*. J'appris qu'il était revêtu de la charge de contrôleur du grenier à fel.

Plus loin demeurait le directeur de ce grenier, dont les revenus étaient établis fur les avanies faites à ceux qui viennent acheter de quoi donner un peu de goût à leur bouillon. Il y avait des juges de ce grenier, où fe conferve l'eau de la mer réduite en figures irrégulières; des élus dont la dignité confiftait à écrire les noms des citoyens, & ce qu'ils doivent au fifc; des agens qui partageaient avec les receveurs de ce fifc; des hommes revêtus d'offices de toute efpèce, les uns confeillers du roi n'ayant jamais donné de confeil, les autres fecrétaires du roi n'ayant jamais fu le moindre de fes fecrets. Dans cette multitude de gens qui fe pavanaient de par le roi, il y en avait un affez grand nombre revêtus d'un habit ridicule, & chargés d'un grand fac qu'ils fe fefaient remplir de la part de DIEU.

Il y en avait d'autres plus proprement vêtus, & qui avaient des appointemens plus réglés pour ne rien faire. Ils étaient originairement payés pour chanter de grand matin; & depuis plufieurs fiècles ils ne chantaient qu'à table.

Enfin,

Enfin, je vis dans le lointain quelques fpeĉtres à demi-nus, qui écorchaient avec des bœufs auffi décharnés qu'eux, un fol encore plus amaigri; je compris pourquoi la terre n'était pas auffi fertile qu'elle pouvait l'être.

F E T E S.

SECTION PREMIERE.

UN pauvre gentilhomme du pays d'Haguenau cultivait fa petite terre, & *fainte Ragonde* ou *Radegonde* était la patrone de fa paroiffe. Or il arriva que le jour de la fête de *fainte Ragonde*, il fallut donner une façon à un champ de ce pauvre gentilhomme, fans quoi tout était perdu. Le maître, après avoir affifté dévotement à la meffe avec tout fon monde, alla labourer fa terre, dont dépendait le maintien de fa famille; & le curé & les autres paroiffiens allèrent boire felon l'ufage.

Le curé en buvant apprit l'énorme fcandale qu'on ofait donner dans fa paroiffe, par un travail profane : il alla, tout rouge de colère & de vin, trouver le cultivateur, & lui dit : Monfieur, vous êtes bien infolent & bien impie, d'ofer labourer votre champ au lieu d'aller au cabaret comme les autres. Je conviens, Monfieur, dit le gentilhomme, qu'il faut boire à l'honneur de la fainte, mais il faut auffi manger, & ma famille mourrait de faim fi je ne labourais pas. Buvez & mourez, lui dit le curé. Dans quelle loi, dans quel concile cela eft-il écrit? dit le cultivateur.

Dans *Ovide*, dit le curé. J'en appelle comme d'abus,
dit le gentilhomme. Dans quel endroit d'*Ovide* avez-
vous lu que je dois aller au cabaret plutôt que de
labourer mon champ le jour de *sainte Ragonde*?

Vous remarquerez que le gentilhomme & le pasteur
avaient très-bien fait leurs études. Lisez la Métamor-
phose des filles de *Minée*, dit le curé. Je l'ai lue, dit
l'autre, & je soutiens que cela n'a nul rapport à ma
charrue. Comment, impie, vous ne vous souvenez
pas que les filles de *Minée* furent changées en chauves-
souris pour avoir filé un jour de fête? Le cas est bien
différent, répliqua le gentilhomme : ces demoiselles
n'avaient rendu aucun honneur à *Bacchus*; & moi j'ai
été à la messe de *sainte Ragonde*; vous n'avez rien à me
dire ; vous ne me changerez point en chauve-souris.
Je ferai pis, dit le prêtre; je vous ferai mettre à
l'amende. Il n'y manqua pas. Le pauvre gentilhomme
fut ruiné; il quitta le pays avec sa famille & ses valets,
passa chez l'étranger, se fit luthérien, & sa terre resta
inculte plusieurs années.

On conta cette aventure à un magistrat de bon sens
& de beaucoup de piété Voici les réflexions qu'il fit
à propos de *sainte Ragonde*.

Ce sont, disait-il, les cabaretiers, sans doute, qui
ont inventé ce prodigieux nombre de fêtes : la religion
des paysans & des artisans consiste à s'enivrer le jour
d'un saint qu'ils ne connaissent que par ce culte : c'est
dans ces jours d'oisiveté & de débauche que se commettent tous les crimes : ce sont les fêtes qui remplissent les prisons, & qui font vivre les archers, les
greffiers, les lieutenans - criminels & les bourreaux :
voilà parmi nous la seule excuse des fêtes : les champs

catholiques reſtent à peine cultivés, tandis que les campagnes hérétiques labourées tous les jours produiſent de riches moiſſons.

A la bonne heure que les cordonniers aillent le matin à la meſſe de *St Crépin*, parce que *crepido* ſignifie *empeigne;* que les feſeurs de vergettes fêtent *ſainte Barbe* leur patrone ; que ceux qui ont mal aux yeux entendent la meſſe de *ſainte Claire ;* qu'on célèbre ſaint..... dans pluſieurs provinces; mais qu'après avoir rendu ſes devoirs aux ſaints on rende ſervice aux hommes, qu'on aille de l'autel à la charrue : c'eſt l'excès d'une barbarie & d'un eſclavage inſupportable, de conſacrer ſes jours à la nonchalance & au vice. Prêtres, commandez (s'il eſt néceſſaire) qu'on prie *Roch*, *Euſtache*, & *Fiacre* le matin; Magiſtrats, ordonnez qu'on laboure vos champs le jour de *Fiacre*, d'*Euſtache*, & de *Roch*. C'eſt le travail qui eſt néceſſaire ; il y a plus, c'eſt lui qui ſanctifie.

S E C T I O N I I.

Lettre d'un ouvrier de Lyon à Messeigneurs de la
commission établie à Paris pour la réformation
des ordres religieux, imprimée dans les papiers
publics en 1766.

M E S S E I G N E U R S,

J E suis ouvrier en soie, & je travaille à Lyon depuis
dix-neuf ans. Mes journées ont augmenté insensiblement, & aujourd'hui je gagne trente-cinq sous. Ma
femme qui travaille en passemens, en gagnerait quinze
s'il lui était possible d'y donner tout son temps; mais
comme les soins du ménage, les maladies de couches
ou autres, la détournent étrangement, je réduis son
profit à dix sous, ce qui fait quarante-cinq sous journellement que nous apportons au ménage. Si l'on
déduit de l'année quatre-vingt-deux jours de dimanches
ou de fêtes, l'on aura deux cents quatre-vingt quatre
jours profitables, qui à quarante-cinq sous font six
cents trente-neuf livres. Voilà mon revenu.

Voici les charges.

J'ai huit enfans vivans, & ma femme est sur le point
d'accoucher du onzième, car j'en ai perdu deux. Il y
a quinze ans que je suis marié. Ainsi je puis compter
annuellement vingt-quatre livres pour les frais de
couches & de baptême, cent huit livres pour l'année
de deux nourrices, ayant communément deux enfans

en nourrice, quelquefois même trois. Je paye de loyer à un quatrième cinquante-sept livres, & d'impofition quatorze livres. Mon profit fe trouve donc réduit à quatre cents trente-six livres, ou à vingt-cinq fous trois deniers par jour, avec lefquels il faut fe vêtir, fe meubler, acheter le bois, la chandelle, & faire vivre ma femme & fix enfans.

Je ne vois qu'avec effroi arriver des jours de fête. Il s'en faut très-peu, je vous en fais ma confeffion, que je ne maudiffe leur inftitution. Elles ne peuvent avoir été inftituées, difais-je, que par les commis des aides, par les cabaretiers, & par ceux qui tiennent les guinguettes.

Mon père m'a fait étudier jufqu'à ma feconde, & voulait à toute force que je fuffe moine, me fefant entrevoir dans cet état un afile affuré contre le befoin; mais j'ai toujours penfé que chaque homme doit fon tribut à la fociété, & que les moines font des guêpes inutiles qui mangent le travail des abeilles. Je vous avoue pourtant que quand je vois *Jean C**** avec lequel j'ai étudié, & qui était le garçon le plus pareffeux du collége, poffeder les premières places chez les prémontrés, je ne puis m'empêcher d'avoir quelques regrets de n'avoir pas écouté les avis de mon père.

Je fuis à la troifième fête de Noël, j'ai engagé le peu de meubles que j'avais, je me fuis fait avancer une femaine par mon bourgeois, je manque de pain, comment paffer la quatrième fête? Ce n'eft pas tout; j'en entrevois encore quatre autres dans la femaine prochaine. Grand Dieu! huit fêtes dans quinze jours! eft-ce vous qui l'ordonnez?

R 3

Il y a un an que l'on me fait efpérer que les loyers vont diminuer par la fuppreffion d'une des maifons des capucins & des cordeliers. Que de maifons inutiles dans le centre d'une ville comme Lyon ! les jacobins, les dames de *St Pierre* &c. pourquoi ne pas les écarter dans les faubourgs fi on les juge néceffaires ? Que d'habitans plus néceffaires encore tiendraient leurs places !

Toutes ces réflexions m'ont engagé à m'adreffer à vous, Meffeigneurs, qui avez été choifis par le roi pour détruire des abus. Je ne fuis pas le feul qui penfe ainfi ; combien d'ouvriers dans Lyon & ailleurs, combien de laboureurs dans le royaume font réduits à la même néceffité que moi ! Il eft vifible que chaque jour de fête coûte à l'Etat plufieurs millions. Ces confidérations vous porteront à prendre à cœur les intérêts du peuple qu'on dédaigne un peu trop.

J'ai l'honneur d'être, &c.

BOCEN.

Nous avons cru que cette requête, qui a été réellement préfentée, pourrait figurer dans un ouvrage utile.

S E C T I O N I I I.

ON connaît affez les fêtes que *Jules Céfar* & les empereurs qui lui fuccédèrent donnèrent au peuple romain ; la fête des vingt-deux mille tables, fervies par vingt-deux mille maîtres-d'hôtel ; les combats de vaiffeaux fur des lacs qui fe formaient tout d'un coup &c. , n'ont pas été imitées par les feigneurs hérules, lombards, ou francs, qui ont voulu auffi qu'on parlât d'eux.

Un welche nommé *Cahufac*, n'a pas manqué de faire un long article fur ces fêtes dans le grand Dictionnaire encyclopédique. Il dit : *Que le ballet de Caffandre fut donné à Louis XIV par le cardinal Mazarin qui avait de la gaieté dans l'efprit, du goût pour les plaifirs dans le cœur & dans l'imagination, moins de fafte que de galanterie ; que le roi danfa dans ce ballet à l'âge de treize ans, avec les proportions marquées, & les attitudes dont la nature l'avait embelli.* Ce *Louis XIV*, né avec des attitudes, & ce fafte de l'imagination du cardinal *Mazarin*, font dignes du beau ftyle qui eft aujour-d'hui à la mode. Notre *Cahufac* finit par décrire une fête charmante, d'un genre neuf & élégant, donnée à la reine *Marie Leczinska*. Cette fête finit par le difcours ingénieux d'un allemand ivre, qui dit : *Eft-ce la peine de faire tant de dépenfe en bougie pour ne faire voir que de l'eau ?* A quoi un gafcon répondit : *Eh fandis, je meurs de faim ; on vit donc de l'air à la cour des rois de France !*

Il eft trifte d'avoir inféré de pareilles platitudes dans un dictionnaire des arts & des fciences.

R 4

F E U.

SECTION PREMIERE.

LE feu eſt-il autre choſe qu'un élément qui nous éclaire, qui nous échauffe, & qui nous brûle?

La lumière n'eſt-elle pas toujours du feu, quoique le feu ne ſoit pas toujours lumière; & *Boerhaave* n'a-t-il pas raiſon?

Le feu le plus pur, tiré de nos matières combuſtibles, n'eſt-il pas toujours groſſier, toujours chargé des corps qu'il embraſe, & très-différent du feu élémentaire?

Comment le feu eſt-il répandu dans toute la nature dont il eſt l'ame?

Ignis ubique latet, naturam amplectitur omnem;
Cuncta parit, renovat, dividit, unit, alit.

Quel homme peut concevoir comment un morceau de cire s'enflamme & comment il n'en reſte rien à nos yeux, quoique rien ne ſe ſoit perdu?

Pourquoi *Newton* dit-il toujours, en parlant des rayons de la lumière, *de natura radiorum lucis, utrùm corpora ſint nec ne non diſputans;* n'examinant point ſi les rayons de lumière ſont des corps ou non?

N'en parlait-il qu'en géomètre? en ce cas ce doute était inutile. Il eſt évident, qu'il doutait de la nature du feu élémentaire, & qu'il doutait avec raiſon.

Le feu élémentaire eſt-il un corps à la manière des autres, comme l'eau & la terre? Si c'était un corps de cette efpèce ne graviterait-il pas comme toute matière? s'échapperait-il en tout fens du corps lumineux en droite ligne? aurait-il une progreffion uniforme? Et pourquoi jamais la lumière ne fe meut-elle en ligne courbe quand elle eft libre dans fon cours rapide?

Le feu élémentaire ne pourrait-il pas avoir des propriétés de la matière à nous fi peu connues, & d'autres propriétés de fubftances à nous entièrement inconnues?

Ne pourrait-il pas être un milieu entre la matière & des fubftances d'un autre genre? & qui nous a dit qu'il n'y a pas un millier de ces fubftances? Je ne dis pas que cela foit, mais je dis qu'il n'eft point prouvé que cela ne puiffe pas être.

J'avais eu autrefois un fcrupule en voyant un point bleu & un point rouge fur une toile blanche, tous deux fur une même ligne, tous deux à une égale diftance de mes yeux, tous deux également expofés à la lumière, tous deux me réfléchiffant la même quantité de rayons, & fefant le même effet fur les yeux de cinq cents mille hommes. Il faut néceffairement que tous ces rayons fe croifent en venant à nous. Comment pourraient-ils cheminer fans fe croifer? & s'ils fe croifent comment puis-je voir? Ma folution était qu'ils paffaient les uns fur les autres. On a adopté ma difficulté & ma folution dans le Dictionnaire ency-clopédique, à l'article *Lumière*; mais je ne fuis point du tout content de ma folution; car je fuis toujours en droit de fuppofer que les rayons fe croifent tous à moitié chemin; que par conféquent ils doivent tous fe réfléchir, ou qu'ils font pénétrables. Je fuis

donc fondé à foupçonner que les rayons de lumière
fe pénètrent, & qu'en ce cas ils ont quelque chofe
qui ne tient point du tout de la matière. Ce foupçon
m'effraie, j'en conviens; ce n'eft pas fans un prodigieux remords que j'admettrais un être qui aurait
tant d'autres propriétés des corps, & qui ferait péné-
trable. Mais auffi je ne vois point comment on peut
répondre bien nettement à ma difficulté. Je ne la
propofe donc que comme un doute & comme une
ignorance.

Il était très-difficile de croire, il y a environ cent
ans, que les corps agiffaient les uns fur les autres,
non-feulement fans fe toucher & fans aucune émiffion,
mais à des diftances effrayantes; cependant cela s'eft
trouvé vrai, & on n'en doute plus. Il eft difficile
aujourd'hui de croire que les rayons du foleil fe
pénètrent; mais qui fait ce qui arrivera?

Quoi qu'il en foit, je ris de mon doute; & je
voudrais, pour la rareté du fait, que cette incompréhenfible pénétration pût être admife. La lumière
a quelque chofe de fi divin, qu'on ferait tenté d'en
faire un degré pour monter à des fubftances encore
plus pures.

A mon fecours *Empedocle*, à moi *Démocrite*; venez
admirer les merveilles de l'électricité; voyez fi ces
étincelles qui traverfent mille corps en un clin
d'œil font de la matière ordinaire; jugez fi le feu
élémentaire ne fait pas contracter le cœur, & ne lui
communique pas cette chaleur qui donne la vie.
Jugez fi cet être n'eft pas la fource de toutes les
fenfations, & fi ces fenfations ne font pas l'unique
origine de toutes nos chétives penfées, quoique des

pédans ignorans & infolens aient condamné cette propofition comme on condamne un plaideur à l'amende.

Dites-moi fi l'Etre fuprême qui préfide à toute la nature, ne peut pas conferver à jamais ces monades élémentaires auxquelles il a fait des dons fi précieux. *Igneus eft ollis vigor & celeftis origo.*

. Le célébre *le Cat* appelle ce fluide vivifiant, (*a*) *un être amphibie, affecté par fon auteur d'une nuance fupé-rieure, qui le lié avec l'être immatériel, & par-là l'ennoblit & l'élève à la nature mitoyenne qui le caractérife, & fait la fource de toutes fes propriétés.*

Vous êtes de l'avis de *le Cat*; j'en ferais auffi fi j'ofais ; mais il y a tant de fots & tant de méchans, que je n'ofe pas. Je ne puis que penfer tout bas à ma façon au mont Krapak. Les autres penferont comme ils pourront, foit à Salamanque, foit à Bergame.

SECTION II.

De ce qu'on entend par cette expreffion au moral.

LE feu, furtout en poëfie, fignifie fouvent l'*amour*, & on l'emploie plus élégamment au pluriel qu'au fingulier. *Corneille* dit fouvent un *beau feu*, pour un amour vertueux & noble. Un homme a du feu dans la converfation, cela ne veut pas dire qu'il a des idées brillantes & lumineufes, mais des expreffions vives animées par les geftes.

(*a*) Differtation de *le Cat* fur le fluide des nerfs, page 36.

Le feu dans les écrits ne suppose pas non plus nécessairement de la lumière & de la beauté, mais de la vivacité, des figures multipliées, des idées pressées.

Le feu n'est un mérite dans les discours & dans les ouvrages, que quand il est bien conduit.

On a dit que les poëtes étaient animés d'un feu divin quand ils étaient sublimes : on n'a point de génie sans feu, mais on peut avoir du feu sans génie.

FICTION.

Une fiction qui annonce des vérités intéressantes & neuves n'est-elle pas une belle chose ? n'aimez-vous pas le conte arabe du sultan qui ne voulait pas croire qu'un peu de temps pût paraître très-long, & qui disputait sur la nature du temps avec son derviche ? Celui-ci le prie pour s'en éclaircir, de plonger seulement la tête un moment dans le bassin où il se lavait. Aussitôt le sultan se trouve transporté dans un désert affreux ; il est obligé de travailler pour gagner sa vie. Il se marie, il a des enfans qui deviennent grands & qui le battent. Enfin il revient dans son pays & dans son palais ; il y retrouve son derviche qui lui a fait souffrir tant de maux pendant vingt-cinq ans. Il veut le tuer. Il ne s'apaise que quand il sait que tout cela s'est passé dans l'instant qu'il s'est lavé le visage en fermant les yeux.

Vous aimez mieux la fiction des amours de *Didon* & d'*Enée*, qui rendent raison de la haine immortelle de Carthage contre Rome, & celle qui développe dans l'Elysée les grandes destinées de l'empire romain.

Mais n'aimez - vous pas auffi dans l'Ariofte cette *Alcine* qui a la taille de *Minerve* & la beauté de *Vénus*, qui eft fi charmante aux yeux de fes amans, qui les enivre de voluptés fi raviffantes, qui réunit tous les charmes & toutes les grâces? Quand elle eft enfin réduite à elle-même, & que l'enchantement eft paffé, ce n'eft plus qu'une petite vieille ratatinée & dégoûtante.

Pour les fictions qui ne figurent rien, qui n'enfeignent rien, dont il ne réfulte rien, font-elles autre chofe que des menfonges? & fi elles font incohérentes, entaffées fans choix, comme il y en a tant, font-elles autre chofe que des rêves?

Vous m'affurez pourtant qu'il y a de vieilles fictions très-incohérentes, fort peu ingénieufes, & affez abfurdes, qu'on admire encore. Mais prenez garde fi ce ne font pas les grandes images répandues dans ces fictions qu'on admire, plutôt que les inventions qui amènent ces images. Je ne veux pas difputer : mais voulez-vous être fifflé de toute l'Europe, & enfuite oublié pour jamais? donnez-nous des fictions femblables à celles que vous admirez.

FIERTÉ.

FIERTÉ eft une des expreffions qui, n'ayant d'abord été employées que dans un fens odieux, ont été enfuite détournées à un fens favorable.

C'eft un crime, quand ce mot fignifie la vanité hautaine, altière, orgueilleufe, dédaigneufe : c'eft prefque une louange, quand il fignifie la hauteur d'une ame noble.

C'eſt un juſte éloge dans un général qui marche avec fierté à l'ennemi. Les écrivains ont loué la fierté de la démarche de *Louis XIV* : ils auraient dû ſe contenter d'en remarquer la nobleſſe.

La fierté de l'ame, ſans hauteur, eſt un mérite compatible avec la modeſtie. Il n'y a que la fierté dans l'air & dans les manières qui choque ; elle déplaît dans les rois mêmes.

La fierté dans l'extérieur, dans la ſociété, eſt l'expreſſion de l'orgueil : la fierté dans l'ame eſt de la grandeur.

Les nuances ſont ſi délicates, qu'eſprit fier eſt un blâme, ame fière une louange ; c'eſt que par eſprit fier on entend un homme qui penſe avantageuſement de ſoi-même, & par ame fière on entend des ſentimens élevés.

La fierté annoncée par l'extérieur eſt tellement un défaut, que les petits qui louent baſſement les grands de ce défaut, ſont obligés de l'adoucir, ou plutôt de le relever par une épithète, *cette noble fierté*. Elle n'eſt pas ſimplement la vanité, qui conſiſte à ſe faire valoir par les petites choſes ; elle n'eſt pas la préſomption, qui ſe croit capable des grandes ; elle n'eſt pas le dédain, qui ajoute encore le mépris des autres à l'air de la grande opinion de ſoi-même ; mais elle s'allie intimement avec tous ces défauts.

On s'eſt ſervi de ce mot dans les romans & dans les vers, ſurtout dans les opéra, pour exprimer la ſévérité de la pudeur ; on y rencontre par-tout, vaine fierté, rigoureuſe fierté.

Les poëtes ont eu peut-être plus de raiſon qu'ils ne penſaient. La fierté d'une femme n'eſt pas ſimplement

la pudeur févère, l'amour du devoir, mais le haut
prix que fon amour-propre met à fa beauté.

On a dit quelquefois, la fierté du pinceau, pour
fignifier des touches libres & hardies.

F I E V R E.

CE n'eft pas en qualité de médecin, mais de malade
que je veux dire un mot de la fièvre. Il faut quelquefois parler de fes ennemis : celui-là m'a attaqué pendant plus de vingt ans. *Fréron* n'a jamais été plus
acharné.

Je demande pardon à *Sydenham* qui définit la fièvre
*un effort de la nature qui travaille de tout fon pouvoir à
chaffer la matière peccante.* On pourrait définir ainfi la
petite vérole, la rougeole, la diarrhée, les vomiffe-
mens, les éruptions de la peau, & vingt autres
maladies. Mais fi ce médecin définiffait mal, il agiffait
bien. Il guériffait, parce qu'il avait de l'expérience,
& qu'il favait attendre.

Boerhaave, dans fes aphorifmes, dit : *La contraction
plus fréquente, & la réfiftance augmentée vers les vaiffeaux
capillaires, donnent une idée abfolue de toute fièvre aiguë.*

C'eft un grand maître qui parle; mais il commence
par avouer que la nature de la fièvre eft très-cachée.

Il ne nous dit point quel eft ce principe fecret qui fe
développe à des heures réglées dans des fièvres inter-
mittentes; quel eft ce poifon interne qui fe renouvelle
après un jour de relâche; où eft ce foyer qui s'éteint
& fe rallume à des momens marqués. Il femble que
toutes les caufes foient faites pour être ignorées.

On fait à-peu-près qu'on aura la fièvre après des
excès, ou dans l'intempérie des faifons. On fait que
le quinquina pris à propos la guérira : c'eft bien affez ;
on ignore le comment. J'ai lu quelque part ces petits vers
qui me paraiffent d'une plaifanterie affez philofophique.

> Dieu mûrit à Moka, dans le golfe arabique,
> Ce café néceffaire aux pays des frimats :
>   Il met la fièvre en nos climats,
>   Et le remède en Amérique.

Tout animal qui ne meurt pas de mort fubite
périt par la fièvre. Cette fièvre paraît l'effet inévitable
des liqueurs qui compofent le fang, ou ce qui tient
lieu de fang. C'eft pourquoi les métaux, les minéraux, les marbres durent fi long-temps, & les hommes
fi peu. La ftructure de tout animal prouve aux phyficiens qu'il a dû de tout temps jouir d'une très-courte
vie. Les théologiens ont eu, ou ont étalé d'autres
fentimens. Ce n'eft pas à nous d'examiner cette
queftion. Les phyficiens, les médecins ont raifon *in*
fenfu humano ; & les théologiens ont raifon *in fenfu*
divino. Il eft dit au Deutéronome (chap. 28, v. 22)
que fi les *Juifs ne fervent pas la loi, ils tomberont dans*
la pauvreté, ils fouffriront le froid & le chaud, & ils
auront la fièvre. Il n'y a jamais eu que le Deutéronome
& le Médecin-malgré-lui qui aient menacé les gens de
leur donner la fièvre.

Il paraît impoffible que la fièvre ne foit pas un
accident naturel à un corps animé, dans lequel cir-
culent tant de liqueurs, comme il eft impoffible que
ce corps animé ne foit point écrafé par la chute d'un
rocher.

Le

Le sang fait la vie. C'est lui qui fournit à chaque viscère, à chaque membre, à la peau, à l'extrémité des poils & des ongles, les liqueurs, les humeurs qui leur sont propres,

Ce sang, par lequel l'animal est en vie, est formé par le chyle. Ce chyle est envoyé de la mère à l'enfant dans la grossesse. Le lait de la nourrice produit ce même chyle, dès que l'enfant est né. Plus il se nourrit ensuite de différens alimens, plus ce chyle est sujet à s'aigrir. Lui seul formant le sang, & ce sang étant composé de tant d'humeurs différentes si sujettes à se corrompre, ce sang circulant dans tout le corps humain plus de cinq cents cinquante fois en vingt-quatre heures avec la rapidité d'un torrent, il est étonnant qu'un homme n'ait pas plus souvent la fièvre; il est étonnant qu'il vive. A chaque articulation, à chaque glande, à chaque passage, il y a un danger de mort; mais aussi, il y a autant de secours que de dangers. Presque toute membrane s'élargit & se resserre selon le besoin. Toutes les veines ont des écluses qui s'ouvrent & qui se ferment; qui donnent passage au sang, & qui s'opposent à un retour par lequel la machine serait détruite. Le sang gonflé dans tous ses canaux s'épure de lui-même : c'est un fleuve qui entraîne mille immondices; il s'en décharge par la transpiration, par les sueurs, par toutes les sécrétions, par toutes les évacuations. La fièvre est elle-même un secours; elle est une guérison, quand elle ne tue pas.

L'homme, par sa raison, accélère la cure, avec des amers & surtout du régime. Il prévient le retour des accès. Cette raison est un aviron avec lequel il peut

Dictionn. philosoph. Tome IV.　　　　　S

courir quelque temps la mer de ce monde, quand la maladie ne l'engloutit pas.

On demande comment la nature a pu abandonner les animaux, fon ouvrage, à tant d'horribles maladies dont la fièvre eſt preſque toujours la compagne? Comment & pourquoi tant de défordres avec tant d'ordre; la deſtruction par-tout à côté de la formation? Cette difficulté me donne ſouvent la fièvre; mais je vous prie de lire les lettres de *Memmius*. (*) Peut-être vous foupçonnerez alors que l'incompréhenſible' artiſan des mondes, des animaux, des végétaux, ayant tout fait pour le mieux, n'a pu faire mieux.

F I G U R E.

S I on veut s'inſtruire, il faut lire attentivement tous les articles du grand dictionnaire de l'Encyclopédie, au mot *Figure*.

Figure de la terre par M. d'*Alembert*; ouvrage auſſi clair que profond, & dans lequel on trouve tout ce qu'on peut ſavoir ſur cette matière.

Figure de rhétorique par *Céſar Dumarſais*; inſtruction qui apprend à penſer & à écrire, & qui fait regretter, comme bien d'autres articles, que les jeunes gens ne ſoient pas à portée de lire commodément des choſes ſi utiles. Ces tréſors cachés dans un dictionnaire de vingt-deux volumes in-folio d'un prix exceſſif, devraient être entre les mains de tous les étudians pour trente ſous.

(*) *Philoſophie*, tome I.

Figure humaine par rapport à la peinture & à la sculpture ; excellente leçon donnée par M. *Vatelet* à tous les artiftes.

Figure, en phyfiologie ; article très-ingénieux, par M. d'*Abbés de Caberoles*.

Figure, en arithmétique & en algèbre, par M. *Mallet*.

Figure, en logique, en métaphyfique, & belles-lettres, par M. le chevalier de *Jaucour*, homme au-deffus des philofophes de l'antiquité, en ce qu'il a préféré la retraite, la vraie philofophie, le travail infatigable, à tous les avantages que pouvait lui procurer fa naiffance, dans un pays où l'on préfère cet avantage à tout le refte, excepté à l'argent.

Figure, ou forme de la terre.

Comment, *Platon*, *Ariftote*, *Eratofthènes*, *Poffidonius*, & tous les géomètres de l'Afie, de l'Egypte, & de la Grèce, ayant reconnu la fphéricité de notre globe, arriva-t-il que nous crûmes fi long-temps la terre plus longue que large d'un tiers, & que de-là nous vinrent les degrés de longitude & de latitude ; dénomination qui attefte continuellement notre ancienne ignorance ?

Le jufte refpect pour la Bible, qui nous enfeigne tant de vérités plus néceffaires & plus fublimes, fut la caufe de cette erreur univerfelle parmi nous.

On avait trouvé dans le pfeaume CIII, que Dieu a étendu le ciel fur la terre comme une peau ; & de ce qu'une peau a d'ordinaire plus de longueur que de largeur, on en avait conclu autant pour la terre.

St *Athanafe* s'exprime avec autant de chaleur contre les bons aftronomes que contre les partifans d'*Arius* &

d'*Eufébe. Fermons*, dit-il, *la bouche à ces barbares, qui parlant fans preuve, ofent avancer que le ciel s'étend auffi fous la terre.* Les pères regardaient la terre comme un grand vaiffeau entouré d'eau ; la proue était à l'Orient, & la poupe à l'Occident.

On voit encore dans *Cofmas*, moine du quatrième fiècle, une efpèce de carte géographique où la terre a cette figure.

Tortato, évêque d'Avila, fur la fin du quinzième fiècle, déclare dans fon commentaire fur la Genèfe, que la foi chrétienne eft ébranlée, pour peu qu'on croie la terre ronde.

Colombo, Vefpuce, & *Magellan*, ne craignirent point l'excommunication de ce favant évêque ; & la terre reprit fa rondeur malgré lui.

Alors on courut d'une extrémité à l'autre ; la terre paffa pour une fphère parfaite. Mais l'erreur de la fphère parfaite était une méprife des philofophes, & l'erreur d'une terre plate & longue était une fottife d'idiots.

Dès qu'on commença à bien favoir que notre globe tourne fur lui-même en vingt-quatre heures, on aurait pu juger de cela feul, qu'une forme véritablement ronde ne faurait lui appartenir. Non-feulement la force centrifuge élève confidérablement les eaux dans la région de l'équateur, par le mouvement de la rotation en vingt-quatre heures ; mais elles y font encore élevées d'environ vingt-cinq pieds, deux fois par jour par les marées ; il ferait donc impoffible que les terres vers l'équateur ne fuffent perpétuellement inondées ; or elles ne le font pas ; donc la région de l'équateur eft beaucoup plus élevée à proportion que le refte de la terre ; donc la terre eft un fphéroïde élevé à l'équateur, & ne peut être une fphère parfaite. Cette preuve fi fimple avait échappé aux plus grands génies, parce qu'un préjugé univerfel permet rarement l'examen.

On fait qu'en 1672, *Richer* dans un voyage à la Cayenne près de la ligne, entrepris par l'ordre de *Louis XIV* fous les aufpices de *Colbert*, le père de tous les arts ; *Richer*, dis-je, parmi beaucoup d'obfervations trouva que le pendule de fon horloge ne fefait plus fes ofcillations, fes vibrations auffi fréquentes que dans la latitude de Paris, & qu'il fallait abfolument raccourcir le pendule d'une ligne & de plus d'un quart. La phyfique & la géométrie n'étaient pas alors à beaucoup près fi cultivées qu'elles le font aujourd'hui ; quel homme eût pu croire que de cette remarque fi petite en apparence, & que d'une ligne de plus ou de moins puffent fortir les plus grandes vérités phyfiques ? On trouva d'abord qu'il fallait néceffairement que la pefanteur fût moindre fous l'équateur dans notre latitude, puifque la feule pefanteur fait l'ofcillation d'un pendule. Par conféquent, puifque la pefanteur des corps eft d'autant moins forte que ces corps font plus éloignés du centre de la terre, il fallait abfolument que la région de l'équateur fût beaucoup plus élevée que la nôtre, plus éloignée du centre ; ainfi la terre ne pouvait être une vraie fphère.

Beaucoup de philofophes firent, à propos de ces découvertes, ce que font tous les hommes quand il faut changer fon opinion ; on difputa fur l'expérience de *Richer;* on prétendit que nos pendules ne fefaient leurs vibrations moins promptes vers l'équateur, que parce que la chaleur alongeait ce métal; mais on vit que la chaleur du plus brûlant été l'alonge d'une ligne fur trente pieds de longueur; & il s'agiffait ici d'une ligne & un quart, d'une ligne & demie, ou même de deux lignes, fur une verge de fer longue de trois pieds huit lignes.

Quelques années après, MM. *Varin, Deshayes, Feuillée, Couplet,* répétèrent vers l'équateur la même expérience du pendule; il le fallut toujours raccourcir, quoique la chaleur fût très-fouvent moins grande fous la ligne même qu'à quinze ou vingt degrés de l'équateur. Cette expérience a été confirmée de nouveau par les académiciens que *Louis XV* a envoyés au Pérou, qui ont été obligés vers Quitto, fur des montagnes où il gelait, de raccourcir le pendule à fecondes d'environ deux lignes. (*a*)

A-peu-près au même temps, les académiciens, qui ont été mefurer un arc du méridien au nord, ont trouvé qu'à Pello, par-delà le cercle polaire, il faut alonger le pendule pour avoir les mêmes ofcillations qu'à Paris; par conféquent la pefanteur eft plus grande au cercle polaire que dans les climats de la France, comme elle eft plus grande dans nos climats que vers l'équateur. Si la pefanteur eft plus grande au Nord, le Nord eft donc plus près du centre de la terre que l'équateur; la terre eft donc applatie vers les pôles.

Jamais l'expérience & le raifonnement ne concoururent avec tant d'accord à prouver une vérité. Le

(*a*) Ceci était écrit en 1736.

célébre *Huyghens*, par le calcul des forces centrifuges, avait prouvé que la diminution dans la pefanteur qui en réfulte pour une fphère, n'était pas affez grande pour expliquer les phénomènes ; & que par conféquent la terre devait être un fphéroïde applati aux pôles. *Newton*, par les principes de l'attraction, avait trouvé les mêmes rapports à peu de chofe près : il faut feulement obferver qu'*Huyghens* croyait que cette force inhérente aux corps qui les détermine vres le centre du globe, cette gravité primitive eft par-tout la même. Il n'avait pas encore vu les découvertes de *Newton* ; il ne confidérait donc la diminution de la pefanteur que par la théorie des forces centrifuges. L'effet des forces centrifuges diminue la gravité primitive fous l'équateur. Plus les cercles dans lefquels cette force centrifuge s'exerce deviennent petits, plus cette force cède à celle de la gravité ; ainfi, fous le pôle même, la force centrifuge, qui eft nulle, doit laiffer à la gravité primitive toute fon action. Mais ce principe d'une gravité toujours égale tombe en ruine par la découverte que *Newton* a faite, & dont nous avons tant parlé ailleurs, qu'un corps tranfporté, par exemple, à dix diamètres du centre de la terre, pèfe cent fois moins qu'à un diamètre.

C'eft donc par les lois de la gravitation, combinées avec celles de la force centrifuge, qu'on fait voir véritablement quelle figure la terre doit avoir. *Newton* & *Grégori* ont été fi furs de cette théorie, qu'ils n'ont pas héfité d'avancer que les expériences fur la pefanteur étaient plus fures pour faire connaître la figure de la terre, qu'aucune mefure géographique.

Louis XIV avait fignalé fon règne par cette méridienne, qui traverfe la France ; l'illuftre *Dominique*

S 4

Caffini l'avait commencée avec fon fils; il avait, en 1701, tiré du pied des Pyrénées à l'obfervatoire une ligne auffi droite qu'on le pouvait, à travers les obf-tacles prefque infurmontables que les hauteurs des montagnes, les changemens de la réfraction dans l'air, & les altérations des inftrumens oppofaient fans ceffe à cette vafte & délicate entreprife; il avait donc en 1701 mefuré fix degrés dix-huit minutes de cette méridienne. Mais de quelque endroit que vînt l'er-reur, il avait trouvé les degrés vers Paris, c'eft-à-dire vers le Nord, plus petits que ceux qui allaient aux Pyrénées vers le Midi; cette mefure démentait & celle de *Norvood*, & la nouvelle théorie de la terre applatie aux pôles. Cependant cette nouvelle théorie commençait à être tellement reçue, que le fecrétaire de l'académie n'héfita point, dans fon hiftoire de 1701, à dire que les mefures nouvelles prifes en France, prouvaient que la terre eft un fphéroïde dont les pôles font applatis. Les mefures de *Dominique Caffini* entraînaient à la vérité une conclufion toute contraire; mais comme la figure de la terre ne fefait pas encore en France une queftion, perfonne ne releva pour lors cette conclufion fauffe. Les degrés du méridien de Collioure à Paris pafférent pour exactement mefurés; & le pôle, qui par ces me-fures devait néceffairement être alongé, paffa pour applati.

Un ingénieur nommé M. *des Roubais*, étonné de la conclufion, démontra que par les mefures prifes en France, la terre devait être un fphéroïde oblong, dont le méridien qui va d'un pôle à l'autre, eft plus long que l'équateur, & dont les pôles font alongés.

(*b*) Mais de tous les phyficiens à qui il adreffa fa differtation, aucun ne voulut la faire imprimer, parce qu'il femblait que l'académie eût prononcé, & qu'il paraiffait trop hardi à un particulier de réclamer. Quelque temps après, l'erreur de 1701 fut reconnue; on fe dédit, & la terre fut alongée, par une jufte conclufion tirée d'un faux principe. La méridienne fut continuée fur ce principe de Paris à Dunkerque; on trouva toujours les degrés du méridien plus petits en allant vers le Nord. On fe trompa toujours fur la figure de la terre comme on s'était trompé fur la nature de la lumière. Environ ce temps-là, des mathématiciens qui fefaient les mêmes opérations à la Chine, furent étonnés de voir de la différence entre leurs degrés, qu'ils penfaient devoir être égaux, & de les trouver, après plufieurs vérifications, plus petits vers le Nord que vers le Midi. C'était encore une puiffante raifon pour croire le fphéroïde oblong, que cet accord des mathématiciens de France & de ceux de la Chine. On fit plus encore en France, on mefura des parallèles à l'équateur. Il eft aifé de comprendre que fur un fphéroïde oblong, nos degrés de longitude doivent être plus petits que fur une fphère. M. de *Caffini* trouva le parallèle qui paffe par Saint-Malo, plus court de mille trente-fept toifes, qu'il n'aurait dû être dans l'hypothèfe d'une terre fphérique. Ce degré était donc incomparablement plus court qu'il n'eût été fur un fphéroïde à pôles alongés.

Toutes ces fauffes mefures prouvèrent qu'on avait trouvé les dégrés comme on avait voulu les trouver :

(*b*) Son mémoire eft dans le Journal littéraire.

elles renverfèrent pour un temps en France la démonftration de *Newton* & d'*Huyghens*; & on ne douta pas
que les pôles ne fuffent d'une figure toute oppofée à
celle dont on les avait crus d'abord : on ne favait où
l'on en était.

Enfin les nouveaux académiciens qui allèrent au
cercle polaire en 1736, ayant vu par d'autres
mefures, que le degré était dans ces climats plus
long qu'en France, on douta entre eux & meffieurs
Caffini. Mais bientôt après on ne douta plus ; car les
mêmes aftronomes qui revenaient du pôle, exami-
nèrent encore ce degré mefuré en 1677 par *Picard*
au nord de Paris ; ils vérifièrent que ce degré eft de
cent vingt-trois toifes plus long que *Picard* ne l'avait
déterminé. Si donc *Picard*, avec fes précautions, avait
fait fon degré de cent vingt-trois toifes trop court, il
était fort vraifemblable qu'on eût enfuite trouvé les
degrés vers le Midi plus longs qu'ils ne devaient être.
Ainfi la première erreur de *Picard*, qui fervait de
fondement aux mefures de la méridienne, fervait auffi
d'excufe aux erreurs prefque inévitables que de très-
bons aftronomes avaient pu commettre dans ces
opérations.

Malheureufement d'autres mefureurs trouvèrent au
cap de Bonne-Efpérance, que les degrés du méridien
ne s'accordaient pas avec les nôtres. D'autres mefures
prifes en Italie contredirent auffi nos mefures françaifes. Elles étaient toutes démenties par celles de la
Chine. On fe remit donc à douter, & on foupçonna
très-raifonnablement, à mon avis, que la terre était
boffelée.

Pour les Anglais, quoiqu'ils aiment à voyager, ils s'épargnèrent cette fatigue, & s'en tinrent à leur théorie.

La différence d'un axe à l'autre, n'eft guère que de cinq de nos lieues ; différence immenfe pour ceux qui prennent parti, mais infenfible pour ceux qui ne confidèrent les mefures du globe que par les ufages utiles qui en réfultent. Un géographe ne pourrait guère dans une carte faire apercevoir cette différence, ni aucun pilote favoir s'il fait route fur un fphéroïde ou fur une fphère.

Cependant on ofa avancer que la vie des naviga-teurs dépendait de cette queftion. O charlatanifme ! entrerez-vous jufque dans les degrés du méridien ?

Figuré, exprimé en figure.

ON dit un *ballet figuré*, qui repréfente ou qu'on croit repréfenter une action, une paffion, une faifon, ou qui fimplement forme des figures par l'arrangement des danfeurs deux à deux, quatre à quatre : *copie figurée*, parce qu'elle exprime précifément l'ordre & la difpofition de l'original : *vérité figurée* par une fable, par une parabole : l'*Eglife figurée* par la jeune époufe du Cantique des cantiques : l'*ancienne Rome figurée* par Babylone : *ftyle figuré* par les expreffions métapho-riques qui figurent les chofes dont on parle, & qui les défigurent quand les métaphores ne font pas juftes.

L'imagination ardente, la paffion, le défir, fouvent trompés, produifent le ftyle figuré. Nous ne l'admettons point dans l'hiftoire, car trop de métaphores nuifent à la clarté ; elles nuisent même à la vérité, en disant plus ou moins que la chose même.

Des ouvrages didactiques réprouvent ce style. Il est bien moins à sa place dans un sermon que dans une oraison funèbre, parce que le sermon est une instruction dans laquelle on annonce la vérité ; l'oraison funèbre, une déclamation dans laquelle on exagère.

La poësie d'enthousiasme, comme l'épopée, l'ode, est le genre qui reçoit le plus ce style. On le prodigue moins dans la tragédie où le dialogue doit être aussi naturel qu'élevé ; encore moins dans la comédie, dont le style doit être plus simple.

C'est le goût qui fixe les bornes qu'on doit donner au style figuré dans chaque genre. *Balthazar Gratian* dit *que les pensées partent des vastes côtes de la mémoire, s'embarquent sur la mer de l'imagination, arrivent au port de l'esprit, pour être enregistrées à la douane de l'entendement.* C'est précisément le style d'*Arlequin*. Il dit à son maître : *La balle de vos commandemens a rebondi sur la raquette de mon obéissance.* Avouons que c'est-là souvent ce style oriental qu'on tâche d'admirer.

Un autre défaut du style figuré est l'entassement des figures incohérentes. Un poëte en parlant de quelques philosophes, les a appelés :

(c) D'ambitieux pygmées,
Qui sur leurs pieds vainement redressés,
Et sur des monts d'argumens entassés,
De jour en jour superbes Encélades,
Vont redoublant leurs folles escalades.

(c) Vers d'une épître de *Jean-Baptiste Rousseau* à *Louis Racine*, fils de *Jean Racine.*

Quand on écrit contre les philofophes, il faudrait mieux écrire. Comment des pygmées ambitieux, redreffés fur leurs pieds fur des montagnes d'argumens, continuent-ils des efcalades? Quelle image fauffe & ridicule! quelle platitude recherchée!

Dans une allégorie du même auteur, intitulée *la liturgie de Cythère*, vous trouvez ces vers-ci :

> De toutes parts, autour de l'inconnue,
> Ils vont tomber comme grêle menue,
> Moiffons de cœurs fur la terre jonchés,
> Et des dieux même à fon char attachés.
> De par Vénus nous verrons cette affaire.
> Si s'en retourne aux cieux dans fon férail,
> En ruminant comment il pourra faire
> Pour ramener la brebis au bercail.

Des moiffons de cœurs jonchés fur la terre comme de la grêle menue; & parmi ces cœurs palpitans à terre des dieux attachés au char de l'inconnue; l'amour qui va de par Vénus ruminer dans fon férail au ciel, comment il pourra faire pour ramener au bercail cette brebis entourée de cœurs jonchés ! Tout cela forme une figure fi fauffe, fi puérile à la fois & fi groffière, fi incohérente, fi dégoûtante, fi extravagante, fi platement exprimée, qu'on eft étonné qu'un homme qui fefait bien des vers dans un autre genre, & qui avait du goût, ait pu écrire quelque chofe de fi mauvais.

On eft encore plus furpris que ce ftyle appelé *marotique* ait eu pendant quelque temps des appro-bateurs. Mais on ceffe d'être furpris quand on lit les épîtres en vers de cet auteur; elles font prefque toutes hériffées de ces figures peu naturelles , & contraires les unes aux autres.

Il y a une épître à *Marot* qui commence ainfi :

> Ami Marot, honneur de mon pupitre,
> Mon premier maître , acceptez cette épître
> Que vous écrit un humble nourriffon
> Qui fur Parnaffe a pris votre écuffon,
> Et qui jadis en maint genre d'efcrime
> Vint chez vous feul étudier la rime.

Boileau avait dit dans fon épître à *Molière* :

> Dans les combats d'efprit favant maître d'efcrime.

Du moins la figure était jufte. On s'efcrime dans un combat ; mais on n'étudie point la rime en s'efcrimant. On n'eft point l'honneur du pupitre d'un homme qui s'efcrime. On ne prend point fur le Parnaffe un écuffon pour rimer à nourriffon. Tout cela eft incompatible, tout cela jure.

Une figure beaucoup plus vicieufe eft celle-ci :

> Au demeurant affez haut de ftature,
> Large de croupe, épais de fourniture,
> Flanqué de chair, gabionné de lard,
> Tel en un mot que la nature & l'art,
> En maçonnant les remparts de fon ame,
> Songèrent plus au fourreau qu'à la lame.

La nature & l'art qui maçonnent les remparts d'une ame, ces remparts maçonnés qui fe trouvent être une fourniture de chair & un gabion de lard , font affurément le comble de l'impertinence. Le plus vil faquin travaillant pour

là foire Saint-Germain aurait fait des vers plus raifon-
nables. Mais quand ceux qui font un peu au fait fe
fouviennent que ce ramas de fottifes fut écrit contre
un des premiers hommes de la France par fa naiffance,
par fes places & par fon génie, qui avait été le protec-
teur de ce rimeur, qui l'avait fecouru de fon crédit
& de fon argent, & qui avait beaucoup plus d'efprit,
d'éloquence, & de fcience, que fon détraƈteur, alors
on eft faifi d'indignation contre le miférable arrangeur
de vieux mots impropres rimés richement; & en
louant ce qu'il a de bon, l'on détefte cet horrible
abus du talent.

Voici une figure du même auteur non moins fauffe
& non moins compofée d'images qui fe détruifent
l'une l'autre.

> Incontinent vous l'allez voir s'enfler
> De tout le vent que peut faire fouffler,
> Dans les fourneaux d'une tête échauffée,
> Fatuité fur fottife greffée.

Le leƈteur fent affez que la fatuité, devenue un
arbre greffé fur l'arbre de la fottife, ne peut être un
foufflet, & que la tête ne peut être un fourneau.
Toutes ces contorfions d'un homme qui s'écarte ainfi
du naturel, ne reffemblent pas affurément à la marche
décente, aifée, & mefurée, de *Boileau*. Ce n'eft pas là
l'art poëtique.

Y a-t-il un amas de figures plus incohérentes,
plus difparates, que cet autre paffage du même poëte :

> Oui, tout auteur qui veut, fans perdre haleine,
> Boire à longs traits aux fources d'Hippocrène,

Doit s'impofer l'indifpenfable loi
De s'éprouver, de defcendre chez foi,
Et d'y chercher ces femences de flamme
Dont le vrai feul doit embrafer notre ame ;
Sans quoi jamais le plus fier écrivain
Ne put prétendre à cet effor divin.

Quoi ! pour boire à longs traits il faut defcendre dans foi, & y chercher des femences de feu dont le vrai embrafe, fans quoi le plus fier écrivain n'atteindra point à un effor ? Quel monftrueux affemblage ! quel inconcevable galimatias !

On peut dans une allégorie ne point employer les figures, les métaphores, dire avec fimplicité ce qu'on a inventé avec imagination. *Platon* a plus d'allégories encore que de figures ; il les exprime fouvent avec élégance & fans fafte.

Prefque toutes les maximes des anciens Orientaux & des Grecs font dans un ftyle figuré. Toutes ces fentences font des métaphores, de courtes allégories, & c'eft-là que le ftyle figuré fait un très-grand effet, en ébranlant l'imagination & en fe gravant dans la mémoire.

Nous avons vu que *Pythagore* dit, *dans la tempête adorez l'écho*, pour fignifier *dans les troubles civils retirez-vous à la campagne. N'attifez pas le feu avec l'épée*, pour dire, *n'irritez pas les efprits échauffés*.

Il y a dans toutes les langues beaucoup de proverbes communs qui font dans le ftyle figuré.

Figure

Figure, en théologie.

IL eſt très-certain, & les hommes les plus pieux
en conviennent, que les figures & les allégories ont
été pouſſées trop loin. On ne peut nier que le morceau
de drap rouge mis par la courtiſanne *Rahab* à ſa fenêtre
pour avertir les eſpions de *Joſué*, regardé par quelques pères de l'Egliſe comme une figure du ſang de
JESUS-CHRIST, ne ſoit un abus de l'eſprit qui veut
trouver du myſtère à tout.

On ne peut nier que *Sᵗ Ambroiſe*, dans ſon livre de
Noé & de l'*Arche*, n'ait fait un très-mauvais uſage de
ſon goût pour l'allégorie, en diſant que la petite porte
de l'arche était une figure de notre derrière, par lequel
ſortent les excrémens.

Tous les gens ſenſés ont demandé comment on
peut prouver que ces mots hébreux *maher-ſalal-has-bas*,
prenez vîte les dépoüilles, font une figure de JESUS-
CHRIST. Comment *Moïſe* étendant les mains pendant
la bataille contre les Madianites, peut-il être la figure
de JESUS-CHRIST? comment *Juda* qui lie ſon ânon
à la vigne, & qui lave ſon manteau dans le vin,
eſt-il auſſi une figure? comment *Ruth* ſe gliſſant dans
le lit de *Booz*, peut-elle figurer l'Egliſe? comment *Sara*
& *Rachel* font-elles l'Egliſe, & *Agar* & *Lia* la ſyna-
gogue? comment les baiſers de la Sunamite ſur la
bouche figurent-ils le mariage de l'Egliſe?

On ferait un volume de toutes ces énigmes, qui
ont paru aux meilleurs théologiens des derniers temps
plus recherchées qu'édifiantes.

Le danger de cet abus eſt parfaitement reconnu
par l'abbé *Fleuri*, auteur de l'Hiſtoire eccléſiaſtique.

Dictionn. philoſoph. Tome IV.   T

C'eſt un reſte de rabbiniſme, un défaut dans lequel le ſavant St *Jérôme* n'eſt jamais tombé; cela reſſemble à l'explication des ſonges, à l'*oneiromancie*. Qu'une fille voie de l'eau bourbeuſe en rêvant, elle ſera mal mariée; qu'elle voie de l'eau claire, elle aura un bon mari. Une araignée ſignifie *de l'argent* &c.

Enfin, la poſtérité éclairée pourra-t-elle le croire? On a fait pendant plus de quatre mille ans une étude ſérieuſe de l'intelligence des ſonges.

Figures ſymboliques.

TOUTES les nations s'en ſont ſervi, comme nous l'avons dit à l'article *Emblème*; mais qui a commencé? ſont-ce les Egyptiens? il n'y a pas d'apparence. Nous croyons avoir prouvé plus d'une fois que l'Egypte eſt un pays tout nouveau, & qu'il a fallu pluſieurs ſiècles pour préſerver la contrée des inondations & pour la rendre habitable. Il eſt impoſſible que les Egyptiens aient inventé les ſignes du zodiaque, puiſque les figures qui déſignent les temps de nos ſemailles & de nos moiſſons, ne peuvent convenir aux leurs. Quand nous coupons nos blés, leur terre eſt couverte d'eau; quand nous ſemons, ils voient approcher le temps de recueillir. Ainſi le bœuf de notre zodiaque, & la fille qui porte des épis, ne peuvent venir d'Egypte. (*)

C'eſt une preuve évidente de la fauſſeté de ce paradoxe nouveau que les Chinois ſont une colonie égyptienne. Les caractères ne ſont point les mêmes, les Chinois marquent la route du ſoleil par vingt-huit conſtellations; & les Egyptiens, d'après les Chaldéens, en comptaient douze ainſi que nous.

(*) Voyez la *Philoſophie de l'hiſtoire. Eſſai ſur les mœurs &c.* tome I.

Les figures qui défignent les planètes, font à la Chine & aux Indes toutes différentes de celles d'Egypte & de l'Europe; les fignes des métaux différens, la manière de conduire la main en écrivant non moins différente. Donc rien ne paraît plus chimérique que d'avoir envoyé les Egyptiens peupler la Chine.

Toutes ces fondations fabuleufes faites dans les temps fabuleux, ont fait perdre un temps irréparable à une multitude prodigieufe de favans, qui fe font tous égarés dans leurs laborieufes recherches, & qui auraient pu être utiles au genre-humain dans des arts véritables.

Pluche, dans fon hiftoire, ou plutôt dans fa Fable du ciel, nous certifie que *Cham* fils de *Noé* alla régner en Egypte où il n'y avait perfonne; que fon fils *Menès* fut le plus grand des légiflateurs, que *Thot* était fon premier miniftre.

Selon lui & felon fes garans, ce *Thot* ou un autre inftitua des fêtes en l'honneur du déluge, & les cris de joie *Io bacché*, fi fameux chez les Grecs, étaient des lamentations chez les Egyptiens. *Bacché* venait de l'hébreu *Beke* qui fignifie *fanglots*, & cela dans un temps où le peuple hébreu n'exiftait pas. Par cette explication, joie veut dire *trifteffe*, & chanter fignifie *pleurer*.

Les Iroquois font plus fenfés, ils ne s'informent point de ce qui fe paffa fur le lac Ontario il y a quelques milliers d'années; ils vont à la chaffe au lieu de faire des fyftèmes.

Les mêmes auteurs affurent que les fphynx dont l'Egypte était ornée, fignifiaient la *furabondance*, parce que des interprètes ont prétendu qu'un mot hébreu

T 2

ſpang voulait dire *un excès;* comme ſi la langue hébraïque, qui eſt en grande partie dérivée de la phénicienne, avait ſervi de leçon à l'Egypte; & quel rapport d'un ſphynx à une abondance d'eau? Les ſcoliaſtes futurs ſoutiendront un jour avec plus de vraiſemblance, que nos maſcarons qui ornent la clef des cintres de nos fenêtres, ſont des emblèmes de nos maſcarades; & que ces fantaiſies annonçaient qu'on donnait le bal dans toutes les maiſons décorées de maſcarons.

Figure *ſens, figuré, allégorique, myſtique, tropologique, typique &c.*

C'EST ſouvent l'art de voir dans les livres tout autre choſe que ce qui s'y trouve. Par exemple, que *Romulus* faſſe périr ſon frère *Rémus,* cela ſignifiera la mort du duc de *Berri* frère de *Louis XI. Régulus* priſonnier à Carthage, ce ſera *ſaint Louis* captif à la Maſſoure.

On remarque très-juſtement dans le grand Dictionnaire encyclopédique, que pluſieurs pères de l'Egliſe ont pouſſé peut-être un peu trop loin ce goût des figures allégoriques; ils ſont reſpectables juſque dans leurs écarts.

Si les ſaints pères ont quelquefois abuſé de cette méthode, on pardonne à ces petits excès d'imagination en faveur de léur ſaint zèle.

Ce qui peut les juſtifier encore, c'eſt l'antiquité de cet uſage, que nous avons vu pratiqué par les premiers philoſophes. Il eſt vrai que les figures ſymboliques employées par les pères ſont dans un goût différent.

Par exemple, lorſque *S*ᵗ *Auguſtin* veut trouver les quarante-deux générations de la généalogie de JESUS, annoncées par *S*ᵗ *Matthieu* qui n'en rapporte que quarante & une, *Auguſtin* dit (*d*) qu'il faut compter deux fois *Jéconias*, parce que *Jéconias* eſt la *pierre angulaire* qui appartient à deux murailles; que ces deux murailles figurent l'ancienne loi & la nouvelle, & que *Jéconias* étant ainſi *pierre angulaire*, figure JESUS-CHRIST qui eſt la *vraie pierre angulaire.*

Le même ſaint, dans le même ſermon, dit (*e*) que le nombre de quarante doit dominer, & il abandonne *Jéconias* & ſa pierre angulaire comptée pour deux générations. Le nombre de quarante, dit-il, ſignifie la vie; car dix ſont la parfaite béatitude, étant multipliés par quatre, qui figurent le temps en comptant les quatre ſaiſons.

Dans le même ſermon encore, il explique pourquoi *S*ᵗ *Luc* donne ſoixante & dix-ſept ancêtres à JESUS-CHRIST, cinquante-ſix juſqu'au patriarche *Abraham*, & vingt & un d'*Abraham* à DIÈU même. Il eſt vrai que ſelon le texte hébreu il n'y en aurait que ſoixante & ſeize, car la bible hébraïque ne compte point un *Caïnan* qui eſt interpolé dans la Bible grecque appelée *des Septante.*

Voici ce que dit *S*ᵗ *Auguſtin.*

„ Le nombre de ſoixante & dix-ſept figure l'aboli-
„ tion de tous les péchés par le baptême........ le
„ nombre dix ſignifie juſtice & béatitude réſultante
„ de la créature, qui eſt ſept avec la Trinité qui fait
„ trois. C'eſt par cette raiſon que les commandemens

(*d*) Sermon XLI, article IX.   (*e*) Article XXII.

,, de D i e u font au nombre de dix. Le nombre onze
,, fignifie le péché, parce qu'il tranfgreffe dix.......
,, Ce nombre de foixante & dix-fept eft le produit
,, de onze figures du péché multiplié par fept & non
,, par dix; car le nombre fept eft le fymbole de la
,, créature. Trois repréfentent l'ame qui eft quelque
,, image de la Divinité, & quatre repréfentent le corps
,, à caufe de fes quatre qualités &c. ,, (*f*)

On voit dans ces explications un refte des myftères
de la cabale & du quaternaire de *Pythagore.* Ce goût
fut très-long-temps en vogue.

St Auguftin va plus loin fur les dimenfions de la
matière. (*g*) La largeur, c'eft la dilatation du cœur
qui opère les bonnes œuvres; la longueur, c'eft la
perfévérance; la hauteur, c'eft l'efpoir des récompenfes. Il pouffe très-loin cette allégorie; il l'applique
à la croix, & en tire de grandes conféquences.

L'ufage de ces figures avait paffé des Juifs aux
chrétiens, long-temps avant *faint Auguftin.* Ce n'eft
pas à nous de favoir dans quelles bornes on devait
s'arrêter.

Les exemples de ce défaut font innombrables.
Quiconque a fait de bonnes études ne hafardera de
telles figures ni dans la chaire ni dans l'école. Il n'y
en a point d'exemple chez les Romains & chez les
Grecs, pas même dans les poëtes.

On trouve feulement dans les Métamorphofes
d'*Ovide* des inductions ingénieufes tirées des fables
qu'on donne pour fables.

(*f*) Sermon XLI, article XXIII.   (*g*) Sermon LIII, art. XIV.

Pyrrha & *Deucalion* ont jeté des pierres entre leurs jambes par derrière, des hommes en font nés. *Ovide* dit :

Inde genus durum fumus experienfque laborum,
Et documenta damus quâ fimus origine nati.
Formés par des cailloux, foit fable ou vérité,
Hélas! le cœur de l'homme en a la dureté.

Apollon aime *Daphné*, & *Daphné* n'aime point *Apollon;* c'eft que l'*Amour* a deux efpèces de flèches, les unes d'or & perçantes, les autres de plomb & écachées.

Apollon a reçu dans le cœur une flèche d'or, *Daphné* une de plomb.

Ecce fagittiferâ promfit duo tela pharetrâ
Diverforum operum; fugat hoc, facit illud amorem.
Quod facit auratum eft, & Cufpide fulget acutâ :
Quod fugat obtufum eft, & habet fub arundine plumbum &c.
Fatal Amour, tes traits font différens ;
Les uns font d'or, ils font doux & perçans ;
Ils font qu'on aime ; & d'autres au contraire
Sont d'un vil plomb qui rend froid & févère.
O Dieu d'amour, en qui j'ai tant de foi,
Prends tes traits d'or pour Aminte & pour moi.

Toutes ces figures font ingénieufes & ne trompent perfonne. Quand on dit que *Vénus*, la déeffe de la beauté, ne doit point marcher fans les Grâces, on dit une vérité charmante. Ces fables qui étaient dans la bouche de tout le monde, ces allégories fi naturelles avaient tant d'empire fur les efprits, que peut-être les premiers chrétiens voulurent les combattre en les imitant. Ils ramaffèrent les armes de la mythologie pour la détruire; mais ils ne purent s'en servir avec la même adreffe; ils ne fongèrent pas que l'auftérité fainte de notre religion ne leur permettait pas d'employer ces reffources, & qu'une main chrétienne aurait mal joué fur la lyre d'*Apollon*.

Cependant, le goût de ces figures typiques & prophétiques était fi enraciné, qu'il n'y eut guère de prince, d'homme d'Etat, de pape, de fondateur d'ordre, auquel on n'appliquât des allégories, des allufions prifes de l'écriture fainte. La flatterie & la fatire puifèrent à l'envi dans la même fource.

On difait au pape *Innocent III : Innocens eris à maledictione*, quand il fit une croifade fanglante contre le comte de Touloufe.

Lorfque *François Martorillo* de Paule fonda les minimes, il fe trouva qu'il était prédit dans la Genèfe, *Minimus cum patre noftro*.

Le prédicateur qui prêcha devant *Jean d'Autriche* après la célèbre bataille de Lépante, prit pour fon texte : *Fuit homo miffus à Deo cui nomen erat Joannes;* & cette allufion était fort belle fi les autres étaient ridicules. On dit qu'on la répéta pour *Jean Sobieski* après la délivrance de Vienne, mais le prédicateur n'était qu'un plagiaire.

Enfin, ce fut un ufage fi conftant, qu'aucun prédicateur de nos jours n'a jamais manqué de prendre une allégorie pour fon texte. Une des plus heureufes eft le texte de l'oraifon funèbre du duc de *Candale*, prononcée devant fa fœur qui paffait pour un modèle de vertu : *Dic quia foror mea es, ut mihi bene eveniat propter te*. Dites que vous êtes ma fœur, afin que je fois bien traité à caufe de vous.

Il ne faut pas être furpris fi les cordeliers pouffèrent trop loin ces figures en faveur de St François d'Affife, dans le fameux & très-peu connu livre des *Conformités de St François d'Affife avec* JESUS-CHRIST. On y voit foixante & quatre prédictions de l'avénement de *faint François*, tant dans l'ancien Teftament que dans le nouveau ; & chaque prédiction contient trois figures qui fignifient la fondation des cordeliers. Ainfi ces pères fe trouvent prédits cent quatre-vingt-douze fois dans la Bible.

Depuis *Adam* jufqu'à St *Paul* tout a figuré le bien-heureux *François d'Affife*. Les Ecritures ont été données pour annoncer à l'univers les fermons de *François* aux quadrupèdes, aux poiffons, & aux oifeaux, fes ébats avec fa femme de neige, fes paffe-temps avec le diable, fes aventures avec frère *Elie* & frère *Pacifique*.

On a condamné ces pieufes rêveries qui allaient jufqu'au blafphème. Mais l'ordre de St *François* n'en a point pâti ; il a renoncé à ces extravagances trop communes dans les fiècles de barbarie. (*)

FIN DU MONDE.

LA plupart des philofophes grecs crurent le monde éternel dans fon principe, éternel dans fa durée. Mais pour cette petite partie du monde, ce globe de pierre, de boue, d'eau, de minéraux, & de vapeurs, que nous habitons, on ne favait qu'en penfer ; on le trouvait très-deftructible. On difait même qu'il avait été bouleverfé plus d'une fois, & qu'il le ferait encore.

(*) Voyez *Emblème*.

Chacun jugeait du monde entier par son pays, comme une commère juge de tous les hommes par son quartier.

Cette idée de la fin de notre petit monde & de son renouvellement, frappa surtout les peuples soumis à l'empire romain, dans l'horreur des guerres civiles de *César* & de *Pompée*. *Virgile*, dans ses Géorgiques, fait allusion à cette crainte généralement répandue dans le commun peuple.

> *Impiaque æternam timuerunt sæcula noctem.*
> L'univers étonné, que la terreur poursuit,
> Tremble de retomber dans l'éternelle nuit.

Lucain s'exprime bien plus positivement, quand il dit :

> *Hos, Cæsar, populos si nunc non usserit ignis,*
> *Uret cum terris, uret cum gurgite ponti.*
> *Communis mundo superest rogus.*
> Qu'importe du bûcher le triste & faux honneur ?
> Le feu consumera le ciel, la terre, & l'onde ;
> Tout deviendra bûcher ; la cendre attend le monde.

Ovide ne dit-il pas après *Lucrèce* ?

> *Esse quoque in fatis reminiscitur adfore tempus,*
> *Quo mare, quo tellus, correptaque regia cæli*
> *Ardeat, & mundi moles operosa laboret.*
> Ainsi l'ont ordonné les destins implacables ;
> L'air, la terre, & les mers, & les palais des dieux,
> Tout sera consumé d'un déluge de feux.

Consultez *Cicéron* lui-même, le sage *Cicéron*. Il vous dit dans son livre de la Nature des Dieux, (*a*) le

_____
(*a*) *De naturâ Deorum*, liv. II.

meilleur livre peut-être de toute l'antiquité, fi ce n'eft celui des devoirs de l'homme, appelé les *Offices ;* il dit : *Ex quo eventurum noftri putant id , de quo panetium addubitare dicebant, ut ad extremum omnis mundus ignefceret, quum , humore confumpto , neque terra ali poffet , neque remeare aer , cujus ortus, aquâ omni exhauftâ, effe non poffet ; ita relinqui nihil præter ignem, à quo rurfum animante ac* Deo *renovatio mundi fieret, atque idem ornatus oriretur.* ,, Suivant les ftoïciens , le monde ,, entier ne fera que du feu ; l'eau étant confumée, ,, plus d'aliment pour la terre ; l'air ne pourra plus ,, fe former, puifque c'eft de l'eau qu'il reçoit fon ,, être : ainfi le feu reftera feul. Ce feu étant Dieu, ,, & ranimant tout, renouvellera le monde, & lui ,, rendra fa première beauté. ,,

Cette phyfique des ftoïciens eft, comme toutes les anciennes phyfiques, affez abfurde. Mais elle prouve que l'attente d'un embrafement général était univerfelle.

Étonnez-vous encore davantage. Le grand *Newton* penfe comme *Cicéron.* Trompé par une fauffe expérience de *Bayle*, (*b*) il croit que l'humidité du globe fe deffèche à la longue, & qu'il faudra que Dieu lui prête une main réformatrice, *manum emendatricem.* Voilà donc les deux plus grands hommes de l'ancienne Rome, & de l'Angleterre moderne, qui penfent qu'un jour le feu l'emportera fur l'eau.

Cette idée d'un monde, qui devait périr & fe renouveler, était enracinée dans les cœurs des peuples de l'Afie mineure, de la Syrie, de l'Egypte, depuis les guerres civiles des fucceffeurs d'*Alexandre.* Celles des

(*b*) Queftion à la fin de fon *Optique.*

Romains augmentèrent la terreur des nations, qui en étaient les victimes. Elles attendaient la destruction de la terre; & on espérait une nouvelle terre dont on ne jouirait pas. Les Juifs, enclavés dans la Syrie, & d'ailleurs répandus par-tout, furent saisis de la crainte commune.

Aussi il ne paraît pas que les Juifs fussent étonnés, quand JESUS leur disait, selon St *Matthieu* & St *Luc* : (*c*) *Le ciel & la terre passeront.* Il leur disait souvent : *Le règne de* D I E U *approche.* Il prêchait l'évangile du règne.

St *Pierre* annonce (*d*) que l'Evangile a été prêché aux morts, & que la fin du monde approche. *Nous attendons*, dit-il, *de nouveaux cieux, & une nouvelle terre.*

St *Jean*, dans sa première épître, dit : (*e*) *Il y a dès-à-présent plusieurs antechrists, ce qui nous fait connaître que la dernière heure approche.*

St *Luc* prédit dans un bien plus grand détail la fin du monde, & le jugement dernier. Voici ses paroles. (*f*)

„ Il y aura des signes dans la lune & dans les
„ étoiles; des bruits de la mer & des flots; les hommes,
„ séchant de crainte, attendront ce qui doit arriver à
„ l'univers entier. Les vertus des cieux seront ébran-
„ lées. Et alors ils verront le fils de l'homme venant
„ dans une nuée, avec grande puissance & grande
„ majesté. En vérité, je vous dis que la génération

(*c.*) *Matth.* chap. XXIV. *Luc*, chap. XVI.
(*d*) I. Epître de *saint Pierre*, chap. IV.
(*e*) *Jean*, chap. II, v. 18.
(*f*) *Luc*, chap. XXI.

,, préfente ne paffera point que tout cela ne s'accom-
,, pliffe.

Nous ne diffimulons point que les incrédules nous
reprochent cette prédiction même. Ils veulent nous
faire rougir de ce que le monde exifte encore. La
génération paffa, difent-ils, & rien de tout cela ne
s'accomplit. *Luc* fait donc dire à notre Saúveur ce
qu'il n'a jamais dit, ou bien il faudrait conclure que
J E S U S-C H R I S T s'eft trompé lui-même; ce qui ferait
un blafphème. On ferme la bouche à ces impies, en
leur difant que cette prédiction qui paraît fi fauffe
felon la lettre, eft vraie felon l'efprit; que l'univers
entier fignifie la Judée, & que la fin de l'univers fignifie
l'empire de *Titus* & de fes fucceffeurs.

St Paul s'explique auffi fortement fur la fin du
monde dans fon épître à ceux de Theffalonique.
,, Nous qui vivons, & qui vous parlons, nous ferons
,, emportés dans les nuées, pour aller au-devant du
,, Seigneur au milieu de l'air. ,,

Selon ces paroles expreffes de J E S U S & de *St Paul*,
le monde entier devait finir fous *Tibère*, ou au plus
tard fous *Néron*. Cette prédiction de *Paul* ne s'accomplit pas plus que celle de *Luc*.

Ces prédictions allégoriques n'étaient pas fans
doute pour le temps où vivaient les évangéliftes, &
les apôtres. Elles étaient pour un temps à venir, que
D I E U cache à tous les hommes.

Tu ne quæfieris (fcire nefas) quem mihi, quem tibi
Finem dî dederint, Leuconoe; neu Babylonios
Tentaris numeros, ut meliùs, quidquid erit, pati.

Il demeure toujours certain que tous les peuples alors connus attendaient la fin du monde, une nouvelle terre, un nouveau ciel. Pendant plus de dix siècles on a vu une multitude de donations aux moines commençant par ces mots : *Adventante mundi vespero* &c. *La fin du monde étant prochaine, moi, pour le remède de mon ame, & pour n'être point rangé parmi les boucs* &c. *je donne telles terres à tel couvent.* La crainte força les sots à enrichir les habiles.

Les Egyptiens fixaient cette grande époque après trente-six mille cinq cents années révolues. On prétend qu'*Orphée* l'avait fixée à cent mille & vingt ans.

L'historien *Flavien Josephe* assure qu'*Adam* ayant prédit que le monde périrait deux fois, l'une par l'eau, & l'autre par le feu, les enfans de *Seth* voulurent avertir les hommes de ce désastre. Ils firent graver des observations astronomiques sur deux colonnes, l'une de briques pour résister au feu qui devait consumer le monde, & l'autre de pierres pour résister à l'eau qui devait le noyer. Mais que pouvaient penser les Romains, quand un esclave juif leur parlait d'un *Adam* & d'un *Seth* inconnus à l'univers entier ? ils riaient.

Josephe ajoute que la colonne de pierre se voyait encore, de son temps, dans la Syrie.

On peut conclure de tout ce que nous avons dit, que nous savons fort peu de choses du passé, que nous savons assez mal le présent, rien du tout de l'avenir ; & que nous devons nous en rapporter à DIEU, maître de ces trois temps, & de l'éternité.

F I N E S S E.

Des différentes significations de ce mot.

FINESSE ne signifie ni au propre, ni au figuré, *mince*, *léger*, *délié*, d'une contexture rare, faible, tenue; ce terme exprime quelque chose de délicat & de fini.

Un drap léger, une toile lâche, une dentelle faible, un galon mince, ne sont pas toujours fins.

Ce mot a du rapport avec *finir* : de-là viennent les finesses de l'art; ainsi on dit la finesse du pinceau de *Vanderwerff*, de *Mieris* : on dit un *cheval fin*, de l'or *fin*, un *diamant fin*. Le cheval fin est opposé au cheval grossier; le diamant fin au faux; l'or fin ou affiné à l'or mêlé d'alliage.

La finesse se dit communément des choses déliées, & de la légéreté de la main-d'œuvre. Quoiqu'on dise un cheval fin, on ne dit guère la finesse d'un cheval. On dit la finesse des cheveux, d'une dentelle, d'une étoffe. Quand on veut, par ce mot, exprimer le défaut ou le mauvais emploi de quelque chose, on ajoute l'adverbe *trop*. Ce fil s'est cassé, il était trop fin; cette étoffe est trop fine pour la saison.

La finesse, dans le sens figuré, s'applique à la conduite, aux discours, aux ouvrages d'esprit. Dans la conduite, finesse exprime toujours, comme dans les arts, quelque chose de délié; elle peut quelquefois subsister sans habileté : il est rare qu'elle ne soit pas mêlée d'un peu de fourberie; la politique l'admet, & la société la réprouve.

Le proverbe des *fineſſes couſues de fil blanc*, prouve que ce mot, au ſens figuré, vient du ſens propre de *couture fine*, *d'étoffe fine*.

La fineſſe n'eſt pas tout-à-fait la ſubtilité. On tend un piége avec finèſſe, on en échappe avec ſubtilité; on a une conduite fine, on joue un tour ſubtil. On inſpire la défiance, en employant toujours la fineſſe; on ſe trompe preſque toujours, en entendant fineſſe à tout.

La fineſſe dans les ouvrages d'eſprit, comme dans la converſation, conſiſte dans l'art de ne pas exprimer directement ſa penſée, mais de la laiſſer aiſément apercevoir; c'eſt une énigme dont les gens d'eſprit devinent tout d'un coup le mot.

Un chancelier offrant un jour ſa protection au parlement, le premier préſident ſe tournant vers ſa compagnie: *Meſſieurs*, dit-il, *remercions M. le chancelier; il nous donne plus que nous ne lui demandons;* c'eſt-là une réponſe très-fine.

La fineſſe dans la converſation, dans les écrits, diffère de la délicateſſe; la première s'étend également aux choſes piquantes & agréables, au blâme & à la louange même, aux choſes mêmes indécentes, couvertes d'un voile, à travers lequel on les voit ſans rougir.

On dit des choſes hardies avec fineſſe.

La délicateſſe exprime des ſentimens doux & agréables, des louanges fines; ainſi la fineſſe convient plus à l'épigramme, la délicateſſe au madrigal. Il entre de la délicateſſe dans les jalouſies des amans; il n'y entre point de fineſſe.

Les louanges que donnait *Deſpréaux* à *Louis XIV* ne ſont pas toujours également délicates; ſes ſatires ne ſont pas toujours aſſez fines.

Quand

Quand *Iphigénie*, dans *Racine*, a reçu l'ordre de son père de ne plus revoir *Achille*, elle s'écrie :

Dieux plus doux, vous n'aviez demandé que ma vie !

Le véritable caractère de ce vers eft plutôt la délicateffe que la fineffe.

FLATTERIE.

JE ne vois pas un monument de flatterie dans la haute antiquité, nulle flatterie dans *Héfiode* ni dans *Homére*. Leurs chants ne font point adreffés à un grec élevé en quelque dignité, ou à madame fa femme, comme chaque chant des Saifons de *Thomfon* eft dédié à quelque riche, & comme tant d'épîtres en vers oubliées, font dédiées en Angleterre à des hommes ou à des dames de confidération, avec un petit éloge & les armoiries du patron ou de la patrone à la tête de l'ouvrage.

Il n'y a point de flatterie dans *Démofthènes*. Cette façon de demander harmonieufement l'aumône, commence, fi je ne me trompe, à *Pindare*. On ne peut tendre la main plus emphatiquement.

Chez les Romains, il me femble que la grande flatterie date depuis *Augufte*. *Jules-Céfar* eut à peine le temps d'être flatté. Il ne nous refte aucune épître dédicatoire à *Sylla*, à *Marius*, à *Carbon*, ni à leurs femmes, ni à leurs maîtreffes. Je crois bien que l'on préfenta de mauvais vers à *Lucullus* & à *Pompée;* mais dieu merci nous ne les avons pas.

Dictionn. philofoph. Tome IV.　　　**V**

C'eſt un grand ſpectacle de voir *Cicéron*, l'égal de *Céſar* en dignité, parler devant lui en avocat pour un roi de la Bithynie & de la petite Arménie, nommé *Déjotar*, accuſé de lui avoir dreſſé des embûches, & même d'avoir voulu l'aſſaſſiner. *Cicéron* commence par avouer qu'il eſt interdit en ſa préſence. Il l'appelle le vainqueur du monde, *victorem orbis terrarum*. Il le flatte; mais cette adulation ne va pas encore juſqu'à la baſſeſſe; il lui reſte quelque pudeur.

C'eſt avec *Auguſte* qu'il n'y a plus de meſure. Le ſénat lui décerne l'apothéoſe de ſon vivant. Cette flatterie devient le tribut ordinaire payé aux empereurs ſuivans; ce n'eſt plus qu'un ſtyle. Perſonne ne peut plus être flatté, quand ce que l'adulation a de plus outré eſt devenu ce qu'il y a de plus commun.

Nous n'avons pas eu en Europe de grands monumens de flatterie juſqu'à *Louis XIV*; ſon père *Louis XIII* fut très-peu fêté; il n'eſt queſtion de lui que dans une ou deux odes de *Malherbe*. Il l'appelle à la vérité ſelon la coutume, *roi le plus grand des rois*, comme les poëtes eſpagnols le diſent au roi d'Eſpagne, & les poëtes anglais *Laureat* au roi d'Angleterre; mais la meilleure part des louanges eſt toujours pour le cardinal de *Richelieu*,

> Dont l'ame toute grande eſt une ame hardie,
> Qui pratique ſi bien l'art de nous ſecourir,
> Que pourvu qu'il ſoit cru, nous n'avons maladie
> 　　Qu'il ne ſache guérir. (*a*)

(*a*) Ode de *Malherbe*. Mais pourquoi *Richelieu* ne guériſſait-il pas *Malherbe* de la maladie de faire des vers ſi plats?

Pour *Louis XIV*, ce fut un déluge de flatteries. Il ne reffemblait pas à celui qu'on prétend avoir été étouffé fous les feuilles de rofes qu'on lui jetait. Il ne s'en porta que mieux.

La flatterie, quand elle a quelques prétextes plaufibles, peut n'être pas auffi pernicieufe qu'on le dit. Elle encourage quelquefois aux grandes chofes; mais l'excès eft vicieux comme celui de la fatire.

La Fontaine a dit, & prétend avoir dit après *Efope :*

On ne peut trop louer trois fortes de perfonnes,
Les Dieux, fa maîtreffe, & fon roi.
Efope le difait ; j'y foufcris quant à moi :
  Ce font maximes toujours bonnes.

Efope n'a rien dit de cela, & on ne voit point qu'il ait flatté aucun roi, ni aucune concubine. Il ne faut pas croire que les rois foient bien flattés de toutes les flatteries dont on les accable. La plupart ne viennent pas jufqu'à eux.

Une fottife fort ordinaire eft celle des orateurs qui fe fatiguent à louer un prince qui n'en faura jamais rien. Le comble de l'opprobre eft qu'*Ovide* ait loué *Augufte* en datant *de Ponto*.

Le comble du ridicule pourrait bien fe trouver dans les complimens que les prédicateurs adreffent aux rois quand ils ont le bonheur de jouer devant leurs majeftés. *Au révérend, révérend père Gaillard prédicateur du roi :* Ah! révérend père, ne prêches-tu que pour le roi? es-tu comme le finge de la foire qui ne fautait que pour lui?

F L E U R I.

FLEURI, qui eſt en fleur, arbre fleuri, roſier fleuri ;
on ne dit point des fleurs qu'elles fleuriſſent, on le dit
des plantes & des arbres. Teint fleuri, dont la carna-
tion ſemble un mélange de blanc & de couleur de
roſe. On a dit quelquefois, c'eſt un eſprit fleuri, pour
ſignifier un homme qui poſſède une littérature légère,
& dont l'imagination eſt riante.

Un diſcours fleuri eſt rempli de penſées plus agréables que fortes, d'images plus brillantes que ſublimes,
de termes plus recherchés qu'énergiques : cette métaphore eſt juſtement priſe des fleurs, qui ont de l'éclat
ſans ſolidité.

Le ſtyle fleuri ne meſſied pas dans ces harangues
publiques, qui ne ſont que des complimens ; les
beautés légères ſont à leur place, quand on n'a rien
de ſolide à dire ; mais le ſtyle fleuri doit être banni d'un
plaidoyer, d'un ſermon, de tout livre inſtructif.

En banniſſant le ſtyle fleuri, on ne doit pas rejeter
les images douces & riantes qui entreraient naturell-
lement dans le ſujet : quelques fleurs ne ſont pas
condamnables ; mais le ſtyle fleuri doit être proſcrit
dans un ſujet ſolide.

Ce ſtyle convient aux pièces de pur agrément, aux
idylles, aux églogues, aux deſcriptions des ſaiſons, des
jardins : il remplit avec grâce une ſtance de l'ode la
plus ſublime, pourvu qu'il ſoit relevé par des ſtances
d'une beauté plus mâle. Il convient peu à la comédie,
qui, étant l'image de la vie commune, doit être généralement dans le ſtyle de la converſation ordinaire.

Il eſt encore moins admis dans la tragédie, qui eſt l'empire des grandes paſſions & des grands intérêts ; & ſi quelquefois il eſt reçu dans le genre tragique & dans le comique , ce n'eſt que dans quelques deſcriptions où le cœur n'a point de part, & qui amuſent l'imagination avant que l'ame ſoit touchée ou occupée.

Le ſtyle fleuri nuirait à l'intérêt dans la tragédie, & affaiblirait le ridicule dans la comédie. Il eſt très à ſa place dans un opéra français, où d'ordinaire on effleure plus les paſſions qu'on ne les traite.

Le ſtyle fleuri ne doit pas être confondu avec le ſtyle doux.

> Ce fut dans ces jardins où , par mille détours,
> Inachus prend plaiſir à prolonger ſon cours ;
> Ce fut ſur ce charmant rivage,
> Que ſa fille volage
> Me promit de m'aimer toujours.
> Le zéphyr fut témoin, l'onde fut attentive,
> Quand la nymphe jura de ne changer jamais ;
> Mais le zéphyr léger, & l'onde fugitive,
> Ont bientôt emporté les ſermens qu'elle a faits.

C'eſt-là le modèle du ſtyle fleuri. On pourrait donner pour exemple du ſtyle doux, qui n'eſt pas le doucereux, & qui eſt moins agréable que le ſtyle fleuri, ces vers d'un autre opéra :

> Plus j'obſerve ces lieux, & plus je les admire;
> Ce fleuve coule lentement,
> Et s'éloigne à regret d'un ſéjour ſi charmant.

Le premier morceau eſt fleuri, preſque toutes les paroles font des images riantes ; le ſecond eſt plus dénué de ces fleurs, il n'eſt que doux.

V 3

F L E U V E S.

Ils ne vont pas à la mer avec autant de rapidité que les hommes vont à l'erreur. Il n'y a pas long-temps qu'on a reconnu que tous les fleuves sont produits par les neiges éternelles qui couvrent les cimes des hautes montagnes ; ces neiges par les pluies, ces pluies par les vapeurs de la terre & des mers, & qu'ainsi tout est lié dans la nature.

J'ai vu dans mon enfance soutenir des thèses où l'on prouvait que les fleuves & toutes les fontaines venaient de la mer. C'était le sentiment de toute l'antiquité. Ces fleuves passaient dans de grandes cavernes, & de-là se distribuaient dans toutes les parties du monde.

Lorsqu'*Aristée* va pleurer la perte de ses abeilles chez *Cyrène* sa mère, déesse de la petite rivière Enipée en Thessalie, la rivière se sépare d'abord & forme deux montagnes d'eau à droite & à gauche pour le recevoir selon l'ancien usage ; après quoi il voit ces belles & longues grottes par lesquelles passent tous les fleuves de la terre ; le Pô qui descend du mont Viso en Piémont & qui traverse l'Italie, le Teveron qui vient de l'Apennin, le Phase qui tombe du Caucase dans la mer Noire &c.

Virgile adoptait là une étrange physique : elle ne devait au moins être permise qu'aux poëtes.

Ces idées furent toujours si accréditées, que le *Tasse*, quinze cents ans après, imita entièrement *Virgile* dans son quatorzième chant, en imitant bien plus

heureufement l'*Ariofte*. Un vieux magicien chrétien
mène fous terre les deux chevaliers qui doivent ramener
Renaud d'entre les bras d'*Armide*, comme *Méliffe* avait
arraché *Roger* aux careffes d'*Alcine*. Ce bon vieillard
fait defcendre *Renaud* dans fa grotte d'où partent tous
les fleuves qui arrofent notre terre. C'eft dommage
que les fleuves de l'Amérique ne s'y trouvent pas.
Mais puifque le Nil, le Danube, la Seine, le Jour-
dain, le Volga, ont leur fource dans cette caverne,
cela fuffit. Ce qu'il y a de plus conforme encore à la
phyfique des anciens, c'eft que cette caverne eft au
centre de la terre. C'était-là que *Maupertuis* voulait
aller faire un tour.

Après avoir avoué que les rivières viennent des
montagnes, & que les unes & les autres font des
pièces effentielles à la grande machine, gardons-nous
des fyftèmes qu'on fait journellement.

Quand *Maillet* imagina que la mer avait formé les
montagnes, il devait dédier fon livre à *Cyrano de
Bergerac*. Quand on a dit que les grandes chaînes de
ces montagnes s'étendent d'Orient en Occident, &
que la plus grande partie des fleuves court toujours
auffi à l'Occident, on a plus confulté l'efprit fyftéma-
tique que la nature.

A l'égard des montagnes, débarquez au cap de
Bonne-Efpérance, vous trouverez une chaîne de montagnes qui règne du Midi au Nord jufqu'au Mono-
motapa. Peu de gens fe font donné le plaifir de voir
ce pays, & de voyager fous la ligne en Afrique. Mais
Calpé & Abila regardent direɛtement le nord & le
midi. De Gibraltar au fleuve de la Guadiana, en tirant
droit au Nord, ce font des montagnes contiguës. La

nouvelle Caftille & la vieille en font couvertes, toutes les directions font du Sud au Nord, comme celle des montagnes de toute l'Amérique. Pour les fleuves, ils coulent en tout fens, felon la difpofition des terrains.

Le Guadalquivir va droit au Sud depuis Villa-nueva jufqu'à San-Lucar. La Guadiana de même depuis Badajoz. Toutes les rivières dans le golfe de Venife, excepté le Pô, fe jettent dans la mer vers le Midi. C'eft la direction du Rhône, de Lyon à fon embouchure. Celle de la Seine eft au Nord-nord-oueft. Le Rhin depuis Bâle court droit au Septentrion. La Meufe de même depuis fa fource jufqu'aux terres inondées. L'Efcaut de même.

Pourquoi donc chercher à fe tromper, pour avoir le plaifir de faire des fyftèmes, & de tromper quelques ignorans ? qu'en reviendra-t-il quand on aura fait accroire à quelques gens, bientôt détrompés, que tous les fleuves & toutes les montagnes font dirigés de l'Orient à l'Occident, ou de l'Occident à l'Orient ; que tous les monts font couverts d'huîtres, (ce qui n'eft affurément pas vrai ;) qu'on a trouvé des ancres de vaiffeau fur la cime des montagnes de la Suiffe ; que ces montagnes ont été formées par les courans de l'Océan ; que les pierres à chaux ne font autre chofe que des coquilles ? (*) Quoi ! faut-il traiter aujourd'hui la phyfique comme les anciens traitaient l'hiftoire ?

Pour revenir aux fleuves, aux rivières, ce qu'il y a de mieux à faire, c'eft de prévenir les inondations; c'eft de faire des rivières nouvelles ; c'eft-à-dire, des canaux, autant que l'entreprife eft praticable. C'eft un des plus grands fervices qu'on puiffe rendre à une

(*) Voyez le volume de *Phyfique.*

nation. Les canaux de l'Egypte étaient auffi néceffaires que les pyramides étaient inutiles.

Quant à la quantité d'eau que les lits des fleuves
portent, & à tout ce qui regarde le calcul, lifez l'article *Fleuve* de M. d'*Alembert*. Il eft, comme tout ce
qu'il a fait, clair, précis, vrai, écrit du ftyle propre
au fujet; il n'emprunte point le ftyle du Télémaque
pour parler de phyfique.

FLIBUSTIERS.

ON ne fait pas d'où vient le nom de *flibuftiers*, &
cependant la génération paffée vient de nous raconter
les prodiges que ces flibuftiers ont faits; nous en parlons tous les jours; nous y touchons. Qu'on cherche
après cela des origines & des étymologies, & fi l'on
croit en trouver, qu'on s'en défie.

Du temps du cardinal de *Richelieu*, lorfque les
Efpagnols & les Français fe déteftaient encore, parce
que *Ferdinand* le catholique s'était moqué de *Louis XII*,
& que *François I* avait été pris à la bataille de Pavie
par une armée de *Charles-Quint;* lorfque cette haine
était fi forte, que le fauffaire auteur du roman politique & de l'ennui politique, fous le nom du cardinal
de *Richelieu*, ne craignait point d'appeler les Efpagnols
*nation infatiable & perfide, qui rendait les Indes tributaires
de l'enfer;* lorfqu'enfin on fe fut ligué en 1635 avec
la Hollande contre l'Efpagne, lorfque la France
n'avait rien en Amérique, & que les Efpagnols cou-
vraient les mers de leurs galions; alors les flibuftiers
commencèrent à paraître. C'était d'abord des

aventuriers français qui avaient tout au plus la qualité de corsaires.

Un d'eux nommé *le Grand*, natif de Dieppe, s'associa avec une cinquantaine de gens déterminés, & alla tenter fortune avec une barque qui n'avait pas même de canon. Il aperçut, vers l'île Hispaniola (Saint-Domingue) un galion éloigné de la grande flotte espagnole : il s'en approche comme un patron qui venait lui vendre des denrées ; il monte suivi des siens ; il entre dans la chambre du capitaine qui jouait aux cartes ; le couche en joue, le fait son prisonnier avec son équipage, & revient à Dieppe avec son galion chargé de richesses immenses. Cette aventure fut le signal de quarante ans d'exploits inouïs.

Flibustiers, français, anglais, hollandais, allaient s'associer ensemble dans les cavernes de Saint-Domingue, des petites îles de Saint-Christophe & de la Tortue. Ils se choisissaient un chef pour chaque expédition : c'est la première origine des rois. Des cultivateurs n'auraient jamais voulu un maître ; on n'en a pas besoin pour semer du blé, le battre, & le vendre.

Quand les flibustiers avaient fait un gros butin, ils en achetaient un petit vaisseau & du canon. Une course heureuse en produisait vingt autres. S'ils étaient au nombre de cent, on les croyait mille. Il était difficile de leur échapper, encore plus de les suivre. C'étaient des oiseaux de proie qui fondaient de tous côtés, & qui se retiraient dans des lieux inaccessibles ; tantôt ils rasaient quatre à cinq cents lieues de côtes, tantôt ils avançaient à pied ou à cheval deux cents lieues dans les terres.

Ils furprirent, ils pillèrent les riches villes de Chagra, de Mecaizabo, de la Vera-Cruz, de Panama, de Porto-rico, de Campêche, de l'île Sainte-Catherine, & les faubourgs de Carthagène.

L'un de ces flibuftiers, nommé l'*Olonois*, pénétra jufqu'aux portes de la Havane, fuivi de vingt hommes feulement. S'étant enfuite retiré dans fon canot, le gouverneur envoie contre lui un vaiffeau de guerre avec des foldats & un bourreau. L'*Olonois* fe rend maître du vaiffeau, il coupe lui-même la tête aux foldats efpagnols qu'il a pris, & renvoie le bourreau au gouverneur. (*a*) Jamais les Romains ni les autres peuples brigands ne firent des actions fi étonnantes. Le voyage guerrier de l'amiral *Anfon* autour du monde n'eft qu'une promenade agréable en comparaifon du paffage des flibuftiers dans la mer du Sud, & de ce qu'ils effuyèrent en terre ferme.

S'ils avaient pu avoir une politique égale à leur indomptable courage, ils auraient fondé un grand empire en Amérique. Ils manquaient de filles; mais au lieu de ravir & d'époufer des Sabines, comme on le dit des Romains, ils en firent venir de la falpêtrière de Paris; cela ne forma pas une génération.

Ils étaient plus cruels envers les Efpagnols que les Ifraélites ne le furent jamais envers les Cananéens. On parle d'un hollandais nommé *Roc*, qui mit plu-fieurs Efpagnols à la broche, & qui en fit manger à fes camarades. Leurs expéditions furent des tours de voleurs, & jamais des campagnes de conquérans; auffi ne les appelait-on dans toutes les Indes occi-dentales que *los ladrones*. Quand ils furprenaient une

─────

(*a*) Cet *Olonois* fut pris & mangé depuis par les Sauvages.

villé, & qu'ils entraient dans la maifon d'un père de famille, ils le mettaient à la torture pour découvrir fes tréfors. Cela prouve affez ce que nous dirons à l'article *Queftion*, que la torture fut inventée par les voleurs de grand chemin.

Ce qui rendit tous leurs exploits inutiles, c'eft qu'ils prodiguèrent en débauches auffi folles que monftrueufes tout ce qu'ils avaient acquis par la rapine & par le meurtre. Enfin il ne refte plus d'eux que leur nom, & encore à peine. Tels furent les flibuftiers.

Mais quel peuple en Europe ne fut pas flibuftier? ces Goths, ces Alains, ces Vandales, ces Huns, étaient-ils autre chofe? Qu'était *Rollon* qui s'établit en Normandie, & *Guillaume Fier-à-bras*, finon des flibuftiers plus habiles? *Clovis* n'était-il pas un flibuftier, qui vint des bords du Rhin dans les Gaules?

FOI OU FOY.

SECTION PREMIERE.

QU'EST-CE que la foi? Eft-ce de croire ce qui paraît évident? non; il m'eft évident qu'il y a un Etre néceffaire, éternel, fuprême, intelligent; ce n'eft pas là de la foi, c'eft de la raifon. Je n'ai aucun mérite à penfer que cet Etre éternel, infini, que je connais comme la vertu, la bonté même, veut que je fois bon & vertueux. La foi confifte à croire non ce qui femble vrai, mais ce qui femble faux à notre entendement. Les Afiatiques ne peuvent croire que par la foi le voyage de *Mahomet* dans les fept planètes, les incarnations du dieu *Fo*, de *Vitfnou*, de *Xaca*, de *Brama*, de

Sammonocodom &c. &c. &c. Ils foumettent leur entendement, ils tremblent d'examiner, ils ne veulent être
ni empalés, ni brûlés; ils difent : Je crois.

Nous fommes bien éloignés de faire ici la moindre
allufion à la foi catholique. Non-feulement nous la
vénérons, mais nous l'avons : nous ne parlons que de
la foi menfongère des autres nations du monde, de cette
foi qui n'eft pas foi, & qui ne confifte qu'en paroles.

Il y a foi pour les chofes étonnantes, & foi pour les
chofes contradictoires & impoffibles.

Vitfnou s'eft incarné cinq cents fois, cela eft fort
étonnant; mais enfin, cela n'eft pas phyfiquement
impoffible; car fi *Vitfnou* a une ame, il peut avoir mis
fon ame dans cinq cents corps pour fe réjouir. L'Indien,
à la vérité, n'a pas une foi bien vive; il n'eft pas intimement perfuadé de ces métamorphofes; mais enfin,
il dira à fon bonze : J'ai la foi, vous voulez que *Vitfnou*
ait paffé par cinq cents incarnations, cela vous vaut
cinq cents roupies de rente; à la bonne heure; vous
irez crier contre moi, vous me dénoncerez, vous rui-
nerez mon commerce fi je n'ai pas la foi. Hé bien,
j'ai la foi, & voilà de plus dix roupies que je vous
donne. L'Indien peut jurer à ce bonze qu'il croit,
fans faire un faux ferment; car après tout il ne lui
eft pas démontré que *Vitfnou* n'eft pas venu cinq cents
fois dans les Indes.

Mais fi le bonze exige de lui qu'il croie une chofe
contradictoire, impoffible, que deux & deux font cinq,
que le même corps peut être en mille endroits différens,
qu'être & n'être pas c'eft précifément la même chofe;
alors, fi l'Indien dit qu'il a la foi, il a menti; & s'il
jure qu'il croit, il fait un parjure. Il dit donc au bonze :

Mon révérend père, je ne peux vous affurer que je crois ces abfurdités-là, quand elles vous vaudraient dix mille roupies de rente au lieu de cinq cents.

Mon fils, répond le bonze, donnez vingt roupies, & DIEU vous fera la grâce de croire tout ce que vous ne croyez point.

Comment voulez-vous, répond l'Indien, que DIEU opère fur moi ce qu'il ne peut opérer fur lui-même? Il eft impoffible que DIEU faffe ou croie les contradictoires. Je veux bien vous dire, pour vous faire plaifir, que je crois ce qui eft obfcur; mais je ne puis vous dire que je crois l'impoffible. DIEU veut que nous foyons vertueux, & non pas que nous foyons abfurdes. Je vous ai donné dix roupies, en voilà encore vingt, croyez à trente roupies; foyez homme de bien fi vous pouvez, & ne me rompez plus la tête.

Il n'en eft pas ainfi des chrétiens; la foi qu'ils ont pour des chofes qu'ils n'entendent pas eft fondée fur ce qu'ils entendent; ils ont des motifs de crédibilité. JESUS-CHRIST a fait des miracles dans la Galilée; donc nous devons croire tout ce qu'il a dit. Pour favoir ce qu'il a dit, il faut confulter l'Eglife. L'Eglife a prononcé que les livres qui nous annoncent JESUS-CHRIST font authentiques; il faut donc croire ces livres. Ces livres nous difent que qui n'écoute pas l'Eglife, doit être regardé comme un publicain ou comme un païen; donc nous devons écouter l'Eglife pour n'être pas honnis comme des fermiers-généraux; donc nous devons lui foumettre notre raifon, non par une crédulité enfantine ou aveugle, mais par une croyance docile que la raifon même autorife. Telle eft la foi chrétienne, & furtout la foi romaine, qui eft la foi par excellence. La foi luthérienne, calviniste, anglicane, est une méchante foi.

LA foi divine sur laquelle on a tant écrit, n'est évidemment qu'une incrédulité soumise; car il n'y a certainement en nous que la faculté de l'entendement qui puisse croire; & les objets de la foi ne sont point les objets de l'entendement. On ne peut croire que ce qui paraît vrai; rien ne peut paraître vrai que par l'une de ces trois manières, ou par l'intuition, le sentiment, *j'existe, je vois le soleil;* ou par des probabilités accumulées qui tiennent lieu de certitude, il y a *une ville nommée Constantinople;* ou par voie de démonstration, *les triangles ayant même base & même hauteur sont égaux.*

La foi n'étant rien de tout cela ne peut donc pas plus être une croyance, une persuasion, qu'elle ne peut être jaune ou rouge. Elle ne peut donc être qu'un anéantissement de la raison, un silence d'adoration devant des choses incompréhensibles. Ainsi en parlant philosophiquement, personne ne croit la Trinité, personne ne croit que le même corps puisse être en mille endroits à la fois; & celui qui dit : Je crois ces mystères, s'il réfléchit sur sa pensée, verra, à n'en pouvoir douter, que ces mots veulent dire : Je respecte ces mystères; je me soumets à ceux qui me les annoncent. Car ils conviennent avec moi que ma raison ni la leur ne les croit pas ; or il est clair que quand ma raison n'est pas persuadée, je ne le suis pas. Ma raison & moi ne peuvent être deux êtres différens.

Il eſt abſolument contradiętoire que le *moi* trouve vrai ce que l'entendement de moi trouve faux. La foi n'eſt donc qu'une incrédulité foumiſe.

Mais pourquoi cette foumiſſion dans la révolte invincible de mon entendement? on le ſait aſſez, c'eſt parce qu'on a perſuadé à mon entendement que les myſtères de ma foi ſont propoſés par D I E U même. Alors tout ce que je puis faire, en qualité d'être raiſonnable, c'eſt de me taire & d'adorer. C'eſt ce que les théologiens appellent foi externe, & cette foi externe n'eſt & ne peut être que le reſpeęt pour des choſes incompréhenſibles, en vertu de la confiance qu'on a dans ceux qui les enſeignent.

Si D I E U lui-même me diſait: La penſée eſt couleur d'olive, un nombre quarré eſt amer; je n'entendrais certainement rien du tout à ces paroles; je ne pourrais les adopter, ni comme vraies, ni comme fauſſes. Mais je les répéterai s'il me l'ordonne, je les ferai répéter au péril de ma vie. Voilà la foi; ce n'eſt que l'obéiſſance.

Pour fonder cette obéiſſance, il ne s'agit donc que d'examiner les livres qui la demandent, notre entendement doit donc examiner les livres de l'ancien & du nouveau Teſtament comme il diſcute *Plutarque* & *Tite-Live;* & s'il voit dans ces livres des preuves inconteſtables, des preuves au-deſſus de toute exception ſenſible à toutes ſortes d'eſprits, & reçues de toute la terre, que D I E U lui-même eſt l'auteur de ces ouvrages, alors il doit captiver ſon entendement ſous le joug de la foi.

SECTION

SECTION III.

Nous avons long-temps balancé si nous imprimerions cet article Foi, *que nous avions trouvé dans un vieux livre. Notre respect pour la chaire de St Pierre nous retenait. Mais des hommes pieux nous ayant convaincus que le pape Alexandre VI n'avait rien de commun avec St Pierre, nous nous sommes enfin déterminés à remettre en lumière ce petit morceau, sans scrupule.*

UN jour le prince *Pic* de la Mirandole rencontra le pape *Alexandre VI* chez la courtisanne *Emilia*, pendant que *Lucrèce* fille du St Père était en couche, & qu'on ne savait dans Rome si l'enfant était du pape ou de son fils le duc de *Valentinois*, ou du mari de *Lucrèce Alfonse* d'Arragon, qui passait pour impuissant. La conversation fut d'abord fort enjouée. Le cardinal *Bembo* en rapporte une partie. Petit *Pic*, dit le pape, qui crois-tu le père de mon petit-fils ? je crois que c'est votre gendre, répondit *Pic*. Eh ! comment peux-tu croire cette sottise ? Je la crois par la foi. Mais ne sais-tu pas bien qu'un impuissant ne fait point d'enfans ? La foi consiste, répartit *Pic*, à croire les choses parce qu'elles sont impossibles ; & de plus l'honneur de votre maison exige que le fils de *Lucrèce* ne passe point pour être le fruit d'un inceste. Vous me faites croire des mystères plus incompréhensibles. Ne faut-il pas que je sois convaincu qu'un serpent a parlé, que depuis ce temps tous les hommes furent damnés, que l'ânesse de *Balaam* parla aussi fort éloquemment, & que les murs de Jéricho tombèrent au son des trompettes ? *Pic* enfila tout de suite une kyrielle de toutes les choses

admirables qu'il croyait. *Alexandre* tomba fur fon fopha
à force de rire. Je crois tout cela comme vous, difait-il,
car je fens bien que je ne peux être fauvé que par la
foi, & que je ne le ferai point par mes œuvres. Ah!
St Père, dit *Pic*, vous n'avez befoin ni d'œuvres ni de
foi; cela eft bon pour les pauvres profanes comme
nous; mais vous qui êtes Vice-dieu, vous pouvez
croire & faire tout ce qu'il vous plaira. Vous avez les
clefs du ciel; & fans doute *St Pierre* ne vous fermera
pas la porte au nez. Mais pour moi, je vous avoue
que j'aurais befoin d'une puiffante protection, fi n'étant
qu'un pauvre prince j'avais couché avec ma fille, &
fi je m'étais fervi du ftylet & de la cantarella auffi
fouvent que votre fainteté. *Alexandre VI* entendait
raillerie. Parlons férieufement, dit-il au prince de la
Mirandole. Dites-moi quel mérite on peut avoir à
dire à D I E U qu'on eft perfuadé de chofes dont en
effet on ne peut être perfuadé? Quel plaifir cela peut-il
faire à D I E U? Entre nous, dire qu'on croit ce qu'il
eft impoffible de croire, c'eft mentir.

Pic de la Mirandole fit un grand figne de croix. Eh!
Dieu paternel, s'écria-t-il, que votre fainteté me pardonne, vous n'êtes pas chrétien. Non, fur ma foi,
dit le pape. Je m'en doutais, dit *Pic* de la Mirandole.

F O L I E.

Qu'est-ce que la folie? c'eft d'avoir des penfées
incohérentes & la conduite de même. Le plus fage
des hommes veut-il connaître la folie? qu'il réfléchiffe
fur la marche de fes idées pendant fes rêves. S'il a
une digeftion laborieufe dans la nuit, mille idées

incohérentes l'agitent; il femble que la nature nous puniffe d'avoir pris trop d'alimens, ou d'en avoir fait un mauvais choix, en nous donnant des penfées; car on ne penfe guère en dormant que dans une mauvaife digeftion. Les rêves inquiets font réellement une folie paffagère.

La folie pendant la veille eft de même une maladie qui empêche un homme néceffairement de penfer & d'agir comme les autres. Ne pouvant gérer fon bien, on l'interdit; ne pouvant avoir des idées convenables à la fociété, on l'en exclut; s'il eft dangereux, on l'enferme; s'il eft furieux, on le lie. Quelquefois on le guérit par les bains, par la faignée. par le régime.

Cet homme n'eft point privé d'idées; il en a comme tous les autres hommes pendant la veille, & fouvent quand il dort. On peut demander comment fon ame fpirituelle, immortelle, logée dans fon cerveau, recevant par les fens toutes les idées très-nettes & très-diftinctes, n'en porte cependant jamais un jugement fain. Elle voit les objets comme l'ame d'*Ariftote* & de *Platon*, de *Locke*, & de *Newton*, les voyait; elle entend les mêmes fons, elle a le même fens du toucher; comment donc, recevant les perceptions que les plus fages éprouvent, en fait elle un affemblage extravagant fans pouvoir s'en difpenfer?

Si cette fubftance fimple & éternelle a pour fes actions les mêmes inftrumens qu'ont les ames des cerveaux les plus fages, elle doit raifonner comme eux. Qui peut l'en empêcher? Je conçois bien à toute force que fi mon fou voit du rouge, & les fages du bleu; fi quand les fages entendent de la mufique, mon fou entend le braiment d'un âne; fi quand ils

X 2

font au fermon, mon fou croit être à la comédie ; fi quand ils entendent oui, il entend non ; alors fon ame doit penfer au rebours des autres. Mais mon fou a les mêmes perceptions qu'eux ; il n'y a nulle raifon apparente pour laquelle fon ame ayant reçu par fes fens tous fes outils, ne peut en faire d'ufage. Elle eft pure, dit-on, elle n'eft fujette par elle-même à aucune infirmité ; la voilà pourvue de tous les fecours nécef-faires : quelque chofe qui fe paffe dans fon corps, rien ne peut changer fon effence ; cependant on la mène dans fon étui aux petites-maifons.

Cette réflexion peut faire foupçonner que la faculté de penfer, donnée de D I E U à l'homme, eft fujette au dérangement comme les autres fens. Un fou eft un malade dont le cerveau pâtit, comme le goutteux eft un malade qui fouffre aux pieds & aux mains ; il penfait par le cerveau, comme il marchait avec les pieds, fans rien connaître ni de fon pouvoir incompréhenfible de marcher, ni de fon pouvoir non moins incompréhen-fible de penfer. On a la goutte au cerveau comme aux pieds. Enfin après mille raifonnemens, il n'y a peut-être que la foi feule qui puiffe nous convaincre qu'une fubftance fimple & immatérielle puiffe être malade.

Les doctes ou les docteurs diront au fou : Mon ami, quoique tu aies perdu le fens commun, ton ame eft auffi fpirituelle, auffi pure, auffi immortelle que la nôtre ; mais notre ame eft bien logée, & la tienne l'eft mal ; les fenêtres de la maifon font bouchées pour elle ; l'air lui manque, elle étouffe. Le fou, dans fes bons momens, leur répondrait : Mes amis, vous fuppofez à votre ordinaire ce qui eft en queftion. Mes fenêtres font auffi-bien ouvertes que les vôtres, puifque

je vois les mêmes objets, & que j'entends les mêmes
paroles; il faut donc nécessairement que mon ame
fasse un mauvais usage de ses sens, ou que mon ame
ne soit elle-même qu'un sens vicié, une qualité dépravée.
En un mot, ou mon ame est folle par elle-même, ou
je n'ai point d'ame.

Un des docteurs pourra répondre : Mon confrère,
DIEU a créé peut-être des ames folles, comme il a
créé des ames sages. Le fou répliquera : Si je croyais
ce que vous me dites, je ferais encore plus fou que
je ne le suis. De grâce, vous qui en savez tant, dites-
moi pourquoi je suis fou ?

Si les docteurs ont encore un peu de sens, ils lui
répondront : Je n'en sais rien. Ils ne comprendront pas
pourquoi une cervelle a des idées incohérentes; ils ne
comprendront pas mieux pourquoi une autre cervelle
a des idées régulières & suivies. Ils se croiront sages,
& ils seront aussi fous que lui.

Si le fou a un bon moment, il leur dira : Pauvres
mortels qui ne pouvez ni connaître la cause de mon
mal, ni le guérir, tremblez de devenir entièrement
semblables à moi, & même de me surpasser. Vous
n'êtes pas de meilleure maison que le roi de France
Charles VI, le roi d'Angleterre *Henri VI*, & l'empereur
Venceslas, qui perdirent la faculté de raisonner dans
le même siècle. Vous n'avez pas plus d'esprit que *Blaise
Pascal*, *Jacques Abadie*, & *Jonathan Swift*, qui sont
tous trois morts fous. Du moins le dernier fonda pour
nous un hôpital. Voulez-vous que j'aille vous y retenir
une place ?

N. B. Je suis fâché pour *Hippocrate* qu'il ait prescrit
le sang d'ânon pour la folie, & encore plus fâché que

le Manuel des dames dife qu'on guérit la folie en prenant la gale. Voilà de plaifantes recettes; elles paraiffent inventées par les malades.

FONTE.

IL n'y a point d'ancienne fable, de vieille abfurdité que quelque imbécille ne renouvelle, & même avec une hauteur de maître, pour peu que ces rêveries antiques aient été autorifées par quelque auteur ou claffique ou théologien.

Lycophron (autant qu'il m'en fouvient) rapporte qu'une horde de voleurs qui avait été juftement condamnée en Ethiopie par le roi *Actifan* à perdre le nez & les oreilles, s'enfuit jufqu'aux cataractes du Nil, & de là pénétra jufqu'au défert de Sable, dans lequel elle bâtit enfin le temple de *Jupiter-Ammon.*

Lycophron, & après lui *Théopompe*, raconte que ces brigands réduits à la plus extrême mifère, n'ayant ni fandales, ni habits, ni meubles, ni pain, s'avifèrent d'élever une ftatue d'or à un Dieu d'Egypte. Cette ftatue fut commandée le foir & faite pendant la nuit. Un membre de l'univerfité, qui eft fort attaché à *Lycophron* & aux voleurs éthiopiens, prétend que rien n'était plus ordinaire dans la vénérable antiquité que de jeter en fonte une ftatue d'or en une nuit, de la réduire enfuite en poudre impalpable en la jetant dans le feu, & de la faire avaler à tout un peuple.

Mais où ces pauvres gens qui n'avaient point de chauffes avaient-ils trouvé tant d'or?——Comment, Monfieur, dit le favant, oubliez-vous qu'ils avaient volé de quoi acheter toute l'Afrique, & que les pendans d'oreille de leurs filles valaient feuls neuf millions cinq cents mille livres au cours de ce jour?

D'accord; mais il faut un peu de préparation pour fondre une ftatue; M. *le Moine* a employé plus de deux ans à faire celle de *Louis XV*.

Oh! notre *Jupiter-Ammon* était haut de trois pieds tout au plus. Allez-vous-en chez un potier d'étain, ne vous fera-t-il pas fix affiettes en un feul jour?

Monfieur, une ftatue de *Jupiter* eft plus difficile à faire que des affiettes d'étain; & je doute même beaucoup que vos voleurs euffent de quoi fondre auffi vîte des affiettes, quelqu'habiles larrons qu'ils aient été. Il n'eft pas vraifemblable qu'ils euffent avec eux l'attirail néceffaire à un potier; ils devaient commencer par avoir de la farine. Je refpecte fort *Lycophron;* mais ce profond grec & fes commentateurs encore plus creux que lui, connaiffent fi peu les arts, ils font fi favans dans tout ce qui eft inutile, fi ignorans dans tout ce qui concerne les befoins de la vie, les chofes d'ufage, les profeffions, les métiers, les travaux journaliers, que nous prendrons cette occafion de leur apprendre comment on jette en fonte une figure de métal. Ils ne trouveront cette opération ni dans *Lycophron*, ni dans *Manethon*, ni dans *Artapan*, ni même dans la Somme de *St Thomas*.

1°. On fait un modèle en terre graffe.

2°. On couvre ce modèle d'un moule en plâtre, en ajuftant les fragmens de plâtre les uns aux autres.

3°. Il faut enlever par parties le moule de plâtre de deffus le modèle de terre.

4°. On rajufte le moule de plâtre encore par parties, & on met ce moule à la place du modèle de terre.

5°. Ce moule de plâtre étant devenu une espèce de modèle, on jette en dedans de la cire fondue, reçue aussi par parties : elle entre dans tous les creux de ce moule.

6°. On a grand soin que cette cire soit par-tout de l'épaisseur qu'on veut donner au métal dont la statue sera faite.

7°. On place ce moule ou modèle dans un creux qu'on appelle *fosse*, laquelle doit être à-peu-près du double plus profonde que la figure que l'on doit jeter en fonte.

8°. Il faut poser ce moule dans ce creux sur une grille de fer, élevée de dix-huit pouces pour une figure de trois pieds, & établir cette grille sur un massif.

9°. Assujettir fortement sur cette grille des barres de fer droites ou penchées, selon que la figure l'exige, lesquelles barres de fer s'approchent de la cire d'environ six lignes.

10°. Entourer chaque barre de fer de fil d'archal, de sorte que tout le vide soit rempli de fil de fer.

11°. Remplir de plâtre & de briques pilés tout le vide qui est entre les barres & la cire de la figure ; comme aussi le vide qui est entre cette grille & le massif de brique qui la soutient ; & c'est ce qui s'appelle *le noyau*.

12°. Quand tout cela est bien refroidi, l'artiste enlève le moule de plâtre qui couvre la cire, laquelle cire reste, est réparée à la main, & devient alors le modèle de la figure ; & ce modèle est soutenu par l'armature de fer & par le noyau dont on a parlé.

13°. Quand ces préparations sont achevées, on entoure ce modèle de bâtons perpendiculaires de cire,

dont les uns s'appellent des *jets*, & les autres des *évents*.
Ces jets & ces évents defcendent plus bas d'un pied
que la figure, & s'élèvent auffi plus qu'elle, de manière
que les évents font plus hauts que les jets. Ces jets
font entre-coupés par d'autres petits rouleaux de cire
qu'on appelle *fourniffeurs*, placés en diagonale de bas
en haut entre les jets & le modèle auquel ils font
attachés. Nous verrons au numéro 17 de quel ufage
font ces bâtons de cire.

14°. On paffe fur le modèle, fur les évents, & fur
les jets, quarante à cinquante couches d'une eau graffe
qui eft fortie de la compofition d'une terre rouge, &
de fiente de cheval macérée pendant une année
entière; & ces couches durcies forment une enveloppe
d'un quart de pouce.

15°. Le modèle, les évents, & les jets, ainfi difpofés,
on entoure le tout d'une enveloppe compofée de cette
terre, de fable rouge, de bourre, & de cette fiente de
cheval qui a été bien macérée, le tout pétri dans
cette eau graffe. Cet enduit forme une pâte molle,
mais folide & réfiftante au feu.

16°. On bâtit tout autour du modèle un mur de
maçonnerie ou de brique, & entre le modèle & le
mur, on laiffe en bas l'efpace d'un cendrier d'une
profondeur proportionnée à la figure.

17°. Ce cendrier eft garni de barres de fer en
grillage. Sur ce grillage on pofe de petites bûches de
bois que l'on allume, ce qui forme un feu tout autour
du moule, & qui fait fondre ces bâtons de cire tout
couverts de couches d'eau graffe, & de la pâte dont
nous avons parlé numéros 14 & 15; alors la cire
étant fondue, il refte les tuyaux de cette pâte folide,

dont les uns font les jets & les autres les évents & les fourniffeurs. C'eft par les jets & les fourniffeurs que le métal fondu entrera, & c'eft par les évents que l'air fortant empêchera la matière enflammée de tout détruire.

18º. Après toutes ces difpofitions, on fait fondre fur le bord de la foffe le métal dont on doit former la ftatue. Si c'eft du bronze, on fe fert du fourneau de briques doubles ; fi c'eft de l'or, on fe fert de plufieurs creufets : lorfque la matière eft liquéfiée par l'action du feu, on la laiffe couler par un canal dans la foffe préparée. Si malheureufement elle rencontre des bulles d'air ou de l'humidité, tout eft détruit avec fracas, & il faut recommencer plufieurs fois.

19º. Ce fleuve de feu, qui eft defcendu au creux de la foffe, remonte par les jets & par les fourniffeurs, entre dans le moule, & en remplit les creux. Ces jets, ces fourniffeurs, & les évents, ne font plus que des tuyaux formés par ces quarante ou cinquante couches de l'eau graffe & de cette pâte dont on les a long-temps enduits avec beaucoup d'art & de patience, & c'eft par ces branches que le métal liquéfié & ardent vient fe loger dans la ftatue.

20º. Quand le métal eft bien refroidi, on retire le tout. Ce n'eft qu'une maffe affez informe dont il faut enlever toutes les afpérités : & qu'on répare avec divers inftrumens.

J'omets beaucoup d'autres préparations que meffieurs les encyclopédiftes, & furtout M. *Diderot*, ont expliquées bien mieux que je ne pourrais faire, dans leur ouvrage qui doit éternifer tous les arts avec leur gloire. Mais pour avoir une idée nette des procédés de cet art, il faut voir opérer. Il en eft ainfi dans tous les arts, depuis le bonnetier jufqu'au diamantaire. Jamais perfonne n'apprit dans un livre ni à faire des bas au métier, ni à brillanter des diamans, ni à faire des tapifferies de haute-liffe. Les arts & métiers ne s'apprennent que par l'exemple & le travail.

Ayant eu le deffein de faire élever une petite ftatue équeftre du roi en bronze, dans une ville qu'on bâtit à une extrémité du royaume, je demandai, il n'y a pas long temps, au *Phidias* de la France, à M. *Pigal*, combien il faudrait de temps pour faire feulement le cheval de trois pieds de haut; il me répondit par écrit : *Je demande fix mois au moins.* J'ai fa déclaration datée du 3 juin 1770.

M. *Guenée* ancien profeffeur du collége du Pleffis, qui en fait fans doute plus que M. *Pigal* fur l'art de jeter des figures en fonte, a écrit contre ces vérités dans un livre intitulé, *Lettres de quelques juifs portugais & allemands, avec des réflexions critiques, & un petit commentaire extrait d'un plus grand. A Paris, chez Laurent Prault, 1769, avec approbation & privilége du roi.*

Ces lettres ont été écrites fous le nom de meffieurs les juifs *Jofeph Ben Jonathan, Aaron Mathataï,* & *David Winker.*

Ce profeffeur, fecrétaire des trois juifs, dit dans fa lettre feconde : ,, Entrez feulement, Monfieur, chez ,, le premier fondeur; je vous réponds que fi vous ,, lui fourniffez les matières dont il pourrait avoir ,, befoin, que vous le preffiez & que vous le payiez ,, bien, il vous fera un pareil ouvrage en moins d'une ,, femaine. Nous n'avons pas cherché long-temps,

,, & nous en avons trouvé deux qui ne demandaient
,, que trois jours. Il y a déjà loin de trois jours à
,, trois mois, & nous ne doutons pas que fi vous
,, cherchez bien, vous pourrez en trouver qui le
,, feront encore plus promptement. ,,

M. le profeſſeur fecrétaire des juifs n'a conſulté
apparemment que des fondeurs d'affiettes d'étain,
ou d'autres petits ouvrages qui fe jettent en fable. S'il
s'était adreſſé à M. *Pigal* ou à M. *le Moine*, il aurait
un peu changé d'avis.

C'eſt avec la même connaiſſance des arts, que ce
monſieur prétend que de réduire l'or en poudre, en
le brûlant pour le rendre potable & le faire avaler
à toute une nation, eſt la choſe du monde la plus
aiſée & la plus ordinaire en chimie. Voici comme il
s'exprime.

,, Cette poſſibilité de rendre l'or potable a été
,, répétée cent fois depuis *Stahl* & *Sénac*, dans les
,, ouvrages & dans les leçons de vos plus célèbres
,, chimiſtes, d'un *Baron*, d'un *Macquer* &c.; tous
,, font d'accord fur ce point. Nous n'avons actuel-
,, lement fous les yeux que la nouvelle édition de la
,, chimie de *le Fèvre*. Il l'enfeigne comme tous les
,, autres; & il ajoute que rien n'eſt plus certain,
,, & qu'on ne peut plus avoir là-deſſus le moindre
,, doute.

,, Qu'en penſez-vous, Monſieur? le témoignage
,, de ces habiles gens ne vaut-il pas bien celui de
,, vos critiques? Et de quoi s'aviſent auſſi ces incir-
,, concis? ils ne favent pas de chimie, & ils fe
,, mêlent d'en parler; ils auraient pu s'épargner ce
,, ridicule.

„ Mais vous, Monfieur, quand vous tranfcriviez
„ cette futile objection, ignoriez-vous que le dernier
„ chimifte ferait en état de la réfuter ? La chimie n'eft
„ pas votre fort, on le voit bien : auffi la bile de
„ *Rouelle* s'échauffe, fes yeux s'allument, & fon dépit
„ éclate, lorfqu'il lit par hafard ce que vous en dites
„ en quelques endroits de vos ouvrages. Faites des
„ vers, Monfieur, & laiffez-là l'art des *Pott* & des
„ *Margraff.*

„ Voilà donc la principale objection de vos écri-
„ vains, celle qu'ils avançaient avec le plus de con-
„ fiance, pleinement détruite. „

Je ne fais fi M. le fecrétaire de la fynagogue fe
connaît en vers, mais affurément il ne fe connaît pas
en or. J'ignore fi M. *Rouelle* fe met en colère quand
on n'eft pas de fon opinion, mais je ne me mettrai
pas en colère contre M. le fecrétaire; je lui dirai
avec ma tolérance ordinaire, dont je ferai toujours
profeffion, que je ne le prierai jamais de me fervir
de fecrétaire, attendu qu'il fait parler fes maîtres,
MM. *Jofeph*, *Mathataï*, & *David Winker*, en francs
ignorans. (*)

Il s'agiffait de favoir fi on peut, fans miracle,
fondre une figure d'or dans une feule nuit, & réduire
cette figure en poudre le lendemain, en la jetant dans
le feu. Or, monfieur le fecrétaire, il faut que vous
fachiez, vous & maître *Aliboron* votre digne panégy-
rifte, qu'il eft impoffible de pulvérifer l'or en le jetant
au feu ; l'extrême violence du feu le liquéfie, mais ne
le calcine point.

(*) Voyez l'article *Juif.*

C'eft de quoi il eft queftion, monfieur le fecrétaire; j'ai fouvent réduit de l'or en pâte avec du mercure, je l'ai diffous avec de l'eau régale, mais je ne l'ai jamais calciné en le brûlant. Si on vous a dit que M. *Rouelle* calcine de l'or au feu, on s'eft moqué de vous; ou bien on vous a dit une fottife que vous ne deviez pas répéter, non plus que toutes celles que vous tranfcrivez fur l'or potable.

L'or potable eft une charlatanerie; c'eft une friponnerie d'impofteur qui trompe le peuple : il y en a de plufieurs efpèces. Ceux qui vendent leur or potable à des imbécilles, ne font pas entrer deux grains d'or dans leur liqueur; ou s'ils en mettent un peu, ils l'ont diffous dans de l'eau régale, & ils vous jurent que c'eft de l'or potable fans acide; ils dépouillent l'or autant qu'ils le peuvent de fon eau régale, ils la chargent d'huile de romarin. Ces préparations font très-dangereufes; ce font de véritables poifons, & ceux qui en vendent méritent d'être réprimés.

Voilà, Monfieur, ce que c'eft que votre or potable, dont vous parlez un peu au hafard, ainfi que de tout le refte.

Cet article eft un peu vif, mais il eft vrai & utile. Il faut confondre quelquefois l'ignorance orgueilleufe de ces gens qui croient pouvoir parler de tous les arts, parce qu'ils ont lu quelques lignes de *faint Auguftin*. (1)

(1) M. l'abbé *G....* a été trompé par ceux qu'il a confultés; il faut très-peu de temps, à la vérité pour jeter en fonte une petite ftatue dont le moule eft préparé; mais il en faut beaucoup pour former un moule. Or, on ne peut fuppofer que les Juifs aient eu la précaution d'apporter d'Egypte le moule où ils devaient couler le veau d'or.

Le célébre chimifte *Stahl*, après avoir montré que le foie de foufre peut diffoudre l'or, ajoute qu'en fuppofant qu'il y eût des fontaines fulfureufes

FORCE PHYSIQUE.

Qu'EST-CE que force? où réfide-t-elle? d'où vient-elle? périt-elle? fubfifte-t-elle toujours la même?

On s'eft complu à nommer *force* cette pefanteur qu'exerce un corps fur un autre. Voilà une boule de deux cents livres; elle eft fur ce plancher; elle le preffe, dit-on, avec une force de deux cents livres. Et vous appelez cela une *force morte*. Or, ces mots de *force* & de *morte* ne font-ils pas un peu contradictoires? ne vaudrait-il pas autant dire mort vivant, oui & non?

Cette boule pèfe; d'où vient cette pefanteur? & cette pefanteur eft-elle une force? Si cette boule n'était arrêtée par rien, elle fe rendrait directement au centre de la terre. D'où lui vient cette incompréhenfible propriété?

Elle eft foutenue par mon plancher; & vous donnez à mon plancher libéralement la force d'inertie. Inertie fignifie *inactivité*, *impuiffance*. Or, n'eft-il pas fingulier qu'on donne à l'impuiffance le nom de *force*?

Quelle eft la force vive qui agit dans votre bras & dans votre jambe? quelle en eft la fource? comment peut-on fuppofer que cette force fubfifte

---

dans le défert, on pourrait expliquer par-là l'opération attribuée à *Moïfe*. C'eft une plaifanterie un peu lefte qu'on peut pardonner à un phyficien; mais qu'un théologien auffi grave que M. l'abbé G.... ne devait pas fe permettre de répéter.

quand vous êtes mort? va-t-elle fe loger ailleurs comme un homme change de maifon quand la fienne eft détruite?

Comment a-t-on pu dire qu'il y a toujours égalité de force dans la nature? il faudrait donc qu'il y eût toujours égal nombre d'hommes ou d'êtres actifs équivalens.

Pourquoi un corps en mouvement communique-t-il fa force à un corps qu'il rencontre?

Ni la géométrie, ni la mécanique, ni la méta-phyfique, ne répondent à ces queftions. Veut-on remonter au premier principe de la force des corps & du mouvement, il faudra remonter encore à un principe fupérieur. Pourquoi y a-t-il quelque chofe?

Force mécanique.

ON préfente tous les jours des projets pour aug-menter la force des machines qui font en ufage, pour augmenter la portée des boulets de canon avec moins de poudre, pour élever des fardeaux fans peine, pour deffécher des marais en épargnant le temps & l'argent, pour remonter promptement des rivières fans chevaux, pour élever facilement beaucoup d'eau, & pour ajouter à l'activité des pompes.

Tous ces fefeurs de projets font trompés eux-mêmes les premiers, comme *Lafs* le fut par fon fyftème.

Un bon mathématicien, pour prévenir ces conti-nuels abus, a donné la règle fuivante.

Il faut dans toute machine confidérer quatre quantités. 1°. La puiffance du premier moteur,

foit

foit homme, foit cheval, foit l'eau, ou le vent, ou le feu.

2°. La vîteffe de ce premier moteur, dans un temps donné.

3°. La pefanteur ou réfiftance de la matière qu'on veut faire mouvoir.

4°. La vîteffe de cette matière en mouvement, dans le même temps donné.

De ces quatre quantités, le produit des deux premières eft toujours égal à celui des deux dernières, ces produits ne font que les quantités du mouvement.

Trois de ces quantités étant connues, on trouve toujours la quatrième.

Un machinifte, il y a quelques années, préfenta à l'hôtel-de-ville de Paris le modèle en petit d'une pompe, par laquelle il affurait qu'il éléverait à cent trente pieds de hauteur, cent mille muids d'eau par jour. Un muid d'eau pèfe cinq cents foixante livres, ce font cinquante-fix millions de livres qu'il faut élever en vingt-quatre heures, & fix cents quarante-huit livres par chaque feconde.

Le chemin & la vîteffe font de cent trente pieds par feconde.

La quatrième quantité eft le chemin, ou la vîteffe du premier moteur.

Que ce moteur foit un cheval, il fait trois pieds par feconde tout au plus.

Multipliez ce poids de fix cents quarante-huit livres par cent trente pieds d'élévation, auquel on doit le porter, vous aurez quatre-vingt-quatre mille deux cents quarante, lefquels divifés par la vîteffe qui eſt trois, vous donnent vingt-huit mille quatre-vingts.

Il faut donc que le moteur ait une force de vingt-huit mille quatre-vingts pour élever l'eau dans une feconde.

La force des hommes n'eſt eſtimée que vingt-cinq livres, & celle des chevaux de cent ſoixante & quinze.

Or, comme il faut élever à chaque feconde une force de vingt-huit mille quatre-vingts, il réſulte de-là que pour exécuter la machine propoſée à l'hôtel-de-ville de Paris, on avait befoin de onze cents vingt-trois hommes ou de cent ſoixante chevaux, encore aurait-il fallu ſuppoſer que la machine fût ſans frottement. Plus la machine eſt grande, plus les frottemens ſont conſidérables, ils vont ſouvent à un tiers de la force mouvante ou environ; ainſi il aurait fallu, ſuivant un calcul très-modéré, deux cents treize chevaux, ou quatorze cents quatre-vingt-dix-ſept hommes.

Ce n'eſt pas tout; ni les hommes, ni les chevaux, ne peuvent travailler vingt-quatre heures ſans manger & ſans dormir. Il eût donc fallu doubler au moins le nombre des hommes, ce qui aurait exigé deux mille neuf cents quatre-vingt-quatorze hommes, ou quatre cents vingt-ſix chevaux.

Ce n'eſt pas tout encore; ces hommes & ces chevaux, en douze heures, doivent en prendre quatre pour manger & ſe repoſer. Ajoutez donc un tiers; il aurait fallu à l'inventeur de cette belle machine l'équivalent de cinq cents ſoixante-huit chevaux, ou trois mille neuf cents quatre-vingt-douze hommes.

Le célébre maréchal de *Saxe* tomba dans le même mécompte, quand il conftruifit une galère qui devait remonter la rivière de Seine en vingt-quatre heures, par le moyen de deux chevaux qui devaient faire mouvoir des rames.

Vous trouvez dans l'hiftoire ancienne de *Rollin*, remplie d'ailleurs d'une morale judicieufe, les paroles fuivantes :

,, *Archiméde* fe met en devoir de fatisfaire la jufte ,, & raifonnable curiofité de fon parent & de fon ,, ami *Hiéron* roi de Syracufé. Il choifit une des ,, galères qui étaient dans le port, la fait tirer à terre ,, avec beaucoup de travail & à force d'hommes, y ,, fait mettre fa charge ordinaire, & par-deffus fa ,, charge autant d'hommes qu'elle en peut tenir. ,, Enfuite fe mettant à quelque diftance, affis à fon ,, aife, fans travail, fans le moindre effort, en ,, remuant feulement de la main le bout d'une ,, machine à plufieurs cordes & poulies qu'il avait ,, préparée, il ramena la galère à lui par terre auffi ,, doucement & auffi uniment que fi elle n'avait fait ,, que fendre les flots. ,,

Que l'on confidère, après ce récit, qu'une galère remplie d'hommes, chargée de fes mâts, de fes rames, & de fon poids ordinaire, devait pefer au moins quatre cents mille livres ; qu'il fallait une force fupérieure pour la tenir en équilibre & la faire mouvoir ; que cette force devait être au moins de quatre cents vingt mille livres ; que les frottemens pouvaient être la moitié de la puiffance employée pour foulever un pareil poids ; que par conféquent la machine devait avoir environ fix cents mille livres de force. Or on ne fait guère jouer une telle machine en un tour de main , *fans le moindre effort.*

C'eft de *Plutarque* que l'eftimable auteur de l'Hif-toire ancienne a tiré ce conte. Mais quand *Plutarque* a dit une chofe abfurde, tout ancien qu'il eft, un moderne ne doit pas la répéter.

F O R C E.

CE mot a été tranfporté du fimple au figuré. *Force* fe dit de toutes les parties du corps qui font en mou-vement, en action ; la force du cœur, que quelques-uns ont faite de quatre cents livres, & d'autres de trois onces ; la force des vifcères, des poumons, de la voix ; à force de bras.

On dit par analogie faire force de voiles, de rames; raffembler fes forces; connaître, mefurer fes forces; aller, entreprendre au-delà de fes forces; le travail de l'Encyclopédie eft au-deffus des forces de ceux qui fe font déchaînés contre ce livre. On a long-temps appelé *forces* de grands cifeaux; & c'eft pourquoi dans les Etats de la ligue, on fit une eftampe de l'ambaffadeur d'Efpagne, cherchant avec fes lunettes fes cifeaux qui étaient à terre, avec ce jeu de mots pour infcription : *J'ai perdu mes forces.*

Le ftyle familier admet encore, force gens, force gibier, force fripons, force mauvais critiques. On dit, à force de travailler, il s'eft épuifé ; le fer s'affaiblit à force de le polir.

La métaphore qui a tranfporté ce mot dans la morale, en a fait une vertu cardinale. La force, en

ce fens, eft le courage de foutenir l'adverfité, &
d'entreprendre des chofes vertueufes & difficiles, *animi
fortitudo.*

La force de l'efprit eft la pénétration & la profondeur, *ingenii vis.* La nature la donne comme celle du
corps : le travail modéré les augmente, & le travail
outré les diminue.

La force d'un raifonnement confifte dans une expo-
fition claire des preuves expofées dans leur jour, &
une conclufion jufte ; elle n'a point lieu dans les
théorèmes mathématiques, parce qu'une démonftration ne peut recevoir plus ou moins d'évidence, plus
ou moins de force ; elle peut feulement procéder par
un chemin plus long ou plus court, plus fimple ou
plus compliqué. La force du raifonnement a furtout
lieu dans les queftions problématiques. La force de
l'éloquence n'eft pas feulement une fuite de raifonnemens juftes & vigoureux, qui fubfifteraient avec la
féchereffe ; cette force demande de l'embonpoint, des
images frappantes, des termes énergiques. Ainfi on
a dit que les fermons de *Bourdaloue* avaient plus de
force, ceux de *Maffillon* plus de grâce. Des vers
peuvent avoir de la force, & manquer de toutes les
autres beautés. La force d'un vers dans notre langue
vient principalement de dire quelque chofe dans
chaque hémiftiche :

Et monté fur le faîte, il afpire à defcendre.
L'Eternel eft fon nom ; le monde eft fon ouvrage.

Ces deux vers plein de force & d'élégance font
le meilleur modèle de la poëfie.

La force, dans la peinture, eſt l'expreſſion des muſcles que des touches reſſenties font paraître en action ſous la chair qui les couvre. Il y a trop de force quand ces muſcles ſont trop prononcés. Les attitudes des combattans ont beaucoup de force dans les batailles de *Conſtantin* deſſinées par *Raphaël* & par *Jules Romain*, & dans celles d'*Alexandre* peintes par *le Brun*. La force outrée eſt dure dans la peinture, ampoulée dans la poëſie.

Des philoſophes ont prétendu que la force eſt une qualité inhérente à la matière ; que chaque particule inviſible, ou plutôt monade, eſt douée d'une force active : mais il eſt auſſi difficile de démontrer cette aſſertion, qu'il le ferait de prouver que la blancheur eſt une qualité inhérente à la matière, comme le dit le dictionnaire de Trévoux à l'article *Inhérent.*

La force de tout animal a reçu ſon plus haut degré quand l'animal a pris toute ſa croiſſance. Elle décroît quand les muſcles ne reçoivent plus une nourriture égale ; & cette nourriture ceſſe d'être égale quand les eſprits animaux n'impriment plus à ces muſcles le mouvement accoutumé. Il eſt ſi probable que ces eſprits animaux ſont du feu, que les vieillards manquent de mouvement, de force, à meſure qu'ils manquent de chaleur.

F O R N I C A T I O N.

LE dictionnaire de Trévoux dit que c'eſt un terme de théologie. Il vient du mot latin *fornix*, petites chambres voûtées dans leſquelles ſe tenaient les femmes publiques à Rome. On a employé ce terme pour fignifier *le commerce des perfonnes libres*. Il n'eft point d'ufage dans la converfation, & n'eft guère reçu aujourd'hui que dans le ftyle marotique. La décence l'a banni de la chaire. Les cafuiftes en fefaient un grand ufage, & le diftinguaient en plufieurs efpèces. On a traduit par le mot de *fornication* les infidélités du peuple juif pour des dieux étrangers, parce que chez les prophètes ces infidélités font appelées *impuretés, fouillures*. C'eft par la même extenfion qu'on a dit que les Juifs avaient rendu aux faux dieux un hommage *adultère*.

FRANC OU FRANQ; FRANCE, FRANÇOIS, FRANÇAIS.

L'ITALIE a toujours confervé fon nom, malgré le prétendu établiffement d'*Enée* qui aurait dû y laiffer quelques traces de la langue, des caractères, & des ufages, de Phrygie, s'il était jamais venu avec *Acathe, Cloante*, & tant d'autres, dans le canton de Rome alors prefque défert. Les Goths, les Lombards, les Francs, les Allemands ou Germains, qui envahirent l'Italie tour-à-tour, lui laiffèrent au moins fon nom.

Les Tyriens, les Africains, les Romains, les Vandales, les Vifigoths, les Sarrazins, ont été les maîtres de l'Efpagne les uns après les autres; le nom d'*Efpagne* eft demeuré. La Germanie a toujours confervé le fien; elle a joint feulement celui d'Allemagne qu'elle n'a reçu d'aucun vainqueur.

Les Gaulois font prefque les feuls peuples d'Occident qui aient perdu leur nom. Ce nom était celui de

Y 4

Walch ou *Wuelch;* les Romains fubftituaient toujours un *G* au *W* qui eft barbare ; de Welche ils firent *Galli*, *Gallia*. On diftingua la Gaule celtique, la belgique, l'aquitanique, qui parlaient chacune un jargon différent. (*)

Qui étaient & d'où venaient ces Franqs, lefquels, en très-petit nombre & en très-peu de temps, s'emparèrent de toutes les Gaules, que *Céfar* n'avait pu entièrement foumettre qu'en dix années? Je viens de lire un auteur qui commence par ces mots : *Les Francs dont nous defcendons.* Hé, mon ami, qui vous a dit que vous defcendez en droite ligne d'un franc? *Hildvic* ou *Clodvic*, que nous nommons *Clovis*, n'avait probablement pas plus de vingt mille hommes mal vêtus & mal armés, quand il fubjugua environ huit ou dix millions de welches ou gaulois, tenus en fervitude par trois ou quatre légions romaines. Nous n'avons pas une feule maifon en France qui puiffe fournir, je ne dis pas la moindre preuve, mais la moindre vraifemblance qu'elle ait un franc pour fon origine.

Quand des pirates des bords de la mer Baltique vinrent, au nombre de fept ou huit mille tout au plus, fe faire donner la Normandie en fief & la Bretagne en arrière-fief, laiffèrent-ils des archives par lefquelles on puiffe faire voir qu'ils font les pères de tous les Normands d'aujourd'hui?

Il y a bien long-temps que l'on a cru que les Franqs venaient des Troyens. (a) *Ammien Marcellin*, qui vivait au quatrième fiècle, dit : *Selon plufieurs anciens écrivains, des troupes de Troyens fugitifs s'établirent fur les bords du Rhin alors déferts.* Paffe encore pour *Enée*, il

(*) Voyez *Langue*.   (a) Liv. XII.

pouvait aifément chercher un afile au bout de la Méditerranée ; mais *Francus*, fils d'*Hector*, avait trop de chemin à faire pour aller vers Duffeldorp, Vorms, Ditz, Aldved, Solm, Errenbeiftein, &c.

Fredegaire ne doute pas que les Franqs ne fe fuffent d'abord retirés en Macédoine, & qu'ils n'aient porté les armes fous *Alexandre*, après avoir combattu fous *Priam*. Le moine *Otfrid* en fait fon compliment à l'empereur *Louis le germanique*.

Le géographe de Ravenne, moins fabuleux, affigne la première habitation de la horde des Franqs parmi les Cimbres, au-delà de l'Elbe, vers la mer Baltique. Ces Franqs pourraient bien être quelques reftes de ces barbares Cimbres défaits par *Marius* ; & le favant *Leibnitz* eft de cette opinion.

Ce qui eft bien certain, c'eft que du temps de *Conftantin* il y avait au-delà du Rhin des hordes de Franqs ou Sicambres qui exerçaient le brigandage. Ils fe raffemblaient fous des capitaines de bandits, fous des chefs que les hiftoriens ont eu le ridicule d'appeler *rois* : *Conftantin* les pourfuivit lui-même dans leurs repaires, en fit pendre plufieurs, en livra d'autres aux bêtes dans l'amphithéâtre de Trèves pour fon divertiffement : deux de leurs prétendus rois nommés *Afcaric* & *Ragaife* périrent par ce fupplice ; c'eft fur quoi les panégyriftes de *Conftantin* s'extafient, & fur quoi il n'y avait pas tant à fe récrier.

La prétendue loi falique, écrite, dit-on, par ces barbares, eft une des abfurdes chimères dont on nous ait jamais bercés. Il ferait bien étrange que les Francs euffent écrit dans leurs marais un code confidérable,

& que les Français n'euffent eu aucune coutume écrite
qu'à la fin du règne de *Charles VII.* Il vaudrait autant
dire que les Algonquins & les Chicachas avaient une
loi par écrit. Les hommes ne font jamais gouvernés
par des lois authentiques confignées dans les monumens publics, que quand ils ont été raffemblés dans
des villes, qu'ils ont eu une police réglée, des archives,
& tout ce qui caractérife une nation civilifée. Dès
que vous trouvez un code dans une nation qui était
barbare du temps de ce code, qui ne vivait que de
rapine & de brigandage, qui n'avait pas une ville
fermée, foyez très-furs que ce code eft fuppofé & qu'il
a été fait dans des temps très-poftérieurs. Tous les
fophifmes, toutes les fuppofitions, n'ébranleront jamais
cette vérité dans l'efprit des fages.

Ce qu'il y a de plus ridicule, c'eft qu'on nous donne
cette loi falique en latin; comme fi des fauvages errans
au-delà du Rhin, avaient appris la langue latine. On
la fuppofe d'abord rédigée par *Clovis*, & on le fait
parler ainfi :

*Lorfque la nation illuftre des Francs était encore réputée
barbare, les premiers de cette nation diĉtèrent la loi falique.
On choifit parmi eux quatre des principaux, Vifogaft,
Bodogaft, Sologaft, & Vindogaft &c.*

Il eft bon d'obferver que c'eft ici la fable de *la
Fontaine* :

> Notre magot prit pour ce coup
> Le nom d'un port pour un nom d'homme.

Ces noms font ceux de quelques cantons francs dans
le pays de Vorms. Quelle que foit l'époque où les
coutumes nommées *loi falique* aient été rédigées fur

une ancienne tradition, il eſt bien certain que les Francs n'étaient pas de grands légiſlateurs.

Que voulait dire originairement le mot *Franq*? Une preuve qu'on n'en ſait rien du tout, c'eſt que cent auteurs ont voulu le deviner. Que voulait dire Hun, Alain, Goth, Welche, Picard? Et qu'importe?

Les armées de *Clovis* étaient-elles toutes compoſées de Franqs? il n'y a pas d'apparence. *Childeric* le franq avait fait des courſes juſqu'à Tournai. On dit *Clovis* fils de *Childeric* & de la reine *Bazine* femme du roi *Bazin*. Or *Bazin* & *Bazine* ne ſont pas aſſurément des noms allemands, & on n'a jamais vu la moindre preuve que *Clovis* fût leur fils. Tous les cantons germains éliſaient leurs chefs; & le canton des Franqs avait ſans doute élu *Clodvic* ou *Clovis*, quel que fût ſon père. Il fit ſon expédition dans les Gaules, comme tous les autres barbares avaient entrepris les leurs dans l'empire romain.

Croira-t-on de bonne foi que l'hérule *Odo*, ſurnommé *Acer* par les Romains, & connu parmi nous ſous le nom d'*Odoacre*, n'ait eu que des Hérules à ſa ſuite, & que *Genſeric* n'ait conduit en Afrique que des Vandales? Tous les miſérables ſans profeſſion & ſans talent qui n'ont rien à perdre, & qui eſpèrent gagner beaucoup, ne ſe joignent-ils pas toujours au premier capitaine de voleurs qui lève l'étendard de la deſtruction?

Dès que *Clovis* eut le moindre ſuccès, ſes troupes furent groſſies ſans doute de tous les Belges qui voulurent avoir part au butin; & cette armée ne s'en appela pas moins *l'armée des Francs*. L'expédition était très-aifée. Déjà les Vifigoths avaient envahi un tiers des Gaules, & les Burgundiens un autre tiers. Le refte ne tint pas devant *Clovis*. Les Francs partagèrent les terres des vaincus, & les Welches les labourèrent.

Alors le mot *Franq* fignifia un *poffeffeur libre*, tandis que les autres étaient efclaves. De là vinrent les mots de *franchife* & d'*affranchir* : Je vous fais franq, je vous rends homme libre. De là *francalenus*, tenant librement ; *franq aleu*, *franq dad*, *franq chamen*, & tant d'autres termes moitié latins, moitié barbares, qui compofèrent fi long-temps le malheureux patois dont on fe fervit en France.

De là un franq en argent ou en or, pour exprimer la monnaie du roi des Franqs, ce qui n'arriva que long-temps après, mais qui rappelait l'origine de la monarchie. Nous difons encore *vingt francs*, *vingt livres*, & cela ne fignifie rien par foi-même ; cela ne donne aucune idée ni du poids ni du titre de l'argent ; ce n'eft qu'une expreffion vague par laquelle les peuples ignorans ont prefque toujours été trompés, ne fachant en effet combien ils recevaient, ni combien ils payaient réellement.

Charlemagne ne fe regardait pas comme un franq ; il était né en Auftrafie, & parlait la langue allemande. Son origine venait d'*Arnould* évêque de Metz, précepteur de *Dagobert*. Or, un homme choifi pour précepteur n'était pas probablement un franq. Ils fefaient tous gloire de la plus profonde ignorance, & ne connaiffaient que le métier des armes. Mais ce qui donne le plus de poids à l'opinion que *Charlemagne* regardait les Franqs comme étrangers à lui, c'eft l'article IV d'un de ſes capitulaires ſur ſes métairies : *Si les Franqs*, dit-il, *commettent quelques délits dans nos poſſeſſions, qu'ils ſoient jugés ſuivant leurs lois.*

La race carlovingienne paſſa toujours pour allemande; le pape *Adrien IV*, dans ſa lettre aux archevêques de Maïence, de Cologne, & de Trèves, s'exprime en ces termes remarquables : *L'empire fut transféré des Grecs aux Allemands. Le roi ne fut empereur qu'après avoir été couronné par le pape.... Tout ce que l'empereur poſſéde, il le tient de nous. Et comme Zacharie donna l'empire grec aux Allemands, nous pouvons donner celui des Allemands aux Grecs.*

Cependant la France ayant été partagée en orientale & en occidentale, & l'orientale étant l'Auſtraſie, ce nom de *France* prévalut au point que, même du temps des empereurs ſaxons, la cour de Conſtantinople les appelait toujours *prétendus empereurs franqs*, comme il ſe voit dans les lettres de l'évêque *Luitprand* envoyé de Rome à Conſtantinople.

De la nation françaiſe.

LORSQUE les Francs s'établirent dans le pays des premiers Welches, que les Romains appelaient *Gallia*, la nation ſe trouva compoſée des anciens Celtes ou Gaulois ſubjugués par *Céſar*, des familles romaines qui s'y étaient établies, des Germains qui y avaient déjà fait des émigrations, & enfin des Francs qui ſe rendirent maîtres du pays ſous leur chef *Clovis*. Tant que la monarchie qui réunit la Gaule & la Germanie ſubſiſta, tous les peuples depuis la ſource du Veſer juſqu'aux mers des Gaules, portèrent le nom de

Francs. Mais lorfqu'en 843, au congrès de Verdun, fous *Charles le chauve*, la Germanie & la Gaule furent féparées, **le nom de *Francs* refta aux peuples de la France occidentale, qui retint feule le nom de *France.***

On ne connut guère le nom de *Français* que vers le dixième fiècle. Le fond de la nation eft de familles gauloifes, & les traces du caractère des anciens Gaulois ont toujours fubfifté.

En effet, chaque peuple a fon caractère comme chaque homme; & ce caractère général eft formé de toutes les réffemblances que la nature & l'habitude ont mifes entre les habitans d'un même pays, au milieu des variétés qui les diftinguent. Ainfi le caractère, le génie, l'efprit français, réfultent de ce que les différentes provinces de ce royaume ont entr'elles de femblable. Les peuples de la Guienne & ceux de la Normandie différent beaucoup; cependant on reconnaît en eux le génie français, qui forme une nation de ces différentes provinces, & qui les diftingue des Italiens & des Allemands. Le climat & le fol impriment évidemment aux hommes, comme aux animaux & aux plantes, des marques qui ne changent point. Celles qui dépendent du gouvernement, de la religion, de l'éducation, s'altèrent. C'eft-là le nœud qui explique comment les peuples ont perdu une partie de leur ancien caractère & ont confervé l'autre. Un peuple qui a conquis autrefois la moitié de la terre n'eft plus reconnaiffable aujourd'hui fous un gouvernement facerdotal : mais le fond de fon ancienne grandeur d'ame fubfifte encore, quoique caché fous la faibleffe.

Le gouvernement barbare des Turcs a énervé de même les Egyptiens & les Grecs, fans avoir pu détruire le fond du caractère & la trempe de l'efprit de ces peuples.

Le fond du Français eft tel aujourd'hui, que *Céfar* a peint le Gaulois, prompt à fe réfoudre, ardent à combattre, impétueux dans l'attaque, fe rebutant aifément. *Céfar*, *Agatias*, & d'autres, difent que de tous les barbares, le Gaulois était le plus poli. Il eft encore, dans le temps le plus civilifé, le modèle de la politeffe de fes voifins, quoiqu'il montre de temps en temps des reftes de fa légéreté, de fa pétulance, & de fa barbarie.

Les habitans des côtes de la France furent toujours propres à la marine : les peuples de la Guienne compofèrent toujours la meilleure infanterie : ceux qui habitent les campagnes de Blois & de Tours ne font pas, dit le *Taffe*,

> . . *Gente robufta, e faticofa.*
> *La terra molle, e lieta, e dilettofa*
> *Simili a fe gli abitator', produce.*

Mais comment concilier le caractère des Parifiens de nos jours avec celui que l'empereur *Julien*, le premier des princes & des hommes après *Marc-Aurèle*, donne aux Parifiens de fon temps? *J'aime ce peuple*, dit-il dans fon Mofopogon, *parce qu'il eft férieux & févère comme moi.* Ce férieux qui femble banni aujourd'hui d'une ville immenfe, devenue le centre des plaifirs, devait régner dans une ville alors petite, dénuée d'amufemens : l'efprit des Parifiens a changé en cela, malgré le climat.

L'affluence du peuple, l'opulence, l'oifiveté, qui ne peut s'occuper que des plaifirs & des arts, & non du gouvernement, ont donné un nouveau tour d'efprit à un peuple entier.

Comment expliquer encore par quels degrés ce peuple a paffé des fureurs qui le caractériférent du temps du roi *Jean*, de *Charles VI*, de *Charles IX*, de *Henri III*, & de *Henri IV* même, à cette douce facilité de mœurs que l'Europe chérit en lui ? C'eft que les orages du gouvernement & ceux de la religion pouffèrent la vivacité des efprits aux emportemens de la faction & du fanatifme, & que cette même vivacité, qui fubfiftera toujours, n'a aujourd'hui pour objet que les agrémens de la fociété. Le Parifien eft impétueux dans fes plaifirs, comme il le fut autrefois dans fes fureurs. Le fond du caractère qu'il tient du climat, eft toujours le même. S'il cultive aujourd'hui tous les arts dont il fut privé fi long-temps, ce n'eft pas qu'il ait un autre efprit, puifqu'il n'a point d'autres organes ; mais c'eft qu'il a eu plus de fecours ; & ces fecours, il ne fe les eft pas donnés lui-même, comme les Grecs & les Florentins, chez qui les arts font nés comme des fruits naturels de leur terroir : le Français les a reçus d'ailleurs ; mais il a cultivé heureufement ces plantes étrangères ; & ayant tout adopté chez lui, il a prefque tout perfectionné.

Le gouvernement des Français fut d'abord celui de tous les peuples du Nord : tout fe réglait dans les affemblées générales de la nation : les rois étaient les chefs de ces affemblées ; & ce fut prefque la feule adminiftration des Français dans les deux premières races, jufqu'à *Charles le fimple*.

Lorfque

Lorſque la monarchie fut démembrée, dans la décadence de la race carlovingienne ; lorſque le royaume d'Arles s'éleva, & que les provinces furent occupées par des vaſſaux peu dépendans de la couronne, le nom de Français fut plus reſtreint ; ſous *Hugues-Capet*, *Robert*, *Henri*, & *Philippe*, on n'appela *Français* que les peuples en-deçà de la Loire. On vit alors une grande diverſité dans les mœurs, comme dans les lois des provinces demeurées à la couronne de France. Les ſeigneurs particuliers qui s'étaient rendus les maîtres de ces provinces, introduiſirent de nouvelles coutumes dans leurs nouveaux Etats. Un breton, un flamand, ont aujourd'hui quelque conformité, malgré la différence de leur caractère, qu'ils tiennent du ſol & du climat : mais alors ils n'avaient entr'eux preſque rien de ſemblable.

Ce n'eſt guère que depuis *François I*, que l'on vit quelque uniformité dans les mœurs & dans les uſages. La cour ne commença que dans ce temps à ſervir de modèle aux provinces réunies ; mais en général, l'impétuoſité dans la guerre, & le peu de diſcipline, furent toujours le caractère dominant de la nation.

La galanterie & la politeſſe commencèrent à diſtinguer les Français ſous *François I*. Les mœurs devinrent atroces depuis la mort de *François II*. Cependant au milieu de ces horreurs, il y avait toujours à la cour une politeſſe que les Allemands & les Anglais s'efforçaient d'imiter. On était déjà jaloux des Français dans le reſte de l'Europe, en cherchant à leur reſſembler. Un perſonnage d'une comédie de *Shakeſpeare* dit qu'*à toute force on peut être poli, ſans avoir été à la cour de France.*

Dictionn. philoſoph. Tome IV.   Z

Quoique la nation ait été taxée de légèreté par *Céfar* & par tous les peuples voifins, cependant ce royaume fi long-temps démembré, & fi fouvent près de fuccomber, s'eft réuni & foutenu principalement par la fageffe des négociations, l'adreffe, & la patience, mais furtout par la divifion de l'Allemagne & de l'Angleterre. La Bretagne n'a été réunie au royaume que par un mariage; la Bourgogne par droit de mouvance, & par l'habileté de *Louis XI;* le Dauphiné, par une donation qui fut le fruit de la politique; le comté de Touloufe, par un accord foutenu d'une armée; la Provence, par de l'argent. Un traité de paix a donné l'Alface; un autre traité a donné la Lorraine. Les Anglais ont été chaffés de France autrefois, malgré les victoires les plus fignalées, parce que les rois de France ont fu temporifer & profiter de toutes les occafions favorables. Tout cela prouve que fi la jeuneffe françaife eft légère, les hommes d'un âge mûr qui la gouvernent ont toujours été très-fages. Encore aujourd'hui la magiftrature, en général, a des mœurs févères, comme du temps de l'empereur *Julien.* Si les premiers fuccès en Italie, du temps de *Charles VIII,* furent dus à l'impétuofité guerrière de la nation, les difgraces qui les fuivirent vinrent de l'aveuglement d'une cour qui n'était compofée que de jeunes gens. *François I* ne fut malheureux que dans fa jeuneffe, lorfque tout était gouverné par des favoris de fon âge; & il rendit fon royaume floriffant dans un âge plus avancé.

Les Français fe fervirent toujours des mêmes armes que leurs voifins, & eurent à-peu-près la même difcipline dans la guerre. Ils ont été les premiers qui ont

quitté l'ufage de la lance & des piques. La bataille
d'Ivry commença à décrier l'ufage des lances, qui
fut bientôt aboli; & fous *Louis XIV* les piques ont
été oubliées. Ils portèrent des tuniques & des robes
jufqu'au feizième fiècle. Ils quittèrent fous *Louis le
jeune* l'ufage de laiffer croître la barbe, & le reprirent
fous *François I;* & on ne commença à fe rafer entièrement que fous *Louis XIV.* Les habillemens changèrent toujours; & les Français, au bout de chaque
fiècle, pouvaient prendre les portraits de leurs aïeux
pour des portraits d'étrangers.

F R A N Ç O I S.

SECTION PREMIERE.

ON prononce aujourd'hui *français,* & quelques
auteurs l'écrivent de même; ils en donnent pour
raifon qu'il faut diftinguer *François* qui fignifie une
nation, de *François* qui eft un nom propre, comme
St *François*, ou *François I.*

Toutes les nations adouciffent à la longue la
prononciation des mots qui font le plus en ufage ;
c'eft ce que les Grecs appelaient *euphonie.* On prononçait la diphthongue *oi* rudement, au commencement du feizième fiècle. La cour de *François I*
adoucit la langue comme les efprits : de-là vient
qu'on ne dit plus *françois* par un *o*, mais *français ;*
qu'on dit, il *aimait*, il *croyait*, & non pas il *aimoit*,
il *croyoit* &c.

La langue française ne commença à prendre quelque forme que vers le dixième siècle ; elle naquit des ruines du latin & du celte, mêlée de quelques mots tudesques. Ce langage était d'abord le *romanum rusticum*, le romain rustique ; & la langue tudesque fut la langue de la cour, jusqu'au temps de *Charles le chauve ;* le tudesque demeura la seule langue de l'Allemagne, après la grande époque du partage en 433. Le romain rustique, la langue romance prévalut dans la France occidentale ; le peuple du pays de Vaud, du Valais, de la vallée d'Engadine, & de quelques autres cantons, conserve encore aujourd'hui des vestiges manifestes de cet idiome.

A la fin du dixième siècle, le *français* se forma ; on écrivit en *français* au commencement du onzième ; mais ce *français* tenait encore plus du romain rustique, que du *français* d'aujourd'hui. Le roman de *Philomena*, écrit au dixième siècle en romain rustique, n'est pas dans une langue fort différente des lois normandes. On voit encore les origines celtes, latines, & allemandes. Les mots qui signifient les parties du corps humain, ou des choses d'un usage journalier, & qui n'ont rien de commun avec le latin ou l'allemand, sont de l'ancien gaulois ou celte, comme *tête*, *jambe*, *sabre*, *pointe*, *aller*, *parler*, *écouter*, *regarder*, *aboyer*, *crier*, *coutume*, *ensemble*, & plusieurs autres de cette espèce. La plupart des termes de guerre étaient francs ou allemands : *Marche, halte, maréchal, bivouac, reitre, lansquenet.* Presque tout le reste est latin ; & les mots latins furent tous abrégés, selon l'usage & le génie des nations du Nord : ainsi de *palátium*, palais ; de *lupus*, loup ; d'*Auguste*, août ; de *Junius*, juin; d'*unctus*, oint; de *purpura*, pourpre; de *pretium*, prix &c.... A peine reftait-il quelques veftiges de la langue grecque, qu'on avait fi long - temps parlée à Marfeille.

On commença au douzième fiècle à introduire dans la langue quelques termes de la philofophie d'*Ariftote*; & vers le feizième fiècle, on exprima par des termes grecs toutes les parties du corps humain, leurs maladies, leurs remèdes : de - là les mots de *cardiaque*, *céphalique*, *podagre*, *apopleEtique*, *afthmatique*, *iliaque*, *empyème*, & tant d'autres. Quoique la langue s'enrichît alors du grec, & que depuis *Charles VIII* elle tirât beaucoup de fecours de l'italien déjà per-fectionné, cependant elle n'avait pas pris encore une confiftance régulière. *François I* abolit l'ancien ufage de plaider, de juger, de contracter, en latin; ufage qui atteftait la barbarie d'une langue dont on n'ofait fe fervir dans les actes publics; ufage pernicieux aux citoyens, dont le fort était réglé dans une langue qu'ils n'entendaient pas. On fut alors obligé de cultiver le *français*; mais la langue n'était ni noble ni régulière. La fyntaxe était abandonnée au caprice. Le génie de la converfation étant tourné à la plai-fanterie, la langue devint très-féconde en expreffions burlefques & naïves, & très - ftérile en termes nobles & harmonieux : de - là vient que dans les diction-naires de rimes on trouve vingt termes convenables à la poëfie comique, pour un d'un ufage plus relevé; & c'eft encore une raifon pour laquelle *Marot* ne réuffit jamais dans le ftyle férieux, & qu'*Amiot* ne put rendre qu'avec naïveté l'élégance de *Plutarque*.

Le *français* acquit de la vigueur fous la plume de *Montagne;* mais il n'eut point encore d'élévation & d'harmonie. *Ronfard* gâta la langue en tranfportant dans la poëfie françaife les compofés grecs dont fe fervaient les philofophes & les médecins. *Malherbe* répara un peu le tort de *Ronfard*. La langue devint plus noble & plus harmonieufe par l'établiffement de l'académie françaife, & acquit enfin dans le fiècle de *Louis XIV*, la perfection où elle pouvait être portée dans tous les genres.

Le génie de cette langue eft la clarté & l'ordre : car chaque langue a fon génie, & ce génie confifte dans la facilité que donne le langage de s'exprimer plus ou moins heureufement, d'employer ou de rejeter les tours familiers aux autres langues. Le *français* n'ayant point de déclinaifons, & étant toujours afferui aux articles, ne peut adopter les inverfions grecques & latines; il oblige les mots à s'arranger dans l'ordre naturel des idées. On ne peut dire que d'une feule manière, *Plancus a pris foin des affaires de Céfar;* voilà le feul arrangement qu'on puiffe donner à ces paroles : exprimez cette phrafe en latin : *Res Cæfaris Plancus diligenter curavit;* on peut arranger ces mots de cent vingt manières, fans faire tort au fens & fans gêner la langue. Les verbes auxiliaires qui alongent & qui énervent les phrafes dans les langues modernes, rendent encore la langue françaife peu propre pour le ftyle lapidaire. Les verbes auxiliaires, fes pronoms, fes articles, fon manque de participes déclinables, & enfin fa marche uniforme, nuifent au grand enthou-fiafme de la poëfie : elle a moins de reffources en ce genre que l'italien & l'anglais; mais cette gêne & cet

efclavage même la rendent plus propre à la tragédie
& à la comédie, qu'aucune langue de l'Europe.
L'ordre naturel dans lequel on eft obligé d'exprimer
fes penfées & de conftruire fes phrafes, répand dans
cette langue une douceur & une facilité qui plaît à
tous les peuples; & le génie de la nation fe mêlant
au génie de la langue, a produit plus de livres agréa-
blement écrits qu'on n'en voit chez aucun autre
peuple.

La liberté & la douceur de la fociété n'ayant été
long-temps connues qu'en France, le langage en a
reçu une délicateffe d'expreffion, & une fineffe pleine
de naturel qui ne fe trouvent guère ailleurs. On a
quelquefois outré cette fineffe; mais les gens de goût
ont fu toujours la réduire dans de juftes bornes.

Plufieurs perfonnes ont cru que la langue françaife
s'était appauvrie depuis le temps d'*Amiot* & de
Montagne : en effet, on trouve dans ces auteurs plufieurs expreffions qui ne font plus recevables; mais
ce font, pour la plupart, des termes familiers auxquels
on a fubftitué des équivalens. Elle s'eft enrichie de
quantité de termes nobles & énergiques; & fans parler
ici de l'éloquence des chofes, elle a acquis l'éloquence
des paroles. C'eft dans le fiècle de *Louis XIV*, comme
on l'a dit, que cette éloquence a eu fon plus grand
éclat, & que la langue a été fixée. Quelques changemens que le temps & le caprice lui préparent, les
bons auteurs du dix-feptième & du dix-huitième fiècles
ferviront toujours de modèles.

On ne devait pas attendre que le *français* dût fe
diftinguer dans la philofophie. Un gouvernement
long-temps gothique étouffa toute lumière pendant

plus de douze cents ans ; & des maîtres d'erreurs, payés pour abrutir la nature humaine , épaiffirent encore les ténèbres. Cependant aujourd'hui il y a plus de philofophie dans Paris que dans aucune ville de la terre, & peut-être que dans toutes les villes enfemble, excepté Londres. Cet efprit de raifon pénètre même dans les provinces. Enfin le génie français eft peut-être égal aujourd'hui à celui des Anglais en philofophie ; peut-être fupérieur à tous les autres peuples, depuis quatre-vingts ans dans la littérature ; & le premier, fans doute, pour les dou-ceurs de la fociété, pour cette politeffe fi aifée, fi naturelle, qu'on appelle improprement *urbanité.*

SECTION II.

Langue française.

IL ne nous refte aucun monument de la langue des anciens Welches, qui fefaient, dit-on, une partie des peuples celtes, ou keltes, efpèce de fauvages dont on ne connaît que le nom, & qu'on a voulu en vain illuftrer par des fables. Tout ce que l'on fait, eft que les peuples que les Romains appelaient *Galli*, dont nous avons pris le nom de Gaulois, s'appelaient *Welches ;* c'eft le nom qu'on donne encore aux Fran-çais dans la baffe Allemagne, comme on appelait cette Allemagne *Teutch.*

La province de Galles, dont les peuples font une colonie de Gaulois, n'a d'autre nom que celui de *Welch.*

Un refte de l'ancien patois s'eft encore confervé chez quelques ruftres dans cette province de Galles, dans la baffe - Bretagne, dans quelques villages de France.

Quoique notre langue foit une corruption de la latine, mêlée de quelques expreffions grecques, italiennes, efpagnoles, cependant nous avons retenu plufieurs mots dont l'origine paraît être celtique. Voici un petit catalogue de ceux qui font encore d'ufage, & que le temps n'a prefque point altérés.

A.

Abattre, acheter, achever, affoller, aller, aleu, franc-aleu.

B.

Bagage, bagarre, bague, bailler, balayer, ballot, ban, arrière-ban, banc, bannal, barre, barreau, barrière, bataille, bateau, battre, bec, bègue, béguin, béquée, béqueter, berge, berne, bivouac, blèche, blé, bleffer, bloc, blocaille, blond, bois, botte, bouche, boucher, bouchon, boucle, brigand, brin, brize de vent, broche, brouiller, brouffailles, bru, mal rendu par *belle-fille*.

C.

Cabas, caille, calme, calotte, chance, chat, claque, cliquetis, clou, coi, coiffe, coq, couard, couette, cracher, craquer, cric, croc, croquer.

D.

Da, (cheval) nom qui s'eft confervé parmi les enfans, dada; d'abord, dague, danfe, devis, devife, devifer, digue, dogue, drap, drogue, drôle.

E.

Echalas, effroi, embarras, épave, eft, ainfi que oueft, nord, & fud.

F.

Fiffre, flairer, flèche, fou, fracas, frapper, frafque, fripon, frire, froc.

G.

Gabelle, gaillard, gain, galland, galle, garant, garre, garder, gauche, gobelet, gobet, gogue, gourde, gouffe, gras, grelot, gris, gronder, gros, guerre, guetter.

H.

Hagard, halle, halte, hanap, hanneton, haquenée, harraffer, hardes, harnois, havre, hafard, heaume, heurter, hors, hucher, huer.

L.

Ladre, laid, laquais, leude, homme de pied; logis, lopin, lors, lorfque, lot, lourd.

M.

Magafin, maille, maraud, marche, maréchal, marmot, marque, mâtin, mazette, mener, meurtre, morgue, moue, moufle, mouton.

N.

Nargue, narguer, niais.

O.

Ofche, ou hoche, petite entaillure que les boulangers font encore à de petites baguettes pour marquer le nombre des pains qu'ils fourniffent, ancienne

manière de tout compter chez les Welches. C'eſt ce
qu'on appelle encore *taille*. Oui, ouf.

P.

Palefroi, pantois, parc, piaffe, piailler, picorer.

R.

Race, racler, radotter, rançon, rat, ratiffer,
regarder, renifler, requinquer, rêver, rincer, riſque,
roffe, ruer.

S.

Saiſir, faiſon, falaire, falle, favate, foin, fot, ce
nom ne convenait-il pas un peu à ceux qui l'ont
dérivé de l'hébreu? comme ſi les Welches avaient
autrefois étudié à Jéruſalem. Soupe.

T.

Talut, tanné (couleur,) tantôt, tappe, tic, trace,
trappe, trapu, traquer, qu'on n'a pas manqué de
faire venir de l'hébreu, tant les Juifs & nous étions
voiſins autrefois ; tringle, troc, trognon, trompe,
trop, trou, troupe, trouffe, trouve.

V.

Vacarme, valet, vaffal.

Voyez à l'article *Grec* les mots qui peuvent être
dérivés originairement de la langue grecque.

De tous les mots ci-deffus, & de tous ceux qu'on
y peut joindre, il en eſt qui probablement ne font pas
de l'ancienne langue gauloiſe, mais de la teutone.
Si on pouvait prouver l'origine de la moitié, c'eſt
beaucoup.

Mais quand nous aurons bien conſtaté leur généalogie, quel fruit en pourrons-nous tirer ? Il n'eſt pas

queſtion de ſavoir ce que notre langue fut, mais ce qu'elle eſt. Il importe peu de connaître quelques reſtes de ces ruines barbares, quelques mots d'un jargon qui reſſemblait, dit l'empereur *Julien*, au hurlement des bêtes. Songeons à conſerver dans ſa pureté la belle langue qu'on parlait dans le grand ſiècle de *Louis XIV*.

Ne commence-t-on pas à la corrompre? N'eſt-ce pas corrompre une langue, que de donner aux termes employés par les bons auteurs une ſignification nouvelle? Qu'arriverait-il, ſi vous changiez ainſi le ſens de tous les mots? On ne vous entendrait, ni vous, ni les bons écrivains du grand ſiècle.

Il eſt ſans doute très-indifférent en ſoi, qu'une ſyllabe ſignifie une choſe ou une autre. J'avouerai même que ſi on aſſemblait une ſociété d'hommes qui euſſent l'eſprit & l'oreille juſtes, & s'il s'agiſſait de réformer la langue, qui fut ſi barbare juſqu'à la naiſſance de l'académie, on adoucirait la rudeſſe de pluſieurs expreſſions; on donnerait de l'embonpoint à la ſéchereſſe de quelques autres, & de l'harmonie à des ſons rebutans. *Oncle, ongle, radoub, perdre, borgne*, pluſieurs mots terminés durement auraient pu être adoucis. *Epieu, lieu, dieu, moyeu, feu, bleu, peuple, nuque, plaque, porche*, auraient pu être plus harmonieux. Quelle différence du mot *Theos* au mot DIEU! de *pópulos* à peuples! de *locus* à lieu!

Quand nous commençâmes à parler la langue des Romains nos vainqueurs, nous la corrompîmes. D'*Auguſtus* nous fîmes aouſt, août; de *pavo* paon; de *Cadomum* Caën; de *Junius* juin; d'*unctus* oint; de *purpura* pourpre; de *pretium* prix. C'eſt une propriété

des barbares d'abréger tous les mots. Ainfi les Allemands & les Anglais, firent d'*ecclefia* kirk, church;
de *foras* furth; de *condemnare* damn. Tous les nombres
romains devinrent des monofyllables dans prefque
tous les patois de l'Europe. Et notre mot vingt, pour
viginti, n'attefte-t-il pas encore la vieille rufticité de
nos pères? La plupart des lettres que nous avons
retranchées, & que nous prononcions durement, font
nos anciens habits de fauvages : chaque peuple en a
des magafins.

Le plus infupportable refte de la barbarie welche
& gauloife, eft dans nos terminaifons en *oin;* coin,
foin, oint, groin, foin, point, loin, marfouin, tin-
touin, pourpoint. Il faut qu'un langage ait d'ailleurs
de grands charmes, pour faire pardonner ces fons,
qui tiennent moins de l'homme que de la plus dégoûtante efpèce des animaux.

Mais enfin, chaque langue a des mots défagréables,
que les hommes éloquens favent placer heureufement, & dont ils ornent la rufticité. C'eft un très-
grand art; c'eft celui de nos bons auteurs. Il faut
donc s'en tenir à l'ufage qu'ils ont fait de la langue
reçue.

Il n'eft rien de choquant dans la prononciation
d'*oin*, quand ces terminaifons font accompagnées de
fyllabes fonores. Au contraire, il y a beaucoup d'harmonie dans ces deux phrafes : *Les tendres foins que j'ai
pris de votre enfance. Je fuis loin d'être infenfible à tant
de vertus & de charmes.*

Mais il faut fe garder de dire, comme dans la
tragédie de Nicomède :

Non ; mais il m'a furtout laiffé ferme en ce point ,
D'eftimer beaucoup Rome , & ne la craindre point.

Le fens eft beau. Il fallait l'exprimer en vers plus
mélodieux. Les deux rimes de *point* choquent l'oreille.
Perfonne n'eft révolté de ces vers dans l'Andromaque.

On le verrait encor nous partager fes foins ;
Il m'aimerait peut-être ; il le feindrait du moins.
Adieu, tu peux partir ; je demeure en Epire.
Je renonce à la Grèce, à Sparte, à fon empire ,
A toute ma famille &c.

Voyez comme les derniers vers foutiennent les premiers, comme ils répandent fur eux la beauté de leur
harmonie !

On peut reprocher à la langue françaife un trop
grand nombre de mots fimples , auxquels manque
le compofé, & de termes compofés qui n'ont point le
fimple primitif. Nous avons des *architraves* & point
de *traves* ; un homme eft *implacable* , & n'eft point
placable ; il y a des gens *inaimables* , & cependant
inaimable ne s'eft pas encore dit.

C'eft par la même bizarrerie que le mot de *garçon*
eft très-ufité, & que celui de *garce* eft devenu une
injure groffière. *Vénus* eft un mot charmant , *vénérien*
donne une idée affreufe.

Le latin eut quelques fingularités pareilles. Les
latins difaient *poffible*, & ne difaient pas *impoffible*. Ils
avaient le verbe *providere* & non le fubftantif *provi-
dentia ; Cicéron* fut le premier qui l'employa comme
un mot technique.

Il me femble que, lorfqu'on a eu dans un fiècle un nombre fuffifant de bons écrivains, devenus claf-fiques, il n'eft plus guère permis d'employer d'autres expreffions que les leurs, & qu'il faut leur donner le même fens, ou bien dans peu de temps le fiècle préfent n'entendrait plus le fiècle paffé.

Vous ne trouverez dans aucun auteur du fiècle de *Louis XIV*, que *Rigault* ait peint les portraits *au parfait*, que *Benferade* ait *perfifflé* la cour, que le fur-intendant *Fouquet* ait eu *un goût décidé* pour les beaux arts &c.

Le miniftère prenait alors des engagemens & non pas des *erremens*. On tenait, on rempliffait, on accom-pliffait fes promeffes; on ne les *réalifait* pas. On citait les anciens, on ne *fefait pas des citations*. Les chofes avaient du rapport les unes aux autres, des reffem-blances, des analogies, des conformités; on les rapprochait, on en tirait des inftructions, des confé-quences : aujourd'hui on imprime qu'un article d'une déclaration du roi *a trait* à un arrêt de la cour des aides. Si on avait demandé à *Patru*, à *Péliffon*, à *Boileau*, à *Racine*, ce que c'eft qu'*avoir trait*, ils n'au-raient fu que répondre. On recueillait fes moiffons; aujourd'hui on les *récolte*. On était exact, févère, rigoureux, minutieux même; à préfent on s'avife d'être *ftrict*. Un avis était femblable à un autre; il n'en était pas différent; il lui était conforme; il était fondé fur les mêmes raifons; deux perfonnes étaient du même fentiment, avaient la même opinion &c. cela s'entendait. Je lis dans vingt mémoires nouveaux, que les états ont eu un avis *parallèle* à celui du par-lement; que le parlement de Rouen n'a pas une opinion *parallèle* à celui de Paris, comme fi *parallèle* pouvait fignifier conforme ; comme fi deux chofes parallèles ne pouvaient pas avoir mille différences.

Aucun auteur du bon fiècle n'ufa du mot de *fixer*, que pour fignifier arrêter, rendre ftable, invariable.

> Et fixant de fes vœux l'inconftance fatale,
> Phèdre depuis long-temps ne craint plus de rivale.
> . . . .
> C'eft à ce jour heureux qu'il fixa fon retour.
> . . . .
> Egayer la chagrine, & fixer la volage.

Quelques gafcons hafardèrent de dire : *J'ai fixé cette dame*, pour je l'ai regardée fixement ; j'ai fixé mes yeux fur elle. De-là eft venu la mode de dire : *Fixer une perfonne*. Alors vous ne favez point fi on entend par ce mot : j'ai rendu cette perfonne moins incertaine, moins volage ; ou fi on entend, je l'ai obfervée, j'ai fixé mes regards fur elle. Voilà un nouveau fens attaché à un mot reçu, & une nouvelle fource d'équivoques.

Prefque jamais les *Péliffon*, les *Boffuet*, les *Fléchier*, les *Maffillon*, les *Fénélon*, les *Racine*, les *Quinault*, les *Boileau* ; *Molière* même & *la Fontaine*, qui tous deux ont commis beaucoup de fautes contre la langue, ne fe font fervi du terme *vis-à-vis*, que pour exprimer une pofition de lieu. On difait : L'aile droite de l'armée de *Scipion* vis-à-vis l'aile gauche d'*Annibal*. Quand *Ptolomée* fut vis-à-vis de *Céfar*, il trembla.

Vis-à-vis eft l'abrégé de vifage à vifage ; & c'eft une expreffion qùi ne s'employa jamais dans la poëfie noble, ni dans le difcours oratoire.

Aujourd'hui

Aujourd'hui l'on commence à dire : *Coupable vis-à-vis de vous, bienfefant vis-à-vis de nous, difficile vis-à-vis de nous, mécontent vis-à-vis de nous*, au lieu de coupable, bienfefant envers nous, difficile avec nous, mécontent de nous.

J'ai lu dans un écrit public : *Le roi mal fatisfait vis-à-vis de fon parlement*. C'eft un amas de barbarifmes. On ne peut être mal fatisfait. *Mal* eft le contraire de *fatis*, qui fignifie affez. On eft peu content, mécontent; on fe croit mal fervi, mal obéi. On n'eft ni fatisfait, ni mal fatisfait, ni content, ni mécontent, ni bien, ni mal obéi; vis-à vis de quelqu'un, mais de quelqu'un. *Mal fatisfait* eft de l'ancien ftyle des bureaux. Des écrivains peu corrects fe font permis cette faute.

Prefque tous les écrits nouveaux font infectés de l'emploi vicieux de ce mot *vis-à-vis*. On a négligé ces expreffions fi faciles, fi heureufes, fi bien mifes à leur place par les bons écrivains; *envers, pour, avec, à l'égard, en faveur de*.

Vous me dites qu'un homme eft bien difpofé *vis-à-vis* de moi; qu'il a un reffentiment *vis-à-vis* de moi; que le roi veut fe conduire en père *vis-à-vis* de la nation. Dites que cet homme eft bien difpofé pour moi, à mon égard, en ma faveur; qu'il a du reffentiment contre moi; que le roi veut fe conduire en père du peuple; qu'il veut agir en père avec la nation, envers la nation : ou bien vous parlerez fort mal.

Quelques auteurs, qui ont parlé allobroge en français, ont dit *élogier* au lieu de louer, ou faire un éloge; *par contre* au lieu d'au contraire; *éduquer* pour élever, ou donner de l'éducation; *égalifer* les fortunes pour égaler.

Dictionn. philofoph. Tome IV.   A a

Ce qui peut le plus contribuer à gâter la langue, à la replonger dans la barbarie, c'est d'employer dans le barreau, dans les conseils d'Etat, des expressions gothiques, dont on se servait dans le quatorzième siècle : *Nous aurions reconnu ; nous aurions observé ; nous aurions statué ; il nous aurait paru aucunement utile.*

Hé, mes pauvres législateurs ! qui vous empêche de dire : *Nous avons reconnu ; nous avons statué ; il nous a paru utile ?*

Le sénat romain, dès le temps des *Scipions*, parlait purement, & on aurait sifflé un sénateur qui aurait prononcé un solécisme. Un parlement croit se donner du relief en disant au roi qu'il ne peut *obtempérer*. Les femmes ne peuvent entendre ce mot qui n'est pas français. Il y a vingt manières de s'exprimer intelligiblement.

C'est un défaut trop commun d'employer des termes étrangers pour exprimer ce qu'ils ne signifient pas. Ainsi de *celata*, qui signifie un casque en italien, on fit le mot *salade* dans les guerres d'Italie ; de *bowling-green*, gazon où l'on joue à la boule, on a fait boulingrin ; *rost beef*, bœuf rôti, a produit chez nos maîtres-d'hôtel du bel air des bœufs rôtis d'agneau, des bœufs rôtis de perdreaux. De l'habit de cheval *riding-coat* on a fait redingote ; & du sallon du sieur *Devaux* à Londres, nommé *vaux-hall*, on a fait un *facs-hall* à Paris. Si on continue, la langue française si polie redeviendra barbare. Notre théâtre l'est déjà par des imitations abominables ; notre langage le sera de même. Les solécismes, les barbarismes, le style bourfoufflé, guindé, inintelligible, ont inondé la scène depuis *Racine*, qui semblait les avoir bannis pour jamais par la pureté de fa diction toujours élégante. On ne peut diffimuler qu'excepté quelques morceaux d'*Electre*, & furtout de *Rhadamifte*, tout le refte des ouvrages de l'auteur eft quelquefois un amas de folécifmes & de barbarifmes, jeté au hafard en vers qui révoltent l'oreille.

Il parut, il y a quelques années, un dictionnaire néologique, dans lequel on montrait ces fautes dans tout leur ridicule. Mais malheureufement, cet ouvrage, plus fatirique que judicieux, était fait par un homme un peu groffier, qui n'avait ni affez de juftefle dans l'efprit, ni affez d'équité pour ne pas mêler indifféremment les bonnes & les mauvaifes critiques.

Il parodie quelquefois très-groffièrement les morceaux les plus fins & les plus délicats des éloges des académiciens, prononcés par *Fontenelle ;* ouvrage qui en tout fens fait honneur à la France. Il condamne dans *Crébillon, fais-toi d'autres vertus* &c. ; l'auteur, dit-il, veut dire, *pratique d'autres vertus.* Si l'auteur qu'il reprend s'était fervi de ce mot *pratique*, il aurait été fort plat. Il eft beau de dire : Je me fais des vertus conformes à ma fituation. *Cicéron* a dit : *Facere de neceffitate virtutem ;* d'où nous eft venu le proverbe, *faire de néceffité vertu. Racine* a dit dans Britannicus,

> Qui, dans l'obfcurité nourriffant fa douleur,
> S'eft fait une vertu conforme à fon malheur.

Ainfi *Crébillon* avait imité *Racine ;* il ne fallait pas blâmer dans l'un ce qu'on admire dans l'autre.

Mais il eft vrai qu'il eût fallu manquer abfolument de goût & de jugement pour ne pas reprendre les

vers ſuivans qui péchent tous, ou contre la langue,
ou contre l'élégance, ou contre le ſens commun.

Mon fils, je t'aime encor tout ce qu'on peut aimer.
. . . . . .

Tant le ſort entre nous a jeté de myſtère.
Les Dieux ont leur juſtice, & le trône a ſes mœurs.
. . . .

Agénor inconnu ne compte point d'aïeux,
Pour me juſtifier d'un amour odieux.
. . . .

Ma raiſon s'arme en vain de quelques étincelles.
. . . .

Ah! que les malheureux éprouvent de tourmens!
. . . . .

Un captif tel que moi
Honorerait ſes fers même ſans qu'il fût roi.
. . . . .

Un guerrier généreux, que la vertu couronne,
Vaut bien un roi formé par le ſecours des lois.
Le premier qui fut roi n'eut pour lui que ſa voix.
. . . . . .

Je ne ſuis point ta mère; & je n'en ſens du moins
Les entrailles, l'amour, le remords, ni les ſoins.
. . . .

Je crois que tu n'es point coupable;
Mais ſi tu l'es tu n'es qu'un homme déteſtable.
. . . . . .

Mais vous me payerez ſes funeſtes appas.
C'eſt vous qui leur gagnez ſur moi la préférence.
. . . . . .

Seigneur, enfin la paix ſi long-temps attendue,

M'eft redonnée ici par le même héros,
Dont la feule valeur me caufa tant de maux.

. . . .

Autour d'un vafe affreux dont il était rempli,
Du fang de Nonnius avec foin recueilli,
Au fond de ton palais j'ai raffemblé leur troupe.

Ces phrafes obfcures, ces termes impropres, ces fautes de fyntaxe, ce langage inintelligible, ces penfées fi fauffes & fi mal exprimées ; tant d'autres tirades où l'on ne parle que des Dieux & des enfers, parce qu'on ne fait pas faire parler les hommes ; un ftyle bourfoufflé & plat à la fois, hériffé d'épithètes inutiles, de maximes monftrueufes exprimées en vers dignes d'elles ; (a) c'eft-là ce qui a fuccédé au ftyle de *Racine*. Et pour achever la décadence de la langue & du goût, ces pièces vifigothes & vandales ont été fuivies de pièces plus barbares encore.

(a) Voici quelques-unes de ces maximes déteftables qu'on ne doit jamais étaler fur le théâtre.

> Mais, Seigneur, fans compter ce qu'on appelle crime,
> Quoi ! toujours des fermens efclaves malheureux,
> Notre honneur dépendra d'un vain refpeft pour eux !
> Pour moi que touche peu cet honneur chimérique,
> J'appelle à ma raifon d'un joug fi tyrannique.
> Me venger & régner, voilà mes fouverains ;
> Tout le refte pour moi n'a que des titres vains.
> De froids remords voudraient en vain y mettre obftacle,
> Je ne confulte plus que ce fuperbe oracle.

(*Tragédie de* Xerxès.)

Quelles plates & extravagantes atrocités ! *appeler à fa raifon d'un joug ; mes fouverains font me venger & régner ; de froids remords qui veulent mettre obftacle à ce fuperbe oracle !* quelle foule de barbarifmes & d'idées barbares !

La profe n'eft pas moins tombée. On voit dans des livres férieux & faits pour inftruire, une affectation qui indigne tout lecteur fenfé.

Il faut mettre fur le compte de l'amour-propre ce qu'on met fur le compte des vertus.

L'efprit fe joue à pure perte dans ces queftions où l'on a fait les frais de penfer.

Les éclipfes étaient en droit d'effrayer les hommes.

Epicure avait un extérieur à l'uniffon de fon ame.

L'empereur Claudius renvia fur Augufte.

La religion était en collufion avec la nature.

Cléopâtre était une beauté privilégiée.

L'air de gaieté brillait fur les enfeignes de l'armée.

Le triumvir Lépide fe rendit nul.

Un conful fe fit clef de meute dans la république.

Mécénas était d'autant plus éveillé qu'il affichait le fommeil.

Julie affectée de pitié élève à fon amant fes tendres fupplications.

Elle cultiva l'efpérance.

Son ame épuifée fe fond comme l'eau.

Sa philofophie n'eft point parlière.

Son amant ne veut pas mefurer fes maximes à fa toife, & prendre une ame aux livrées de la maifon.

Tels font les excès d'extravagance où font tombés des demi-beaux efprits qui ont eu la manie de fe fingularifer.

On ne trouve pas dans *Rollin* une feule phrafe qui tienne de ce jargon ridicule, & c'eft en quoi il eft très-eftimable, puifqu'il a réfifté au torrent du mauvais goût.

Le défaut contraire à l'affectation est le ftyle négligé, lâche, & rampant, l'emploi fréquent des expreffions populaires & proverbiales.

Le général pourfuivit fa pointe.

Les ennemis furent battus à plate couture.

Ils s'enfuirent à vauderoute.

Il fe prêta à des propofitions de paix, après avoir chanté victoire.

Les légions vinrent au-devant de Drufus par manière d'acquit.

Un foldat romain fe donnant à dix as par jour corps & ame.

La différence *qu'il y avait entr'eux était,* au lieu de dire dans un ftyle plus concis, *la différence entr'eux était.* Le plaifir *qu'il y a à cacher fes démarches à fon rival,* au lieu de dire *le plaifir de cacher fes démarches à fon rival.*

Lors de la bataille de Fontenoi, au lieu de dire *dans le temps de la bataille, l'époque de la bataille, tandis, lorfque l'on donnait la bataille.*

Par une négligence encore plus impardonnable, & faute de chercher le mot propre, quelques écrivains ont imprimé, *il l'envoya faire faire la revue des troupes.* Il était fi aifé de dire, *il l'envoya paffer les troupes en revue; il lui ordonna d'aller faire la revue.*

Il s'eft gliffé dans la langue un autre vice; c'eft d'employer des expreffions poëtiques dans ce qui doit être écrit du ftyle le plus fimple. Des auteurs de journaux & même de quelques gazettes, parlent des *forfaits* d'un coupeur de bourfe condamné à être fouetté *dans ces lieux.* Des janiffaires ont *mordu la pouffière.* Les troupes n'ont pu réfifter à *l'inclémence des airs.* On annonce une hiftoire d'une petite ville de province, avec les preuves, & une table des matières, en fefant l'éloge de la *magie* du ftyle de l'auteur. Un apothicaire donne avis au public qu'il débite une drogue nouvelle à trois livres la bouteille; il dit qu'*il a interrogé la nature & qu'il l'a forcée d'obéir à fes lois.*

Un avocat, à propos d'un mur mitoyen, dit que le droit de fa partie *eft éclairé du flambeau des préfomptions.*

Un hiftorien, en parlant de l'auteur d'une fédition, vous dit qu'*il alluma le flambeau de la difcorde.* S'il décrit un petit combat, il dit *que ces vaillans chevaliers defcendaient dans le tombeau, en y précipitant leurs ennemis victorieux.*

Ces puérilités ampoulées ne devaient pas reparaître après le plaidoyer de maître *Petit-Jean* dans les Plaideurs. Mais enfin, il y aura toujours un petit nombre d'efprits bien faits qui confervera les bienféances du ftyle & le bon goût, ainfi que la pureté de la langue. Le refte fera oublié.

FRANC ARBITRE.

DEPUIS que les hommes raifonnent, les philofophes ont embrouillé cette matière, mais les théologiens l'ont rendue inintelligible par les abfurdes fubtilités fur la grâce. *Locke* eft peut-être le premier homme qui ait eu un fil dans ce labyrinthe; car il eft le premier qui, fans avoir l'arrogance de croire partir d'un principe général, ait examiné la nature humaine par analyfe. On difpute depuis trois mille ans fi la volonté eft libre ou non ; *Locke* (*a*) fait voir d'abord que la queftion eft abfurde, & que la liberté ne peut pas plus appartenir à la volonté que la couleur & le mouvement.

Que veut dire ce mot *être libre?* Il veut dire *pouvoir*, ou bien il n'a point de fens. Or que la volonté *puiffe*, cela eft auffi ridicule au fond que fi on difait qu'elle eft jaune ou bleue, ronde ou quarrée. La volonté eft le vouloir, & la liberté eft le pouvoir. Voyons pied à pied la chaîne de ce qui fe paffe en nous, fans nous offufquer l'efprit d'aucun terme de l'école ni d'aucun principe antécédent.

On vous propofe de monter à cheval, il faut abfolument que vous faffiez un choix, car il eft bien clair que vous irez ou que vous n'irez pas. Il n'y a point de milieu. Il eft donc de néceffité abfolue que vous vouliez le oui ou le non. Jufque-là il eft démontré que la volonté n'eft pas libre. Vous voulez monter à cheval ; pourquoi ? C'eft, dira un ignorant, parce que je le veux. Cette réponfe eft un idiotifme, rien ne fe fait ni ne peut fe faire fans raifon, fans caufe ; votre vouloir en a donc une. Quelle eft-elle ? l'idée agréable de monter à cheval qui fe préfente dans votre cerveau, l'idée dominante, l'idée déterminante. Mais, direz-vous, ne puis-je réfifter à une idée qui me domine ? Non, car quelle ferait la caufe de votre réfiftance ? Aucune. Vous ne pouvez obéir par votre volonté qu'à une idée qui vous dominera davantage.

(*a*) Voyez l'Effai fur l'entendement humain, chapitre de la Puiffance.

Or vous recevez toutes vos idées ; vous recevez donc votre vouloir ; vous voulez donc néceſſairement. Le mot de *liberté* n'appartient donc en aucune manière à la volonté.

Vous me demandez comment le penſer & le vouloir ſe forment en vous. Je vous réponds que je n'en fais rien. Je ne ſais pas plus comment on fait des idées, que je ne ſais comment le monde a été fait. Il ne nous eſt donné que de chercher à tâtons ce qui ſe paſſe dans notre incompréhenſible machine.

La volonté n'eſt donc point une faculté qu'on puiſſe appeler libre. Une volonté libre eſt un mot abſolument vide de ſens, & celle que les ſcolaſtiques ont appelée d'indifférence, c'eſt-à-dire de vouloir ſans cauſe, eſt une chimère qui ne mérite pas d'être combattue.

Où ſera donc la liberté ? dans la puiſſance de faire ce qu'on veut. Je veux ſortir de mon cabinet, la porte eſt ouverte, je ſuis libre d'en ſortir.

Mais, dites-vous, ſi la porte eſt fermée, & que je veuille reſter chez moi, j'y demeure librement. Expliquons-nous. Vous exercez alors le pouvoir que vous avez de demeurer ; vous avez cette puiſſance, mais vous n'avez pas celle de ſortir.

La liberté ſur laquelle on a écrit tant de volumes n'eſt donc, réduite à ſes juſtes termes, que la puiſſance d'agir.

Dans quel ſens faut-il donc prononcer ce mot *l'homme eſt libre ?* dans le même ſens qu'on prononce les mots de ſanté, de force, de bonheur. L'homme n'eſt pas toujours fort, toujours ſain, toujours heureux.

Une grande paffion, un grand obftacle lui ôtent fa liberté, fa puiffance d'agir.

Le mot de *liberté*, de *franc-arbitre*, eft donc un mot abftrait, un mot général, comme beauté, bonté, juftice. Ces termes ne difent pas que tous les hommes foient toujours beaux, bons, & juftes; ainfi ne font-ils pas toujours libres.

Allons plus loin; cette liberté n'étant que la puiffance d'agir, quelle eft cette puiffance? Elle eft l'effet de la conftitution & de l'état actuel de nos organes. *Leibnitz* veut réfoudre un problème de géométrie, il tombe en apoplexie, il n'a certainement pas la liberté de réfoudre fon problème. Un jeune homme vigoureux, amoureux éperdûment, qui tient fa maîtreffe facile entre fes bras, eft-il libre de dompter fa paffion? non fans doute. Il a la puiffance de jouir, & n'a pas la puiffance de s'abftenir. *Locke* a donc eu très-grande raifon d'appeler la liberté *puiffance*. Quand eft-ce que ce jeune homme pourra s'abftenir malgré la violence de fa paffion? quand une idée plus forte déterminera en fens contraire les refforts de fon ame & de fon corps,

Mais quoi, les autres animaux auront donc la même liberté, la même puiffance? Pourquoi non? Ils ont des fens, de la mémoire, du fentiment, des perceptions, comme nous. Ils agiffent avec fpontanéité comme nous. Il faut bien qu'ils aient auffi, comme nous, la puiffance d'agir en vertu de leurs perceptions, en vertu du jeu de leurs organes.

On crie: S'il eft ainfi tout n'eft que machine, tout eft dans l'univers affujetti à des lois éternelles. Hé bien, voudriez-vous que tout fe fît au gré d'un million de caprices aveugles ? Ou tout eſt la ſuite de la néceſſité de la nature des choſes, ou tout eſt l'effet de l'ordre éternel d'un maître abſolu; dans l'un & dans l'autre cas nous ne ſommes que des roues de la machine du monde.

C'eſt un vain jeu d'eſprit, c'eſt un lieu commun de dire que ſans la liberté prétendue de la volonté, les peines & les récompenſes ſont inutiles. Raiſonnez, & vous conclurez tout le contraire.

Si quand on exécute un brigand, ſon complice qui le voit expirer a la liberté de ne ſe point effrayer du ſupplice; ſi ſa volonté ſe détermine d'elle-même, il ira du pied de l'échafaud aſſaſſiner ſur le grand chemin; ſi ſes organes frappés d'horreur lui font éprouver une terreur inſurmontable, il ne volera plus. Le ſupplice de ſon compagnon ne lui devient utile, & n'aſſure la ſociété qu'autant que ſa volonté n'eſt pas libre.

La liberté n'eſt donc & ne peut être autre choſe que la puiſſance de faire ce qu'on veut. Voilà ce que la philoſophie nous apprend. Mais ſi on conſidère la liberté dans le ſens théologique, c'eſt une matière ſi ſublime que des regards profanes n'oſent pas s'élever juſqu'à elle. (*)

(*) Voyez *Liberté*.

F R A N C H I S E.

Mot qui donne toujours une idée de liberté dans quelque fens qu'on le prenne; mot venu des Francs, qui étaient libres : il eft fi ancien que lorfque le *Cid* affiégea & prit Tolède, dans l'onzième fiècle, on donna des *franchies* ou *franchifes* aux français qui étaient venus à cette expédition, & qui s'établirent à Tolède. Toutes les villes murées avaient des franchifes, des libertés, des priviléges, jufque dans la plus grande anarchie du pouvoir féodal. Dans tous les pays d'Etats, le fouve-rain jurait à fon avénement de garder leurs franchifes.

Ce nom, qui a été donné généralement aux droits des peuples, aux immunités, aux afiles, a été plus particulièrement affecté aux quartiers des ambaffadeurs à Rome. C'était un terrain autour des palais; & ce terrain était plus ou moins grand, felon la volonté de l'ambaffadeur. Tout ce terrain était un afile aux criminels; on ne pouvait les y pourfuivre. Cette franchife fut reftreinte fous *Innocent XI* à l'enceinte des palais. Les églifes & les couvens en Italie ont la même franchife, & ne l'ont point dans les autres Etats. Il y a dans Paris plufieurs lieux de franchife, où les débiteurs ne peuvent être faifis pour leurs dettes par la juftice ordinaire, & où les ouvriers peuvent exercer leurs métiers fans être paffés maîtres. Les ouvriers ont cette franchife dans le faubourg S$_t$ Antoine; mais ce n'eft pas un afile comme le Temple.

Cette franchife, qui exprime ordinairement la liberté d'une nation, d'une ville, d'un corps, a bientôt après fignifié la liberté d'un difcours, d'un confeil qu'on donne, d'un procédé dans une affaire : mais il y a une grande nuance entre *parler avec franchise*, & *parler avec liberté*. Dans un difcours à fon fupérieur, la liberté eft une hardieffe ou mefurée ou trop forte; la franchife fe tient plus dans les juftes bornes, & eft accompagnée de candeur. Dire fon avis avec liberté, c'eft ne pas craindre; le dire avec franchife, c'eft fe conduire ouvertement & noblement. Parler avec trop de liberté, c'eft marquer de l'audace; parler avec trop de franchife, c'eft trop ouvrir fon cœur.

FRANÇOIS XAVIER.

IL ne ferait pas mal de favoir quelque chofe de vrai concernant le célébre *François Xavero*, que nous nommons *Xavier*, furnommé l'apôtre des Indes. Bien des gens s'imaginent encore qu'il établit le chriftia-nifme fur toute la côte méridionale de l'Inde, dans une vingtaine d'îles, & furtout au Japon. Il n'y a pas trente ans qu'à peine était-il permis d'en douter dans l'Europe.

Les jéfuites n'ont fait nulle difficulté de le comparer à S*t* *Paul*. Ses voyages & fes miracles avaient été écrits en partie par *Turcelin* & *Orlandin*, par *Lucéna*, par *Partoli*, tous jéfuites, mais très-peu connus en France: moins on était informé des détails, plus fa réputation était grande.

Lorfque le jéfuite *Bouhours* compofa fon hiftoire, *Bouhours* paffait pour un très-bel efprit, il vivait dans la meilleure compagnie de Paris; je ne parle pas de la compagnie de Jéfus, mais de celle des gens du

mondé les plus diftingués par leur efprit & par leur
favoir. Perfonne n'eut un ftyle plus pur & plus éloigné
de l'affectation : il fut même propofé dans l'académie
françaife de paffer par-deffus les règles de fon inftitution
pour recevoir le père *Bouhours* dans fon corps. (*a*)

Il avait encore un plus grand avantage , celui du
crédit de fon ordre , qui alors par un preftige prefque
inconcevable gouvernait tous les princes catholiques.

La faine critique , il eft vrai , commençait à s'établir ; mais fes progrès étaient lents : on fe piquait alors
en général de bien écrire plutôt que d'écrire des chofes
véritables.

Bouhours fit les vies de *St Ignace* & de *St François
Xavier* , fans prefque s'attirer de reproches : à peine
releva-t-on fa comparaifon de *St Ignace* avec *Céfar* , &
de *Xavier* avec *Alexandre :* ce trait paffa pour une
fleur de rhétorique.

J'ai vu au collége des jéfuites de la rue Saint-Jacques
un tableau de douze pieds de long fur douze de hauteur , qui repréfentait *Ignace* & *Xavier* montant au
ciel chacun dans un char magnifique , attelé de quatre
chevaux blancs ; le Père éternel en-haut décoré d'une
belle barbe blanche , qui lui pendait jufqu'à la cein-
ture ; J E S U S - C H R I S T & la vierge *Marie* à fes côtés ,
le St Efprit au-deffous d'eux en forme de pigeon , &
des anges joignant les mains & baiffant la tête pour
recevoir père *Ignace* & père *Xavier*.

Si quelqu'un fe fût moqué publiquement de ce
tableau , le révérend père *la Chaife* , confeffeur du roi ,

(*a*) Sa réputation de bon écrivain était fi bien établie , que *la Bruyère*
dit dans fes Caractères , *Cafys croit écrire comme Bouhours* ou *Rabutin.*

FRANÇOIS XAVIER.

n'aurait pas manqué de faire donner une lettre de cachet au ricaneur facrilége.

Il faut avouer que *François Xavier* eft comparable à *Alexandre*, en ce qu'ils allèrent tous deux aux Indes, comme *Ignace* reffemble à *Céfar* pour avoir été en Gaule; mais *Xavier* vainqueur du démon alla bien plus loin que le vainqueur de *Darius*. C'eft un plaifir de le voir paffer, en qualité de convertiffeur volontaire, d'Efpagne en France, de France à Rome, de Rome à Lisbonne, de Lisbonne au Mozambique, après avoir fait le tour de l'Afrique. Il refte long-temps au Mozambique, où il reçoit de Dieu le don de prophétie; enfuite il paffe à Mélinde, & difpute fur l'Alcoran avec les mahométans, (*b*) qui entendent fans doute fa langue auffi-bien qu'il entend la leur; il trouve même des caciques, quoiqu'il n'y en ait qu'en Amérique. Le vaiffeau portugais arrive à l'île Zocotora, qui eft fans contredit celle des Amazones; il y convertit tous les infulaires; il y bâtit une églife: de-là il arrive à Goa; (*c*) il y voit une colonne fur laquelle *St Thomas* avait gravé qu'un jour *St Xavier* viendrait rétablir la religion chrétienne qui avait fleuri autrefois dans l'Inde. *Xavier* lut parfaitement les anciens caractères foit hébreux, foit indiens, dans lefquels cette prophétie était écrite. Il prend auffitôt une clochette, affemble tous les petits garçons autour de lui, leur explique le *Credo* & les baptife. (*d*) Son grand plaifir furtout était de marier les Indiens avec leurs maîtreffes.

On le voit courir de Goa au cap Comorin, à la côte de la Pêcherie, au royaume de Travancor; dès

(*b*) Tom. I, page 86.   (*c*) Page 92.   (*d*) Page 102.

qu'il

qu'il eft arrivé dans un pays, fon plus grand foin eft de le quitter : il s'embarque fur le premier vaiffeau portugais qu'il trouve ; vers quelque endroit que ce vaiffeau dirige fa route il n'importe à *Xavier* : pourvu qu'il voyage il eft content : on le reçoit par charité ; il retourne deux ou trois fois à Goa, à Cochin, à Cori, à Negapatan, à Méliapour. Un vaiffeau part pour Malaca, voilà *Xavier* qui court à Malaca avec le défefpoir dans le cœur de n'avoir pu voir Siam, Pégu, & le Tonquin.

Vous le voyez dans l'île de Sumatra, à Bornéo, à Macaffar, dans les îles Molucques, & furtout à Ternate & à Amboyne. Le roi de Ternate avait dans fon immenfe férail cent femmes en qualité d'époufes, & fept ou huit cents concubines. La première chofe que fait *Xavier* eft de les chaffer toutes. Vous remarquerez d'ailleurs que l'île de Ternate n'a que deux lieues de diamètre.

De-là trouvant un autre vaiffeau portugais qui part pour l'île de Ceilan, il retourne à Ceilan ; il fait plufieurs tours de Ceilan à Goa & à Cochin. Les Portugais trafiquaient déjà au Japon. Un vaiffeau part pour ce pays, *Xavier* ne manque pas de s'y embarquer ; il parcourt toutes les îles du Japon.

Enfin, dit le jéfuite *Bouhours*, fi on mettait bout à bout toutes les courfes de *Xavier*, il y aurait de quoi faire plufieurs fois le tour de la terre.

Obfervez qu'il était parti pour fes voyages en 1542, & qu'il mourut en 1552. S'il eut le temps d'apprendre toutes les langues des nations qu'il parcourut, c'eft un beau miracle ; s'il avait le don des langues, c'eft un plus grand miracle encore. Mais

Dictionn. philofoph. Tome IV.   B b

malheureusement, dans plusieurs de ses lettres, il dit qu'il est obligé de se servir d'interprète, & dans d'autres il avoue qu'il a une difficulté extrême à apprendre la langue japonaise qu'il ne saurait prononcer.

Le jésuite *Bouhours*, en rapportant quelques-unes de ses lettres, ne fait aucun doute que St *François Xavier n'eût le don des langues*; (*e*) mais il avoue *qu'il ne l'avait pas toujours. Il l'avait*, dit-il, *dans plusieurs occasions; car sans jamais avoir appris la langue chinoise, il prêchait tous les matins en chinois dans Amanguchi*, (qui est la capitale d'une province du Japon.)

Il faut bien qu'il sût parfaitement toutes les langues de l'Orient, puisqu'il fesait des chansons dans ces langues, & qu'il mit en chanson le *Pater*, l'*Ave Maria*, & le *Credo*, pour l'instruction des petits garçons & des petites filles. (*f*)

Ce qu'il y a de plus beau, c'est que cet homme, qui avait besoin de truchement, parlait toutes les langues à la fois comme les apôtres; & lorsqu'il parlait portugais, langue dans laquelle *Bouhours* avoue que le saint s'expliquait fort mal, les Indiens, les Chinois, les Japonais, les habitans de Ceilan, de Sumatra, l'entendaient parfaitement. (*g*)

Un jour surtout qu'il parlait sur l'immortalité de l'ame, le mouvement des planètes, les éclipses de soleil & de lune, l'arc-en-ciel, le péché & la grâce, le paradis & l'enfer, il se fit entendre à vingt personnes de nations différentes.

On demande comment un tel homme put faire tant de conversions au Japon? Il faut répondre simplement

(*e*) Tome II, page 59. (*g*) Page 56.
(*f*) Page 317.

qu'il n'en fit point; mais que d'autres jésuites, qui restèrent long-temps dans le pays, à la faveur des traités entre les rois de Portugal & les empereurs du Japon, convertirent tant de monde, qu'enfin il y eut une guerre civile qui coûta la vie, à ce que l'on prétend, à près de quatre cents mille hommes. C'est-là le prodige le plus connu que les missionnaires aient opéré au Japon.

Mais ceux de *François Xavier* ne laissent pas d'avoir leur mérite.

Nous comptons dans la foule de ses miracles huit enfans ressuscités.

Le plus grand miracle de Xavier, dit le jésuite Bouhours, (h) *n'était pas d'avoir ressuscité tant de morts, mais de n'être pas mort lui-même de fatigue.*

Mais le plus plaisant de ses miracles est qu'ayant laissé tomber son crucifix dans la mer près l'île de Baranura, que je croirais plutôt l'île de Barataria, (i) un cancre vint le lui rapporter entre ses pattes au bout de vingt-quatre heures.

Le plus brillant de tous, & après lequel il ne faut jamais parler d'aucun autre, c'est que dans une tempête qui dura trois jours, il fut constamment à la fois dans deux vaisseaux à cent cinquante lieues l'un de l'autre, (k) & servit à l'un des deux de pilote; & ce miracle fut avéré par tous les passagers qui ne pouvaient être ni trompés ni trompeurs.

C'est-là pourtant ce qu'on a écrit sérieusement & avec succès dans le siècle de *Louis XIV*, dans le siècle des Lettres provinciales, des tragédies de *Racine*, du

(h) Tome II, page 313. (k) Page 157.
(i) Page 237.

Bb 2

dictionnaire de *Bayle*, & de tant d'autres favans ouvrages.

Ce ferait une efpèce de miracle qu'un homme d'efprit tel que *Bouhours* eût fait imprimer tant d'extravagances, fi on ne favait à quel excès l'efprit de corps & furtout l'efprit monacal emportent les hommes. Nous avons plus de deux cents volumes entièrement dans ce goût compilés par des moines; mais ce qu'il y a de funefte, c'eft que les ennemis des moines compilent auffi de leur côté. Ils compilent plus plaifamment, ils fe font lire. C'eft une chofe bien déplorable qu'on n'ait plus pour les moines, dans les dix-neuf vingtièmes parties de l'Europe, ce profond refpect & cette jufte vénéra-tion que l'on conferve encore pour eux dans quelques villages de l'Arragon & de la Calabre.

Il ferait très-difficile de juger entre les miracles de St *François Xavier*, dom *Quichotte*, le roman comique, & les convulfionnaires de Saint-Médard.

Après avoir parlé de *François Xavier*, il ferait inutile de difcuter l'hiftoire des autres *François* : fi vous voulez vous inftruire à fond, lifez les Conformités de St *François d'Affife*.

Depuis la belle hiftoire de St *François Xavier* par le jéfuite *Bouhours*, nous avons eu l'hiftoire de St *François Régis* par le jéfuite d'*Aubenton*, confeffeur de *Philippe V* roi d'Efpagne; mais c'eft de la piquette après de l'eau-de-vie : il n'y a pas feulement un mort reffufcité dans l'hiftoire du bienheureux *Régis*. (*)

(*) Voyez *faint Ignace*.

F R A U D E.

S'il faut uſer de fraudes pieuſes avec le peuple ? (*)

LE faquir *Bambabef* rencontra un des diſciples de *Confutzée*, que nous nommons *Confucius*, & ce diſciple s'appelait *Ouang ;* & *Bambabef* ſoutenait que le peuple a beſoin d'être trompé, & *Ouang* prétendait qu'il ne faut jamais tromper perſonne ; & voici le précis de leur diſpute.

B A M B A B E F.

Il faut imiter l'Etre ſuprême qui ne nous montre pas les choſes telles qu'elles ſont ; il nous fait voir le ſoleil ſous un diamètre de deux ou trois pieds, quoique cet aſtre ſoit un million de fois plus gros que la terre ; il nous fait voir la lune & les étoiles attachées ſur un même fond bleu, tandis qu'elles ſont à des profondeurs différentes. Il veut qu'une tour quarrée nous paraiſſe ronde de loin ; il veut que le feu nous paraiſſe chaud, quoiqu'il ne ſoit ni chaud ni froid ; enfin il nous environne d'erreurs convenables à notre nature.

O U A N G.

Ce que vous nommez erreur n'en eſt point une. Le ſoleil, tel qu'il eſt placé à des millions de millions de lis (*a*) au-delà de notre globe, n'eſt pas celui que

(*) On a déjà imprimé pluſieurs fois cet article, mais il eſt ici beaucoup plus correct.

(*a*) Un li eſt de 124 pas.

Bb 3

nous voyons. Nous n'apercevons réellement, & nous ne pouvons apercevoir que le foleil qui fe peint dans notre rétine, fous un angle déterminé. Nos yeux ne nous ont point été donnés pour connaître les groffeurs & les diftances. il faut d'autres fecours & d'autres opérations pour les connaître.

Bambabef parut fort étonné de ce propos. *Ouang* qui était très-patient lui expliqua la théorie de l'optique; & *Bambabef* qui avait de la conception, fe rendit aux démonftrations du difciple de *Confutzée*, puis il reprit la difpute en ces termes.

B A M B A B E F.

Si DIEU ne nous trompe point par le miniftère de nos fens, comme je le croyais, avouez au moins que les médecins trompent toujours les enfans pour leur bien; ils leur difent qu'ils leur donnent du fucre, & en effet ils leur donnent de la rhubarbe. Je puis donc, moi faquir, tromper le peuple qui eft auffi ignorant que les enfans.

O U A N G.

J'ai deux fils, je ne les ai pas trompés; je leur ai dit quand ils ont été malades : voilà une médecine très-amère, il faut avoir le courage de la prendre; elle vous nuirait fi elle était douce. Je n'ai jamais fouffert que leurs gouvernantes & leurs précepteurs leur fiffent peur des efprits, des revenans, des lutins, des forciers; par-là j'en ai fait de jeunes citoyens courageux & fages.

B A M B A B E F.

Le peuple n'eft pas né fi heureufement que votre famille.

O U A N G.

Tous les hommes fe reffemblent à-peu-près ; ils font nés avec les mêmes difpofitions. Il ne faut pas corrompre la nature des hommes.

B A M B A B E F.

Nous leur enfeignons des erreurs, je l'avoue, mais c'eft pour leur bien. Nous leur fefons accroire que s'ils n'achètent pas nos clous bénis, s'ils n'expient pas leurs péchés en nous donnant de l'argent, ils deviendront dans une autre vie, chevaux de pofte, chiens, ou lézards. Cela les intimide, & ils deviennent gens de bien.

O U A N G.

Ne voyez-vous pas que vous pervertiffez ces pauvres gens ? Il y en a parmi eux bien plus qu'on ne penfe, qui raifonnent, qui fe moquent de vos miracles, de vos fuperftitions, qui voient fort bien qu'ils ne feront changés ni en lézards ni en chevaux de pofte. Qu'arrive-t-il ? ils ont affez de bon fens pour voir que vous leur dites des chofes impertinentes, & ils n'en ont pas affez pour s'élever vers une religion pure & dégagée de fuperftition, telle que la nôtre. Leurs paffions leur font croire qu'il n'y a point de religion, parce que la feule qu'on leur enfeigne eft ridicule ; vous devenez coupable de tous les vices dans lefquels ils fe plongent.

B A M B A B E F.

Point du tout, car nous ne leur enfeignons qu'une bonne morale.

Bb 4

O U A N G.

Vous vous feriez lapider par le peuple, fi vous enfeigniez une morale impure. Les hommes font faits de façon qu'ils veulent bien commettre le mal, mais ils ne veulent pas qu'on le leur prêche. Il faudrait feulement ne point mêler une morale fage avec des fables abfurdes, parce que vous affaibliffez par vos impoftures, dont vous pourriez vous paffer, cette morale que vous êtes forcés d'enfeigner.

B A M B A B E F.

Quoi! vous croyez qu'on peut enfeigner la vérité au peuple fans la foutenir par des fables?

O U A N G.

Je le crois fermement. Nos lettrés font de la même pâte que nos tailléurs, nos tifferands, & nos laboureurs. Ils adorent un D I E U créateur, rémunérateur, & vengeur. Ils ne fouillent leur culte, ni par des fyftèmes abfurdes, ni par des cérémonies extravagantes : il y a bien moins de crimes parmi les lettrés que parmi le peuple. Pourquoi ne pas daigner inftruire nos ouvriers comme nous inftruifons nos lettrés?

B A M B A B E F.

Vous feriez une grande fottife; c'eft comme fi vous vouliez qu'ils euffent la même politeffe, qu'ils fuffent jurifconfultes; cela n'eft ni poffible ni convenable. Il faut du pain blanc pour les maîtres, & du pain bis pour les domeftiques.

O U A N G.

J'avoue que tous les hommes ne doivent pas avoir la même fcience; mais il y a des chofes néceffaires

à tous. Il eſt néceſſaire que chacun ſoit juſte; & la
plus ſure manière d'inſpirer la juſtice à tous les
hommes, c'eſt de leur inſpirer la religion ſans
ſuperſtition.

B A M B A B E F.

C'eſt un beau projet, mais il eſt impraticable.
Penſez-vous qu'il ſuffiſe aux hommes de croire un
DIEU qui punit & qui récompenſe? Vous m'avez
dit qu'il arrive ſouvent que les plus déliés d'entre le
peuple ſe révoltent contre mes fables; ils ſe révolte-
ront de même contre votre vérité. Ils diront : Qui
m'aſſurera que DIEU punit & récompenſe? où en eſt
la preuve? quelle miſſion avez-vous? quel miracle
avez-vous fait pour que je vous croie? Ils ſe moque-
ront de vous bien plus que de moi.

O U A N G.

Voilà où eſt votre erreur. Vous vous imaginez
qu'on ſecouera le joug d'une idée honnête, vraiſemblable, utile à tout le monde, d'une idée dont la
raiſon humaine eſt d'accord, parce qu'on rejette des
choſes malhonnêtes, abſurdes, inutiles, dangereuſes,
qui font frémir le bon ſens?

Le peuple eſt très-diſpoſé à croire ſes magiſtrats :
quand ſes magiſtrats ne lui propoſent qu'une créance
raiſonnable, ils l'embraſſent volontiers. On n'a pas
beſoin de prodiges pour croire un DIEU juſte, qui
lit dans le cœur de l'homme; cette idée eſt trop
naturelle, trop néceſſaire, pour être combattue. Il n'eſt
pas néceſſaire, de dire préciſément comment DIEU
punira & récompenſera; il ſuffit qu'on croie à ſa
juſtice. Je vous aſſure que j'ai vu des villes entières

qui n'avaient prefque point d'autres dogmes, & que ce font celles où j'ai vu le plus de vertu.

B A M B A B E F.

Prenez garde; vous trouverez dans ces villes des philofophes qui vous nieront & les peines & les récompenfes.

O U A N G.

Vous m'avouerez que ces philofophes nieront bien plus fortement vos inventions; ainfi vous ne gagnez rien par-là. Quand il y aurait des philofophes qui ne conviendraient pas de mes principes, ils n'en feraient pas moins gens de bien; ils n'en cultiveraient pas moins la vertu, qui doit être embraffée par amour, & non par crainte. Mais, de plus, je vous foutiens qu'aucun philofophe ne ferait jamais affuré que la Providence ne réferve pas des peines aux méchans & des récompenfes aux bons. Car s'ils me demandent qui m'a dit que DIEU punit? je leur demanderai qui leur a dit que DIEU ne punit pas? Enfin, je vous foutiens que les philofophes m'aideront, loin de me contredire. Voulez-vous être philofophe?

B A M B A B E F.

Volontiers; mais ne le dites pas aux faquirs. Songeons furtout qu'un philofophe doit annoncer un DIEU, s'il veut être utile à la fociété humaine.

F R I V O L I T É.

CE qui me perfuade le plus de la Providence, difait le profond auteur de Bacha Billeboquet, c'eft que pour nous confoler de nos innombrables mifères, la nature nous a fait frivoles. Nous fommes tantôt des bœufs ruminans accablés fous le joug, tantôt des colombes difperfées qui fuyons en tremblant la griffe du vautour, dégouttante du fang de nos compagnes, renards pourfuivis par des chiens, tigres qui nous dévorons les uns les autres. Nous voilà tout d'un coup devenus papillons, & nous oublions en voltigeant toutes les horreurs que nous avons éprouvées.

Si nous n'étions pas frivoles, quel homme pourrait demeurer fans frémir dans une ville où l'on brûla une maréchale dame d'honneur de la reine, fous prétexte qu'elle avait fait tüer un coq blanc au clair de la lune? dans cette même ville où le maréchal de *Marillac* fut affaffiné en cérémonie, fur un arrêt rendu par des meurtriers juridiques, apoftés par un prêtre dans fa propre maifon de campagne, où il careffait *Marion de Lorme* comme il pouvait, tandis que ces fcélérats en robe exécutaient fes fanguinaires volontés?

Pourrait-on fe dire à foi-même, fans trembler dans toutes fes fibres, & fans avoir le cœur glacé d'horreur : Me voici dans cette même enceinte où l'on rapportait les corps morts & mourans de deux mille jeunes gentilshommes égorgés près du faubourg Saint-Antoine, parce qu'un homme en foutane rouge avait déplu à quelques hommes en foutane noire?

Qui pourrait paffer par la rue de la Ferronerie fans verfer des larmes, & fans entrer dans des convulfions de fureur contre les principes abominables & facrés qui plongèrent le couteau dans le cœur du meilleur des hommes & du plus grand des rois?

On ne pourrait faire un pas dans les rues de Paris le jour de la St Barthelemi, fans dire : C'eft ici qu'on affaffina un de mes ancêtres pour l'amour de DIEU; c'eft ici qu'on traîna tout fanglant un des aïeux de ma mère; c'eft là que la moitié de mes compatriotes égorgea l'autre.

Heureufement les hommes font fi légers, fi frivoles, fi frappés du préfent, fi infenfibles au paffé, que fur dix mille il n'y en a pas deux ou trois qui faffent ces réflexions.

Combien ai-je vu d'hommes de bonne compagnie, qui ayant perdu leurs enfans, leur maîtreffe, une grande partie de leur bien, & par conféquent toute leur confidération, & même plufieurs de leurs dents dans l'humiliante opération des frictions réitérées de mercure, ayant été trahis, abandonnés, venaient décider encore d'une pièce nouvelle, & fefaient à fouper des contes qu'on croyait plaifans! La folidité confifte dans l'uniformité des idées. Un homme de bon fens, dit-on, doit toujours penfer de la même façon : fi on en était réduit là, il vaudrait mieux n'être pas né.

Les anciens n'imaginèrent rien de mieux que de faire boire les eaux du fleuve Léthé à ceux qui devaient habiter les champs Elyfées.

Mortels, voulez-vous tolérer la vie? oubliez & jouiffez.

F R O I D.

De ce qu'on entend par ce terme dans les belles-lettres
& dans les beaux-arts.

ON dit qu'un morceau de poësie, d'éloquence, de
musique, un tableau même, est froid, quand on
attend dans ces ouvrages une expression animée qu'on
n'y trouve pas. Les autres arts ne sont pas si suscep-
tibles de ce défaut. Ainsi l'architecture, la géométrie,
la logique, la métaphysique, tout ce qui a pour
unique mérite la justesse, ne peut être ni échauffé, ni
refroidi. Le tableau de la famille de *Darius*, peint par
Mignard, est très-froid, en comparaison du tableau
de *le Brun*, parce qu'on ne trouve point dans les
personnages de *Mignard*, cette même affliction que
le Brun a si vivement exprimée sur le visage, & dans
les attitudes, des princesses persanes. Une statue même
peut être froide. On doit voir la crainte & l'horreur
dans les traits d'une *Andromède*, l'effort de tous les
muscles, & une colère mêlée d'audace dans l'attitude
& sur le front d'un *Hercule* qui soulève *Anthée*.

Dans la poësie, dans l'éloquence, les grands mouvemens des passions deviennent froids, quand ils
sont exprimés en termes trop communs & dénués
d'imagination. C'est ce qui fait que l'amour, qui est
si vif dans *Racine*, est languissant dans *Campistron* son
imitateur.

Les sentimens qui échappent à une ame qui veut
les cacher, demandent au contraire les expressions les

plus fimples. Rien n'eft fi vif, fi animé que ces vers du Cid : *Va*, *je ne te hais point*.... *tu le dois*.... *je ne puis*. Ce fentiment deviendrait froid, s'il était relevé par des termes étudiés.

C'eft par cette raifon que rien n'eft fi froid que le ftyle ampoulé. Un héros dans une tragédie dit qu'il a effuyé une tempête, qu'il a vu périr fon ami dans cet orage. Il touche, il intéreffe, s'il parle avec douleur de fa perte, s'il eft plus occupé de fon ami que de tout le refte. Il ne touche point, il devient froid, s'il fait une defcription de la tempête, s'il parle de *fource de feu bouillonnant fur les eaux*, *& de la foudre qui gronde & qui frappe à fillons redoublés la terre & l'onde*. Ainfi le ftyle froid vient tantôt de la ftérilité, tantôt de l'intempérance des idées, fouvent d'une diction trop commune, quelquefois d'une diction trop recherchée.

L'auteur qui n'eft froid que parce qu'il eft vif à contre-temps, peut corriger ce défaut d'une imagination trop abondante : mais celui qui eft froid. parce qu'il manque d'ame, n'a pas de quoi fe corriger. On peut modérer fon feu ; on ne faurait en acquérir.

G.

G A L A N T.

CE mot vient de *gal*, qui d'abord signifia *gaieté* & *réjouissance*, ainsi qu'on le voit dans *Alain Chartier* & dans *Froissard :* on trouve même dans le roman de la *Rose*, *galandé*, pour signifier *orné, paré.*

> La belle fut bien atornée,
> Et d'un filet d'or galandée.

Il est probable que le *gala* des Italiens, & le *galan* des Espagnols, sont dérivés du mot *gal* qui paraît originairement celtique ; de-là se forma insensiblement *galant*, qui signifie *un homme empressé à plaire.* Ce mot reçut une signification plus noble dans le temps de chevalerie, où ce désir de plaire se signalait par des combats. *Se conduire galamment, se retirer d'affaire galamment*, veut même encore dire, *se conduire en homme de cœur.* Un *galant homme* chez les Anglais, signifie un *homme de courage :* en France, il veut dire de plus, *un homme à nobles procédés.* Un *homme galant* est tout autre chose qu'un *galant homme ;* celui-ci tient plus de l'honnête homme, celui-là se rapproche plus du petit-maître, de l'homme à bonnes fortunes. *Etre galant* en général, c'est chercher à plaire par des soins agréables, par des empressemens flatteurs. *Il a été très-galant avec ces dames*, veut dire seulement *il a montré quelque chose de plus que de la politesse :* mais *être le galant d'une dame* a une signification plus forte ; cela signifie *être son amant :* ce mot n'est presque plus d'usage que dans les vers familiers. Un *galant* est non-seulement un homme à bonnes fortunes, mais ce mot porte avec soi quelque idée de hardiesse, & même d'effronterie : c'est en ce sens que *la Fontaine* a dit :

Mais un galant chercheur de pucelage.

Ainsi le même mot se prend en plusieurs sens. Il en est de même de *galanterie*, qui signifie tantôt *coquet-terie* dans l'esprit, paroles flatteuses, tantôt présent de petits bijoux, tantôt intrigue avec une femme ou plusieurs ; & même depuis peu il a signifié ironiquement *faveurs de Vénus :* ainsi, *dire des galanteries*, *donner des galanteries*, *avoir des galanteries*, *attraper une galanterie*, sont des choses différentes. Presque tous les termes qui entrent fréquemment dans la conver-sation reçoivent ainsi beaucoup de nuances qu'il est difficile de démêler : les mots techniques ont une signification plus précise & moins arbitraire.

G A R A N T.

G*ARANT* est celui qui se rend responsable de quel-que chose envers quelqu'un, & qui est obligé de l'en faire jouir. Le mot *garant* vient du celte & du tudesque *Warrant*. Nous avons changé en G tous les doubles *W* des termes que nous avons conservés de ces anciens langages. *Warrant* signifie encore chez la plupart des nations du Nord *assurance*, *garantie ;* & c'est en ce sens qu'il veut dire en anglais *édit du roi*,

comme

comme fignifiant *promeffe du roi*. Lorfque, dans le moyen âge, les rois fefaient des traités, ils étaient garantis de part & d'autre par plufieurs chevaliers qui juraient de faire obferver le traité, & même qui le fignaient, lorfque par hafard ils favaient écrire. Quand l'empereur *Fréderic Barberouffe* céda tant de droits au pape *Alexandre III*, dans le célébre congrès de Venife en 1117, l'empereur mit fon fceau à l'inftrument que le pape & les cardinaux fignèrent. Douze princes de l'empire garantirent le traité par un ferment fur l'évangile; mais aucun d'eux ne figna. Il n'eft point dit que le doge de Venife garantit cette paix, qui fe fit dans fon palais.

Lorfque *Philippe-Augufte* conclut la paix en 1200 avec *Jean* roi d'Angleterre, les principaux barons de France & ceux de Normandie en jurèrent l'obfervation, comme cautions, comme parties garantes. Les Français firent ferment de combattre le roi de France, s'il manquait à fa parole; & les Normands de combattre leur fouverain, s'il ne tenait pas la fienne.

Un connétable de *Montmorenci* ayant traité avec un comte de *la Marche* en 1227, pendant la minorité de *Louis IX*, jura l'obfervation du traité fur l'ame du roi.

L'ufage de garantir les Etats d'un tiers était très-ancien fous un nom différent. Les Romains garantirent ainfi les poffeffions de plufieurs princes d'Afie & d'Afrique, en les prenant fous leur protection, en attendant qu'ils s'emparaffent des terres protégées.

On doit regarder comme une garantie réciproque l'alliance ancienne de la France & de la Caftille de

Dictionn. philofoph. Tome IV.   C c

roi à roi, de royaume à royaume, & d'homme à homme.

On ne voit guère de traité où la *garantie* des Etats d'un tiers foit expreſſément ſtipulée, avant celui que la médiation de *Henri IV* fit conclure entre l'Eſpagne & les Etats-généraux en 1609. Il obtint que le roi d'Eſpagne *Philippe III* reconnût les Provinçes-Unies pour libres & ſouveraines. Il ſigna & fit même ſigner au roi d'Eſpagne la garantie de cette ſouveraineté des ſept provinces ; & la république reconnut qu'elle lui devait ſa liberté. C'eſt furtout dans nos derniers temps que les traités de garantie ont été plus fréquens. Malheureuſement ces garanties ont quelquefois produit des ruptures & des guerres ; & on a reconnu que la force eſt le meilleur garant qu'on puiſſe avoir.

GARGANTUA.

S'IL y a jamais eu une réputation bien fondée, c'eſt celle de *Gargantua.* Cependant il s'eſt trouvé dans ce ſiècle philoſophique & critique, des eſprits téméraires qui ont oſé nier les prodiges de ce grand-homme, & qui ont pouſſé le pyrrhoniſme juſqu'à douter qu'il ait jamais exiſté.

Comment ſe peut-il faire, diſent-ils, qu'il y ait eu au ſeizième ſiècle un héros dont aucun contemporain, ni S* Ignace,* ni le cardinal *Cajetan,* ni *Galilée,* ni *Guichardin,* n'ont jamais parlé, & ſur lequel on n'a jamais trouvé la moindre note dans les regiſtres de la forbonne?

Feuilletez les hiſtoires de France, d'Allemagne, d'Angleterre, d'Eſpagne, &c. vous n'y voyez pas un mot de *Gargantua*. Sa vie entière, depuis sa naissance jusqu'à sa mort, n'est qu'un tissu de prodiges inconcevables.

Sa mère *Gargamelle* accouche de lui par l'oreille gauche. A peine est-il né qu'il crie à boire d'une voix terrible, qui est entendue dans la Beausse & dans le Vivarais. Il fallut seize aunes de drap pour sa seule braguette, & cent peaux de vaches brunes pour ses souliers. Il n'avait pas encore douze ans qu'il gagna une grande bataille & fonda l'abbaye de Thélême. On lui donna pour femme madame *Badebec*, & il est prouvé que *Badebec* est un nom syriaque.

On lui fait avaler six pélerins dans une salade. On prétend qu'il a pissé la rivière de Seine, & que c'est à lui seul que les Parisiens doivent ce beau fleuve.

Tout cela paraît contre la nature à nos philosophes qui ne veulent pas même assurer les choses les plus vraisemblables, à moins qu'elles ne soient bien prouvées.

Ils disent que si les Parisiens ont toujours cru à *Gargantua*, ce n'est pas une raison pour que les autres nations y croient : que si *Gargantua* avait fait un seul des prodiges qu'on lui attribue, toute la terre en aurait retenti, toutes les chroniques en auraient parlé, que cent monumens l'auraient attesté. Enfin ils traitent sans façon les Parisiens qui croient à *Gargantua*, de badauds ignorans, de superstitieux imbécilles, parmi lesquels il se glisse des hypocrites, qui feignent de croire à *Gargantua* pour avoir quelque prieuré de l'abbaye de Thélême.

Cc 2

Le révérend père *Viret* cordelier à la grand'manche, confeffeur de filles, & prédicateur du roi, a répondu à nos pyrrhoniens d'une manière invincible. Il prouve très-doctement que fi aucun écrivain, excepté *Rabelais*, n'a parlé des prodiges de *Gargantua*, aucun hiftorien auffi ne les a contredits; que le fage de *Thou* même qui croit aux fortiléges, aux prédictions, & à l'aftrologie, n'a jamais nié les miracles de *Gargantua*. Ils n'ont pas même été révoqués en doute par *la Mothe-le-Vayer*. *Mézerai* les a refpectés au point qu'il n'en dit pas un feul mot. Ces prodiges ont été opérés à la vue de toute la terre. *Rabelais* en a été témoin; il ne pouvait être ni trompé ni trompeur. Pour peu qu'il fe fût écarté de la vérité, toutes les nations de l'Europe fe feraient élevées contre lui; tous les gazetiers, tous les fefeurs de journaux, auraient crié à la fraude, à l'impofture.

En vain les philofophes qui répondent à tout, difent qu'il n'y avait ni journaux ni gazettes dans ce temps-là. On leur réplique qu'il y avait l'équivalent, & cela fuffit. Tout eft impoffible dans l'hiftoire de *Gargantua*; & c'eft par cela même qu'elle eft d'une vérité inconteftable. Car fi elle n'était pas vraie on n'aurait jamais ofé l'imaginer; & la grande preuve qu'il la faut croire, c'eft qu'elle eft incroyable.

Ouvrez tous les mercures, tous les journaux de Trévoux, ces ouvrages immortels qui font l'inftruction du genre-humain, vous n'y trouverez pas une feule ligne où l'on révoque l'hiftoire de *Gargantua* en doute. Il était réfervé à notre fiècle de produire des monftres qui établiffent un pyrrhonifme affreux, fous prétexte qu'ils font un peu mathématiciens, & qu'ils

aiment la raifon, la vérité, & la juftice. Quelle pitié!
je ne veux qu'un argument pour les confondre.

Gargantua fonda l'abbaye de Thélême. On ne
trouve point fes titres, il eft vrai, jamais elle n'en
eut, mais elle exifte; elle poffède dix mille pièces d'or
de rente. La rivière de Seine exifte, elle eft un monument éternel du pouvoir de la veffie de *Gargantua*.
De plus, que vous coûte-t-il de le croire? ne faut-il
pas embraffer le parti le plus fûr? *Gargantua* peut
vous procurer de l'argent, des honneurs, & du crédit.
La philofophie ne vous donnera jamais que la fatis-
faction de l'ame; c'eft bien peu de chofe. Croyez à
Gargantua, vous dis-je; pour peu que vous foyez
avare, ambitieux, & fripon, vous vous en trouverez
très-bien.

G A Z E T T E.

Relation des affaires publiques. Ce fut au commencement du dix-feptième fiècle que cet ufage utile
fut inventé à Venife, dans le temps que l'Italie était
encore le centre des négociations de l'Europe, & que
Venife était toujours l'afile de la liberté. On appela
ces feuilles, qu'on donnait une fois par femaine,
Gazettes du nom de Gazetta, petite monnaie revenant
à un de nos demi-fous, qui avait cours à Venife. Cet
exemple fut enfuite imité dans toutes les grandes villes
de l'Europe.

De tels journaux étaient établis à la Chine de temps
immémorial; on y imprime tous les jours la Gazette
de l'empire, par ordre de la cour. Si cette Gazette eft

vraie, il eft à croire que toutes les vérités n'y font pas; auffi ne doivent-elles pas y être.

Le médecin *Théophrafte Renaudot* donna en France les premières gazettes en 1631, & il en eut le privilége, qui a été long-temps un patrimoine de fa famille. Ce privilége eft devenu un objet important dans Amfterdam; & la plupart des gazettes des Provinces-Unies font encore un revenu pour plufieurs familles de magiftrats, qui payent les écrivains. La feule ville de Londres a plus de douze Gazettes par femaine. On ne peut les imprimer que fur du papier timbré; ce qui n'eft pas une taxe indifférente pour l'Etat.

Les Gazettes de la Chine ne regardent que cet empire; celles de l'Europe embraffent l'univers. Quoiqu'elles foient fouvent remplies de fauffes nouvelles, elles peuvent cependant fournir de bons matériaux pour l'hiftoire; parce que d'ordinaire les erreurs d'une gazette font rectifiées par les fuivantes, & qu'on y trouve prefque toutes les pièces authentiques, que les fouverains même y font inférer. Les gazettes de France ont toujours été revues par le miniftère. C'eft pourquoi les auteurs ont toujours employé certaines formules, qui ne paraiffent pas être dans la bienféance de la fociété, en ne donnant le titre de *Monfieur* qu'à certaines perfonnes, & celui de *fieur* aux autres; les auteurs ont oublié qu'ils ne parlaient pas au nom du roi. Ces journaux publics n'ont d'ailleurs été jamais fouillés par la médifance, & ont été toujours affez correctement écrits.

Il n'en eft pas de même des gazettes étrangères; celles de Londres, excepté celle de la cour, font fouvent remplies de cette indécence que la liberté de la nation autorife. Les gazettes françaifes, faites en ce pays, ont été rarement écrites avec pureté, & n'ont pas peu fervi quelquefois à corrompre la langue. Un des grands défauts qui s'y font gliffés, c'eft que les auteurs en voyant la teneur des arrêts de France, qui s'expriment fuivant les anciennes formules, ont cru que ces formules étaient conformes à notre fyntaxe, & ils les ont imitées dans leur narration; c'eft comme fi un hiftorien romain eût employé le ftyle de la loi des douze tables. Ce n'eft que dans le ftyle des lois qu'il eft permis de dire : *le roi aurait reconnu, le roi aurait établi une loterie* : mais il faut que le gazetier dife : *nous apprenons que le roi a établi*, & non pas *aurait établi une loterie* &c...... *nous apprenons que les Français ont pris Minorque*, & non pas *auraient pris Minorque*. Le ftyle de ces écrits doit être de la plus grande fimplicité ; les épithètes y font ridicules. Si le parlement a eu une audience du roi, il ne faut pas dire : *cet augufte corps a eu une audience du roi, ces pères de la patrie font revenus à cinq heures précifes*. On ne doit jamais prodiguer ces titres; il ne faut les donner que dans les occafions où ils font néceffaires. *Son alteffe dîna avec fa majefté, & fa majefté mena enfuite fon alteffe à la comédie; après quoi fon alteffe joua avec fa majefté; & les autres alteffes & leurs excellences meffieurs les ambaffadeurs affiftèrent au repas que fa majefté donna à leurs alteffes.* C'eft une affeétation fervile qu'il faut éviter. Il n'eft pas néceffaire de dire que les termes injurieux ne doivent jamais être employés fous quelque prétexte que ce puiffe être.

A l'imitation des gazettes politiques, on commença en France à imprimer des gazettes littéraires en 1665 ;

car les premiers journaux ne furent en effet que de
fimples annonces des nouveaux imprimés en Europe ;
bientôt après on y joignit une critique raifonnée. Elle
déplut à plufieurs auteurs, toute modérée qu'elle était.
Nous ne parlerons ici que de ces gazettes littéraires,
dont on furchargea le public, qui avait déjà de nom-
breux journaux de tous les pays de l'Europe, où les
fciences font cultivées. Ces gazettes parurent vers l'an
1723, à Paris, fous plufieurs noms différens : *Nou-
vellifles du Parnaffe*, *Obfervations fur les écrits modernes* &c.
La plupart ont été faites uniquement pour gagner de
l'argent ; & comme on n'en gagne point à louer des
auteurs, la fatire fit d'ordinaire le fond de ces écrits.
On y mêla fouvent des perfonnalités odieufes ; la
malignité en procura le débit : mais la raifon & le
bon goût, qui prévalent toujours à la longue, les
firent tomber dans le mépris & dans l'oubli.

GENEALOGIE.

SECTION PREMIERE.

LES théologiens ont écrit des volumes pour tâcher
de concilier *St Matthieu* avec *St Luc* fur la généalogie
de JESUS-CHRIST. Le premier ne compte (a) que
vingt-fept générations depuis *David* par *Salomon*,
tandis que *Luc* (b) en met quarante-deux, & l'en fait
defcendre par *Nathan*. Voici comment le favant
Calmet réfout une difficulté femblable en parlant de
Melchifédech. Les Orientaux & les Grecs, féconds en
fables & en inventions, lui ont forgé une généalogie

{ a } Chap. I.   { b } Chap. III, v. 23.

dans laquelle ils nous donnent les noms de fes aïeux.
Mais, ajoute ce judicieux bénédictin, comme le menfonge fe trahit toujours par lui-même, les uns racontent
fa généalogie d'une manière, les autres d'une autre.
Il y en a qui foutiennent qu'il était d'une race obfcure
& honteufe, & il s'en eft trouvé qui l'ont voulu faire
paffer pour illégitime.

Tout cela s'applique naturellement à JESUS, dont
Melchifédech était la figure, fuivant l'apôtre. (c) En
effet, l'évangile de *Nicodéme* (d) dit expreffément que
les Juifs devant *Pilate* reprochèrent à JESUS qu'il était
né de la fornication. Sur quoi le favant *Fabricius*
obferve qu'on n'eft affuré par aucun témoignage digne
de foi, que les Juifs aient objecté à JESUS-CHRIST
pendant fa vie, ni même aux apôtres, cette calomnie
qu'ils répandirent par-tout dans la fuite. Cependant
les Actes des apôtres (e) font foi que les juifs d'An-
tioche s'oppofèrent en blafphémant à ce que *Paul* leur
difait de JESUS, & *Origène* (f) foutient que ces
paroles rapportées dans l'évangile de *St Jean :* Nous
ne fommes point nés de fornication ; nous n'avons
jamais fervi perfonne ; étaient de la part des Juifs un
reproche indirect qu'ils fefaient à JESUS fur le défaut
de fa naiffance, & fur fon état de ferviteur : car ils
prétendaient, comme nous l'apprend ce père, (g) que
JESUS était originaire d'un petit hameau de la Judée,
& avait eu pour mère une pauvre villageoife qui ne
vivait que de fon travail, laquelle ayant été convaincue

(c) Epître aux Hébreux, chap. VII, v. 3.
(d) Article 2.
(e) Chap. XIII.
(f) Sur *faint Jean*, chap. VIII, v. 41.
(g) Contre *Celfe*, chap. VIII.

d'adultère avec un foldat nommé *Panther*, fut chaffée par fon fiancé qui était charpentier de profeffion ; qu'après cet affront, errant miférablement de lieu en lieu, elle accoucha fecrétement de JESUS, lequel fe trouvant dans la néceffité, fut contraint de s'aller louer ferviteur en Egypte, où ayant appris quelques-uns de ces fecrets que les Egyptiens font tant valoir, il retourna en fon pays, & que tout fier des miracles qu'il favait faire, il fe proclama lui-même DIEU.

Suivant une tradition très-ancienne, ce nom de *Panther*, qui a donné lieu à la méprife des Juifs, était le furnom du père de *Jofeph*, comme l'affure *faint Epiphane*; (*h*) ou plutôt le nom propre de l'aïeul de *Marie*, comme l'affirme St *Jean Damafcène*. (*i*)

Quant à l'état de ferviteur qu'ils reprochaient à JESUS, il déclare lui-même (*k*) qu'il n'était pas venu pour être fervi, mais pour fervir. *Zoroaftre*, felon les Arabes, avait également été ferviteur d'*Efdras*; *Epictète* était même né dans la fervitude ; auffi St *Cyrille* de Jérufalem a grande raifon de dire (*l*) qu'elle ne déshonore perfonne.

Sur l'article des miracles, nous apprenons à la vérité de *Pline*, que les Egyptiens avaient le fecret de teindre des étoffes de diverfes couleurs en les plongeant dans la même cuve ; & c'eft-là un des miracles qu'attribue à JESUS l'évangile de l'enfance; (*m*) mais, comme nous l'apprend St *Chryfoftome*, (*n*) JESUS ne

(*h*) Héréfie LXXVIII.
(*i*) Liv. IV, chap. XV, de la Foi.
(*k*) *Matth.* chap. XX, v. 28.
(*l*) Sixième Catéchéfe, art. XIV.
(*m*) Art. XXXVII.
(*n*) Homélie XX fur *faint Jean*.

fit aucun miracle avant fon baptême, & ceux qu'on lui attribue font de purs menfonges. La raifon qu'en donne ce père, c'eft que la fageffe du Seigneur ne lui permettait pas d'en faire pendant fon enfance, parce qu'on les aurait regardés comme des preftiges.

C'eft en vain que S*t* *Epiphane* (*o*) prétend que de nier les miracles que quelques-uns attribuent à J E S U S dans fon enfance, ce ferait fournir aux hérétiques un prétexte fpécieux de dire qu'il ne devint fils de D I E U que par l'effufion du S*t* Efprit, qui defcendit fur lui dans fon baptême; ce font les Juifs que nous combattons ici & non pas les hérétiques.

Monfieur *Wagenfeil* nous a donné la traduction latine d'un ouvrage des Juifs, intitulé Toldos Jefchu, dans lequel il eft rapporté (*p*) que *Jefchu* étant à Bethléem de Juda lieu de fa naiffance, il fe mit à crier tout haut : Quels font ces hommes méchans qui prétendent que je fuis bâtard & d'une origine impure? ce font eux qui font des bâtards & des hommes très-impurs. N'eft-ce pas une mère vierge qui m'a enfanté? Et je fuis entré en elle par le fommet de la tête.

Ce témoignage a paru d'un fi grand poids à M. *Bergier*, que ce favant théologien n'a point fait difficulté de l'employer fans en citer la fource. Voici fes propres termes, page 23 de *la certitude des preuves du chriftianifme* : ,, J E S U S eft né d'une vierge par l'opé-,, ration du S*t* Efprit ; J E S U S lui-même nous l'a ainfi ,, affuré plufieurs fois de fa propre bouche. Tel eft le ,, récit des apôtres. ,, Il eft certain que ces paroles de J E S U S ne fe trouvent que dans le Toldos Jefchu, & la certitude de cette preuve de M. *Bergier* fubfifte ,

(*o*) Héréfie LI, n. 20.   (*p*) Page 7.

quoique S*t* *Matthieu* (*q*) applique à JESUS ce paffage
d'*Ifaïe :* (*r*) Il ne difputera point, il ne criera point,
& perfonne n'entendra fa voix dans les rues.

Selon S*t* *Jérôme*, (*s*) c'eft auffi une ancienne tradition parmi les gymnofophiftes de l'Inde, que *Buddas*
auteur de leur dogme, naquit d'une vierge qui l'en-
fanta par le côté. C'eft ainfi que naquirent *Jules Céfar*,
Scipion l'Africain, *Manlius*, *Edouard VI* roi d'Angleterre,
& d'autres, au moyen d'une opération que les chirur-
giens nomment céfarienne, parce qu'elle confifte à
tirer un enfant de la matrice par une incifion faite à
l'abdomen de la mère. *Simon* (*t*) furnommé le *magicien*,
& *Manès*, prétendaient auffi tous les deux être nés
d'une vierge. Mais cela fignifierait feulement que
leurs mères étaient vierges lorfqu'elles les conçurent.
Or pour fe convaincre combien font incertaines les
marques de la virginité, il ne faut que lire la glofe du
célébre évêque du Puy en Vélai, M. de *Pompignan*,
fur ce paffage des Proverbes : (*u*) Trois chofes me
font difficiles à comprendre, & la quatrième m'eft
entièrement inconnue : la voie de l'aigle dans l'air,
la voie du ferpent fur le rocher, la voie d'un navire
au milieu de la mer, & la voie de l'homme dans fa
jeuneffe. Pour traduire littéralement ces paroles,
fuivant ce prélat, chap. 3, feconde partie de l'*incrédulité convaincue par les prophéties*, il aurait fallu dire :
Viam viri in virgine adolefcentula, la voie de l'homme
dans une jeune fille *alma*. La traduction de notre

(*q*) Chap. XII, v. 19.
(*r*) Chap. XLII, v. 2.
(*s*) Liv. I, contre *Jovinien*.
(*t*) Récognitions, liv. II, art. XIV.
(*u*) Chap. XXX, v. 18.

Vulgate, dit-il, fubftitue un autre fens exact & véritable en lui-même, mais moins conforme au texte
original. Enfin, il confirme fa curieufe interprétation
par l'analogie de ce verfet avec le fuivant : telle eft la
voie de la femme adultère, qui après avoir mangé
s'effuie la bouche & dit : Je n'ai point fait de mal.

Quoi qu'il en foit, la virginité de *Marie* n'était
pas encore généralement reconnue au commencement
du troifième fiècle. Plufieurs ont été dans cette opinion
& y font encore, difait St *Clément* d'Alexandrie, (*x*)
que *Marie* eft accouchée d'un fils fans que fon accou-
chement ait produit aucun changement dans fa perfonne : car quelques-uns difent qu'une fage-femme
l'ayant vifitée après fon enfantement, elle lui trouva
toutes les marques de la virginité. On voit que ce père
veut parler de l'Evangile de la nativité de *Marie*, où
l'ange *Gabriël* lui dit : (*y*) Sans mélange d'homme,
vierge vous concevrez, vierge vous enfanterez, vierge
vous nourrirez ; & du protévangile de *Jacques*, où la
fage-femme s'écrie : (*z*) Quelle merveille inouïe !
Marie vient de mettre un fils au monde & a encore
toutes les marques de la virginité. Ces deux Evangiles
n'en furent pas moins déclarés apocryphes par la fuite,
quoiqu'ils fuffent en ce point conformes au fentiment
adopté par l'Eglife ; on écarta les échafauds quand
une fois l'édifice fut élevé.

Ce que *Jefchu* ajoute : Je fuis entré en elle par le
fommet de la tête, a de même été le fentiment de
l'Eglife. (*a*) Le bréviaire des maronites porte que le
verbe du père eft entré par l'oreille de la femme bénie.

(*x*) Stromates, liv. VII.   (*z*) Art. XIX.
(*y*) Art. IX.   (*a*) *Affeman*, bibl. orient. t. I, p. 91.

St Auguſtin & le pape *Felix* diſent expreſſément que la vierge devint enceinte par l'oreille. *St Ephrem* dit la même choſe dans une hymne, & *Voiſin* ſon traducteur obſerve que cette penſée vient originairement de *Grégoire de Néocéſarée* ſurnommé *Thaumaturge. Agobar* (b) rapporte que l'Egliſe chantait de ſon temps : Le verbe eſt entré par l'oreille de la vierge, & il en eſt ſorti par la porte dorée. *Antichius* parle auſſi d'*Elianus* qui aſſiſta au concile de Nicée, & qui diſait que le verbe entra par l'oreille de la vierge, & qu'il en ſortit par la voie de l'enfantement. Cet *Elianus* était un chorévêque, dont le nom ſe trouva dans la liſte arabe des pères de Nicée, publiée par *Selden.*

On n'ignore pas que le jéſuite *Sanchez* a ſérieuſement agité la queſtion ſi la vierge *Marie* a fourni de la ſemence dans l'incarnation du *Chriſt*, & qu'il s'eſt décidé pour l'affirmative d'après d'autres théologiens ; mais ces écarts d'une imagination licencieuſe doivent être mis au rang de l'opinion de l'*Aretin*, qui y fait intervenir le S^t Eſprit ſous la forme d'un pigeon, comme la fable dit que *Jupiter* changé en cigne avait viſité *Léda*, ou comme les premiers pères de l'Egliſe tels que S^t *Juſtin*, *Athénagore, Tertullien,* St *Clément* d'Alexandrie, St *Cyprien, Lactance,* St *Ambroiſe,* & autres, ont cru, d'après les juifs *Philon* & *Joſephe* l'hiſtorien, que les anges avaient connu charnellement les femmes & avaient engendré avec elles. St *Auguſtin* (c) impute même aux manichéens d'enſeigner que de belles filles & de beaux garçons apparaiſſant tout nus

(b) Chap. VIII de la Pſalmodie.
(c) Liv. XX, contre *Fauſte*, chap. XLIV, de la Nature du bien, & ailleurs.

aux princes des ténèbres qui font les mauvais anges, font échapper de leurs membres relâchés par la concupifcence la fubftance vitale, que ce père appelle la nature de D I E U. *Evode* (*d*) tranche le mot en difant que la majefté divine trouve moyen de s'échapper par les génitoires des démons.

Il eft vrai que tous ces pères croyaient les anges corporels, (*e*) mais depuis que les ouvrages de *Platon* eurent donné l'idée de la fpiritualité, on expliqua cette ancienne opinion d'un commerce charnel des anges avec les femmes, en difant que le même ange qui transformé en femme avait reçu la femence d'un homme, fe fervait de cette femence pour engendrer avec une femme auprès de laquelle il prenait à fon tour la figure d'un homme. Les théologiens défignent par les termes d'incube & de fuccube ces différens rôles qu'ils font jouer aux anges. Les curieux peuvent lire les détails de ces dégoûtantes rêveries, page 225 des variantes de la Genèfe par *Othon Gualterius*, livre II, chap. XV des difquifitions magiques par *Delrio;* & chap. XIII du difcours des forciers par *Henri Boguet.*

S E C T I O N   I I.

Aucune généalogie, fût-elle réimprimée dans le Moréri, n'approche de celle de *Mahomet* ou *Mohammed* fils d'*Abdallah*, fils d'*Abd'all Moutaleb*, fils d'*Ashem;* lequel *Mohammed* fut, dans fon jeune âge, palefrenier de la veuve *Cadisha*, puis fon facteur, puis fon mari,

(*d*) Chap. XVII, de la Foi.
(*e*) *Tertullien*, contre *Praxée*, chap. VII.

puis prophète de DIEU, puis condamné à être pendu, puis conquérant & roi d'Arabie, puis mourut de sa belle mort, raffafié de gloire & de femmes.

Les barons allemands ne remontent que jufqu'à *Vitikind*, & nos nouveaux marquis français ne peuvent guère montrer de titre au-delà de *Charlemagne*. Mais la race de *Mahomet* ou *Mohammed*, qui fubfifte encore, a toujours fait voir un arbre généalogique, dont le tronc eft *Adam*, & dont les branches s'étendent d'*Ifmaël* jufqu'aux gentilshommes qui portent aujourd'hui le grand titre de coufin de *Mahomet*.

Nulle difficulté fur cette généalogie, nulle difpute entre les favans, point de faux calculs à rectifier, point de contradiction à pallier, point d'impoffibilités qu'on cherche à rendre poffibles.

Votre orgueil murmure de l'authenticité de ces titres. Vous me dites que vous defcendez d'*Adam*, auffi-bien que le grand prophète, fi *Adam* eft le père commun ; mais que cet *Adam* n'a jamais été connu de perfonne, pas même des anciens Arabes ; que ce nom n'a jamais été cité que dans les livres juifs ; que par conféquent vous vous infcrivez en faux contre les titres de nobleffe de *Mahomet* ou *Mohammed*.

Vous ajoutez qu'en tout cas s'il y a eu un premier homme, quel qu'ait été fon nom, vous en defcendez tout auffi-bien que l'illuftre palefrenier de *Cadisha* ; & que s'il n'y a point eu de premier homme, fi le genre-humain a toujours exifté, comme tant de favans le prétendent, vous êtes gentilhomme de toute éternité.

A cela on vous réplique que vous êtes roturier de toute éternité, fi vous n'avez pas vos parchemins en bonne forme.

Vous

Vous répondez que les hommes font égaux ; qu'une race ne peut être plus ancienne qu'une autre ; que les parchemins, auxquels pend un morceau de cire, font d'une invention nouvelle ; qu'il n'y a aucune raison qui vous oblige de céder à la famille de *Mohammed*, ni à celle de *Confutzée*, ni à celle des empereurs du Japon, ni aux fecrétaires du roi du grand collége. Je ne puis combattre votre opinion par des preuves phyfiques, ou métaphyfiques, ou morales. Vous vous croyez égal au daïri du Japon ; & je fuis entièrement de votre avis. Tout ce que je vous confeille, quand vous vous trouverez en concurrence avec lui, c'eft d'être le plus fort.

GENERATION.

J E dirai comment s'opère la génération, quand on m'aura enfeigné comment D I E U s'y eft pris pour la création.

Mais toute l'antiquité, me dites-vous, tous les philofophes, tous les cofmogonites fans exception, ont ignoré la création proprement dite. Faire quelque chofe de rien a paru une contradiction à tous les penfeurs anciens. L'axiome, *rien ne vient de rien*, a été le fondement de toute philofophie. Et nous demandons au contraire comment quelque chofe peut en produire une autre ?

Je vous réponds qu'il m'eft auffi impoffible de voir clairement comment un être vient d'un autre être, que de comprendre comment il eft arrivé du néant.

Dictionn. philofoph. Tome IV.   D d

Je vois bien qu'une plante, un animal, engendre fon femblable; mais telle eft notre deftinée, que nous favons parfaitement comment on tue un homme, & que nous ignorons comment on le fait naître.

Nul animal, nul végétal, ne peut fe former fans germe; autrement une carpe pourrait naître fur un if, & un lapin au fond d'une rivière, fauf à y périr.

Vous voyez un gland, vous le jetez en terre; il devient chêne. Mais favez vous ce qu'il faudrait pour que vous fuffiez comment ce germe fe développe & fe change en chêne? Il faudrait que vous fuffiez Dieu.

Vous cherchez le myftère de la génération de l'homme; dites-moi d'abord feulement le myftère qui lui donne des cheveux & des ongles; dites-moi comment il remue le petit doigt quand il le veut.

Vous reprochez à mon fyftème que c'eft celui d'un grand ignorant: j'en conviens; mais je vous répondrai ce que dit l'évêque d'Aire *Montmorin* à quelques-uns de fes confrères. Il avait eu deux enfans de fon mariage avant d'entrer dans les ordres; il les préfenta, & on rit. *Meffieurs*, dit-il, *la différence entre nous, c'eft que j'avoue les miens.*

Si vous voulez quelque chofe de plus fur la génération & fur les germes, lifez ou relifez ce que j'ai lu autrefois dans une de ces petites brochures, (*) qui fe perdent quand elles ne font pas enchâffées dans des volumes d'une taille un peu plus fournie.

(*) *L'homme aux quarante écus.* Voyez le tome II des *Romans.*

GENESE.

L'ECRIVAIN facré s'étant conformé aux idées reçues, & n'ayant pas dû s'en écarter, puifque fans cette condefcendance il n'aurait pas été entendu, il ne nous refte que qnelques remarques à faire fur la phyfique de ces temps reculés; car pour la théologie nous la refpectons; nous y croyons & nous n'y touchons jamais.

Au commencement DIEU *créa le ciel & la terre.*

C'eft ainfi qu'on a traduit; mais la traduction n'eft pas exacte. Il n'y a pas d'homme un peu inftruit qui ne fache que le texte porte : *Au commencement les Dieux firent*, ou *les Dieux fit le ciel & la terre.* Cette leçon d'ailleurs eft conforme à l'ancienne idée des phéniciens, qui avaient imaginé que DIEU employa des Dieux inférieurs pour débrouiller le chaos, le chautereb. Les Phéniciens étaient depuis long-temps un peuple puiffant, qui avait fa théogonie avant que les Hébreux fe fuffent emparés de quelques cantons vers fon pays. Il eft bien naturel de penfer que quand les Hébreux eurent enfin un petit établiffement vers la Phénicie, ils commencèrent à apprendre la langue. Alors, leurs écrivains purent emprunter l'ancienne phyfique de leurs maîtres; c'eft la marche de l'efprit humain.

Dans le temps où l'on place *Moïfe*, les philofophes phéniciens en favaient-ils affez pour regarder la terre comme un point, en comparaifon de la multitude infinie de globes que DIEU a placés dans l'immenfité de l'espace qu'on nomme *le ciel* ? Cette idée si ancienne & si fausse, que le ciel fut fait pour la terre, a presque toujours prévalu chez le peuple ignorant. C'est à-peu-près comme si on disait que DIEU créa toutes les montagnes & un grain de sable, & qu'on s'imaginât que ces montagnes ont été faites pour ce grain de sable. Il n'est guère possible que les Phéniciens, si bons navigateurs, n'eussent pas quelques bons astronomes; mais les vieux préjugés prévalaient, & ces vieux préjugés durent être ménagés par l'auteur de la Genèse, qui écrivait pour enseigner les voies de DIEU & non la physique.

La terre était tohu bohu & vide; les ténèbres étaient sur la face de l'abyme; & l'esprit de DIEU était porté sur les eaux.

Tohu bohu signifie précisément chaos, désordre; c'est un de ces mots imitatifs qu'on trouve dans toutes les langues, comme sens-dessus-dessous, tintamarre, trictrac, tonnerre, bombe. La terre n'était point encore formée telle qu'elle est; la matière existait, mais la puissance divine ne l'avait point encore arrangée. L'esprit de DIEU signifie à la lettre le *souffle*, le *vent*, qui agitait les eaux. Cette idée est exprimée dans les fragmens de l'auteur phénicien *Sanchoniathon*. Les Phéniciens croyaient comme tous les autres peuples la matière éternelle. Il n'y a pas un seul auteur dans l'antiquité qui ait jamais dit qu'on eût tiré quelque chose du néant. On ne trouve même dans toute la bible aucun passage où il soit dit que la matière ait été faite de rien. Non que la création de rien ne soit très-vraie; mais cette vérité n'était pas connue des Juifs charnels.

Les hommes furent toujours partagés fur la queſtion de l'éternité du monde, mais jamais fur l'éternité de la matière.

Ex nihilo nihil , in nihilum nil poſſe reverti.

Voilà l'opinion de toute l'antiquité.

D I E U *dit* : *Que la lumière ſoit faite , & la lumière fut faite; & il vit que la lumière était bonne ; & il diviſa la lumière des ténèbres ; & il appela la lumière* jour *& les* ténèbres nuit *; & le ſoir & le matin furent un jour. Et* D I E U *dit auſſi : Que le firmament ſoit fait au milieu des eaux , & qu'il ſépare les eaux des eaux ; &* D I E U *fit le firmament ; & il diviſa les eaux au - deſſus du firmament des eaux au - deſſous du firmament ; &* D I E U *appela le firmament* ciel *; & le ſoir & le matin fit le ſecond jour &c. & il vit que cela était bon.*

Commençons par examiner ſi l'évêque d'Avranches *Huet*, *le Clerc*, &c. n'ont pas évidemment raiſon contre ceux qui prétendent trouver ici un tour d'éloquence ſublime.

Cette éloquence n'eſt affectée dans aucune hiſtoire écrite par les Juifs. Le ſtyle eſt ici de la plus grande ſimplicité, comme dans le reſte de l'ouvrage. Si un orateur, pour faire connaître la puiſſance de D I E U , employait ſeulement cette expreſſion : *Il dit que la lumière ſoit, & la lumière fut;* ce ferait alors du ſublime. Tel eſt ce paſſage d'un pſeaume, *dixit, & faЄla ſunt.* C'eſt un trait qui étant unique en cet endroit, & placé pour faire une grande image, frappe l'eſprit & l'enlève. Mais ici c'eſt le narré le plus ſimple. L'auteur juif ne parle pas de la lumière autrement que des autres objets de la création ; il dit également à chaque article, & D I E U *vit que cela était bon.* Tout eft fublime dans la création fans doute ; mais celle de la lnmière ne l'eft pas plus que celle de l'herbe des champs ; le ·fublime eft ce qui s'élève au-deffus du refte, & le même tour règne par-tout dans ce chapitre.

C'était encore une opinion fort ancienne, que la lumière ne venait pas du foleil. On la voyait répandue dans l'air avant le lever & après le coucher de cet aftre ; on s'imaginait que le foleil ne fervait qu'à la pouffer plus fortement : auffi l'auteur de la Genèfe fe conforme-t-il à cette erreur populaire, & même il ne fait créer le foleil & la lune que quatre jours après la lumière. Il était impoffible qu'il y eût un matin & un foir avant qu'il exiftât un foleil. L'auteur infpiré daignait defcendre aux préjugés vagues & groffiers de la nation. D I E U ne prétendait pas enfeigner la philofophie aux Juifs. Il pouvait élever leur efprit jufqu'à la vérité ; mais il aimait mieux defcendre jufqu'à eux. On ne peut trop répéter cette folution.

La féparation de la lumière & des ténèbres n'eft pas d'une autre phyfique ; il femble que la nuit & le jour fuffent mêlés enfemble comme des grains d'efpèces différentes que l'on fépare les uns des autres. On fait affez que les ténèbres ne font autre chofe que la privation de la lumière, & qu'il n'y a de lumière en effet qu'autant que nos yeux reçoivent cette fenfation ; mais on était alors bien loin de connaître ces vérités.

L'idée d'un firmament eft encore de la plus haute antiquité. On s'imaginait que les cieux étaient très-folides, parce qu'on y voyait toujours les mêmes phénomènes. Les cieux roulaient fur nos têtes; ils étaient donc d'une matière fort dure. Le moyen de fupputer combien les exhalaifons de la terre & des mers pouvaient fournir d'eau aux nuages? Il n'y avait point de *Halley* qui pût faire ce calcul. On fe figurait donc des réfervoirs d'eau dans le ciel. Ces réfervoirs ne pouvaient être portés que fur une bonne voûte; on voyait à travers cette voûte, elle était donc de criftal. Pour que les eaux fupérieures tombaffent de cette voûte fur la terre, il était néceffaire qu'il y eût des portes, des éclufes, des cataractes, qui s'ouvriffent & fe fermaffent. Telle était l'aftronomie d'alors; & puifqu'on écrivait pour des Juifs, il fallait bien adopter leurs idées groffières, empruntées des autres peuples un peu moins groffiers qu'eux.

D I E U *fit deux grands luminaires, l'un pour préfider au jour, l'autre à la nuit; il fit auffi les étoiles.*

C'eft toujours, il eft vrai, la même ignorance de la nature. Les Juifs ne favaient pas que la lune n'éclaire que par une lumière réfléchie. L'auteur parle ici des étoiles comme de points lumineux, tels qu'on les voit, quoiqu'elles foient autant de foleils dont chacun a des mondes roulans autour de lui. L'Efprit faint fe proportionnait donc à l'efprit du temps. S'il avait dit que le foleil eft un million de fois plus gros que la terre, & la lune cinquante fois plus petite, on ne l'aurait pas compris. Ils nous paraiffent deux aftres prefqu'également grands.

D I E U *dit auffi : Fefons l'homme à notre image, & qu'il préfide aux poiffons &c.*

Qu'entendaient les Juifs par *fefons l'homme à notre image*? Ce que toute l'antiquité entendait.

Finxit in effigiem moderantum cuncta Deorum.

On ne fait des images que des corps. Nulle nation n'imagina un Dieu fans corps ; & il eft impoffible de fe le repréfenter autrement. On peut bien dire : D i e u n'eft rien de ce que nous connaiffons ; mais on ne peut avoir aucune idée de ce qu'il eft. Les Juifs crurent D i e u conftamment corporel, comme tous les autres peuples. Tous les premiers pères de l'Eglife crurent auffi D i e u corporel, jufqu'à ce qu'ils euffent embraffé les idées de *Platon*, ou plutôt jufqu'à ce que les lumières du chriftianifme fuffent plus pures.

Il les créa mâle & femelle.

Si D i e u ou les Dieux fecondaires créèrent l'homme mâle & femelle à leur reffemblance, il femble en ce cas que les Juifs croyaient D i e u & les Dieux mâles & femelles. On a recherché fi l'auteur veut dire que l'homme avait d'abord les deux fexes, ou s'il entend que D i e u fit *Adam* & *Eve* le même jour. Le fens le plus naturel eft que D i e u forma *Adam* & *Eve* en même temps ; mais ce fens contredirait abfolument la formation de la femme faite d'une côte de l'homme long-temps après les fept jours.

Et il fe repofa le feptième jour.

Les Phéniciens, les Chaldéens, les Indiens, difaient que D i e u avait fait le monde en fix temps, que l'ancien *Zoroaftre* appelle les fix *gahambars* fi célébres chez les Perfes.

Il eſt inconteſtable que tous ces peuples avaient une théologie avant que les Juifs habitaſſent les déſerts d'Oreb & de Sinaï, avant qu'ils puſſent avoir des écrivains. Pluſieurs ſavans ont cru vraiſemblable que l'allégorie de ſix jours eſt imitée de celle des ſix temps. D I E U peut avoir permis que de grands peuples euſſent cette idée, avant qu'il l'eût inſpirée au peuple juif. Il avait bien permis que les autres peuples inventaſſent les arts avant que les Juifs en euſſent aucun.

Du lieu de volupté ſortait un fleuve qui arroſait le jardin, & de là ſe partageait en quatre fleuves; l'un s'appelle Phiſon, qui tourne dans le pays d'Evilath où vient l'or.... Le ſecond s'appelle Géhon qui entoure l'Ethiopie..... Le troiſième eſt le Tygre, & le quatrième l'Euphrate.

Suivant cette verſion, le paradis terreſtre aurait contenu près du tiers de l'Aſie & de l'Afrique. L'Euphrate & le Tygre ont leur ſource à plus de ſoixante grandes lieues l'un de l'autre, dans des montagnes horribles qui ne reſſemblent guère à un jardin. Le fleuve qui borde l'Ethiopie, & qui ne peut être que le Nil, commence à plus de mille lieues des ſources du Tygre & de l'Euphrate; & ſi le Phiſon eſt le Phaſe, il eſt aſſez étonnant de mettre au même endroit la ſource d'un fleuve de Scythie & celle d'un fleuve d'Afrique. Il a donc fallu chercher une autre explication & d'autres fleuves. Chaque commentateur a fait ſon paradis terreſtre.

On a dit que le jardin d'Eden reſſemble à ces jardins d'Eden à Saana dans l'Arabie heureuſe, fameuſe dans toute l'antiquité; que les Hébreux, peuple très-récent, pouvaient être une horde arabe, & ſe faire honneur de ce qu'il y avait de plus beau dans le meilleur canton de l'Arabie ; qu'ils ont toujours employé pour eux les anciennes traditions des grandes nations au milieu defquelles ils étaient enclavés. Mais ils n'en étaient pas moins conduits par le Seigneur.

Le Seigneur prit donc l'homme, & le mit dans le jardin de volupté, afin qu'il le cultivât.

C'eft fort bien fait de *cultiver fon jardin;* mais il eft difficile qu'*Adam* cultivât un jardin de mille lieues de long : apparemment qu'on lui donna des aides. Il faut donc, encore une fois, que les commentateurs exercent ici leur talent de deviner. Auffi a-t-on donné à ces quatre fleuves trente pofitions différentes.

Ne mangez point du fruit de la fcience du bien & du mal.

Il eft difficile de concevoir qu'il y ait eu un arbre qui enfeignât le bien & le mal, comme il y a des poiriers & des abricotiers. D'ailleurs, on a demandé pourquoi D I E U ne veut pas que l'homme connaiffe le bien & le mal? Le contraire ne paraît-il pas (fi on ofe le dire) beaucoup plus digne de D I E U, & beaucoup plus néceffaire à l'homme? Il femble à notre pauvre raifon que D I E U devait ordonner de manger beaucoup de ce fruit; mais on doit foumettre fa raifon, & conclure feulement qu'il faut obéir à D I E U.

Dès que vous en aurez mangé vous mourrez.

Cependant *Adam* en mangea & n'en mourut point. Au contraire, on le fait vivre encore neuf cents trente ans. Plufieurs pères ont regardé tout cela comme une allégorie. En effet, on pourrait dire que les autres animaux ne favent pas qu'ils mourront, mais que l'homme le fait par fa raifon. Cette raifon eft l'arbre de la fcience qui lui fait prévoir fa fin. Cette explication ferait peut-être la plus raifonnable ; mais nous n'ofons prononcer.

Le Seigneur dit auffi : Il n'eft pas bon que l'homme foit feul, fefons-lui une aide femblable à lui.

On s'attend que le Seigneur va lui donner une femme : mais auparavant il lui amène tous les animaux. Peut-être y a-t-il ici quelque tranfpofition de copifte.

Et le nom qu'Adam donna à chacun des animaux eft fon véritable nom.

Ce qu'on peut entendre par le véritable nom d'un animal ferait un nom qui défignerait toutes les propriétés de fon efpèce, ou du moins les principales ; mais il n'en eft ainfi dans aucune langue. Il y a dans chacune quelques mots imitatifs, comme *coq* & *coucou* en celte, qui défignent un peu le cri du coq & du coucou. *Tintamarre, triĉtrac ; alali* en grec, *loupous* en latin, &c. Mais ces mots imitatifs font en trèspetit nombre. De plus, fi *Adam* eût ainfi connu toutes les propriétés des animaux, ou il avait déjà mangé du fruit de la fcience, ou DIEU femblait n'avoir pas befoin de lui interdire ce fruit. Il en favait déjà plus que la fociété royale de Londres, & l'académie des fciences.

Obfervez que c'eft ici la première fois qu'*Adam* eft nommé dans la Genèfe. Le premier homme, chez les anciens brachmanes, prodigieufement antérieurs aux Juifs, s'appelait *Adimo*, l'enfant de la terre, & fa femme *Procriti*, la vie ; c'eft ce que dit le *Veidam* dans la feconde formation du monde. *Adam* & *Eve*

fignifiaient ces mêmes chofes dans la langue phénicienne. Nouvelle preuve que l'Efprit-faint fe conformait
aux idées reçues.

Lorfqu'Adam était endormi, D I E U *prit une de fes
côtes, & mit de la chair à la place; & de la côte qu'il avait
tirée d'Adam il bâtit une femme, & il amena la femme à
Adam.*

Le Seigneur, un chapitre auparavant, avait déjà
créé le mâle & la femelle; pourquoi donc ôter une
côte à l'homme pour en faire une femme qui exiftait
déjà ? On répond que l'auteur annonce dans un
endroit ce qu'il explique dans l'autre. On répond
encore que cette allégorie foumet la femme à fon
mari, & exprime leur union intime. Bien des gens
ont cru fur ce verfet que les hommes ont une côte
de moins que les femmes : mais c'eft une héréfie; &
l'anatomie nous fait voir qu'une femme n'eft pas
pourvue de plus de côtes que fon mari.

*Or le ferpent était le plus rufé de tous les animaux de
la terre &c. il dit à la femme &c.*

Il n'eft fait dans tout cet article aucune mention
du diable; tout y eft phyfique. Le ferpent était regardé
non-feulement comme le plus rufé des animaux par
toutes les nations orientales, mais encore comme
immortel. Les Chaldéens avaient une fable d'une
querelle entre D I E U & le ferpent; & cette fable avait
été confervée par *Phérécide*. *Origène* la cite dans fon
livre VI contre *Celfe*. On portait un ferpent dans les
fêtes de *Bacchus*. Les Egyptiens attachaient une efpèce
de divinité au ferpent, au rapport d'*Eufèbe* dans fa
Préparation évangélique, livre premier, chapitre X.
Dans l'Arabie & dans les Indes, à la Chine même,

le ferpent était regardé comme le fymbole de la vie;
& de-là vint que les empereurs de la Chine, antérieurs à *Moïfe*, portèrent toujours l'image d'un ferpent
fur la poitrine.

Eve n'eft point étonnée que le ferpent lui parle.
Les animaux ont parlé dans toutes les anciennes hiftoires; & c'eft pourquoi lorfque *Pilpay* & *Lokman* firent
parler les animaux, perfonne n'en fut furpris.

Toute cette aventure paraît fi phyfique & fi
dépouillée de toute allégorie, qu'on y rend raifon
pourquoi le ferpent rampe depuis ce temps-là fur
fon ventre, pourquoi nous cherchons toujours à
l'écrafer, & pourquoi il cherche toujours à nous
mordre (du moins à ce qu'on croit;) précifément
comme on rendait raifon dans les anciennes métamorphofes, pourquoi le corbeau qui était blanc
autrefois eft noir aujourd'hui; pourquoi le hibou ne
fort de fon trou que de nuit; pourquoi le loup aime
le carnage &c. Mais les pères ont cru que c'eft une
allégorie auffi manifefte que refpeftable. Le plus fûr
eft de les croire.

*Je multiplierai vos mifères & vos groffeffes, vous
enfanterez dans la douleur, vous ferez fous la puiffance de
l'homme, & il vous dominera.*

On demande pourquoi la multiplication des groffeffes eft une punition? C'était au contraire, dit-on,
une très-grande bénédiftion, & furtout chez les Juifs.
Les douleurs de l'enfantement ne font confidérables
que dans les femmes délicates; celles qui font accoutumées au travail accouchent très-aifément, furtout
dans les climats chauds. Il y a quelquefois des bêtes
qui fouffrent beaucoup dans leur géfine; il y en a

même qui en meurent. Et quant à la fupériorité de l'homme fur la femme, c'eft une chofe entièrement naturelle; c'eft l'effet de la force du corps & même de celle de l'efprit. Les hommes en général ont des organes plus capables d'une attention fuivie que les femmes, & font plus propres aux travaux de la tête & du bras. Mais quand une femme a le poignet & l'efprit plus fort que fon mari, elle en eft par-tout la maîtreffe; c'eft alors le mari qui eft foumis à la femme. Cela eft vrai; mais il fe peut très-bien qu'avant le péché originel il n'y eût ni fujétion ni douleur.

Le Seigneur leur fit des tuniques de peau.

Ce paffage prouve bien que les Juifs croyaient un D I E U corporel. Un rabbin nommé *Eliefer*, a écrit que D I E U couvrit *Adam* & *Eve* de la peau même du ferpent qui les avait tentés; & *Origène* prétend que cette tunique de peau était une nouvelle chair, un nouveau corps que D I E U fit à l'homme. Il vaut mieux s'en tenir au texte avec refpeĉt.

Et le Seigneur dit : Voilà Adam qui eft devenu comme l'un de nous.

Il femblerait que les Juifs admirent d'abord plu-fieurs Dieux. Il eft plus difficile de favoir ce qu'ils entendent par ce mot Dieu *Eloïm.* Quelques com-mentateurs ont prétendu que ce mot *l'un de nous*, fignifie la Trinité; mais il n'eft pas affurément queftion de la Trinité dans la Bible. La Trinité n'eft pas un compofé de plufieurs Dieux, c'eft le même Dieu triple; & jamais les Juifs n'entendirent parler d'un Dieu en trois perfonnes. Par ces mots, *femblable à nous*, il eft vraifemblable que les Juifs entendaient les anges

Eloïm. C'eſt ce qui fit penſer à pluſieurs doctes téméraires que ce livre ne fut écrit que quand ils adoptèrent
la créance de ces Dieux inférieurs ; mais c'eſt une
opinion condamnée.

*Le Seigneur le mit hors du jardin de volupté, afin qu'il
cultivât la terre.*

Mais le Seigneur, diſent quelques-uns, l'avait mis
dans le jardin de volupté, *afin qu'il cultivât ce jardin.*
Si *Adam* de jardinier devint laboureur, ils diſent
qu'en cela ſon état n'empira pas beaucoup. Un bon
laboureur vaut bien un bon jardinier. Cette ſolution
nous ſemble trop peu ſérieuſe. Il vaut mieux dire que
D I E U punit la déſobéiſſance par le banniſſement du
lieu natal.

Toute cette hiſtoire en général ſe rapporte, ſelon
des commentateurs trop hardis, à l'idée qu'eurent tous
les hommes, & qu'ils ont encore, que les premiers
temps valaient mieux que les nouveaux. On a toujours
plaint le préſent & vanté le paſſé. Les hommes ſur-
chargés de travaux ont placé le bonheur dans l'oiſiveté,
ne ſongeant pas que le pire des états eſt celui d'un
homme qui n'a rien à faire. On ſe vit ſouvent
malheureux, & on ſe forgea l'idée d'un temps où
tout le monde avait été heureux. C'eſt à-peu-près
comme ſi on diſait : il fut un temps où il ne périſſait
aucun arbre ; où nulle bête n'était malade, ni faible,
ni dévorée par une autre ; où jamais les araignées ne
prenaient de mouches. De-là l'idée du ſiècle d'or, de
l'œuf percé par *Arimane*, du ſerpent qui déroba à
l'âne la recette de la vie heureuſe & immortelle que
l'homme avait mis ſur ſon bât ; de-là ce combat de
Typhon contre *Oſiris*, d'*Ophionée* contre les Dieux ;

& cette fameufe boîte de *Pandore*, & tous ces vieux contes dont quelques-uns font ingénieux, & dont aucun n'eft inftructif. Mais nous devons croire que les fables des autres peuples font des imitations de l'hiftoire hébraïque, puifque nous avons l'ancienne hiftoire des Hébreux, & que les premiers livres des autres nations font prefque tous perdus. De plus, les témoignages en faveur de la Genèfe font irréfragables.

Et il mit devant le jardin de volupté un chérubin avec un glaive tournoyant & enflammé pour garder l'entrée de l'arbre de vie.

Le mot *kerub* fignifie *bœuf*. Un bœuf armé d'un fabre enflammé, fait, dit-on, une étrange figure à une porte. Mais les Juifs repréfentèrent depuis des anges en formes de bœufs & d'éperviers, quoiqu'il leur fût défendu de faire aucune figure : ils prirent vifiblement ces bœufs & ces éperviers des Egyptiens, dont ils imitèrent tant de chofes. Les Egyptiens vénérèrent d'abord le bœuf comme le fymbole de l'agriculture, & l'épervier comme celui des vents; mais ils ne firent jamais un portier d'un bœuf. C'eft probablement une allégorie; & les Juifs entendaient par *kerub*, la nature. C'était un fymbole compofé d'une tête de bœuf, d'une tête d'homme, d'un corps d'homme, & d'aîles d'épervier.

Et le Seigneur mit un figne à Caïn.

Quel Seigneur! difent les incrédules. Il accepte l'offrande d'*Abel*, & il rejette celle de *Caïn* fon aîné, fans qu'on en rapporte la moindre raifon.. Par-là le Seigneur devient la caufe de l'inimitié entre les deux frères. C'eft une inftruction morale à la vérité, &

une

une inftruction prife dans toutes les fables anciennes,
qu'à peine le genre humain exifta, qu'un frère affaffine
fon frère. Mais ce qui paraît aux fages du monde
contre toute morale, contre toute juftice, contre tous
les principes du fens commun, c'eft que DIEU ait
damné à toute éternité le genre-humain, & ait fait
mourir inutilement fon propre fils pour une pomme,
& qu'il pardonne un fratricide. Que dis-je, pardonner? il prend le coupable fous fa protection. Il
déclare que quiconque vengera le meurtre d'*Abel* fera
puni fept fois plus que *Caïn* ne l'aurait été. Il lui
met un figne qui lui fert de fauve-garde. C'eft, difent
les impies, une fable auffi exécrable qu'abfurde. C'eft
le délire de quelque malheureux juif, qui écrivit ces
infames inepties à l'imitation des contes que les
peuples voifins prodiguaient dans la Syrie. Ce juif
infenfé attribua ces rêveries atroces à *Moïfe*, dans
un temps où rien n'était plus rare que les livres. La
fatalité qui difpofe de tout, a fait parvenir ce malheureux livre jufqu'à nous. Des fripons l'ont exalté, &
des imbécilles l'ont cru. Ainfi parle une foule de
théiftes qui, en adorant DIEU, ofent condamner le
DIEU d'Ifraël, & qui jugent de la conduite de l'Etre
éternel par les règles de notre morale imparfaite &
de notre juftice erronée. Ils admettent DIEU pour le
foumettre à nos lois. Gardons-nous d'être fi hardis,
& refpectons, encore une fois, ce que nous ne pouvons
comprendre. Crions ô *altitudo* de toutes nos forces!

Les Dieux Eloïm, voyant que les filles des hommes étaient
belles, prirent pour époufes celles qu'ils choifirent.

Cette imagination fut encore celle de tous les
peuples. Il n'y a aucune nation, excepté peut-être la

Dictionn. philofoph. Tome IV.   E e

Chine, où quelque Dieu ne soit venu faire des enfans à des filles. Ces Dieux corporels descendaient souvent sur la terre pour visiter leurs domaines ; ils voyaient nos filles, ils prenaient pour eux les plus jolies : les enfans nés du commerce de ces Dieux & des mortelles devaient être supérieurs aux autres hommes ; aussi la Genèse ne manque pas de dire, que ces Dieux qui couchèrent avec nos filles produisirent des géans. C'est encore se conformer à l'opinion vulgaire.

Et je ferai venir sur la terre les eaux du déluge. (*)

Je remarquerai seulement ici que *St Augustin* dans sa Cité de Dieu, n° 8, dit : *Maximum illud diluvium græca nec latina novit historia :* ni l'histoire grecque ni la latine ne connaissent ce grand déluge. En effet, on n'avait jamais connu que ceux de Deucalion, & d'Ogygès, en Grèce. Ils sont regardés comme universels dans les fables recueillies par *Ovide*, mais totalement ignorés dans l'Asie orientale. *St Augustin* ne se trompe donc pas en disant que l'histoire n'en parle point.

DIEU *dit à Noé : Je vais faire alliance avec vous & avec votre semence après vous, & avec tous les animaux.*

DIEU faire alliance avec les bêtes ! quelle alliance ! s'écrient les incrédules. Mais s'il s'allie avec l'homme, pourquoi pas avec la bête ? elle a du sentiment, & il y a quelque chose d'aussi divin dans le sentiment que dans la pensée la plus métaphysique. D'ailleurs, les animaux sentent mieux que la plupart des hommes ne pensent. C'est apparemment en vertu de ce pacte que *François d'Assise*, fondateur de l'ordre séraphique, disait aux cigales & aux lièvres : Chantez, ma sœur

(*) Voyez l'article *Déluge.*

la cigale; broutez, mon frère le levraut. Mais quelles
ont été les conditions du traité? que tous les animaux
se dévoreraient les uns les autres, qu'ils se nourriraient
de notre chair & nous de la leur, qu'après les avoir
mangés, nous nous exterminerions avec rage, & qu'il
ne nous manquerait plus que de manger nos semblables égorgés par nos mains. S'il y avait eu un tel
pacte, il aurait été fait avec le diable.

    Probablement tout ce passage ne veut dire autre
chose sinon que D I E U est également le maître absolu
de tout ce qui respire. Ce pacte ne peut être qu'un
ordre, & le mot d'*alliance* n'est là que par extension.
Il ne faut donc pas s'effaroucher des termes, mais
adorer l'esprit, & remonter aux temps où l'on écrivait
ce livre qui est un scandale aux faibles, & une édifi-
cation aux forts.

    Et je mettrai mon arc dans les nuées, & il fera un signe
de mon pacte &c.

    Remarquez que l'auteur ne dit pas, j'ai mis mon
arc dans les nuées; il dit, je mettrai : cela suppose
évidemment que l'opinion commune était que l'arc-
en-ciel n'avait pas toujours existé. C'est un phénomène
causé nécessairement par la pluie; & on le donne ici
comme quelque chose de surnaturel qui avertit que la
terre ne sera plus inondée. Il est étrange de choisir le
signe de la pluie pour assurer qu'on ne sera pas noyé.
Mais aussi on peut répondre que dans le danger de
l'inondation on est rassuré par l'arc-en-ciel.

    Or le Seigneur descendit pour voir la ville & la tour
que les enfans d'Adam bâtissaient; & il dit : Voilà un peuple
qui n'a qu'une langue. Ils ont commencé à faire cela; &
ils ne s'en désisteront point jusqu'à ce qu'ils aient achevé.

Venez donc, defcendons, confondons leur langue, afin que perfonne n'entende fon voifin. (*)

Obfervez feulement ici que l'auteur facré continue toujours à fe conformer aux opinions populaires. Il parle toujours de DIEU comme d'un homme qui s'informe de ce qui fe paffe, qui veut voir par fes yeux ce qu'on fait dans fes domaines, qui appellé les gens de fon confeil pour fe réfoudre avec eux.

Et Abraham ayant partagé fes gens (qui étaient 318,) *tomba fur les cinq rois, les défit, & les pourfuivit jufqu'à Hoba à la gauche de Damas.*

Du bord méridional du lac Sodome jufqu'à Damas, on compte quatre-vingts lieues; & encore faut-il franchir le Liban & l'anti-Liban. Les incrédules triomphent d'une telle exagération. Mais puifque le Seigneur favorifait *Abraham*, rien n'eft exagéré.

Et fur le foir les deux anges arrivèrent à Sodome &c.

Toute l'hiftoire des deux anges que les Sodomites voulurent violer, eft peut-être la plus extraordinaire que l'antiquité ait rapportée. Mais il faut confidérer que prefque toute l'Afie croyait qu'il y avait des démons incubes & fuccubes, que de plus ces deux anges étaient des créatures plus parfaites que les hommes, & qu'ils devaient être plus beaux, & allumer plus de défirs chez un peuple corrompu, que des hommes ordinaires. Il fe peut que ce trait d'hiftoire ne foit qu'une figure de rhétorique, pour exprimer les horribles débordemens de Sodome & de Gomorrhe. Nous ne propofons cette folution aux favans qu'avec une extrême défiance de nous-mêmes.

(*) Voyez fur ce paffage l'article *Babel.*

Pour *Loth* qui propofe fes deux filles aux Sodomites à la place des deux anges, & la femme de *Loth*
changée en ftatue de fel, & tout le refte de cette hiftoire, qu'oferons-nous dire ? L'ancienne fable arabique
de *Cinira* & de *Mirrha*, a quelque rapport à l'incefte
de *Loth* & de fes filles ; & l'aventure de *Philemon* &
de *Baucis* n'eft pas fans reffemblance avec les deux
anges qui apparurent à *Loth* & à fa femme. Pour la
ftatue de fel, nous ne favons pas à quoi elle reffemble ;
eft-ce à l'hiftoire d'*Orphée* & d'*Euridice* ?

Bien des favans penfent, avec le grand *Newton* &
le docte *le-Clerc*, que le Pentateuque fut écrit par
Samuel lorfque les Juifs eurent un peu appris à lire
& à écrire, & que toutes ces hiftoires font des imitations des fables fyriennes.

Mais il fuffit que tout cela foit dans l'écriture fainte
pour que nous le révérions, fans chercher à voir dans
ce livre autre chofe que ce qui eft écrit par l'Efprit
faint. Souvenons-nous toujours que ces temps-là ne
font pas les nôtres ; & ne manquons pas de répéter,
après tant de grands hommes, que l'ancien Teftament eft une hiftoire véritable, & que tout ce qui a
été inventé par le refte de l'univers eft fabuleux.

Il s'eft trouvé quelques favans qui ont prétendu
qu'on devait retrancher des livres canoniques, toutes
ces chofes incroyables qui fcandalifent les faibles ;
mais on a dit que ces favans étaient des cœurs cor-
rompus, des hommes à brûler, & qu'il eft impoffible
d'être honnête homme fi on ne croit pas que les
Sodomites voulurent violer deux anges. C'eft ainfi
que raifonne une efpèce de monftre qui veut dominer
fur les efprits.

Ee 3

Il eſt vrai que pluſieurs célébres pères de l'Egliſe ont eu la prudence de tourner toutes ces hiſtoires en allégorie, à l'exemple des Juifs, & ſurtout de *Philon*. Des papes plus prudens encore voulurent empêcher qu'on ne traduiſît ces livres en langue vulgaire, de peur qu'on ne mît les hommes à portée de juger ce qu'on leur propoſait d'adorer.

On doit certainement en conclure que ceux qui entendent parfaitement ce livre doivent tolérer ceux qui ne l'entendent pas : car ſi ceux-ci n'y entendent rien, ce n'eſt pas leur faute; mais ceux qui n'y comprennent rien doivent tolérer auſſi ceux qui comprennent tout.

Les ſavans trop remplis de leur ſcience ont prétendu qu'il était impoſſible que *Moïſe* eût écrit la Geneſe. Une de leurs grandes raiſons eſt que dans l'hiſtoire d'*Abraham*, il eſt dit que ce patriarche paya la caverne pour enterrer ſa femme, en *argent monnayé*, & que le roi de Gérar donna mille pièces d'argent à *Sara*, lorſqu'il la rendit, après l'avoir enlevée pour ſa beauté à l'âge de ſoixante & quinze ans. Ils diſent qu'ils ont conſulté tous les anciens auteurs, & qu'il eſt avéré qu'il n'y avait point d'argent monnayé dans ce temps-là. Mais on voit bien que ce ſont là de pures chicanes, puiſque l'Egliſe a toujours cru fermement que *Moïſe* fut l'auteur du Pentateuque. Ils fortifient tous les doutes élevés par *Aben-Eſra*, & par *Baruk Spinoſa*. Le médecin *Aſtruc*, beau-père du contrôleur-général *Silhouette*, dans ſon livre, devenu très-rare, intitulé *Conjectures ſur la Geneſe*, ajoute de nouvelles objections inſolubles à la ſcience humaine; mais elles ne le ſont pas à la piété humble & ſoumiſe. Les ſavans oſent contredire chaque ligne ; & les fimples révèrent chaque ligne. Craignons de tomber dans le malheur de croire notre raifon ; foyons foumis d'efprit & de cœur. (*)

Et Abraham dit que Sara était fa fœur ; & le roi de Gérar la prit pour lui.

Nous avouons, comme nous l'avons dit à l'article *Abraham*, que *Sara* avait alors quatre-vingt-dix ans ; qu'elle avait été déjà enlevée par un roi d'Egypte ; & qu'un roi de ce même défert affreux de Gérar enleva encore depuis la femme d'*Ifaac* fils d'*Abraham*. Nous avons parlé auffi de la fervante *Agar* à qui *Abraham* fit un enfant, & de la manière dont ce patriarche renvoya cette fervante & fon fils. On fait à quel point les incrédules triomphent de toutes ces hiftoires ; avec quel fourire dédaigneux ils en parlent ; comme ils mettent fort au-deffous des mille & une nuits, l'hiftoire d'un *Abimelec* amoureux de cette même *Sara* qu'*Abraham* avait fait paffer pour fa fœur , & d'un autre *Abimelec* amoureux de *Rebecca* qu'*Ifaac* fait auffi paffer pour fa fœur. On ne peut trop redire que le grand défaut de tous ces favans critiques eft de vouloir tout ramener aux principes de notre faible raifon , & de juger des anciens Arabes comme ils jugent de la cour de France & de celle d'Angleterre.

Et l'ame de Sichem , fils du roi Hemor , fut conglutinée avec l'ame de Dina ; & il charma fa triftesse par des careffes tendres ; & il alla à Hemor fon père , & lui dit : Donnez-moi cette fille pour femme.

C'eft ici que les favans fe révoltent plus que jamais. Quoi ! difent-ils, le fils d'un roi veut bien faire à la fille d'un vagabond l'honneur de l'époufer ; le mariage

(*) Voyez *Moïfe*.

fe conclut ; on comble de préfens *Jacob* le père & *Dina*
la fille ; le roi de Sichem daigne recevoir dans fa ville
ces voleurs errans qu'on appelle *patriarches;* il a la
bonté incroyable, incompréhenfible, de fe faire circoncire, lui, fon fils, fa cour, & fon peuple, pour
condefcendre à la fuperftition de cette petite horde,
qui ne poffède pas une demi-lieue de terrain en propre!
Et pour prix d'une fi étonnante bonté, que font nos
patriarches facrés? ils attendent le jour où la plaie de
la circoncifion donne ordinairement la fièvre. *Siméon*
& *Lévi* courent par toute la ville le poignard à la main ;
ils maffacrent le roi, le prince fon fils, & tous les habitans. L'horreur de cette St Barthelemi n'eft fauvée
que parce qu'elle eft impoffible. C'eft un roman abominable, mais c'eft évidemment un roman ridicule.
Il eft impoffible que deux hommes aient égorgé tranquillement tout un peuple. On a beau fouffrir un peu
de fon prépuce entamé, on fe défend contre deux
fcélérats, on s'affemble, on les entoure, on les fait
périr par les fupplices qu'ils méritent.

Mais il y a encore une impoffibilité plus palpable;
c'eft que par la fupputation exacte des temps, *Dina*,
cette fille de *Jacob*, ne pouvait alors être âgée que de
trois ans, & que fi on veut forcer la chronologie, on
ne pourra lui en donner que cinq tout au plus : c'eft
fur quoi on fe récrie. On dit : Qu'eft-ce qu'un livre
d'un peuple réprouvé; un livre inconnu fi long-temps
de toute la terre; un livre où la droite raifon & les
mœurs font outragées à chaque page, & qu'on veut
nous donner pour irréfragable, pour faint, pour
dicté par DIEU même? n'eft-ce pas une impiété de
le croire? n'eft-ce pas une fureur d'anthropophages

de perfécuter les hommes fenfés & modeftes qui ne
le croient pas?

A cela nous répondons : l'Eglife dit qu'elle le croit.
Les copiftes ont pu mêler des abfurdités révoltantes à
des hiftoires refpectables. C'eft à la fainte Eglife feule
d'en juger. Les profanes doivent fe laiffer conduire
par elle. Ces abfurdités , ces horreurs prétendues,
n'intéreffent point le fond de notre religion. Où en
feraient les hommes, fi le culte & la vertu dépendaient
de ce qui arriva autrefois à Sichem & à la petite *Dina*?

*Voici les rois qui régnèrent dans le pays d'Edom avant
que les enfans d'Ifraël euffent un roi.*

C'eft ici le paffage fameux qui a été une des grandes
pierres d'achoppement. C'eft ce qui a déterminé le
grand *Newton*, le pieux & fage *Samuel Clarke*, le profond
philofophe *Bolingbroke*, le docte *le Clerc*, le favant *Fréret*,
& une foule d'autres favans, à foutenir qu'il était impoffible que *Moïfe* fût l'auteur de la Genèfe.

Nous avouons qu'en effet ces mots ne peuvent avoir
été écrits que dans le temps où les Juifs eurent des rois.

C'eft principalement ce verfet qui détermina *Aftruc*
à bouleverfer toute la Genèfe & à fuppofer des mémoires
dans lefquels l'auteur avait puifé. Son travail eft ingénieux, il eft exact, mais il eft téméraire. Un concile
aurait à peine ofé l'entreprendre. Et de quoi a fervi
ce travail ingrat & dangereux d'*Aftruc*? à redoubler
les ténèbres qu'il a voulu éclaircir. C'eft là le fruit de
l'arbre de la fcience dont nous voulons tous manger.
Pourquoi faut-il que les fruits de l'arbre de l'ignorance
foient plus nourriffans & plus aifés à digérer?

Mais que nous importe après tout que ce verfet,
que ce chapitre, ait été écrit par *Moïfe*, ou par *Samuel*,

ou par le facrificateur qui vint à Samarie, ou par *Efdras*, ou par un autre ? En quoi notre gouverne-ment, nos lois, nos fortunes, notre morale, notre bien-être, peuvent-ils être liés avec les chefs ignorés d'un malheureux pays barbare appelé *Edom* ou *Idumée*, toujours habité par des voleurs ? Hélas ! ces pauvres Arabes qui n'ont pas de chemifes ne s'informent jamais fi nous exiftons ; ils pillent des caravanes & mangent du pain d'orge ; & nous nous tourmentons pour favoir s'il y a eu des roitelets dans ce canton de l'Arabie pétrée, avant qu'il y en eût dans un canton voifin, à l'occident du lac de Sodome !

O miferas hominum mentes, ô pectora cæca !

G E N I E.

SECTION PREMIERE.

Genie, daimon ; nous en avons déjà parlé à l'ar-ticle *Ange*. Il n'eft pas aifé de favoir au jufte fi les péris des Perfes furent inventés avant les démons des Grecs ; mais cela eft fort probable.

Il fe peut que les ames des morts appelées *ombres*, *manes*, (*a*) aient paffé pour des daimons. *Hercule* dans *Héfiode* dit qu'un daimon lui ordonna fes travaux.

Le daimon ou démon de *Socrate* avait tant de répu-tation, qu'*Apulée* l'auteur de l'*Ane d'or*, qui d'ailleurs était magicien de bonne foi, dit dans fon traité fur ce génie de *Socrate*, qu'il faut être fans *religion pour le*

(*a*) Bouclier d'*Hercule*, vers 94.

nier. Vous voyez qu'*Apulée* raifonnait précifément comme frère *Garaffe* & frère *Bertier.* Tu ne crois pas ce que je crois ; tu es donc fans religion. Et les janféniftes en ont dit autant à frère *Bertier*, & le refte du monde n'en fait rien. Ces démons, dit le très-religieux & très-ordurier *Apulée*, font des puiffances intermédiaires entre l'éther & notre baffe région. Ils vivent dans notre atmofphère, ils portent nos prières & nos mérites aux Dieux. Ils en rapportent les fecours & les bienfaits, comme des interprètes & des ambaf-fadeurs. C'eft par leur miniftère, comme dit *Platon*, que s'opèrent les révélations, les préfages, les miracles des magiciens.

Cæterum funt quædam divinæ mediæ poteftates, inter fummum æthera, & infimas terras, in ifto interfitæ aëris fpatio, per quas & defideria noftra & merita ad Deos commeant. Hos græco nomine dæmonas nuncupant. Inter terricolas cælicolafque vectores, hinc precum, inde donorum : qui ultrò citròque portant, hinc petitiones, inde fuppetias : ceu quidam utriufque interpretes, & falutigeri. Per hos eofdem, ut Plato in fympofio autumat, cuncta denuntiata, & magorum varia miracula, omnefque præfagium fpecies reguntur.

St Auguftin a daigné réfuter *Apulée ;* voici fes paroles :

" (*b*) Nous ne pouvons non plus dire que les " démons ne font ni mortels ni éternels ; car tout " ce qui a la vie, ou vit éternellement, ou perd par " la mort la vie dont il eft vivant ; & *Apulée* a dit " que quant au temps, les démons font éternels.

(*b*) *Cité de* D I E U, liv. IX, chap. XII, page 324, traduction de *Giri.*

,, Que refte-t-il donc, finon que les démons tenant
,, le milieu, ils aient une chofe des deux plus hautes
,, & une chofe des deux plus baffes. Ils ne font plus
,, dans le milieu, & ils tombent dans l'une des deux
,, extrémités ; & comme des deux chofes qui font,
,, foit de l'une, foit de l'autre part, il ne fe peut
,, faire qu'ils n'en aient pas deux, felon que nous
,, l'avons montré, pour tenir le milieu il faut qu'ils
,, aient une chofe de chacune ; & puifque l'éternité
,, ne leur peut venir des plus baffes, où elle ne fe
,, trouve pas, c'eft la feule chofe qu'ils ont des plus
,, hautes ; & ainfi pour achever le milieu qui leur
,, appartient, que peuvent-ils avoir des plus baffes
,, que la mifère ? ,,

C'eft puiffamment raifonner.

Comme je n'ai jamais vu de génies, de démons,
de péris, de farfadets, foit bienfefans, foit malfefans,
je n'en puis parler en connaiffance de caufe ; & je
m'en rapporte aux gens qui en ont vu.

Chez les Romains on ne fe fervait point du mot
genius, pour exprimer, comme nous fefons, un rare
talent ; c'était *ingenium*. Nous employons indifféremment le mot *génie* quand nous parlons du démon
qui avait une ville de l'antiquité fous fa garde, ou
d'un machinifte, ou d'un muficien.

Ce terme de *génie* femble devoir défigner, non pas
indiftinctement les grands talens, mais ceux dans
lefquels il entre de l'invention. C'eft furtout cette
invention qui paraiffait un don des Dieux, cet *ingenium*
quafi ingenitum ; une efpèce d'infpiration divine. Or
un artifte, quelque parfait qu'il foit dans fon genre,
s'il n'a point d'invention, s'il n'eft point original,

n'eft point réputé génie; il ne paffera pour avoir été infpiré que par les artiftes fes prédéceffeurs , quand même il les furpafferait.

Il fe peut que plufieurs perfonnes jouent mieux aux échecs que l'inventeur de ce jeu, & qu'ils lui gagnaffent les grains de blé que le roi des Indes vou- lait lui donner. Mais cet inventeur était un génie; & ceux qui le gagneraient peuvent ne pas l'être. *Le Pouffin*, déjà grand peintre avant d'avoir vu de bons tableaux, avait le génie de la peinture. *Lulli*, qui ne vit aucun bon muficien en France, avait le génie de la mufique.

Lequel vaut le mieux de poffléder fans maître le génie de fon art, ou d'atteindre à la perfection en imitant & en furpaffant fes maîtres?

Si vous faites cette queftion aux artiftes, ils feront peut-être partagés : fi vous la faites au public, il n'héfitera pas. Aimez-vous mieux une belle tapifferie des Gobelins qu'une tapifferie faite en Flandre dans les commencemens de l'art? préférez - vous les chef- d'œuvres modernes en eftampes aux premières gra- vures en bois? la mufique d'aujourd'hui aux premiers airs qui reffemblaient au chant grégorien? l'artillerie d'aujourd'hui au génie qui inventa les premiers canons? tout le monde vous répondra : Oui. Tous les acheteurs vous diront : J'avoue que l'inventeur de la navette avait plus de génie que le manufacturier qui a fait mon drap; mais mon drap vaut mieux que celui de l'inventeur.

Enfin, chacun avouera, pour peu qu'on ait de confcience, que nous refpectons les génies qui ont ébauché les arts, & que les efprits qui les ont perfec- tionnés font plus à notre ufage.

SECTION II.

L'ARTICLE *Génie* a été traité dans le grand dictionnaire par des hommes qui en avaient. On n'osera donc dire que peu de chofes après eux.

Chaque ville, chaque homme ayant eu autrefois fon génie, on s'imagina que ceux qui fefaient des chofes extraordinaires étaient infpirés par ce génie. Les neuf Mufes étaient neuf génies qu'il fallait invoquer, c'eft pourquoi *Ovide* dit :

Eft Deus in nobis, agitante calefcimus illo.

Il eft un Dieu dans nous, c'eft lui qui nous anime.

Mais au fond, le génie eft-il autre chofe que le talent? qu'eft-ce que le talent, finon la difpofition à réuffir dans un art? pourquoi difons-nous le génie d'une langue? c'eft que chaque langue par fes terminaifons, par fes articles, fes participes, fes mots plus ou moins longs, aura néceffairement des propriétés que d'autres langues n'auront pas. Le génie de la langue françaife fera plus fait pour la converfation, parce que fa marche néceffairement fimple & régulière ne gênera jamais l'efprit. Le grec & le latin auront plus de variété. Nous avons remarqué ailleurs que nous ne pouvons dire *Théophile a pris foin des affaires de Céfar* que de cette feule manière; mais en grec & en latin on peut tranfpofer les cinq mots qui compoferont cette phrafe en cent vingt façons différentes, fans gêner en rien le fens.

Le ftyle lapidaire fera plus dans le génie de la langue latine que dans celui de la françaife & de l'allemande.

On appelle *génie d'une nation* le caractère, les mœurs, les talens principaux, les vices même, qui distinguent un peuple d'un autre. Il suffit de voir des Français, des Espagnols, & des Anglais, pour sentir cette différence.

Nous avons dit que le génie particulier d'un homme dans les arts, n'est autre chose que son talent ; mais on ne donne ce nom qu'à un talent très-supérieur. Combien de gens ont eu quelque talent pour la poésie, pour la musique, pour la peinture ? cependant il serait ridicule de les appeler des génies.

Le génie conduit par le goût ne fera jamais de faute grossière ; aussi *Racine* depuis Andromaque, *le Poussin*, *Rameau*, n'en ont jamais fait.

Le génie sans goût en commettra d'énormes ; & ce qu'il y a de pis, c'est qu'il ne les sentira pas.

G E N I E S.

LA doctrine des génies, l'astrologie judiciaire, & la magie, ont rempli toute la terre. Remontez jusqu'à l'ancien *Zoroastre*, vous trouvez les génies établis. Toute l'antiquité est pleine d'astrologues & de magiciens. Ces idées étaient donc bien naturelles. Nous nous moquons aujourd'hui de tant de peuples chez qui elles ont prévalu ; si nous étions à leur place, si nous commencions comme eux à cultiver les sciences, nous en ferions tout autant. Imaginons-nous que nous sommes des gens d'esprit qui commençons à raisonner sur notre être, & à observer les astres : la terre est sans doute immobile au milieu du monde ;

le foleil & les planètes ne tournent que pour elle ; & les étoiles ne font faites que pour nous ; l'homme eft donc le grand objet de toute la nature. Que faire de tous ces globes uniquement deftinés à notre ufage, & de l'immenfité du ciel ? Il eft tout vraifemblable que l'efpace & les globes font peuplés de fubftances ; & puifque nous fommes les favoris de la nature, placés au centre du monde, & que tout eft fait pour l'homme, ces fubftances font évidemment deftinées à veiller fur l'homme.

Le premier qui aura cru au moins la chofe poffible, aura bientôt trouvé des difciples, perfuadés que la chofe exifte. On a donc commencé par dire : Il peut exifter des génies, & perfonne n'a dû affirmer le contraire ; car où eft l'impoffibilité que les airs, & les planètes foient peuplés ? On a dit enfuite : Il y a des génies ; & certainement perfonne ne pouvait prouver qu'il n'y en a point. Bientôt après, quelques fages virent ces génies, & on n'était pas en droit de leur dire : Vous ne les avez point vus ; ils étaient apparus à des hommes trop confidérables, trop dignes de foi. L'un avait vu le génie de l'empire, ou de fa ville, l'autre celui de Mars & de Saturne ; les génies des quatre élémens s'étaient manifeftés à plufieurs philofophes ; plus d'un fage avait vu fon propre génie ; tout cela d'abord en fonge ; mais les fonges étaient les fymboles de la vérité.

On favait pofitivement comment ces génies étaient faits. Pour venir fur notre globe, il fallait bien qu'ils euffent des ailes ; ils en avaient donc. Nous ne connaiffons que des corps ; ils avaient donc des corps, mais des corps plus beaux que les nôtres, puifque

c'étaient

c'étaient des génies, & plus légers, puifqu'ils venaient
de fi loin. Les fages qui avaient le privilége de con-
verfer avec des génies, infpiraient aux autres l'efpérance de jouir du même bonheur. Un fceptique
aurait-il été bien reçu à leur dire : Je n'ai point vu de
génies, donc il n'y en a point? on lui aurait répondu :
Vous raifonnez fort mal ; il ne fuit point du tout de
ce qu'une chofe ne vous eft pas connue, qu'elle
n'exifte point ; il n'y a nulle contradiction dans la
doctrine qui enfeigne la nature de ces puiffances
aëriennes, nulle impoffibilité qu'elles nous rendent
vifite ; elles fe font montrées à nos fages, elle fe mani-
fefteront à nous ; vous n'êtes pas dignes de voir des
génies.

Tout eft mêlé de bien & de mal fur la terre ; il y
a donc inconteftablement de bons & de mauvais
génies. Les Perfes eurent leurs *peris* & leurs *dives*, les
Grecs leurs *daimons* & *cacodaimons*, les Latins *bonos
& malos genios*. Le bon génie devait être blanc, le
mauvais devait être noir, excepté chez les Nègres,
où c'eft effentiellement tout le contraire. *Platon* admit
fans difficulté un bon & un mauvais génie pour
chaque mortel. Le mauvais génie de *Brutus* lui
apparut, & lui annonça la mort avant la bataille de
Philippes ; & de graves hiftoriens ne l'ont-ils pas dit ?
& *Plutarque* aurait-il été affez mal avifé pour affurer
ce fait, s'il n'avait été bien vrai ?

Confidérez encore quelle fource de fêtes, de diver-
tiffemens, de bons contes, de bons mots, venait de
la créance des génies.

(*a*) *Scit genius natale comes qui temperat astrum.*

(*b*) *Ipse suos adsit genius visurus honores,*
Cui decorent sanctas florea serta comas.

Il y avait des génies mâles & des génies femelles. Les génies des dames s'appelaient chez les Romains des *petites Junons.* On avait encore le plaisir de voir croître son génie. Dans l'enfance, c'était une espèce de Cupidon avec des ailes ; dans la vieillesse de l'homme qu'il protégeait, il portait une longue barbe : quelquefois c'était un serpent. On conserve à Rome un marbre où l'on voit un beau serpent sous un palmier , auquel sont appendues deux couronnes ; & l'inscription porte : *Au génie des Augustes ;* c'était l'emblème de l'immortalité.

Quelle preuve démonstrative avons-nous aujourd'hui que les génies universellement admis par tant de nations éclairées, ne sont que des fantômes de l'imagination ? Tout ce qu'on peut dire se réduit à ceci : Je n'ai jamais vu de génies ; aucun homme de ma connaissance n'en a vu : *Brutus* n'a point laissé par écrit que son génie lui fût apparu avant la bataille ; ni *Newton,* ni *Locke,* ni même *Descartes* qui se livrait à son imagination, ni aucun roi, ni aucun ministre d'Etat, n'ont jamais été soupçonnés d'avoir parlé à leur génie ; je ne crois donc pas une chose dont il n'y a pas la moindre preuve. Cette chose n'est pas impossible, je l'avoue ; mais la possibilité n'est pas une preuve de la réalité. Il est possible qu'il y ait des satyres avec de petites queues retroussées , & des

(*a*) *Horace.*   (*b*) *Tibulle.*

pieds de chèvre ; cependant j'attendrai que j'en aie
vu plufieurs pour y croire : car fi je n'en avais vu
qu'un, je n'y croirais pas.

GENRE DE STYLE.

COMME le genre d'exécution que doit employer
tout artifte dépend de l'objet qu'il traite ; comme le
genre de *Pouffin* n'eft point celui de *Teniers*, ni l'architecture d'un temple celle d'une maifon commune,
ni la mufique d'un opéra - tragédie celle d'un opéra-
bouffon ; auffi chaque genre d'écrire a fon ftyle propre
en profe & en vers. On fait affez que le ftyle de
l'hiftoire n'eft pas celui d'une oraifon funèbre ;
qu'une dépêche d'ambaffadeur ne doit pas être écrite
comme un fermon ; que la comédie ne doit point fe
fervir des tours hardis de l'ode, des expreffions pathétiques de la tragédie, ni des métaphores & des compa-
raifons de l'épopée.

Chaque genre a fes nuances différentes : on peut
au fond les réduire à deux, le fimple & le relevé. Ces
deux genres, qui en embraffent tant d'autres, ont
des beautés néceffaires qui leur font également communes : ces beautés font la jufteffe des idées, leur
convenance, l'élégance, la propriété des expreffions,
la pureté du langage. Tout écrit, de quelque nature
qu'il foit, exige ces qualités ; les différences confiftent
dans les idées propres à chaque fujet, dans les tropes.
Ainfi un perfonnage de comédie n'aura ni idées
fublimes, ni idées philofophiques ; un berger n'aura
point les idées d'un conquérant ; une épître didactique

ne refpirera point la paffion ; & dans aucun de ces écrits, on n'emploiera ni métaphores hardies, ni exclamations pathétiques, ni expreffions véhémentes.

Entre le fimple & le fublime, il y a plufieurs nuances ; & c'eft l'art de les affortir qui contribue à la perfection de l'éloquence & de la poëfie. C'eft par cet art que *Virgile* s'eft élevé quelquefois dans l'églogue. Ce vers,

Ut vidi! ut perii! ut me malus abftulit error!

ferait auffi beau dans la bouche de *Didon* que dans celle d'un berger ; parce qu'il eft naturel, vrai, & élégant, & que le fentiment qu'il renferme convient à toutes fortes d'états. Mais ce vers,

Caftaneæque nuces mea quas Amarillis amabat,

ne conviendrait pas à un perfonnage héroïque, parce qu'il a pour objet une chofe trop petite pour un héros.

Nous n'entendons point par petit ce qui eft bas & groffier ; car le bas & le groffier n'eft point un genre, c'eft un défaut.

Ces deux exemples font voir évidemment dans quel cas on doit fe permettre le mélange des ftyles, & quand on doit fe le défendre. La tragédie peut s'abaiffer, elle le doit même ; la fimplicité relève fouvent la grandeur, felon le précepte d'*Horace :*

Et tragicus plerumque dolet fermone pedeftri.

Ainfi ces deux beaux vers de *Titus*, fi naturels & fi tendres,

Depuis cinq ans entiers chaque jour je la vois,
Et crois toujours la voir pour la première fois,

ne feraient point du tout déplacés dans le haut comique; mais ce vers d'*Antiochus*,

Dans l'orient défert quel devint mon ennui !

ne pourrait convenir à un amant dans une comédie, parce que cette belle expreffion figurée *dans l'orient défert*, eft d'un genre trop relevé pour la fimplicité des brodequins. Nous avons remarqué déjà, au mot *Efprit*, qu'un auteur qui a écrit fur la phyfique, & qui prétend qu'il y a eu un *Hercule* phyficien, ajoute qu'on ne pouvait réfifter à un philofophe de cette force. Un autre qui vient d'écrire un petit livre (lequel il fuppofe être phyfique & moral) contre l'utilité de l'inoculation, dit *que fi on mettait en ufage la petite vérole artificielle, la mort ferait bien attrapée*.

Ce défaut vient d'une affectation ridicule. Il en eft un autre qui n'eft que l'effet de la négligence; c'eft de mêler au ftyle fimple & noble qu'exige l'hiftoire, ces termes populaires, ces expreffions triviales, que la bienféance réprouve. On trouve trop fouvent dans *Mézerai*, & même dans *Daniel* qui, ayant écrit long-temps après lui, devrait être plus correct, *qu'un général fur ces entrefaites fe mit aux trouffes de l'ennemi, qu'il fuivit fa pointe, qu'il le battit à plate couture*. On ne voit point de pareille baffeffe de ftyle dans *Tite-Live*, dans *Tacite*, dans *Guichardin*, dans *Clarendon*.

Remarquons ici qu'un auteur qui s'eft fait un genre de ftyle, peut rarement le changer quand il change d'objet. *La Fontaine* dans fes opéra emploie le même genre qui lui eft fi naturel dans fes contes & dans fes fables. *Benferade* mit dans fa traduction des métamorphofes d'*Ovide* le genre de plaifanterie qui l'avait fait

F f 3

454 GENS DE LETTRES.

réuffir dans des madrigaux. La perfection confifterait
à favoir affortir toujours fon ftyle à la matière qu'on
traite ; mais qui peut être le maître de fon habitude,
& ployer fon génie à fon gré ?

GENS DE LETTRES.

CE mot répond précifément à celui de *Grammai-
riens*. Chez les Grecs & les Romains, on entendait
par grammairien, non-feulement un homme verfé
dans la grammaire proprement dite, qui eft la bafe
de toutes les connaiffances, mais un homme qui
n'était pas étranger dans la géométrie, dans la philofophie, dans l'hiftoire générale & particulière, qui
furtout fefait fon étude de la poëfie & de l'éloquence ;
c'eft ce que font nos gens de lettres d'aujourd'hui.
On ne donne point ce nom à un homme qui, avec
peu de connaiffances, ne cultive qu'un feul genre.
Celui qui n'ayant lu que des romans, ne fera que
des romans ; celui qui fans aucune littérature aura
compofé au hafard quelques pièces de théâtre ; qui
dépourvu de fcience aurait fait quelques fermons ; ne
fera pas compté parmi les gens de lettres. Ce titre a, de
nos jours, encore plus d'étendue que le mot *Grammairien* n'en avait chez les Grecs & chez les Latins. Les
Grecs fe contentaient de leur langue, les Romains
n'apprenaient que le grec ; aujourd'hui l'homme de
lettres ajoute fouvent à l'étude du grec & du latin,
celle de l'italien, de l'efpagnol, & furtout de l'anglais.
La carrière de l'hiftoire eft cent fois plus immenfe
qu'elle ne l'était pour les anciens, & l'hiftoire naturelle s'eft accrue à proportion de celles des peuples.

On n'exige pas qu'un homme de lettres approfondiffe toutes ces matières ; la fcience univerfelle n'eft plus à la portée de l'homme : mais les véritables gens de lettres fe mettent en état de porter leurs pas dans ces différens terrains, s'ils ne peuvent les cultiver tous.

Autrefois dans le feizième fiècle, & bien avant dans le dix - feptième, les littérateurs s'occupaient beaucoup dans la critique grammaticale des auteurs grecs & latins ; & c'eft à leurs travaux que nous devons les dictionnaires, les éditions correctes, les commentaires, des chefs-d'œuvre de l'antiquité. Aujourd'hui cette critique eft moins néceffaire, & l'efprit philofophique lui a fuccédé : c'eft cet efprit philofophique qui femble conftituer le caractère des gens de lettres ; & quand il fe joint au bon goût, il forme un littérateur accompli.

C'eft un des grands avantages de notre fiècle, que ce nombre d'hommes inftruits qui paffent des épines des mathématiques aux fleurs de la poëfie, & qui jugent également bien d'un livre de métaphyfique & d'une pièce de théâtre. L'efprit du fiècle les a rendus pour la plupart auffi propres pour le monde que pour le cabinet ; & c'eft en quoi ils font fort fupérieurs à ceux des fiècles précédens. Ils furent écartés de la fociété jufqu'au temps de *Balzac* & de *Voiture ;* ils en ont fait depuis une partie devenue néceffaire. Cette raifon approfondie & épurée que plufieurs ont répandue dans leurs converfations, a contribué beaucoup à inftruire & à polir la nation : leur critique ne s'eft plus confumée fur des mots grecs & latins ; mais appuyée d'une faine philofophie, elle a détruit tous les préjugés dont la fociété était infectée : prédictions

F f 4

des aftrologues, divination des magiciens, fortiléges de toutes efpèces, faux preftiges, faux merveilleux ; ufages fuperftitieux. Ils ont rélégué dans les écoles mille difputes puériles, qui étaient autrefois dange-reufes, & qu'ils ont rendues méprifables : par-là ils ont en effet fervi l'Etat. On éft quelquefois étonné que ce qui bouleverfait autrefois le monde ne le trouble plus aujourd'hui ; c'eft aux véritables gens de lettres qu'on en eft redevable.

Ils ont d'ordinaire plus d'indépendance dans l'efprit que les autres hommes ; & ceux qui font nés fans fortune, trouvent aifément dans les fondations de *Louis XIV* de quoi affermir en eux cette indépen-dance. On ne voit point, comme autrefois, de ces épîtres dédicatoires que l'intérêt & la baffeffe offraient à la vanité.

Un homme de lettres n'eft pas ce qu'on appelle un *bel efprit* : le bel efprit feul fuppofe moins de culture, moins d'étude, & n'exige nulle philofophie ; il confifte principalement dans l'imagination brillante, dans les agrémens de la converfation, aidés d'une lecture commune. Un bel - efprit peut aifément ne point mériter le titre d'hommes de lettres, & l'homme de lettres peut ne point prétendre au brillant du bel-efprit.

Il y a beaucoup de gens de lettres qui ne font point auteurs, & ce font probablement les plus heureux. Ils font à l'abri du dégoût que la profeffion d'auteur entraîne quelquefois, des querelles que la rivalité fait naître, des animofités de parti, & des faux jugemens ; ils jouiffent plus de la fociété ; ils font juges, & les autres font jugés.

GEOGRAPHIE.

LA géographie eft une de ces fciences qu'il faudra toujours perfectionner. Quelque peine qu'on ait prife, il n'a pas été poffible jufqu'à préfent d'avoir une defcription exacte de la terre. Il faudrait que tous les fouverains s'entendiffent & fe prêtaffent des fecours mutuels pour ce grand ouvrage. Mais ils fe font prefque toujours plus appliqués à ravager le monde qu'à le mefurer.

Perfonne n'a encore pu faire une carte exacte de la haute Egypte, ni des régions baignées par la mer Rouge, ni de la vafte Arabie.

Nous ne connaiffons de l'Afrique que fes côtes ; tout l'intérieur eft auffi ignoré qu'il l'était du temps d'*Atlas* & d'*Hercule*. Pas une feule carte bien détaillée de tout ce que le Turc poffède en Afie. Tout y eft placé au hafard, excepté quelques grandes villes dont les mafures fubfiftent encore. Dans les Etats du grand-mogol, la pofition relative d'Agra & de Délhi eft un peu connue ; mais de là jufqu'au royaume de Golconde tout eft placé à l'aventure.

On fait à-peu-près que le Japon s'étend en latitude feptentrionale, depuis environ le trentième degré jufqu'au quarantième ; & fi l'on fe trompe, ce n'eft que de deux degrés, qui font environ cinquante lieues : de forte, que fur la foi de nos meilleures cartes, un pilote rifquerait de s'égarer ou de périr.

A l'égard de la longitude, les premières cartes des jéfuites la déterminèrent entre le cent cinquante-feptième degré, & le cent foixante & quinze ; &

aujourd'hui on la détermine entre le cent quarante-
fix & le cent foixante.

La Chine eft le feul pays de l'Afie dont on ait
une mefure géographique, parce que l'empereur
Cam-hi employa des jéfuites aftronomes pour dreffer
des cartes exactes; & c'eft ce que les jéfuites ont fait
de mieux. S'ils s'étaient bornés à mefurer la terre,
ils ne feraient pas profcrits fur la terre.

Dans notre Occident, l'Italie, la France, la
Ruffie, l'Angleterre, & les principales villes des
autres Etats, ont été mefurées par la même méthode
qu'on a employée à la Chine; mais ce n'eft que
depuis très-peu d'années qu'on a formé en France
l'entreprife d'une topographie entière. Une compagnie
tirée de l'académie des fciences a envoyé des ingé-
nieurs & des arpenteurs dans toute l'étendue du
royaume, pour mettre le moindre hameau, le plus
petit ruiffeau, les collines, les buiffons, à leur véritable place. Avant ce temps la topographie était fi
confufe, que la veille de la bataille de Fontenoi on
examina toutes les cartes du pays, & on n'en trouva
pas une feule qui ne fût entièrement fautive.

Si on avait donné de Verfailles un ordre pofitif à
un général peu expérimenté de livrer la bataille, &
de fe pofter en conféquence des cartes géographiques,
comme cela eft arrivé quelquefois du temps du
miniftre *Chamillart*, la bataille eût été infailliblement
perdue.

Un général qui ferait la guerre dans le pays des
Ufcoques, des Morlaques, des Montenegrins, &
qui n'aurait pour toute connaiffance des lieux que

les cartes, ferait auffi embarraffé que s'il fe trouvait
au milieu de l'Afrique.

Heureufement on rectifie fur les lieux ce que les
géographes ont fouvent tracé de fantaifie dans leur
cabinet.

Il eft bien difficile en géographie comme en morale
de connaître le monde fans fortir de chez foi.

Le livre de géographie le plus commun en Europe
eft celui d'*Hubner*. On le met entre les mains de tous
les enfans depuis Mofcou jufqu'à la fource du Rhin;
les jeunes gens ne fe forment dans toute l'Allemagne
que par la lecture d'*Hubner*.

Vous trouvez d'abord dans ce livre que *Jupiter*
devint amoureux d'*Europe* treize cents années jufte
avant JESUS-CHRIST.

Selon lui, il n'y a en Europe ni chaleur trop
ardente, ni froidure exceffive. Cependant on a vu
dans quelques étés les hommes mourir de l'excès
du chaud; & le froid eft fouvent fi terrible dans le
nord de la Suède & de la Ruffie, que le thermomètre
y eft defcendu jufqu'à trente-quatre degrés au-deffous
de la glace.

Hubner compte en Europe environ trente millions
d'habitans; c'eft fe tromper de plus de foixante & dix
millions.

Il dit que l'Europe a trois mères-langues, comme
s'il y avait des mères-langues, & comme fi chaque
peuple n'avait pas toujours emprunté mille expreffions de fes voifins.

Il affirme qu'on ne peut trouver en Europe une
lieue de terrain qui ne foit habitée; mais dans la
Ruffie, il eft encore des déferts de trente à quarante

lieues. Le défert des landes de Bordeaux n'eft que trop grand. J'ai devant mes yeux quarante lieues de montagnes couvertes de neige éternelle, fur lefquelles il n'a jamais paffé ni un homme ni même un oifeau.

Il y a encore dans la Pologne des marais de cinquante lieues d'étendue, au milieu defquels font de miférables îles prefqu'inhabitées.

Il dit que le Portugal a du levant au couchant cent lieues de France ; cependant on ne trouve qu'environ cinquante de nos lieues de trois mille pas géométriques.

Si vous en croyez *Hubner*, le roi de France a toujours quarante mille fuiffes à fa folde ; mais le fait eft qu'il n'en a jamais eu qu'environ onze mille.

Le château de Notre-Dame de la Gardé, près de Marfeille, lui paraît une fortereffe importante & prefqu'imprenable. Il n'avait pas vu cette belle fortereffe.

> Goûvernement commode & beau,
> A qui fuffit pour toute garde
> Un fuiffe avec fa hallebarde
> Peint fur la porte du château.

Il donne libéralement à la ville de Rouen trois cents belles fontaines publiques. Rome n'en avait que cent cinq du temps d'*Augufle*.

On eft bien étonné quand on voit dans *Hubner* que la rivière de l'Oyfe reçoit les eaux de la Sarre, de la Somme, de l'Authie, & de la Canche. L'Oyfe coule à quelques lieues de Paris ; la Sarre eft en Lorraine près de la baffe Alface, & fe jette dans la Mofelle au-deffus de Trèves. La Somme prend fa fource près de Saint-Quentin, & fe jette dans la mer au-deffous d'Abbeville. L'Authie & la Canche font des ruiffeaux qui n'ont pas plus de communication avec l'Oyfe que n'en ont la Somme & la Sarre. Il faut qu'il y ait là quelque faute de l'éditeur, car il n'eft guère poffible que l'auteur fe foit mépris à ce point.

Il donne la petite principauté de Foix à la maifon de *Bouillon* qui ne la poffède pas.

L'auteur admet la fable de la royauté d'Yvetot; il copie exactement toutes les fautes de nos anciens ouvrages de géographie, comme on les copie tous les jours à Paris; & c'eft ainfi qu'on nous redonne tous les jours d'anciennes erreurs avec des titres nouveaux.

Il ne manque pas de dire que l'on conferve à Rhodès un foulier de la fainte Vierge, comme on conferve dans la ville du Puy en Vélai le prépuce de fon fils.

Vous ne trouverez pas moins de contes fur les Turcs que fur les chrétiens. Il dit que les Turcs poffédaient de fon temps quatre îles dans l'Archipel. Ils les poffédaient toutes.

Qu'*Amurat II*, à la bataille de Varne, tira de fon fein l'hoftie confacrée qu'on lui avait donnée en gages, & qu'il demanda vengeance à cette hoftie de la perfidie des chrétiens. Un turc, & un turc dévot comme *Amurat II*, faire fa prière à une hoftie! il tira le traité de fon fein, il demanda vengeance à D I E U, & l'obtint de fon fabre.

Il affure que le czar *Pierre I* fe fit patriarche. Il abolit le patriarchat, & fit bien; mais fe faire prêtre, quelle idée!

Il dit que la principale erreur de l'Eglife grecque eft de croire que le St Efprit ne procède que du père. Mais d'où fait-il que c'eft une erreur? l'Eglife latine ne croit la proceffion du S$_t$ Efprit par le père & le fils que depuis le neuvième fiècle; la grecque, mère de la latine, date de feize cents ans. Qui les jugera?

Il affirme que l'Eglife grecque ruffe reconnaît pour médiateur, non pas JESUS-CHRIST, mais St *Antoine*. Encore s'il avait attribué la chofe à St *Nicolas*, on aurait pu autrefois excufer cette méprife du petit peuple.

Cependant, malgré tant d'abfurdités, la géographie fe perfectionne fenfiblement dans notre fiècle.

Il n'en eft pas de cette connaiffance comme de l'art des vers, de la mufique, de la peinture. Les derniers ouvrages en ces genres font fouvent les plus mauvais. Mais dans les fciences qui demandent de l'exactitude plutôt que du génie, les derniers font toujours les meilleurs, pourvu qu'ils foient faits avec quelque foin.

Un des plus grands avantages de la géographie eft, à mon gré, celui-ci. Votre fotte voifine, & votre voifin encore plus fot, vous reprochent fans ceffe de ne pas penfer comme on penfe dans la rue Saint-Jacques. Voyez, vous difent-ils, quelle foule de grands hommes a été de notre avis depuis *Pierre Lombard* jufqu'à l'abbé *Petit-pied*. Tout l'univers a reçu nos vérités, elles règnent dans le faubourg Saint-Honoré, à Chaillot, & à Etampes, à Rome, & chez les Ufcoques. Prenez alors une mappe-monde, montrez-leur l'Afrique entière, les empires du Japon, de la Chine, des Indes, de la Turquie, de la Perfe, celui de la Ruffie, plus vaſte que ne fut l'empire romain; faites-leur parcourir du bout du doigt toute la Scandinavie, tout le nord de l'Allemagne, les trois royaumes de la Grande-Bretagne, la meilleure partie des Pays-Bas, la meilleure de l'Helvétie; enfin vous leur ferez remarquer dans les quatre parties du globe, & dans la cinquième qui eſt encore auſſi inconnue qu'immenſe, ce prodigieux nombre de générations qui n'entendirent jamais parler de ces opinions, ou qui les ont combattues, ou qui les ont en horreur; vous oppoſerez l'univers à la rue Saint-Jacques.

Vous leur direz que *Jules-Céſar*, qui étendit ſon pouvoir bien loin au-delà de cette rue, ne fut pas un mot de ce qu'ils croient ſi univerſel; que leurs ancêtres, à qui *Jules-Céſar* donna les étrivières, n'en furent pas davantage.

Peut-être alors auront-ils quelque honte d'avoir cru que les orgues de la paroiſſe Saint-Severin don-naient le ton au reſte du monde.

G E O M E T R I E.

Feu M. *Clairaut* imagina de faire apprendre facile-ment aux jeunes gens les élémens de la géométrie; il voulut remonter à la ſource, & ſuivre la marche de nos découvertes & des beſoins qui les ont produites.

Cette méthode paraît agréable & utile; mais elle n'a pas été ſuivie; elle exige dans le maître une flexibilité d'eſprit qui fait ſe proportionner, & un agrément, rare dans ceux qui ſuivent la routine de leur profeſſion.

Il faut avouer qu'*Euclide* eſt un peu rebutant; un commençant ne peut deviner où il eſt mené. *Euclide* dit au premier livre que *ſi une ligne droite eſt coupée en parties égales & inégales, les quarrés conſtruits ſur les ſegmens inégaux ſont doubles des quarrés conſtruits ſur la moitié de la ligne entière, & ſur la petite ligne qui va de l'extrémité de cette moitié juſqu'au point d'interſe£tion.*

On a beſoin d'une figure pour entendre cet obſcur théorème; & quand il eſt compris, l'étudiant, dit : A quoi peut-il me ſervir, & que m'importe? il ſe dégoûte d'une ſcience dont il ne voit pas aſſez tôt l'utilité.

La peinture commença par le déſir de deſſiner groſſièrement ſur un mur les traits d'une perſonne chère. La muſique fut un mélange groſſier de quelques tons qui plaiſent à l'oreille, avant que l'oɔtave fût trouvée.

On obſerva le coucher des étoiles avant d'être aſtronome. Il paraît qu'on devrait guider ainſi la marche des commençans de la géométrie,

Je ſuppoſe qu'un enfant doué d'une conception facile, entende ſon père dire à ſon jardinier : Vous planterez dans cette plate-bande des tulipes ſur ſix lignes, toutes à un demi-pied l'une de l'autre. L'enfant veut ſavoir combien il y aura de tulipes. Il court à la platte-bande avec ſon précepteur. Le parterre eſt inondé; il n'y a qu'un des longs côtés de la plate-bande qui paraiſſe. Ce côté a trente pieds de long, mais on ne ſait point quelle eſt ſa largeur. Le maître lui fait d'abord aiſément comprendre qu'il faut que ces tulipes bordent ce parterre à ſix pouces de diſtance l'une de l'autre. Ce ſont déjà ſoixante

tulipes

tulipes pour la première rangée de ce côté. Il doit y
avoir fix lignes. L'enfant voit qu'il y aura fix fois
foixante ; trois cents foixante tulipes. Mais de quelle
largeur fera donc cette plate-bande que je ne puis
mefurer ? Elle fera évidemment de fix fois fix pouces,
qui font trois pieds.

Il connaît la longueur & la largeur; il veut connaître la fuperficie. N'eft-il pas vrai, lui dit fon maître,
que fi vous fefiez courir une règle de trois pieds de
long & d'un pied de large fur cette plate-bande, d'un
bout à l'autre, elle l'aurait fucceffivement couverte
toute entière ? voilà donc la fuperficie trouvée, elle
eft de trois fois trente. Ce morceau a quatre-vingt-
dix pieds quarrés.

Le jardinier, quelques jours après, tend un cordeau
d'un angle à l'autre dans la longueur ; ce cordeau
partage le rectangle en deux parties égales. Il eft
donc, dit le difciple, auffi long qu'un des deux
côtés ?

LE MAITRE.

Non, il eft plus long.

LE DISCIPLE.

Mais quoi ! fi je fais paffer des lignes fur cette
tranfverfale que vous appelez *diagonale*, il n'y en

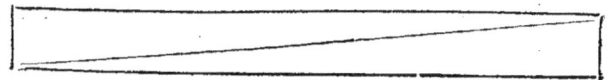

aura pas plus pour elle que pour les deux autres ; elle leur eſt donc égale ? Quoi ! lorſque je forme la lettre N, ce trait qui lie les deux jambages n'eſt-il pas de la même hauteur qu'eux ?

LE MAITRE.

Il eſt de la même hauteur, mais non de la même longueur, cela eſt démontré. Faites deſcendre cette diagonale au niveau du terrain ; vous voyez qu'elle déborde un peu.

LE DISCIPLE.

Et de combien préciſément déborde-t-elle ?

LE MAITRE.

Il y a des cas où l'on n'en ſaura jamais rien, de même qu'on ne ſaura point préciſément quelle eſt la racine quarrée de cinq.

LE DISCIPLE.

Mais la racine quarrée de cinq eſt de deux, plus une fraction.

LE MAITRE.

Mais cette fraction ne ſe peut exprimer en chiffre, puiſque le quarré d'un nombre, plus une fraction, ne peut être un nombre entier. Il y a même en géométrie des lignes dont les rapports ne peuvent s'exprimer.

LE DISCIPLE.

Voilà une difficulté qui m'arrête. Quoi ! je ne ſaurais jamais mon compte ? il n'y a donc rien de certain ?

LE MAITRE.

Il eſt certain que cette ligne de biais partage le quadrilatère en deux parties égales. Mais il n'eſt pas plus ſurprenant que ce petit reſte de la ligne diagonale n'ait pas une commune meſure avec les côtés, qu'il n'eſt ſurprenant que vous ne puiſſiez trouver en arithmétique la racine quarrée de cinq.

Vous n'en ſaurez pas moins votre compte ; car ſi un arithméticien dit qu'il vous doit la racine quarrée de cinq écus, vous n'avez qu'à transformer ces cinq écus en petites pièces, en liards par exemple, vous en aurez douze cents, dont la racine quarrée eſt entre trente-quatre & trente-cinq, & vous ſaurez votre compte à un liard près. Il ne faut pas qu'il y ait de myſtère ni en arithmétique ni en géométrie.

Ces premières ouvertures aiguillonnent l'eſprit du jeune homme. Son maître lui ayant dit que la diagonale d'un quarré étant incommenſurable, immeſurable aux côtés & aux baſes, lui apprend qu'avec cette ligne, dont on ne ſaura jamais la valeur, il va faire cependant un quarré qui ſera démontré être le double du quarré A, B, C, D.

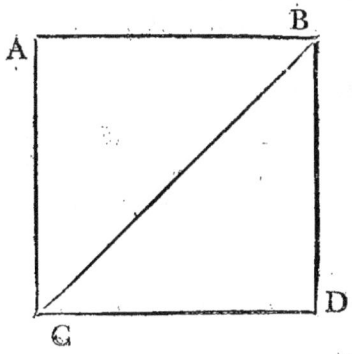

Pour cela, il lui fait voir premièrement que les deux triangles qui partagent le quarré font égaux. Enfuite traçant cette figure, il démontre à l'efprit & aux yeux, que le quarré formé par ces quatre

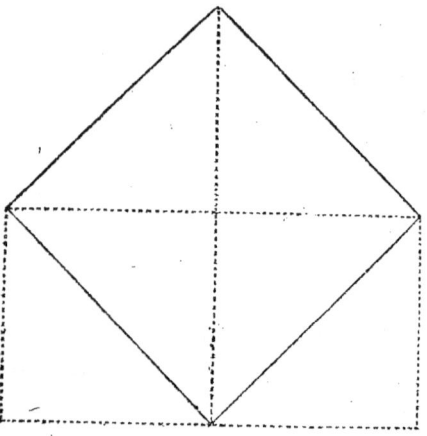

lignes noires vaut les deux quarrés pointillés. Et cette propofition fervira bientôt à faire comprendre ce fameux théorème que *Pythagore* trouva établi chez les Indiens, & qui était connu des Chinois, que le grand côté d'un triangle rectangle peut porter une figure quelconque, égale aux figures femblables établies fur les deux autres côtés.

Le jeune homme veut-il mefurer la hauteur d'une tour, la largeur d'une rivière dont il ne peut approcher, chaque théorème a fur le champ fon application ; il apprend la géométrie par l'ufage.

Si on s'était contenté de lui dire que le produit des extrêmes eft égal au produit des moyens, ce n'eût été pour lui qu'un problème ftérile ; mais il fait que l'ombre de cette perche eft à la hauteur de la perche, comme l'ombre de la tour voifine eſt à la hauteur de la tour. Si donc la perche a cinq pieds & ſon ombre un pied, & ſi l'ombre de la tour eſt de douze pieds, il dit : comme un eſt à cinq, ainſi douze eſt à la hauteur de la tour ; elle eſt donc de ſoixante pieds.

Il a beſoin de connaître les propriétés d'un cercle ; il ſait qu'on ne peut avoir la meſure exacte de ſa circonférence. Mais cette extrême exactitude eſt inutile pour opérer. Le développement d'un cercle eſt ſa meſure.

Il connaîtra que ce cercle étant une eſpèce de polygone, ſon aire eſt égale à ce triangle dont le petit côté eſt le rayon du cercle, & dont la baſe eſt la meſure de ſa circonférence.

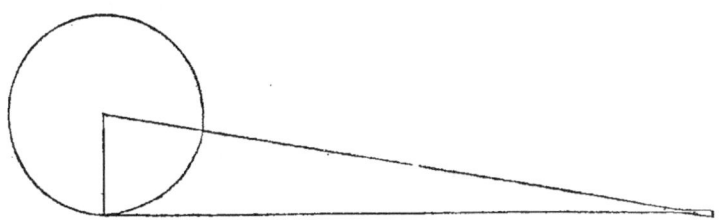

Les circonférences des cercles ſont entr'elles comme leurs rayons.

Les cercles ayant les propriétés générales de toutes les figures rectilignes ſemblables, & ces figures étant entr'elles comme les quarrés de leurs côtés correſpondans, les cercles auront auſſi leurs aires proportionnelles au quarré de leurs rayons.

Ainſi comme le quarré de l'hypothénuſe eſt égal au quarré des deux côtés, le cercle, dont le rayon

fera cette hypothénufe , fera égal à deux cercles qui
auront pour rayon les deux autres côtés. Et cette
connaiffance fervira aifément pour conftruire un
baffin d'eau auffi grand que deux autres baffins pris
enfemble. On double exactement le cercle, fi on ne
le quarre pas exactement.

Accoutumé à fentir ainfi l'avantage des vérités
géométriques., il lit dans quelques élémens de cette
fcience que fi on tire cette ligne droite appelée
tangente, qui touchera le cercle en un point, on ne
pourra jamais faire paffer une autre ligne droite entre
ce cercle & cette ligne,

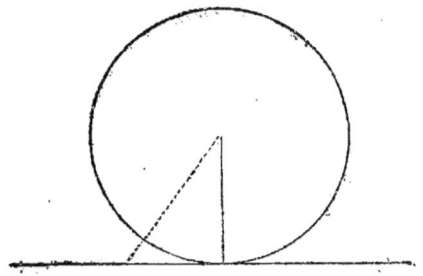

Cela eft bien évident, & ce n'était pas trop la
peine de le dire. Mais on ajoute qu'on peut faire
paffer une infinité de lignes courbes à ce point de
contact ; cela le furprend & furprendrait auffi des
hommes faits. Il eft tenté de croire la matière péné-
trable. Les livres lui difent que ce n'eft point là de
la matière, que ce font des lignes fans largeur. Mais
fi elles font fans largeur, ces lignes droites métaphyfiques pafferont en foule l'une fur l'autre fans
rien toucher. Si elles ont de la largeur, aucune

courbe ne paſſera. L'enfant ne ſait plus où il en eſt ;
il ſe voit tranſporté dans un nouveau monde qui
n'a rien de commun avec le nôtre.

Comment croire que ce qui eſt manifeſtement
impoſſible à la nature ſoit vrai ?

Je conçois bien , dira-t-il à un maître de la
géométrie tranſcendante , que tous vos cercles ſe
rencontreront au point C. Mais voilà tout ce que
vous démontrerez. Vous ne pourrez jamais me
démontrer que ces lignes circulaires paſſent à ce
point entre le premier cercle & la tangente.

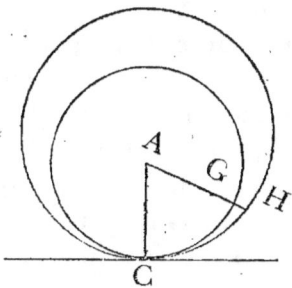

La ſécante A G eſt plus courte que la ſécante
A G H, d'accord ; mais il ne ſuit point de-là que
vos lignes courbes puiſſent paſſer entre deux lignes
qui ſe touchent. Elles y peuvent paſſer , répondra le
maître , parce que G H eſt un infiniment petit du
ſecond ordre.

Je n'entends point ce que c'eſt qu'un infiniment
petit, dit l'enfant ; & le maître eſt obligé d'avouer
qu'il ne l'entend pas davantage. C'eſt-là où *Malezieux*
s'extaſie dans ſes élémens de géométrie. Il dit poſi-
tivement qu'il y a des vérités incompatibles. N'eût-il

pas été plus fimple de dire que ces lignes n'ont de commun que ce point C , au-delà & en-deçà duquel elles fe féparent ?

Je puis toujours divifer un nombre par la penfée ; mais fuit-il de-là que ce nombre foit infini ? Auffi *Newton*, dans fon calcul intégral & dans fon différentiel, ne fe fert pas de ce grand mot ; & *Clairaut* fe garde bien d'enfeigner , dans fes élémens de géométrie , qu'on puiffe faire paffer des cerceaux entre une boule & la table fur laquelle cette boule eft pofée.

Il faut bien diftinguer entre la géométrie utile & la géométrie curieufe.

L'utile eft le compas de proportion inventé par *Galilée*, la mefure des triangles , celle des folides , le calcul des forces mouvantes. Prefque tous les autres problèmes peuvent éclairer l'efprit & le fortifier. Bien peu feront d'une utilité fenfible au genre-humain. Quarrez des courbes tant qu'il vous plaira , vous montrerez une extrême fagacité. Vous reffemblez à un arithméticien qui examine les propriétés des nombres au lieu de calculer fa fortune.

Lorfqu'*Archimède* trouva la pefanteur fpécifique des corps , il rendit fervice au genre-humain ; mais de quoi vous fervira de trouver trois nombres tels que la différence des quarrés de deux ajoutée au cube des trois faffe toujours un quarré , & que la fomme des trois différences ajoutée au même cube faffe un autre quarré ? *Nugæ difficiles.* (1)

(1) Dans la géométrie comme dans la plupart des fciences, il eft très-rare qu'une propofition ifolée foit d'une utilité immédiate. Mais les théories les plus utiles dans la pratique font formées de propofitions que

GLOIRE, GLORIEUX.

SECTION PREMIERE.

LA gloire est la réputation jointe à l'estime ; elle est au comble, quand l'admiration s'y joint. Elle suppose toujours des choses éclatantes, en actions, en vertus, en talens, & toujours de grandes difficultés surmontées. *César*, *Alexandre* ont eu de la gloire. On ne peut guère dire que *Socrate* en ait eu ; il attire l'estime, la vénération, la pitié, l'indignation contre ses ennemis ; mais le terme de gloire serait impropre à son égard : sa mémoire est respectable plutôt que glorieuse. *Attila* eut beaucoup d'éclat ; mais il n'a point de gloire, parce que l'histoire, qui peut se tromper, ne lui donne point de vertus. *Charles XII* a encore de la gloire, parce que sa valeur, son désintéressement, sa libéralité ont été extrêmes. Les succès suffisent pour la réputation, mais non pas pour la gloire. Celle de *Henri IV* augmente tous les jours, parce que le temps a fait connaître toutes ses vertus, qui étaient incomparablement plus grandes que ses défauts.

La gloire est aussi le partage des inventeurs dans les beaux-arts ; les imitateurs n'ont que des applaudissemens. Elle est encore accordée aux grands talens, mais dans des arts sublimes. On dira bien, la gloire de *Virgile*, de *Cicéron*, mais non de *Martial* & d'*Aulu-Gelle*.

la curiosité seule a fait découvrir, & qui sont restées long-temps inutiles sans qu'il fût possible de soupçonner comment un jour elles cesseraient de l'être. C'est dans ce sens qu'on peut dire que dans les sciences réelles, aucune théorie, aucune recherche n'est vraiment inutile.

On a ofé dire la gloire de DIEU ; il travaille pour la gloire de DIEU ; DIEU a créé le monde pour fa gloire : ce n'eft pas que l'Etre fuprême puiffe avoir de la gloire, mais les hommes, n'ayant point d'expreffions qui lui conviennent, emploient pour lui celles dont ils font le plus flattés.

La vaine gloire eft cette petite ambition qui fe contente des apparences, qui s'étale dans le grand fafte, & qui ne s'élève jamais aux grandes chofes. On a vu des fouverains qui, ayant une gloire réelle, ont encore aimé la vaine gloire, en recherchant trop de louanges, en aimant trop l'appareil de la repréfentation.

La fauffe gloire tient fouvent à la vaine, mais fouvent elle porte à des excès ; & la vaine fe renferme plus dans les petiteffes. Un prince qui mettra fon honneur à fe venger cherchera une gloire fauffe, plutôt qu'une gloire vaine.

Faire gloire, faire vanité, fe faire honneur, fe prennent quelquefois dans le même fens, & ont auffi des fens différens. On dit également, il fait gloire, il fait vanité, il fe fait honneur de fon luxe, de fes excès. Alors, gloire fignifie fauffe gloire. Il fait gloire de fouffrir pour la bonne caufe, & non pas, il fait vanité. Il fe fait honneur de fon bien, & non pas, il fait gloire ou vanité de fon bien.

Rendre gloire fignifie reconnaître, attefter. *Rendez gloire à la vérité*, reconnaiffez la vérité.

Au DIEU que vous fervez, Princeffe, rendez gloire.
A T H A L.

Atteftez le DIEU que vous fervez.

La gloire eſt priſe pour le ciel; il eſt au ſéjour de la gloire.

Où le conduiſez-vous?... à la mort... à la gloire.
POLYEUCTE.

On ne ſe ſert de ce mot pour déſigner le ciel que dans notre religion. Il n'eſt pas permis de dire que *Bacchus*, *Hercule*, furent reçus dans la gloire, en parlant de leur apothéoſe.

Glorieux, quand il eſt l'épithète d'une choſe inanimée, eſt toujours une louange ; bataille, paix, affaire glorieuſe. Rang glorieux ſignifie rang élevé, & non pas rang qui donne de la gloire, mais dans lequel on peut en acquérir. Homme glorieux, eſprit glorieux eſt toujours une injure ; il ſignifie celui qui ſe donne à lui-même ce qu'il devrait mériter des autres : ainſi on dit, un règne glorieux, & non pas un roi glorieux. Cependant ce ne ſerait pas une faute de dire au pluriel, les plus glorieux conquérans ne valent pas un prince bienfeſant ; mais on ne dira pas, les princes glorieux, pour dire les princes illuſtres.

Le glorieux n'eſt pas tout-à-fait le fier, ni l'avantageux, ni l'orgueilleux. Le fier tient de l'arrogant & du dédaigneux, & ſe communique peu. L'avantageux abuſe de la moindre déférence qu'on a pour lui. L'orgueilleux étale l'excès de la bonne opinion qu'il a de lui-même. Le glorieux eſt plus rempli de vanité ; il cherche plus à s'établir dans l'opinion des hommes ; il veut réparer par les dehors ce qui lui manque en effet. L'orgueilleux ſe croit quelque choſe ; le glorieux veut paraître quelque choſe. Les nouveaux parvenus ſont d'ordinaire plus glorieux que les autres. On a appelé quelquefois les faints & les anges, les glorieux, comme habitans du féjour de la gloire.

Glorieufement eft toujours pris en bonne part ; il règne glorieufement ; il fe tira glorieufement d'un grand danger, d'une mauvaife affaire.

Se glorifier eft tantôt pris en bonne part, tantôt en mauvaife, felon l'objet dont il s'agit. Il fe glorifie d'une difgrace qui eft le fruit de fes talens & l'effet de l'envie. On dit des martyrs qu'ils glorifiaient DIEU, c'eft-à-dire que leur conftance rendait refpectable aux hommes le DIEU qu'ils annonçaient.

S E C T I O N I I.

QUE *Cicéron* aime la gloire, après avoir étouffé la confpiration de *Catilina*, on le lui pardonne.

Que le roi de Pruffe, *Fréderic le grand*, penfe ainfi après Rosbac & Liffa, & après avoir été le légiflateur, l'hiftorien, le poëte & le philofophe de fa patrie ; qu'il aime paffionnément la gloire, & qu'il foit affez habile pour être modefte, on l'en glorifiera davantage.

Que l'impératrice *Catherine II* ait été forcée par la brutale infolence d'un fultan turc à déployer tout fon génie ; que du fond du Nord elle ait fait partir quatre efcadres qui ont effrayé les Dardanelles & l'Afie mineure, & qu'elle ait en 1770 enlevé quatre provinces à ces turcs qui fefaient trembler l'Europe, on trouvera fort bon qu'elle jouiffe de fa gloire ; & on l'admirera de parler de fes fuccès avec cet air d'indifférence & de fupériorité qui fait voir qu'on les mérite.

En un mot, la gloire convient aux génies de cette efpèce, quoiqu'ils foient de la race mortelle très-chétive.

Mais fi au bout de l'Occident, un bourgeois d'une ville nommée Paris près de Goneffe, croit avoir de la gloire quand il eft harangué par un régent de l'univerfité qui lui dit : Monfeigneur, la gloire que vous avez acquife dans l'exercice de votre charge, vos illuftres travaux, dont tout l'univers retentit &c. je demande alors s'il y a dans cet univers affez de fifflets pour célébrer la gloire de mon bourgeois, & l'éloquence du pédant qui eft venu braire cette harangue dans l'hôtel de monfeigneur ?

Nous fommes fi fots que nous avons fait Dieu glorieux comme nous.

Ben-al-bétif, ce digne chef des derviches, leur difait un jour : Mes frères, il eft très-bon que vous vous ferviez fouvent de cette facrée formule de notre Koran, *au nom de Dieu très-miféricordieux ;* car Dieu ufe de miféricorde, & vous apprenez à la faire en répétant fouvent les mots qui recommandent une vertu, fans laquelle il refterait peu d'hommes fur la terre. Mais, mes frères, gardez-vous bien d'imiter des téméraires qui fe vantent à tout propos de travailler à la gloire de Dieu. Si un jeune imbécille foutient une thèfe fur les cathégories, thèfe à laquelle préfide un ignorant en fourrure, il ne manque pas d'écrire en gros caractères à la tête de fa thèfe : *Ek allhà abron doxa : ad majorem Dei gloriam.* Un bon mufulman a-t-il fait blanchir fon fallon, il grave cette fottife fur fa porte ; un faka porte de l'eau pour la plus grande gloire de Dieu. C'eft un ufage

impie qui eft pieufement mis en ufage. Que diriez-
vous d'un petit chiaoux qui, en vidant la chaife
percée de notre fultan, s'écrierait : A la plus grande
gloire de notre invincible monarque ? Il y a certainement plus loin du fultan à DIEU que du fultan
au petit chiaoux.

Qu'avez-vous de commun, miférables vers de
terre, appelés *hommes*, avec la gloire de l'Etre infini ?
Peut-il aimer la gloire ? peut-il en recevoir de vous ?
peut-il en goûter ? jufqu'à quand, animaux à deux
pieds, fans plumes, ferez-vous DIEU à votre image ?
Quoi ! parce que vous êtes vains, parce que vous
aimez la gloire, vous voulez que DIEU l'aime auffi !
S'il y avait plufieurs dieux, chacun d'eux peut-être
voudrait obtenir les fuffrages de fes femblables. Ce
ferait-là la gloire d'un Dieu. Si l'on peut comparer
la grandeur infinie avec la baffeffe extrême, ce Dieu
ferait comme le roi *Alexandre* ou *Scander*, qui ne
voulait entrer en lice qu'avec des rois. Mais vous,
pauvres gens, quelle gloire pouvez-vous donner
à DIEU ? Ceffez de profaner ce nom facré. Un
empereur, nommé *Octave Augufte*, défendit qu'on le
louât dans les écoles de Rome, de peur que fon nom
ne fût avili. Mais vous ne pouvez ni avilir l'Etre
fuprême, ni l'honorer. Anéantiffez-vous, adorez
& taifez-vous.

Ainfi parlait *Ben-al-bétif* ; & les derviches s'écrièrent :
Gloire à DIEU ! *Ben-al-bétif* a bien parlé.

S E C T I O N   I I I.

Entretien avec un chinois.

E N 1723 il y avait en Hollande un chinois : ce chinois était lettré & négociant, deux chofes qui ne devraient point du tout être incompatibles, & qui le font devenues chez nous, grâces au refpect extrême qu'on a pour l'argent, & au peu de confidération que l'efpèce humaine a montré & montrera toujours pour le mérite.

Ce chinois, qui parlait un peu hollandais, fe trouva dans une boutique de librairie avec quelques favans : il demanda un livre, on lui propofa l'hiftoire univerfelle de *Boffuet*, mal traduite. A ce beau mot d'*hiftoire univerfelle*, je fuis, dit-il trop heureux ; je vais voir ce qu'on dit de notre grand empire, de notre nation qui fubfifte en corps de peuple depuis plus de cinquante mille ans, de cette fuite d'empereurs qui nous ont gouvernés tant de fiècles ; je vais voir ce qu'on penfe de la religion des lettrés, de ce culte fimple que nous rendons à l'Etre fuprême. Quel plaifir de voir comme on parle en Europe de nos arts, dont plufieurs font plus anciens chez nous que tous les royaumes européens ! Je crois que l'auteur fe fera bien mépris dans l'hiftoire de la guerre que nous eûmes il y a vingt-deux mille cinq cents cinquante-deux ans, contre les peuples belliqueux du Tunquin & du Japon, & fur cette ambaffade folemnelle, par laquelle le puiffant empereur du

Mogol nous envoya demander des lois, l'an du monde 500000000000079123450000. Hélas ! lui dit un des favans, on ne parle pas feulement de vous dans ce livre ; vous êtes trop peu de chofe ; prefque tout roule fur la première nation du monde, l'unique nation, le grand peuple juif.

Juif ! dit le Chinois, ces peuples-là font donc les maîtres des trois quarts de la terre au moins ? Ils fe flattent bien qu'ils le feront un jour, lui répondit-on ; mais en attendant ce font eux qui ont l'honneur d'être ici marchands fripiers, & de rogner quelquefois les efpèces. Vous vous moquez, dit le Chinois ; ces gens-là ont-ils jamais vu un vafte empire ? Ils ont poffédé, lui dis-je, en propre, pendant quelques années, un petit pays ; mais ce n'eft point par l'étendue des Etats qu'il faut juger d'un peuple, de même que ce n'eft point par les richeffes qu'il faut juger d'un homme.

Mais ne parle-t-on pas de quelqu'autre peuple dans ce livre ? demanda le lettré. Sans doute, dit le favant qui était auprès de moi, & qui prenait toujours la parole, on y parle beaucoup d'un petit pays de foixante lieues de large, nommé l'Egypte, où l'on prétend qu'il y avait un lac de cent cinquante lieues de tour, fait de main d'homme. Tudieu, dit le Chinois, un lac de cent cinquante lieues dans un terrain qui en avait foixante de large, cela eft bien beau ! Tout le monde était fage dans ce pays-là, ajouta le docteur. Oh, le bon temps que c'était ! dit le Chinois. Mais eft-ce là tout ? Non, répliqua l'européen ; il eft queftion encore de ces célébres Grecs. Qui font ces Grecs ? dit le lettré. Ah, continua l'autre, il s'agit de

cette

cette province, à peu près grande comme la deux-centième partie de la Chine, mais qui a fait tant de bruit dans tout l'univers. Jamais je n'ai ouï parler de ces gens-là, ni au Mogol, ni au Japon, ni dans la grande Tartarie, dit le Chinois, d'un air ingénu.

Ah ignorant! ah barbare! s'écria poliment notre favant; vous ne connaiffez donc point *Epaminondas* le thébain, ni le port de Pirée, ni le nom des deux chevaux d'*Achille*, ni comment fe nommait l'âne de *Siléne*? Vous n'avez entendu parler ni de *Jupiter*, ni de *Diogéne*, ni de *Laïs*, ni de *Cybéle*, ni de....

J'ai bien peur, répliqua le lettré, que vous ne fachiez rien de l'aventure éternellement mémorable du célébre *Xixofou Concochigramki*, ni des myftères du grand *Fi pfi hi hi*. Mais, de grâce, quelles font encore les chofes inconnues dont traite cette hiftoire univerfelle? Alors le favant parla un quart d'heure de fuite de la république romaine; & quand il vint à *Jules-Céfar*, le Chinois l'interrompit, & lui dit: Pour celui-là, je crois le connaître, n'était-il pas turc? (*a*)

Comment, dit le favant échauffé, eft-ce que vous ne favez pas au moins la différence qui eft entre les païens, les chrétiens & les mufulmans? eft-ce que vous ne connaiffez point *Conftantin*, & l'hiftoire des papes? Nous avons entendu parler confufément, répondit l'afiatique, d'un certain *Mahomet*.

Il n'eft pas poffible, répliqua l'autre, que vous ne connaiffiez au moins *Luther*, *Zuingle*, *Bellarmin*, *Oecolampade*. Je ne retiendrai jamais ces noms-là, dit

(*a*) Il n'y a pas long-temps que les Chinois prenaient tous les Euro-péens pour des mahométans.

Dictionn. philofoph. Tome IV. H h

le Chinois ; il fortit alors, & alla vendre une partie
confidérable de thé peco & de fin grogram, dont il
acheta deux belles filles & un mouffe, qu'il ramena
dans fa patrie en adorant le *Tien*, & en fe recom-
mandant à *Confucius*.

Pour moi, témoin de cette converfation, je vis
clairement ce que c'eft que la gloire; & je dis : Puifque
Céfar & *Jupiter* font inconnus dans le royaume le plus
beau, le plus ancien, le plus vafte, le plus peuplé,
le mieux policé de l'univers, il vous fied bien, ô
gouverneurs de quelques petits pays ! ô prédicateurs
d'une petite paroiffe, dans une petite ville ! ô docteurs
de Salamanque ou de Bourges ! ô petits auteurs !
ô pefans commentateurs ! il vous fied bien de prétendre à la réputation !

G O U T.

SECTION PREMIERE.

LE goût, ce fens, ce don de difcerner nos alimens,
a produit dans toutes les langues connues, la métaphore qui exprime, par le mot *goût*, le fentiment des
beautés & des défauts dans tous les arts : c'eft un
difcernement prompt, comme celui de la langue &
du palais, & qui prévient, comme lui, la réflexion ;
il eft, comme lui, fenfible & voluptueux à l'égard
du bon ; il rejette, comme lui, le mauvais avec
foulèvement ; il eft fouvent, comme lui, incertain &
égaré, ignorant même fi ce qu'on lui préfente doit
lui plaire, & ayant quelquefois befoin, comme lui,
d'habitude pour fe former.

Il ne fuffit pas, pour le goût, de voir, de connaître la beauté d'un ouvrage ; il faut la fentir, en être touché. Il ne fuffit pas de fentir, d'être touché d'une manière confufe, il faut démêler les différentes nuances : rien ne doit échapper à la promptitude du difcernement ; & c'eft encore une reffemblance de ce goût intellectuel, de ce goût des arts, avec le goût fenfuel ; car le gourmet fent & reconnaît promptement le mélange de deux liqueurs : l'homme de goût, le connaiffeur, verra d'un coup d'œil prompt le mélange de deux ftyles ; il verra un défaut à côté d'un agrément ; il fera faifi d'enthoufiafme à ces vers des *Horaces :*

Que vouliez-vous qu'il fît contre trois ? qu'il mourût !

Il fentira un dégoût involontaire au vers fuivant :

Ou qu'un beau défefpoir alors le fecourût.

Comme le mauvais goût, au phyfique, confifte à n'être flatté que par des affaifonnemens trop piquans & trop recherchés, ainfi le mauvais goût, dans les arts, eft de ne fe plaire qu'aux ornemens étudiés, & de ne pas fentir la belle nature.

Le goût dépravé dans les alimens eft de choifir ceux qui dégoûtent les autres hommes ; c'eft une efpèce de maladie. Le goût dépravé dans les arts eft de fe plaire à des fujets qui révoltent les efprits bien faits, de préférer le burlefque au noble, le précieux & l'affecté au beau fimple & naturel : c'eft une maladie de l'efprit. On fe forme le goût des arts beaucoup plus que le goût fenfuel ; car dans le goût phyfique, quoiqu'on finiffe quelquefois par aimer les chofes

H h 2

pour lefquelles on avait d'abord de la répugnance, cependant la nature n'a pas voulu que les hommes en général, appriffent à fentir ce qui leur eft nécef-faire ; mais le goût intellectuel demande plus de temps pour fe former. Un jeune homme fenfible, mais fans aucune connaiffance, ne diftingue point d'abord les parties d'un grand chœur de mufique ; les yeux ne diftinguent point d'abord dans un tableau les gradations, le clair-obfcur, la perfpective, l'accord des couleurs, la correction du deffin ; mais peu à peu fes oreilles apprennent à entendre, & fes yeux à voir : il fera ému à la première repréfentation qu'il verra d'une belle tragédie ; mais il n'y démêlera ni le mérite des unités, ni cet art délicat par lequel aucun perfonnage n'entre ni ne fort fans raifon, ni cet art, encore plus grand, qui concentre des intérêts divers dans un feul, ni enfin les autres difficultés furmontées. Ce n'eft qu'avec de l'habitude & des réflexions qu'il parvient à fentir tout d'un coup avec plaifir ce qu'il ne démêlait pas auparavant. Le goût fe forme infenfiblement dans une nation qui n'en avait pas, parce qu'on y prend peu à peu l'efprit des bons artiftes. On s'accoutume à voir des tableaux avec les yeux de *le Brun*, du *Pouffin*, de *le Sueur ;* on entend la déclamation notée des fcènes de *Quinault*, avec l'oreille de *Lulli*, & les airs & les fymphonies, avec celle de *Rameau*. On lit les livres avec l'efprit des bons auteurs.

Si toute une nation s'eft réunie, dans les premiers temps de la culture des beaux arts, à aimer des auteurs pleins de défauts, & méprifés avec le temps, c'eft que ces auteurs avaient des beautés naturelles

que tout le monde fentait, & qu'on n'était pas encore
à portée de démêler leurs imperfections. Ainfi *Lucilius*
fut chéri des Romains avant qu'*Horace* l'eût fait
oublier ; *Regnier* fut goûté des Français avant que
Boileau parût ; & fi des auteurs anciens, qui bronchent
à chaque pas , ont pourtant confervé leur grande
réputation, c'eft qu'il ne s'eft point trouvé d'écrivain
pur & châtié chez ces nations , qui leur ait deffillé
les yeux , comme il s'eft trouvé un *Horace* chez les
Romains, un *Boileau* chez les Français.

On dit qu'il ne faut point difputer des goûts, &
on a raifon , quand il n'eft queftion que du goût
fenfuel, de la répugnance qu'on a pour une certaine
nourriture, de la préférence qu'on donne à une autre :
on n'en difpute point, parce qu'on ne peut corriger un
défaut d'organes. Il n'en eft pas de même dans les
arts ; comme ils ont des beautés réelles , il y a un bon
goût qui les difcerne , & un mauvais goût qui les
ignore , & on corrige fouvent le défaut d'efprit qui
donne un goût de travers. Il y a auffi des ames
froides, des efprits faux , qu'on ne peut ni échauffer
ni redreffer ; c'eft avec eux qu'il ne faut point difputer
des goûts , parce qu'ils n'en ont point.

Le goût eft arbitraire dans plufieurs chofes , comme
dans les étoffes, dans les parures , dans les équipages ,
dans ce qui n'eft pas au rang des beaux arts ; alors
il mérite plutôt le nom de fantaifie. C'eft la fantaifie , plutôt que le goût, qui produit tant de modes
nouvelles.

Le goût peut fe gâter chez une nation ; ce malheur
arrive d'ordinaire après les fiècles de perfection. Les
artiftes, craignant d'être imitateurs , cherchent des

routes écartées ; ils s'éloignent de la belle nature, que leurs prédéceffeurs ont faifie : il y a du mérite dans leurs efforts ; ce mérite couvre leurs défauts. Le public, amoureux des nouveautés, court après eux ; il s'en dégoûte, & il en paraît d'autres qui font de nouveaux efforts pour plaire ; ils s'éloignent de la nature encore plus que les premiers : le goût fe perd ; on eft entouré de nouveautés, qui font rapidement effacées les unes par les autres ; le public ne fait plus où il en eft, & il regrette en vain le fiècle du bon goût, qui ne peut plus revenir : c'eft un dépôt que quelques bons efprits confervent encore loin de la foule.

  Il eft de vaftes pays où le goût n'eft jamais parvenu ; ce font ceux où la fociété ne s'eft point perfectionnée, où les hommes & les femmes ne fe raffemblent point, où certains arts, comme la fculpture, la peinture des êtres animés, font défendus par la religion. Quand il y a peu de fociété, l'efprit eft rétréci, fa pointe s'émouffe, il n'a pas de quoi fe former le goût. Quand plufieurs beaux arts manquent, les autres ont rarement de quoi fe foutenir, parce que tous fe tiennent par la main, & dépendent les uns des autres. C'eft une des raifons pourquoi les Afiatiques n'ont jamais eu d'ouvrages bien faits prefque en aucun genre, & que le goût n'a été le partage que de quelques peuples de l'Europe.

S E C T I O N I I.

Y a-t-il un bon & un mauvais goût? oui, fans doute, quoique les hommes diffèrent d'opinions, de mœurs, d'ufages.

Le meilleur goût en tout genre eft d'imiter la nature avec le plus de fidélité, de force & de grâce.

Mais la grâce n'eft-elle pas arbitraire? non, puifqu'elle confifte à donner aux objets qu'on repréfente de la vie & de la douceur.

Entre deux hommes dont l'un fera groffier, l'autre délicat, on convient affez que l'un a plus de goût que l'autre.

Avant que le bon temps fût venu, *Voiture* qui, dans fa manie de broder des riens, avait quelquefois beaucoup de délicateffe & d'agrément, écrit au grand *Condé* fur fa maladie :

> Commencez, Seigneur, à fonger
> Qu'il importe d'être & de vivre ;
> Penfez à vous mieux ménager.
> Quel charme a pour vous le danger
> Que vous aimiez tant à le fuivre ?
> Si vous aviez dans les combats
> D'Amadis l'armure enchantée
> Comme vous en avez le bras
> Et la vaillance tant vantée,
> Seigneur, je ne me plaindrais pas.
> Mais en nos fiècles où les charmes
> Ne font pas de pareilles armes ;

H h 4

Qu'on voit que le plus noble fang,
Fût-il d'Hector ou d'Alexandre,
Eft auffi facile à répandre
Que l'eft celui du plus bas rang;
Que d'une force fans feconde
La mort fait fes traits élancer;
Et qu'un peu de plomb peut caffer.
La plus belle tête du monde; (1)
Qui l'a bonne y doit regarder.
Mais une telle que la vôtre,
Ne fe doit jamais hafarder.
Pour votre bien & pour le nôtre,
Seigneur, il vous la faut garder.
Quoi que votre efprit fe propofe ,
Quand votre courfe fera clofe,
On vous abandonnera fort.
Croyez-moi, c'eft fort peu de chofe
Qu'un demi-dieu quand il eft mort.

Ces vers paffent encore aujourd'hui pour être pleins de goût, & pour être les meilleurs de *Voiture*.

Dans le même temps, *l'Etoile* qui paffait pour un génie , *l'Etoile* l'un des cinq auteurs qui travaillaient aux tragédies du cardinal de *Richelieu* , *l'Etoile* , l'un des juges de *Corneille* , fefait ces vers qui font imprimés à la fuite de *Malherbe* & de *Racan :*

Que j'aime en tout temps la taverne !
Que librement je m'y gouverne !
Elle n'a rien d'égal à foi.
J'y vois tout ce que j'y demande,

(1) M. de *Voltaire* a imité & embelli cette idée dans une épître au roi de Pruffe.

Et les torchons y font pour moi
De fine toile de Hollande.

Il n'eft point de lecteur qui ne convienne que les
vers de *Voiture* font d'un courtifan qui a le bon goût
en partage , & ceux de *l'Etoile* d'un homme groffier
fans efprit.

C'eft dommage qu'on puiffe dire de *Voiture : Il eut
du goût cette fois-là. Il n'y a certainement qu'un goût
déteftable dans plus de mille vers pareils à ceux-ci :

Quand nous fûmes dans Etampes
Nous parlâmes fort de vous,
J'en foupirai quatre coups ,
Et j'en eus la goutte crampe.
Etampe & crampe vraiment
Riment merveilleufement.
Nous trouvâmes près Sercote,
(Cas étrange & vrai pourtant)
Des bœufs qu'on voyait broutant
Deffus le haut d'une motte.
Et plus bas quelques cochons
Avec nombre de moutons &c.

La fameufe lettre de la carpe au brochet , & qui
lui fit tant de réputation , n'eft-elle pas une plaifanterie trop pouffée, trop longue, & en quelques endroits
trop peu naturelle ? n'eft-ce pas un mélange de fineffe
& de groffièreté, de vrai & de faux ? Fallait-il dire au
grand *Condé*, nommé le *brochet* dans une fociété de la
cour, qu'à fon nom *les baleines du Nord fuaient à groffes
gouttes*, & que les gens de l'empereur penfaient le frire
& le manger avec un grain de fel ?

Eſt-ce un bon goût d'écrire tant de lettres ſeulement pour montrer un peu de cet eſprit qui conſiſte en jeux de mots & en pointes?

N'eſt-on pas révolté quand *Voiture* dit au grand *Condé*, ſur la priſe de Dunkerque : *Je crois que vous prendriez la lune avec les dents?*

Il ſemble que ce faux goût fut inſpiré à *Voiture* par le *Marini* qui était venu en France avec la reine *Marie de Médicis*. *Voiture* & *Coſtar* le citent très-ſouvent dans leurs lettres comme un modèle. Ils admirent ſa deſcription de la roſe fille d'avril, vierge & reine, aſſiſe ſur un trône épineux, tenant majeſtueuſement le ſceptre des fleurs, ayant pour courtiſans & pour miniſtres la famille laſcive des zéphyrs, & portant la couronne d'or & le manteau d'écarlate.

> *Bella figlia d'Aprile*
> *Verginella e reina*
> *Su lo ſpinoſo trono*
> *Del verde ceſpo aſſiſa*
> *De' fior' lo ſcettro in maeſta ſoſtiene;*
> *E corteggiata intorno*
> *Da laſciva famiglia*
> *Di zephiri miniſtri*
> *Porta d'or' la corona e d'oſtro il manto.*

Voiture cite avec complaiſance, dans ſa trente-cin-quième lettre à *Coſtar*, l'atome ſonnant du *Marini*, la voix emplumée, le ſouffle vivant vêtu de plumes, la plume ſonore, le chant ailé, le petit eſprit d'harmonie caché dans de petites entrailles, & tout cela pour dire un roſſignol.

Una voce pennuta, un fuon' volante,
E veftito di penne, un vivo fiato,
Una piuma canora, un canto alato,
Un fpirituel che d'armonia compofto
Vive in angufte vifcere nafcoto.

Balzac avait un mauvais goût tout contraire ; il écrivait des lettres familières avec une étrange emphafe. Il écrit au cardinal de *la Valette* que, ni dans les déferts de la Lybie ni dans les abymes de la mer, il n'y eut jamais un fi furieux monftre que la fciatique, & que fi les tyrans dont la mémoire nous eft odieufe euffent eu tels inftrumens de leur cruauté, c'eût été la fciatique que les martyrs euffent endurée pour la religion.

Ces exagérations emphatiques, ces longues périodes mefurées, fi contraires au ftyle épiftolaire, ces déclamations faftidieufes, hériffées de grec & de latin au fujet de deux fonnets affez médiocres qui partageaient la cour & la ville, & fur la pitoyable tragédie d'Hérode infanticide, tout cela était d'un temps où le goût n'était pas encore formé. Cinna même & les Lettres provinciales, qui étonnèrent la nation, ne la dérouillèrent pas encore.

Les connaiffeurs diftinguent furtout dans le même homme le temps où fon goût était formé, celui où il acquit fa perfection, celui où il tomba en décadence. Quel homme d'un efprit un peu cultivé ne fentira pas l'extrême différence des beaux morceaux de Cinna, & de ceux du même auteur dans fes vingt dernières tragédies ?

Dis-moi donc, lorfqu'Othon s'eft offert à Camille,
A-t-il été content? a-t-elle été facile ?

Son hommage auprès d'elle a-t-il eu plein effet ?
Comment l'a-t-elle pris ? & comment l'a-t-il fait ?

(CORNEILLE.)

Eſt-il parmi les gens de lettres quelqu'un qui ne reconnaiſſe le goût perfectionné de *Boileau* dans ſon Art poëtique , & ſon goût non encore rafiné dans ſa ſatire ſur les embarras de Paris , où il peint des chats dans les gouttières ?

L'un miaule en grondant comme un tigre en furie ,
L'autre roule ſa voix comme un enfant qui crie :
Ce n'eſt pas tout encor , les ſouris & les rats
Semblent pour m'éveiller s'entendre avec les chats.

S'il avait véçu alors dans la bonne compagnie , elle lui aurait conſeillé d'exercer ſon talent ſur des objets plus dignes d'elle que des chats , des rats & des ſouris.

Comme un artiſte forme peu à peu ſon goût, une nation forme auſſi le ſien. Elle croupit des ſiècles entiers dans la barbarie, enſuite il s'élève une faible aurore; enfin le grand jour paraît , après lequel on ne voit plus qu'un long & triſte crépuſcule.

Nous convenons tous depuis long-temps, que, malgré les ſoins de *François I* pour faire naître le goût des beaux arts en France, ce bon goût ne put jamais s'établir que vers le ſiècle de *Louis XIV;* & nous commençons à nous plaindre que le ſiècle préſent dégénère.

Les Grecs du bas empire avouaient que le goût qui régnait du temps de *Périclès* était perdu chez eux. Les Grecs modernes conviennent qu'ils n'en ont aucun.

Quintilien reconnaît que le goût des Romains commençait à ſe corrompre de ſon temps.

Nous avons vu à l'article *Art dramatique* combien *Lopez de Véga* fe plaignait du mauvais goût des Efpagnols.

Les Italiens s'aperçurent les premiers que tout dégénérait chez eux, quelque temps après leur immortel *Seicento* , & qu'ils voyaient périr la plupart des arts qu'ils avaient fait naître.

Addiſſon attaque fouvent le mauvais goût de fes compatriotes dans plus d'un genre , foit quand il fe moque de la ftatue d'un amiral en perruque quarrée , foit quand il témoigne fon mépris pour les jeux de mots employés férieufement, ou quand il condamne des jongleurs introduits dans les tragédies.

Si donc les meilleurs efprits d'un pays conviennent que le goût a manqué en certains temps à leur patrie , les voifins peuvent le fentir comme les compatriotes ; & de même qu'il eft évident que parmi nous tel homme a le goût bon & tel autre mauvais, il peut être évident auffi que de deux nations contemporaines l'une a un goût rude & groffier, l'autre fin & naturel.

Le malheur eft que quand on prononce cette vérité, on révolte la nation entière dont on parle, comme on cabre un homme de mauvais goût lorfqu'on veut le ramener.

Le mieux eft donc d'attendre que le temps & l'exemple inftruifent une nation qui péche par le goût. C'eft ainfi que les Efpagnols commencent à réformer leur théâtre, & que les Allemands eſſayent d'en former un.

Du goût particulier d'une nation.

Il eſt des beautés de tous les temps & de tous les
pays, mais il eſt auſſi des beautés locales. L'éloquence
doit être par-tout perſuaſive, la douleur touchante,
la colère impétueuſe, la ſageſſe tranquille ; mais les
détails qui pourront plaire à un citoyen de Londres,
pourront ne faire aucun effet ſur un habitant de Paris;
les Anglais tireront plus heureuſement leurs comparaiſons, leurs métaphores de la marine, que ne feront
des pariſiens qui voient rarement des vaiſſeaux. Tout
ce qui tiendra de près à la liberté d'un anglais, à ſes
droits, à ſes uſages, fera plus d'impreſſion ſur lui que
ſur un français.

La température du climat introduira dans un pays
froid & humide un goût d'architecture, d'ameuble-
mens, de vêtemens qui ſera fort bon, & qui ne pourra
être reçu à Rome, en Sicile.

Théocrite & *Virgile* ont dû vanter l'ombrage & la
fraîcheur des eaux dans leurs églogues : *Thomſon*,
dans ſa deſcription des ſaiſons, aura dû faire des deſcriptions toutes contraires.

Une nation éclairée, mais peu ſociable, n'aura point
les mêmes ridicules qu'une nation auſſi ſpirituelle,
mais livrée à la ſociété juſqu'à l'indiſcrétion ; & ces
deux peuples conſéquemment n'auront pas la même
eſpèce de comédie.

La poëſie ſera différente chez le peuple qui renferme
les femmes, & chez celui qui leur accorde une liberté
ſans bornes.

Mais il ſera toujours vrai de dire que *Virgile* a mieux

peint fes tableaux que *Thomfon* n'a peint les fiens, &
qu'il y a eu plus de goût fur les bords du Tibre que
fur ceux de la Tamife ; que les fcènes naturelles du
Paſtor fido font incomparablement fupérieures aux ber-
geries de *Racan ;* que *Racine* & *Molière* font des hommes
divins à l'égard des auteurs des autres théâtres.

Du goût des connaiſſeurs.

En général le goût fin & fûr confifte dans le fentiment prompt d'une beauté parmi des défauts, & d'un
défaut parmi des beautés.

Le gourmet eft celui qui difcernera le mélange de
deux vins, qui fentira ce qui domine dans un mets,
tandis que les autres convives n'auront qu'un fentiment
confus & égaré.

Ne fe trompe-t-on pas quand on dit que c'eft un
malheur d'avoir le goût trop délicat, d'être trop
connaiffeur ? qu'alors on eft trop choqué des défauts,
& trop infenfible aux beautés ? qu'enfin on perd à être
trop difficile ? n'eft-il pas vrai au contraire qu'il n'y
a véritablement de plaifir que pour les gens de goût ?
ils voient, ils entendent, ils fentent ce qui échappe
aux hommes moins fenfiblement organifés, & moins
exercés.

Le connaiffeur en mufique, en peinture, en architecture, en poëfie, en médailles &c. éprouve des
fenfations que le vulgaire ne foupçonne pas ; le
plaifir même de découvrir une faute le flatte, & lui fait
fentir les beautés plus vivement. C'eft l'avantage des
bonnes vues fur les mauvaifes. L'homme de goût a
d'autres yeux, d'autres oreilles, un autre tact que

l'homme groſſier. Il eſt choqué des draperies meſquines de *Raphaël*, mais il admire la noble correction de ſon deſſin. Il a le plaiſir d'apercevoir que les enfans de *Laocoon* n'ont nulle proportion avec la taille de leur père ; mais tout le groupe le fait friſſonner, tandis que d'autres ſpectateurs ſont tranquilles.

Le célébre ſculpteur, homme de lettres & de génie, qui a fait la ſtatue coloſſale de *Pierre I* à Pétersbourg, critique avec raiſon l'attitude du *Moïſe* de *Michel-Ange*, & ſa petite veſte ſerrée qui n'eſt pas même le coſtume oriental ; en même temps il s'extaſie en contemplant l'air de tête.

Exemples du bon & du mauvais goût, tirés des tragédies françaiſes & anglaiſes.

Je ne parlerai point ici de quelques auteurs anglais, qui, ayant traduit des pièces de *Molière*, l'ont inſulté dans leurs préfaces, ni de ceux qui de deux tragédies de *Racine* en ont fait une, & qui l'ont encore chargée de nouveaux incidens pour ſe donner le droit de cenſurer la noble & féconde ſimplicité de ce grand-homme.

De tous les auteurs qui ont écrit en Angleterre ſur le goût, ſur l'eſprit & l'imagination, & qui ont prétendu à une critique judicieuſe, *Addiſſon* eſt celui qui a le plus d'autorité : ſes ouvrages ſont très-utiles ; on a déſiré ſeulement qu'il n'eût pas trop ſouvent ſacrifié ſon propre goût au déſir de plaire à ſon parti, & de procurer un prompt débit aux feuilles du Spectateur qu'il compoſait avec *Steele*.

Cependant,

Cependant, il a souvent le courage de donner la préférence au théâtre de Paris sur celui de Londres; il fait sentir les défauts de la scène anglaise; & quand il écrivit son Caton, il se donna bien de garde d'imiter le style de *Shakespeare*. S'il avait su traiter les passions, si la chaleur de son ame eût répondu à la dignité de son style, il aurait réformé sa nation. Sa pièce, étant une affaire de parti, eut un succès prodigieux. Mais quand les factions furent éteintes, il ne resta à la tragédie de Caton que de très-beaux vers & de la froideur. Rien n'a plus contribué à l'affermissement de l'empire de *Shakespeare*. Le vulgaire en aucun pays ne se connaît en beaux vers; & le vulgaire anglais aime mieux des princes qui se disent des injures, des femmes qui se roulent sur la scène, des assassinats, des exécutions criminelles, des revenans qui remplissent le théâtre en foule, des sorciers, que l'éloquence la plus noble & la plus sage.

Colliers a très-bien senti les défauts du théâtre anglais; mais étant ennemi de cet art, par une superstition barbare dont il était possédé, il déplut trop à la nation pour qu'elle daignât s'éclairer par lui; il fut haï & méprisé.

Warburton évêque de Glocester, a commenté *Shakespeare* de concert avec *Pope;* mais son commentaire ne roule que sur les mots. L'auteur des trois volumes des Elémens de critique censure *Shakespeare* quelquefois; mais il censure beaucoup plus *Racine*, & nos auteurs tragiques.

Le grand reproche que tous les critiques anglais nous font, c'est que tous nos héros sont des Français, des personnages de roman, des amans tels qu'on en

trouve dans Clélie, dans Aftrée, & dans Zaïde. L'auteur des Elémens de critique reprend furtout très-
févérement *Corneille*, d'avoir fait parler ainfi *Céfar* à
Cléopâtre.

> C'était pour acquérir un droit fi précieux
> Que combattait par-tout mon bras ; ambitieux
> Et dans Pharfale même il a tiré l'épée
> Plus pour le conferver que pour vaincre Pompée.
> Je l'ai vaincu, princeffe, & le Dieu des combats
> M'y favorifait moins que vos divins appas :
> Ils conduifaient ma main, ils enflaient mon courage ;
> Cette pleine victoire eft leur dernier ouvrage.

Le critique anglais trouve ces fadeurs ridicules &
extravagantes ; il a fans doute raifon : les Français
fenfés l'avaient dit avant lui. Nous regardons comme
une règle inviolable ces préceptes de *Boileau.*

> Qu'Achille aime autrement que Tarfis & Philène ;
> N'allez pas d'un Cyrus nous faire un Artamène.

Nous favons bien que *Céfar* ayant en effet aimé
Cléopâtre, Corneille le devait faire parler autrement,
& que furtout cet amour eft très-infipide dans la
tragédie de la mort de Pompée. Nous favons que
Corneille, qui a mis de l'amour dans toutes fes pièces,
n'a jamais traité convenablement cette paffion, excepté
dans quelques fcènes du Cid imitées de l'efpagnol.
Mais auffi toutes les nations conviennent avec nous
qu'il a déployé un très-grand génie, un fens profond,
une force d'efprit fupérieure, dans Cinna ; dans plufieurs fcènes des Horaces, de Pompée, de Polyeucte ;
dans la dernière fcène de Rodogune.

Si l'amour eſt inſipide dans preſque toutes ſes pièces,
nous ſommes les premiers à le dire ; nous convenons
tous que ſes héros ne ſont que des raiſonneurs dans
ſes quinze ou ſeize derniers ouvrages. Les vers de ces
pièces ſont durs, obſcurs, ſans harmonie, ſans grâce.
Mais s'il s'eſt élevé infiniment au-deſſus de *Shakeſpeare*
dans les tragédies de ſon bon temps, il n'eſt jamais
tombé ſi bas dans les autres ; & s'il fait dire malheureuſement à *Céſar* :

Qu'il vient ennoblir, par le titre de captif, le titre de
vainqueur à préſent effectif; Céſar ne dit point chez lui
les extravagances qu'il débite dans *Shakeſpeare*. Ses
héros ne ſont point l'amour à *Catau* comme le roi
Henri V; on ne voit point chez lui de prince s'écrier
comme *Richard II :*

  ,, O terre de mon royaume ! ne nourris pas mon
,, ennemi ; mais que les araignées qui ſucent ton
,, venin, & que les lourds crapauds ſoient ſur ſa
,, route ; qu'ils attaquent ſes pieds perfides, qui les
,, foulent de ſes pas uſurpateurs. Ne produis que de
,, puans chardons pour eux ; & quand ils voudront
,, cueillir une fleur ſur ton ſein, ne leur préſente
,, que des ſerpens en embuſcade. ,,

  On ne voit point chez *Corneille* un héritier du trône
s'entretenir avec un général d'armée, avec ce beau
naturel que *Shakeſpeare* étale dans le prince de Galles,
qui fut depuis le roi *Henri IV. (a)*

  Le général demande au prince quelle heure il eſt.
Le prince lui répond : ,, Tu as l'eſprit ſi gras pour
,, avoir bu du vin d'Eſpagne, pour t'être débou-
,, tonné après ſouper, pour avoir dormi ſur un banc

(a) Scène II du premier acte de la vie & la mort de *Henri IV.*

,, après dîner, que tu as oublié ce que tu devrais
,, favoir. Que diable t'importe l'heure qu'il eſt? à
,, moins que les heures ne foient des taffes de vin,
,, que les minutes ne foient des hachis de chapons,
,, que les cloches ne foient des langues de maque-
,, relles; les cadrans, des enfeignes de mauvais lieux;
,, & le foleil lui-même, une fille de joie en taffetas
,, couleur de feu. ,,

Comment *Warburton* n'a-t-il pas rougi de com-
menter ces groffièretés infames? travaillait-il pour
l'honneur du théâtre & de l'Eglife anglicane?

Rareté des gens de goût.

On eſt affligé quand on confidère, furtout dans
les climats froids & humides, cette foule prodigieuſe
d'hommes qui n'ont pas la moindre étincelle de goût,
qui n'aiment aucun des beaux arts, qui ne lifent
jamais; & dont quelques-uns feuillettent tout au plus
un journal une fois par mois pour être au courant,
& pour fe mettre en état de parler au hazard des
chofes dont ils ne peuvent avoir que des idées
confufes.

Entrez dans une petite ville de province, rarement
vous y trouverez un ou deux libraires. Il en eſt qui
en font entièrement privées. Les juges, les chanoines,
l'évêque, le fubdélégué, l'élu, le receveur du grenier
à fel, le citoyen aifé, perfonne n'a de livres, perfonne
n'a l'efprit cultivé; on n'eſt pas plus avancé qu'au
douzième fiècle. Dans les capitales des provinces,
dans celles mêmes qui ont des académies, que le
goût eſt rare!

Il faut la capitale d'un grand royaume pour y établir la demeure du goût ; encore n'eſt-il le partage que du très-petit nombre ; toute la populace en eſt exclue. Il eſt inconnu aux familles bourgeoiſes où l'on eſt continuellement occupé du ſoin de ſa fortune, des détails domeſtiques, & d'une groſſière oiſiveté, amuſée par une partie de jeu. Toutes les places qui tiennent à la judicature, à la finance, au commerce, ferment la porte aux beaux arts. C'eſt la honte de l'eſprit humain que le goût, pour l'ordinaire, ne s'introduiſe que chez l'oiſiveté opulente. J'ai connu un commis des bureaux de Verſailles, né avec beaucoup d'eſprit, qui diſait : Je ſuis bien malheureux, je n'ai pas le temps d'avoir du goût.

Dans une ville telle que Paris, peuplée de plus de ſix cents mille perſonnes, je ne crois pas qu'il y en ait trois mille qui aient le goût des beaux arts. Qu'on repréſente un chef-d'œuvre dramatique, ce qui eſt ſi rare, & qui doit l'être, on dit : tout Paris eſt enchanté ; mais on en imprime trois mille exemplaires tout au plus.

Parcourez aujourd'hui l'Aſie, l'Afrique, la moitié du Nord ; où verrez-vous le goût de l'éloquence, de la poëſie, de la peinture, de la muſique ? preſque tout l'univers eſt barbare.

Le goût eſt donc comme la philoſophie ; il appartient à un très-petit nombre d'ames privilégiées.

Le grand bonheur de la France fut d'avoir dans *Louis XIV* un roi qui était né avec du goût.

> *Pauci, quos æquus amavit*
> *Jupiter, aut ardens evexit ad æthera virtus,*
> *Diis geniti potuère.*

C'eſt en vain qu'*Ovide* a dit que D I E U nous créa pour regarder le ciel : *Erectos ad ſydera tollere vultus ;* les hommes ſont preſque tous courbés vers la terre.

Pourquoi une ſtatue informe, un mauvais tableau où les figures ſont eſtropiées, n'ont - ils jamais paſſé pour des chefs - d'œuvre ? Pourquoi jamais une maiſon chétive & ſans aucune proportion, n'a-t-elle été regardée comme un beau monument d'architecture ? D'où vient qu'en muſique des ſons aigres & diſcordans n'ont flatté l'oreille de perſonne ? & que cependant de très-mauvaiſes tragédies barbares, écrites dans un ſtyle d'allobroge, ont réuſſi, même après les ſcènes ſublimes qu'on trouve dans *Corneille*, & les tragédies touchantes de *Racine*, & le peu de pièces bien écrites qu'on peut avoir eues depuis cet élégant poëte ? Ce n'eſt qu'au théâtre qu'on voit quelquefois réuſſir des ouvrages déteſtables, ſoit tragiques ſoit comiques.

Quelle en eſt la raiſon ? C'eſt que l'illuſion ne règne qu'au théâtre ; c'eſt que le ſuccès y dépend de deux ou trois acteurs, quelquefois d'un ſeul, & ſurtout d'une cabale qui fait tous ſes efforts, tandis que les gens de goût n'en ſont aucun. Cette cabale ſubſiſte ſouvent une génération entière. Elle eſt d'autant plus active, que ſon but eſt bien moins d'élever un auteur que d'en abaiſſer un autre. Il faut un ſiècle pour mettre aux choſes leur véritable prix dans ce ſeul genre.

Ce ſont les gens de goût ſeuls qui gouvernent à la longue l'empire des arts. Le *Pouſſin* fut obligé de ſortir de France pour laiſſer la place à un mauvais peintre. *Le Moine* ſe tua de déſeſpoir. *Vanlo* fut prêt d'aller exercer ailleurs fes talens. Les connaiffeurs feuls les ont mis tous trois à leur place. On voit fouvent en tout genre les plus mauvais ouvrages avoir un fuccès prodigieux. Les folécifmes, les barbarifmes, les fentimens les plus faux, l'ampoulé le plus ridicule, ne font pas fentis pendant un temps, parce que la cabale & le fot enthoufiafme du vulgaire caufent une ivreffe qui ne fent rien. Les connaiffeurs feuls ramènent à la longue le public, & c'eft la feule différence qui exifte entre les nations les plus éclairées, & les plus groffières; car le vulgaire de Paris n'a rien au-deffus d'un autre vulgaire; mais il y a dans Paris un nombre affez confidérable d'efprits cultivés pour mener la foule. Cette foule fe conduit prefqu'en un moment dans les mouvemens populaires; mais il faut plufieurs années pour fixer fon goût dans les arts.

GOUVERNEMENT.

SECTION PREMIERE.

IL faut que le plaifir de gouverner foit bien grand, puifque tant de gens veulent s'en mêler. Nous avons beaucoup plus de livres fur le gouvernement, qu'il n'y a de princes fur la terre. Que DIEU me préferve ici d'enfeigner les rois, & meffieurs leurs miniftres, & meffieurs leurs valets de chambre, & meffieurs leurs confeffeurs, & meffieurs leurs fermiers-généraux! Je n'y entends rien, je les révère tous. Il n'appartient qu'à M. *Wilkes* de pefer dans fa balance anglaife ceux qui font à la tête du genre-humain.

De plus, il ferait bien étrange qu'avec trois ou quatre mille volumes fur le gouvernement ; avec Machiavel, & la Politique de l'écriture fainte par *Boffuet* ; avec le Citoyen financier, le Guidon des finances, le Moyen d'enrichir un Etat &c. ; il y eût encore quel-qu'un qui ne fût pas parfaitement tous les devoirs des rois & l'art de conduire les hommes.

Le profeffeur *Puffendorf* (*a*) ou le baron *Puffendorf* dit que le roi *David*, ayant juré de ne jamais attenter à la vie de *Semeï* fon confeiller privé, ne trahit point fon ferment quand il ordonna (felon l'hiftoire juive) à fon fils *Salomon* de faire affaffiner *Semeï*, *parce que David ne s'était engagé que pour lui feul à ne pas tuer Semeï.* Le baron, qui réprouve fi hautement les ref-trictions mentales des jéfuites, en permet une ici à l'oint *David*, qui ne fera pas du goût des confeillers d'Etat.

Pefez les paroles de *Boffuet* dans fa Politique de l'écriture fainte à monfeigneur le dauphin. *Voilà donc la royauté attachée par fucceffion à la maifon de David & de Salomon, & le trône de David eft affermi à jamais;* (*b*) (quoique ce petit efcabeau appelé *trône* ait très-peu duré.) *En vertu de cette loi, l'aîné devait fuccéder au pré-judice de fes frères : c'eft pourquoi Adonias, qui était l'aîné, dit à Betzabée mère de Salomon : Vous favez que le royaume était à moi, & tout Ifraël m'avait reconnu; mais le Seigneur a transféré le royaume à mon frère Salomon.* Le droit d'*Adonias* était inconteftable ; *Boffuet* le dit expreffément à la fin de cet article. *Le Seigneur a*

(*a*) *Puffendorf*, liv. IV, chap. XI, article XIII.
(*b*) Liv. II, propof. IX.

transféré n'eſt qu'une expreſſion ordinaire, qui veut dire, j'ai perdu mon bien, on m'a enlevé mon bien. *Adonias* était né d'une femme légitime ; la naiſſance de ſon cadet n'était que le fruit d'un double crime.

A moins donc, dit Boſſuet, *qu'il n'arrivât quelque choſe d'extraordinaire, l'aîné devait ſuccéder.* Or cet extraor-dinaire fut que *Salomon*, né d'un mariage fondé ſur un double adultère & ſur un meurtre, fit aſſaſſiner au pied de l'autel ſon frère aîné, ſon roi légitime, dont les droits étaient ſoutenus par le pontife *Abiathar*, & par le général *Joab.* Après cela, avouons qu'il eſt plus difficile qu'on ne penſe de prendre des leçons du droit des gens & du gouvernement dans l'écriture ſainte, donnée aux Juifs, & enſuite à nous pour des intérêts plus ſublimes.

Que le ſalut du peuple ſoit la loi ſuprême : telle eſt là maxime fondamentale des nations ; mais on fait conſiſter le ſalut du peuple à égorger une partie des citoyens dans toutes les guerres civiles. Le ſalut d'un peuple eſt de tuer ſes voiſins & de s'emparer de leurs biens dans toutes les guerres étrangères. Il eſt encore difficile de trouver là un droit des gens bien ſalutaire, & un gouvernement bien favorable à l'art de penſer & à la douceur de la ſociété.

Il y a des figures de géométrie très-régulières & parfaites en leur genre ; l'arithmétique eſt parfaite ; beaucoup de métiers ſont exercés d'une manière toujours uniforme & toujours bonne ; mais pour le gouvernement des hommes, peut-il jamais en être un bon, quand tous ſont fondés ſur des paſſions qui ſe combattent ?

Il n'y a jamais eu de couvens de moines fans difcorde ; il eft donc impoffible qu'elle ne foit dans les royaumes. Chaque gouvernement eft non-feule-ment comme les couvens, mais comme les ménages : il n'y en a point fans querelles ; & les querelles de peuple à peuple, de prince à prince, ont toujours été fanglantes ; celles des fujets avec leurs fouverains, n'ont pas quelquefois été moins funeftes : comment faut-il faire ? ou rifquer, ou fe cacher.

SECTION II.

PLUS d'un peuple fouhaite une conftitution nou-velle : les Anglais voudraient changer de miniftres tous les huit jours ; mais ils ne voudraient pas changer la forme de leur gouvernement.

Les Romains modernes font tous fiers de l'églife de St Pierre, & de leurs anciennes ftatues grecques ; mais le peuple voudrait être mieux nourri, mieux vêtu, dût-il être moins riche en bénédictions : les pères de famille fouhaiteraient que l'Eglife eût moins d'or, & qu'il y eût plus de blé dans leurs greniers ; ils regrettent le temps où les apôtres allaient à pied, & où les citoyens romains voyageaient de palais en palais en litière.

On ne ceffe de nous vanter les belles républiques de la Grèce : il eft fûr que les Grecs aimeraient mieux le gouvernement des *Périclés*, & des *Démofthènes*, que celui d'un bacha ; mais dans leurs temps les plus floriffans ils fe plaignaient toujours ; la difcorde, la haine, étaient au dehors entre toutes les villes, &

au dedans dans chaque cité. Ils donnaient des lois aux anciens Romains qui n'en avaient pas encore ; mais les leurs étaient fi mauvaifes qu'ils les changèrent continuellement.

Quel gouvernement que celui où le jufte *Ariftide* était banni, *Phocion* mis à mort, *Socrate* condamné à la ciguë, après avoir été berné par *Ariftophane ;* où l'on voit les *Amphiétions* livrer imbécillement la Grèce à *Philippe*, parce que les Phocéens avaient labouré un champ qui était du domaine d'*Apollon !* mais le gouvernement des monarchies voifines était pire.

Puffendorf promet d'examiner quelle eft la meilleure forme de gouvernement : il vous dit (c) *que plufieurs prononcent en faveur de la monarchie, & d'autres, au contraire, fe déchaînent furieufement contre les rois ; & qu'il eft hors de fon fujet d'examiner en détail les raifons de ces derniers.*

Si quelque lecteur malin attend ici qu'on lui en dife plus que *Puffendorf*, il fe trompera beaucoup.

Un fuiffe, un hollandais, un noble Vénitien, un pair d'Angleterre, un cardinal, un comte de l'empire, difputaient un jour en voyage fur la préférence de leurs gouvernemens ; perfonne ne s'entendit, chacun demeura dans fon opinion fans en avoir une bien certaine ; & ils s'en retournèrent chez eux fans avoir rien conclu, chacun louant fa patrie par vanité, & s'en plaignant par fentiment.

Quelle eft donc la deftinée du genre-humain ? prefque nul grand peuple n'eft gouverné par lui-même.

(c) Liv. VII, chap. V.

Partez de l'Orient pour faire le tour du monde; le Japon a fermé ses ports aux étrangers, dans la juste crainte d'une révolution affreuse.

La Chine a subi cette révolution; elle obéit à des tartares moitié mantchoux, moitié huns; l'Inde a des tartares mogols. L'Euphrate, le Nil, l'Oronte, la Grèce, l'Epire, sont encore sous le joug des Turcs. Ce n'est point une race anglaise qui règne en Angleterre; c'est une famille allemande, qui a succédé à un prince hollandais; & celui-ci à une famille écossaise, laquelle avait succédé à une famille angevine, qui avait remplacé une famille normande, qui avait chassé une famille saxone & usurpatrice. L'Espagne obéit à une famille française, qui succéda à une race autrichienne; cette autrichienne à des familles qui se vantaient d'être visigothes; ces visigoths avaient été chassés long-temps par des arabes, après avoir succédé aux Romains, qui avaient chassé les Carthaginois.

La Gaule obéit à des francs après avoir obéi à des préfets romains.

Les mêmes bords du Danube ont appartenu aux Germains, aux Romains, aux Arabes, aux Slaves, aux Bulgares, aux Huns, à vingt familles différentes, & presque toutes étrangères.

Et qu'a-t-on vu de plus étranger à Rome que tant d'empereurs nés dans des provinces barbares, & tant de papes nés dans des provinces non moins barbares? Gouverne qui peut. Et quand on est parvenu à être le maître, on gouverne comme on peut. (*)

(*) Voyez Lois.

SECTION III.

Un voyageur racontait ce qui fuit en 1769 : J'ai
vu dans mes courfes un pays affez grand & affez
peuplé, dans lequel toutes les places s'achètent ; non
pas en fecret & pour frauder la loi comme ailleurs,
mais publiquement & pour obéir à la loi. On y met
à l'encan le droit de juger fouverainement de l'honneur, de la fortune, & de la vie des citoyens ; comme
on vend quelques arpens de terre. (d) Il y a des com-
miffions très-importantes dans les armées, qu'on ne
donne qu'au plus offrant. Le principal myftère de
leur religion fe célèbre pour trois petits fefterces ; &
fi le célébrant ne trouve point ce falaire, il refte oifif
comme un gagne-denier fans emploi.

Les fortunes dans ce pays ne font point le prix de
l'agriculture ; elles font le réfultat d'un jeu de hafard
que plufieurs jouent en fignant leurs noms, & en
fefant paffer ces noms de main en main. S'ils perdent,
ils rentrent dans la fange dont ils font fortis, ils dif-
paraiffent ; s'ils gagnent, ils parviennent à entrer de
part dans l'adminiftration publique ; ils marient leurs
filles à des mandarins, & leurs fils deviennent auffi
efpèces de mandarins.

Une partie confidérable des citoyens a toute fa
fubfiftance affignée fur une maifon qui n'a rien ; &
cent perfonnes ont acheté chacune cent mille écus
le droit de recevoir & de payer l'argent dû à ces

(d) Si ce voyageur avait paffé dans ce pays même deux ans après, il
aurait vu cette infame coutume abolie, & quatre ans encore après, il
l'aurait trouvée rétablie.

citoyens fur cet hôtel imaginaire; droit dont ils n'ufent jamais, ignorant profondément ce qui eft cenfé paffer par leurs mains.

Quelquefois on entend crier par les rues une propofition faite à quiconque a un peu d'or dans fa caffette, de s'en défaifir pour acquérir un quarré de papier admirable, qui vous fera paffer fans aucun foin une vie douce & commode. Le lendemain on vous crie un ordre qui vous force à changer ce papier contre un autre qui fera bien meilleur. Le furlendemain on vous étourdit d'un nouveau papier qui annulle les deux premiers. Vous êtes ruiné; mais de bonnes têtes vous confolent, en vous affurant que dans quinze jours les colporteurs de la ville vous crieront une propofition plus engageante.

Vous voyagez dans une province de cet empire, & vous y achetez des chofes néceffaires au vêtir, au manger, au boire, au coucher. Paffez-vous dans une autre province? on vous fait payer des droits pour toutes ces denrées, comme fi vous veniez d'Afrique. Vous en demandez la raifon, on ne vous répond point; ou fi l'on daigne vous parler, on vous répond que vous venez d'une province *réputée étrangère*, & que par conféquent il faut payer pour la commodité du commerce. Vous cherchez en vain à comprendre comment des provinces du royaume font étrangères au royaume.

Il y a quelque temps qu'en changeant de chevaux, & me fentant affaibli de fatigue, je demandai un verre de vin au maître de la pofte. Je ne faurais vous le donner, me dit-il; les commis à la foif, qui font en très-grand nombre, & tous fort fobres, me feraient payer le *trop bu*, ce qui me ruinerait. Ce n'eſt point trop boire, lui dis-je, que de ſe ſuſtenter d'un verre de vin ; & qu'importe que ce ſoit vous ou moi qui ait avalé ce verre ?

Monſieur, répliqua-t-il, nos lois ſur la ſoif ſont bien plus belles que vous ne penſez. Dès que nous avons fait la vendange, les locataires du royaume nous députent des médecins qui viennent viſiter nos caves. Ils mettent à part autant de vin qu'ils jugent à propos de nous en laiſſer boire pour notre ſanté. Ils reviennent au bout de l'année ; & s'ils jugent que nous avons excédé d'une bouteille l'ordonnance, ils nous condamnent à une forte amende ; & pour peu que nous ſoyons récalcitrans, on nous envoie à Toulon boire de l'eau de la mer. Si je vous donnais le vin que vous me demandez, on ne manquerait pas de m'accuſer d'avoir trop bu ; vous voyez ce que je riſquerais avec les intendans de notre ſanté.

J'admirai ce régime ; mais je ne fus pas moins ſurpris lorſque je rencontrai un plaideur au déſeſpoir, qui m'apprit qu'il venait de perdre au-delà du ruiſſeau le plus prochain, le même procès qu'il avait gagné la veille au-deçà. Je fus par lui qu'il y a dans le pays autant de codes différens que de villes. Sa converſation excita ma curioſité. Notre nation eſt ſi ſage, me dit-il, qu'on n'a rien réglé. Les lois, les coutumes, les droits des corps, les rangs, les prééminences, tout y eſt arbitraire ; tout y eſt abandonné à la prudence de la nation.

J'étais encore dans le pays lorſque ce peuple eut une guerre avec quelques-uns de ſes voiſins. On appelait cette guerre *la ridicule*, parce qu'il y avait beaucoup à perdre & rien à gagner. J'allai voyager ailleurs, & je ne revins qu'à la paix. La nation, à mon retour, paraiffait dans la dernière mifère ; elle avait perdu fon argent, fes foldats, fes flottes, fon commerce. Je dis : fon dernier jour eft venu, il faut que tout paffe ; voilà une nation anéantie : c'eft dommage ; car une grande partie de ce peuple était aimable, induftrieufe, & fort gaie ; après avoir été autrefois groffière, fuperftitieufe, & barbare.

Je fus tout étonné qu'au bout de deux ans, fa capitale & fes principales villes me parurent plus opulentes que jamais ; le luxe était augmenté, & on ne refpirait que le plaifir. Je ne pouvais concevoir ce prodige. Je n'en ai vu enfin la caufe qu'en examinant le gouvernement de fes voifins ; j'ai conçu qu'ils étaient tout auffi mal gouvernés que cette nation, & qu'elle était plus induftrieufe qu'eux tous.

Un provincial de ce pays dont je parle, fe plaignait un jour amèrement de toutes les vexations qu'il éprouvait. Il favait affez bien l'hiftoire ; on lui demanda s'il fe ferait cru plus heureux il y a cent ans, lorfque dans fon pays, alors barbare, on condamnait un citoyen à être pendu pour avoir mangé gras en carême ? il fecoua la tête. Aimeriez-vous les temps des guerres civiles, qui commencèrent à la mort de *François II* ; ou ceux des défaites de Saint-Quentin, & de Pavie ; ou les longs défaftres des guerres contre les Anglais ; ou l'anarchie féodale, & les horreurs de la feconde race, & les barbaries de la première ? A chaque queftion il était faifi d'effroi. Le gouvernement des Romains lui parut le plus intolérable de tous. Il n'y a rien de pis, difait-il, que d'appartenir à des maîtres étrangers.

étrangers. On en vint enfin aux druides. Ah! s'écria-
t-il, je me trompais; il eft encore plus horrible d'être
gouverné par des prêtres fanguinaires. Il conclut
enfin, malgré lui, que le temps où il vivait, était, à
tout prendre, le moins odieux.

SECTION IV.

UN aigle gouvernait les oifeaux de tout le pays
d'Oritnie. Il eft vrai qu'il n'avait d'autre droit que
celui de fon bec, & de fes ferres. Mais enfin après
avoir pourvu à fes repas & à fes plaifirs, il gouverna
auffi bien qu'aucun autre oifeau de proie.

Dans fa vieilleffe, il fut affailli par des vautours
affamés qui vinrent du fond du Nord défoler toutes
les provinces de l'aigle. Parut alors un chat-huant,
né dans un des plus chétifs buiffons de l'empire, &
qu'on avait long-temps appelé *lucifugax*. Il était rufé,
il s'affocia avec des chauve-fouris; & tandis que les
vautours fe battaient contre l'aigle, notre hibou &
fa troupe entrèrent habilement en qualité de pacifi-
cateurs dans l'aire qu'on fe difputait.

L'aigle & les vautours, après une affez longue
guerre, s'en rapportèrent à la fin au hibou, qui
avec fa phyfionomie grave fut en impofer aux deux
partis.

Il perfuada à l'aigle & aux vautours de fe laiffer
rogner un peu les ongles, & couper le petit bout du
bec pour fe mieux concilier enfemble. Avant ce
temps le hibou avait toujours dit aux oifeaux,
obéiffez à l'aigle; enfuite il avait dit, obéiffez aux

Dictionn. Philofoph. Tome IV. K k

vautours. Il dit bientôt, obéïffez à moi feul. Les pauvres oifeaux ne furent à qui entendre, ils furent plumés par l'aigle, le vautour, le chat-huant, & les chauve-fouris. *Qui habet aures audiat.*

SECTION V.

,, J'AI un grand nombre de catapultes & de baliftes
,, des anciens Romains, qui font à la vérité vermou-
,, lues, mais qui pourraient encore fervir pour la
,, montre. J'ai beaucoup d'horloges d'eau dont la
,, moitié font caffées ; des lampes fépulcrales, & le
,, vieux modèle en cuivre d'une quinquirême ; je
,, poffède auffi des toges, des prétextes, des laticlaves
,, en plomb ; & mes prédéceffeurs ont établi une
,, communauté de tailleurs qui font affez mal des
,, robes d'après ces anciens monumens. A ces caufes
,, à ce nous mouvans, ouï le rapport de notre prin-
,, cipal antiquaire, nous ordonnons que tous ces
,, vénérables ufages foient en vigueur à jamais, &
,, qu'un chacun ait à fe chauffer & à penfer dans
,, toute l'étendue de nos Etats comme on fe chauffait
,, & comme on penfait du temps de *Cnidus Rufillus*
,, propréteur de la province à nous dévolue par le
,, droit de bienféance, &c. ,,

On repréfenta au chauffe-cire qui employait fon miniftère à fceller cet édit, que tous les engins y fpécifiés font devenus inutiles.

Que l'efprit & les arts fe perfectionnent de jour en jour ; qu'il faut mener les hommes par les brides qu'ils ont aujourd'hui, & non par celles qu'ils avaient autrefois.

Que perfonne ne monterait fur les quinquirêmes de fon alteffe féréniffime.

Que fes tailleurs auraient beau faire des laticlaves, qu'on n'en achéterait pas un feul, & qu'il était digne de fa fageffe de condefcendre un peu à la manière de penfer actuelle des honnêtes gens de fon pays.

Le chauffe-cire promit d'en parler à un clerc, qui promit de s'en expliquer au référendaire, qui promit d'en dire un mot à fon alteffe féréniffime quand l'occafion pourrait s'en préfenter.

SECTION VI.

Tableau du gouvernement anglais.

C'EST une chofe curieufe, de voir comment un gouvernement s'établit. Je ne parlerai pas ici du grand *Tamerlan*, ou *Timurleng*, parce que je ne fais pas bien précifément quel eft le myftère du gouvernement du grand-mogol. Mais nous pouvons voir plus clair dans l'adminiftration de l'Angleterre : & j'aime mieux examiner cette adminiftration que celle de l'Inde ; attendu qu'on dit qu'il y a des hommes en Angleterre, & point d'efclaves ; & que dans l'Inde on trouve, à ce qu'on prétend, beaucoup d'efclaves, & très-peu d'hommes.

Confidérons d'abord un bâtard normand qui fe met en tête d'être roi d'Angleterre. Il y avait autant de droit que *St Louis* en eut depuis fur le grand Caire. Mais *St Louis* eut le malheur de ne pas commencer par fe faire adjuger juridiquement l'Egypte en cour de Rome ; & *Guillaume le bâtard* ne manqua

K k 2

pas de rendre fa caufe légitime & facrée, en obtenant du pape *Alexandre II* un arrêt qui affurait fon bon droit, fans même avoir entendu la partie adverfe, & feulement en vertu de ces paroles : *Tout ce que tu auras lié fur la terre fera lié dans les cieux.* Son concurrent *Harold*, roi très-légitime, étant ainfi lié par un arrêt émané des cieux, *Guillaume* joignit à cette vertu du fiége univerfel, une vertu un peu plus forte ; ce fut la victoire d'Hafling. Il régna donc par le droit du plus fort, ainfi qu'avaient régné *Pepin* & *Clovis* en France ; les Goths, & les Lombards, en Italie ; les Vifigoths, & enfuite les Arabes, en Efpagne ; les Vandales, en Afrique ; & tous les rois de ce monde les uns après les autres.

Il faut avouer encore que notre bâtard avait un auffi jufte titre que les Saxons & les Danois, qui en avaient poffédé un auffi jufte que celui des Romains. Et le titre de tous ces héros était celui des *voleurs de grand chemin*, ou bien, fi vous voulez, celui des renards & des fouines quand ces animaux font des conquêtes dans les baffes-cours.

Tous ces grands-hommes étaient fi parfaitement voleurs de grand chemin, que depuis *Romulus* jufqu'aux flibuftiers, il n'eft queftion que de dépouilles *opimes*, de butin, de pillage, de vaches & de bœufs volés à main armée. Dans la fable *Mercure* vole les vaches d'*Apollon* ; & dans l'ancien Teftament le prophète *Ifaïe* donne le nom de *voleur* au fils que fa femme va mettre au monde, & qui doit être un grand type. Il l'appelle Maher-falal-has-bas, *partagez vîte les dépouilles.* Nous avons déjà remarqué que les noms de *foldat* & de *voleur* étaient fouvent fynonymes.

Voilà bientôt *Guillaume* roi de droit divin. *Guillaume le roux*, qui usurpa la couronne sur son frère aîné, fut aussi roi de droit divin sans difficulté ; & ce même droit divin appartint après lui à *Henri* le troisième usurpateur.

Les barons normands, qui avaient concouru, à leurs dépens, à l'invasion de l'Angleterre, voulaient des récompenses. Il fallut bien leur en donner, les faire grands vassaux, grands officiers de la couronne. Ils eurent les plus belles terres. Il est clair que *Guillaume* aurait mieux aimé garder tout pour lui, & faire de tous ces seigneurs, ses gardes & ses estafiers : mais il aurait trop risqué. Il se vit donc obligé de partager.

A l'égard des seigneurs anglo-saxons, il n'y avait pas moyen de les tuer tous, ni même de les réduire tous à l'esclavage. On leur laissa, chez eux, la dignité de seigneurs châtelains. Ils relevèrent des grands vassaux normands qui relevaient de *Guillaume*.

Par-là tout était contenu dans l'équilibre, jusqu'à la première querelle.

Et le reste de la nation, que devint-il ? ce qu'étaient devenus presque tous les peuples de l'Europe ; des serfs, des villains.

Enfin, après la folie des croisades, les princes ruinés vendent la liberté à des serfs de glèbe, qui avaient gagné quelqu'argent par le travail & par le commerce. Les villes sont affranchies ; les communes ont des priviléges ; les droits des hommes renaissent de l'anarchie même.

Les barons étaient par-tout en dispute avec leur roi, & entr'eux. La dispute devenait par-tout une petite guerre intestine, composée de cent guerres civiles.

K k 3

C'eft de cet abominable & ténébreux chaos, que fortit encore une faible lumière, qui éclaira les communes, & qui rendit leur deftinée meilleure.

Les rois d'Angleterre étant eux-mêmes grands vaffaux de France pour la Normandie, enfuite pour la Guienne & pour d'autres provinces, prirent aifément les ufages des rois dont ils relevaient. Les états-généraux furent long-temps compofés, comme en France, des barons & des évêques.

La cour de chancellerie anglaife fut une imitation du confeil d'Etat auquel le chancelier de France préfide. La cour du banc du roi fut créée fur le modèle du parlement inftitué par *Philippe le bel*. Les plaids communs étaient comme la jurifdiction du châtelet. La cour de l'échiquier reffemblait à celle des généraux des finances, qui eft devenue en France la cour des aides.

La maxime, que le domaine du roi eft inaliénable, fut encore une imitation vifible du gouvernement français.

Le droit du roi d'Angleterre, de faire payer fa rançon par fes fujets, s'il était prifonnier de guerre; celui d'exiger un fubfide quand il mariait fa fille aînée, & quand il fefait fon fils chevalier; tout cela rappelait les anciens ufages d'un royaume, dont *Guillaume* était le premier vaffal.

A peine *Philippe le bel* a-t-il rappelé les communes aux états-généraux, que le roi d'Angleterre *Edouard* en fait autant pour balancer la grande puiffance des barons. Car c'eft fous le règne de ce prince, que la convocation de la chambre des communes eft bien conftatée.

Nous voyons donc, jufqu'à cette époque du quatorzième fiècle, le gouvernement anglais fuivre pas à pas celui de la France. Les deux Eglifes font entièrement femblables ; même affujettiffement à la cour de Rome; mêmes exactions dont on fe plaint, & qu'on finit toujours par payer à cette cour avide; mêmes querelles plus ou moins fortes; mêmes excommunications ; mêmes donations aux moines; même chaos; même mélange de rapines facrées, de fuperftitions , & de barbarie.

La France & l'Angleterre, ayant donc été adminiftrées fi long-temps fur les mêmes principes, ou plutôt fans aucun principe, & feulement par des ufages tout femblables ; d'où vient qu'enfin ces deux gouvernemens font devenus auffi différens que ceux de Maroc & de Venife?

N'eft-ce point que, l'Angleterre étant une île, le roi n'a pas befoin d'entretenir continuellement une forte armée de terre, qui ferait plutôt employée contre la nation que contre les étrangers?

N'eft-ce point qu'en général les Anglais ont dans l'efprit quelque chofe de plus ferme, de plus réfléchi, de plus opiniâtre, que quelques autres peuples?

N'eft-ce point par cette raifon que, s'étant toujours plaints de la cour de Rome, ils en ont entièrement fecoué le joug honteux, tandis qu'un peuple plus léger l'a porté en affectant d'en rire , & en danfant avec fes chaînes?

La fituation de leur pays, qui leur a rendu la navigation néceffaire, ne leur a-t-elle pas donné auffi des mœurs plus dures?

Cette dureté de mœurs qui a fait, de leur île, le théâtre de tant de fanglantes tragédies, n'a-t-elle pas contribué auffi à leur infpirer une franchife généreufe?

N'eft-ce pas ce mélange de leurs qualités contraires, qui a fait couler tant de fang royal dans les combats & fur les échafauds, & qui n'a jamais permis qu'ils employaffent le poifon dans leur troubles civils; tandis qu'ailleurs, fous un gouvernement facerdotal, le poifon était une arme fi commune?

L'amour de la liberté n'eft-il pas devenu leur caractère dominant, à mefure qu'ils ont été plus éclairés & plus riches? Tous les citoyens ne peuvent être également puiffans; mais ils peuvent tous être également libres. Et c'eft ce que les Anglais ont obtenu enfin par leur conftance.

Etre libre, c'eft ne dépendre que des lois. Les Anglais ont donc aimé les lois, comme les pères aiment leurs enfans, parce qu'ils les ont faits, ou qu'ils ont cru les faire.

Un tel gouvernement n'a pu être établi que très-tard; parce qu'il a fallu long-temps combattre des puiffances refpectées : la puiffance du pape la plus terrible de toutes, puifqu'elle était fondée fur le préjugé & fur l'ignorance; la puiffance royale toujours prête à fe déborder, & qu'il fallait contenir dans fes bornes ; la puiffance du baronage, qui était une anarchie; la puiffance des évêques, qui mêlant toujours le profane au facré, voulurent l'emporter fur le baronage & fur les rois.

Peu-à-peu la chambre des communes eft devenue la digue qui arrête tous ces torrens.

La chambre des communes eft véritablement la nation; puifque le roi, qui eft le chef, n'agit que pour lui, & pour ce qu'on appelle *fa prérogative*; puifque les pairs ne font en parlement que pour eux; puifque les évêques n'y font de même que pour eux. Mais la chambre des communes y eft pour le peuple; puifque chaque membre eft député du peuple. Or ce peuple eft au roi comme environ huit millions font à l'unité. Il eft aux pairs & aux évêques comme huit millions font à deux cents tout au plus. Et les huit millions de citoyens libres font repréfentés par la chambre baffe.

De cet établiffement, en comparaifon duquel la république de *Platon* n'eft qu'un rêve ridicule, & qui femblerait inventé par *Locke*, par *Newton*, par *Halley*, ou par *Archimède*, il eft né des abus affreux, & qui font frémir la nature humaine. Les frottemens inévitables de cette vafte machine, l'ont prefque détruite du temps de *Fairfax* & de *Cromwell*. Le fanatifme abfurde s'était introduit dans ce grand édifice comme un feu dévorant, qui confume un beau bâtiment qui n'eft que de bois.

Il a été rebâti de pierres du temps de *Guillaume d'Orange*. La philofophie a détruit le fanatifme, qui ébranle les Etats les plus fermes. Il eft à croire qu'une conftitution qui a réglé les droits du roi, des nobles, & du peuple, & dans laquelle chacun trouve fa fureté, durera autant que les chofes humaines peuvent durer.

Il eft à croire auffi que tous les Etats, qui ne font pas fondés fur de tels principes, éprouveront des révolutions.

Voici à quoi la légiflation anglaife eft enfin parvenue; à remettre chaque homme dans tous les droits de la nature dont ils font dépouillés dans prefque toutes les monarchies. Ces droits font, liberté entière de fa perfonne, de fes biens ; de parler à la nation par l'organe de fa plume ; de ne pouvoir être jugé en matière criminelle, que par un *juré* formé d'hommes indépendans ; de ne pouvoir être jugé en aucun cas que fuivant les termes précis de la loi ; de profeffer en paix quelque religion qu'on veuille, en renonçant aux emplois dont les feuls anglicans peuvent être pourvus. Cela s'appelle des prérogatives. Et en effet, c'eft une très-grande & très-heureufe prérogative, par-deffus tant de nations, d'être fûr en vous couchant que vous vous réveillerez le lendemain avec la même fortune que vous poffédiez la veille ; que vous ne ferez pas enlevé des bras de votre femme, de vos enfans, au milieu de la nuit, pour être conduit dans un donjon, ou dans un défert ; que vous aurez, en fortant du fommeil, le pouvoir de publier tout ce que vous penfez ; que fi vous êtes accufé, foit pour avoir mal agi, ou mal parlé, ou mal écrit, vous ne ferez jugé que fuivant la loi. Cette prérogative s'étend fur tout ce qui aborde en Angleterre. Un étranger y jouit de la même liberté de fes biens & de fa perfonne ; & s'il eft accufé, il peut demander que la moitié des jurés foit compofée d'étrangers.

J'ofe dire que fi on affemblait le genre-humain pour faire des lois, c'eft ainfi qu'on les ferait pour fa fureté. Pourquoi donc ne font-elles pas fuivies dans les autres pays ? n'eft-ce pas demander pourquoi les cocos mûriffent aux Indes & ne réuffiffent point à Rome ? Vous répondez que ces cocos n'ont pas toujours mûri en Angleterre ; qu'il n'y ont été cultivés que depuis peu de temps ; que la Suède en a élevé à fon exemple pendant quelques années & qu'ils n'ont pas réuffi ; que vous pourriez faire venir de ces fruits dans d'autres provinces, par exemple en Bofnie, en Servie. Effayez donc d'en planter.

Et furtout, pauvre homme, fi vous êtes bacha, effendi ou mollah, ne foyez pas affez imbécillement barbare pour refferrer les chaînes de votre nation. Songez que plus vous appefantirez le joug, plus vos enfans, qui ne feront pas tous bachas, feront efclaves. Quoi! malheureux, pour le plaifir d'être tyran fubalterne pendant quelques jours, vous expofez toute votre poftérité à gémir dans les fers ! Oh qu'il eft aujourd'hui de diftance entre un Anglais & un Bofniaque !

S E C T I O N V I I.

CE mélange dans le gouvernement d'Angleterre, ce concert entre les communes, les lords, & le roi, n'a pas toujours fubfifté. L'Angleterre a été long-temps efclave; elle l'a été des Romains, des Saxons, des Danois, des Français. *Guillaume le conquérant* la gouverna furtout avec un fceptre de fer. Il difpofait des biens, de la vie, de fes nouveaux fujets, comme un monarque de l'Orient ; il défendit, fous peine de mort, qu'aucun anglais ofât avoir du feu & de la lumière chez lui, paffé huit heures du foir ; foit qu'il prétendît par-là prévenir leurs affemblées nocturnes ; foit qu'il voulût effayer, par une défenfe fi bizarre, jufqu'où peut aller le pouvoir des hommes fur d'autres hommes. Il eft vrai qu'avant & après *Guillaume le conquérant*, les Anglais ont eu des parlemens ; ils s'en vantent ; comme fi ces affemblées, appelées alors *parlemens*, compofées de tyrans eccléfiaftiques, & de pillards nommés *barons*, avaient été les gardiens de la liberté & de la félicité publique.

Les Barbares, qui des bords de la mer Baltique fondirent dans le refte de l'Europe, apportèrent avec eux l'ufage des états ou parlemens, dont on fait tant de bruit, & qu'on connaît fi peu. Les rois n'étaient point defpotiques, cela eft vrai; & c'eft précifément par cette raifon que les peuples gémiffaient dans une fervitude miférable. Les chefs de ces fauvages, qui avaient ravagé la France, l'Italie, l'Efpagne, & l'Angleterre, fe firent monarques. Leurs capitaines partagèrent entr'eux les terres des vaincus : de-là ces margraves, ces lairds, ces barons, ces fous-tyrans, qui difputaient fouvent avec des rois mal affermis les dépouilles des peuples. C'étaient des oifeaux de proie, combattans contre un aigle pour fucer le fang des colombes. Chaque peuple avait cent tyrans au lieu d'un bon maître. Des prêtres fe mirent bientôt de la partie. De tout temps le fort des Gaulois, des Germains, des infulaires d'Angleterre, avait été d'être gouvernés par leurs druides, & par les chefs de leurs villages, ancienne efpèce de barons, mais moins tyrans que leurs fucceffeurs. Ces druides fe difaient médiateurs entre la Divinité & les hommes; ils fefaient des lois, ils excommuniaient, ils condamnaient à la mort. Les évêques fuccédèrent peu à peu à leur autorité temporelle dans le gouvernement goth & vandale. Les papes fe mirent à leur tête : & avec des brefs, des bulles, & des moines; ils firent trembler les rois, les dépofèrent, les firent affaffiner, & tirèrent à eux tout l'argent qu'ils purent de l'Europe. L'imbécille *Inas*, l'un des tyrans de l'heptarchie d'Angleterre, fut le premier, qui dans un pélerinage à Rome se soumit à payer le denier de S*t* *Pierre* (ce qui était environ un écu de notre monnaie), pour chaque maison de son territoire. Toute l'île suivit bientôt cet exemple ; l'Angleterre devint petit-à-petit une province du pape ; le S*t* Père y envoyait de temps en temps ses légats pour y lever des impôts exorbitans. *Jean sans terre* fit enfin une cession en bonne forme de son royaume à sa sainteté, qui l'avait excommunié ; les barons qui n'y trouvèrent pas leur compte chassèrent ce misérable roi, & mirent à sa place *Louis VIII* père de S*t* *Louis* roi de France. Mais ils se dégoûtèrent bientôt de ce nouveau venu, & lui firent repasser la mer.

Tandis que les barons, les évêques, les papes, déchiraient tous ainsi l'Angleterre, où tous voulaient commander ; le peuple, la plus nombreuse, la plus utile, & même la plus vertueuse partie des hommes, composée de ceux qui étudient les lois & les sciences, des négocians, des artisans, des laboureurs enfin qui exercent la première & la plus méprisée des professions ; le peuple, dis-je, était regardé par eux comme des animaux au-dessous de l'homme. Il s'en fallait bien que les communes eussent alors part au gouvernement ; c'étaient des villains, leur travail, leur sang appartenaient à leurs maîtres, qui s'appelaient *nobles*. Le plus grand nombre des hommes était en Europe, ce qu'ils sont encore en plusieurs endroits du monde, serfs d'un seigneur, espèce de bétail qu'on vend & qu'on achète avec la terre. Il a fallu des siècles, pour rendre justice à l'humanité, pour sentir qu'il était horrible que le grand nombre semât, &

que le petit recueillît ; & n'eft-ce pas un bonheur pour les Français, que l'autorité de ces petits brigands ait été éteinte en France par la puiffance légitime des rois, comme elle l'a été en Angleterre par celle du roi & de la nation ?

Heureufement dans les fecouffes que les querelles des rois & des grands donnaient aux empires, les fers des nations fe font plus ou moins relâchés : la liberté eft née en Angleterre des querelles des tyrans. Les barons forcèrent *Jean fans terre*, & *Henri III*, à accorder cette fameufe charte, dont le principal but était, à la vérité, de mettre les rois dans la dépendance des lords ; mais dans laquelle le refte de la nation fut un peu favorifé, afin que dans l'occafion elle fe rangeât du parti de fes prétendus protecteurs. Cette grande charte, qui eft regardée comme l'origine facrée des libertés anglaifes, fait bien voir elle-même, combien peu la liberté était connue ; le titre feul prouve que le roi fe croyait abfolu de droit, & que les barons & le clergé même ne le forçaient à fe relâcher de ce droit prétendu, que parce qu'ils étaient les plus forts. Voici comme commence la grande charte : ,, Nous accordons, de notre libre volonté, ,, les priviléges fuivans aux archevêques, évêques, ,, abbés, prieurs, & barons de notre royaume &c. ,, Dans les articles de cette charte, il n'eft pas dit un mot de la chambre des communes ; preuve qu'elle n'exiftait pas encore, ou qu'elle exiftait fans pouvoir. On y fpécifie les hommes libres d'Angleterre ; trifte démonftration qu'il y en avait qui ne l'étaient pas. On voit par l'article XXXII, que les hommes prétendus libres devaient le fervice à leur feigneur. Une

telle liberté tenait encore beaucoup de l'efclavage.
Par l'article XXI, le roi ordonne que fes officiers ne
pourront dorénavant prendre de force les chevaux
& les charrettes des hommes libres qu'en payant. Ce
réglement parut au peuple une vraie liberté, parce
qu'il ôtait une plus grande tyrannie. *Henri VII*,
conquérant & politique heureux, qui fefait femblant
d'aimer les barons, mais qui les haïffait & les craignait, s'avifa de procurer l'aliénation de leurs terres.
Par-là les villains, qui dans la fuite acquirent du
bien par leurs travaux, achetèrent les châteaux des
illuftres pairs, qui s'étaient ruinés par leurs folies :
peu-à-peu toutes les terres changèrent de maîtres.

La chambre des communes devint de jour en jour
plus puiffante. Les familles des anciens pairs s'étei-
gnirent avec le temps ; & comme il n'y a proprement
que les pairs qui foient nobles en Angleterre, dans
la rigueur de la loi, il n'y aurait prefque plus de
nobleffe en ce pays-là, fi les rois n'avaient pas créé
de nouveaux barons de temps en temps, & confervé
le corps des pairs, qu'ils avaient tant craint autrefois, pour l'oppofer à celui des communes devenu
trop redoutable. Tous ces nouveaux pairs, qui compofent la chambre haute, reçoivent du roi leur titre,
& rien de plus, puifqu'aucun d'eux n'a la terre dont
il porte le nom. L'un eft duc de *Dorfet*, & n'a pas
un pouce de terre en Dorfetshire ; l'autre eft comte
d'un village, qui fait à peine où ce village eft
fitué. Ils ont du pouvoir dans le parlement, non
ailleurs.

Vous n'entendez point ici parler de haute, moyenne,
& baffe juftice, ni du droit de chaffer fur les terres

d'un citoyen, lequel n'a pas la liberté de tirer un coup de fufil fur fon propre champ. (1)

Un homme, parce qu'il eſt noble ou prêtre, n'eſt point exempt de payer certaines taxes : tous les impôts font réglés par la chambre des communes, qui n'étant que la feconde par fon rang, eſt la première par fon crédit. Les feigneurs & les évêques peuvent bien rejeter le bill des communes, lorſqu'il s'agit de lever de l'argent ; mais il ne leur eſt pas permis d'y rien changer : il faut ou qu'ils le reçoivent, ou qu'ils le rejettent fans reſtriction. Quand le bill eſt confirmé par les lords, & approuvé par le roi, alors tout le monde paye ; chacun donne , non felon fa qualité , (ce qui ferait abfurde) mais felon fon revenu. Il n'y a point de taille , ni de capitation arbitraire , mais une taxe réelle fur les terres ; elles ont été évaluées toutes fous le fameux roi *Guillaume III.* La taxe fubfifte toujours la même, quoique les revenus des terres aient augmenté ; ainfi perfonne n'eſt foulé, & perfonne ne fe plaint ; le payfan n'a point les pieds meurtris par des fabots ; il mange du pain blanc , il eſt bien vêtu , il ne craint point d'augmenter le nombre de fes beſtiaux, ni de couvrir fon toit de tuiles , de peur que l'on ne hauſſe fes impôts l'année d'après. On y voit beaucoup de payfans, qui ont environ cinq ou fix cents livres ſterlings de revenu ; & qui ne dédaignent pas de continuer à cultiver la terre qui les a enrichis, & dans laquelle ils vivent libres.

(1) La chaſſe n'eſt pas abſolument libre en Angleterre, & il y fubfifte fur cet objet des lois moins tyranniques que celles de quelques autres nations , mais très-peu dignes d'un peuple qui fe croit libre.

SECTION

SECTION VIII.

Vous favez, mon cher lecteur, qu'en Efpagne vers les côtes de Malaga, on découvrit du temps de *Philippe II* une petite peuplade jufqu'alors inconnue, cachée au milieu des montagnes de Las Alpuxarras. Vous favez que cette chaîne de rochers inacceffibles eft entre-coupée de vallées délicieufes, vous n'ignorez pas que ces vallées font cultivées encore aujourd'hui par des defcendans des Maures qu'on a forcés pour leur bonheur à être chrétiens, ou du moins à le paraître.

Parmi ces Maures, comme je vous le difais, il y avait fous *Philippe II* une nation peu nombreufe qui habitait une vallée à laquelle on ne pouvait parvenir que par des cavernes. Cette vallée eft entre Pitos & Portugos ; les habitans de ce féjour ignoré étaient prefque inconnus des Maures mêmes ; ils parlaient une langue qui n'était ni l'efpagnole ni l'arabe, & qu'on crut être dérivée de l'ancien carthaginois.

Cette peuplade s'était peu multipliée. On a prétendu que la raifon en était que les Arabes leurs voifins, & avant eux les Africains, venaient prendre les filles de ce canton.

Ce peuple chétif, mais heureux, n'avait jamais entendu parler de la religion chrétienne, ni de la juive ; connaiffait médiocrement celle de *Mahomet* & n'en fefait aucun cas. Il offrait de temps immémorial du lait & des fruits à une ftatue d'*Hercule*. C'était-là toute fa religion. Du refte, ces hommes ignorés vivaient dans l'indolence & dans l'innocence.

Dictionn. philofoph. Tome IV. L l

Un familier de l'inquifition les découvrit enfin. Le grand-inquifiteur les fit tous brûler ; c'eft le feul événement de leur hiftoire.

Les motifs facrés de leur condamnation furent qu'ils n'avaient jamais payé d'impôt , attendu qu'on ne leur en avait jamais demandé, & qu'ils ne connaiffaient point la monnaie, qu'ils n'avaient point de Bible , vu qu'ils n'entendaient point le latin , & que perfonne n'avait pris la peine de les baptifer. On les déclara forciers & hérétiques ; ils furent tous revêtus du fanbenito & grillés en cérémonie.

Il eft clair que c'eft ainfi qu'il faut gouverner les hommes : rien ne **contribue davantage aux douceurs** de la fociété.

G R A C E.

DANS les perfonnes , dans les ouvrages , grâce fignifie non-feulement ce qui plaît , mais ce qui plaît avec attrait. C'eft pourquoi les anciens avaient imaginé que la déeffe de la beauté ne devait jamais paraître fans les Grâces. La beauté ne déplaît jamais ; mais elle peut être dépourvue de ce charme fecret qui invite à la regarder , qui attire , qui remplit l'ame d'un fentiment doux. Les grâces dans la figure, dans le maintien , dans l'action, dans les difcours, dépendent de ce mérite qui attire. Une belle perfonne n'aura point de grâces dans le vifage, fi la bouche eft fermée fans fourire , fi les yeux font fans douceur. Le férieux n'eft jamais gracieux ; il n'attire point ; il approche trop du févère, qui rebute.

Un homme bien fait, dont le maintien eft mal

affuré ou gêné , la démarche précipitée ou pefante , les geftes lourds , n'a point de grâce , parce qu'il n'a rien de doux , de liant dans fon extérieur.

La voix d'un orateur qui manquera d'inflexion & de douceur fera fans grâce.

Il en eft de même dans tous les arts. La proportion, la beauté, peuvent n'être point gracieufes. On ne peut dire que les pyramides d'Egypte aient des grâces. On ne pourrait le dire du coloffe de Rhodes comme de la Vénus de Gnide. Tout ce qui eft uniquement dans le genre fort & vigoureux a un mérite qui n'eft pas celui des grâces.

Ce ferait mal connaître *Michel-Ange* & le *Caravage*, que de leur attribuer les grâces de *l'Albane*. Le fixième livre de l'Enéide eft fublime : le quatrième a plus de grâce. Quelques odes galantes d'*Horace* refpirent les grâces, comme quelques-unes de fes épîtres enfeignent la raifon.

Il femble qu'en général le petit, le joli en tout genre, foit plus fufceptible de grâces que le grand. On louerait mal une oraifon funèbre , une tragédie, un fermon , fi on ne leur donnait que l'épithéte de *gracieux*.

Ce n'eft pas qu'il y ait un feul genre d'ouvrage qui puiffe être bon en étant oppofé aux *grâces ;* car leur oppofé eft la rudeffe , le fauvage , la fécchereffe. L'*Hercule Farnéfe* ne devait point avoir les grâces du *Belvedère* & de l'*Antinoüs ;* mais il n'eft ni rude ni agrefte. L'incendie de Troye, dans *Virgile*, n'eft point décrit avec les grâces d'une élégie de *Tibulle ;* il plaît par des beautés fortes. Un ouvrage peut donc être fans grâces , fans que cet ouvrage ait le moindre défagrément. Le terrible, l'horrible, la defcription, la peinture d'un monftre, exigent qu'on s'éloigne de tout ce qui eft gracieux, mais non pas qu'on affecte uniquement l'oppofé. Car fi un artifte, en quelque genre que ce foit, n'exprime que des chofes affreufes, s'il ne les adoucit point par des contraftes agréables, il rebutera.

La grâce, en peinture, en fculpture, confifte dans la molleffe des contours, dans une expreffion douce; & la peinture a, par deffus la fculpture, la grâce de l'union des parties, celle des figures qui s'animent l'une par l'autre, & qui fe prêtent des agrémens par leurs attributs & par leurs regards.

Les grâces de la diction, foit en éloquence, foit en poëfie, dépendent du choix des mots, de l'harmonie des phrafes, & encore plus de la délicateffe des idées & des defcriptions riantes. L'abus des grâces eft l'affé-terie, comme l'abus du fublime eft l'ampoulé; toute perfection eft près d'un défaut.

Avoir de la grâce s'entend de la chofe & de la perfonne : *Cet ajuftement, cet ouvrage, cette femme a de la grâce.* La bonne grâce appartient à la perfonne feulement : *Elle fe préfente de bonne grâce. Il a fait de bonne grâce ce qu'on attendait de lui. Avoir des grâces. Cette femme a des grâces dans fon maintien, dans ce qu'elle dit, dans ce qu'elle fait.*

Obtenir fa grâce, c'eft, par métaphore, obtenir fon pardon, comme faire grâce eft pardonner. On fait grâce d'une chofe en s'emparant du refte. *Les commis lui prirent tous fes effets, & lui firent grâce de fon argent. Faire des grâces, répandre des grâces,* eft le plus bel apanage de la fouveraineté; c'eft faire du bien, c'eſt plus que juſtice. Avoir les bonnes grâces de quelqu'un ne ſe dit que par rapport à un ſupérieur ; avoir les bonnes grâces d'une dame, c'eſt être ſon amant favoriſé. Etre en grâce ſe dit d'un courtiſan qui a été en diſgrace : on ne doit pas faire dépendre ſon bonheur de l'un, ni ſon malheur de l'autre. On appelle bonnes grâces ces demi-rideaux d'un lit qui ſont aux deux côtés du chevet. Les grâces, en grec *charites*, terme qui ſignifie *aimable*.

Les Grâces, divinités de l'antiquité, ſont une des plus belles allégories de la mythologie des Grecs. Comme cette mythologie varie toujours, tantôt par l'imagination des poëtes qui en furent les théologiens, tantôt par les uſages des peuples, le nombre, les noms, les attributs des Grâces changèrent ſouvent. Mais enfin on s'accorda à les fixer au nombre de trois, & à les nommer *Aglaé*, *Thalie*, *Euphroſine*, c'eſt-à-dire *brillant*, *fleur*, *gaieté*. Elles étaient toujours auprès de *Vénus*. Nul voile ne devait couvrir leurs charmes. Elles préſidaient aux bienfaits, à la concorde, aux réjouiſſances, aux amours, à l'éloquence même ; elles étaient l'emblème ſenſible de tout ce qui peut rendre la vie agréable. On les peignait danſantes, & ſe tenant par la main : on n'entrait dans leurs temples que couronné de fleurs. Ceux qui ont conſulté la mythologie fabuleuſe, devaient au moins avouer le mérite de ces fictions riantes, qui annoncent des vérités dont réſulterait la félicité du genre-humain.

G R A C E.   (D E   L A)

G R A C E.   (D E   L A)

S E C T I O N   P R E M I E R E.

CE terme qui fignifie faveur, privilége, eft employé
en ce fens par les théologiens. Ils appellent grâce
une action de DIEU particulière fur les créatures
pour les rendre juftes & heureux. Les uns ont admis
la grâce univerfelle que DIEU préfente à tous les
hommes, quoique le genre-humain, felon eux, foit
livré aux flammes éternelles, à l'exception d'un très-
petit nombre; les autres n'admettent la grâce que pour
les chrétiens de leur communion, les autres enfin
que pour les élus de cette communion.

Il eft évident qu'une grâce générale qui laiffe
l'univers dans le vice, dans l'erreur & dans le malheur éternel, n'eft point une grâce, une faveur, un
privilége, mais que c'eft une contradiction dans les
termes.

La grâce particulière eft, felon les théologiens, ou
fuffifante, & cependant on y réfifte : en ce cas elle ne
fuffit pas; elle reffemble à un pardon donné par
un roi à un criminel qui n'en eft pas moins livré
au fupplice.

Ou efficace à laquelle on ne réfifte jamais, quoiqu'on y puiffe réfifter : & en ce cas les juftes reffemblent à des convives affamés à qui on préfente des
mets délicieux dont ils mangeront furement, quoiqu'en général ils foient fuppofés pouvoir n'en
point manger.

Ou néceffitante à laquelle on ne peut fe fouftraire :
& ce n'eft autre chofe que l'enchaînement des décrets
éternels & des événemens. On fe gardera bien d'entrer ici dans le détail immenfe & rebattu de toutes les
fubtilités , & de cet amas de fophifmes dont on a
embarraffé ces queftions. L'objet de ce dictionnaire
n'eft point d'être le vain écho de tant de vaines difputes.

St *Thomas* appelle la grâce une forme fubftantielle,
& le jéfuite *Bouhours* la nomme *un je ne fais quoi ;*
c'eft peut-être la meilleure définition qu'on en ait
jamais donnée.

Si les théologiens avaient eu pour but de jeter du
ridicule fur la Providence , ils ne s'y feraient pas
pris autrement qu'ils ont fait : d'un côté les thomiftes
affurent que l'homme, en recevant la grâce efficace,
n'eft pas libre dans *le fens compofé*, mais qu'il eft libre
dans le fens *divifé ;* de l'autre, les moliniftes inventent
la fcience moyenne de DIEU & le congruifme ; on
imagine des grâces excitantes , des prévenantes , des
concomitantes , des coopérantes.

Laiffons-là toutes ces mauvaifes plaifanteries que
les théologiens ont faites férieufement. Laiffons-là
tous leurs livres , & que chacun confulte le fens
commun ; il verra que tous les théologiens fe font
trompés avec fagacité, parce qu'ils ont tous raifonné
d'après un principe évidemment faux. Ils ont fuppofé
que DIEU agit par des voies particulières. Or un
Dieu éternel , fans lois générales , immuables &
éternelles, eft un être de raifon, un fantôme, un dieu
de la fable.

Pourquoi les théologiens ont-ils été forcés, dans
toutes les religions où l'on fe pique de raifonner,

d'admettre cette grâce qu'ils ne comprennent pas ?
c'eſt qu'ils ont voulu que le ſalut ne fût que pour
leur ſecte ; & ils ont voulu encore que ce ſalut dans
leur ſecte ne fût le partage que de ceux qui leur
ſeraient ſoumis. Ce ſont des théologiens particuliers,
des chefs de parti diviſés entr'eux. Les docteurs
muſulmans ont les mêmes opinions & les mêmes
diſputes, parce qu'ils ont le même intérêt ; mais le
théologien univerſel, c'eſt-à-dire le vrai philoſophe,
voit qu'il eſt contradictoire que la nature n'agiſſe pas
par les voies les plus ſimples, qu'il eſt ridicule que
Dieu s'occupe à forcer un homme de lui obéir en
Europe, & qu'il laiſſe tous les Aſiatiques indociles,
qu'il lutte contre un autre homme, lequel tantôt
lui cède & tantôt briſe ſes armes divines, qu'il préſente à un autre un ſecours toujours inutile. Ainſi
la grâce conſidérée dans ſon vrai point de vue eſt
une abſurdité. Ce prodigieux amas de livres com-
poſés ſur cette matière eſt ſouvent l'effort de l'eſprit,
& toujours la honte de la raiſon.

S E C T I O N I I.

Toute la nature, tout ce qui exiſte, eſt une grâce
de Dieu; il fait à tous les animaux la grâce de les
former & de les nourrir. La grâce de faire croître un
arbre de ſoixante & dix pieds eſt accordée au ſapin
& refuſée au roſeau. Il donne à l'homme la grâce de
penſer, de parler & de le connaître ; il m'accorde la
grâce de n'entendre pas un mot de tout ce que *Tournéli*,
Molina, *Soto* &c. ont écrit ſur la grâce.

Le premier qui ait parlé de la grâce efficace & gratuite , c'est sans contredit *Homère*. Cela pourrait étonner un bachelier de théologie qui ne connaîtrait que *St Augustin*. Mais qu'il lise le troisième livre de l'Iliade , il verra que *Pâris* dit à son frère *Hector :*
» Si les dieux vous ont donné la valeur , & s'ils m'ont
» donné la beauté, ne me reprochez pas les présens
» de la belle *Vénus ;* nul don des dieux n'est mépri-
» sable , il ne dépend pas des hommes de les
» obtenir. »

Rien n'est plus positif que ce passage. Si on veut remarquer encore que *Jupiter* , selon son bon plaisir , donne la victoire tantôt aux Grecs , tantôt aux Troyens , voilà une nouvelle preuve que tout se fait par la grâce d'en-haut.

Sarpédon , & ensuite *Patrocle* , sont des braves à qui la grâce a manqué tour-à-tour.

Il y a eu des philosophes qui n'ont pas été de l'avis d'*Homère*. Ils ont prétendu que la providence générale ne se mêlait point immédiatement des affaires des particuliers , qu'elle gouvernait tout par des lois universelles , que *Thersite* & *Achille* étaient égaux devant elle , & que ni *Calchas* , ni *Thaltibius* n'avaient jamais eu de grâce versatile ou congrue.

Selon ces philosophes le chien-dent & le chêne , la mite & l'éléphant , l'homme , les élémens & les astres obéissent à des lois invariables , que DIEU , immuable comme elles , établit de toute éternité. (*)

Ces philosophes n'auraient admis ni la grâce de santé de *St Thomas* , ni la grâce médicinale de *Cajetan*.

(*) Voyez *Providence*.

Ils n'auraient pu expliquer l'extérieure, l'intérieure, la coopérante, la suffisante, la congrue, la prévenante &c. Il leur aurait été difficile de se ranger à l'avis de ceux qui prétendent que le maître absolu des hommes donne un pécule à un esclave & refuse la nourriture à l'autre; qu'il ordonne à un manchot de pétrir de la farine, à un muet de lui faire la lecture, à un cul-de-jatte d'être son courrier.

Ils pensent que l'éternel *Demiourgos* qui a donné des lois à tant de millions de mondes gravitans les uns vers les autres, & se prêtant mutuellement la lumière qui émane d'eux, les tient tous sous l'empire de ses lois générales, & qu'il ne va point créer des vents nouveaux pour remuer des brins de paille dans un coin de ce monde.

Ils disent que si un loup trouve dans son chemin un petit chevreau pour son souper, & si un autre loup meurt de faim, DIEU ne s'est point occupé de faire au premier loup une grâce particulière.

Nous ne prenons aucun parti entre ces philosophes & *Homère*, ni entre les janséniftes & les moliniftes. Nous félicitons ceux qui croient avoir des grâces prévenantes; nous compatissons de tout notre cœur à ceux qui se plaignent de n'en avoir que de versatiles; & nous n'entendons rien au congruisme.

Si un bergamasque reçoit le samedi une grâce prévenante qui le délecte au point de faire dire une messe pour douze sous chez les carmes, célébrons son bonheur. Si le dimanche il court au cabaret abandonné de la grâce, s'il bat sa femme, s'il vole sur le grand-chemin, qu'on le pende. DIEU nous fasse seulement la grâce de ne déplaire dans nos questions ni aux bacheliers de l'univerſité de Salamanque, ni à ceux de la ſorbonne, ni à ceux de Bourges, qui tous penſent ſi différemment ſur ces matières ardues, & ſur tant d'autres ; de n'être point condamné par eux, & ſurtout, de ne jamais lire leurs livres.

Section III.

SI quelqu'un venait du fond de l'enfer nous dire de la part du diable : Meſſieurs, je vous avertis que notre ſouverain ſeigneur a pris pour ſa part tout le genre-humain , excepté un très-petit nombre de gens qui demeurent vers le Vatican & dans ſes dépendances ; nous prierions tous ce député de vouloir bien nous inſcrire ſur la liſte des privilégiés ; nous lui demanderions ce qu'il faut faire pour obtenir cette grâce.

S'il nous répondait : ,, Vous ne pouvez la mériter ; ,, mon maître a fait la liſte de tous les temps ; il n'a ,, écouté que ſon bon plaiſir ; il s'occupe continuelle- ,, ment à faire une infinité de pots de chambre, & ,, quelques douzaines de vaſes d'or. Si vous êtes pots ,, de chambre, tant pis pour vous. ,,

A ces belles paroles nous renverrions l'ambaſſadeur à coups de fourches à ſon maître.

Voilà pourtant ce que nous avons oſé imputer à Dieu, à l'être éternel ſouverainement bon.

On a toujours reproché aux hommes d'avoir fait Dieu à leur image. On a condamné *Homère* d'avoir tranſporté tous les vices & tous les ridicules de la terre dans le ciel. *Platon* qui lui fait ce juſte reproche ,

n'a pas héfité à l'appeler *blafphémateur.* Et nous ,
cent fois plus inconféquens, plus téméraires, plus
blafphémateurs que ce grec qui n'y entendait pas
fineffe, nous accufons DIEU dévotement d'une chofe
dont nous n'avons jamais accufé le dernier des
hommes.

Le roi de Maroc *Mulei-Ifmaël* eut, dit-on, cinq
cents enfans. Que diriez-vous fi un marabout du
mont Atlas vous racontait que le fage & bon *Mulei-*
Ifmaël, donnant à dîner à toute fa famille, parla ainfi
à la fin du repas ?

Je fuis *Mulei-Ifmaël* qui vous ai engendrés pour
ma gloire ; car je fuis fort glorieux. Je vous aime
tous tendrement ; j'ai foin de vous comme une poule
couve fes pouffins. J'ai décrété qu'un de mes cadets
aurait le royaume de Tafilet, qu'un autre pofféderait
à jamais Maroc ; & pour mes autres chers enfans, au
nombre de quatre cents quatre-vingt-dix-huit ,
j'ordonne qu'on en roue la moitié & qu'on brûle
l'autre ; car je fuis le feigneur *Mulei-Ifmaël* ?

Vous prendriez affurément le marabout pour le
plus grand fou que l'Afrique ait jamais produit.

Mais fi trois ou quatre mille marabouts, entretenus
graffement à vos dépens, venaient vous répéter la
même nouvelle , que feriez-vous ? ne feriez-vous
pas tenté de les faire jeûner au pain & à l'eau
jufqu'à ce qu'ils fuffent revenus dans leur bon
fens ?

Vous m'alléguez que mon indignation eft affez
raifonnable contre les fupralapfaires qui croient
que le roi de Maroc ne fait ces cinq cents enfans
que pour fa gloire, & qu'il a toujours eu l'intention

de les faire rouer & de les faire brûler, excepté deux qui étaient deſtinés à régner.

Mais j'ai tort, dites-vous, contre les infralapſaires qui avouent que la première intention de *Mulei-Iſmaël* n'était pas de faire périr ſes enfans dans les ſupplices ; mais qu'ayant prévu qu'ils ne vaudraient rien, il a jugé à propos en bon père de famille de ſe défaire d'eux par le feu & par la roue.

Ah ! ſupralapſaires, infralapſaires, gratuits, ſuffiſans, efficaciens, janſéniſtes, moliniſtes, devenez enfin hommes, & ne troublez plus la terre pour des ſottiſes ſi abſurdes & ſi abominables.

SECTION IV.

Sᴀᴄʀᴇ́ꜱ conſulteurs de Rome moderne, illuſtres & infaillibles théologiens, perſonne n'a plus de reſpect que moi pour vos divines déciſions ; mais ſi *Paul-Emile*, *Scipion*, *Caton*, *Cicéron*, *Céſar*, *Titus*, *Trajan*, *Marc-Aurèle*, revenaient dans cette Rome qu'ils mirent autrefois en quelque crédit, vous m'avouerez qu'ils feraient un peu étonnés de vos déciſions ſur la grâce. Que diraient-ils, s'ils entendaient parler de la grâce de ſanté ſelon *St Thomas*, & de la grâce médicinale ſelon *Cajetan* ; de la grâce extérieure & intérieure, de la gratuite, de la ſanctifiante, de l'actuelle, de l'habituelle, de la coopérante, de l'efficace qui quelquefois eſt ſans effet, de la ſuffiſante qui quelquefois ne ſuffit pas, de la verſatile, & de la congrue ? en bonne foi, y comprendraient-ils plus que vous & moi ?

Quel befoin auraient ces pauvres gens de vos fublimes inftructions? Il me femble que je les entends dire :

Mes révérends pères, vous êtes de terribles génies : nous penfions fottement que l'être éternel ne fe conduit jamais par des lois particulières comme les vils humains, mais par fes lois générales, éternelles comme lui. Perfonne n'a jamais imaginé parmi nous que DIEU fût femblable à un maître infenfé qui donne un pécule à un efclave, & refufe la nourriture à l'autre ; qui ordonne à un manchot de pétrir de la farine, à un muet de lui faire la lecture, à un cul-de-jatte d'être fon courrier.

Tout eft grâce de la part de DIEU ; il a fait au globe que nous habitons la grâce de le former ; aux arbres, la grâce de les faire croître ; aux animaux celle de les nourrir : mais dira-t-on que fi un loup trouve dans fon chemin un agneau pour fon foûper, & qu'un autre loup meure de faim, DIEU a fait à ce premier loup une grâce particulière? S'eft-il occupé par une grâce prévenante à faire croître un chêne, préférablement à un autre chêne à qui la fève a manqué ? Si dans toute la nature, tous les êtres font foumis aux lois générales, comment une feule efpèce d'animaux n'y ferait-elle pas foumife ?

Pourquoi le maître abfolu de tout aurait-il été plus occupé à diriger l'intérieur d'un feul homme qu'à conduire le refte de la nature entière? Par quelle bizarrerie changerait-il quelque chofe dans le cœur d'un courlandais ou d'un bifcayen, pendant qu'il ne change rien aux lois qu'il a impofées à tous les aftres ?

Quelle pitié de suppofer qu'il fait, défait, refait continuellement des fentimens dans nous! & quelle audace de nous croire exceptés de tous les êtres ! Encore n'eft-ce que pour ceux qui fe confeffent, que tous ces changemens font imaginés. Un favoyard, un bergamafque aura le lundi la grâce de faire dire une meffe pour douze fous ; le mardi il ira au cabaret & la grâce lui manquera ; le mercredi il aura une grâce coopérante qui le conduira à confeffe ; mais il n'aura point la grâce efficace de la contrition parfaite ; le jeudi ce fera une grâce fuffifante qui ne lui fuffira point, comme on l'a déjà dit. DIEU travaillera continuellement dans la tête de ce bergamafque, tantôt avec force, tantôt faiblement, & le refte de la terre ne lui fera de rien ! il ne daignera pas fe mêler de l'intérieur des Indiens & des Chinois ! S'il vous refte un grain de raifon, mes révérends pères, ne trouvez-vous pas ce fyftème prodigieufement ridicule ?

Malheureux, voyez ce chêne qui porte fa tête aux nues, & ce rofeau qui rampe à fes pieds ; vous ne dites pas que la grâce efficace a été donnée au chêne, & a manqué au rofeau. Levez les yeux au ciel, voyez l'éternel *Demiourgos* créant des millions de mondes qui gravitent tous les uns vers les autres, par des lois générales & éternelles. Voyez la même lumière fe réfléchir du foleil à Saturne, & de Saturne à nous ; & dans cet accord de tant d'aftres emportés par un cours rapide dans cette obéiffance générale de toute la nature, ofez croire, fi vous pouvez, que DIEU s'occupe de donner une grâce verfatile à fœur *Théréfe*, & une grâce concomitante à fœur *Agnès*.

Atome, à qui un fot atome a dit que l'Eternel a des lois particulières pour quelques atômes de ton voifinage, qu'il donne fa grâce à celui-là, & la refufe à celui-ci ; que tel qui n'avait pas la grâce hier, l'aura demain ; ne répète pas cette fottife. DIEU a fait l'univers, & ne va point créer des vents nouveaux pour remuer quelques brins de paille dans un coin de cet univers. Les théologiens font comme les combattans chez *Homére*, qui croyaient que les dieux s'armaient tantôt contr'eux, tantôt en leur faveur. Si *Homére* n'était pas confidéré comme poëte, il le ferait comme blafphémateur.

C'eft *Marc-Auréle* qui parle, ce n'eft pas moi ; car DIEU, qui vous infpire, me fait la grâce de croire tout ce que vous dites, tout ce que vous avez dit, & tout ce que vous direz.

GRACIEUX.

GRACIEUX eft un terme qui manquait à notre langue, & qu'on doit à *Ménage*. *Bouhours*, en avouant que *Ménage* en eft l'auteur, prétend qu'il en a fait aufli l'emploi le plus jufte, en difant :

Pour moi, de qui les vers n'ont rien de gracieux.

Le mot de *Ménage* n'en a pas moins réufli. Il veut dire plus qu'agréable ; il indique l'envie de plaire, des manières gracieufes, un air gracieux. *Boileau*, dans fon ode fur Namur, femble l'avoir employé d'une façon impropre, pour fignifier moins fier, abaiffé, modefte :

Et

La plupart des peuples du Nord difent : Notre gracieux fouverain ; apparemment qu'ils entendent bienfefant. De gracieux on a fait difgracieux, comme de grâce on a formé difgrace : des paroles difgracieufes, une aventure difgracieufe. On dit difgracié, & on ne dit pas gracié. On commence à fe fervir du mot gracieufer, qui fignifie recevoir, parler obligeamment ; mais ce mot n'eft pas employé par les bons écrivains dans le ftyle noble.

GRAND, GRANDEUR.

De ce qu'on entend par ces mots.

G*RAND* eft un des mots le plus fréquemment employés dans le fens moral, & avec le moins de circonfpection. Grand-homme, grand génie, grand efprit, grand capitaine, grand philofophe, grand orateur, grand poëte ; on entend par cette expreffion, *quiconque dans fon art paffe de loin les bornes ordinaires.* Mais comme il eft difficile de pofer ces bornes, on donne fouvent le nom de grand au médiocre.

On fe trompe moins dans les fignifications de ce terme au phyfique. On fait ce que c'eft qu'un grand orage, un grand malheur, une grande maladie, de grands biens, une grande mifère.

Quelquefois le terme *gros* eft mis au phyfique pour *grand*, mais jamais au moral. On dit de gros biens, pour grandes richeffes ; une groffe pluie, pour grande pluie ; mais non pas gros capitaine, pour grand capitaine ; gros miniftre, pour grand miniftre. Grand

Dictionn. philofoph. Tome IV.   M m

financier, fignifie un homme très-intelligent dans les finances de l'Etat ; gros financier, ne veut dire qu'un homme enrichi dans la finance.

Le grand-homme eft plus difficile à définir que le grand artifte. Dans un art, dans une profeffion, celui qui a paffé de loin fes rivaux, ou qui a la réputation de les avoir furpaffés, eft appelé grand dans fon art, & femble n'avoir eu befoin que d'un feul mérite ; mais le grand-homme doit réunir des mérites différens. *Gonfalve*, furnommé le *grand capitaine*, qui difait : *La toile d'honneur doit être groffièrement tiffue*, n'a jamais été appelé grand-homme. Il eft plus aifé de nommer ceux à qui l'on doit refufer l'épithète de grand-homme, que de trouver ceux à qui on doit l'accorder. Il femble que cette dénomination fuppofe quelques grandes vertus. Tout le monde convient que *Cromwell* était le général le plus intrépide de fon temps, le plus profond politique, le plus capable de conduire un parti, un parlement, une armée ; nul écrivain, cependant, ne lui donne le titre de grand-homme, parce qu'avec de grandes qualités il n'eut aucune grande vertu.

Il paraît que ce titre n'eft le partage que du petit nombre d'hommes, dont les vertus, les travaux, & les fuccès ont éclaté. Les fuccès font néceffaires, parce qu'on fuppofe qu'un homme toujours malheureux l'a été par fa faute.

Grand tout court exprime feulement une dignité ; c'eft en Efpagne un nom appellatif, honorifique, diftinctif, que le roi donne aux perfonnes qu'il veut honorer. Les grands fe couvrent devant le roi, ou avant de lui parler, ou après lui avoir parlé, ou feulement en fe mettant en leur rang avec les autres,

Charles-Quint confirma à feize principaux feigneurs les priviléges de la grandeffe. Cet empereur, roi d'Efpagne, accorda les mêmes honneurs à beaucoup d'autres. Ses fucceffeurs en ont toujours augmenté le nombre. Les grands d'Efpagne ont long-temps prétendu être traités comme les électeurs & les princes d'Italie. Ils ont à la cour de France les mêmes honneurs que les pairs.

Le titre de grand a toujours été donné en France à plufieurs premiers officiers de la couronne, comme grand-fénéchal, grand-maître, grand-chambellan, grand-écuyer, grand-échanfon, grand-panetier, grand-veneur, grand-louvetier, grand-fauconier. On leur donna ces titres par prééminence, pour les diftinguer de ceux qui fervaient fous eux. On ne le donna ni au connétable, ni au chancelier, ni aux maréchaux, quoique le connétable fût le premier des grands-officiers, le chancelier le fecond officier de l'Etat, & le maréchal le fecond officier de l'armée. La raifon en eft qu'ils n'avaient point de vice-gérens, de fous-connétables, de fous-maréchaux, de fous-chanceliers; mais des officiers d'une autre dénomination qui exécutaient leurs ordres; au lieu qu'il y avait des maîtres-d'hôtel fous le grand-maître, des chambellans fous le grand-chambellan, des écuyers fous le grand-écuyer, &c.

Grand, qui fignifie grand-feigneur, a une fignification plus étendue & plus incertaine. Nous donnons ce titre au fultan des Turcs, qui prend celui de *Padisha* auquel grand-feigneur ne répond point. On dit un grand, en parlant d'un homme d'une naiffance diftinguée, revêtu de dignités; mais il n'y a que les petits qui le difent. Un homme de quelque naiffance, ou

M m 2

un peu illuftré, ne donne ce nom à perfonne. Comme on appelle communément grand feigneur celui qui a de la naiffance, des dignités & des richeffes, la pauvreté femble ôter ce titre. On dit un pauvre gentilhomme, & non pas un pauvre grand feigneur.

Grand eft autre que puiffant; on peut être l'un & l'autre, mais le puiffant défigne une place importante: le grand annonce plus d'extérieur & moins de réalité; le puiffant commande, le grand a des honneurs.

On a de la grandeur dans l'efprit, dans les fenti-mens, dans les manières, dans la conduite. Cette expreffion n'eft point employée pour les hommes d'un rang médiocre, mais pour ceux qui, par leur état, font obligés à montrer de l'élévation. Il eft bien vrai que l'homme le plus obfcur peut avoir plus de grandeur d'ame qu'un monarque; mais l'ufage ne permet pas qu'on dife : *Ce marchand, ce fermier, s'eft conduit avec grandeur*; à moins que dans une circonftance fingulière, & par oppofition, on ne dife, par exemple : *Le fameux négociant qui reçut Charles-Quint dans fa maifon, & qui alluma un fagot de canelle avec une obligation de cinquante mille ducats qu'il avait de ce prince, montra plus de gran-deur d'ame que l'empereur.*

On donnait autrefois le titre de grandeur aux hommes conftitués en dignité. Les curés, en écrivant aux évêques, les appellent encore votre grandeur. Ces titres que la baffeffe prodigue, & que la vanité reçoit, ne font plus guère en ufage.

La hauteur eft fouvent prife pour la grandeur. Qui étale la grandeur montre la vanité. On s'eft épuifé à écrire fur la grandeur, felon ce mot de *Montagne : Nous ne pouvons y atteindre, vengeons-nous par en médire.*

GRAVE, GRAVITÉ.

GRAVE, au fens moral, tient toujours du phyfique ; il exprime quelque chofe de poids ; c'eft pourquoi on dit : *Un homme, un auteur, des maximes de poids;* pour *homme, auteur, maximes graves.* Le grave eft au férieux ce que le plaifant eft à l'enjoué : il a un degré de plus, & ce degré eft confidérable. On peut être férieux par humeur, & même faute d'idées. On eft grave, ou par bienféance, ou par l'importance des idées qui donnent de la gravité. Il y a de la différence entre être grave & être un homme grave. C'eft un défaut d'être grave hors de propos. Celui qui eft grave dans la fociété eft rarement recherché. Un homme grave eft celui qui s'eft concilié de l'autorité, plus par fa fageffe que par fon maintien.

..... *Pietate gravem ac meritis fi fortè virum quem.*

L'air décent eft néceffaire par-tout ; mais l'air grave n'eft convenable que dans les fonctions d'un miniftère important, dans un confeil. Quand la gravité n'eft que dans le maintien, comme il arrive très-fouvent, on dit gravement des inepties : cette efpèce de ridicule infpire de l'averfion. On ne pardonne pas à qui veut en impofer par cet air d'autorité & de fuffifance.

Le duc de *la Rochefoucauld* a dit que *la gravité eft un myftère du corps, inventé pour cacher les défauts de l'efprit.* Sans examiner fi cette expreffion, *myftère du corps,* eſt naturelle & juſte, il ſuffit de remarquer que la réflexion eſt vraie pour tous ceux qui affectent de la gravité; mais non pour ceux qui ont dans l'occaſion une gravité convenable à la place qu'ils tiennent, au lieu où ils ſont, aux matieres qu'on traite.

Un auteur grave eſt celui dont les opinions ſont ſuivies dans les matières contentieuſes; on ne le dit pas d'un auteur qui a écrit ſur des choſes hors de doute. Il ſerait ridicule d'appeler *Euclide*, *Archimède*, des auteurs graves.

Il y a de la gravité dans le ſtyle. *Tite-Live*, de *Thou*, ont écrit avec gravité : on ne peut pas dire la même choſe de *Tacite*, qui a recherché la préciſion, & qui laiſſe voir de la malignité; encore moins du cardinal de *Retz*, qui met quelquefois dans ſes écrits une gaieté déplacée, & qui s'écarte quelquefois des bienſéances.

Le ſtyle grave évite les ſaillies, les plaiſanteries: s'il s'élève quelquefois au ſublime, ſi dans l'occaſion il eſt touchant, il rentre bientôt dans cette ſageſſe, dans cette ſimplicité noble qui fait ſon caractère; il a de la force, mais peu de hardieſſe. Sa plus grande difficulté eſt de n'être point monotone.

Affaire grave, cas grave, ſe dit plutôt d'une cauſe criminelle que d'un procès civil. Maladie grave ſuppoſe du danger.

G R E C,

Obfervation fur l'anéantiffement de la langue grecque à Marfeille.

IL eft bien étrange qu'une colonie grecque ayant fondé Marfeille, il ne refte prefque aucun veftige de la langue grecque en Provence, ni en Languedoc, ni en aucun pays de la France ; car il ne faut pas compter pour grecs les termes qui ont été formés très-tard du latin , & que les Romains eux-mêmes avaient reçus des Grecs tant de fiècles auparavant : nous ne les avons reçus que de la feconde main. Nous n'avons aucun droit de dire que nous avons quitté le mot de *Got* pour celui de *Theos*, plutôt que pour celui de *Deus*, dont nous avons fait Dieu par une terminaifon barbare.

Il eft évident que les Gaulois ayant reçu la langue latine avec les lois romaines , & depuis, ayant encore reçu la religion chrétienne des mêmes Romains , ils prirent d'eux tous les mots qui concernaient cette religion. Ces mêmes Gaulois ne connurent que très-tard les mots grecs qui regardent la médecine, l'ana-tomie, la chirurgie.

Quand on aura retranché tous ces termes originairement grecs , qui ne nous font parvenus que par les Latins , & tous les mots d'anatomie & de médecine connus fi tard , il ne reftera prefque rien. N'eft-il pas ridicule de faire venir abréger de *brakus* plutôt que d'*abreviare ;* acier d'*axi* plutôt que d'*acies ;*

acre d'*agros* plutôt que d'*ager* ; aile d'*ily* plutôt que d'*ala* ?

On a été jufqu'à dire qu'omelette vient d'*ameilaton*, parce que *meli* en grec fignifie du miel, & *oon* fignifie un œuf. On a fait encore mieux dans le Jardin des racines grecques ; on y prétend que dîner vient de *dipnein*, qui fignifie fouper.

Si on veut s'en tenir aux expreffions grecques que la colonie de Marfeille put introduire dans les Gaules indépendamment des Romains, la lifte en fera courte.

Aboyer, peut-être de *bauzein.*
Affre, affreux, d'*afronos.*
Agacer, peut-être d'*anaxein.*
Alali, du cri militaire des Grecs.
Babiller, peut-être de *babazo.*
Balle, de *ballo.*
Bas, de *bathys.*
Bleffer, de l'aorifte *blapto.*
Bouteille, de *bouttis.*
Bride, de *bryter.*
Brique, de *bryka.*
Coin, de *gonia.*
Colère, de *cholé.*
Colle, de *colla.*
Couper, de *copto.*
Cuiffe, peut-être d'*ifchis.*
Entraille, d'*entera.*
Ermite, d'*eremos.*
Fier, de *fiaros.*
Gargarifer, de *gargarizein.*

Idiot, d'*idiotes*.
Maraud, de *miaros*.
Moquer, de *mokeuo*.
Mouftache, de *muflax*.
Orgueil, d'*orge*.
Page, de *païs*.
Siffler, peut-être de *siffloo*.
Tuer, de *thuein*.

Je m'étonne qu'il refte fi peu de mots d'une langue qu'on parlait à Marfeille, du temps d'*Augufte*, dans toute fa pureté; & je m'étonne furtout que la plupart des mots grecs confervés en Provence foient des expreffions de chofes inutiles, tandis que les termes qui défignaient les chofes néceffaires font abfolument perdus. Nous n'en avons pas un de ceux qui exprimaient la terre, la mer, le ciel, le foleil, la lune, les fleuves, les principales parties du corps humain; mots qui femblaient devoir fe perpétuer d'âge en âge. Il faut peut-être en attribuer la caufe aux Vifigoths, aux Bourguignons, aux Francs, à l'horrible barbarie de tous les peuples qui dévaftèrent l'empire romain; barbarie dont il refte encore tant de traces.

GREGOIRE VII.

*B*AYLE lui-même, en convenant que *Grégoire* fut le boutefeu de l'Europe, (*a*) lui accorde le titre de grand-homme. *Que l'ancienne Rome*, dit-il, *qui ne fe piquait que de conquêtes & de la vertu militaire, ait fubjugué*

(*a*) Voyez *Bayle*, à l'article *Grégoire*.

tant d'autres peuples, cela eſt beau & glorieux ſelon le
monde ; mais on n'en eſt pas ſurpris quand on y fait un peu
réflexion. C'eſt bien un autre ſujet de ſurpriſe, quand on
voit la nouvelle Rome, ne ſe piquant que du miniſtère apoſ-
tolique, acquérir une autorité ſous laquelle les plus grands
monarques ont été contraints de plier. Car on peut dire qu'il
n'y a preſque point d'empereur qui ait tenu tête aux papes,
qui ne ſe ſoit enfin très-mal trouvé de ſa réſiſtance. Encore
aujourd'hui les démêlés des plus puiſſans princes avec la
cour de Rome ſe terminent preſque toujours à leur confuſion.

Je ne ſuis en rien de l'avis de *Bayle*. Il pourra ſe
trouver bien des gens qui ne ſeront pas de mon avis :
mais le voici ; & le réfutera qui voudra.

1°. Ce n'eſt pas à la confuſion des princes d'Orange
& des ſept Provinces-Unies, que ſe ſont terminés
leurs différends avec Rome. Et *Bayle* ſe moquant de
Rome dans Amſterdam, était un aſſez bel exemple
du contraire.

Les triomphes de la reine *Eliſabeth*, de *Guſtave Vaſa*
en Suède, des rois de Danemarck, de tous les princes
du nord de l'Allemagne, de la plus belle partie de l'Helvétie, de la ſeule petite ville de Genève, ſur la politique
de la cour romaine, font d'aſſez bons témoignages
qu'il eſt aiſé de lui réſiſter en fait de religion & de
gouvernement.

2°. Le ſaccagement de Rome par les troupes de
Charles-Quint, le pape *Clément VII* priſonnier au château
Saint-Ange ; *Louis XIV* obligeant le pape *Alexandre VII*
à lui demander pardon, & érigeant dans Rome même
un monument de la ſoumiſſion du pape ; & de nos
jours les jéſuites, cette principale milice papale détruite
ſi aiſément en Eſpagne, en France, à Naples, à Goa,

& dans le Paraguai, tout cela prouve affez que quand les princes puiffans font mécontens de Rome, ils ne terminent point cette querelle à leur confufion; ils pourront fe laiffer fléchir, mais ils ne feront pas confondus.

3°. Quand les papes ont marché fur la tête des rois, quand ils ont donné des couronnes avec une bulle, il me paraît qu'ils n'ont fait précifément, dans ces temps de leur grandeur, que ce que fefaient les califes fucceffeurs de *Mahomet* dans le temps de leur décadence. Les uns & les autres, en qualité de prêtres, donnaient en cérémonie l'inveftiture des empires aux plus forts.

4°. *Maimbourg* dit : *Ce qu'aucun pape n'avait encore jamais fait, Grégoire VII priva Henri IV de fa dignité d'empereur, & de fes royaumes de Germanie & d'Italie.*

Maimbourg fe trompe. Le pape *Zacharie* long-temps auparavant, avait mis une couronne fur la tête de l'auftrafien *Pepin* ufurpateur du royaume des Francs; puis le pape *Léon III* avait déclaré le fils de ce *Pepin* empereur d'Occident, & privé par-là l'impératrice *Irène* de tout cet empire; & depuis ce temps il faut avouer qu'il n'y eut pas un clerc de l'Eglife romaine qui ne s'imaginât que fon évêque difpofait de toutes les couronnes.

On fit toujours valoir cette maxime quand on le put; on la regarda comme une arme facrée qui repofait dans la facriftie de Saint-Jean de Latran, & qu'on en tirait en cérémonie dans toutes les occafions. Cette prérogative eft fi belle, elle élève fi haut la dignité d'un exorcifte né à Velletri, ou à Civita-Vecchia, que fi *Luther*, *Oecolampade*, *Jean Chauvin*, & tous les prophètes des Cévènes étaient nés dans un misérable village auprès de Rome & y avaient été tonsurés, ils auraient soutenu cette Eglise avec la même rage qu'ils ont déployée pour la détruire.

5°. Tout dépend donc du temps, du lieu où l'on est né, & des circonstances où l'on se trouve. *Grégoire VII* était né dans un siècle de barbarie, d'ignorance, & de superstition; & il avait à faire à un empereur jeune, débauché, sans expérience, manquant d'argent, & dont le pouvoir était contesté par tous les grands seigneurs d'Allemagne.

Il ne faut pas croire que depuis l'austrasien *Charlemagne* le peuple romain ait jamais été fort aise d'obéir à des Francs, ou à des Teutons; il les haïssait autant que les anciens vrais Romains auraient haï les Cimbres, si les Cimbres avaient dominé en Italie. Les *Othons* n'avaient laissé dans Rome qu'une mémoire exécrable parce qu'ils y avaient été puissans; & depuis les *Othons*, on sait que l'Europe fut dans une anarchie affreuse.

Cette anarchie ne fut pas mieux réglée sous les empereurs de la maison de Franconie. La moitié de l'Allemagne était soulevée contre *Henri IV;* la grande duchesse comtesse *Mathilde* sa cousine-germaine, plus puissante que lui en Italie, était son ennemie mortelle. Elle possédait, soit comme fiefs de l'empire, soit comme allodiaux, tout le duché de Toscane, le Crémonois, le Ferrarois, le Mantouan, le Parmesan, une partie de la Marche d'Ancone, Reggio, Modène, Spolète, Vérone; elle avait des droits, c'est-à-dire des prétentions, sur les deux Bourgognes. La chancellerie impériale revendiquait ces terres, selon son usage de tout révendiquer.

Avouons que *Grégoire VII* aurait été un imbécille s'il n'avait pas employé le profane & le facré pour gouverner cette princeffe, & pour s'en faire un appui contre les Allemands. Il devint fon directeur, & de fon directeur fon héritier.

Je n'examine pas s'il fut en effet fon amant, ou s'il feignit de l'être, ou fi fes ennemis feignirent qu'il l'était ; ou fi dans des momens d'oifiveté, ce petit homme très-pétulant & très-vif abufa quelquefois de fa pénitente, qui était femme, faible, & capricieufe : rien n'eft plus commun dans l'ordre des chofes humaines. Mais comme d'ordinaire on n'en tient point regiftre ; comme on ne prend point de témoins pour ces petites privautés de directeurs & de dirigées ; comme ce reproche n'a été fait à *Grégoire* que par fes ennemis, nous ne devons pas prendre ici une accufation pour une preuve. C'eft bien affez que *Grégoire* ait prétendu à tous les biens de fa pénitente, fans affurer qu'il prétendît encore à fa perfonne.

6°. La donation qu'il fe fit faire en 1077 par la comteffe *Mathilde*, eft plus que fufpecte. Et une preuve qu'il ne faut pas s'y fier, c'eft que non-feulement on ne montra jamais cet acte, mais que dans un fecond acte on dit que le premier avait été perdu. On prétendit que la donation avait été faite dans la fortereffe de Canoffe ; & dans le fecond acte, on dit qu'elle avait été faite dans Rome. (*) Cela pourrait bien confirmer l'opinion de quelques antiquaires un peu trop fcrupuleux, qui prétendent que de mille chartes de ces temps-là, (& ces temps font bien

(*) Voyez *Donations*.

longs,) il y en a plus de neuf cents d'évidemment fauſſes.

Il y eut deux ſortes d'uſurpateurs dans notre Europe, & ſurtout en Italie, les brigands & les fauſſaires.

7°. *Bayle*, en accordant à *Grégoire* le titre de *grand-homme*, avoue pourtant que ce brouillon décrédita fort ſon héroïſme par ſes prophéties. Il eut l'audace de créér un empereur; & en cela il fit bien, puiſque l'empereur *Henri IV* avait créé un pape. *Henri* le dépoſait, & il dépoſait *Henri* : juſque-là il n'y a rien à dire, tout eſt égal de part & d'autre. Mais *Grégoire* s'aviſa de faire le prophète; il prédit la mort d'*Henri IV* pour l'année 1080; mais *Henri IV* fut vainqueur; & le prétendu empereur *Rodolphe* fut défait & tué en Thuringe par le fameux *Godefroi de Bouillon*, plus véritablement grand-homme qu'eux tous.

Cela prouve, à mon avis, que *Grégoire* était encore plus enthouſiaſte qu'habile.

Je ſigne de tout mon cœur ce que dit *Bayle* : *Quand on s'engage à prédire l'avenir, on fait proviſion ſur toute choſe d'un front d'airain, & d'un magaſin inépuiſable d'équivoques.* Mais vos ennemis ſe moquent de vos équivoques; leur front eſt d'airain comme le vôtre; & ils vous traitent de fripon, inſolent, & mal-adroit.

8°. Notre grand-homme finit par voir prendre la ville de Rome d'aſſaut en 1083; il fut aſſiégé dans le château nommé depuis Saint-Ange, par ce même empereur *Henri IV* qu'il avait oſé dépoſſéder. Il mourut dans la miſère & dans le mépris à Salerne, ſous la protection du normand *Robert Guiſcard*.

J'en demande pardon à Rome moderne; mais quand je lis l'hiſtoire des *Scipions*, des *Catons*, des *Pompées*,

& des *Céfars*, j'ai de la peine à mettre dans leur rang un moine factieux, devenu pape fous le nom de *Grégoire VII*.

On a donné depuis un plus beau titre à notre *Grégoire*, on l'a fait faint ; du moins à Rome. Ce fut le fameux cardinal *Cofcia* qui fit cette canonifation fous le pape *Benoît XIII*. On imprima même un office de *St Grégoire VII*, dans lequel on dit que ce faint *délivra les fidelles de la fidélité qu'ils avaient jurée à leur empereur*.

Plufieurs parlemens du royaume voulurent faire brûler cette légende par les exécuteurs de leurs hautes juftices ; mais le nonce *Bentivoglio*, qui avait pour maîtreffe une actrice de l'opéra, qu'on appelait la *Conftitution*, & qui avait de cette actrice une fille qu'on appelait la *Légende* ; homme d'ailleurs fort aimable & de la meilleure compagnie ; obtint du miniftère qu'on fe contenterait de condamner la légende de *Grégoire*, de la fupprimer, & d'en rire. (*)

G U E R R E.

Tous les animaux font perpétuellement en guerre ; chaque efpèce eft née pour en dévorer une autre. Il n'y a pas jufqu'aux moutons & aux colombes, qui n'avalent une quantité prodigieufe d'animaux imperceptibles. Les mâles de la même efpèce fe font la guerre pour des femelles, comme *Menelas*, & *Pâris*. L'air, la terre, & les eaux, font des champs de deftruction.

(*) Voyez dans l'*Effai fur les mœurs*, tome II, page 44, la note des éditeurs fur la canonifation de *Grégoire VII*.

Il femble que DIEU ayant donné la raifon aux hommes, cette raifon doive les avertir de ne pas s'avilir à imiter les animaux, furtout quand la nature ne leur a donné ni armes pour tuer leurs femblables, ni inftinct qui les porte à fucer leur fang.

Cependant, la guerre meurtrière eft tellement le partage affreux de l'homme, qu'excepté deux ou trois nations, il n'en eft point que leurs anciennes hiftoires ne repréfentent armées les unes contre les autres. Vers le Canada, *homme* & *guerrier* font fynonymes; & nous avons vu que dans notre hémifphère, *voleur* & *foldat* étaient même chofe. Manichéens! voilà votre excufe.

Le plus déterminé des flatteurs conviendra fans peine que la guerre traîne toujours à fa fuite la pefte & la famine, pour peu qu'il ait vu les hôpitaux des armées d'Allemagne, & qu'il ait paffé dans quelques villages où il fe fera fait quelque grand exploit de guerre.

C'eft fans doute un très-bel art que celui qui défole les campagnes, détruit les habitations, & fait périr, année commune, quarante mille hommes fur cent mille. Cette invention fut d'abord cultivée par des nations affemblées pour leur bien commun; par exemple, la diète des Grecs déclara, à la diète de la Phrygie & des peuples voifins, qu'elle allait partir fur un millier de barques de pêcheurs, pour aller les exterminer fi elle pouvait.

Le peuple romain affemblé jugeait qu'il était de fon intérêt d'aller fe battre avant moiffon, contre le peuple de Veïes, ou contre les Volfques. Et quelques années après, tous les Romains, étant en colère contre tous les Carthaginois, fe battirent long-temps fur mer & fur terre. Il n'en eft pas de même aujourd'hui.

Un

Un généalogiste prouve à un prince qu'il descend en droite ligne d'un comte, dont les parens avaient fait un pacte de famille il y a trois ou quatre cents ans avec une maison dont la mémoire même ne subsiste plus. Cette maison avait des prétentions éloignées sur une province dont le dernier possesseur est mort d'apoplexie. Le prince & son conseil voient son droit évident. Cette province, qui est à quelques centaines de lieues de lui,, a beau protester qu'elle ne le connaît pas, qu'elle n'a nulle envie d'être gouvernée par lui, que, pour donner des lois aux gens, il faut au moins avoir leur consentement; ces discours ne parviennent pas seulement aux oreilles du prince, dont le droit est incontestable. Il trouve incontinent un grand nombre d'hommes qui n'ont rien à perdre; il les habille d'un gros drap bleu à cent dix sous l'aune, borde leurs chapeaux avec du gros fil blanc, les fait tourner à droite & à gauche, & marche à la gloire.

Les autres princes, qui entendent parler de cette équipée, y prennent part, chacun selon son pouvoir, & couvrent une petite étendue de pays de plus de meurtriers mercenaires que *Gengis-kan*, *Tamerlan*, *Bajazet* n'en traînèrent à leur suite.

Des peuples assez éloignés entendent dire qu'on va se battre, & qu'il y a cinq ou six sous par jour à gagner pour eux, s'ils veulent être de la partie; ils se divisent aussitôt en deux bandes comme des moissonneurs, & vont vendre leurs services à quiconque veut les employer.

Ces multitudes s'acharnent les unes contre les autres, non-seulement sans avoir aucun intérêt au procès, mais fans favoir même de quoi il s'agit.

On voit à la fois cinq ou fix puiffances belligé-rantes, tantôt trois contre trois, tantôt deux contre quatre, tantôt une contre cinq, fe déteftant toutes également les unes les autres, s'uniffant & s'attaquant tour-à-tour; toutes d'accord en un feul point, celui de faire tout le mal poffible.

Le merveilleux de cette entreprife infernale, c'eft que chaque chef des meurtriers fait bénir fes drapeaux & invoque DIEU folemnellement, avant d'aller exter-miner fon prochain. Si un chef n'a eu que le bonheur de faire égorger deux ou trois mille hommes, il n'en remercie point DIEU; mais lorfqu'il y en a eu environ dix mille d'exterminés par le feu & par le fer, & que pour comble de grâce quelque ville a été détruite de fond en comble, alors on chante à quatre parties une chanfon affez longue, compofée dans une langue inconnue à tous ceux qui ont combattu, & de plus toute farcie de barbarifmes. La même chanfon fert pour les mariages & pour les naiffances, ainfi que pour les meurtres; ce qui n'eft pas pardonnable, furtout dans la nation la plus renommée pour les chanfons nouvelles.

La religion naturelle a mille fois empêché des citoyens de commettre des crimes. Une ame bien née n'en a pas la volonté, une ame tendre s'en effraie; elle fe repréfente un DIEU jufte & vengeur. Mais la religion artificielle encourage à toutes les cruautés qu'on exerce de compagnie, conjurations, féditions, brigandages, embufcades, furprifes de villes, pillages, meurtres. Chacun marche gaiement au crime fous la bannière de fon faint.

On paye par-tout un certain nombre de harangueurs pour célébrer ces journées meurtrières ; les uns font vêtus d'un long juftaucorps noir, chargé d'un manteau écourté ; les autres ont une chemife par-deffus une robe ; quelques - uns portent deux pendans d'étoffe bigarrée, par-deffus leur chemife. Tous parlent long-temps ; ils citent ce qui s'eft fait jadis en Paleftine, à propos d'un combat en Vétéravie.

Le refte de l'année ces gens-là déclament contre les vices. Ils prouvent en trois points & par antithèfes que les dames qui étendent légérement un peu de carmin fur leurs joues fraîches, feront l'objet éternel des vengeances éternelles de l'Eternel ; que Polyeucte & Athalie font les ouvrages du démon ; qu'un homme qui fait fervir fur fa table pour deux cents écus de marée un jour de carême, fait immanquablement fon falut, & qu'un pauvre homme qui mange pour deux fous & demi de mouton va pour jamais à tous les diables.

De cinq ou fix mille déclamations de cette efpèce, il y en a trois ou quatre, tout au plus, compofées par un gaulois nommé *Maffillon*, qu'un honnête homme peut lire fans dégoût ; mais dans tous ces difcours, à peine en trouverez-vous deux où l'orateur ofe dire quelques mots contre ce fléau & ce crime de la guerre, qui contient tous les fléaux & tous les crimes. Les malheureux harangueurs parlent fans ceffe contre l'amour qui eft la feule confolation du genre-humain, & la feule manière de le réparer ; ils ne difent rien des efforts abominables que nous fefons pour le détruire.

Vous avez fait un bien mauvais fermon fur l'impureté , ô *Bourdaloue !* mais aucun fur ces meurtres variés en tant de façons , fur ces rapines , fur ces brigandages , fur cette rage univerfelle qui défole le monde. Tous les vices réunis de tous les âges & de tous les lieux n'égaleront jamais les maux que produit une feule campagne.

Miférables médecins des ames , vous criez pendant cinq quarts-d'heure fur quelques piqûres d'épingles , & vous ne dites rien fur la maladie qui nous déchire en mille morceaux ! Philofophes moraliftes , brûlez tous vos livres. Tant que le caprice de quelques hommes fera loyalement égorger des milliers de nos frères , la partie du genre-humain confacrée à l'héroïfme fera ce qu'il y a de plus affreux dans la nature entière.

Que deviennent & que m'importent l'humanité , la bienfefance , la modeftie , la tempérance , la douceur , la fageffe , la piété , tandis qu'une demi-livre de plomb tirée de fix cents pas me fracaffe le corps , & que je meurs à vingt ans dans des tourmens inexprimables , au milieu de cinq ou fix mille mourans , tandis que mes yeux qui s'ouvrent pour la dernière fois voient la ville où je fuis né détruite par le fer & par la flamme , & que les derniers fons qu'entendent mes oreilles font les cris des femmes & des enfans expirans fous des ruines , le tout pour les prétendus intérêts d'un homme que nous ne connaiffons pas ?

Ce qu'il y a de pis , c'eft que la guerre eft un fléau inévitable. Si l'on y prend garde , tous les hommes ont adoré le dieu *Mars ; Sabaoth* chez les

Juifs fignifie *le Dieu des armes :* mais *Minerve* chez *Homére* appelle *Mars* un dieu furieux, infenfé, infernal.

Le célébre *Montefquieu,* qui paffait pour humain, a pourtant dit qu'il eft jufte de porter le fer & la flamme chez fes voifins, dans la crainte qu'ils ne faffent trop bien leurs affaires. Si c'eft-là l'efprit des lois, c'eft celui des lois de *Borgia* & de *Machiavel.* Si malheureufement il a dit vrai, il faut écrire contre cette vérité, quoiqu'elle foit prouvée par les faits.

Voici ce que dit *Montefquieu.* (*a*)

„ Entre les fociétés le droit de la défenfe naturelle „ entraîne quelquefois la néceffité d'attaquer, lorf- „ qu'un peuple voit qu'une plus longue paix en „ mettrait un autre en état de le détruire, & que „ l'attaque eft dans ce moment le feul moyen „ d'empêcher cette deftruction. „

Comment l'attaque en pleine paix peut-elle être le feul moyen d'empêcher cette deftruction ? Il faut donc que vous foyez fûr que ce voifin vous détruira s'il devient puiffant. Pour en être fûr, il faut qu'il ait fait déjà des préparatifs de votre perte. En ce cas c'eft lui qui commence la guerre, ce n'eft pas vous ; votre fuppofition eft fauffe & contradictoire.

S'il y eut jamais une guerre évidemment injufte, c'eft celle que vous propofez ; c'eft d'aller tuer votre prochain, de peur que votre prochain (qui ne vous attaque pas) ne foit en état de vous attaquer : c'eft-à-dire qu'il faut que vous hafardiez de ruiner le pays dans l'efpérance de ruiner fans raifon celui d'un autre ; cela n'eft affurément ni honnête ni utile, car on n'eft jamais fûr du fuccès ; vous le favez bien.

(*a*) *Efprit des lois*, liv. X, chap. II.

N n 3

Si votre voisin devient trop puissant pendant la paix , qui vous empêche de vous rendre puissant comme lui? s'il a fait des alliances , faites - en de votre côté. Si, ayant moins de religieux , il en a plus de manufacturiers & de soldats , imitez-le dans cette sage économie. S'il exerce mieux ses matelots, exercez les vôtres ; tout cela est très-juste. Mais d'exposer votre peuple à la plus horrible misère , dans l'idée si souvent chimérique d'accabler votre cher frère le sérénissime prince limitrophe! ce n'était pas à un président honoraire d'une compagnie pacifique à vous donner un tel conseil.

G U E U X , M E N D I A N T.

Tout pays où la gueuserie, la mendicité est une profession , est mal gouverné. La gueuserie, ai-je dit autrefois, est une vermine qui s'attache à l'opulence ; oui , mais il faut la secouer. Il faut que l'opulence fasse travailler la pauvreté ; que les hôpitaux soient pour les maladies & la vieillesse , les atteliers pour la jeunesse saine & vigoureuse.

Voici un extrait d'un sermon qu'un prédicateur fit il y a dix ans pour la paroisse St Leu & St Gilles , qui est la paroisse des gueux & des convulsionnaires :

Pauperes evangelisantur, les pauvres sont évangélisés.

Que veut dire évangile, Gueux, mes chers frères? il signifie *bonne nouvelle.* C'est donc une bonne nouvelle que je viens vous apprendre ; & quelle est-elle ? c'est que si vous êtes des fainéans, vous mourrez

fur un fumier. Sachez qu'il y eut autrefois des rois
fainéans, du moins on le dit ; & ils finirent par
n'avoir pas un afile. Si vous travaillez, vous ferez
auffi heureux que les autres hommes.

Meffieurs les prédicateurs de St Euftache & de
St Roch peuvent prêcher aux riches de fort beaux
fermons en ftyle fleuri, qui procurent aux auditeurs
une digeftion aifée dans un doux affoupiffement,
& mille écus à l'orateur : mais je parle à des gens
que la faim éveille. Travaillez pour manger, vous
dis-je ; car l'Ecriture a dit : Qui ne travaille pas ne
mérite pas de manger. Nôtre confrère *Job*, qui fut
quelque temps dans votre état, dit que l'homme
eft né pour le travail comme l'oifeau pour voler.
Voyez cette ville immenfe, tout le monde eft
occupé. Les juges fe lèvent à quatre heures du
matin pour vous rendre juftice & pour vous envoyer
aux galères, fi votre fainéantife vous porte à voler
mal-adroitement.

Le roi travaille ; il affifte tous les jours à fes
confeils ; il a fait des campagnes. Vous me direz
qu'il n'en eft pas plus riche : d'accord ; mais ce n'eft
pas fa faute. Les financiers favent mieux que vous
& moi qu'il n'entre pas dans fes coffres la moitié de
fon revenu ; il a été obligé de vendre fa vaiffelle
pour nous défendre contre nos ennemis. Nous devons
l'aider à notre tour. L'ami des hommes ne lui
accorde que foixante & quinze millions par an : un
autre ami lui en donne tout-d'un coup fept cents
quarante. Mais de tous ces amis de *Job*, il n'y en
a pas un qui lui avance un écu. Il faut qu'on invente
mille moyens ingénieux pour prendre dans nos

poches cet écu qui n'arrive dans la fienne que diminué de moitié.

Travaillez donc, mes chers frères ; agiffez pour vous ; car je vous avertis que fi vous n'avez pas foin de vous-même, perfonne n'en aura foin ; on vous traitera comme dans plufieurs graves remontrances on a traité le roi. On vous dira : DIEU vous affifte.

Nous irons dans nos provinces, répondez-vous ; nous ferons nourris par les feigneurs des terres, par les fermiers, par les curés. Ne vous attendez pas, mes frères, à manger à leur table ; ils ont pour la plupart affez de peine à fe nourrir eux-mêmes, malgré la *méthode de s'enrichir promptement par l'agriculture*, & cent ouvrages de cette efpèce qu'on imprime tous les jours à Paris pour l'ufage de la campagne, que les auteurs n'ont jamais cultivée.

Je vois parmi vous des jeunes gens qui ont quelque efprit ; ils difent qu'ils feront des vers, qu'ils compoferont des brochures, comme *Chiniac, Nonotte, Patouillet* ; qu'ils travailleront pour les nouvelles eccléfiaftiques ; qu'ils feront des feuilles pour *Fréron*, des oraifons funèbres pour des évêques, des chanfons pour l'opéra comique. C'eft du moins une occupation ; on ne vole pas fur le grand chemin quand on fait l'Année littéraire, on ne vole que fes créanciers. Mais faites mieux, mes chers frères en JESUS-CHRIST, mes chers gueux, qui rifquez les galères en paffant votre vie à mendier ; entrez dans l'un des quatre ordres mendians ; vous ferez riches & honorés.

Fin du tome quatrième.

TABLE

DES ARTICLES

CONTENUS DANS CE VOLUME.

TABLE.

Fin de la Table du quatrième volume.